经 典 照 亮 前 程

人性的枷锁

Of Human Bondage

[英] 威廉·萨姆塞特·毛姆 著

徐进 雨嘉 徐迅 译

华东师范大学出版社

图书在版编目（CIP）数据

人性的枷锁 /（英）毛姆著；徐进，雨嘉，徐迅译．—上海：华东师范大学出版社，2015.11
（独角兽文库）

ISBN 978-7-5675-4346-1

Ⅰ．①人… Ⅱ．①毛… ②徐…雨…徐… Ⅲ．①长篇小说－英国－现代 Ⅳ．①I561.45

中国版本图书馆CIP数据核字（2015）第283767号

人性的枷锁

著　　者　（英）威廉·萨姆塞特·毛姆
译　　者　徐　进　雨　嘉　徐　迅
特约编辑　宣慧敏
项目编辑　许　静
责任编辑　姚之均
内文设计　叶金龙
装帧设计　白咏明

出版发行　华东师范大学出版社
社　　址　上海市中山北路3663号　邮编　200062
网　　址　www.ecnupress.com.cn
电　　话　021-60821666　行政传真　021-62572105
客服电话　021-62865537
门　　市　（邮购）电话　021-62869887
地　　址　上海市中山北路3663号华东师范大学校内先锋路口
网　　店　http://hdsdcbs.tmall.com

印 刷 者　安徽新华印刷股份有限公司
开　　本　850×1168　32开
印　　张　21.5
字　　数　633千字
版　　次　2016年1月第1版
印　　次　2025年7月第8次
书　　号　ISBN 978-7-5675-4346-1-01/I.1459
定　　价　58.00元（精装）

出版人　王　焰

威廉·萨姆塞特·毛姆
（1874–1965）

英国小说家、戏剧家。十岁之前都住在法国巴黎，因父母先后去世，他被送回英国由叔叔抚养。

毛姆先后就读于坎特伯雷皇家公学和德国海德堡大学。孤寂凄清的童年生活和因身材矮小、严重口吃遭受歧视的学生时代，在毛姆的心灵上投下了痛苦的阴影，养成他孤僻、敏感、内向的性格，也对他的世界观和文学创作产生了深刻的影响。

1892年进入伦敦圣托马斯医学院学医。学医使他学会用解剖刀一样冷峻、犀利的目光来剖视人生和社会。他的第一部小说《兰贝斯的莉莎》（1897），正是根据他从医实习期间的所见所闻写成的，从此弃医从文。

接下来的几年，毛姆写了若干部小说，但是没有一部能够“使泰晤士河起火”，遂转向戏剧创作，获得成功，成了红极一时的剧作家。

代表剧作《弗雷德里克夫人》（1907），连续上演达一年之久。

在事业如日中天时他决定暂时中断戏剧创作，用两年时间潜心写作酝酿已久的小说《人性的枷锁》（1915）。1919年发表的《月亮与六便士》更加巩固了他作为小说家的地位。

为了收集素材，毛姆的足迹遍及世界各地，因此不少作品有浓郁的异国情调。1920年毛姆到了中国，写了游记《在中国的屏风上》（1922），并以中国为背景写了一部长篇小说《面纱》（1925）。

两次世界大战的间隙期，是毛姆创作精力最旺盛的时期。代表作有刻画当时文坛上可笑可鄙的现象的《寻欢作乐》（1930）和充满异国情调的短篇集《叶之震颤》（1921）等。

第二次大战期间，毛姆到了美国。1944年发表长篇小说《刀锋》。此后，他回到早年定居的法国里维埃拉，直至1965年溘然长逝。

目录

i | 自序

1 | 人性的枷锁

672 | 附录 / 毛姆年表

自 序

这是一部长篇小说。如果再加个序，就更长了，我确实难为情。对一个作家来说，最感棘手的，莫过于评论自己的作品，关于这一点，法国著名小说家罗杰·马丁·杜·加尔叙述过一段耐人寻味的故事，普鲁斯特要求法国某家杂志发表一篇对自己的大部头小说加以评论的重要文章。他想，评论作品，除了作者自己，别人很难写得出色。于是，他便决定亲自动笔，请一位年轻的文人朋友署名，然后寄给编辑。青年人照此办理了。几天之后，编辑把青年人找去，对他说："我必须谢绝您的文章，假如我发表了一篇对马塞尔·普鲁斯特的作品如此粗糙而又冷漠的评论，他将永远不会饶恕我。"尽管作家对自己的作品是敏感的，对不当之评论也易于被激怒，但毕竟还不至于自我陶醉。他们知道，纵然花费大量的时间与精力，写出的作品也往往与原先的意图差之千里。一旦深思熟虑之后，他们那种因不能完整地表达原意所引起的烦恼，就远远地超过对某些自鸣得意的章节所表露的喜悦。作家总企求于艺术表现的娴熟。结果他们发现这一目的并没有达到。

关于这部书本身，我一概不说。但我乐于告诉读者的是：一部不朽的小说，如同其他小说一样，到底是如何写成的。如果读者对此不感兴趣，只好祈求原谅了。我二十三岁那年完成了这部书的初稿。那时，我在圣托马斯医学院已经五年了。取得了医学学位后，我到塞维利亚[1]，决心靠写作谋生。当时虽然手稿尚存，但自原稿校正以后，我一直未再过目。无疑，那是很不成熟的。我把它寄给费希尔·昂温，他出版过我的处女作（还是个医科学生时，我就出版过一部名为《兰贝斯的莉莎》的小说，颇为成功）。由于我要索取一百镑的稿酬，他拒绝了。我只好提交给别的出版社。结果呢，哪怕我的索价再低，也没有一家出版社愿意接受。为此，我曾一度很消沉。岂知现在“塞翁失马焉知非福”。当时若它们中的一家出版社首肯（书名《斯蒂芬·凯里的艺术气质》），那么，我将由于我的年轻幼稚而失去一个未能充分利用的题材。我离上述“充分利用”的事件的距离并不太远，然而，我缺少后来用以充实此书的种种经历。我当时甚至不明白，写自己所熟悉的比自己不熟悉的来得容易。譬如，我写主人公到鲁昂[2]学法文（主人公的原型是我偶然遇到的不速之客）而不是到海德堡去学德文（我自己曾到过那里）。

由于遭到拒绝，我把手稿搁在一边，改写其他小说——它们出版了。于是我又写剧本。这时，我竟成了很有成就的剧作家。我决心将余生贡献给戏剧事业，相信没有任何力量能使我的决心动摇。我很幸运、顺利，也很繁忙。我想要写的剧本充溢着我的脑海。令我费解的是，到底是因为成功没有给我带来我所期望的一切呢，还是这是对成功的自然反应？总之，正当我成了当时最受欢迎的剧作家时，我又开始被过去生活中那些丰富的回忆萦绕了。它们如此频繁地出现在我的睡梦里，出现在我散步时、排演中和宴会上，以致成了我很大的精神负担。因此，我认为摆脱它们的唯一办法是把它们统统写进一部小说里。在应戏剧之急写了几年剧本之后，我又把热切的期望寄于小说

①塞维利亚（Seville），西班牙港口城市。

②鲁昂是法国西北部城市。

这一广阔、自由的领域。我知道心目中的这部小说篇幅很长。为了不受干扰，我谢绝出版界经理们纷至沓来的约稿，并暂时退出了戏剧艺术界。这时，我已经三十七岁了。

在成了职业作家后的漫长岁月里，我下功夫学习写作，接受无聊的训练，力求改变文章的风格，直到剧本问世了，我才中断这些努力。这时再次动笔，目的自然就不同了。我已不再追求华丽的词藻和优美的结构，以免像过去那样，浪费大量劳动，结果事倍功半。我力求简明扼要，因为在有限的篇幅里，有那么多要说的话，我只能尽量避免浪费笔墨，以表达清晰为原则。写剧本的经验，使我懂得了简明的可贵和旁敲侧击、拐弯抹角的危险。这样，我不懈地工作了两年，终于把小说写成。何以命名呢？我四处搜索，偶然发现用以赛亚[①]的一句引语——“灰烬中之美”为本书命名颇为贴切，可惜这一标题近来已被人采用了，我只好另辟蹊径，最后，借用斯宾诺莎的伦理学著作中的一本书名，称为《人性的枷锁》，我感到我没有采用首次想到的书名，又是一次幸运。

本书不是一部自传，而是自传体小说。事实与虚构紧密交织。感情是自己的，发生的事件却未必事事与我相关。其中有的并不是我的生活经历，而是综合了周围人们的生活，然后集中在主人公身上。这部书达到了预期的目的。当它问世时（世界正陷入战争的苦难之中，人们太关注自己的遭遇及战争的恐惧了，以致顾不上关心小说人物的历险记），我发现自己已经永远摆脱了一度折磨过我的痛苦和不幸的回忆。这部书受到了好评。西奥多·德莱塞[②]给《新共和》杂志写了一篇评论，他还不曾写过像这样充满智慧和同情的评论。但它会

①以赛亚（Isaiah），希伯来大预言家，基督教《圣经》中人物。

②西奥多·德莱塞（Theodore Dreiser，1871–1945），美国现代小说的先驱，现实主义作家之一，代表作有《嘉莉妹妹》和《美国悲剧》。

不会昙花一现，几个月后便被人永远遗忘，像许多小说所经历的那种厄运一样呢？事有凑巧。几个年头过去了，出于偶然的机缘，这部小说竟引起了许多美国著名作家的关注。他们在报上经常提到它，渐渐地又引起公众的注意。多亏这些作家使这部书得以重生。同时我必须为这部小说获得的与日俱增的成功而感谢他们。

威廉·萨姆塞特·毛姆

1

天破晓了，显得灰沉沉的。阴云密布，空气中弥漫着潮湿阴冷的气味，看样子要下雪了。女仆走进房间，一个孩子正酣睡着，她把窗帘拉开。她无意瞟了一眼对面那幢有圆柱门廊的房子，然后走到孩子的床边，说：

“醒一醒，菲利普。”

她掀开被子，把孩子抱起来，把他带下楼去。孩子睡意未消。

“你妈妈要你去哩。”她说。

她打开楼下的一扇房门，把孩子抱到床前，一个女人正躺着，那是孩子的母亲。她伸胳膊接过孩子放在身边，孩子蜷缩着，他并没有问为什么要把他弄醒。母亲吻吻他的眼睛，把瘦削的小手伸到孩子白法兰绒睡衣的下面，抚弄着热乎乎的身体。她把孩子搂得更紧了。

“很困吗，亲爱的？”她说。

她的声音很微弱，像是从很远的地方传来的。孩子没有回答，只是甜甜地笑笑。大床很暖和，柔软的胳膊搂着他，他感到很惬意。他使劲蜷成一团，紧紧偎依在母亲身边，迷迷糊糊地吻了她一下。一会儿他闭上眼睛，马上就睡着了。医生走过来，站在床前。

“噢，就让他在这儿吧。”她悲戚地说道。

医生一声不响地严厉地看着她。她知道医生不允许孩子在这里久待，又亲了亲孩子，她轻柔地抚摸着，当碰到孩子的双脚时，把右脚放在自己的手心里，抚弄着那五个小脚趾，一会儿又把手放在孩子的左脚上。她呜咽起来。

“怎么啦？”医生说，“你太累了。”

她摇摇头，说不出话来，泪水从面颊上滚下来。医生躬下身子，说：

“我来抱他。”

她虚弱极了，只好随医生想怎么着就怎么着，让他把孩子抱走。医生转身把孩子交给女仆。

“最好把他放回自己的床上去吧。”

“好的，先生。”

小男孩睡着被抱走了。母亲啜泣着，哭得心都碎了。

“他以后会怎么样呢，我可怜的孩子？”

产褥护士努力使她平静下来，过了一会儿，她哭得精疲力竭，再也哭不出了。医生踱到一张桌子前，桌子在房间的另一边，上面覆盖着一条浴巾，浴巾下蒙着一个死产的胎儿。他把浴巾掀开，看着那小尸体，他和床之间挂着一块帷帘，女人还是猜到了他在那儿干什么。

“是女孩还是男孩？”她低声问护士。

“也是个男孩。”

那女人不再说话了。一会儿女仆回来了，走到床前说：

“菲利普少爷睡得很熟。”

接着是一阵沉默。医生又摸了摸病人的脉。

“我想现在用不着我在这儿了。”他说，“吃过早饭我再来看看。”

“您请这边走，先生。”女仆说。

他们默默地走下楼。走到前厅医生停下来问：

“你已经派人去通知凯利太太丈夫的哥哥了吗？”

“已经通知了，先生。”

“他什么时候能到？”

“不知道，我正在等他的电报。”

“那个小男孩怎么办？我认为还是别让他在这儿的好。”

“沃特金小姐说过她照顾他，先生。”

“她是谁？”

“孩子的教母，先生。你看凯利太太能好吗？”

医生摇了摇头。

2

过了一个星期，菲利普这时正坐在起居室的地板上玩，这是在奥斯劳花园街沃特金小姐的家里。他没有兄弟姐妹，已经习惯了自己一个人玩。屋子里到处都是大型家具，每个沙发上都放着三个大垫子，每把扶手椅上也都有一个小坐垫。他把所有的垫子弄到一起，又用了那几把轻巧易搬的镂金椅子搭成了一个精巧的小窝棚，这样他就可以躲在里面了。那个躲在窗帘后面探头探脑的印第安人是不会看到他的。他把耳朵贴在地板上，屏息倾听着成群的野牛奔过草原。过了一会儿，他听到门响，就屏住呼吸，生怕被人发现，可是一只手狠狠地把椅子拖开，垫子坍了。

“你这个调皮鬼，沃特金小姐要生你的气了。”

“是你呀，艾玛！”他说。

保姆弯腰吻了他一下，接着又扑打掉垫子上的尘土，把椅子一一放回原处。

“我要回家了吗？”他问。

“是啊，我就是来接你回去的。”

“你穿上一件新衣服啦。”

已经是1885年了，可是她还穿着裙撑。她的长外衣是黑丝绒做的，袖口是紧式的，肩膀处做成溜肩，裙子上还有三条荷叶边。她带着一顶带丝绦的黑色无边女帽。她踌躇了一下，等着孩子问关于他妈妈的话，孩子却一直没说，所以事先准备好了的话就没法说了。

“你不想问问你妈妈怎样吗？”她实在忍不住了。

“唉呀，我忘了，妈妈好吗？”

这下让她等着了。

“你妈妈好极了，她过得很愉快。”

“是吗？那太好了。”

“你妈妈已经去了，你再也不会见到她了。”

菲利普不明白这是什么意思。

“为什么再也见不到了呢？”

“你妈妈在天堂。”

她哭起来，菲利普虽然根本不知道是怎么回事，但也跟着哭起来。艾玛是个高个头、粗手大脚的女人。她的头发很漂亮，相貌显得粗犷。她家住在德文郡，虽说在伦敦当了多年的佣人，可是德文郡的口音还是很重。眼泪使她更激动，她把小男孩紧紧地搂在心口上。她模糊地感到这孩子没了世界上至爱的亲人，怪可怜的。他就要被交给陌生的人，这也太可怕了。但是她很快就镇静下来。

“威廉伯伯正等着你哩。”她说，“我们要回家了，去跟沃特金小姐说声再见。”

“我不想说再见嘛。”他回答道，下意识地拼命要忍住眼泪。

“不说也好，快上楼把帽子拿来。”

他取了帽子来到楼下，艾玛正在前厅等他。他听到餐室后面的书房传出来说话的声音，他停下来。他知道沃特金小姐和她姐姐正在跟朋友们说话。在他看来——他已经九岁了——要是闯进去的话，她们准会为他难过的。

“我想还是和沃特金小姐说一声吧。”

“当然说一下更好。”艾玛说。

“你去跟她们说我要进来。”他说。

他希望能好好利用一下这次机会，艾玛敲敲门进去了，他听见艾玛说：

“小姐，菲利普少爷想进来跟您告别。”

一下子大家都不说话了。菲利普一跛一跛地走进去。亨利埃塔·沃特金的身体矮胖，面色赤红，头发是染过的。那时候染头发是要招人非议的，每当教母变一次发色，菲利普在家里就会听到许多的飞短流长。沃特金小姐和她的姐姐住在一起，她的姐姐已经是风烛残年，不再指望什么了。那两位菲利普不认识的太太是来做客的，她们很好奇，盯住菲利普不放。

“我可怜的孩子。”沃特金小姐说着张开了双臂。

她哭了起来。菲利普现在明白了为什么她没有去吃午餐，而且穿着一身黑衣服，她说不出话来。

“我得回家去了。”菲利普还是把话说出来了。

他从沃特金小姐的胳膊里挣出来，她又吻吻他。菲利普又走到她姐姐面前，也说了声再见。那位不认识的太太问他让她亲亲好不好，他很庄重，让她吻了一下。大家的情绪让他给挑动起来了，这使他兴奋极了。虽然他还在哭着，他倒是很乐意多待会儿，好让大家都关心他。不过他感到她们也希望他离开，就说了一句艾玛还在等他，接着就转身走出了房间。艾玛下到地下室，找一个朋友说话。他就站在楼梯的平台等她。他听到亨利埃塔·沃特金小姐在说话：

“那孩子的母亲是我最要好的朋友。她已经死了，一想起来真让人难受。”

“你大可不必去参加葬礼，亨利埃塔。”姐姐说，“葬礼会使你十分痛苦的。”

然后，一个陌生的声音说：

“怪可怜的孩子，想到他一个人孤单地在这个世界上，真是可怕，怎么能不让人揪心呢？我看他还有些一跛一跛的哩。”

“就是，他生下来就有一只脚畸形，他母亲为这事难受极了。”

艾玛来了，他们叫了一辆双轮马车，她告诉车夫要去的地方。

3

在肯辛顿区诺丁希尔门和高街之间的一条僻静、体面人住的大街，他们走进一幢房子，凯利太太就是在这儿故去的。艾玛领菲利普走进客厅，他的伯伯正在写信，向那些送花圈的人致谢。有一只花圈送得迟了，没有赶上葬礼，在纸盒里原封未动放在前厅的桌子上。

“这就是菲利普少爷。”艾玛说。

伯伯凯利牧师慢吞吞地站起来，同小男孩握握手。他想了想，又弯下身吻了吻他的额头。他比中等身材还要矮些，已经开始发胖，为了盖住秃了的头顶，他留着长头发，脸上刮得光光的。他的相貌很端正，想象得出来，他年轻的时候一定相当漂亮。他的表链上还挂着一个十字架。

“现在你就要和我们一起住了，菲利普。”凯利牧师说，“喜欢吗？”

两年前菲利普出过水痘，退学后就住在教区牧师住宅这儿。他还记得那间顶楼和那个大花园，倒不怎么记得伯伯和伯母了。

“喜欢。”

“你就把我，还有你露易莎伯母当作爸爸妈妈吧。”

孩子的嘴微微颤抖了一下，脸顿时就红了，但是他没有说话。

“你亲爱的妈妈让我来照顾你了。”

凯利牧师说出这番话实在很不轻松。他得知弟媳亡故的消息，就立刻动身赶到伦敦，一路上他脑子里一直想着这件事给生活中带来的麻烦。弟媳殁了，她的儿子可不得不由他来抚养了。他已经五十开外了，虽说结婚已有了三十个年头，可是妻子却没有生育能力，所以他也就不指望有孩子的天伦之乐，这个孩子也许是个吵死人的捣蛋鬼呢。他从来就不怎么喜欢这个弟媳。

“明天我要带你去布莱克斯塔布尔。”他说。

“艾玛去吗？”

孩子把手放在艾玛的手里，她攥得紧紧的。

“艾玛恐怕得走了。”凯利牧师说。

“但是我要艾玛和我一道去。”

菲利普哇地一声哭开了，保姆也禁不住哭起来。凯利先生无可奈何地看着他们。

“我想你还是让我先和菲利普少爷单独在一块谈谈。”

“好吧，先生。”

菲利普紧紧抓住她不放，她还是轻轻地挣脱了。

凯利牧师把孩子放在膝上，把他搂住。

“不要哭了。”他说，“你都这么大了，用不着保姆了。我们得想办法送你去学校。”

“我要艾玛和我一道去。”孩子还是那句话。。

“那可太费钱了，菲利普。你父亲没有给你留下多少钱，真不知道这点钱能干什么，每花一个钱你都要仔细想想。”

凯利牧师前一天找过家庭律师。菲利普的父亲是个外科医生，找他看病的人很多，他在医院里兼了很多职，工作是很可靠的。说来也令人奇怪，他猝然死于血液中毒，死后人们才知道，他留给遗孀的只是他的一点人寿保险，还有就是布鲁顿街出租的那所房子的租金。那已经是六个月以前的事了，当时凯利太太已经弱不禁风，而且又有了身孕。她一时惊慌失措，忙乱中，一有人要租就把房子租了出去。她放着自己的家具不用，却租了一套带家具的房子，租期一年。她认为到孩子出世，也就事事停当了。那房子的租金，牧师认为贵得太荒唐了。她从来不善于当家理财，不能让她的支出适应骤变的家境，钱这一点儿那一点儿从指头缝里溜掉了。这样，当所有的开支都付清之后，留给孩子的还不到两千镑，到孩子能够自食其力之前也就是这点儿钱。菲利普一直在啜泣着，所有这些对他怎么能讲清楚呢？

“你还是找艾玛去吧。”他觉得只有艾玛才能哄好这个孩子。

菲利普一声不响地从伯伯腿上溜下来，但是凯利牧师又把他叫住。

“星期六我得准备布道文，明天非走不可。你告诉艾玛，让她今天就把你的东西收拾好。所有的玩具你都可以带上。要是有可以纪念你父母的东西，可以在他们俩的东西里各找一件，剩下的所有东西都要卖掉。”

孩子溜出去了。凯利牧师不习惯伏案工作，他又满腹牢骚，动手写那些回信。桌子另一头摞着一捆单据，他看着心里就有气。这件事尤其显得荒唐。凯利太太刚死，艾玛就向花商订购了一大堆白花，只为了那间停着尸体的房间。这简直是挥霍钱财。艾玛太爱自作主张，即使不从开支上考虑，他也要把她辞退的。

但是菲利普找到艾玛，一头栽进她怀里，伤心地哇哇大哭起来。艾玛柔声细气地安慰他，她差不多把他看成自己生的——艾玛来做保姆的时候，他刚刚一个月。她答应不时来看望他，还答应永远不忘记他。她跟菲利普讲起他要去的那个乡村的情形，还讲到自己在德文郡的老家——她父亲管理通往埃克塞特尔公路的一处公路收税栅栏。圈里有几只猪，还有一头奶牛。奶牛刚刚生下了一头小牛犊——讲着讲着，菲利普不再哭了。他想到近在眼前的旅行，不禁兴奋起来。艾玛还有许多事要做，过了一阵儿，她把他放下，菲利普帮她把衣服翻出来放在床上。她叫菲利普到育婴室把玩具归置好。不大一会儿，他已经玩得兴高采烈了。

他终于一个人玩腻了，又回到卧室，艾玛正把他的东西装进一个大铁皮箱里，这时他想起伯父那番话，答应他带两件纪念爸爸和妈妈的东西。他把这话告诉了艾玛，问她拿点儿什么好。

“还是到客厅找找看，有什么你喜欢的东西。”

“威廉伯伯在那儿哩。”

“不要紧的，那些东西现在是你自己的。”

菲利普磨磨蹭蹭下了楼，看到门开着，威廉先生不在房间里。菲利普慢慢在房间里转着看。他们在这所房子里住的时间太短了，也就没有使他特别感兴趣的东西。房间显得很陌生，菲利普找不到什么满意的东西。不过他知道哪件是母亲的，哪件是房东的。这当儿，他的眼睛落在一只小小的钟上，有一次他听妈妈说起她很喜欢这只钟。他很失望，只把这只钟拿到楼上。经过妈妈的卧室，他在门外站住听了听。尽管没有谁告诉过他不准进去，可是他自己总觉得不该进去。他有些心虚，心突突跳个不停，但这时仿佛有某种力量驱使他把手放在把手上。他小心翼翼拧动门把，好像生怕屋里有人听到似的，他把门慢慢推开。他在门槛上站了片刻，这才鼓起勇气进去。这时他不再害怕了，屋子显得那样生疏。他回手把门关上。百叶窗是放下的，一月份午后冰冷冷的阳光泻了一些进来，屋子里还是很暗。梳妆台上放着凯利太太的梳子、手镜，一个小盘子里放着发卡。壁炉架上放着一帧她本人的照片，还有一帧是父亲的。过去他常常趁母亲不在时溜进这间屋子，可现在看起来和过去不一样了。那些椅子看上去有些异样，床铺成的样子，也仿佛妈妈晚上要来睡似的，枕头边上的匣子里还放着睡衣。

菲利普打开装满衣服的大柜橱，他钻进去拿了很多衣服，直到自已都抱不动了，脸都被衣服埋了起来，衣服散发着母亲身上的那种香味。后来他又拉开抽屉看，里面也都是母亲的东西。亚麻布里有一些熏草香袋，那香味又清新又怡人。屋子里只有这个香味还使他感到亲切，他觉得似乎母亲只是出去散步去了，马上就会回来，还要到楼上来和他一起在育婴室喝茶。他仿佛感觉到了她在亲吻他的嘴唇。

他再也见不到妈妈了，这怎么会是真的呢？这当然不会是真的，因为这是不可能的。他爬到床上，头枕着枕头，一动不动地躺着。

4

菲利普流着泪与艾玛分手了，不过去布莱克斯塔布尔的旅行使他感到很新奇。他们到了那儿，他很听话，兴致也很高。从伦敦到布莱克斯塔布尔有六十英里路。凯利牧师把行李交给了搬运夫，就带着菲利普去教区牧师住宅，走了不到五分钟就到了，菲利普这才猛然想起那扇大门。院门是红颜色的，有五道门闩，装在能转动的门枢上，可以前后来回转动，虽然不允许这样转。他们穿过花园到了前门。平时这扇门是不用的，只有当客人来访时，或者到了星期日，再有就是一些特殊的场合，比如说牧师要去伦敦，或是从伦敦回来，等等，这时才用这扇门。平时出入只走旁门，还有一个后门，那是为花匠、乞丐和流浪汉预备的。黄砖红顶的房子相当大，已经建造了二十五年多了，是教堂风格的那种样式，前门就像教堂的门廊，客厅的窗子则是哥特式的。

牧师太太正在客厅等候，她知道他们的火车什么时候到，一听到门响就走了出来。

“那是露易莎伯母。”他看到她时，凯利伯伯说，“快过去让她吻一吻你。”

菲利普拖着那条残废的腿跑上前去，那样子很狼狈，跑了几步，又停下来。牧师太太是个瘦小干瘪的女人，年龄和她丈夫差不多。脸上满是深深的皱纹，眼睛是灰蓝色的，灰色的头发还按照她年轻时流行的样式卷着。她穿着一身黑衣服，唯一的装饰品是挂着一枚十字架的金项链。她有些腼腆，说起话来很温和。

“你们走回来的吧，威廉？”她一边吻着丈夫，一边带点儿责怪的口吻说。

“呀，我没有想到这一点。”他瞥了侄子一眼。

“走路走疼了吧，菲利普？”她问孩子。

“不疼，我走路习惯了。”

这样的谈话让他感到有些意外。露易莎伯母招呼他进来，他们进了前厅。地上铺着红黄两色的瓷砖，分别画着希腊正教的十字架和主耶稣。前厅的尽头有一道引人注意的楼梯，楼梯做工很细，是松木的，带有一股独特的芳香。当年教堂重新安装座椅时，还剩下很多木料，就把它弄到这儿来做了楼梯，所以栏杆上还装饰着四个使徒的图案哩。

“我已经叫人把炉子点着了，我想你们赶了这么长的路一定很冷。”牧师太太说。

摆在前厅的这个炉子很大，是黑色的，只有当天气太冷，或者牧师感冒时，炉子才点起来。要是牧师太太受了凉，是不点这炉子的。煤的价格太贵了。况且女佣人玛丽·安也不喜欢到处都生着火。要是所有的炉子都生火了，势必再雇一个女仆。冬天，牧师夫妇就在餐厅里起居。这样，生一个火也就足够了。夏天，他们仍旧睡在餐厅里。只有在凯利牧师星期日午后小憩时，客厅才打开一下。不过每星期六书房都要生火，他要写布道文。

露易莎伯母领菲利普到了楼上，让他看看自己的卧室。这个房间很小巧，可以看到外面通往花园的甬道。有一株大树挡在窗户前面，菲利普还记得它的枝干很低，他常常爬到很高很高的地方。

“小孩子要住小房子。”牧师太太说，“你一个人睡觉怕不怕？”

“不怕。”

记得他第一次到牧师家来的时候，是和保姆一块来的，牧师太太倒没有操什么心。这会儿牧师太太不放心地看着菲利普。

“你自己会洗手吗？要不然我给你洗吧？”

“我自己会洗。”他很坚决。

“那好，下来喝茶的时候我可要检查检查。”牧师太太说。

涉及到照顾孩子的事，她一窍不通。菲利普要来布莱克斯塔布尔的事决定后，牧师太太难坏了，不知道究竟该怎么照料他。她倒是很愿意尽心竭力，可是眼下他就站在那儿，她发现自己对他畏怯，就像菲利普对她畏怯一样。她希望菲利普不要调皮捣蛋，调皮捣蛋的孩子她丈夫可不喜欢。牧师太太说了声对不起，就把菲利普一个人留在屋里自己出去了。可是她马上又折回来，敲一敲门，她站在门口，问菲利普能不能自己倒水。问完了之后她这才下了楼，打铃叫人准备茶点。

餐室虽大，但比例得当，两侧都有窗户，窗子上挂着厚重的红色棱纹布窗帘，一张大桌子摆在中间。屋子的一头，有一个显眼的桃花心木餐具柜，中间嵌有一面镜子。一个角落里有一架风琴。壁炉两边摆着盖有印戳的皮椅子，椅背上都罩着椅套。有扶手的一把椅子，是给丈夫坐的，另一把没有扶手，是给妻子坐的。扶手椅牧师太太向来不坐，她说宁可坐不太舒服的椅子。要干的事太多了，椅子有了扶手，起身就没那么麻利了。

菲利普到了餐室，牧师先生正在生火，他一一告诉侄子，这是两把火钳，那把锃亮的大火钳还没有用过，叫“牧师”；另一把小得多，很明显经常用来弄火，叫作“副牧师”。

“我们还等什么？”牧师先生说。

“我告诉了玛丽·安，给你做一个鸡蛋。跑了这么一趟一定饿了吧。”

牧师太太觉得，从伦敦到布莱克斯塔布尔是很累人的。她自己很少出门，因为牧师的薪水一年只有三百镑。当丈夫要外出度假时，由于钱不够两个人用的，凯利牧师就独自一个人去。他非常喜欢参加伦敦大会①，并且通常每年都设法去一趟伦敦。他还曾为了一个展览去过一回

---

①伦敦大会：每年举行一次，有教会和世俗人员参加的圣公会（英国国教）的半官方会议。

巴黎，还去过两三次瑞士。玛丽·安端来鸡蛋，大家都坐下。菲利普的椅子太矮了，他够不着，牧师和太太好一会儿也不知道怎么办才好。

“我给他垫几本书吧。”玛丽·安说。

她从风琴上取下那本厚厚的《圣经》，还取下牧师在祷告时经常看的祈祷书，把书放在菲利普的椅子上。

“唉呀呀，威廉，怎么能让他坐在《圣经》上呢？”牧师太太大惊失色地说，“你怎么就不能从书房拿几本书给他呢？”

牧师先生对这个问题思忖了片刻。

“玛丽·安，我认为把祈祷书放在《圣经》上面关系还不大，只此一回，下不为例。”他说，“祈祷书是我们这种人写的东西，这著作没有什么神圣性问题。”

“这我可没有想到，威廉。”露易莎伯母说。

菲利普吊着脚坐在书上。牧师做过了食前祈祷，然后把鸡蛋一头切了些下来。

“拿着。”他把切下来的那块递给菲利普，“愿意的话就把这块吃了。”

菲利普很想自己吃一整个鸡蛋，然而没有给他，只好给什么就吃什么。

“我不在的这段时间鸡下了多少蛋？”牧师问。

“唉哟，别提有多可气了，一天只下一两个。”

“喜欢吃这个尖头头吗，菲利普？”伯父问。

“实在太好了，谢谢。”

“星期日下午还可以再给你一块。”

在星期日下午的茶点时，牧师先生总要吃一个煮鸡蛋来滋补一下。这样在教堂主持晚祷时才能精神抖擞。

5

通过生活中的一些只言片语，其中有些是偶然听来的，菲利普逐渐了解了和自己生活在一起的这些人，还知道了许多有关自己的身世和死去的双亲的事。菲利普的父亲比布莱克斯塔布尔的牧师伯伯小很多。他在圣卢克医院的工作很出色，所以成了医院的一名台柱子，很快就领取数目可观的薪水。他花起钱来大手大脚。牧师要重修教堂向他募捐时，他一下子就给了二百英镑的捐款，这使牧师大吃一惊。由于牧师天性节俭，也由于经济上的窘迫，他收下这笔款子时竟百感交集。弟弟竟能掏出这么多钱，真是令人嫉妒。而为教堂着想，他也感到很高兴，弟弟的慷慨几乎到了炫耀的地步，他又有些隐隐的恼怒。后来亨利·凯利同一个病人结婚了，那姑娘虽说长得漂亮，却是不名一文，是个没有近亲的孤儿，只是出身不错而已。结婚的时候，嘉宾云集，高朋满座。牧师到伦敦时看过她几次，对她总是抱着矜持的态度。和她在一起他感到浑身不舒服，打心眼里反感她那入时的美貌。作为一个勤勤恳恳工作的外科医生的太太，她的穿着打扮可就过分地华贵了。屋子里陈设着耀眼的家具，甚至到了冬天，她居然还要侍弄鲜花，这一切都太奢侈了，由不得他不痛心疾首。他听她说起将要好好地招待他，回家后就告诉妻子，要是没有一次像样的回请，人家这番殷勤款待可就受之有愧了。他在餐厅还看到了葡萄，每镑至少要八先令啊。午餐他还吃到了芦笋，这比自家院子里种的要早上两个月。而现在，所有他预见到的，都一一变成了现实。牧师像预言家那样感到了一种满足——预言家早就看出火和硫磺会毁灭城市，谁叫城里人对他的警告置若罔闻呢？可怜的菲利普已经成了事实上的穷光蛋了，他母亲那些高朋贵友眼下又有什么用呢？他听有人议论过，菲利普的父亲那样挥霍无度，简直是犯罪，上帝居然并不嫌弃他的母亲也就够大慈大悲的了。要知道，钱是怎么回事，她还不如一个小孩子清楚哩。

菲利普在布莱克斯塔布尔住了一个星期，这时发生了一件偶然的事，又差点儿把伯父惹火了。那天用早餐时，牧师先生看到桌子上有一个小邮包，东西是从已故的弟媳凯利太太在伦敦的亲友寄来的，收件人的名字是弟媳自己。牧师打开邮包，原来是十几张弟媳的照片。照片全是半身的，头发的样式比平时朴素得多，头发垂在额前，看上去判若两人，脸很瘦削，憔悴不堪，不过疾病并没能损害那俏丽的容颜。黑色的大眼睛里流露出哀伤的神情，这是菲利普从来没有见过的。牧师先生看到这位已故的女人，先是一愣，随后又十分不解。这些照片明明是新近才照的，他想象不出照片是谁寄来的。

“菲利普，你知道这是怎么回事吗？”他问道。

“我记得妈妈说过，她曾经照过相。”他回答说，“沃特金小姐对她还发了火……她说，想叫我长大后能有什么东西可以想起她。”

牧师先生盯住菲利普看了一会儿。孩子的话是用清晰的高音说的。他把这些话又仔细想了想，但是他想不出这些话究竟有什么意义。

“你最好拿走一张，放到你的房里。”牧师先生说，“其余的我拿走。”

他给沃特金小姐也寄去了一张，她写了回信，把当时照这些照片的情形讲述了一遍。

那天凯利太太正在床上躺着，感觉比平时好些。早晨，给她看病的医生来看过，好像也有了些信心。艾玛带着孩子出去了，女佣人们都住在地下室里的。这时，凯利太太突然陷入一种孤独的绝望中。她感到恐惧，不出两个星期她就要分娩了，怕的是把孩子一生，身体就完啦。大儿子只有九岁，要是自己万一死去，怎么才能让孩子记住妈妈呢？一想到他会长大，会忘掉自己，而且会忘得一干二净，她就有些受不了。她是那么热烈地疼爱过他，因为他体质那么弱，又有残疾，可是他是自己的儿子呀！婚后她再没有拍过照片，现有的还是十年前的。她想把自己最后日子里的形象留给儿子。那样他就不会忘记她了，不会完全忘记她了。可是如果她告诉佣人，她要起来，她们就会制止她，可能还要去叫医生，她已经没有力气挣扎了，也没有劲同佣人争辩。她从床上起来，自己穿起衣服。可是久卧病榻，脚不听使唤了，一落地就像针扎一样疼，疼得她受不了。不过她还是起来了。过去都是佣人给她梳头。这会儿，她抬起胳膊自己理一理头发，就感到一阵晕眩。她梳头从来不能像女仆给她梳的那样好。她的头发漂亮极了，非常细软，是一种深金黄色。眉毛端正，呈黛黑色。她穿上黑裙子，还选了一件她最喜欢的紧身上衣，那是在宴会上才穿的，是白缎子做的，那时非常流行。她从镜子里看看自己：脸色苍白极了，不过皮肤很白净。她脸上从来血色不多，这一点把美丽的嘴唇衬托得别具风韵。她忍不住嘤嘤地哭起来。她经不起这样为自己难过，她已经疲倦到极点了。她穿起皮大衣，这还是亨利在去年圣诞节送给她的礼物——为了这件礼物，那时她多得意多高兴啊——她一步一颤挨到楼下，心狂跳个不停。她总算出了门，坐车来到摄影师那里。她付了钱，要照十二张照片。照到一半的时候，她停下来要了一杯水喝，助手看出她有病，就建议说不妨改日再来，可是她坚持一定要拍完。十二张相片终于拍完了。她坐车又返回肯辛顿区那间小屋，她非常憎恨那间屋子。要死在这房子里简直太可怕了。

她看到大门开着，车子一到门口，女仆和艾玛就跑过来扶她。她们一发现她不在屋里就都吓慌了。起初，她们认为她肯定是找沃特金小姐去了，就叫厨子去看看。沃特金小姐和厨子一起回来，她焦急地在客厅里等着。这时她下楼来，冲凯利太太又是责骂又是抱怨。凯利太太实在是咬紧牙关才挺住的，这会儿她到底坚持不下去了，一下子就垮了。她一把倒在艾玛怀里，众人把她抬到楼上。周围的人感到凯利太太失去知觉的时间太长了，都风风火火地说快派人去请医生，但是没有请来。第二天她稍微好了点儿，她就把一些心里话告诉了沃特金小姐。她俩说话时，菲利普正在母亲卧室的地板上玩，谁也没有注意到他在那儿。她们的谈话他虽不十分明白，不知为什么却把这些话给记住了——

“我想叫孩子长大后有什么东西可以想起我。”

“真不懂她照十二张照片干什么。”牧师说，“有两张就足够了！”

6

在牧师家里，每天的日子都一模一样。

刚刚吃过早饭，玛丽·安就拿来了《泰晤士报》。报纸是牧师与两个邻居合订的，十点到一点归他看，到时花匠把报纸交给里姆斯家的艾利斯先生，在他那儿放到七点钟，然后再转给马诺尔宅第的布鲁克斯小姐。由于她是最后一个看，自然就可以自己留下了。夏天牧师太太要做果酱，常常向她要一份报纸盖果酱罐子。每次牧师坐下开始阅读报纸时，太太就戴上无边软帽，出去买东西，菲利普总是跟着她。布莱克斯塔布尔是一个渔村，有一条大街，街上有商店、银行、诊所和两三家煤栈。小码头一带都是寒酸凋敝的小巷，住着渔民和穷人。因为这些人只上小教堂，也就不那么被人看得起了。太太在街上遇到非国教的牧师，也总要走到街对面去，免得迎面碰上。若是躲闪不及，就死死地盯着地上。伦敦高街有三座异教教堂，牧师对这件耻辱事一直胸中窝火，他总觉得应该制定什么法律，不许建造异教教堂才好。在布莱克斯塔布尔买东西可不是件简单的事，区教堂离城里有两英里远，因此很多人并不常常来做礼拜，所以就必须挑经常做礼拜的教友那儿买东西。牧师太太非常清楚，牧师的习惯与商人的信仰大相径庭。有两个做礼拜的肉商，他们总是弄不懂牧师没法同时在他们两处都买东西。牧师想出一个两全其美的办法，这个店去六个月，另一个店也去六个月，可二位肉商还是不满意。没能把肉送到牧师府上的肉商就威胁了，说是做礼拜干脆算了。有时牧师只好威胁说：不做礼拜可是他的不对。如果还要如此地亵渎神明，并且再到异教教堂去做礼拜的话，那么好了，即使他的肉再好再新鲜，他这个牧师也永远不跟他打交道了。太太还经常在银行停停脚，给约西亚·格莱夫斯带封信。他是个经理，还是唱诗班的领班，又身兼司库和教区执事。他又高又瘦，面色灰黄，鼻子很长，头发全白了，在菲利普的眼里，他显得老极了。他负责教区的账目，安排唱诗班和主日学校出去远足的事。尽管教区教堂没有风琴，可他领导的布莱克斯塔布尔唱诗班被公认为是肯特郡最出色的唱诗班。逢到典礼仪式之类的活动，比如主教来教区主持接收新教徒的仪式，或感恩节时区牧师来布道，他都要做一些必要的准备。他干什么事都非常干脆利索，最多和牧师打声招呼罢了。虽然牧师向来不愿意惹麻烦，可对教区执事的独断专行却很是忿忿不平。他那个派头，俨然是整个教区首屈一指的人物了。凯利牧师总对妻子唠叨，约西亚·格莱夫斯若还不留点儿神，他可要好好地教训他一顿了。不过太太劝他对约西亚·格莱夫斯多担待点：他并没有什么恶意，有些事虽说做得不十分得体，责任也不在他。牧师也觉得实践基督的道德可以心宽气平，对他也就采取了宽容态度。不过他还是背着教区执事叫他“俾斯麦”[①]，就算是报复了。

有一次这两个人发生了激烈的争执，这次口角使牧师太太后来回想起来还感到沮丧和不安。当时保守党竞选人宣布他要去布莱克斯塔布尔发表演说，约西亚·格莱夫斯把大会安排在教堂大厅。他找到凯利牧师，说是希望他能在会上讲几句话。看样子那个竞选人已经请了格莱夫斯来主持会议了。这简直岂有此理，凯利牧师不能继续忍气吞声了。他半步也不让，坚持认为像主持会议这类荣耀，本为牧师专属，而且牧师并没有离开，如果叫一个教区执事来主持会议，这未免也太荒唐可笑了。他提醒约西亚·格莱夫斯别忘了，牧师不可等闲视之，也就是说，牧师是教区里说了算的人物。约西亚·格莱夫斯回答说，他承认教会至高无上，不过这次会却是政治事务，他也反过来提醒牧师，他们的圣主基督耶稣告诫过他们，恺撒的东西应当属于恺撒[②]。凯利牧师反唇相讥说，魔鬼不能通过引用《圣经》而达到自己的目的，而他本人才对教堂大厅拥有独一无二的权力，若是不请他来当主席，教堂大厅就不能用来开政治会议。约西亚·格莱夫斯告诉凯利牧师，他尽可以一意孤行，可是在他约西亚·格莱夫斯看来，美以美会教堂[③]倒是个蛮合适开会的地方哩。牧师说，如果他约西亚·格莱夫斯涉足这样一个无异于异教徒教堂的机构的话，他就不适合留在教区执事这样的神职位置上了。于是约西亚·格莱夫斯当即辞去教区的一切职务，当天晚上又到教堂交回了黑色教服和白色法衣。为他料理家务的姐姐格莱夫斯小姐也放弃了孕妇俱乐部的秘书职务。这个俱乐部为那些怀孕的穷人提供绒布、婴儿内衣、煤，另外还提供五先令的钱。凯利牧师认为这一下他终于是这所房子的主人了。不过他很快就发觉，他得应付各种杂七杂八的事情，这些事他一点儿都不懂。约西亚·格莱夫斯一时冲动拂袖而去，也马上发现失掉

①奥托·爱德华·利奥波德·冯·俾斯麦（Otto Eduard Leopold von Bismarck），普鲁士王国推行铁血政治的铁腕人物，人们一般将其作为正义、善良的反义词引用。

②原话出于《新约·马可福音》：恺撒之物当归恺撒，上帝之物当归上帝。

③美以美会教堂为非国教教会机构。

了主要的生活乐趣。由于这次争执，牧师太太和格莱夫斯小姐也感到很别扭。她们小心翼翼通了几次信，两个人会到一起，决定让他们言归于好：一个对自己的丈夫，一个对自己的兄弟，整天进行劝和。由于她们句句说到了两位绅士的心坎里，三个星期之后，两个人握手言欢了。这样做对两位都有好处，不过他们说这是源于对主的共同的爱。大会还在教堂大厅举行，区里的医生被请来当主席。凯利牧师和约西亚·格莱夫斯都讲了话。

牧师太太在银行办完了事，一般总要上楼找格莱夫斯小姐聊会儿天。两位太太从教区的事、教区的副牧师，一直到威尔逊太太的帽子都谈了。在布莱克斯塔布尔，就数威尔逊先生最阔了，人们认为他一年至少有五百镑的进款。他娶了他的厨娘——这时菲利普默默地坐在客厅里，客厅只是用来接待来访者的，他只好拼命地折腾鱼缸里的金鱼。窗子除了在早晨打开几分钟换换空气外，其他时间总是关得紧紧的。屋里那股沉闷窒息的气味，在菲利普看来与银行业务有不可思议的联系。

牧师太太想到还要去杂货铺，他们这才离开银行。买完了东西，他们经常从渔民聚居的小巷穿过。那里大部分是低矮的小木头房子，各处可以看到渔夫坐在门口的台阶上补渔网，还可以看到晾在门上的渔网。最后他们走到一小片海滩，两面是仓库，但从这儿可以看到大海。牧师太太驻足几分钟看看大海，海水是浑黄色的（谁知道她心里想些什么呢？）。菲利普就找了些扁平的石头打水漂玩，然后他们慢慢地往回走。路过邮局时他们探头看看时间，正好医生的妻子威格拉姆太太坐在窗前做针线活，便跟她再寒暄几句，这才回家去。

午饭开在一点钟，每星期一、二、三有牛肉、烤肉，或切细丁，剁馅；四、五、六有羊肉；星期日杀一只自养的母鸡。下午菲利普上课。伯伯教连他自己也不懂的拉丁文和数学，伯母教法文和钢琴。虽说她于法文一无所知，可是要给那些老掉牙的歌曲伴奏，她的钢琴演奏技巧倒是绰绰有余。这些歌唱了足有三十年了。威廉伯父翻来覆去告诉菲利普他还是副牧师的时候，妻子背下的歌就有十二首了，无论何时请她唱，都可以脱口而出。她还经常在家里的茶会上演唱。到他家来的寥寥数人，都是经过凯利夫妇审慎挑选的。来他家聚会的，通常有副牧师、约西亚·格莱夫斯和他姐姐、医生威格拉姆同妻子。茶后，格莱夫斯小姐演奏一两支门德尔松的《无词歌》，牧师太太就唱《当燕子飞回家》，或是《我的小马跑呀跑》。

不过牧师夫妇并不经常举行茶会，准备茶点总把他们搞得人仰马翻，客人们一散，他们就精疲力竭了。所以他们更愿意自己用茶，茶后玩玩陆战棋。太太总设法让丈夫赢，因为他一输棋就不高兴。到了八点，他们就吃一顿冷餐。玛丽·安一过了下午茶后就什么事都不高兴干了，连杯碟都得太太自己收拾，所以他们好凑合着吃顿剩饭。太太只吃黄油面包，再吃点煮果子，牧师则吃一小片冷肉。

晚饭后，太太立刻打铃做祈祷，做完祈祷菲利普就去睡觉。他拼命抵抗玛丽·安，不让她给他脱衣服，不大一会儿他就确立了自己穿衣脱衣的权利。九点，玛丽·安端来一盘鸡下的蛋，太太在每个鸡蛋上写明日期，再把数字记在一个本子上，然后挎上餐具篮上楼去。牧师还在读一本旧书，钟敲过十点，他站起身，把灯熄了，跟妻子一起去睡。

自从有了菲利普，到底安排他在哪天晚上洗澡，就很费了一番踌躇。厨房里的锅炉不能用了，要有足够的热水绝非易事，所以两个人在同一天洗澡是行不通的。在布莱克斯塔布尔，只有一个人有自己的浴室，那就是威尔逊先生，人们认为他那是故意炫耀。玛丽·安是星期一夜里在厨房里洗澡。她喜欢一个星期开始时就干干净净的。威廉伯父是不能在星期六洗澡的，因为他洗完澡总有些累，而第二天的工作又特别繁重，所以他洗澡的日子是在星期五。牧师太太出于同样的原因，她在星期四洗。这样看来，星期六这天似乎理所当然地要归菲利普了。可玛丽·安说星期六还叫她生火烧水她可不干。部分的原因是星期日这天她要做一家人的饭，还要做好多糕点，还有数不清的活，星期六晚上不能再给孩子洗澡了。谁都明白这孩子不能自己洗澡。如果让太太来洗，可是给一个男孩子洗澡，她又太难为情了。牧师当然没有这工夫，他还要准备布道文哩。但牧师坚持说菲利普在主日——星期日应该干干净净的，要讨人喜欢。玛丽·安又说了，她宁肯换个地方，也决计不在这儿受人耍弄了——她在这儿干了十八年，可没想到这儿的活越干越多，他们也要体谅体谅才行——菲利普说他不想让任何人给他洗，他完全能自己洗，这样一来问题就解决了。玛丽·安断定，他要是自己能洗干净才怪哩，与其那样，倒不如让他脏着算了——这倒不是因为他就要去觐见上帝，而是因为她受不了这种没有洗干净的孩子——玛丽·安还抱怨说，即使到了星期六夜里，也总是把她累得要死。

7

星期日这天事情多得令人应接不暇。逢到星期日，凯利牧师就要重复一遍：在他这个教区，唯有他一个人每星期工作七天。

全家人比平时要早起半个小时。玛丽·安八点整来敲房门，牧师总要接着发一通议论，说当一个可怜的牧师，就连休息日也不能在床上躺躺。太太穿衣服也是颇费时间，九点钟她下来用早餐，有点气喘吁吁，比她丈夫早下来一步。凯利先生把靴子放在火前烤烤热。星期天的祈祷要比平时长，这一天的早餐也更丰盛。早餐后，牧师就动手做圣餐，他把面包切成薄片，菲利普得到特许剥掉面包皮。他奉命从书房取来大理石镇纸，凯利牧师把镇纸压在面包上，把它们压成薄片，然后再切成小四方块。做多少圣饼，要视天气的好坏而定：天气很坏的话，做礼拜的人就寥寥无几；赶上好天气，尽管来的人不少，可最后能留下领圣餐的也不多；天气特别干燥时，来的人就最多，无非是到教堂来散散心；天气转阴，人们就急急忙忙往回走。

做完了圣餐，太太到储藏室去，从保险柜里取出圣餐盘，牧师用一块麂皮把它擦得锃光瓦亮。十点，马车来到门前，牧师蹬上靴子。太太用几分钟时间把帽子戴好。这时牧师披着裹身斗篷，立在前厅，那表情恰如一位基督徒马上要被领进竞技场了。他们结婚三十年了，可他妻子居然还不能在星期日早晨按时准备好，真是活见鬼！她可算来了，穿着黑缎子衣服，无论何时，牧师都不喜欢看到神职人员的妻子打扮得花花绿绿的。他决定，星期日她得穿黑色的衣服。有时她和格莱夫斯小姐串通好，斗胆在帽子上扎一根白羽毛，或一朵粉红色的玫瑰花，可是牧师非要她把那玩意儿拔掉不可。他说了，他没法带一个花枝招展的女人去教堂。太太是个女人，不能不为此叹息，不过她又是传教士的妻子，也只好从命。他们刚刚要上马车，牧师又想起还没有吃鸡蛋哩，大家都知道，为了要在教堂里声音洪亮，他是非吃一个鸡蛋不可的。家里有两个女人，竟没有一个能稍微为他的身体着想，太太埋怨玛丽·安，玛丽·安回嘴说，她也不能凡事都想到。她忙不迭跑去把鸡蛋拿来，太太把鸡蛋打在一杯雪利酒里，牧师咕噜一口，就都喝下去了。圣餐盘在车里安置好，他们这才出发。

从“红狮子”客店来的马车里，烂草散发着一股特殊的味道。他们坐在车里，把两扇窗户关得紧紧的，免得牧师着凉。教堂司事正站在门廊前，等着接圣餐盘。牧师去换法衣，太太和菲利普就在为牧师家属专设的靠背长椅上坐下来。太太在自己前面放了一枚六便士硬币，每次随牧师来做礼拜，她都要在捐赠盘里放六便士。为了让菲利普也捐赠点什么，就给了菲利普三便士。教堂渐渐挤满了人，礼拜开始了。

在布道过程中，菲利普就坐不住了，他扭来扭去，东张西望，太太总是轻轻地碰碰他的胳膊，用眼看看他，眼神里含着责备。到最后唱起赞美诗，格莱夫斯先生手端圣餐盘，从每个人身边一一走过，他这才又提起兴趣。

做礼拜的人走光了，牧师太太来到格莱夫斯小姐的长椅前，跟她说上几句话，一边等着两位绅士。菲利普钻进法衣室，伯父、副牧师和格莱夫斯先生还没有脱掉白色法衣，圣餐的面包没有用光，凯利牧师就把剩下的全给了他，还说要是饿了可以把面包吃掉，扔了总显得亵渎神明。他要是不吃，凯利牧师也要吃掉剩下的面包的。菲利普这时正饥肠辘辘，就把维护神明的职责担当起来，随后他们就开始清点钱币。盘子里都是些六便士和三便士的硬币，只有两枚一先令的硬币，一枚是牧师放的，另一枚是格莱夫斯放的，间或还会有一枚弗罗林①。格莱夫斯先生告诉牧师是谁把弗罗林放在盘子里的。一般都不是布莱克斯塔布尔当

①一弗罗林为两先令。

地人。牧师还纳闷究竟是个什么样的人。不过格莱夫斯小姐却观察到了这一慷慨大方的举止，她又一五一十告诉牧师太太：此人是从伦敦来的异乡客，不仅已经结婚了，而且还有孩子。回家的路上，太太把这一情报报告给丈夫，牧师决定登门拜访，请他为“副牧师协会”捐一笔款子。牧师还问到菲利普的表现好不好。随后太太提起威格拉姆太太又有了一件新披风，考克斯先生没来做礼拜，有人说菲利普小姐订了婚，等等。到了牧师住宅，大家都觉得一顿丰富的午餐无论如何是不能免的了。

这一切都结束了，太太回到自己的房间休息，牧师倒在客厅的沙发上打一会儿盹。

五点钟大家来用茶，牧师吃一只鸡蛋，好把当天的晚祷坚持下来。太太不去做晚祷了，这样玛丽·安就可以去做晚祷，不过太太也还是要把晚祷词和赞美诗读一遍的。傍晚时分，牧师步行去教堂，菲利普一跛一跛地跟在他身边。他们在黑暗中沿着乡间小路前行，菲利普有一种奇异的感觉。在远处，教堂灯火通明，灯光越来越近，使人感到格外亲切。最初他还和伯父有些生疏，但渐渐地感到不那么怯生生的了。他悄悄地把手塞进伯父的手里，心里踏实了，走起路来也轻松多了。

他们一回到家就吃晚饭。牧师的拖鞋放在炉前的脚凳上，恭候着他回来，旁边是菲利普的拖鞋，是由一只小孩的皮鞋和另一只走了形的成人鞋子凑成的。菲利普上床睡觉的时候一点儿力气都没了，玛丽·安给他脱衣服，也就只好随她的便了。玛丽·安把他安顿好，亲了亲他，菲利普喜欢起她来了。

8

过去菲利普一直过着一个独生子的离群索居的生活，在牧师家里，他的孤独和寂寞，也不比母亲在世的时候好些。他和玛丽·安很要好。玛丽·安已经三十五岁了，圆圆的脸蛋，个子不高，她的父亲是渔民，她十八岁那年就到牧师家里做女佣人。一开始她就在这儿帮工，打算就这么一直干下去。可她嫁人的可能性，愈来愈成为压在男女主人心头的一块石头。她的父母住在离船坞街不远的一间小房子里，她晚上做完了事，就回家看看他们。她给菲利普讲大海的故事，使得菲利普浮想联翩。码头附近的那条小巷也激荡着他那幼小的心灵幻想出浪漫传奇的情节。一天傍晚，他问伯父伯母他能不能跟玛丽·安到她家看看。他们不同意，伯母担心他出什么事，而伯父说，跟下等人交往，会败坏优雅的风度。他不喜欢那帮打渔的，他们非常粗鲁，没有教养，是些到小教堂去做礼拜的人。可菲利普喜欢厨房，觉得在那儿比在客厅愉快多了，只要有机会，他就拿上玩具到玛丽·安的厨房去玩。伯母倒不把这当回事。她喜欢一切都是井井有条的，虽说她知道男孩子们会不出所料把什么都折腾得不像样子，所以也就不如听任他在厨房里捣乱。每当他到处乱吵，弄得伯父不能休息时，伯父就说这孩子该上学了。太太却认为菲利普还远没有到上学的年龄，她很同情这个没有母亲的孩子。可是她那想博得他一点好感的意图，总是怪别扭的。这个孩子不好接近，对他表示亲热，他却使劲绷着个脸，她感到受了莫大的屈辱。有时她听见从厨房里传出菲利普那尖亮的笑声，可她一进去，他就变闷葫芦了。玛丽·安接着往下给他讲笑话，他的脸又泛红起来。太太实在没有觉出玛丽·安讲的有什么可笑，不过她也跟着笑那么一笑罢了。

“威廉，他在玛丽·安那儿好像更快活些。”她回去做针线时对丈夫说。

“看来他越来越不像样子了，也该管教管教了。”

菲利普到牧师家的第二个星期日，发生了一件不幸的事情。牧师回到家里，像往常那样，饭后在客厅里睡午觉。由于心里烦躁，怎么也睡不着。这天早晨，格莱夫斯同牧师争吵起来，他坚持反对牧师用那只蜡烛台装饰祭坛。蜡烛台是牧师托人从德坎布里买来的，他觉得蜡烛台很漂亮。可约西亚·格莱夫斯这家伙竟说这是天主教的玩意儿。这番奚落可把牧师惹火了。他在牛津大学读书的时候，正赶上爱德华·曼宁[1]

①亨利·爱德华·曼宁（Henry Edward Manning，1808–1892），英国红衣主教，以曼宁主教知名，牛津运动领导之一，1851年改宗成为天主教徒。

的国教分离运动[1]。他对天主教多少有些同情。他愿意把礼拜仪式弄得隆重点，而他所在的布莱克斯塔布尔的低教派[2]教区，礼拜太平淡无奇了。在他的灵魂深处他渴望举行行列仪式，使满屋明烛高燃，而现在至多只能焚上几炷香。别人要是称他为新教徒他就老大不高兴。他自称是天主教徒。他总是说，天主教徒前面要加个形容词，他们是罗马天主教徒，而他们英国国教，则具有天主教这个词中最杰出、最完美、最高贵的意义。每当他想到自己那刮得光溜溜的面孔看上去就像个年轻教士时，他就颇为自得。他年轻的时候就有受苦受难的劲头，使他更像个教士。他常常讲下面这个故事：一次他去布洛涅[3]度假，由于经济上的原因，妻子没有随同前往。一天他正在一个教堂里坐着，布洛涅教区的牧师竟走到他跟前，请他给做一次布道。他信守天主教的观点，无薪俸的教士是应该独身的。一旦他的副牧师们结婚了，凯利就把他们的职撤了。有一次竞选，那帮子自由党在他家的花园栅栏上写上了一行蓝色大字：这条路通向罗马。他气得发昏，威胁说非要对布莱克斯塔布尔的自由党领袖起诉不可。而此时他打定了主意，约西亚·格莱夫斯说什么也没有用，休想让他撤掉祭台上的烛台。他嘴里咕噜着“俾斯麦”“俾斯麦”，气冲冲地连骂了几声。

一阵突如其来的轰隆声把他吓了一跳。他把蒙住脸的手帕掼掉，一骨碌从沙发上爬起来，向餐厅走过去。菲利普端坐在桌上，周围堆满了砖头。他搭了一座巨大的城堡，底部没有垒牢靠，整个建筑就轰地一声坍塌了。

“菲利普，你鼓捣这些砖头干什么！你知道星期日是不许玩游戏的。”

菲利普吓坏了，呆呆地望着他好一会儿，像往常一样，他的脸唰地一下红了。

“过去在家里一直可以玩呀。”他回答说。

---

①国教分离运动，又叫牛津运动，在英国国教中复活天主教教义和仪式，反对自由教义的运动。约在1833年首发于牛津大学。

②高教派和低教派均为英国国教派，前者注重礼仪场面。

③布洛涅（Boulogne），位于法国北部英吉利海峡沿岸加来海峡省的港口城市。

“我相信，要是你干这种坏事，你亲爱的妈妈是不会答应的！”

菲利普哪里知道这是坏事，如果坏事就是玩砖头，他当然不希望别人认为是妈妈同意他的。他耷拉着脑袋，一句话也不说。

“你就不知道，在星期日这样做是非常非常不好的？难道你就不懂什么叫主日吗？今天晚上还要去教堂，可你下午把造物主的规矩给破坏了，看你还有什么脸去见他？”

伯父吩咐菲利普立刻把砖头都搬走。菲利普照他的吩咐做了，他站在一边盯着看。

“你这孩子太淘气啦。”他还是没完，“想想吧，你这样做，你妈妈在天上会多么伤心呵！”

菲利普几乎要哭出来了，不过他很不情愿叫旁人看到他流眼泪，他紧紧咬住嘴唇，忍住不哭出来。牧师在扶手椅上坐下，把书翻来翻去，菲利普在窗前站着。牧师家离去德坎布里的公路有一段路。从餐室这儿可以望见一片半圆形的草地和远处地平线上绿色的原野，草地上放牧着羊群。天空灰蒙蒙的，显得十分凄凉。菲利普难过极了。

这时玛丽·安送茶进来，露易莎伯母也从楼上下来。

“睡得不错吧，威廉？”她问。

“什么不错？”他回答，“菲利普弄出好大的声音，我连个盹也没打成。”

这么说不太准确，他一直在想心事，所以睡不着。菲利普绷着脸听，心里却在顶嘴。他只弄出过一次声音，在这之前和在这之后可没弄出声音让伯父睡不着呀。太太问是怎么回事，牧师又详详细细讲了一遍。

“他甚至连个错都不认。”他最后说。

“唉呀，菲利普，我想你一定会觉得很惭愧的。”伯母心里这么说，可又希望孩子的伯伯别把他看得比过去更招人厌才好。

菲利普不理他们。他仍然一下一下嚼着黄油面包。他身上有一股莫名其妙的力量，认错后悔的话怎么也说不出来。他感到耳朵刺痛，有点想哭，但他还是不吐一言。

“你这样哭丧着脸就更糟糕了。”伯伯说。

大家默默地把茶喝完。太太不时偷偷地瞟一眼菲利普，而牧师却有

意不理睬他。菲利普看见伯父上楼换衣服，就要去教堂了，他就到前厅取上自己的帽子和外套。牧师下楼看见他在那儿站着，就说:

“今天晚上你不用去教堂了，菲利普，你这一副神态怎么能去圣所呢？”

菲利普一句话也没有说。他感到受了极大的屈辱，脸羞得通红。他默默地站着，看着伯父戴好了宽边帽，又把大斗篷穿上。伯母像平时那样到门口送走他，又返回来找菲利普。

“算啦，没什么的，菲利普，下星期日可别再淘气了。只要不淘气，晚上你伯父就会带你去教堂的。”

她给菲利普摘掉帽子，又把外套脱了，领他来到餐室。

“和我一块儿念祈祷文吧，菲利普，我们可以在风琴那儿唱赞美诗，好不好？”

菲利普坚决地摇摇头。太太吓了一跳。要是不和她做晚祷，那又该拿他怎么办呢？

“那么，在你伯父回来之前，你干什么呢？”她一筹莫展。

菲利普最后说话了：“我只想一个人待着。”

“菲利普，你怎么能说这种绝情话呢？你伯父和我都希望你好，你怎么不懂呢？你一点儿也不爱我吗？”

“我恨你，你死了才好哩。”

牧师太太气喘吁吁。他的话这么野蛮，使她目瞪口呆，说不出话来。她在丈夫的椅子上坐下来，她想到她多么渴望去爱这个孤苦伶仃的残废孩子，一想到她多么热切地盼望他能爱她——她没有生育，即使她非常清楚这是天意，今后也不会有孩子了，但一看到孩子这样作践她，她又受不了，心里一阵绞痛——想着想着，泪水从眼睛里涌出，一滴接一滴，慢慢地滚下来。菲利普惊愕地看看她。她掏出手帕，再也抑制不住，放声大哭起来。这时菲利普才恍然大悟，原来是他的话把她刺伤了，他感到对不起她。他一声不响地走过去，吻了吻她。菲利普主动地吻她，这还是第一次。她黑缎子衣服下的身体那么瘦小，干瘪的脸蜡黄蜡黄的，梳着螺旋式的发卷。伤心的太太把孩子抱在膝上，用胳膊紧紧地搂着，哭得心都碎了。不过她悲喜交加，她觉得和孩子之间的那种隔膜不复存在了。现在她对他有了一种从未有过的爱，就因为他使她痛苦过。

9

到了星期日，牧师要到客厅睡午觉去时——他的起居行止有如仪式一样准确无误——太太正要上楼去，这时菲利普问道：

“要是不能玩，那我干什么呢？”

“你就不能安安静静地老实坐一会儿吗？”

“我坐不到吃茶的时候呀。”

凯利牧师朝窗外望望，天气又阴又冷，看来不能打发菲利普到花园去玩。

“有啦，你可以干干这个。你把今天的短祷文背下来吧。”

他从风琴上取下那本祈祷书，翻到他要找的那一页。

“这一段不长，吃茶的时候你要能一字不错地给我背下来，就给你吃鸡蛋的尖头头。”

太太把菲利普的椅子拖到餐桌前——这时他们已经给他买了一把高椅子——她把书摊开，放在他面前。

“魔鬼给懒惰人找到工作干。”牧师说。

他在火里加了几块煤，等他来吃茶时，火正好就旺了，然后他进了客厅。他把领口解开，再摆好垫子，就舒舒服服地躺在沙发上。太太想起客厅里有些凉，就从前厅给他拿来一块毯子，她把毯子盖在他的腿上，又严严实实地把脚塞好。她怕光线直射在他的眼睛上，又去放下百叶窗，看到丈夫已经把百叶窗都关上了，这才踮着脚走出去。牧师今天情绪平和，不到十分钟就睡着了。屋子里响起了均匀的鼾声。

这天是主显节[①]后的第六个星期日，这一天的短祷文是这样开始的：“啊，上帝，你赐予的圣子耶稣与我们同在，使我们能战胜魔鬼的邪恶，使我们成为神的子民，获得永生。”菲利普念了一遍，他一点儿

①主显节在每年的1月6日，是纪念耶稣显灵的日子。

也不懂这些话是什么意思。他就一个字一个字大声念起来，可是不认得的字太多了，句子的结构也没见过。背来背去，就连两行也记不住。他不断地胡思乱想：他想到沿着院墙边整齐的果树，可是有一根树桠子太长了，总是碰着窗户的玻璃；他又想到去花园外的地里，羊群吃草时傻乎乎的样子。他的脑子里乱糟糟的，怎么也理不清楚。他慌了神，生怕到吃茶的时候还记不牢短祷文，赶忙小声地念起来，他也不求弄懂是什么意思了，只要能像鹦鹉学舌那样记住就行。

这天下午，太太没能睡着，到了四点还是毫无睡意，她就下楼来了。她想最好先听听菲利普把短祷文背出来，免得给他伯父背时出什么错。只要不出错，他伯父就会高兴的，他会发觉这孩子已经上了正路啦。太太到了餐室门口，刚要打开门进去，就听到屋里传出一种声音，她一下子站住了。她有些发慌，便转身走开，悄悄溜出前门。她绕过房子，转到餐室的窗子下，小心翼翼地向里张望。菲利普还是坐在她搬给他的那把椅子上，不过并没有背什么短祷文，而是趴在桌子上，胳膊抱住脑袋，哭得惨极了。可以看到他的肩膀剧烈地起伏着，太太害怕了。这个孩子的外表太镇静了，她一直对这点感到惊讶，她还从来没有见他流过眼泪哩。这一下她可算明白了，他表面上那么镇静，原来是性格上的腼腆，不好意思让别人看到自己的感情。这不，他躲起来哭哩！

她甚至没有考虑丈夫被突然弄醒会不高兴，就一下子冲进了客厅。

“威廉，威廉。”她说，“那孩子正哭呢，哭得伤心极了。”

牧师坐起来，把腿上的毯子弄开。

“他为什么哭？”

“不知道……喂，威廉，孩子这么难过怎么行？你看这会不会是由于我们的过错呀？如果我们有孩子就知道该怎么办了。”

牧师先生茫然地看着她，他感到完全无能为力。

“他不能因为我让他背短祷文就哭起来吧。短祷文连十行都不到呀。”

“你说我是不是拿几本图画书给他看，威廉？咱们有几本圣地[①]的

---

①圣地指耶稣的诞生地伯利恒。

书，里边不会有什么不好的东西。”

“你看着办吧，倒也没有什么不可以的。”

牧师去了书房。搜集书籍是他唯一的嗜好，每次去德坎布里城，他总要在旧货商店盘桓一两个小时，非要挟回四五本发黄的大部头的书才肯罢休。不过读书的习惯早就没了，买来的这些书也就从没有读过，不过他喜欢没事闲翻翻，碰到有插图的地方就看看，要不然就把书的封皮修补修补。他喜欢阴雨天，这样就可以不受良心责备地待在家里，用鸡蛋清和胶水修补一下四开精装本的俄国羊皮包面，这样消磨一个下午。他搜罗了一些旧时的游记，附有铜版插图，太太很快就找到那描写巴勒斯坦的书。她特意在门外咳了一声，好使菲利普有所准备——她觉得不能在菲利普抹眼泪时闯进去，要不然他会认为太丢人了——然后才嘎啦嘎啦地拧开了房门。她一进去就看到菲利普正全神贯注地在看那本祈祷书，双手遮在眼睛上，生怕伯母看出他刚刚哭过。

“短祷文会背了吗？”她说。

他好一会儿没有回答。她觉出他没有把握，倒不知所措了。

“我背不下来。”他终于说话了，喘了一口气。

“好了，这有什么关系。”她说，“你也不用背了。你看，我给你拿来几本图画书。来，坐在我腿上，我们一起来看。”

菲利普从椅子上滑下来，一跛一跛走过去。菲利普垂着眼皮，不让凯利太太看到他的眼睛。她把他搂住。

“看。”她说，“这是我们的圣主耶稣诞生的地方。”

她指给他看一个中东城市，房子都是平顶的，还有钟形的圆顶建筑和伊斯兰的尖塔。近处是一丛棕榈树，两个阿拉伯人和几匹骆驼在树下休憩。菲利普用手在画上摩挲着，好像要感觉一下那些屋宇和流浪汉的宽衫。

“念一念，看上面说的是什么。”他要求道。

太太平平静静地念了一遍印在反面的文字说明。说的是30年代几个东方旅行者的一番奇遇，情节或许有些夸张，却富有激情，使人感到温馨。旅行者踏上拜伦[1]和夏多布里昂[2]的道路，满腔热忱地到了东方。伯母刚说一会儿，菲利普就打断了她。

“我要再看看别的画儿。”

太太看到玛丽·安进来，就站起来帮她铺桌布，这时菲利普把书拿起来，迫不及待地翻插图看。伯母好不容易才使他把书放下吃茶点。他已经把刚才背短祷文的那场可怕的搏斗忘得一干二净，也忘了那伤心的眼泪。第二天是个雨天，他还要再看看那本书。太太满心欢喜，又把书拿给他。太太和丈夫商量起菲利普的前程，原来他们俩都希望他将来成为一个牧师。那本书描述了耶稣的降临把耶路撒冷圣化了，而他竟对它表现那般的热情，说不定是个好预兆。这么看来，那孩子的思想当然是迷上了神圣的事物了。一两天以后，菲利普对这本书已经不满足了。牧师先生把他带到书店，给他指点那个放有插图的书的书架，并从上面为他挑了一本有关罗马的书。菲利普贪婪地翻阅着。他从图画里得到了新的快乐。每当看到木刻插图，他都要看每幅图前前后后的文字，琢磨那是怎么一回事，他对玩具很快就一点儿兴趣也没有了。

到后来，只要近旁没有人，他就自己溜进书房去取书。大概是由于那种东方城市在他头脑中造成了最初的印象，他最感兴趣的是描写利文特[3]的那些书，一看到清真寺和富丽堂皇的宫殿，他的心就兴奋得怦怦直跳。在一本关于君士坦丁堡的书中有一幅画，尤其使他心驰神往。这幅画叫“千柱之宫”，画的是一个拜占庭的蓄水池，不用费劲儿就可以想象出蓄水池奇大无比。他读到的那个传说是这么讲的，在蓄水池的入口处停泊着一只小船，引诱着莽撞的人上去，谁要是想知道里面为什么那么漆黑一片，轻率地把船划进去可就再也回不来了。菲利普极想知

---

①乔治·戈登·拜伦（George Gordon Byron，1788–1824），英国浪漫主义诗人，早年曾游历土耳其和希腊。

②弗朗索瓦-勒内·德·夏多布里昂（François-René de Chateaubriand，1768–1848），法国作家，著有大量小说，是浪漫主义的先驱。

③利文特（Levant），地中海中部诸国和岛屿，包括叙利亚、黎巴嫩在内的自希腊至埃及的地区。

道，小船是永远在一个又一个圆柱走廊间漂荡呢，还是最后能到达某个奇怪的殿堂呢？

一天来了好运气，他偶然找到了《一千零一夜》的莱恩译本。他先是被里面的插图迷住了，接着就读起来，从描写魔法的故事开始，然后一个接一个读下去，凡是他喜欢的故事，都读了一遍又一遍。除了读这些书，什么都忘了，周围的一切他都忘了。三番五次叫他去吃饭，他才会把书放下。他不知不觉养成了世界上最怡人的习惯，即读书的习惯。他没有意识到他正在为自己提供一个躲避世间纷扰的安乐窝，他还不知道他正在为自己创造的世界是不真实的，这反而会给生活的真实世界带来痛苦的失望。不久，他又开始涉猎更加广泛的书籍了。他的思想过早地成熟了。伯父伯母见他安分守己，不再惹是生非了，就让他自得其乐不去管他了。过去他不知道伯伯的书可多着哩。牧师一次又一次地图便宜买了一大堆杂七杂八的旧书，由于他自己并不怎么读书，也就把这些书都忘记了。在训诫布道、游记、圣徒和教士传记等一大堆书中偶然有几本旧体小说。菲利普终于发现了这些书，哪本小说的题目有意思，他就先看哪本。最先看的是《兰开夏的女巫》，再读《尊敬的克里克顿》，以后读得更多了。他每次一打开一本描写两个寂寞的旅行者在悬崖峭壁间骑马行走的书时，他就感到自己是安全的。

夏天到了，那个当过水手的花匠给菲利普做了一张吊床，把床吊在一株垂柳的枝干上。他在吊床上一躺就是好几个小时，凡是到牧师住宅来的人他都避而不见，只是读书，拼命地读书。光阴荏苒，七月一过，八月又姗姗而来。每逢星期日，教堂里挤满了外乡人。在礼拜的奉献仪式上，捐款的数目常常有两镑之多。在这段时间里，牧师和太太都轻易不走出花园，他们不喜欢陌生的面孔，所以碰到伦敦来的游客，他们总是带着一副厌恶的表情。花园对面的房子被一位绅士租用了六个星期，他带着两个小男孩。他登门造访时，提出过不知菲利普是否愿意和那两个小男孩在一起玩，可是牧师太太彬彬有礼地谢绝了。她唯恐菲利普被伦敦孩子带坏了。菲利普日后是要当教士的，因此一定要保证他的纯洁无瑕。在她的眼中，菲利普乃是一个未成年的撒母耳[1]。

10

牧师夫妇决定送菲利普去德坎布里的皇家学校读书。邻近教区的教士也都是把他们的子弟送到那里去读书的。这个学校传统上和大教堂有着长期的关系：校长是牧师会的名誉委员，上届校长是副主教。学生们则被鼓励去追求神职，教育的目的是把学生造就成为一个终身在教会供职的忠实的青年人。这所学校还有一所附属的预备学校，牧师夫妇商量要送菲利普先进这个预备学校。快到九月底时，凯利牧师在一个星期四的下午把菲利普送到德坎布里。一整天菲利普都非常兴奋，还有点害怕。学校生活他知道得很少，他只在《男童报》的故事中和《艾利克，从点滴做起》中读到过一些学校生活。

他们在德坎布里下火车时，菲利普紧张得直犯恶心。进城的路上，他的脸色苍白，一声不响地坐在车里。学校的前面是一道高高的砖墙，使这里看上去像是个监狱。墙上开了一个小门，他们上前去按门铃，门应声而开，出来一个笨手笨脚的邋遢男人，他把菲利普的铁皮箱和玩具木箱都拿上，领他们来到会客室。会客室里到处都是粗笨难看的家具，沿墙摆着一排同家具配套的椅子，使人感到庄严肃穆。他们等校长来。

"沃特森先生长得什么样？"过了一会儿菲利普问。

"一会儿你会看到的。"

又是一阵沉默。凯利牧师纳闷校长为什么还不来。这时菲利普鼓足勇气又说：

"告诉他我的脚生下来有毛病吧。"他说。

还没等牧师说话，门就砰地一声开了，沃特森先生大摇大摆走进来。在菲利普眼中，他简直是个庞然大物。他的身高起码六英尺，肩膀

①撒母耳（Samuel），《圣经》中的人物，希伯来法官和先知。在他童年时代，神的默示就降临到他。

很宽，有异乎寻常的一双大手，留着一大把红胡子。他说起话来嗓门很大，一副快活的样子。不过他的高兴劲儿太咄咄逼人了，使菲利普感到特别恐惧。他和牧师握握手，然后又把菲利普的小手攥在手心里。

“喂，小家伙，愿意上学吗？”他喊道。

菲利普脸红了，慌得说不出话来。

“几岁啦？”

“九岁。”菲利普说。

“你得叫‘先生’。”他伯父说。

“我想你已经懂得不少事了吧。”校长快活地发出嗡嗡的声音。

他想使孩子别这么胆怯，于是就用粗硬有力的手胳肢起菲利普来。菲利普被他搔得躲来躲去，他觉得很难为情，也很不舒服。

“我暂时把这孩子安置在小宿舍……喜欢吗？”他又对菲利普说，“那儿只有八个人，去了以后可不要太怕生了。”

这时门开了，沃特森太太走进来。她长得很黑，黑色的头发整齐地从头顶正中分开，嘴唇厚得出奇，再配上一个小圆鼻子，眼睛又大又黑。她的样子显出奇怪的冷漠。她差不多没说什么话，更谈不上有什么笑容。她丈夫把凯利牧师介绍给她，接着又亲热地给了菲利普一掌，把他推到她面前。

“这是新来的，海伦。他叫凯利。”

她默默地和菲利普握握手，没有说话就坐下来。这时校长问牧师，菲利普会些什么，学过哪些书。布莱克斯塔布尔的牧师有些难以招架沃特森先生那样吵吵嚷嚷的热情。过了不大一会儿他就站起来说：

“我想就把菲利普托付给你啦。”

“放心吧。”沃特森说，“交给我保管没事。他准会过得痛痛快快的。嗯，你说呢，小家伙？”

菲利普还没有来得及回答，大个头就爆发出一阵怒吼般的大笑。牧师在菲利普的额头上吻了吻就走了。

“来吧，小家伙。”沃特森喊道，“我带你看看教室。”

他阔步走出了会客室，菲利普忙不迭地一跛一跛跟在后面。菲利普被带进一间长长的空空荡荡的房子，有两张和这教室一样长的大条桌，桌子的每一侧都有木头的长条凳。

“这儿的人不是很多。”沃特森先生说，“我这就带你去看看操场，看完操场，你就自己看着办吧。”

沃特森先生走在前边。菲利普看到了一个大操场，三面是高高的砖墙。剩下的那面是一道铁栏杆，从铁栏杆这边望过去可以看到一大片草地，草地的那边就是皇家学校的几幢建筑。一个小男孩在闷闷不乐地蹓跶，一边走一边踢着鹅卵石。

“喂，温宁。”沃特森喊道，“你什么时候回来的啊？”

小男孩走上前来，两个人握握手。

“这是新来的同学，岁数比你大，块头也比你大，你别欺负他。”

校长和善地瞪着两个孩子，他的嗓音像怒吼一般，把他们吓坏了，他发出一阵震耳欲聋的大笑径自走了。

“你叫什么名字？”

“凯利。”

“你爸爸是干什么的？”

“他死了。”

“是这样！你妈妈洗衣服吗？”

“我妈妈也死了。”

菲利普以为这么回答会使这孩子有些难堪，可是温宁还是一脸的滑稽相。

“那她从前洗吗？”他继续追问。

“洗。”菲利普气愤了。

“那她是个洗衣妇吗？”

“不，不是。”

“那么，她就不洗衣服喽。”

经过反复盘问，小男孩作出了结论，他得意极了。接着他又注意到了菲利普的脚。

“你的脚是怎么回事？”

菲利普不由自主把脚收回来，把跛脚藏在好脚的后面。

“我的一只脚有毛病。”他回答说。

“怎么搞的？”

“生来就这样。”

“让我看看。”

“不让。”

“不让就算了。”

那小男孩的话音未落，就一脚狠狠踢在菲利普的小腿上，菲利普没料到他会来这么一手，所以毫无防备。他疼得喘不上气来，但他惊愕极了，一时忘了腿上的疼痛。他不明白温宁为什么要踢他。他甚至没有想起来要朝对方眼上打一拳。再说，这个男孩比他小，他在《男童报》上读到过，打比自己小的孩子是卑鄙的。菲利普抚弄着自己的小腿，这时又有一个孩子出现了，虐待他的人撇下他走了。过了一会儿，他才注意到那两个人正在议论他，显然他们在注视他的脚，他感到身上发烧，不自在极了。

又来了一些学生，一共有十几个，接着又来了一些。他们在一起谈起假日里的活动，都到哪些地方去玩了，他们还谈论起板球玩得可有意思了。又来了几个新同学，菲利普马上主动找他们说话。他很害羞，又很紧张。他急于想使别人喜欢自己，竟一时不知说什么好。他们东一句西一句问了他一大堆问题，他高兴地一一作了回答。一个孩子问他会不会打板球。

“不会。”菲利普答道，“我的一只脚有毛病。”

那孩子飞快地低头看了一眼，脸红了。菲利普看他的表情，也明白了他意识到自己问得不得体。他不好意思极了，甚至张不开口道歉，只是为难地望着菲利普。

11

第二天，叮叮当当的铃声唤醒了菲利普，他惊奇地环视着自己的小卧室。这时一个声音唱起来，他这才想起自己在什么地方。

“你醒了吗，辛格？”

抛光了的北美油松木板把小卧室一间间隔开，每间小卧室的前面都有一块绿布帘。那阵子人们对通风还一无所知，所以宿舍除了在清晨换换空气，其余的时间窗户总是关得严严实实。

菲利普爬起来，跪下做祈祷。早晨的天气很冷，他身上有些发抖。不过以前伯父教诲他说，做祈祷时最好穿着睡衣，这比等到穿好衣服祈祷更易于为上帝接受。这么说他倒觉得不足为怪，因为他开始认识到作为生灵就是属于上帝的，而上帝对崇拜者的苦行是深表嘉许的。做完祈祷他就去洗漱。五十个住宿生共有两个浴盆，每个孩子在一个星期里洗一次澡。除了洗澡，所有的洗漱全靠洗脸架上的一只小脸盆，这个再加上床和椅子就构成了每个小卧室里的全套家具。孩子们一边穿衣服，一边叽叽嘎嘎地说笑。菲利普注意听着。铃又响了，大家都跑下楼。他们跑到教室里，在长条桌两侧找到自己的座位。沃特森先生走进来坐下，后面跟着他的妻子和学校的工友。沃特森念祈祷文的方式实在令人叹为观止，祈祷文经他那大嗓门念出来，竟如霹雳炸雷一般。与其说是在念祈祷文，倒不如说在威吓这些孩子。菲利普听得战战兢兢。沃特森先生又念了《圣经》中的一章，念完了，学校的工友们就从教室里鱼贯而出。过了一会儿，那个邋里邋遢的年轻人提来两个大茶罐，第二趟又端来几盘黄油面包。

菲利普食欲不振，面包上大块的劣质黄油使他倒胃口。他看到其他的孩子狼吞虎咽的样子，也照他们的样子吃起来。大家都自己带了肉来，装在罐子里，或者带这一类的食物，他们把带来的食物放在自己的玩具木箱里。有的孩子还带一些“倍儿棒”①，比如说鸡蛋、火腿什么的，沃特森先生总要在孩子们的这些食物上揩点儿油水。他也向牧师先生问起过，是否给菲利普也带了这类东西，牧师先生正颜道，他本人以为孩子万万宠惯不得。对此沃特森十分同意——他也认为，正在长身体的小家伙只需吃黄油面包就绰绰有余了——不过就是有些家长对孩子过

①Extras，原意为质量特别好的东西，此处译为北京口语“倍儿棒”。

于娇惯，非要给孩子带吃的不可。

菲利普发觉带些“倍儿棒”是孩子们的一种荣耀，他打定了主意，写信时也向露易莎伯母要一些“倍儿棒”。

吃完早餐后，孩子们蹓跶到了操场。走读生逐渐凑到了一起。有的学生的父亲是地方牧师，有的是驻地军官，有的是这个古老城镇少不了的工厂主和经纪人。没多一会儿，铃响了，大家一窝蜂涌进教室。学校只有一间又大又长的教室和一间小教室，二年级和三年级分别在大教室的两端上课，由校长的两个副手负责。大教室这边的那间小教室由沃特森占用了，他教的是一年级。作为高年级学校的初级部，这三个年级在授奖典礼日或在报告中，一般都被称为高班、中班、低班。菲利普被安排在低班。教师名叫赖斯，红红的脸膛，说起话来很悦耳。他对学生们和颜悦色，大家都觉得上课的时间一下子就过去了。差一刻十一点时，教师就叫他们到外面休息十分钟，每当这时，菲利普就感到很新鲜。

全校的学生吵吵嚷嚷冲进了操场。新生被叫到操场的中间，其他的同学则分别在操场两边的墙根下站好。这样，“捉猪”的游戏开始了。老生从这边跑到另一边，这时新生就要设法把他们抓住。捉住一个人后，就说一句咒语：“一，二，三，快变一只猪。”被捉住的人就成了俘虏，倒戈过来站在这一边，帮助捉拿那些还没有被逮住的人。菲利普看见一个孩子跑过去，就去捉他，可是那只跛脚拖累了他，那孩子跑掉了。那些人瞅准时机径直从他前前后后跑过去。这时一个老生灵机一动冒出一个念头，他模仿起菲利普跑动时的笨拙样子。孩子们看到后，都哄笑起来，接着他们也学着那个人的样子。他们围着菲利普跑起来，一跛一跛的样子怪里怪气，他们尖叫着，不时发出刺耳的笑声。新发明的消遣使他们快活得忘乎所以，乐得都喘不上气来。一个孩子给菲利普使了一个绊儿，菲利普一下子重重地摔倒在地上，膝盖被蹭破了，他一跌倒总是摔得很厉害。他爬起来，他们更笑得前仰后合，一个孩子从背后推了他一把，幸亏有一个扶住了他，否则他准又会摔倒的。孩子们拿菲利普的残疾寻欢取乐，竟把做游戏也忘记了。有一个孩子又发明了一种奇特的滚式跛脚，大家更是乐不可支，几个孩子躺在地上，笑着乱滚。菲利普吓呆了。他不明白他们究竟为什么要取笑他，他的心怦怦乱跳，几乎喘不上气来。他长了这么大，头一遭这么害怕过。孩子们边学边笑，围着他跑着，他竟痴呆呆地站在那儿。他们向他喊“快来抓我们吧”，他一动也不动。他可不想让他们再看到他是怎么跑的了。他拼命忍住，不让自己哭出来。

突然铃声响了，大家都涌回教室。菲利普的膝盖流着血，浑身沾满了土，衣服零乱不堪。好一阵子赖斯先生都不能使课堂安静下来。刚才那个新奇的把戏还在使孩子们兴奋。菲利普发觉有一两个同学还在低头偷偷看他的脚，他就把脚藏在凳子下面。

到了下午。大家都去踢足球，赖斯吃完饭出来的时候叫住菲利普。

“你不能踢足球吧，凯利？”他问。

菲利普感到自己脸红了。

“是的，先生。”

“那好。那你到草地去吧，尽可能多走走，怎么样？”

菲利普根本不知道草地在哪，不过他还是回答说：

“好的，先生。”

赖斯先生带着孩子们走时，瞥了一眼菲利普，见他没有动弹，就问他为什么不去玩。

“沃特森先生说我可以不去，先生。”菲利普说。

“为什么呢？”

孩子们围上来，好奇地盯住他，菲利普顿时感到羞怯极了。他看着自己的脚，没有说话，其他的人告诉了赖斯先生。

“他的一只脚有毛病，先生。”

“噢，原来是这么回事。”

赖斯先生相当年轻，去年他才获得学位。听了那学生的回答，他一时竟感到十分窘迫。他本想请这个孩子原谅，不过他太不好意思这样做了。

他有些暴躁，高声说道：

“喂喂，我说你们这些孩子，这有什么好瞧的？都去吧！”

有的学生已经走了，剩下的这时也三三两两地走开了。

“跟我来吧，凯利。”教师说，“你不认识路吧？”

菲利普揣测到教师的好意，喉咙里一阵哽咽。

“我走不快，先生。”

“那我走得慢点儿。”教师对他笑笑。

这个红脸膛的青年教师虽说普普通通，可他说的话温存体贴，字字句句都使菲利普感动。他一下子就不再觉得有什么不快了。晚上孩子们要睡觉了，大家正在脱衣服的时候，那个名叫辛格的孩子从自己的小间里出来，把脑袋探进菲利普的小间。

“喂，让我看看你的脚吧。”他说。

“不让。”菲利普回答。

他赶紧钻到被子里。

“少跟我来这套。”辛格说，“快来，麦森。”

隔壁的一个男孩正在拐角处守候着，闻声溜了进来。他们向菲利普扑过来，想要扯掉菲利普的被单，他死死抓住被单不放。

“你们为什么不放开我？”他叫起来。

辛格抓起一把刷子，用刷子背面猛击菲利普攥住毯子的手。菲利普嗷嗷乱叫。

“老老实实叫我们看看你的脚就没事！”

“我就不！”

菲利普无路可退，他只好握紧拳头向打他的孩子回击，可是他处的位置不利，胳膊被那个孩子抓住了。他把菲利普的胳膊拧过来。

“哎哟，别扭啦，别扭啦。”菲利普叫着，“我的胳膊都要折了。”

“那你老老实实的，把脚伸出来就不扭了。”

菲利普喘着粗气呜呜哭起来。那孩子又猛地扭了一下他的胳膊。一阵钻心的疼痛。

“行，行，我依你们。”菲利普说。

他把脚伸出来。辛格还是抓住菲利普的腕子不撒手。他好奇地打量着那只残脚。

“怪吓人的！”麦森说。

又有一个人进来看。

“呸！”他感到很厌恶。

“我说，这样子太怪了。”辛格扮了一个鬼脸，“疼不疼？”

他用食指小心地捅了捅，仿佛那只残脚活了。突然他们听到沃特森先生上楼梯的沉重脚步声，就把被子抛回到菲利普身上，一溜烟儿地窜回自己的小间去了。沃特森先生进了宿舍。他踮起脚跟，从挂着绿布帘的横杠上朝里瞧，这样检查了两三个小间。看到小家伙们老老实实地躺在床上，他就灭灯出去了。

辛格叫菲利普，菲利普不理他。他用枕头堵着嘴，无声地抽噎着。他倒不是由于打得疼才哭的，也不是因为他们看了他的脚而使他感到屈辱，而是因为他恨自己，恨自己没有顶住人家的威逼，竟自己把脚伸出去了。

这么一哭他就觉着自己的生活挺悲惨的。他那幼稚的头脑认为，这样的不幸似乎要永远持续下去。不知为什么他想起那天寒冷的早晨艾玛把他从床上抱出来，放在妈妈的身边。自打那时，他一次也没有想到过这件事，可是现在，他好像能够感到母亲身体的温馨，觉得母亲的胳膊在搂着自己。一时间他又觉得生活仿佛只是一场梦，母亲并没有死，在牧师住宅的日子和在学校这两天的悲惨遭遇都不是真的。明儿早晨醒来，就会发现又回到家里了。这么一想，他便不再伤心了。他的不幸太深重了，当然只是一场梦喽，妈妈并没有死，艾玛很快就会来叫他去睡觉的。想着想着他睡着了。

不过到了第二天清晨，叮叮当当的铃声又把他唤醒了，他一睁开眼睛就看到了那块绿色的布帘。

12

久而久之，孩子们对菲利普的残疾不再理会了，大家把他的残疾看成不过是长红头发和过度肥胖一类的事，没什么可大惊小怪的了。可是与此同时，菲利普却变得更加敏感了。要是能不跑的话，他就绝对不跑。他很清楚，只要一跑，别人就非注意到他的跛脚不可。于是他采取了一种独具一格的走路方式。他尽可能站着不动，把跛脚藏在另一只脚的后面，以免引起别人的注意，他也总是避免让别人提到他的跛脚。他不能和别的孩子们一起游戏、比赛，所以对其他孩子们的生活始终感到陌生。他只能在一旁看着他们玩得津津有味，他觉得他和他们之间好像存在着一道壁垒，无法沟通。有时候他们似乎认为，他不能踢足球是他自己的过错，可是这些怎么能让他们明白呢？他独处的时候多。他原来很好说话，可是渐渐地变得沉默寡言了。他开始意识到自己和别人是不一样的了。

在宿舍里辛格的块头最大，他不喜欢菲利普，而菲利普呢，要按年龄来讲，他的个子算是矮的了，尽管辛格经常对他粗暴无理，他也不得不忍气吞声。一个学期过了一半的时候，一种叫作“钢笔尖”的游戏在学校里风行一时。这是一种两个人用钢笔尖在桌上或板凳上玩的游戏。玩的时候只能用指甲盖儿推动笔尖，双方都要设法使自己的笔尖的尖儿越过对方的笔尖，同时要防止对方的笔尖越过来。谁要是达到了自己的目的，就在大拇指的指根上呵呵气，然后用拇指使劲按在两个钢笔尖上，如果抬起手来，两个笔尖都不掉下去，就赢到这两个笔尖。没有多久，孩子们除了这种游戏，其他的再也不玩了，谁的技巧高明，就可以赢得大批的笔尖。但没过多久，沃特森先生就断定了这种游戏是一种赌博，禁止再玩这种游戏，并把孩子们所有的笔尖统统充了公。菲利普一向很灵巧，是个赢家，他的心情很沉重，不得不把战利品交出去。可惜技痒难熬，只过了几天，在去足球场的路上，他到商店买了一便士的丁字形笔尖，他把笔尖儿放在兜里，哗哗作响，摸一摸心里就美滋滋的。很快辛格就发现他还有笔尖。辛格的笔尖也都交出去了，可是他瞒着留下一个特别大的笔尖儿，叫作“大象”，一直是所向无敌的，他岂能错过夺取菲利普笔尖的机会。尽管菲利普明白用小笔尖同“大象”较量于他不利，但是他性喜冒险并且也愿意冒一冒风险，况且他也知道辛格是不会允许他临阵脱逃的。他已经有一个星期没玩了，此刻坐下来玩感到兴奋得发抖，转眼他就输了两个小笔尖，辛格得意洋洋。可是第三轮的时候，“大象”不知怎么搞的，一下子滑到了一边，菲利普趁势推动自己的笔尖长驱直入。如此辉煌的战绩，使他高兴得直叫。就在这时沃特森先生来了。

“你们这是在干什么呢？”他问。

他看看辛格，又看菲利普，两人谁都不说话。

“我已经禁止再玩这种愚蠢的游戏，你们难道就不知道？”

菲利普的心怦怦直跳。他知道这下可要大祸临头了，心里非常害怕。虽说害怕，可他感到有几分高兴。他从来还没挨过鞭子哩。挨鞭子嘛，皮肉当然要吃点苦头，不过以后可就有的吹嘘啦。

“到我的书房来。”

校长转身就走，他们俩并排跟在后面。

辛格对菲利普嘀咕：“我们这回可玩到家了。”

沃特森先生指指辛格说：“把腰弯下。”

菲利普脸色惨白，看到那孩子每挨一鞭子，就哆嗦一下，打到第三下时，就听他哇地一声哭了。接着又挨了三下。

“成啦，起来吧。”

辛格站起来，脸上泪水纵横。菲利普向前迈了一步。沃特森先生看了他片刻，才说：

“我不准备打你。你是新来的。我不能打一个残疾的孩子。你们两个都去吧，可不许再淘气了。”

他们回到教室时，一伙孩子正等着他们哩，猜不出他们是怎么知道这件事的。他们呼啦一下围上来，向辛格问这问那。辛格看着他们，由于疼痛，他的脸变得通红，面颊上还带着泪痕。他冲着挨在他后面站着的菲利普摆摆头。

“他倒没挨打，因为他是个瘸子。”他气愤极了。

菲利普站在那儿，一言不发，面红耳赤。他感到他们都在轻蔑地瞧着他。

“你挨了多少下？”一个孩子问辛格。

不过辛格没有理那个孩子。身上的痛楚使他憋了一肚子火。

“以后少拉着我和你玩‘钢笔尖’了。”他冲着菲利普说，“看把你美的。你倒是用不着担什么风险。”

“我可没拉着你玩。”

“不是你是谁！”

他猛地一脚把菲利普绊倒。菲利普平时总有点站不稳，这使他扑通一下摔在地上。

“小瘸子！”辛格说。

在这个学期剩下的日子里，辛格变本加厉地欺负菲利普，尽管菲利普千方百计地躲着他，可是学校太小了，要躲开他委实太难了。他想办法和他言归于好，处处讨他的欢心，以至于他忍气吞声地给他买了一把小刀，尽管辛格照收不误，可并不领他的情。有一两次，菲利普实在忍无可忍，对这个比他大的孩子连踢带打，但辛格太强壮了，菲利普根本无法和他较量，辛格可以对他为所欲为，反正菲利普要向他赔礼道歉的。菲利普简直被逼得走投无路，他被打得实在忍受不了，不得不向辛格低头认罪，而这样的道歉怎么让人受得了呢？更糟的是，这种悲惨状况看来是没有尽头了，辛格还只有十一岁，他要到十三岁才能升到高级部去。菲利普十分清楚，和这个无法躲开的迫害狂还不得不一道生活两年。只有在学习或睡觉的时候他才能得到快乐。他经常产生一种古怪的感觉，仿佛他的悲惨生活不过是一场梦而已，他醒来时会发现自己是在伦敦家里那张小床上。

13

两年过去了，菲利普已经快十三岁了。在一年级班级中，他的成绩名列前茅。圣诞节之后，又要有几个学生去高级部了，到那时他就是最拔尖的学生了。他得到一大堆奖励，大都是纸张粗糙毫无用处的书籍，不过漂亮的封皮上烫着学校校徽。由于学习成绩优异，他也不再挨打受气了，也没有什么不高兴的了。同学们认为他有残疾，对他取得的成绩，倒也不那么妒忌。

他们说："他只能死啃书本，当然容易得到奖励。"

他对沃特森先生的那种最初的惧怕心情已经消失了。他渐渐适应了他的大嗓门。当校长把有力的大手放在他肩膀上的时候，菲利普就隐隐地感到校长的慈爱。他的记性很好，要想取得优良的学习成绩，好记性比智力更有用。菲利普知道，沃特森先生希望他在离开学校的时候，能够得到一份奖学金。

不过他的自我意识已经很强了。新生婴儿认为自己的身体同周围的事物是一回事，他们摆弄自己的脚趾，丝毫没有意识到脚趾比他身边发出嘎嘎响声的玩具更属于自己，只是逐渐通过痛感，才认识到身体这回事。必须有这样的经验，经过日积月累，个人才认识到自己。但是这里存在着区别：虽然每人都同样感觉到他的身体是个独立的完整的有机体，但每个人并不同样地感觉到自己有着完整的独立的个性。在青春发育期，离群独立的感觉尤为明显。当然也并不总是发展到极端的程度，以致个人和同伴之间的差别让别人看得特别明显。那些生活的幸运儿总是吉星高照，一帆风顺。正是这种人才像生活在蜂箱里的蜜蜂一样，几乎没有什么自我意识：他们和大伙儿一块儿行动，他们玩乐只因为能和大伙儿共享。你会看到他们在降灵节[①]的礼拜天，在汉普斯特德石楠宫翩翩起舞，在足球比赛场上狂呼大叫，要不然就会在帕尔林荫路的俱乐部窗户那儿探身向皇家仪仗队欢呼致意。就是因为他们，人才被称为社会动物。

菲利普的孩提时代那般天真无邪，当他有了自我意识，又是这样的自怨自艾，这是他的跛脚招致的嘲弄耻笑造成的。他的境况太独特了，对大家来说足以应付一般情况的现成准则，他就无法加以运用。这种情形使他不得不自己去思考。他读的书很多，头脑里充斥着各种各样的念头，由于一知半解，反倒给了他更加广阔的驰思遐想的天地。在折磨人的羞涩的压抑下，有某种东西在身体内生长起来，他朦朦胧胧领悟到那是个性。但是他对自己的个性又时时感到惊诧。他做事都是随心所欲，

①降灵节在复活节之后的第七个礼拜天。

事后再究其原委，他自己也觉得茫然无知。

有一个叫劳德的孩子，他同菲利普越来越亲热。一天他们正在教室里玩耍，劳德拿菲利普的乌木笔插变起戏法来。

“别干这种傻事。”菲利普说，“当心弄坏了。”

“弄不坏。”

没等那孩子的话音落地，笔插已经啪啦一声折为两半。

劳德狼狈地看着菲利普。

“哦……哎呀……十分对不起。”

眼泪从菲利普脸上流下来，不过他并没有说什么。

“我说，你怎么了？”劳德吃了一惊，“我赔你一个，和你这个一模一样的。”

“笔插倒不值什么。”菲利普的声音颤抖着，“可那是我母亲临去世时送给我的。”

“我说凯利，我太对不起你了。”

“没关系。也不能怪你。”

菲利普把已分成两半的笔插捡起来，拿在手里看着，他克制着不哭出来。他感到哀伤极了。他很清楚这笔插是上次在布莱克斯塔布尔度假时买的，只用了一两个便士，可自己为什么竟悲从中来呢？他丝毫也不明白为什么要虚构这个哀婉动情的故事，但是他那样悲恸，使这个故事愈加逼真。牧师住宅的虔诚气氛和学校里的宗教气氛使菲利普对良心非常敏感，他不由陷入了深思，他觉得撒旦[①]就在旁边伺机摄取他的不朽灵魂，尽管他并不比大多数孩子更诚实，但从不曾扯了谎还不感到懊悔。当他一想起这件事就觉得痛苦和不安，他决心去找劳德，告诉他这话是他自己编造出来的。虽然世上他所畏惧的莫过于屈辱了，但这毕竟是向伟大的上帝引咎自责啊。想到这一点，他沾沾自喜了两三天。不过他所做的也到此为止了。他向全能的上帝忏悔了，这种方式比较轻松，他的良心也得到了满足。不过他还是弄不明白，故事是他自己编造的，

①基督教所说的魔鬼，与上帝为敌，引人堕落。

可为什么竟实实在在打动了自己呢？他的眼泪从脏不拉几的脸蛋流下来，那怎么能假得了呢？而后他又偶然联想到艾玛告诉他母亲去世时的情景，联想到那一次虽然他哭得说不出话来，但还是执意要去和沃特金小姐道别，让她们看到自己的悲伤，怜爱他。

14

以后学校里掀起了狂热笃信宗教的浪潮。污言秽语听不到了，小学生哪怕稍微带点脏字，也被视为大逆不道。个头大些的学生就像当年中世纪封建领主那样专横跋扈，用拳头来迫使弱小学生学会良好的德行。

菲利普思想活跃，对新事物如饥似渴，变得笃信虔诚了。他不久听说了可以加入一个读经会团体，就写信去伦敦询问详情。加入读经会要填写一个表格，要填写申请人的姓名、年龄、学校，还要在一个庄严的宣言上签字，保证一年之内每天晚上都要读圣经中指定的部分，还需要交纳半个克朗[①]。据解释，之所以这样规定，部分原因是为了证明申请者要成为读经会成员的诚意，部分原因是为了支付牧师们的开支。菲利普把文件和钱按时寄去，在回函中收到了一份约一便士的日历，上面记有每日指定要读的段落，另外还收到一张纸，一面画有耶稣和一只小羊，另一面有一小段祈祷文，这是读圣经之前必须诵念的，祈祷文框着红线作为装饰。

每天晚上他急急忙忙脱掉衣服，抢在煤气灯熄掉之前做完日课，他一直是那样无批判地勤奋阅读圣经里一些关于残忍、欺诈、忘恩负义、阴险和狡猾诸如此类的故事。圣经中所提到的这些行为使他对周围的生活惶恐不安，他生吞活剥地读这些故事，不敢妄加评论，要知道这些故事乃是出自于上帝的直接指示啊！读经会规定《旧约》和《新约》要轮流阅读。一天晚上，菲利普碰到耶稣基督这样一段话：

①克朗为一种硬币，值五先令，半个克朗即两个半先令。

你们若有信心，不疑惑，不但能行无花果树上所行之事，

就是对这座山说：你挪开此地，投在海里，也必成就。

你们祷告，无论求什么，只要信，就必得着。[①]

他对这些话并没有特别留意，但是在两三天后的星期日，驻校的牧师恰好选了这段话作为布道的题目。本来菲利普即便是刻意要听到他是怎么讲的也不可能听清，因为当时皇家学校的学生都坐在唱诗班席上，而布道坛设在教堂主殿的犄角上，布道者几乎是背对着他们。由于距离又太远，要想让唱诗班席上的小听众听到布道者的每一句话，除非声音特别洪亮，还要精通演说术才行。依照长期以来的习惯，一般都是请德坎布里的牧师会的成员，这是由于他们的学问，而不是由于他们的演讲才能适合于大教堂布道，所以洪亮的嗓门是没有的。大概是由于菲利普不久以前刚刚读过这段话的缘故吧，牧师是怎么讲解这段话的，他竟一字不漏地听得真真切切。他的心蓦然一动，觉得这些话对他非常适用。在布道的大部分时间，他一直琢磨这段话。到了晚上睡觉的时候，他打开福音书，又翻到那段话。尽管他对凡是书上看到的东西都毫无保留地一概信服，不过他还是懂得，《圣经》上明明白白讲的这件事情却往往神秘地隐喻着另一件事情。这个问题他不愿意在学校讲出来向人求教。他把问题一直憋在心里，直到圣诞节回家后，他终于有一天找到了个机会。那天吃完晚饭，刚刚做完祈祷。牧师太太正在数着玛丽·安拿来的鸡蛋，像往常一样，在每个鸡蛋上记上日期。菲利普站在桌子旁边，无精打采地翻看着《圣经》。

“请问威廉伯伯，这里的这段话说的真是这个意思吗？”

他用手指着那段话，好像是偶然读到的一样。

牧师先生抬起眼睛，从眼镜架的上方看着菲利普。他正在壁炉前举着《布莱克斯塔布尔时报》。报纸是晚上刚到的，还散发着油墨的气味，牧师在阅读之前总要先把报纸晾十分钟。

---

①《新约·马太福音》第21章21节。

“哪一段？”他问。

“喏，就是这段，说是如果有信心，就能把山移走。”

“如果《圣经》上是这么说的，那就是这么回事，菲利普。”凯利太太挎上餐具篮，她觉得这里面不应该有什么疑问。

菲利普看着伯父等他回答。

“这说的是信心问题。”

“你的意思是不是说，如果你相信自己能移走山，那么就能把山移走？”

“要靠上帝的恩典。”牧师说。

“好啦，和伯伯说声晚安吧，菲利普。”露易莎伯母说，“你总不会今天晚上就想把山搬走吧？”

菲利普让伯父在额头上吻了一下，就赶在凯利太太之前上楼去了。他想知道的情况已经得到了。小卧室冷冰冰的，他穿睡衣时浑身一个劲儿打颤。不过他一直这么觉得，念祈祷时愈是条件恶劣，上帝就愈是高兴。手脚冰凉也是给全能上帝的一种贡献啊。这天晚上他屈膝跪下，手捂着脸，竭诚尽力向上帝祈祷，请上帝把他的畸形足变好。这件事比起移山填海，相形之下真是小得微不足道了。他知道只要上帝愿意，就能够办到，再说他自己也有十足的信心。第二天清晨，他在祈祷时又做了同样的祈求，然后他定下了一个日期，在这一天奇迹将会出现。

“啊，上帝，蒙你的慈悲和仁爱，倘若你不弃，请赐我在回学校的前一天晚上，使我的脚变好。”

他很乐意使这个祈愿形成一个程式，这以后每当牧师在餐室做完祈祷静默一阵的间隙，他都要把这个祈愿诵念一遍，然后再站起来。晚上睡觉之前，他穿起睡衣，还要哆哆嗦嗦地把这祈愿再念上几遍。他的信心很足。他也曾一度着急过，盼望假期快快结束。想一想当他一步三阶地跑下楼梯时，伯父会怎样地大吃一惊啊，他竟偷偷地笑起来。早饭后，他和露易莎伯母将不得不赶快去买一双崭新的靴子哩。到了学校也会吓他们一跳的。

“喂，凯利。你的脚这是怎么啦？”

“噢，已经好了。”他要显得漫不经心的样子，好像这是世界上最自然不过的事情了。踢足球不成问题了。他在想象中看到自己跑呀，跑呀，比所有的同学都快，他的心怦怦地跳。复活节的那个学期结束时，学校要开运动会，他也要去参加赛跑。他又幻想自己在越过跳栏，他跑得和大家一样出色，不知道他是残废的新同学再也不会好奇地盯住他。夏天洗澡的时候，他总是提心吊胆采取防范措施，脱衣服时就事先把脚藏在水里，那时，这些都不必要了……

他全心全意地祈祷着，一丝一毫的怀疑也没有，他衷心信赖上帝的话。到了回学校的前一天晚上，他去睡觉时，兴奋得直发颤。外面下了雪，露易莎伯母破例在她的卧室里生了火，这对她已是奢侈的享受了。不过菲利普的小卧室可冷得要命，手脚都冻僵了，菲利普好不容易才解开领口，牙也“咯咯”地嗑个不停。他闪过一个念头，今天晚上要多做点什么事儿，让上帝注意到他，他掀掉床前的小地毯，这样他跪的只是光秃秃的地板了。他心里一惊，柔软的睡衣会惹造物主生气的，他又脱掉睡衣，一丝不挂地做起祈祷来。当他上床睡觉时，他冷得好一会儿没睡着。他睡着没多久，玛丽·安就给他端来早晨的洗脸水，他睡得香甜极了，玛丽·安不得不使劲把他摇醒。她一边拉开窗帘，一边和他说话，但是菲利普没有回答她，他立刻想到这一天早晨就要发生奇迹了。他快活得要命，对上帝感激不尽。他先是本能地想去用手摸摸此时已是完整的那只脚，不过这样做又显得不相信上帝的仁慈。他知道脚已经全好了。他终于忍不住了，用右脚趾轻轻碰了一下左脚。随后他又伸手去摸。

玛丽·安刚要去餐室做祈祷，他就一跛一跛地下了楼，然后坐下来吃早餐。

“今天早晨你怎么一句话也不说呀，菲利普？”过了一会儿露易莎伯母问道。

“他正想着明天去学校要吃一顿美美的早餐哩。”牧师说。

菲利普回答了，不过他的话与眼前的事风马牛不相及，凡是逢到这种情形，伯父总是要发脾气的。他把这种做法称之为“心不在焉”的坏习惯。

“假如已经请求上帝做某件事。”菲利普说，“而且确实相信这事会发生，譬如说像搬山这类事吧，我的意思是说也有信心，可这事却没有发生，这是怎么回事？”

“你这孩子太可笑了！”露易莎伯母说，“两三个星期以前你不是问过搬山的事嘛。”

“这只能意味着你还没有信心。”威廉伯父回答说。

菲利普接受了这一解释。如果上帝没有拯救自己，只能是因为其心不诚。不过该做的他已经都做了，他实在看不出还应该怎么做才算是更加相信上帝。也许是由于他没有给上帝足够的时间吧，他向上帝恳求毕竟只有九天的时间啊！

他在两三天里又重新开始祈祷，这一次他把时间定在复活节。这一天是上帝的儿子耶稣基督光荣复活的日子，届时上帝高兴之余，也许会降福人间的。为了实现自己的愿望，这一回他又增加了几样别的把戏：只要逢到新月，或者看到一匹有花斑的马，他就开始祝愿，他还找寻流星。放假期间，他们宰了牧师家的一只鸡，他同露易莎伯母扯鸡骨时扯到了运气骨[①]，每逢到这种情形，他都祝愿说这次他的脚就会好的。他不自觉地求助于那些比以色列人的上帝更古老的众神。只要他有一点空暇，就一天多少遍地向全能的上帝排炮似的做祈祷，翻来覆去总是那几句话。对他来说，用这样的方式提出自己的祈愿可太重要了。可是不久他转念一想，这次的信心还不是足够大呀。他总是疑疑惑惑，无法排解。他把自己个人的体验推而广之变为一个普遍规律。

“大概没有谁有足够的信心的。”他说。

这也正像保姆曾经告诉过他的一样：只要在鸟尾巴上撒点盐，什么鸟都可以捉住了。有一次菲利普带着一小袋盐去了肯辛顿公园里。但是要靠近鸟根本没有可能，当然也就谈不到把盐撒到鸟尾巴上了。还没到复活节，他就不再向上帝拼命祈求了。他觉得伯父骗了他，不禁暗暗感

①欧美习俗，吃鸡时与人同扯鸡腿（一说是鸡胸叉骨），得到长的一根，于是有好运，万事如意。

到不快。那段讲到移山的话也和《圣经》中那些故事是一样的，明明说的是这件事，实际上却意喻另外一件事。他认为伯父事实上跟他开了一个玩笑。

15

菲利普十三岁时进入了德坎布里的皇家学校。这所学校以其历史悠久而自豪，其源头可以追溯到诺曼人征服英国①以前。最初是一座修道院的学校，由奥古斯丁②的僧侣们来教授基础课程，皇家学校也像许多这类学校一样，是国王亨利八世的官员在破败的修道院上重新建立起来的，学校因此而出名。从那时起，这所学校一直崇尚持重而简明的课程，使肯特郡地方名流和实业家的子弟受到必需的教育。从这所学校大门出去而跻身名流的，有几位文学家。最先出名的是一位诗人，就其璀璨夺目的才气而言，只有莎士比亚一人在他之上。最后出名的是一位散文作家，他的人生观深刻地影响了包括菲利普在内的那一代人。这个学校还造就出了一两个杰出的律师。不过杰出的律师毕竟不是旷世之宝。此外还有一两个著名的军人。但是自从学校从修道院分离出来以后的三个世纪中，学校专门培养了神职人员，培养如主教、教长、牧师之流，而最重要的是培养乡村牧师。学生们的父亲、祖父、曾祖父，也是在这里受的教育，并都成为德坎布里主教区的各个教区的教区长，学生们进校时就已经确定要取得神职。尽管如此，还是有一些迹象表明，学校即将出现一些变化。有几个人把家里听到的事情拿到学校里来讲，说是教堂再也不会同以前一样了。这不全是金钱方面的问题，而是在于从事教会工作的这个阶层的人和过去不同了。有两三个学生认识几个牧师，他们的父亲就是商人。他们的父辈宁肯去殖民地，也不愿在并非是绅士的家伙手下当什么副牧师（当时，这帮人在英格兰没有工作，去殖民地倒

①诺曼人征服英国在1066年。

②圣·奥古斯丁（St.Augustine，354–430），早期基督教会创始人，哲学家。

还有一线希望）。皇家学校流行的看法，同布莱克斯塔布尔的牧师们的看法是一致的，都认为商人不过是命蹇运乖、没有土地的那种人（在他们看来，乡绅与土地所有者是有严格区别的），他们又不从事属于绅士阶级的四种职业。在走读生里面，大约有一百五十人是地方缙绅和驻地军官的子弟，而父亲从事商业和经纪的那些学生，则被认为地位卑贱。

教师们断断续续从《泰晤士报》和《卫报》上读到一些现代的教育思想，不禁嗤之以鼻。他们狂热地希望皇家学校完全保持古老的教育传统，在这里教给学生的只是一些已经死了的文学[①]，其彻底的程度，足以使一位毕业生在他的有生之年一想到荷马和维吉尔[②]就感到头晕眼花，心烦意乱。即使在公共场所有一两个勇敢人物在吃饭的时候拐弯抹角地指出，数学变得越来越重要了，人们还是会普遍认为：数学不如古典文学那么高尚。这里既不教德文，也不教化学，只有年级主任教些法文。这些法文教师比任何一个外国教师都能更好地维持班上的秩序。他们掌握的语法也同任何一个法国人一样无懈可击，可是这些却无足轻重，他们在布洛涅的餐厅，却全凭侍者多少懂点英语才喝到一杯咖啡。地理课也简单得很，不过是让学生画画地图，这是一种快意的消遣，尤其在画一些山地国家时更是如此，画画安第斯山脉和亚平宁山脉，时间就可以消磨过去了。教师们不是毕业于牛津，就是毕业于剑桥，都被授予了神职，而且都还没有结婚。倘若有谁心血来潮打算婚娶的话，就只能服从牧师会的安排，领取到一份微薄的牧师俸禄。多少年来竟没有一个教师愿意离开德坎布里群英荟萃的社交界。乡村教区的生活过于单调了，而这个社交界仰仗着骑兵兵营，不仅有基督教会的风气，而且还有一种尚武的精神，而他们此时都已进入了中年。

要说到校长，他是迫不得已才结婚的。他领导这所学校直到年事已高实在无法干下去才丢手。他退休的时候得到了一份优厚的俸禄，这是学校所有的下属教师可望而不可即的，同时他还获得牧师会的名誉会员

①“已经死了的文学”指古希腊文、拉丁文。

②荷马是古希腊诗人，维吉尔是古罗马诗人。

称号。

就在菲利普进校的前一年，学校发生了巨变，担任校长达四分之一世纪的弗莱明博士，其时耳朵已聋，不能再为伟大的天主恪尽职守了。只要看到这一点，巨变的征兆就明显起来了。当时教会在城郊的一个教士职位出缺时，牧师会就把这个年俸六百镑的职位给了这位校长，他们也曾向他暗示过牧师会的看法，说他退休的日子到了，他可以用这笔收入舒舒服服地颐养天年。觊觎校长职位这一肥缺的几位副牧师对他们各自的妻子说，教区的工作需要年轻有为、精力充沛的人，把教区交给一个对教区事务一窍不通的老家伙，让这家伙去中饱私囊，这样的做法实在可耻。但是大教堂的牧师却一意孤行，听任无薪俸的牧师们满腹牢骚。至于那些教区居民，他们对此事从不置喙，也没人去问过他们有什么见解。美以美会教徒和浸礼会教徒在村里都有自己的小教堂。

对弗莱明博士做出这样的安排之后，找一位接替他职务的人就势在必行了。学校的历来做法是不从下级教师中遴选校长的。全体教师的意见是一致的，都希望预备学校的校长沃特森先生能够入选。他同皇家学校几乎没有什么瓜葛，他们认识他已经有二十年了，而且他也不会成为一个令人厌恶的人。可是牧师会把他们弄得目瞪口呆，因为他们任命了另外一个人，叫珀金斯。最初谁也不知道珀金斯是何许人，珀金斯这个名字也就没有给任何人留下好印象：人们在惊扰之余方才弄清楚，原来珀金斯其人，乃是亚麻布商人珀金斯之子。弗莱明博士临用餐前把这个消息告诉给教师们，他自己也显得有些狼狈。正在用餐的人全都不说话了，闷着头吃饭，直到工友们离开餐厅，也没有人提起这档事。随后他们就谈论开了。参与这些谈论的那些人，他们的名字没有什么值得赘述的，各届的学生都知道，他们传给后代学生的外号无非是“叹气”“黑油”“眨眼儿”和“马屁”。

他们都知道汤姆·珀金斯其人。一提起他，人们首先想到的就是，此人并不是一位绅士家庭出身之人。对于他，他们可记得太清楚了。他是一个小个子黑皮肤的学生，乱蓬蓬的黑发，一双大眼睛。他的外貌像个吉卜赛人。他曾经是本校的走读生，在他们捐募的基金中享有最高的奖学金。他上学简直不费分文。当然他的确很出色，每次授奖典礼上，他都得到很多奖品，他是他们引以自豪的学生。当初他想要去取得一所大的公立学校的奖学金远走高飞时，他们是多么地若有所失呀。此时回忆起这件事，他们还感到苦涩呢。弗莱明博士去找了那位亚麻布商人，也就是他的父亲——他们还记得那爿店铺，是由珀金斯和库珀合伙开的，在圣凯瑟琳大街——对他说，他希望汤姆在上牛津大学之前能一直留在皇家学校。皇家学校是珀金斯和库珀最好的主顾，珀金斯先生能够得到学校事先的保证，当然只有高兴的份儿了。汤姆·珀金斯在学校仍然是首屈一指的优秀生，他是弗莱明博士记得的最优秀的古典文学学生，当他毕业时不得不为他提供极为优厚的奖学金。他在玛格达伦又获得一份奖学金，在大学里他被认为在事业上前途无量。皇家学校的校刊上逐年记载着他取得的荣誉，当他获得两门功课的最高成绩时，弗莱明博士亲笔在扉页上为他题词嘉勉。由于珀金斯和库珀的买卖陷入了绝境，汤姆的成功就更使他们得意。库珀迷恋上杯中物，喝得烂醉如泥，就在汤姆·珀金斯获得学位的前夕，两位亚麻布商人填写了破产申请书。

汤姆·珀金斯很顺利地就得到了牧师职位，对于他的职业，他非常得心应手。他先是在威灵顿学校，后来在拉格比学校当副校长。

可是，欣赏他在别的学校的斐然成绩与在自己的学校里听命于他的领导，毕竟是完全不同的两回事。过去，“黑油”经常罚珀金斯抄拉丁诗，“牛皮”也打过他的耳光。他们想象不到牧师会竟会犯这样的错误。不能指望人们会忘记他是个破了产的亚麻布商人的儿子，库珀的酒精中毒更助长了他们的鄙夷。众所周知，教区长是满腔热忱地支持他的候选人，教区长自然很可能邀请他吃饭，但是在教区周围的小宴会上看到珀金斯也端坐在那里，那气氛好得了吗？军官们又会怎么样呢？他就甭想指望军官们和绅士们能把珀金斯视为自己人。这一下对学校真是祸害无穷。家长们会义愤填膺，大批学生退学，又有什么可大惊小怪的呢？称他为“珀金斯先生”简直是奇耻大辱！教师们考虑过一起提出辞职的抗议方法，可是又深恐他们的辞呈会不动声色地被接受下来。他们不敢轻举妄动。

“我们唯一能做的事情就是随机应变了。”“叹气”说，他负责五年级的工作，异乎寻常地力不胜任达二十五年之久。

他们看到了珀金斯，心里直犯嘀咕。弗莱明博士在午餐时请他们和他见见面。他此时已有三十二岁，身材修长，粗犷而不修边幅，他们记得他当学生时就是这个样子。他的衣服做工拙劣，再加上又很破旧，穿在身上邋里邋遢的。头发还是像过去一样，又黑又长。不用说，他就从来不知道稍微梳理一下，头发掉下来垂在前额，他用手迅速一撩，把盖在眼睛上的头发推到脑后。他蓄着浓黑的髭须，满脸的胡子几乎遮着了颧骨。他冲着教师们侃侃而谈，仿佛就在一两个星期前刚和他们分别似的。见到他们，他不禁喜形于色。他好像没有意识到此时此地有什么蹊跷之处。对于人们称他为“珀金斯先生”也露出一种不以为奇的漫不经心的神态。

当他和他们告别时，有一位教师因为有话要说，就说时间还很富余，要赶火车完全来得及。

“我想在路上拐个弯儿去看看那爿店铺。”他兴冲冲地回答说。

一下子出现了一个很尴尬的局面。他们都纳闷他说话怎么这么不得体。更糟的是，弗莱明博士没有听到他说什么，他的妻子就在他的耳边大声地重复一遍：

“他说他想绕道去看看他父亲的那爿店铺。”

在座的全体感到羞辱难当，只有汤姆·珀金斯一个人若无其事。他转过去问弗莱明太太：

“你知道那个商店归了谁了？”

她简直无法回答，气愤得要命。

“还不就是个亚麻布商店呗。”她没好气地说，“商号叫‘格洛沃’，我们都不上那儿买什么啦。”

“就不知道他会不会让我看看那所房子。”

“只要你跟他讲明你是谁，我看准没问题。”

直到那天晚餐快要结束了，教师备课室里也没有人提这件事，大家都把想法憋在心里。后来还是“叹气”开口说：

“喂，你们看咱们的新上司怎么样？”

他们想起了午餐时的那场谈话，那很难算得上是谈话，不过是一段独白罢了。珀金斯先生说起话来滔滔不绝，他说得很快，既流畅而又浅显易懂。嗓音洪亮浑厚。他的笑声又短促又古怪，一笑就露出一口白牙。他们听他的话很费解，他的思路从一个题目跳到另一个题目，他们把握不住其中的联系。他讲到了教学法，这本不足为奇，可是他又大谈特谈德意志的各种现代理论。对此他们可是闻所未闻，只好满腹狐疑地听着，他又谈到古典著作，他去过希腊，又议论了一通考古学，他曾经用了一个冬天的时间挖掘古物。他们很纳闷，这些乱七八糟的东西对于学生们的考试又有什么帮助呢！他谈到了政治。他把比康斯菲尔德勋爵[①]和阿尔希毕亚得斯[②]做一番比较，在他们听来真是太离奇了。他也说到了格莱斯顿先生[③]和地方自治。他们终于弄明白了，他原来是个自由党人。他们的心一下子凉了半截。他又谈到德国哲学和法国小说。他们一向认为，一个人要是思想深刻的话，他的兴趣和爱好怎么也不能这样五花八门啊。

是“眨眼儿”把总的印象做了一番概括，然后得出一个定论，大家觉得这个定论真是见鬼。“眨眼儿”是高三班的教师，眼皮松弛，是个没有主见随波逐流的人。他的体力不济，个子太高以致成了拖累，行动起来慢吞吞、懒洋洋的，人们记得他总是昏昏欲睡的样子，“眨眼儿”这个绰号简直贴切极了。

“他热情极了。”“眨眼儿”说。

热情即没有教养。热情即没有绅士风度。他们联想到军号嘀哒战鼓

①比康斯菲尔德为英国白金汉郡地名，比康斯菲尔德勋爵本名为本杰明·迪斯雷利（Benjamin Disraeli，1804–1881），曾任英国首相，曾花钱买下开凿苏伊士运河的全权，他是英国女王的挚友，著有小说多卷。

②阿尔希毕亚得斯（Alcibiades，公元前450–前404），古代雅典政治家、将军。

③威廉·尤尔特·格莱斯顿（William Ewart Gladstone，1809–1898），英国政治家、首相。

咚咚的救世军[①]。热情还意味着变化。一想到所有美好的古老传统就要毁于一旦，他们浑身直起鸡皮疙瘩。以后会怎么样，他们真不敢想。

“他现在看上去更像个吉卜赛人了。”沉默了一会儿，一个人又说。

“太奇怪了，教区长和牧师会选他的时候，怎么就不知道他是个激进党呢？”另一个人恶狠狠地说。

谈话中断了，他们苦于找不到更恰当的语言来表达。

一个星期后是授奖典礼日，“黑油”和“叹气”一道去牧师会大厅，说话尖酸刻薄的“黑油”对同事说：

“我们在这参加过多少次授奖典礼啊！真不知道下次还能不能赶上哩。”

“叹气”比平时更加伤感地叹着气，说：

“要是生活中值得要的那些东西都应有尽有了，那么退休也就无所谓了。”

16

一年过去了，当菲利普返校时，老教师谁也没有离职。

尽管他们顽固地作对，对新上司的意见阳奉阴违，明争暗斗，学校的变化还是不小。年级主任们还去预备学校教法文，不过又来了一位有海德尔贝格大学哲学博士学位、读过三年大学法文预科的教师。这人教高年级的法文，并且给那些不愿意学希腊文而想学德文的学生授课。还聘请了一位教师系统地教授数学，而不像以前那样只是设置这样一门课程就算完事。这几位教师都没有被任命神职，这是一场名副其实的改革。两位新教师到职了，老教师对他们也只能抱怀疑态度。实验室也成立起来了，还开设了军事课，大家说学校的性质起了变化。只有老天爷才知道，珀金斯先生乌七八糟的脑袋瓜还会转出些什么鬼点子来。就公立学校而言，这儿规模并不算大，住宿生不超过两百人。学校紧挨着大

---

①1865年卜威廉（William Booth，1829–1912）创立的宗教团体。

教堂，也很难再扩大。在教堂的围地里，除了有一所房子是几个教师住的，全都被大教堂的牧师占用了，再没有空地盖房子了。但是珀金斯先生煞费苦心搞出一个计划，打算弄到一些空地，足以使学校在现有规模上扩大一倍。他还要招收一些伦敦学生。他认为把伦敦学生插到肯特郡的孩子中间，这样做有好处，可以让伦敦学生和肯特郡孩子接触，又可以激发农村孩子的聪明才智。

“这可违背了我们所有的传统呀。”当珀金斯先生把自己的想法讲给“叹气”听的时候，“叹气”说道，“要想不叫伦敦的学生搞得一塌糊涂，我们可就费劲儿了。”

“简直是胡说。”珀金斯先生说。

说年级主任的话是胡说，这是破天荒的头一遭。就在“叹气”正琢磨着酸溜溜地顶他一下，不妨含沙射影提一提有关卖袜子的事的时候，珀金斯先生又毫不留情、劈头盖脸把他斥责了一通。

“说到教堂围地的那所房子嘛——只要你结婚，我就到牧师会去请求加盖两套楼房，我们可以用几间作宿舍和自习室。你结了婚，妻子也可以帮你料理料理生活嘛。”

这位已经有了一把年纪的教士差点儿噎住。他结婚干什么！他已经五十七岁了，五十七岁的人结婚岂不是笑话！怎么能劳神操持一个家。他根本就不想结婚。要么结婚，要么过乡村生活，二者必居其一，那他还不如辞职的好。此时他的全部要求只是息事宁人。

“我现在不想结婚。”他说。

珀金斯先生用他那乌黑明亮的眼睛盯着他，那双眼睛那么熠熠闪光，可怜的“叹气”决计不会看到这双眼睛的。

“真遗憾！你真的不想看我的面子结婚吗？你要是结婚，我可以去找教区长和牧师会，理直气壮地提出翻修你的房子。”

按照珀金斯先生的制度，他可以时不时地插手到别的教师的班级事务中去，这种制度，也就是他最不受欢迎的一项改革。他竟要求别人把这种做法当作赏了面子，而且是却之不恭的，正如“黑油”所说，要不就是特纳尔先生说的，这样的恩赐对所有的当事人都是一种侮辱。晨祷后，他也不事先打一声招呼，就对一位教师说：

"你今天十一点去教第六班，我想你不会在意吧？我们对换一下怎么样？"

他们不知道其他学校有没有这类事情，可在德坎布里还从来没这么干过。其结果不堪设想。特纳尔先生首当其冲做了第一个牺牲品。那天他在班上透露了校长要来上拉丁文课的消息，同时借口为了不让他们出丑，被当成大傻瓜，他们不妨向他提几个问题，他又在历史课的后十五分钟的时间里给他们分析了李维[①]的那段文章，这是已经定好那天要讲的。当特纳尔先生回到自己的班上，看到珀金斯先生在测验卷上打的分数，他一下子愣住了。班上的两个尖子学生看来考得特别糟糕，而以往并不出众的学生倒得了满分。他问他最得意的学生艾尔德里奇这到底是怎么回事，他愁眉不展地回答说：

"珀金斯先生根本没让我们做什么分析。他要我讲讲戈登将军[②]的生平。"

特纳尔先生看着他，惊得说不出话来。学生们分明觉得校长对他们太不好了。他不禁也同样忿忿不平，一言不发。他看不出戈登将军和李维有什么相干。后来，他又鼓足勇气去找校长问清楚。

"你要艾尔德里奇讲一讲戈登将军的事，他可不满极了。"他对校长说，说着差点儿干笑一声。

珀金斯先生笑起来。

"我看他们都知道盖约·格拉古[③]的土地法，我就想，他们大概也总会知道爱尔兰的土地问题吧。他们知道关于爱尔兰的全部知识，充其量就是都柏林而已。既然如此，我也就不太相信他们会听说过戈登将军。"

那么，从这种可怕的事实中就可以看出问题，新上司原来对广博知

①提图斯·李维（Titus Livius，公元前59–17），古代罗马历史学家。

②查理斯·乔治·戈登（Charles George Gordon，1833–1885），英国将军，于侵略苏丹时战死。

③盖约·塞姆普罗尼乌斯·格拉古（Gaius Sempronius Gracchus，前155？–前121年），古罗马政治家。

识有一种癖好。他很怀疑在考试中填进去些东西有什么用处。他要的是常识。

“叹气”的忧虑与日俱增，他想不出个万全之策，要是珀金斯先生要他定下一个结婚的日子可怎么办。他非常痛恨上司对古典文学所持的那种态度。毫无疑问，他是个优秀的学者，他正忙于著述，他的著作完全合乎传统：他正在写一篇关于拉丁文学中关于树的论文，可他又以不屑的口吻谈到这篇论文，仿佛只是一种无关紧要的消遣，就像打台球一样，不过是排遣一下而已，不值得认真对待。

中年级三班的教师“水枪”的坏脾气日甚一日。菲利普一进校就到了他的班上。B.B・戈登牧师[①]天生就不适合于当教师。他缺乏耐心，动辄就发怒。由于没有人过问，也由于面对的只是一帮小学生，他早就把自制力丧失殆尽。他的课向来是以发脾气开始，又以大怒告终。他中等个子，身体肥胖，黄红色的头发留得很短，这时已经渐渐发灰了，唇髭又硬又短，一张大脸，五官模糊不清，长着蓝色的小眼睛，他的脸本来是红色的，一当他发怒的时候就变成了酱紫色。他的指甲被咬进了肉里，这是由于他总爱坐在讲桌旁啃指甲，听着学生战战兢兢分析语法，由于一时勃然大怒，浑身发抖，这一下可就把指甲咬伤了。关于他的暴力行为有很多传闻，也不免有些夸张的地方。两年前，由于他打了学生，学生的父亲气势汹汹，扬言要提出诉讼，这事又风传到学校，当时学校就骚动起来。“水枪”用书扇了一个名叫沃尔特斯的学生的耳光，打得太厉害了，使他的听力受到影响，这个学生只好离开了学校。学生的父亲就住在德坎布里。城里的人对这件事义愤填膺，连地方报纸也报道了这件事。沃尔特斯先生不过是个酿酒商而已，这样一来，同情哪一方的都有。一部分学生出于只有他们自己最清楚的原因，尽管对教师十分憎恶，但在这件事上还是偏袒了他。为了表示对外界干涉的义愤，他们还使出了浑身的解数，专门找当时还在学校的沃尔特斯的弟弟的麻烦。不过戈登先生躲到了乡下，侥幸躲过了这场风波。打那以后，他再

①B. B・戈登牧师即绰号为“水枪”的教师。

没有打过学生。教师用鞭子抽学生手板的权力被取消了。没有了鞭子，“水枪”也就再也不能抽打讲台桌子为他的愤怒助威了。现在他最多只能抓住学生的肩膀使劲儿摇摇罢了。不过哪一个野小子敢淘气发倔，他还是要他伸出胳膊在那儿站上十分钟到半个小时，语言的粗暴更是不减当年。

像菲利普这样又害羞又腼腆的学生，随便哪个教师都可以教好。他到这所学校时已经不像初进沃特森的学校时那样怕事了。他认识不少学生，他们曾经和他一起在预备学校待过。他觉得自已成熟多了，他本能地认识到了，混在一大群人中间，他的残废就不那么引人注意了。可是从第一天起，戈登先生就把他吓坏了。这位教师很快就察觉出怕他的是哪些学生，他反而对这样的学生特别讨厌。菲利普一向喜欢上课，可是这时在学校却时刻担惊受怕，盼望时间快点过去。与其担着会出错的风险回答问题，以致惹来教师冰雹般的辱骂，他还不如傻呆呆地坐着，一句话也不说。一轮到他站起来解释课文，他就头晕目眩，脸都吓白了。要是珀金斯先生来给他们上课，他就高兴起来。他向校长提出一大堆一般知识的问题，只有这样才能够满足他的求知欲望。他读过很多书，各种各样的、稀奇古怪的、与他的年龄很不相称的书。每当珀金斯先生提的问题没有人回答的时候，他常常微笑着在菲利普身边站住，那微笑使这个学生欣喜若狂，他说：

“来，凯利，你来告诉他们。”

他在这种场合得到的好分数，只能使戈登先生更加愤慨。一天，轮到菲利普做翻译，教师坐在那里，虎视眈眈地瞪着他，拼命地咬着大拇指，他的样子凶狠极了。菲利普开始小声念起来。

“别呜哩呜噜的！”教师喊道。

好像有什么东西卡在菲利普的嗓子里。

“往下念！往下念！往下念啊！”

刺耳的吼声一次比一次大。

疯狂的吼声使菲利普什么都想不起来了，他茫然地盯着课本。戈登先生喘起粗气来。

“你要是不知道，为什么不说出来？你到底懂还是不懂？上次你听没听这段讲解？为什么不说话？说啊，你这个傻瓜，你倒是说啊！”

教师拼命抓住椅子扶手，仿佛怕摔倒在菲利普身上似的。他们知道，他过去总爱掐学生的喉咙，直到他们快休克了才算罢休。他的额头暴起青筋，脸色变得黢黑，一脸杀气。他这人有点疯气。

这一段菲利普前一天都还明白的，可现在说什么也想不起来了。

“我不知道。”他喘不上气来。

“为什么不知道？让我们逐字地解释，马上就知道你是不是真不知道。”

菲利普沉默地站着，脸色惨白，微微发抖，他的头伏到了书上。教师呼哧呼哧喘着气。

“校长还说你聪明。真不知道他怎么看出来的，见鬼的广博知识。”他狂笑起来，“我真不懂他们把你放到这个班干什么，傻瓜！”

他很喜欢这个词，又扯着嗓子喊了几遍。

“傻瓜！傻瓜！跛脚的傻瓜！”

他的怒气多少平息了一点，他看到菲利普的脸突然涨红了。他叫他去把记过簿拿来。菲利普离开他的“恺撒”①，一声不响走出教室。记过簿是一本深色的卷宗，学生们的过失都记在上面，谁的名字若是记了三次，就意味着要挨鞭子了。菲利普到了校长的屋子，敲敲书房门。珀金斯先生正坐在书桌前。

“可以把记过簿给我吗，先生？”

“就在那。”珀金斯先生说，他歪歪头告诉他放记过簿的地方。“你干了些什么不该干的事情呀？”

“我也不知道，先生。”

珀金斯先生瞥了他一眼，没再问什么，又继续他的工作了。菲利普拿起记过簿出去了。祈祷②的时间过了，几分钟后，菲利普把记过簿送回来。

---

①“恺撒”这里意指可怕的统治者。

②指每天七次定时的祈祷。

“让我看看写的什么。”校长说，“戈登先生给你记了‘非常不礼貌’，到底是怎么回事？”

“我不知道，先生。戈登先生说我是跛脚的傻瓜。”

珀金斯先生又看看他。他猜不出这学生这么回答是否含有讽刺，不过他的确受了极大的震动，他的脸色发白，眼睛里露出惶恐不安的神情。珀金斯先生站起来，把书放下。随后又拿起几张照片。

“今天早晨我收到了一个朋友寄来的几张雅典的照片。”他说得很随便，“看这儿，这是雅典卫城。”

他一边给菲利普看照片，一边给他解释。随着他的解说，古希腊遗迹越来越生动了，他给菲利普看酒神剧场，又把当时人们坐的次序解释了一番，还告诉菲利普从那儿可以远远地看到爱琴海。他这么讲着，忽然话锋一转：

“我记得，当时我也在戈登先生的班上，他总是叫我‘吉卜赛站柜台的’。”

菲利普正全神贯注地看着照片，他还没有来得及想想这番话的意思，珀金斯先生就又给他看一张萨拉米[①]的照片，并用一个手指点着，那手指的指甲上有一道黑边，他给菲利普指出希腊船停泊在哪里，波斯人的船又停泊在哪里。

17

又是两年过去了，菲利普在这两年中过得舒服而单调。由于他的个头比其余的学生来得高大，也就没人敢欺负他。他的残疾虽然把他排除在游戏之外，不过他倒为此而庆幸，这样可以不为别人注意。他落落寡欢，独来独往。他在高年级三班时和“眨眼儿”相处了两个学期。“眨眼儿”一副萎靡不振的样子，加上松弛的眼皮，总显出无限的厌烦。他

①萨拉米（Salamis），希腊爱琴海的海岸。在古代希腊波斯战争中，公元前480年，希腊海军于此打败波斯海军。

教课倒也恪尽职守，但也不过是心不在焉地尽本分罢了。他待人和蔼，为人随顺，然而却有几分糊涂。他非常迷信学生的自尊心，觉得要使学生们诚实，第一要旨乃是：你脑子里一刻也不能存着学生们会撒谎的念头。“问得多，”他引证说，“得到的也就多。”高年级三班的生活是很自在的。你事先就可以知道，轮到你做的文法解释在什么地方，当轮到你了，作弊的小条子辗转传到你手里，不出两分钟你就可以对答如流。课堂提问时，你可以把拉丁语法书摊开放在腿上。“眨眼儿”先生看到在十二个人的练习中竟同时出现难以置信的一模一样的错误，不过他从不去注意其中的蹊跷。他注意到学生们的考试成绩从来不像课堂上那么好，所以他对考试不是十分相信的：这种情形当然令人失望，可又有什么关系呢？他们没学懂什么，只学到嬉皮笑脸地曲解真理，到时候他们都会升班，这种对真理的嬉笑歪曲，比起眼下读拉丁文的能力，也许对他们将来的生活要更有用得多。

后来他们落到了“黑油”手里，他的真名字叫特纳尔，在所有原来的教师中他算是最活泼的了。他长得五短身材，腆着个肚子，漆黑的胡子已经变成灰白色了，皮肤黝黑。他穿起教士服装，那样子确实有些像只柏油桶[①]。无论哪个学生在背后叫他的外号，要是让他听到，原则上要罚抄百行拉丁诗。尽管如此，他却常常在教区的聚餐会上拿这个外号打哈哈。在教师中他最耽于世俗欢乐，在外面吃饭的次数也最多，而且他的社交范围也不仅限在宗教界，学生们颇喜欢把他看成是一条狗。每逢节假日，他就脱掉那身教士服。有人在瑞士看到他穿着一身花哨的花呢衣服。他喜欢美酒佳肴，也曾有人在“皇家咖啡馆”里看到他和一位女士在一起，也可能是他的一位近亲。从那以后，历届学生都认为他形迹放荡。从偶然披露的有关他放荡的某些细节来看，他这个人根本不受所谓人类堕落一类说教的约束。

特纳尔先生估计，这帮学生在高三班待过，要再把他们整饬出个样

①柏油桶（tar-barrel）的英文字头为tar，与人名特纳尔（Turner）的首音相近，tar为柏油，故特纳尔的外号为“黑油”，该外号又贴合他皮肤黝黑这一特征。

子来，起码要费一个学期的时间。他不时闪烁其辞地做一些暗示，叫学生们放明白点，他可完全知道他同事的班级是怎么一回事。他愉快地接受这一任务。他把学生们都看成是小流氓，只有他们认识到撒的谎一定会被识破，他们才会老实。荣誉脸面的概念只适用于学生们自己，他们并不考虑教师，只有当他们明白调皮捣蛋不会有好结果，他们才可能放规矩点。他为自己的班级感到骄傲，他虽说已经五十五岁，可还像刚到学校的时候一样，还热切地希望他的班的考试成绩比其他班更好。他有一个大胖子的那种气质，心里的火来得快，冷下去也冷得快。不久学生们就发觉，虽然他经常痛骂他们，可心眼倒是蛮不错。他对不开窍的学生没耐心，可对那些他认为是外犟内秀的学生倒不辞辛苦。他喜欢请他们喝茶。他赌咒说，他们在他那里看不到他吃蛋糕和甜饼。他所以要这样说，是因为当时流行的看法认为，他那一身膘肉证明他非常贪吃。学生们当然非常乐意接受他的邀请。

菲利普这时更舒心惬意了，房间有限，所以只有高年级的学生才有学习室。这以前他一直住在一间大厅里，学生们都在这儿吃饭，低年级的学生还在这儿挤在一起做预习，这使菲利普感到有说不出的讨厌。和人在一起使他不得安宁，他迫切地想独自一个人待在那儿。他喜欢独自到乡间去散步。涓涓的溪水，流过绿色的田野，两岸是剃了平头的小树，沿着河岸走下去，不知道为什么，他感到很快活。走累了，就趴在草地上，看着小鱼和蝌蚪在水里游来游去。在教堂园地里闲逛，使他感到特别惬意。在夏季，他们就在草地中间打板球。不过除了夏季，这里却非常安静：有时学生们常常挽着胳膊在这里散步；有时候还会有一个用功的学生慢慢蹓跶着，漫不经心地看着周围，嘴里还念念有词背着什么。高大的榆树上栖着白嘴鸦，田野里回响着呱呱的噪声，显得十分凄凉。有高大钟楼的大教堂坐落在草地的这边。虽然菲利普还不懂什么是美感，可一看到大教堂和钟楼就有一种喜悦在扰动，他也不明白是为什么。当他有了一间学习室时（这是一间四方小屋，面对着一条寒碜的小巷，同室共有四个学生），他就买了一张这个教堂的风景照片，把它钉在桌子的上方。他发现从四班教室的窗户向外眺望，别有一番新的情趣。窗户对面是一片修剪过的草坪，还有一片树叶繁茂浓荫覆盖的树林。这景色使他心里产生出一种难以名状的感情，说不清是苦还是乐。对美的感知射出了第一道曙光。随着这道曙光，他还有一些别的生理变化出现了。他开始变嗓了。这是不由人的，喉咙里发出的声音怪里怪气的。

后来，菲利普开始去校长的办公室里上课。茶点一完，菲利普就得到校长的办公室去。这项活动是为了给那些准备做坚信礼的学生准备的。菲利普的虔诚没有经受住时间的考验，他已经很久没有做《圣经》晚读了。此时在珀金斯先生的影响下，加上身体的变化使他躁动不安，旧感情又复活了，他咒骂自己宗教热情的减退。他的理性看到，地狱之火在他前面熊熊燃烧。他此时并不比一个不信宗教之徒强多少，如果这时死去，可就要被上帝遗弃了。他相信永恒痛苦是确实存在的，他对此比对永恒幸福更加相信，他为自己所处的危险境地战栗起来。

那天他受到了教师侮辱性的责骂，几乎忍受不了，当他正感到痛苦的时候，珀金斯先生就谆谆劝导了他一番。打那以后，菲利普对校长就有了一种十分忠诚的敬仰。他挖空心思想各种办法来讨校长的欢心。校长有时随便说出赞许他的话，哪怕多么微不足道，他也视为珍宝。他去校长的屋里参加非正式的小型聚会，他准备全心全意皈依宗教，他一直盯住校长炯炯有神的目光。他坐在那儿，半张着嘴，生怕漏掉一个字。正由于环境简单朴素，倒使得他们的讨论异常激动人心。校长也常常被自己的奇异题目深深吸引住。每当这种时候，他总要把他面前的书摊开，双手握在一起压在心口上，仿佛要使自己激动的心平静下来。他还讲到宗教的种种神秘。有时候，菲利普听不懂他们说的是什么，他也不想听懂，只要能够听到校长讲话那就足够了。在菲利普眼中，黑发蓬乱、脸色苍白的校长就像一位以色列先知，就是指责国王也毫无顾忌。他想到当救世主见到上帝时，也有这样一双黑色的眼睛和没有血色的双颊。

珀金斯先生对待这项工作非常郑重其事。在这种场合，他从来不讲任何有趣的幽默话，免得教师们认为他太轻率了。他每天都要从繁忙的工作中挤出一些时间，给学生们做坚信礼的准备工作。因为他太忙了，只能抽出一刻钟或二十分钟的时间。他想使他们懂得，接受坚信礼是他们一生中自觉采取的举足轻重的一步。他努力探索到学生们灵魂的深处，他试图把自己的强烈的虔信逐渐灌输给他们。校长认为，菲利普虽然生性腼腆，但却可能有同自己一样的热情。在他看来，这个学生基本上具有宗教气质。一天，他正在同菲利普谈着一个问题，忽然他打住话头。

“你究竟想过没有，长大以后要干什么呢？”他问。

“我伯父想叫我当个牧师。”菲利普说。

“你自己怎么想的？”

菲利普的眼睛瞅着一旁。他觉得自己是个微不足道的人，但又不好意思就这么回答。

“难道还有什么人的生活比我们更充满欢乐吗？我希望能够使你懂得，像我们这样的欢乐是一个多么美好的特权啊！各行各业的人都可以侍奉上帝，不过我们站的地方离上帝更近。我并不想影响你，不过你若是下了决心——喏，就是现在——你就禁不住感到快乐和慰藉，而且会在其中度过一生。”

菲利普没有回答，校长却从他的眼睛中看出，他已经明白指点给他的是什么了。

“如果你像现在这样坚持下去，总有一天你会成为全校最拔尖的学生，离开学校时你会十拿九稳地得到奖学金。你自己有什么财产吗？”

“我伯父说过，等我到了二十一岁，每年可以得到一百镑。”

“那相当阔了，我是什么也没有。”校长迟疑了片刻，又用铅笔在菲利普面前的吸水纸上信手涂画着，他继续说：

“恐怕你选择职业时将会受到很大限制。你自然无法从事任何需要体力活动的工作。”

菲利普的脸一下子红到了耳根。只要一提到他的跛脚，他总是这个样子。珀金斯严肃地看着他。

“我担心你可能对自己的不幸太敏感了。难道你从来就没有为此而感谢过上帝吗？”

菲利普猛地抬起眼睛，嘴唇闭得很紧。他记起他曾经相信过他们的话，他一连好几个月，恳求上帝治好他的脚，就像圣经上说他治愈麻风病人和让盲人重见光明那样。

“你要是对自己的残疾耿耿于怀，它就只能使你自惭形秽。但是，假若你把它看成是一副十字架，看成只是因为你的肩膀完全能够承受才给你背的十字架，看成是上帝恩惠的征兆，那么，它就会成为你快乐的源泉，而不是痛苦的源泉。”

他看出学生不愿讨论这件事，就让他走了。菲利普反复思索着校长的话，这当儿，他的思想完全沉醉在将要来到的仪式上，心里有一种神秘的、销魂的感觉。他的精神仿佛摆脱了肉体的束缚，他仿佛开始了一种新的生活。他充满了热情，一心追求尽善尽美的境界。他打算使自己致力于侍奉上帝的事业，要当牧师的决心已经非常明确了。当那伟大的日子来临的时候，他的心就被为这一天而做的种种准备，被自己所研读的那些书籍，特别是被校长的巨大影响深深感动了。他惊喜交集，不能自已。有一个念头折磨着他。他知道在仪式上必须一个人走过圣坛[①]，他害怕自己的跛足暴露在众目睽睽之下，参加仪式的不仅有学校的教师和学生，而且还有城里来的陌生人，以及那些前来观看自己孩子行坚信礼的家长们。不过一旦那个时刻来临，他忽然又觉得能够欣然接受这种羞辱了。当一瘸一拐地走上圣坛的时候，在教堂深邃的穹顶之下，羞辱显得太渺小了，太微不足道了，他心甘情愿把自己的残疾作为一份祭礼奉献给爱的上帝。

18

但是，菲利普不能长久地生活在山顶上稀薄的空气中。他第一次被宗教激情攫住时的情形，现在又再次发生了。他异常敏锐地感受到信仰的美妙，自我献身的渴望在他心中燃烧着，放射出宝石般璀璨夺目的

①圣坛，在教堂东侧，专供牧师和唱诗班用。

光辉，他的体魄似乎不足以去实现他的抱负。疯狂的热情使得他筋疲力尽，他的灵魂忽而又变得特别孤寂。上帝曾经仿佛是无所不在，可此时他开始不那么留意了，尽管他还是一丝不苟地做着他的宗教仪式，那只不过是形式而已。最初，他责备自己宗教热情低落。由于对地狱之火的惧怕，迫使他重新恢复旧日的激情，可是热情已经消逝了，渐渐地，别的兴趣分散了他的注意力。

菲利普没有什么朋友。他喜欢啃书本的习惯使他拒人于千里之外：只要和别人待在一起的时间稍微多点，他就感到厌倦和不安，非要一头扎进书本里不可。他对自己博览群书而获得的广泛学识颇为自负。他的头脑又特别机灵，所以他掩饰不住对同伴的愚钝和粗陋的蔑视。大家都抱怨他太清高孤傲了，他所通晓的那些东西，他们并不放在眼里。他们不无讽刺地问，他究竟是凭什么自负的呢？他的幽默感有所发展，他发现自己爱说些尖酸刻薄的话，而且常常戳在别人的痛处。他说他们，只是因为他们使他觉得好笑，他想象不到这些话竟会伤害他们。当他发现被他伤害的人对他非常反感，他又怪不是滋味的。他上学第一天就受到了屈辱，这一开始就使他对同伴感到拘谨畏缩，这一点他怎么也克服不掉，他依然腼腆，不爱讲话。尽管他的言谈举止得不到其他同学的同情，他还是真诚地希望能够和大家亲亲热热，和睦相处，这在有些人是轻而易举就可以做到的。对那些和他疏远的人，他竟极为敬佩。尽管他对他们讽刺嘲弄得更厉害，不过他很少拿他们的致命弱点开玩笑。他有时宁可不惜代价与他们交换一下地位。说真的，如果可能的话，他倒是很愿意同学校里最愚笨的学生对换一下位置，那毕竟是个四肢健全的人啊！菲利普养成了一个可称之为怪癖的习惯：如果有哪个学生特别使他着迷，他就把自己幻想成是那个人，仿佛跟真的一样。他总是把自己的灵魂移进别人的躯壳里去，而用自己的声音来说话，用自己的心声来笑。他还总是想象着他与自己所取代的那个人，一举一动都一样。他想象得太生动太逼真了，他一瞬间甚至真的觉得已经不再是自己了。就这样，他许多次地享受到了幻想的短暂的快乐。

在寒假学期[①]开始的时候，也就是菲利普行坚信礼之后的那个学期，他发现自己被分到了另外一间学习室。和他同室学习的同学有一个叫罗斯，和菲利普是同一个年级。他那样子，真令菲利普羡慕。他长得并不漂亮，尽管他的大巴掌和粗骨骼已经显示出他以后会是个高个子。他现在就已经笨手笨脚的了，但是他的眼睛却很有魅力，笑的时候（他总是在笑着），眼睛周围就布满了快活的皱纹。他并不聪明但也不笨，他的功课很好，也擅长运动。教师和学生都喜欢他，他也喜欢他们每个人。

菲利普被安排到新的学习室里，和他朝夕相处了三个学期的几名同学对菲利普很冷淡。菲利普神经紧张，觉得自己是个勉强挤进来的不受欢迎的人。不过他已经学会了隐藏自己的感情，表面上他若无其事，不卑不亢，对罗斯就不同了。别人没有不被他的魅力吸引住的，菲利普也一样。和他在一起，菲利普总意识到自己比平时更要腼腆，更加不自在，不论是不是由于罗斯无意识地发挥那种非他莫有的魅力，或者是由于他的一片好意，总之，正是罗斯把菲利普带到他们的圈子中去了。一天，罗斯十分突然地请他一起去足球场，菲利普一下涨红了脸。

"我走不了你那么快。"他说。

"别废话了，走吧。"

他们刚要起身，一个同学探进头来，他叫罗斯和他一起走。

"我不去。"罗斯回答说，"我已经答应凯利了。"

"不要因我耽误你的事。"菲利普赶紧说，"我不会在意的。"

"别废话了。"罗斯说。

他用善良的眼睛看着菲利普，笑了。菲利普感到心里有一阵从未有过的震动。

他们的友谊马上就以男孩子特有的速度发展起来，两个人已经形影不离了。其他的同学纳闷他们是怎么突然好起来的，有人问罗斯是怎么看菲利普的。

"嗨，我也不知道。"他回答说，"说真的，他是个一点也不坏的

---

①寒假学期，即圣诞节假日（寒假）之后开始的学年。

家伙。”

很快，他们就经常挨着胳膊走进小教堂，要不然就一起在教堂四周散步，一边走着一边聊天。虽然同学们都承认菲利普与罗斯的独特关系，可是那些要和罗斯好的同学却向菲利普暗示，请他不要太过分了。最初菲利普还不露声色。他不让自己露骨地表现出洋洋得意来。不过菲利普高兴得要命，他很快就不再怀疑降临在头上的运气了。他把罗斯看作是有生以来最好的伙伴。现在书本对他来说已经无足轻重了，当他们之间有什么事他认为很重要时，就把书扔在一边。罗斯的朋友没什么事好做的时候就到他的学习室来喝喝茶，坐一坐——罗斯喜欢热闹和说笑喧闹的场合——他们发现菲利普是个非常不错的伙伴。菲利普过得也很快乐。

这个学期马上就结束了，他和罗斯商定好开学时乘哪趟火车来学校，这样就能在火车站会面，回学校前还能在城里喝杯茶。菲利普心事重重地回家，他在整个假期都惦记着罗斯，他还具体地幻想出下学期他们在一起要干的事情。牧师家的那种日子让他厌烦了。到了最后一天，他伯父就像他往常临走前那样问他，声调也像平时那么滑稽：

“喂，你愿意回学校去吗？”

菲利普快活地回答：

“怎么不愿意？”

为了更有把握在车站上能见到罗斯，他没有搭往常搭的那趟火车，而是搭了更早的一趟。他在站台上转来转去，等了一个小时。从法弗沙姆来的火车进站了，他知道罗斯正是在那儿转车的，他激动地顺着火车跑过去，可是没有罗斯的影子。他向搬运夫打听下一趟火车到站的时间，继续等下去。可是他又一次失望了。他又冷又饿，穿过大街小巷，抄了一条近路走回学校。他一眼看见罗斯已经在学习室里了，他的脚翘在壁炉架上，正滔滔不绝地和五六个同学说着什么。他们坐在凡是能坐的东西上面，他热情地握着菲利普的手，但菲利普的脸阴沉沉的，他看出来罗斯早就把他们的约定忘得一干二净了。

“我说，你怎么回来这么晚？”罗斯说，“我以为你不会回来了哩。”

“四点半时你在火车站吧。”另一个学生说，“我回来时看见你了。”

菲利普的脸微微有些发红。他不想让罗斯知道他傻乎乎地在火车站等过他。

“我当时非得去看我家里人的一个朋友不可。”他顺口编了一个瞎话，“叫我去送他。”

由于失望，他有些愠怒。他默不作声地坐着，别人问他话，他回答时也是一个字一个字往外蹦。他打定主意，等只剩下他们俩时，一定要把这件事弄清楚。大家一走，罗斯马上过来，坐在菲利普的椅子扶手上。

“嘿，我真高兴，这个学期我们又在一间学习室了，太妙了，是吧？”

见到菲利普他显出发自内心的高兴，菲利普的烦恼也就烟消云散了。他们兴高采烈地谈起许多有趣的事情，仿佛只不过分开了五分钟。

19

最初，菲利普对罗斯的友情感激不尽，对他也就没有提出过任何要求。他随遇而安，生活得很快乐。但没过多久，他就对罗斯的滥好人的做法不满起来。他希望独自占有他的感情，从前他把罗斯的友情当作给他的恩赐，而此时却要当作权利来要求了。只要看到罗斯和别人来往，他就妒火中烧，虽然他知道这样做不近情理，可有时总是抑制不住要对罗斯挖苦几句。如果罗斯在别的学习室厮混了一个小时，等他回来时，菲利普就对他愠怒地绷着脸。更让他生气的是，罗斯要么就是没有注意到他的恶劣情绪，要么就是存心不理会他的愠怒，菲利普的脸一哭丧就是一天。菲利普并不是不知道自己这么做多么愚蠢，可是他还是要找茬同罗斯吵架，他们会一连两天彼此都不说话。他受不了总是和罗斯生气，即使他确信自己有理，到头来也会低三下四地向罗斯赔不是。然后，他们又有个把星期像以前一样成了莫逆之交。但是，友谊的黄金时代过去了，菲利普看得出来罗斯有些勉强，虽然还是经常和他一起散步，但仅仅是出于过去的习惯，或者是怕他生气。他们彼此之间远不像开始时有没完没了的话可说了，而且罗斯常常流露出不耐烦。菲利普觉得自己一跛一跛走路的样子也开始惹他发火了。

接近期末的时候，有几个学生得了猩红热，大家都说为了防止传染，要叫学生们统统回家去。不过由于患者被及时地隔离起来，因此也就没有人再患病了，人们认为猩红热已经不会再蔓延了。菲利普也是罹病者之一，复活节期间他一直待在医院里，夏季学期开学时，他被送回牧师家，以便呼吸一下新鲜空气。尽管菲利普进行了治疗，不会再传染，牧师还是疑虑重重，不愿把他留在家里。他认为医生建议他的侄子来海边恢复一段时间真是太欠考虑了。由于菲利普实在无处可去，也只好同意他留在家里了。

菲利普返回学校时，这个学期已经过了一半。他已经忘了同罗斯的口角，只记得他是自己最好的朋友。他知道自己以前干了傻事。他决心要理智一些。他生病期间，罗斯给他写过两次小便条，每次的结尾都写着："赶快回来吧！"菲利普认为，罗斯一定和自己想看到对方一样，也急切地盼望着他回来。

他知道由于六室的一个学生死于猩红热，学习室已经做了调整，罗斯已经不住这间屋子了。这令人失望透了。不过他一回到学校，就一下闯进罗斯的房间。罗斯正坐在桌前，同一个叫亨特的学生在学习。当菲利普进去时，他发着脾气转过脸来。

"谁那么讨厌？"他喝道。随后他看到菲利普，"噢，原来是你呀！"

菲利普尴尬地站在那儿。

"我想来看看你。"

"我们正在学习。"

亨特插进来说："你什么时候回来的？"

"刚到五分钟。"

他们坐着不动，看着他，那局面似乎是他打搅了他们。他们显然希望他快点走，菲利普脸红了。

"我这就走，你干完了事，顺便到我那儿坐坐！"他对罗斯说。。

"好吧。"

菲利普拉上门，一跛一跛回到自己的学习室。他感到这对他的伤害太大了。罗斯见到他根本就不高兴，他那样子几乎是在发怒。他们的关系可能不过就是认识罢了。他去学习室里等着，一刻也没有离开，唯恐在他离开时罗斯正好来找他。谁知他的朋友没有露面。第二天早晨他去做祈祷时看到罗斯和亨特，他们挽着胳膊，大模大样的。别的同学把他不在时的一些事情讲给他听。他忘了，三个月在学生的生活中是一段很长的时间，这段时间他是一个人闭门索居过的，而罗斯却是生活在同学们中间。亨特填补了空出来的地方。菲利普发现罗斯在悄悄地躲着他。菲利普可不是那种遇事什么也不说的学生。他等着机会，直到确信只有罗斯一个人在学习室时，他才推门进去。

“我能进来吗？”他问。

罗斯尴尬地看着他，菲利普的光临使他很生气。

“你要进来就进来呗。”

“十分感谢。”菲利普的话里带刺。

“你有什么事吗？”

“我说，打我回来以后，你怎么就变成这副德性？”

“别做笨驴了吧。”罗斯说，

“不知道你觉得亨特这个人怎么样？”

“这不关你的事。”

菲利普垂下眼睛，不能说出自己的心里话。他害怕给自己带来羞辱。罗斯站起来。

“我得去体育馆了。”他说。

他走到了门口，菲利普硬把话挤出来：“我说，你别那么凶好不好。”

“滚你的吧。”

他砰的一声关上门，撇下菲利普一个人走了。菲利普愤怒得浑身发抖。他回到自己屋里，脑子里翻腾着刚才的谈话。现在他恨罗斯，想伤害他，他想到本来可以对他说几句难听的话。他为他们的友谊就这么结束而忧伤。他还幻想别人正在议论这件事。他的神经太过敏了。在同学们都没有理会这件事的时候，他就好像看到了别人的轻蔑神情和惊异的样子。他还幻想出他们是怎么说长道短的。

“他们毕竟不可能长久的。我就纳闷罗斯怎么能吃凯利那一套。那个讨厌鬼！”

为了表示自己满不在乎，他一下子就和一个叫夏普的同学好得不得了，其实他本来讨厌夏普，而且看不起他。他是个伦敦学生，举止粗俗，块头很大，嘴唇上刚刚长出点小胡子，两道刷子般的浓眉连在一起，他的手很柔软。他太好巴结人了，这和他的年龄很不相称。他说起话来多少带着伦敦的土音。他是个懒散得要命的人，连玩游戏都不愿意。当他要逃避必修课时，他总是能编造出各种别人想不出来的借口。同学和老师不知为什么都很讨厌他，而菲利普此时不甘示弱，就和他凑到一起去了。再过两个学期，夏普要去德国待一年。他讨厌学校，他长大后要去见世面，因此就把学校的生活看作是见世面前必得忍受的耻辱。他心里只喜欢伦敦，他对菲利普讲起了他假期在伦敦的种种事情。通过他所讲的那些——他是用舒缓而深沉的嗓音来讲的——可以大致勾画出关于伦敦夜晚街头的传闻。听到他讲这些，菲利普马上就迷住了，同时也有些反感。加上他自己的生动想象，嘈杂的人群正挤进剧场正厅的大门。廉价餐馆里晃动着幢幢灯影，酒吧间里男人们喝得半醉，坐在高凳上，正和女招待东拉西扯。街灯下闪动着成群的寻欢作乐的人影……这种种场景全都纷呈在他眼前。夏普把从霍利维尔大街买来的廉价小说借给他，菲利普在他的小卧室里读着这些书，感到一种奇异的心惊肉跳。

有一次罗斯试着要跟菲利普重新和好。他是个性情温和的人，并不愿意给自己树敌。

“我说，凯利，你干什么这么傻呢？和我绝交对你究竟有什么好处呢？”

“我不知道你这是什么意思。”菲利普回答说。

“是这样，我不明白你为什么不和我说话。”

“我讨厌你。”菲利普说。

“随你的便吧。”

罗斯耸了耸肩，独自走了。菲利普的脸变得煞白，他一激动总是这样，心就一阵剧烈地跳动。罗斯一走，他忽然感到丧气极了。他也不知道为什么这样回答人家。本来是可以捐弃前嫌重修旧好的嘛。他恨自己和罗斯吵嘴，现在他看到刺伤了罗斯，感到非常对不起他。可是，那时他管不住自己，好像鬼使神差，迫使自己违心地说出难听的话来。即使在这时，他也想和罗斯握握手，即便作出更大的让步也行。不过自己受了那么多的苦痛和屈辱，他要报仇雪恨。这是自尊的，也是愚蠢的，他知道罗斯并不放在心上，而自己却为这件事而痛苦。他的脑子里闪出一个念头，他应该去找罗斯，对他说：

“我说，我这样粗暴，非常抱歉，我实在忍不住。让我们和好吧。”

不过他知道自己是绝不会这样做的。他怕罗斯会嘲笑他。他生自己的闷气。一会儿夏普回来了，他马上找了个茬儿和夏普吵了一架。菲利普有一种恶魔般的本领，能够发现别人的痛处，由于他所说确实是那么回事，也就招来了别人的怨恨。夏普最后说：

“就在刚才我听到罗斯对梅勒说到你，”他说，“梅勒就说：‘你怎么不踢他一脚？这样可以教他懂点规矩。’而罗斯说：‘我才不愿意这么做哩。那个该死的瘸子。’”

菲利普的脸顿时变得通红，他说不出话来，一个硬块堵在喉咙里，几乎使他喘不上气来。。

20

菲利普转到六班，这时他对学校恨得咬牙切齿，由于失去了昔日的抱负，也就毫不在乎自己的表现了。早晨一醒来，他的心情就够沉重的，又得熬过单调乏味的一天。他讨厌干一些人家要求他干的事情，那些清规戒律也使他腻味透了。这倒不是由于它们不合理，而是由于它们是清规戒律，他渴望自由，他讨厌把已经知道的事情再来个几遍的死板做法。讨厌为了某个蠢人的缘故，没完没了地死啃那点儿他早就一目了然了的玩意儿。

跟珀金斯先生一块学习，学不学悉听尊便。起初他特别热心，可后来就心不在焉了。六年级的教室原来是老修道院的一部分，后来重新修整过，有一个窗户是哥特式的。菲利普把哥特式的窗户反复画了很多遍，借此来消除烦恼。有时他把脑袋探出去，画画大教堂高高的钟楼，要不然就画画通向教堂围地的小径，他有画画的癖好。露易莎伯母年轻的时候曾经画过水彩画，她有一些素描集子，里面画的都是教堂、古桥，风景如画的乡间农舍。在牧师家的家庭茶会上，这些画常常拿出来给客人们看。她有一次送给菲利普一只颜料盒作为圣诞节礼物。菲利普最初把她的画临摹下来，就这样开始了绘画的学习。出乎意料，他临摹得还相当不错，没有多久他就自己画一些小幅的画了。牧师太太鼓励他学下去。况且学画对另一方面也有好处，免得他再调皮捣蛋、无事生非。后来他的这些素描都卖给了廉价商店，其中有两三幅加了镶框挂在他的卧室里。

一天，上午的课上完了，菲利普正懒散地走出教室，珀金斯先生把他叫住。

“凯利，我有话同你讲。”

菲利普等着他开口，珀金斯一边用瘦削的手指理着胡须，一边看着菲利普。他那样子似乎在考虑该怎么说。

“你出了什么事吗，凯利？”他突然说。

菲利普赶快看了他一眼，脸又红起来。他已经很熟悉珀金斯先生，知道他会说下去，所以就继续等着。

“最近你的表现不能令我满意。你变得懒散了，听课也不用心。你好像对学习没有什么兴趣。你的作业也很马虎，很糟糕。”

“我做得不对，先生。”菲利普说。

“你要说的难道只是这些吗？”

菲利普绷着脸，低下眼睛。他怎么能够回答说他烦得要死呢？

“你要知道，这学期你走的是下坡路，而不是要求上进。你的成绩单不会写得很好的。”

菲利普想知道，如果校长晓得成绩单送到家里是被怎么对待的，他会怎么说。成绩单是早餐时到的。牧师先生冷冷地扫了一眼，把它递给菲利普。

“你的成绩单。你最好看看都说些什么。”他说着，手指又闲不住地插入一本旧书目录的封皮里去。

菲利普把成绩单看了一遍。

“写得好吗？”露易莎伯母问。

“不如我表现得那样好。”菲利普笑着回答，把成绩单递给她。

“我以后戴上眼镜再看吧。”她说。

早餐后玛丽·安进来告诉说肉商来了，伯母也就把成绩单的事忘在脑后了。

珀金斯先生继续说：“我对你感到很失望。我也弄不明白你是怎么回事。我知道，只要你愿意，你是完全能够做好的，可是看样子你一点儿不想做好。我打算下学期叫你当班长①，不过我想还要等等再说。”

菲利普脸红了，他不愿意自己再被议论下去，他紧闭着嘴唇。

“还有一件事。你现在要考虑考虑你的奖学金了。除非你从现在开始就郑重其事地对待学习，否则就根本得不到奖学金。”

菲利普对这番训导非常恼火。他生校长的气，也生自己的气。

“我不想上牛津大学了。”他说。

“为什么？你不是想要担任神职吗？”

“我的想法改变了。”

“为什么？”

菲利普没有回答。珀金斯先生依旧如平时那样做着古怪的动作，就像佩鲁吉诺②画中的人物一样，他用手指不停地梳理着胡须。他看着菲利普，显出不解的神情，过了一会儿他突然告诉菲利普他可以走了。

很显然校长并不甘心，一个星期后的一个傍晚，菲利普拿着几张报纸走进学习室时，他又来把菲利普叫去谈了一次。这一次他采取了另外一种方式，他采用了朋友式的谈话方式，而不是校长对学生的谈话方式。这时，他仿佛并不理会菲利普的功课怎样糟糕，也不去提菲利普极

①英国学校中协助老师维持秩序，辅导低年级同学的成绩较好的高年级学生。

②彼得·佩鲁吉诺（Pietro Perugino，1446？-1523），意大利画家。

少有希望得到上牛津大学必不可少的奖学金，竞争对手占了上风会把奖学金夺走，他只是着重谈菲利普打算改变今后生活的事。珀金斯要做的，就是重新点燃菲利普的热情，做一名神职人员。他以自己无与伦比的技巧来打动菲利普的情感，这样做更容易些，因为他自己就充满了真挚的感情。菲利普的思想变化使得他痛苦不安。他真为菲利普难过，不知道为什么他把在生活中取得幸福的机会一下就丢掉了。他的劝导是苦口婆心的。别人的激情很容易感动菲利普，而他本来就富于激情，尽管他表面上异常平静——他的脸没有任何表情，这部分是由于他的天性使然，也是由于这么多年在学校养成的习惯。他的脸除了一下子变得通红，几乎很少泄露出他的感情——校长的话深深打动了菲利普。校长向他陈说利害使他深为感激，他又觉得良心上过意不去，是自己的表现才引起校长这么忧伤的。想到全校都会知道珀金斯先生为他而劳神，他竟有些暗中高兴。但与此同时，他还感到另外的一种什么东西，仿佛有一个人站在他身边，对他拼命地喊着两个字：

“我不！我不！我不！”

他感到自己在向下滑。一种虚弱的感觉在身体内弥漫开来，他完全无能为力了，就像一只落在充满了水的澡盆中的空瓶子，瓶子里的水越来越多。他咬紧牙关，一遍又一遍地对自己说：

“我不！我不！我不！”

最后，珀金斯先生把手放在菲利普的肩膀上。

“我并不想对你施加影响，”他说，“这必须由你自己来决定。向全能的上帝祷告吧，他会拯救你，指引你。”

菲利普从校长的屋子出来，已经下起了蒙蒙细雨。他在通往教堂围地的拱道上走着，没有一个人，榆树上的白嘴鸦没有一点声响。他徘徊着，他身上燥热，细雨洒在身上使他感到很舒服。他反复掂量着珀金斯先生的话，这时他冷静下来，不再听任自己耍性子了，他感到庆幸，他还没有把对上帝的忠诚都丢光。

冥冥暮色里，他只能朦朦胧胧地看到大教堂巨大的黑影。现在他讨厌它，因为不得不参加的冗长繁琐的仪式真把他腻烦透了。赞美诗一唱起来就漫无止境，唱的时候，必须直立着，一动都不许动，布道的嗡嗡声响成一片，谁知道说的是些什么，可是还得安静地坐着，想舒展一下身子都不行，弄得身体一阵阵抽痛。菲利普想到在德坎布里星期日的那两次礼拜。空空如也的教堂里很冷，到处是润发油和衣服浆洗的气味。副牧师做一次布道，他伯父再做一次。随着年龄渐长，他就学会懂得伯父的为人行事。菲利普生性直率，不能容忍这些。他真弄不懂，为什么一个人像牧师那样信誓旦旦地说了一大通，而又总是不能落实在行动上，伯父欺世盗名的行径激起了他的义愤。伯父的为人既懦弱，又自私，一心只想少惹麻烦。

珀金斯先生跟他讲过供奉神职的生活多么妙不可言。菲利普却了解在他的家乡，也就是东英吉利一隅，教士们过的都是怎样的生活。就说离布莱克斯塔布尔没多远的怀特斯通教区的牧师吧，他是个单身汉，为了给自己找点事干，就经营起了农场。地方报纸总是报道他在乡间法庭对某甲或某乙起诉的案件，被他起诉的人里有他不支付其工资的工人，要不然他就指控商人敲诈自己。传说他吝啬得连自家的母牛都不给吃饱。还流传一个说法，人们要对他采取一致行动。再说费恩教区的牧师吧，他长得一把大胡子，体格健壮，他的妻子因为不堪忍受他的暴戾，被迫离开他走了。她对邻居讲了许多他如何伤风败俗的事。苏尔是一个临海的小村子，那儿的牧师每天晚上都要去离自己的牧师住宅一箭之遥的小酒馆。教会执事曾找过凯利牧师，请他去劝劝这个牧师。除了那些小农场主和渔民，鬼都不信他们的话。漫长的冬夜，风拼命呼啸着，刮过萧瑟的树林。周围什么也看不到，只有单调乏味的耕过的原野。这里到处都是贫穷，找不到任何有出息的工作。他们生出种种怪念头来为所欲为，什么也约束不住他们。他们既狭隘又偏执。所有这些，菲利普一清二楚。可是他还年轻，青年人的偏激使他不能宽宏大量地对待这种事情。一想到要过这种生活，他不禁浑身颤栗了，他想出去见见世面。

21

没过多久，珀金斯先生就察觉出他的话对菲利普没起作用，因此一直到学期末再没有理睬他。他给菲利普写了一份措辞尖刻的成绩单。成绩单送到了牧师家里，露易莎伯母问起菲利普原委，他回答得倒很快活：

“那都是瞎扯。”

“瞎扯？”牧师说，“我得再看看。”

“您看我待在德坎布里还有什么必要吗？要是去德国一段时间，我想倒会好一些。”

“你脑子里哪来的这些怪想法？"露易莎伯母说。

“难道你认为这个想法不很好吗？”

夏普已经离开了皇家学校，他从汉诺威给菲利普写来过信。夏普开始过真正的生活了，这使菲利普坐卧不安。他觉得再让他受一年的约束实在受不了。

“不过这么一来，你就得不到奖学金了。”

“不管怎么说，我没有希望得到奖学金。况且，我也并非特别想去牛津大学。”

“如果这样，你还想不想当牧师了，菲利普？”露易莎伯母气急败坏地说。

“我早就打消这个念头了。”

牧师太太惊讶地看了他一会儿，然后，为了使自己镇定下来，给菲利普的伯父倒了一杯茶。大家都不说话。一会儿，菲利普看到眼泪从她的脸上慢慢流下来。他看到自己给她带来痛苦，他的心猛地一阵剧烈疼痛。她穿着街上成衣匠做的紧身黑色衣服，脸上布满了皱纹，眼睛苍白无神，一头灰发还梳成年轻时那种轻浮的小卷发式。她这样子显得有些滑稽可笑，但也透出一种少有的悲哀。菲利普还是头一次看到她这个样子。

后来，牧师和副牧师在书房里谈事。这时菲利普搂住她的腰。

“嗨，我真不该让您这么难受，露易莎伯母。”他说，“如果我没有真正的禀赋，担任神职对我也没有好处，您说是吗？”

“你真叫我失望，菲利普。”她呻吟道，“我一心只想你将来当个牧师。我想，你可以给你伯父当副牧师，以后等我们不行了的时候——不管怎么说，我们不能永远活下去的，对吧？——你就可以代替他的位置。”

菲利普颤抖了一下，心里一阵恐慌。他的心跳得就像掉在陷阱里的一只鸽子，拼命地扑打着翅膀。伯母头靠在他的肩上，悄悄地流着眼泪。

“我希望您能劝劝威廉伯伯，让我离开德坎布里吧，我在那儿真待腻了。”

可是，布莱克斯塔布尔的牧师已经决定了的事是不会轻易改变的，菲利普在十八岁以前在皇家学校上学，然后再上牛津，这已经是由来已久的打算了。菲利普此时就要离开德坎布里的事，他根本不要听，因为没有事先告知校方，所以这学期的学费是要缴的。

“那么，你能答应我通知学校我会在在圣诞节时离开吗？”菲利普最后说道。他们谈了很长时间，常常谈得很别扭。

“这件事，我要写信给珀金斯先生，看看他说什么。”

“嗨，我要是二十一岁就好了。总是让别人呼来喝去真是烦人透了。”

“菲利普，你怎么能跟你伯伯这么讲话。”牧师太太平静地说。

“你没有看到珀金斯先生希望我留下吗？学校里所有的学生他这个校长都要亲自过问。”

“你为什么又不想去牛津了？”

“要是我不进教会，去那儿有什么好处？”

“你没法再‘进教会’，因为你这不是已经在教会了吗？”牧师说。

“这就算受命神职了？”菲利普不耐烦了。

“那你以后要干什么呢，菲利普？”牧师太太问。

“我不知道，我还没定下来。不管以后干什么，懂外语是会有好处的。在德国待一年，我能学到好多东西，比待在这个倒霉地方强多了。”

他差点儿没说出来，他觉得在牛津比在学校继续待下去也好不到哪儿去。他强烈地希望自己做主，不劳别人操心。此外，他的老同学在一定程度上都了解他，他不想同他们再处下去了。他感到他的学校生活是个失败。他想重新开始生活。

碰巧，菲利普去德国的愿望迎合了某些观点，这些观点近来在布莱克斯塔布尔很被议论了一番。医生的几个朋友不时地到他家寄住，也就带来一些外界的消息。还有一些游客八月里来海边消夏，他们也有自己对事物的看法。从他们那里牧师听到了一些说法，说是人们都认为旧式教育在今天不像过去那样有用了，而现代语言越来越具有在他们年轻时所没有的重要意义。他自己的思想十分矛盾，他的一个弟弟就是由于考试没有及格而去了德国的，因而也就有一个先例可援了。不过由于他在那儿得伤寒病死了，所以认为去德国没什么风险也就不然了。经过无数次的谈话，结果说好，菲利普还要回德坎布里上一个学期，然后再离开。对于这个协议，菲利普并不满意。但是他回校后没几天，校长就找他谈话了。

“我收到你伯父的一封信，说是你想去德国，他问问我的看法。”

菲利普大吃一惊。他对监护人出尔反尔大为光火。

“我想这件事已经定下来了，先生。”他说。

“差得远呢。我已经写了信，告诉他说，我认为放你走是一个极大的错误。”

菲利普马上坐下来给伯伯写了一封措辞激烈的信。他没有字斟句酌。他气愤至极，夜里久久不能入睡。第二天清晨一醒来，脑子里又翻腾起他们对待自己的这些做法。他好不耐烦地等着回信。过了两三天，回信到了。信是露易莎伯母写的，写得既温和又痛苦。信上说，他不该对他伯父说那样的话，伯父为此事非常烦恼。他这样做太没有情义，违反了基督教的传统和教义。他应该明白，他们所做的，全都是尽力为他好。他们比他年长许多，当然能够更好地判断怎样做对他才有好处。菲利普握紧双拳，这种话他听得太多了，他看不出这些话真是那么回事。他们并不如他了解情况，为什么他们非认为岁数愈大就愈聪明是理所当然的呢？她在信的结尾说，牧师收回了他所作的允诺。

直到又一次放半日假[1]，菲利普一直憋着满腔的怒气。因为在星期六下午得去大教堂做礼拜，所以半日假就在星期二或星期四过。菲利普等六年级的同学都走了，他单独留下来。

“请问，今天下午我可以去布莱克斯塔布尔吗，先生？”他问。

“不行。”校长干脆地说。

“我想去见我伯伯，有非常重要的事。”

“你没有听见我说不行吗？”

菲利普不吱声了。他走出去，感到屈辱极了，这里有必须去请假的屈辱，也有遭到生硬拒绝的屈辱。这时他非常恨校长。菲利普对这种只知蛮横霸道，不做出解释，不讲明道理的专制作风是痛心疾首的。他十分震怒，也就不顾一切，吃完饭他就直奔火车站。去火车站有几种走法，他非常熟悉，及时赶上了去布莱克斯塔布尔的火车。他走进牧师住宅，看到伯伯伯母正在餐室里坐着。

“喂，你从哪里冒出来的？”牧师说。

很显然，牧师不愿意看到他。他的神情有些不自在。

“我想，我得回来和您谈谈我离开德坎布里的事。我在这儿的时候您答应了我，可过了一个星期又不是这么回事了，我想知道您这是什么意思。”

他对自己的胆量有些害怕了，可是他完全想好了该怎么说，尽管他的心突突跳个不停，他强迫自己把这番话说出来。

“今天下午你回来得到批准了吗？”

“没有。我向珀金斯先生请了假，可他不准。如果您想写信给他说我回来了，您会使我结结实实挨一顿痛骂的。”

牧师太太坐在一旁编织着什么东西，手直哆嗦。她没见过这种场面，他们把她搞得不知所措。

“我要是告诉他的话，就会帮助你改正错误。”牧师先生说。

---

①欧洲学校的周末假日，一般在星期六下午就开始放假。

“您要真想告密，就去告好了。您已经给珀金斯先生写过信了，您完全可以再这样做。”

菲利普这样说太蠢了，正好给了牧师一个求之不得的机会。

“你这样放肆，我不能再坐在这儿同你讲话了。”牧师气呼呼地说。

他站起来，迅速地走出屋去，进了他的书房。菲利普听见他关上门，又咔地一声锁上了。

“嗨，但愿我现在就满二十一岁才好。受这样的束缚简直叫人发疯。”

露易莎伯母悄悄地哭起来。

“唉，菲利普，你不该对你伯伯说这样的话。你还是去跟你伯伯认个错吧。"

“我一点也没错。他仗着自己的地位指手画脚，太卑鄙了。当然，供我继续上学是要费钱的，可他操什么心？又不是他的钱。受这种什么也不懂的人监护，算我倒霉。”

“菲利普！”

菲利普正发泄着他的愤怒，听到露易莎的叫声赶忙打住。她这一声叫得人心都碎了。他没想到他的话太刺激人了。

“菲利普，你怎么能这样无情无义？你知道，我们都尽力为你好，我们也知道自己没有经验，不知道该怎么待你，如果我们有孩子就不会这样了，所以我们就写信向珀金斯先生请教。”她的嗓子嘶哑了，“我很想像一个母亲一样待你，我一直爱你，把你当作自己的儿子。”

她这样瘦小、脆弱，她那老处女的做派中有一种令人揪心的悲怆。菲利普感动了，他喉咙里突然像堵住了一大团东西，眼睛里充满了泪水。

“我对不起你，”他说，“我不是有意那么凶的。”

他在她身边跪下，用胳膊搂住她，吻着她那被泪水打湿的枯瘦的脸。她哭得十分伤心，菲利普突然觉得她碌碌一生十分可怜。在这以前，她可从来没有听任自己这样表露过感情。

“我知道我没有做到我想为你做的，菲利普，可是我不知道该怎么做呀。我没有孩子，你没有母亲，都同样可怕。”

菲利普忘了生气，也忘了自己的事，只想到要安慰她，他说得结结巴巴，束手无策，不知怎么体贴她好。这时挂钟敲响了，他不得不撒腿就跑，直奔火车站，要按时回德坎布里赶上点名只有这一趟车了。他坐在车厢的角落里，这时才想到，这次回来竟一事无成。他为自己的软弱生气，牧师摆出了不可一世的臭架子，伯母淌下了眼泪，就允许自己放弃目标，简直没有出息透了。他并不知道他们两个人经过那样的谈话之后，结果伯父竟给校长又写了一封信。珀金斯先生看着信，不耐烦地耸耸肩膀。他把信给菲利普看。信是这样写的：

亲爱的珀金斯先生：

恕我以监护人的事情打扰先生，他伯母和我已然为他一筹莫展。他离校心切，他伯母认为他心情苦闷，因我们非其生身父母，故思前虑后实为狼狈。他似乎认为于学业未能深钻，继续留在学校则无异于浪费钱财。故此恳请您能对他垂教一二。倘若他不愿回心转意，让他在圣诞节时离校未尝不可，这也是我的初衷。

你可信赖的

威廉·凯利

菲利普把信还给校长。他为自己的胜利感到一种骄傲的激动。他已经达到了自己的目的，他心满意足了，他的意志战胜了别人的意志。

“即使你伯父收到你的信再变卦，我也不过是费半个小时给他写信。不过如此而已。”校长十分恼怒地说。

菲利普什么也没说，他的脸色平静极了，不过他的眼睛还是不禁露出了喜悦的光芒。珀金斯先生突然笑了几声。

“你到底赢了，是吧？”他说。

菲利普十分坦然地笑了。他掩饰不住心中的高兴劲儿。

“你真的非常急于离开学校吗？”

“是真的，先生。”

“在这儿你不愉快？”

菲利普脸红了。他出于本能，对任何想要深究他的感情的做法都十分反感。

“这个，我也不知道，先生。”

珀金斯先生慢慢地用手指捋着胡须，若有所思地看着他。他仿佛是在自言自语。

“当然了，学校是为一般人设立的。洞是圆形的，不管桩子是什么形状，都要不分青红皂白塞进去。一个人是没有时间为所有的事费心的，而一般人恰恰是这样。”他突然又对菲利普说，“还有，我要对你提个建议。现在就要到学期末了，再上一个学期你也死不了，如果你去德国的话，复活节后走比圣诞节后走要好些。在春天比冬天要愉快得多，如果下学期末你执意要走，我绝不会持有异议的。你看怎么样？”

“十分感谢，先生。”

菲利普对这三个月以来的结果已经十分满意了，再额外加一个学期，他也就不在乎了。复活节前他将永远离开这里，他也就觉得学校不那么像监狱了。他的心欢快地跳动着。那天晚上在小教堂里，他对周围的学生左顾右盼，他们按照班级站在每个人规定的位置上，他想到不久以后就再也看不到他们了，不由得心中暗自得意。这么一来，他看待他们倒有了一种友好的感情。他的眼睛停在罗斯身上。罗斯非常严肃地站在班长的位置上：他确实有那么一个意思，要给全校一个良好的影响。这一晚上，又轮到罗斯读《圣经》，他念得好极了。当菲利普想到要永远地和他分道扬镳了，便微微一笑，在余下的六个月里，罗斯是不是还会长高一点，胳膊腿是不是还会长长一点，这都和他没关系了。即使他是一个班长，班上的队长，那又有什么要紧呢？菲利普又看了看身穿长袍的教师们。戈登死了。两年前他死于中风，可其他的人都在这里。此时菲利普看出他们是何等的卑微，也许特纳尔除外，他身上还有某些男子汉的味儿。一想起他们对自己的种种压制，他心中又苦涩难咽。六个月后，他们也和他没有关系了。他们对他的表扬，他全无所谓了，而他对他们的指责，他也将报之以耸耸肩膀。

菲利普学会了不让自己的感情暴露出来，只是腼腆怕羞还在折磨他，不过他常常是神气十足，尽管他跛着脚走路还是很拘谨，表面上还是那么沉默，不动声色，心里却仿佛呼喊着一个声音。他觉得自己走路轻快了许多。脑子里跳出各种念头，和一个接一个闪烁不定的幻想，他想把它们捕捉住，可是不行，这些念头和幻想的来去明灭，使他感到特别兴奋。他的心情此时很愉快，学习也就很卖力。在这个星期以后余下的几个星期里，他使自己补上了长时间以来所缺的课程。脑子轻松自如地运转开，在思维中他感到异乎寻常的快乐。期末考试他取得了优异成绩。

珀金斯先生对此只说了一点：当时他正和菲利普分析菲利普写的一篇文章，他做了一般性的评论后，说：

“这么说，你已经下决心不去干蠢事了，一点也不干了，是吗？”

他朝菲利普笑笑，露出闪闪发光的牙齿。菲利普低下眼睛，勉强地笑了一下。

夏季学期的末尾，有六个学生最有希望包揽各种奖金。开始大家都没有把菲利普视为严重的竞争对手，这时对他也就刮目相看了。他没有同任何人讲他要在复活节时离开的事，所以也就无意于竞争，让那些人庸人自扰去吧！他知道罗斯对自己的法文自鸣得意，因为他有两三个假期是在法国度过的，他还希望获得英文散文的大奖[①]，现在他看到菲利普在这些科目上都远远超过他而坐立不安。菲利普看到罗斯这股劲儿真是心花怒放。还有一个学生诺顿，要是得不到学校的奖学金，他也去不成牛津大学。他探问菲利普是不是也想得这些奖金。

“你反对吗？”菲利普问。

想一想真叫人开心，别人的命运居然掌握在自己的手中。他对他们不屑一顾，把攥在手里的各种奖金发给其他一些人，这种事听起来倒很美。这学期结束的一天终于到了，他去同珀金斯先生告别。

“你来告别的意思不是真的要离开吧？”

看到校长故意做出惊讶的神色，菲利普的脸一下子沉下来。

①英国大学中授予成绩最优秀的学生的最高奖。

“您说过您以后再不会提出异议了，先生。”他回答说。

“这不过是一时的兴致，同你开个玩笑罢了。我知道你很顽强，也很任性。你现在就离开学校，对你到底有什么好处呢？只剩下一个学期，你无论如何也可以轻而易举地得到马格达琳奖学金，你还可以得到本校设立的奖学金的一半。”

菲利普绷着脸盯住校长，他感到被耍弄了，不过他得到过许诺，珀金斯先生不得不信守诺言的。

“在牛津，你将会过得很愉快。你不必马上就决定以后干什么。我不知道你相信不相信这一点，对任何一个有脑子的人来说，到那儿上学是非常愉快的。”

“我现在已经做好了去德国的准备，先生。”菲利普说。

“安排好了就不能再变一变吗？”珀金斯先生带着嘲弄的微笑，“失去你我会感到非常遗憾的。在学校，那些相当迟钝的学生的功课总要比懒散的聪明学生好，可是聪明的学生用起功来——那么怎么样呢？他就会像你在这个学期所做到的那样。”

菲利普的脸不易察觉地红了。他不习惯听赞扬的话，还没有哪个人当面说过他聪明哩。校长把手放在菲利普的肩上。

“你知道，逼着迟钝的学生掌握点东西，这样的工作是很乏味的。可有时候，你可能碰到一个对你耍脾气的学生，你的话还没有说出来，他就领会了。呃，要是这样，教学就是世界上最令人兴奋和神往的事情。”

校长的慈爱使菲利普的心融化了。他可从来没有想到，他的去留对珀金斯先生还真是有所谓的。他既受感动，又非常得意。荣耀地结束学校的生活，再去牛津，这也是蛮惬意的。菲利普眼前一道闪光，使牛津的生活显现出来。据那些回来参加皇家学校老校友队球赛的学生们描述，据那一次在学习室里宣读的牛津大学来信，关于牛津大学的生活，他也略知一二了。他很害臊，如果他现在让步，自己也会看不起自己的，伯父也将会为校长的诡计成功而窃笑不已。那些奖金他唾手可得，不费吹灰之力，他不屑于获得它们，如果戏剧性地屈从于它们，就简直是奇耻大辱了。本来只需略加劝慰，就足以满足他的自尊心，菲利普会按照珀金斯先生的希望去做。但是他脸上一点也没有表现出感情在激烈地冲突着。那张脸很平静，又有些阴沉。

“我想我还是走，先生。”他说。

珀金斯先生像许多人那样，只靠个人的影响来处理事情，当他的影响没有立刻发生作用，就变得有些不耐烦了。他还有许多工作要做，不能老是在一个学生身上耗费更多的时间，而在他看来，这个学生又固执得不可救药。

“好吧，要是你真想走的话，我同意让你走，我遵守诺言。你几时去德国？”

菲利普的心剧烈地跳着。他不知道是不是最后赢了，他不知道是不是本来就没有输。

“五月初走，先生。”他回答说。

“那好，你回来时可要来看看我们。”

他伸出了手。如果再给菲利普一次机会，菲利普是会改变他的想法的，不过他似乎认为事情已经成了定局。菲利普走出校长的房间。他的学生时代结束了，他自由了。可是，当他期待的这一时刻来到的时候，他并没有欣喜若狂。他绕着教堂围地慢慢地走着，一阵郁闷而消沉的感觉袭上心来。他希望没有做这件蠢事。他不想走了，不过他又知道，自己绝不会去找校长，告诉他自己不走了。这样做只能带来羞耻，绝不能这样做。他不知道这样做是不是对的。他既不满意自己，也不满意他生活中的一切。他忧郁地扪心自问：当你一旦得到所希望的东西时，事后是不是又会后悔得到它了呢？

22

菲利普的伯父有一个叫威尔金森小姐的老朋友，住在柏林。她是一个教士的女儿，她父亲原是林肯郡一个村镇的教区长，当年凯利牧师给他当副牧师，以后就升为牧师了。教区长死后，她只得自谋生路，曾在法国和德国一些地方当过家庭教师。她和牧师太太一直有书信往来，放假时，还来过几次布莱克斯塔布尔，住在牧师家里。每次来，也像那些偶尔来凯利家的客人一样，付给他们一小笔食宿费。他们看到菲利普执意要按自己的想法去做，事到如今，迁就他倒少惹些麻烦，牧师太太只得写信给威尔金森小姐，请她帮忙。威尔金森小姐来信说，菲利普要学习德语，最理想的地方是海德尔贝格，到那儿可以住在埃林教授夫人家里，她那里不会有什么不便的。菲利普住在那儿，每星期三十马克，并且由教授本人亲自指导，他在当地一所高等学校里当教师。

五月的一个早晨，菲利普抵达海德尔贝格。他把带来的东西放在小推车里，随搬运夫出了车站。天空蔚蓝晴朗，道上绿荫覆盖，空气对菲利普来说是那么清新，一种新的生活开始时，同时总夹杂着几分让人胆怯的意味。他混在素不相识的人群中，感到特别兴奋。没有一个人来接他，他有些郁郁不乐。来到一幢白色建筑的门前，搬运夫径自走了，撇下菲利普一个人，他感到非常慌乱。一位衣冠不整的小伙子出来招呼他进去，领他进了一间客厅。客厅里摆着许多家具，上面铺着绿色天鹅绒，正中是一张圆桌，桌上，有一束花插在水里，用纸褶边紧紧扎在一起，像是一块羊排骨，花的周围，精心摆着羊皮封面的书籍，屋里有一股霉味。

不一会儿，教授夫人带着烹饪的油烟味走进来。她长得很敦实，头发梳得整整齐齐，脸很红，她的眼睛又小又亮，显出热情奔放的样子。她拉着菲利普的双手，向他问起威尔金森小姐的情形。威尔金森小姐来过两次，在她家住过几个星期。她讲德语和英语，不过英语讲得实在蹩脚。菲利普解释了好半天，她还是没有明白他并不认识威尔金森小姐。接着她的两个女儿露面了，看样子她们要比菲利普大些，但也许不超过二十五岁：大的叫特克拉，像她母亲一样身材短粗，待人接物也像母亲那样应付自如，不过脸蛋长得很漂亮，头发又浓又黑。她的妹妹安娜，高高的个子，相貌很平常，由于她脸上带着一种愉快的笑容，菲利普对她立刻有了好感。她们同他客客气气谈了几句，教授夫人就把菲利普领到他的房间，自己走了。这房间在一座塔楼上，从这里可以看到安拉吉大街上的树冠。床放在凹室里，坐在桌子那儿就根本看不到卧室了。菲利普解开行李，把所有的书都摆了出来。他终于自己当家做主了。

一点时铃响了，通知他去用餐。教授夫人的房客们都聚集在客厅里。菲利普被介绍给她的丈夫，他是个高个子的中年人，头很大，金黄色的头发现在发灰了，蓝眼睛非常温和。他讲的英语很正确，不过相当古板，这是由于他是通过研究英国古典文学学到英语的，而不是从日常的谈话中学会的。他使用的字眼很怪僻，那些词菲利普只在莎士比亚的戏剧中才听得到。教授夫人称她这里为家庭，而不称为膳宿公寓。不过，要发现两者之间究竟有什么区别，需要有形而上学家的明察秋毫才能做到。他们出了客厅，来到一间阴暗的房间里坐下来用餐，菲利普数了数，在座的一共有十六个人，他非常拘谨地坐在那儿。教授夫人坐在桌子的一端，动手切肉。饭菜端上来了，还是那个给他开门的笨手笨脚的小伙子，他把盘碟弄得叮当乱响。尽管他忙里忙外，可是没等送上最后一批预定的客饭，最先吃上的那些人就已经吃完了。教授夫人非要大家讲德语不可，这一来，菲利普即使不是这样忸怩害羞，而是非常健谈，也只能不开口了。他观察着要与之生活的那些人。教授夫人旁边坐着几位老妇人，菲利普对她们没有多少兴趣。还有两位少女，都长得眉清目秀，菲利普听别人叫她们黑德维格小姐和赛西莉小姐。其中一位尤其漂亮，赛西莉小姐梳着一条长辫。她们坐在一起说着话，吃吃地笑着，还不时向菲利普瞥上一眼，其中一个又小声说些什么，两个人咯咯地笑起来，菲利普脸红了，感到局促不安，觉得她们准是在打趣他。他们旁边坐着一位中国人，黄色的脸，笑得很开朗，他正在大学里研究西方问题。他的话讲得很快，再加上口音的古怪，两个姑娘总是听不懂他说的是什么。只要听不懂，她们就哈哈大笑起来。他也笑了，样子显得非常和蔼可亲，杏核眼几乎眯成了一条缝。还有两三个美国人，他们穿着黑外套，皮肤特别黄，而且干巴巴的，他们是神学院的学生。菲利普听出他们糟糕的德语中带着新英格兰[1]的鼻音。他满腹狐疑地盯着他们，有人告诉过他，美国人都是粗野好斗的野蛮人。

---

①即美国东北部地区。

饭后，他们来到客厅，坐在硬邦邦的绿天鹅绒椅子上歇一会儿，这时安娜小姐来邀请菲利普和她们散散步。

菲利普接受了邀请，他们恰恰是一个小团体。有教授夫人的两个女儿，还有另外两个姑娘，一个美国学生和菲利普。菲利普走在安娜和黑德维格小姐的旁边。他的脸有些泛红。他从来没有和任何一位姑娘打过交道。在布莱克斯塔布尔，那儿有农场主的女儿和本地商人家的闺女。他仅限于知道她们的名字，见过她们的模样，不过他十分胆怯，不敢同她们来往，怕她们讪笑他的残疾。牧师和太太很强调他们高贵的身份、等级，认为他们根本不同于农场主，菲利普也心甘情愿地承认了这种区别。医生有两个女儿，不过比菲利普大得多，当菲利普还是个小孩时，她们就已经相继嫁给了父亲的两位助手。在学校里，某些男同学认识两三个有胆量而不太庄重的女学生，十之八九是出于男性的想象力，学校里就流传一些耸人听闻的说法，讲他们的关系暧昧。而菲利普总是装出极度轻蔑的样子来掩藏自己的恐惧。他的想象力和读过的书使他一直崇尚拜伦式的气度，他忽而受不健全的自我意识的支配，忽而又相信自己应该是个有风流骑士风度的人。这时他感到自己一定要表现得聪明伶俐和风趣些，可是他的脑子里竟空空洞洞，关于自己想不起能够说些什么好。教授夫人的女儿安娜出于礼貌，常常同他攀谈几句，而其他人就很少同他搭腔。她不时用一双亮晶晶的眼睛看着他，有时她毫不客气地笑起来，竟使菲利普慌了手脚。菲利普觉得自己在她眼中一定非常滑稽可笑。他们在小山坡的松树林中漫步，姑娘们说笑嬉戏，感染得菲利普也分外愉快。天气暖洋洋的，天空中没有一丝云彩。最后他们爬上一个高坡，放眼眺望，阳光下莱茵河谷从脚下一直伸向远方，广袤的原野和远处的城镇闪着金色的光辉，银带般的莱茵河蜿蜒流过。在菲利普熟悉的肯特郡那个偏僻角落里，很少能看到广阔的空间，在大海边也只不过看到一条宽宽的水平线而已。他极目远眺。面对宽广辽阔的景色，一种奇特的、无法形容的激动电流般地通过全身。他突然感到勃勃的生气。他弄不懂是怎么回事，这是有生以来第一次体验到的，这种感受丝毫没有对异国的热情掺杂在里面，这正是美的感受。别的人已经去了，只剩下他们三个人坐在一条长凳上，两个姑娘用德语飞快地交谈着，这时菲利普没有注意到她们就在近旁，而是陶醉在眼前的风光里。

“天哪，我多么幸福啊！”他情不自禁地自语道。

23

有时，菲利普偶尔想到德坎布里的皇家学校，回想那些日子他们所做的某些事情的情节时，就暗自笑起来。他不时梦见自己还在皇家学校，每逢做这样的梦，他就感到非常非常的满足。只有醒来了，他才确信自己在塔楼上的小房间里。躺在床上，可以望见碧蓝的天空中飘浮着大块团状的积云。他纵情享受着自己的自由：想什么时候睡觉就什么时候睡觉，爱什么时候起床就什么时候起床，没有人对他发号施令。给他感触最深的，是再没有必要撒谎了。

菲利普的学习是这样安排的：埃林教授教他拉丁文和德文，每天一个法国人来给他上法文课，教授夫人还推荐一个英国人教数学，这人正在大学攻读哲学学位，名叫沃顿。菲利普每天早晨去他那儿上课。他住在一栋破破烂烂的房子最上面的一层。房间里又脏又乱，充满了各种臭味，别提有多刺鼻了。到了十点钟，他差不多总是还没有起床，菲利普一到，他这才跳起来，一边穿起肮脏的晨衣，趿上拖鞋，一边喊人送上他的简单的早餐。他是个小矮个，由于啤酒喝得过量，长得胖墩墩的，一抹很重的小胡子和乱蓬蓬的长发。他到德国有五年了，已经变得非常日耳曼化。他很轻蔑地谈到剑桥大学，尽管他是在那里获得学位的。提到将来的生活时他就很恐惧，说有朝一日当他获得了海德尔贝格大学的博士学位，就必须回英国去从事执教的生涯。他对德国大学的生活赞不绝口，认为德国大学的生活非常自由自在，人们的交往也令人愉快。他是青年团体的一个成员，他答应带菲利普去小酒馆。[①]他很贫困，为菲利普授课对他来说意味着午饭有肉，而不用光啃面包，对这点他倒是直

①“青年团体”及“小酒馆”二词原书均为德文。

言不讳。有时夜里太劳累了，他就头痛得喝不进咖啡，给菲利普授课时恍恍惚惚。为此，他在床下存了几瓶啤酒。一瓶啤酒，一只烟斗就能帮他对付贫困的生活。

“嘿，那准叫你看傻了眼。”每当倒啤酒时他总要这样说，他倒得很小心，好不让泡沫冒得太多，不然就得等半天才能喝。

接着，他就给菲利普讲起大学的事情来，讲各个敌对学生会的明争暗斗和唇枪舌战，以及某某教授的功过和优劣，等等。菲利普从他那里了解到的生活比学到的数学还要多。有时沃顿会舒展一下腰身，笑着说：

“喂，请注意，鉴于今天什么也没干，你就不必付给我钱啦。”

“噢，付钱也没关系。”菲利普说。

他讲的一些事情非常新鲜有趣，菲利普认为这些谈话远比三角学更有意义，三角学他怎么也学不会。这些东西好像一个生活的窗口，他有一个从这个窗口窥看的机会，看的时候心却同时在狂跳。

“不要付，还是留着你那些烂钱吧。”沃顿说。

“可是你的饭怎么办？”菲利普笑着说，他非常清楚他的教师的财政状况如何。

沃顿甚至要他一次课需付的二先令每星期给一次，而不是一个月给一次，这样事情就简单多了。

“噢，别操心我的饭，我光喝瓶啤酒当饭也不是第一次了，喝起啤酒来我的头脑要比平时明白得多。

他钻到床下（床单已经成了灰色，实在该洗了），摸出一瓶啤酒。菲利普还年轻，不知道生活的乐趣，竟拒绝同沃顿共饮，沃顿就自斟自饮开了。

“你还要在这待多久？”沃顿问。

他和菲利普已经用不着拿数学课当幌子了。

“唉，我也不知道。我想大概一年吧。家里人还希望我上牛津哩。”

沃顿轻蔑地耸耸肩。菲利普这才知道，竟然有人不把那令人敬畏的高等学府放在眼里，这倒是件新鲜事。

“你上那儿干什么？最多不过能成为一个好好学生罢了。为什么你不在这儿考大学呢？只待一年可没有用，要在这住五年。告诉你吧，生活中有两大妙事：思想自由和行动自由。在法国你可以有行动自由，愿意怎么干就可以怎么干，没人来干涉你，可是人家怎么想的你也必须怎么想。在德国，人家怎么做，你也必须怎么做，至于怎么想就随便了。二者都妙不可言。就我个人而言，我宁愿选择思想自由。可是在英国，两样你都捞不着：光是陈规陋习就把你整治得喘不过气来。你不能愿意怎么想就怎么想，也不能愿意怎么干就怎么干。这是因为英国是民主国家。我想美国还要糟。”

他的身子小心翼翼地向后靠在椅背上，因为椅子有一条腿是摇摇晃晃的。有时候一不小心椅子翻倒了，沃顿就突然跌在地板上，他那雄辩的演说就被打断了。

“今年我该回英国去啦，但是假如能勉强凑出够糊口度日的钱来，我就再待十二个月，否则就只好走了。这些我全不要。”他挥舞胳膊，指着这间肮脏的顶楼，没有收拾的床，扔在地板上的衣服，靠在墙边的一排啤酒瓶子，还有到处都是的散乱的信札和破烂的书本。“我将去地方大学谋个哲学教授的职位。我要去打网球，还要去参加茶会。”他突然停下来，挖苦地看了菲利普一眼，菲利普穿得整整齐齐，戴着干净的硬领，头发梳洗得一丝不乱。“天啊！我非得洗衣服不可了。”

菲利普一下子脸就红了，为自己打扮得衣冠楚楚感到无地自容。近来，菲利普非常注意自己的服饰，他从英国来时带了一大堆精心挑选的领带。

夏天像征服者一样莅临这个国家。每天的天气都好极了。天空湛蓝湛蓝的，逗引着人们禁不住走出家门。安拉吉大街上的树叶翠绿繁茂，生机勃勃，在阳光的照耀下，房屋白得耀眼，叫人睁不开眼睛。有时菲利普从沃顿那里回来，就坐在安拉吉大街树荫下的长凳上。树荫下凉爽宜人，阳光透过层层枝叶，把斑驳陆离的光点洒在地上。他的心就像欢快的光束一样翩翩起舞。他喜爱学习之余的闲暇时刻。有时候，他信步穿过旧城市的树林。他怀着敬畏的心情看着学生联合会的学生，他们的脸蛋红扑扑的，带着庄严的神色，戴着各色的帽子昂首阔步走过去。在下午，他和教授夫人家的那些姑娘们在山坡上散步。有时也到河边去，在浓荫覆盖的露天酒店里吃茶。晚上，他们在施塔特公园里转来转去，听一听军乐队的演奏。

菲利普不久就把教授家的各种利害关系弄清楚了。教授的长女特克拉小姐和一位英格兰人订婚了，那人因学习德语曾在这里住过十二个月。他们在年底就要举行婚礼。这个青年人将这件事写信告诉在斯劳的父亲，他父亲是个做天然橡胶生意的商人，却不同意这桩婚事，特克拉为此常常抹眼泪。有时候，可以看到她和母亲两人，目光冷峻，紧咬着嘴唇，看着那位三心二意的情人的来信。特克拉画水彩画，偶尔她也和菲利普及几个姑娘结伴出去画一些小景。漂亮的黑德维格小姐也有婚姻上的烦恼。她是柏林一位商人的女儿，和一个标致浮华的骠骑兵双双坠入了情网，他是不是贵族就随你猜了。可是他的双亲反对他娶一个她这种地位的人。为了让她忘掉这位骠骑兵，就把她送到海德尔贝格来了。她绝不肯忘掉他，继续和他通信，而他，则正在尽一切努力哄骗被激怒了的父亲改变主意。她把这些统统讲给菲利普听，一边讲着一边娇柔地叹息着，继而羞涩起来，她还给他看了样子很帅的中尉的照片。在教授夫人这里所有的姑娘中，菲利普最喜欢她，他们散步时他也总要想办法凑到她旁边。由于他做得太露骨，别人难免拿他打趣开心，这时他的脸就通红通红的。他平生第一次对黑德维格表示了自己的心迹。不幸的是，这是一场误会，事情当时凑巧是这么发生的。在晚上，如果他们不出去的话，姑娘们就在绿色天鹅绒的客厅里唱唱歌，安娜是凡事都要凑热闹的人，她热情地、不知疲倦地为别人伴唱。黑德维格小姐最喜欢的歌是“我爱你①”。一天晚上，她唱完了这支歌，菲利普和她一起站在阳台上看着星星，他冒出一个念头，想就这支歌说些什么。他说道：

“我爱你。②”

他的德语讲不下去了，他想找表达自己意思的德语。他还没来得及思索，再继续说下去，黑德维格小姐就说了：

“你对我说话不能用第二人称单数。③”她又用英语说了一遍。

---

①②③均为德语。

菲利普感到全身一下子热起来，他从来没有敢做这么亲昵的事情，一时他竟不知说些什么好。要是解释这并不是表示自己的想法，不过是一支歌名，这样做也太缺少骑士风度了。

“请你原谅。”

“没事儿。”她悄声说。

她甜美地笑了，悄悄地拿起他的手，捏了捏，转身回客厅去了。

第二天，他非常窘迫，不敢和她讲话，他很不好意思，只好千方百计躲开她。别人请他像往常那样出去散步时，他借口说有功课要做拒绝了。不过黑德维格小姐还是找到了单独和他谈话的机会。

“为什么你要这样子？”她温和地说，“跟你说，对你昨天晚上说的，我没有生气。你爱我，那样做也很自然。你那么讲，都使我飘飘然了。不过，尽管我和赫尔曼没有真正订婚，我也不会再爱别的人，我把自己看作是他的未婚妻。”

菲利普脸又红了，但他摆出一副求爱遭到拒绝的神情。

“我愿你们非常幸福。”他说。

24

埃林教授每天给菲利普教课。他给菲利普开了一张书单要他阅读，要他最后能够把《浮士德》读下来才算罢休。同时他安排得还算灵活，最初是让菲利普把莎士比亚的一个戏剧翻译成德文，这个剧本菲利普在学校时曾经学过。这一时期的德国，正是歌德声誉的鼎盛时期，尽管他对爱国主义的态度相当傲慢，但还是被公认为民族诗人。他似乎成了1870年战争爆发以来民族团结的最值得夸耀的光荣。在瓦尔普尔吉斯之夜[①]的粗犷奔放的热情中，仿佛可以听到格拉维洛特[②]大炮的轰鸣。一

①在《浮士德》中，歌德曾描绘了在瓦尔普尔吉斯之夜（每年五月一日前夜）女巫们的狂欢宴乐，此为中世纪德国民间传说。

②格拉维洛特（Gravelotte）是普法战争（1870）色当战役中的一次著名大会战的地点。

个作家伟大的一个标志就是，不同的思想可以从他身上找到不同的灵感。埃林教授厌恶普鲁士人，但热烈地崇拜歌德，是因为歌德的作品中既有奥林匹亚众神们的威严，而又舒缓恬静，为理智的心灵对抗当代的困境提供了唯一的避难所。有一个剧作家，他的名字近来在海德尔贝格家喻户晓。去年冬天，他的一部剧作在追随者的喝彩声中和温文尔雅的君子的嘘声中上演了。在教授夫人的长桌旁，菲利普多次听到他们关于这出剧的争论。平时最以冷静见称的埃林教授竟一反常态：他用拳头擂着桌子，优美的男低音发出怒吼，把所有的反对意见都盖下去，说这出剧非常荒诞，淫秽的荒诞。他耐住性子等大家对戏议论一通，但是他也说不出自己是更无聊呢还是更恶心。他认为如果剧院要上演的就是这种东西，那么，警察不来干涉，把剧院关闭掉，还更待何时。他这人并不一本正经，在皇家剧院看滑稽剧，遇到俏皮的噱头时，他也会像别人一样捧腹大笑，可是这出剧却简直是垃圾。为了强调他的不满，他捏住鼻子，从牙缝里发出"嘘嘘"声，说这是家庭的崩溃，道德的沉沦，德国的毁灭。

"你瞧，阿道夫[①]，"教授夫人从桌子的另一头说道，"别激动啦。"

他冲她挥着拳头。他本是最温顺不过的人了，不征得她的同意，是从来不敢贸然行事的。

"不，海伦，我跟你说，"他喊叫着，"我宁愿让我的女儿死在我脚下，也不让她们去听那些厚颜无耻的家伙们的下流话。"

这出剧是《玩偶之家》，作者是亨利克·易卜生[②]。

埃林教授把他视为理查德·瓦格纳[③]之流。提到瓦格纳，教授倒是不生气了，反而和蔼可亲，满面笑容。瓦格纳是个江湖骗子，不过他是个成功的江湖骗子，在他的剧作中，还是有某些喜剧的风格受人欢迎。

---

①德语，教授的名字。

②亨利克·约翰·易卜生（Henrik Johan Ibsen，1828—1906），挪威剧作家，《玩偶之家》为其著名作品。

③威廉·理查德·瓦格纳（Wilhelm Richard Wagner，1813—1883），德国诗人、作曲家。

"疯子[①]！一个太太！"他说。

他看过《罗恩格林》，这个剧倒还规规矩矩。虽然沉闷，可还不算坏。可是《齐格弗里特》[②]，哼！埃林教授只要一提到这出剧，就用手托住脑袋，发出轰鸣般的笑声。它从头至尾没有一句中听的话！他还想象出理查德·瓦格纳坐在包厢里，当他看到所有的人都在郑重其事地看剧，不禁大笑起来，直到把肚子都笑痛了。这是十九世纪了不起的骗局。他拿起一杯啤酒凑到唇边，头向后一仰，把酒一饮而尽。然后用手背擦擦嘴，说道：

"我告诉你们这些年轻人，不出十九世纪，瓦格纳就会被人们忘得干干净净，这就是瓦格纳！我要用他的全部作品来换一部多尼采蒂[③]的歌剧。"

25

给菲利普教课的教师中，最古怪的要算是那位法文教师了。达克洛兹先生是一位日内瓦公民。老人身材高大，面带菜色，双颊深深地陷下去，灰色的头发很稀疏，也很长。他穿着一身破旧的黑衣服，外套的肘部都露出来了，裤子也破了，衬衫很脏。菲利普从来没有见他戴过干净的衬领。他是那种寡言少语的人，教课很认真，可是毫无热情，他准时来，到点走。付给他的教课钱很少。他的话不多。关于他的事情，菲利普还是从别人那里听来的。大约他和加里波第[④]一齐反对过教皇，他为自由而奋斗，宗旨是建立一个共和国。可是他看清了他为之奋斗的自由不过是一种奴役的改朝换代，就怀着厌恶的心情离开了意大利。后来，

①原文为德文。

②《罗恩格林》和《齐格弗里特》均为瓦格纳的歌剧。

③葛塔诺·多尼采蒂（Gaetano Donizetti，1797–1848），意大利作曲家。

④朱塞佩·加里波第（Giuseppe Garibaldi，1807–1882）意大利将军，民族解放运动领袖。支持巴黎公社的成立。1848年2月首倡建立罗马共和国，驱逐教皇，拥戴马志尼，当年7月失败。

也不知是犯了哪些政治错误，他被驱逐出日内瓦。菲利普对他十分困惑不解，他一点也不像那种具有革命思想的人：他说话的声音很低，待人又极为彬彬有礼。不请他坐，他从来不坐下，他在街上遇见菲利普（这种情形很罕见），也总是小心翼翼地摘下帽子，他从来不笑出声来，甚至连个笑容也没有。如果有比菲利普更丰富的想象力，就可以勾勒出一个曾经胸怀美好理想的青年的形象来。1848年他肯定已经进入成年时期，当时各国君主一回想起他们的法国兄弟[①]，脖子上的肌肉就痉挛，于是都四处逃避。当初席卷欧洲的那种渴望自由的狂热已经是强弩之末了，尽管它一度扫荡了在1789年大革命时代死灰复燃的专制主义和暴政。一种信念紧紧地抓住他，这就是对人类平等的理论和人权理论的向往和追求。在巴黎的街垒后面，他还同人们讨论过这个信念，争辩过，并为这个信念而战斗着。在米兰，他还受到了奥地利骑兵的追逐，他到处遭到的是监禁和放逐，希望所寄并使之自强不息的一直是那个具有魔力的字眼：自由。直到最后，饥寒交迫，年老多病，他没有办法糊口度日，只得靠给一些穷学生教课挣一点小钱，这样来维持生计。他发现，在这样一个洁净的小城镇里，个人专横的暴虐统治竟比欧洲任何地方都要厉害。于是他沉默了，这大概是他从此把对人类的蔑视藏在心底，人类已经抛弃了他年轻时代追求的那些伟大梦想，而只是饱食终日无所用心，或许是三十年来的革命使他明白了，人本来就不配有自由。他把一生都消耗在那个并不值得去寻求的目标上了。或者也可能是，他心力交瘁，只是淡然地等待死的解脱。

有一天，菲利普以他那个年龄特有的莽撞问他，他和加里波第在一起过是不是真有这么回事。老人似乎并不认为这个问题有什么了不起，他还像平时那样，用低沉的声音不动声色地回答道：

“是的，先生。”

“他们说你参加过公社？”

“他们这么说吗？我们开始讲课好吗？”

---

①指1793年被处死的法国国王路易十六，1月21日上断头台。

他把书打开，菲利普吓得不敢吭声，开始翻译起已经准备好了的那段文章来。

一天，达克洛兹先生看样子很不舒服，到菲利普的房间要爬那么多层楼梯，他好不容易才上楼来了。他一进来就跌坐在椅子上，灰黄的脸扭歪着，前额渗出豆大的汗珠，他竭力想使自己恢复过来。

“恐怕您是生病了吧？”菲利普说。

“这没有什么了不起的。”

学习结束时，菲利普见他难受的样子，就问他是不是愿意等病好了再来。

“不，”老人说话的声音更低了，“我愿意教下去，我能支持。”

菲利普不得不提到钱的问题，他异常紧张，脸也红了。

“即使不上课你也尽管放心，”他说，“我会照样付钱的。如果你不在意，我事先付给你下星期的钱。”

达克洛兹先生的课每小时十八便士。菲利普从口袋里掏出一枚十马克的硬币，不好意思地放在桌子上。他不能把钱直接递给他，那样的话，就好像把老人当成个乞丐似的了。

“这样的话，我想就等病好些再来吧。”他收起那枚硬币，没有做更多的表示，只是像每次离开那样，毕恭毕敬鞠了一躬，就挪步了。

“日安，先生。①”

菲利普隐隐约约感到有些失望。他自以为慷慨解囊，就可以指望达克洛兹先生对他表示万分感激。可是当他看到老教师心安理得地收下这份馈赠，不禁吃了一惊。他太年轻了，还不懂得，那些接受惠助的人比起给予惠助的人来，他们的报恩感要少得多。五六天之后，达克洛兹先生又露面了。他走起路来有点摇摇晃晃的，身体十分虚弱，不过看样子已经从严酷的打击中挺过来了。他还像以前那样不爱说话，还是那么神秘、冷淡、邋遢。上课时，他只字不提他得病那桩事，上完了课，当他正要离开时，走到门口，他已经打开了门，又停下来，犹豫了片刻，好

①原文为法文。

像有什么话很难启齿。

“要不是你给我的那些钱，我就饿死了。我全靠这些钱活下来的。”

他郑重其事地而又不无奉承地鞠了一躬，这才走出去，菲利普感到喉咙里有些哽塞。他仿佛多少懂得了一些老人生活中的绝望和不幸，和自己的愉快生活相比，他的生活是多么痛苦啊！

26

菲利普在海德尔贝格已经三个月了。一天早晨，教授夫人告诉他一个名叫海沃德的英国人要到她家来住。就在这天晚上吃晚餐的时候，他看到了一张新面孔。这个家庭有好几天都处在兴奋的状态中。先是特克拉小姐的事，不知道是凭低声下气的恳求呢，还是靠了含而不露的恫吓，只有天知道靠了什么阴谋诡计，和特克拉订了婚的英国青年人的父母邀请她去英国拜访他们。她动身时，为显示一番自己多么有才华，她带上了水彩画集子，还带上一束信札，以证明那个青年是何等的一往情深。接着一个星期以后，黑德维格小姐笑逐颜开地宣布，她倾心爱慕的中尉携同父母，就要到海德尔贝格来了。儿子的软磨硬泡，把老两口弄得筋疲力尽，同时也对黑德维格的父亲所答应的嫁妆动了心，他们同意经过海德尔贝格时同黑德维格结识一下。这次访问圆满成功，黑德维格十分得意，在施塔特公园里，她让埃林教授夫人家全体都见到了她的情人。几位老妇人挨着埃林教授夫人坐在桌首，一声不吭，浑身不自在，当黑德维格说她就要回家举行正式的订婚仪式时，教授夫人置开支于不顾，说她要召开一次庆祝会，埃林教授对自己这次调配饮料的手艺洋洋得意。晚饭后，一大钵猪蹄膀加小苏打，上面浮着一层香草粉，还有野草莓，郑重其事地摆在客厅的圆桌上。安娜小姐拿菲利普打趣，说这下他可要同情人分手了，他感到很不自在，有点郁郁不乐。黑德维格小姐唱了几支歌，安娜小姐弹奏了《婚礼进行曲》，教授唱了《莱茵河畔的守望》。在这愉快的欢闹气氛中，菲利普并没有太注意那个新来的人。晚餐时，他们面对面坐着，但那时菲利普只顾和黑德维格叨叨絮语，没有去注意他。陌生人不懂德语，默默地一个人闷头吃饭。因为看到他系一条淡蓝色的领带，菲利普就立刻对他产生了反感。他有二十六岁，眉目清秀，常常以一种漫不经心的动作顺一顺他那波浪形的长发。他的眼睛很大，是蓝色的，只是蓝得非常淡，看上去显得有点疲倦不堪。他的脸刮得很光，那张嘴尽管嘴唇很薄，但显得很美。安娜小姐对相面术感兴趣，她叫菲利普注意一下他的颅骨长得多么好，不过脸靠下的部分却差劲多了。她评论说，那人的头是智者的头，而下颚却缺少性格。安娜小姐命里注定要当一辈子老处女，颧骨很高，鼻子又大又没有线条，她是十分注重性格的。他们谈论他时，他站在一旁，愉快地注视着闹哄哄的晚会，多少带着点傲慢的表情。他的身材修长，有一种矜持的优美。一个美国学生威克斯看到他独自一个人，就上去同他攀谈起来。两个人形成鲜明的对照：美国人穿得非常整洁，黑外套，椒盐色裤子，显得又瘦又干瘪，身上总是带着某种基督教士的热忱。而英国人身穿一套宽宽大大的花呢衣服，四肢很长，动作慢条斯理。

第二天，菲利普才和新来的人说了话。餐前，只有他们俩在客厅的阳台上，海沃德向他打招呼说：

“你是英国人吧？”

“是的。”

“这里的饭总是像昨天晚上那样糟糕吗？”

“差不多总是一样的。”

“这也太糟糕了吧？”

“太糟糕了。”

菲利普一点儿也没有发现饭菜有什么不好，实际上，他胃口极佳，吃得很多，也很满意。可是当自己认为饭菜很好，而别人却认为糟糕透了的时候，他可不愿意人家说自己连好歹也分辨不出。

特克拉小姐去伦敦了，这样一来，妹妹就得多干一些家务，也就不能经常出来长时间地散步了。赛西莉小姐有一条漂亮的长辫子，一张长着圆圆鼻头儿的小脸。近来她显得不大愿意参加社交活动了。黑德维格去了英国，那个总是和他们一起散步的美国人，也已经动身去德国南部旅行去了。这样菲利普总是一个人独处。海沃德设法和他相好，但不幸的是，菲利普有一种怪癖。或是由于腼腆害羞，或是由于史前穴居祖先遗传的返祖现象，对初次结识的人，他总是特别反感，直到和他们熟悉了，才能抛弃最初的印象。这使他难于接近。海沃德向他表示友好，他不好意思极了。一天海沃德请他去散散步，只是因为想不出个得体的托辞，就只好接受了。接受海沃德的邀请时，他的脸涨得通红，他对自己也毫无办法，只能生自己的气，他笑了笑，想驱走这种不快的羞涩，他像平时一样抱歉地说：

“恐怕我不能走得很快呀。”

“我的天啊！我也不是要打赌和你比赛走路，悠闲一点更好。彼得在《马略》[①]那一章里说过，舒适轻松的散步是交谈最好的助兴剂，你还记得吗？”

菲利普善于听人谈话，尽管他往往想说些机智的话，可是，一直等到说这些话的时机已经过去了，他还讷讷地说不出来。海沃德侃侃而谈，任何一个比菲利普更老于世故的人都看出此人是不嫌话多的。他那旁若无人的态度给菲利普很深的印象。他对那么多在菲利普看来极为神圣的事情都有点不以为然，菲利普对这样的人不禁佩服之至，甚至有些肃然起敬。他对崇拜行为不屑一顾，用“没头苍蝇”这个轻蔑的字眼把那些将自己奉献给各种崇拜形式的人骂得一钱不值。菲利普不懂得他这只不过是用这一个偶像来代替那一个偶像而已。

他们蹓蹓跶跶地上了城堡，坐在台阶上，从这里可以俯瞰整个城市，城市坐落在欢快的勒卡河的河谷里，显得安详和亲切。天空中飘浮着从烟囱里冒出来的缕缕青烟，像是浅淡的蓝色雾气。矗立的屋顶，教堂的塔尖，给城市带来一种令人愉快的中世纪的风光。这城市给人一种

---

①《马略》（*Marius*），英国十九世纪作家沃尔特·佩特（Walter Pater，1839–1894）写的一部哲理小说，全名为《信奉伊壁鸠鲁的马略》，出版于1885年。

宾至如归的感觉。海沃德谈到《理查·弗浮莱尔》[1]《包法利夫人》[2]，谈到魏尔伦[3]、但丁[4]和马修·阿诺德[5]。在当时菲茨杰拉德[6]翻译的奥马尔·海亚姆[7]的诗集还只是在上层社会流传，海沃德背诵给菲利普听。他非常喜欢背诵诗歌，他自己的诗和别人的诗都喜欢背，背诵的时候音调和节奏却很单调。到回家的时候，菲利普对海沃德已经由猜疑变为了热烈的崇拜了。

每天下午他们都一起去散步，菲利普不久就知道了海沃德的一些情况。他是一位郡法官的儿子，法官去世前不久，他继承了一份每年有三百镑进项的财产。他在查特豪斯公立学校的成绩非常优异，然后进了剑桥大学。三一学院的院长为他进三一学院学习特地向他表示欢迎。在他面前是一个辉煌的事业。他结交的都是博学多才满腹经纶的学士名流，他满腔热情地拜读了勃朗宁[8]的作品；而对丁尼生[9]则根本置之不理，他知道雪莱对待哈丽特[10]的全部细节，他涉猎美术史（他房里的墙

①全名《理查·弗浮莱尔的苦难》，为19世纪英国小说家、诗人乔治·梅瑞狄斯（George Meredith，1828–1909）的长篇小说。

②《包法利夫人》为19世纪法国小说家居斯塔夫·福楼拜（Gustave Flaubert，1821–1880）的代表作。

③保罗·魏尔伦（Pauj Verlaine，1844–1896），19世纪法国象征派诗人。

④但丁·阿利吉耶里（Dante Alighieri，1265–1321），意大利中世纪到文艺复兴过渡时期的诗人，著名的作品有《神曲》。

⑤马修·阿诺德（Matthew Arnold，1822–1888），英国诗人、评论家。

⑥爱德华·菲茨杰拉德（Edward Fitzgerald，1809–1883），英国诗人、翻译家。

⑦奥马尔·海亚姆（Omar Khayyam，1048–1131），波斯诗人、天文学家，是波斯历法修订人之一。他的诗为一、二、四行押韵，短诗极有名。

⑧罗伯特·勃朗宁（Robert Browning，1812–1889），英国诗人。

⑨阿佛烈·丁尼生（Alfred Tennyson，1809–1892），英国桂冠诗人。其诗工于雕琢。

⑩哈丽特是雪莱的妻子，其父为旅店老板。因为雪莱父母及朋友的反对，以及雪莱自己的各种原因，他们的婚姻从一开始就不美满。

壁上挂满了瓦兹[①]、伯恩·琼斯[②]和博提塞里[③]等人绘画的复制品），他的诗歌带有悲观主义的格调。他的朋友都说他的天赋出类拔萃，他听到他们断言说他前程远大，很是沾沾自喜。经过了一段时间后，他果然成为艺术和文学方面的一个权威了。他受到纽曼[④]的《辩解》的影响，而罗马天主教生动的信仰又熏陶了他的美学感受力，只是慑于父亲的震怒（他父亲是一个朴实、直率而又思想狭隘的人，他平时读马可梨[⑤]的作品），他才没有改变宗教信仰。他只得到了一个学士学位，朋友们对此都不胜惊讶，可他只是耸耸肩，并很巧妙地暗示了一下，说什么他是不愿意受主考官们的愚弄。听他这么一说，别人就不禁觉得所谓第一流的学生，怎么说都多少是些庸夫俗子之辈。他以一种大度的幽默口吻形容了某一次口头测验。当时一些穿硬领的家伙们正问他一些逻辑问题，那测验简直冗长乏味极了，忽然之间他注意到他穿了一双两边有松紧口的靴子：那靴子又古怪又可笑，他的思想从靴子又转到了别处，又想到了王宫里的教堂那种哥特式风格的美……不过，他在剑桥大学还是度过了一些愉快的日子。他的宴请比他认识的任何人都要豪华，在他房间里的高谈阔论令人难以忘怀。他给菲利普引述了一句精辟的警句：

“他们告诉我，赫拉克利特，他们告诉我你已死去。”[⑥]

现在，当他提到当年主考官和他的靴子那一段考场轶事时，他笑了。

“当然，这样干是很蠢的，”他说，“可是干这种蠢事也有些益处。”

菲利普一阵激动，认为他的行为太令人佩服了。

---

①乔治·弗雷德里克·瓦兹（George Frederick Watts，1817–1904），英国雕塑家。

②爱德华·伯恩·琼斯（Edward Burne Jones，1833–1898），英国画家。

③桑德罗·博提塞里（Sandro Botticelli，1445–1510），意大利画家。

④约翰·亨利·纽曼（John Henry Newman，1801–1890），英国作家、神学家，英国基督教圣公会内部牛津运动领袖，后改奉天主教。

⑤托马斯·巴炳顿·马可梨（Thomas Babington Macaulay，1800–1859），英国历史学家、作家。

⑥赫拉克利特（Heraclitus，公元前540–前480年），古希腊大哲学家，以其“宇宙论”最为闻名，其名言有“人不能两次踏入同一条河流”，因为一切皆在流动，一切皆在变化。

后来，海沃德去伦敦读书，他想当个律师。他在克莱门特旅馆有几间漂亮的房间，都是带镶板墙壁的，他设法把这几间屋子收拾得看上去像三一学院他住过的房间一样。

他有一些模模糊糊的政治抱负，他把自己说成是辉格党人，但被吸收参加了一个自由党的具有绅士意味的俱乐部。他想当律师（他之所以选择大法官法庭是因为认为它还不算太没有理性），一旦有希望实现自己的夙愿，他就要当一名某个选区的议员，与此同时，他还热衷于歌剧，结识了几个与他志趣相同的风流倜傥的人物。他还参加了某个聚餐俱乐部，俱乐部标榜的是“全、好、美”。他和一位比他年长几岁的夫人建立了柏拉图[①]式的友谊，这位夫人住在肯辛顿广场。几乎每天下午，他都要和她在烛光灯影里一起饮茶，谈论乔治·梅瑞狄斯和沃尔特·佩特。律师会声名狼藉，任何一个大傻瓜都可以通过它的考试，因此他的学习也就非常漫不经心。最后，考试不及格，他把这视为自己的奇耻大辱。正在这时，那位住在肯辛顿广场的夫人告诉他，她的丈夫要从印度回家休假，尽管他在各方面都称得上思想平庸，不过他也是一个男人，一个青年男子频繁来访，他是不会不懂得其中的奥妙的。海沃德感到生活充满丑恶，他从心眼里没有兴趣再一次忍受主考人的冷言冷语，觉得把脚底下的球一脚踢开倒颇为气派。他负债累累，在伦敦，要过得像个绅士，一年只有三百镑谈何容易。他向往着威尼斯，向往着约翰·拉斯金[②]曾做过奇异描叙的佛罗伦萨。他觉得自己不适于干律师那种尽是无聊吵闹的职业，他觉得把自己的名字挂在门上，给人家写几份诉讼状，实在不够劲儿，而现代政治又没有什么高贵可言。他认为自己是一位诗人。他退了克莱门特旅馆的房间，到意大利去了。一个冬天在佛罗伦萨，一个冬天在罗马，而现在客居德国度过他在国外的第二个夏天，这样他可以从德文来读歌德的原著了。

海沃德具有一种十分宝贵的天赋。他对文学具有真正的爱好，能够

①柏拉图（Plato，公元前427–前347），古希腊哲学家。

②约翰·拉斯金（John Ruskin，1819–1900），英国美术批评家。

痛快淋漓细致入微地把自己的感情表达出来。他能够使自己同作家产生共鸣，能够看到作家身上最有价值的东西，然后能够充分理解地谈论这个作家。菲利普读了很多书，可是他只是碰到什么书就读什么书，从来不加分析鉴别。现在他遇到一个能指导他的鉴赏力的人，真是太好了。他从这个城镇小租书店租书，开始阅读海沃德讲到过的所有有趣的东西，他读书时并不总是得到乐趣的，但总是带着坚韧不拔的精神去读。他热切地渴求自我完善。他感到自己很无知，很自卑。八月底，威克斯从德国南部回来了，菲利普完全受了海沃德的影响。海沃德不喜欢威克斯。海沃德说这个美国人的黑外套和黑白点子混合成灰色的裤子挺可悲，说话的时候像新英格兰人说公平话那样，轻蔑地耸耸肩。海沃德一直对菲利普很友好，现在菲利普得意地听他骂威克斯，可是当威克斯接着对海沃德提出批评时，菲利普就发脾气了。

“你的新朋友看上去像个诗人。”威克斯说，他那忧愁而苦涩的嘴上挂着一丝淡淡的微笑。

“他就是个诗人。”

“这是他告诉你的吗？在美国我们就会管他叫典型的浪子。”

“那我们又不在美国。”菲利普冷冷地说。

“他多大岁数？二十五岁？他除了待在寄宿学校里写诗外，什么事儿也不干。”

“你不理解他。”菲利普激烈地说。

“哦，我了解，他这样的人我遇到过一百多个。”

威克斯的眼睛闪闪发光，可是菲利普不懂美国式幽默，噘着嘴，态度严厉。在菲利普看来，威克斯似乎是个中年人，但他实际上刚过三十岁。他身材瘦长并且像学者似的弯腰驼背，他的脑袋长而丑，头发灰白稀疏，土色的皮肤，薄嘴唇，细长鼻子，额骨突出，这使得他外表粗野。他的态度冷峻而刻板，是个冷酷的人，毫无热情。他的本性自然而然地使他和那些严肃认真的人在一起，可是他又有一种古怪的轻佻气质使那些严肃的人感到为难。威克斯正在海德尔贝格学神学，但他本国的其他神学生对他持怀疑态度。他的极端的异教思想使他们感到震惊，他异想天开的古怪的幽默惹起他们的非难。

“你怎么能够认识一百多个像他那样的人呢？”菲利普一本正经地问。

“我在巴黎的拉丁区碰见过他，我在柏林和慕尼黑的寄宿学校碰见过他。他在帕鲁几亚[①]和亚西济[②]住在小旅馆里，在佛罗伦萨他成打地站在博提塞里的画前，在罗马他坐遍了西斯廷教堂[③]前所有的长凳，在意大利他喝的葡萄酒相当多，在德国他大量地喝啤酒。他总是赞美正确的事情而不论这正确的东西到底是什么。有朝一日，他将要写一部伟大的作品。想想看，在一百多个伟大人物的胸中有一百多部伟大的作品，可悲的是这一百多部伟大的作品中，一部也没有写出来。可地球照样儿转。”

威克斯这样严肃地说，可是当他结束了这番长篇大论之后，他那对灰眼睛闪了闪光，当菲利普明白这个美国人正在取笑他时，他脸红了。

“你别胡说。”菲利普生气地说。

27

威克斯在埃林太太家的后面自己有两个小房间，有一间布置得像个会客室，在这里招待客人是再舒适不过了。他那诙谐逗趣的幽默使他的那些马萨诸塞州坎布里奇的朋友们望尘莫及。也许是为了施展自己的机敏幽默的口才，在晚饭后，他经常邀请菲利普和海沃德来闲聊。他费尽心机，彬彬有礼地招待他们，一定要把房间里仅有的两把舒服些的椅子让给他们坐。虽说他自己并不喝酒，可是他还是客客气气地把两瓶啤酒放在海沃德的手边，这在菲利普看来却是一种嘲弄。在激烈的争论中，无论什么时候海沃德的烟斗灭了，他都坚决要为他擦火柴。海沃德出自一所名声如此显赫的大学，所以在同威克斯最初的交往中，他总是

①帕鲁几亚（Perugia），意大利中部一城市。

②亚西济（Assisi），意大利中部一城市。

③罗马教皇西斯科特（Sixtus）四世所建，以意大利文艺复兴时期雕刻家兼画家米开朗琪罗的天顶画及其他艺术家的壁画著称。

摆出一副保护人的样子。威克斯是哈佛大学的毕业生，当他们偶然地谈到希腊悲剧家时，海沃德总要以权威的身份就这个题目发表一通议论。他摆出了一副讲课的样子，而不是在互相探讨。威克斯很有礼貌地听着他说，脸上带着谦和的微笑，等着海沃德把话说完，他接着就向他提出一两个狡猾的问题，看上去海沃德是那么天真。他丝毫没有觉察出那些问题的圈套，还是无所警觉地回答问题。威克斯委婉地提出自己不同的看法，接着改正了事实的错误，继而又引用不为人所知的拉丁评论家的话，然后又提出了某德国权威……事实表明他是个学者。威克斯悠闲而抱歉地微笑着，把海沃德的所有说法都批驳得体无完肤；他非常有礼貌地揭示了海沃德学识的浅薄。他说了几句含而不露的反语嘲弄他。菲利普哪能看不出。海沃德这时看上去就像个十足的大傻瓜，而海沃德竟没有意识到该住嘴了，海沃德怒气冲冲的十分自信，还打算继续争辩下去。他讲得混乱不堪，而威克斯则是心平气和地纠正他的说法，他的推理都站不住脚，威克斯就指出其中荒谬之处，威克斯说他曾在哈佛大学教过希腊文学。听他这么说，海沃德轻蔑地笑了笑。

“恐怕我已经料到了，当然喽，你是像一个教师那样来读希腊文学的，”他说，“而我是像诗人那样读希腊文学的。”

“如果连意思也没有弄清楚，你是不是能够体会出更多的诗意来呢？我认为，倒是在天启教[①]里错误的翻译才能提高人们对它意义的了解。”

海沃德喝完了啤酒，终于离开了威克斯那又热又杂乱的房间，他生气地挥动手臂对菲利普说：“没错，他是个迂腐的家伙。对于美他没有真正的感受。一丝不苟是办事员的美德，而我们所追求的却是希腊文学的精神。威克斯就是那种人，他又要去听鲁宾斯坦[②]的演奏，可又要抱怨他乱弹琴，乱弹琴！如果人家弹得很高明，即使是乱弹又有什么关系呢？”

菲利普当时还不知道，多少无能的人曾在这些乱弹琴中得到过慰藉

---

①指受天启示的宗教，如天主教、基督教，尤指犹太教。

②安东·鲁宾斯坦（Anton Rubinstein，1829–1894），俄国作曲家，19世纪最伟大的钢琴家之一，1839年以后有三年在巴黎、伦敦等城市演奏，还去了德国、荷兰、瑞典等地。

啊。菲利普对海沃德的这番话感受深极了。

海沃德绝不肯放过任何机会卷土重来，一心想要洗刷前耻，这样威克斯总是能够轻而易举地逗引他来参加争论。尽管事实表明，与这个美国人相比他的学识实在少得可怜，但是他那英国人特有的执拗和受了伤害的虚荣心（也许二者是一码事）不会允许他放弃这种争辩。海沃德好像以表现自己无知、自鸣得意和刚愎自用为乐事。无论在什么时候，只要海沃德讲得不合逻辑，威克斯总是只以寥寥数语来指出他的推理的谬误，然后停下一会儿，陶醉在他胜利的喜悦中，仿佛是基督教的仁爱在促使他宽恕被击败的敌人，他很快地又把话题转到别的方面去了。有时候菲利普也想插几句来帮帮朋友的忙，可是威克斯却温和地把他顶了回去。但是他说话的方式却很和蔼可亲，同他对海沃德完全不一样。就算菲利普敏感得到了无以复加的地步，他也不可能感觉受到威克斯的伤害。海沃德越来越发觉自己愚蠢，这时他渐渐地沉不住气，争论变成侮骂。多亏这位美国人总是有礼貌地笑着，才使得他们的争论没有发展到吵架的地步。每逢遇到这种情况，海沃德离开威克斯的房间时，总是噘着嘴嘟哝着：

"该死的美国佬！"

争论就这样完事了。他这样骂上一句算是对一个已经不能回答的争论的最完美的回答了。

虽说他们在威克斯的小房间里的谈话五花八门无所不包，但是最终总是要转到宗教上来。学神学的学生对宗教话题有一种职业性的嗜好。海沃德对争论宗教问题十分欢迎，在这方面那些无可辩驳的事实不会让他张皇失措。如果把感情作为衡量是非的标准的话，人们当然就可以蔑视逻辑了。在逻辑上有欠缺的人这样的讨论正投其所好。海沃德发现，不磨破嘴皮就难以向菲利普解释清楚他自己的信仰，问题很明显，他曾经在国教的教会里受到教育（这种看法同菲利普认为诸事都有其自然规律的思想不谋而合），尽管现在他已经放弃了成为一名罗马天主教徒的一切念头，但是他还是对天主教这个教派抱有同情。他对罗马天主教称颂备至，他赞赏罗马天主教辉煌壮丽的礼仪，并将它同英国国教简单的礼拜做了比较。他曾把一本纽曼的《自辩书》拿给菲利普读，菲利普觉得这本书写得非常沉闷乏味，但还是把它读完了。

“读这本，看的是它的文体，而不是看它的内容。”海沃德说。

他狂热地谈到小礼拜堂的圣乐，还用种种事例说明香烟烛火和宗教虔诚之间的联系。威克斯一边冷漠地微笑，一边听着。

“你认为约翰·亨利·纽曼漂亮的英文和红衣大主教曼宁英俊文雅的外表都证明罗马天主教的真理吗？”

海沃德暗示，他的灵魂曾经受过许多磨难。他曾在黑暗的海中漂游过一年。他用手抚理着他那漂亮的波浪形的头发告诉他们说，他可不愿为了五百英镑再去忍受那种精神上的苦痛了。谢天谢地，他终于游到了风平浪静的水域了。

“可你到底信仰什么呢？”菲利普问，他从来不喜欢含糊其辞的说法。

“我信仰全、善、美。”

海沃德看上去非常漂亮，他潇洒地摆动着他长长的四肢，漂亮的仪表，他说这话时很有风度。

“你在人口调查表上就是这么填写你的宗教信仰吗？”威克斯用温和的语调问。

“我不喜欢咬文嚼字，这样的做法太叫人不痛快，也太外露了。如果你愿意的话，我可以这样说，我信的是威灵顿公爵①和格拉斯顿②的教会。”

“那是英国国教呀。”菲利普说。

“嗬，多聪明的年轻人！”海沃德笑了笑，反唇相讥道。这下可把菲利普臊得满脸通红，他感觉到了自己平淡无奇的话，正是别人已经用含蓄的语言表达清楚了的意思，他为自己平庸俗陋而深感羞愧。海沃德说：“我是属于英国国教，但是我喜欢罗马天主教神父穿的金光闪闪的绸缎

①威灵顿公爵（Arthur Wellesley，Duke of Wellington，1769–1852），英国名将，在滑铁卢打败拿破仑。

②威廉·尤特·格拉斯顿（William Ewart Gladstone，1809–1898），英国政治家，曾四次出任首相。

法衣，喜欢他们的独身、忏悔和炼狱，喜欢昏暗的意大利大教堂里的香烟缭绕和神秘气氛，我全心全意地相信天主教弥撒的奇迹。在威克斯，我看到过一个打赤足的渔妇走进教堂，她把盛鱼的篮子放在身边，然后跪下来向圣母玛丽亚祷告。当时我感到这才是真正的信仰，于是我也同她一起祷告和信仰。但是我也相信阿芙洛狄忒[①]、阿波罗和潘神[②]。”

他嗓音悦耳，他一边说一边斟酌词句，说得抑扬顿挫。他正要把话说下去，可是威克斯又开了第二瓶啤酒。

“来，喝点儿吧。”

海沃德转过身来对菲利普做了个稍微带点屈尊的姿势，这姿势给了这个年轻人很深的印象。

“现在你满意了吧？”他问。

菲利普多少有些慌乱，但他老老实实地承认他满意了。

“你没有再讲点儿佛教，可真叫我失望。”威克斯说，“我承认我对穆罕默德[③]有一种特别的感情，可你却绝口不提他，对你的冷淡我表示遗憾。”

海沃德笑起来，这天晚上他的情绪好极了，菲利普的话仍在他耳旁清晰地回响。他把杯中的啤酒一饮而尽。

“我并没有指望你理解我，”他回答说，“对你们美国人的冷冰冰的头脑，我也只能对之采取批判的态度。你们关心的只是爱默生[④]和一切诸如此类的东西。但什么是批判呢？批判就是地地道道的破坏，所有的人都可以去破坏，可是并不是每个人都能创造啊。你是个只会夸夸其谈的学究，亲爱的伙计。重要的事情是建设，我富于建设性，我是个诗人。”

威克斯瞧着他，神色似乎非常庄重，但同时他还在笑着。

---

①阿芙洛狄忒（Aphrodite），希腊神话中的爱神、美神。

②潘神（Pan），希腊神话中的潘神是人身羊足，头上有角的牧神。以上所提的爱神阿芙洛狄忒、太阳神阿波罗、牧神潘神均是希腊的神。在基督教看来，都属于异教。

③穆罕默德（Muhammad，约570–632），伊斯兰教创始人。

④拉尔夫·沃尔多·爱默生（Ralph Waldo Emerson，1803–1882），美国先验主义哲学家，强调凭直觉认识事物。他又是散文家、诗人。

“我想，如果不见怪的话，你这是有点儿醉了吧。”

“那点酒根本不值一提，”海沃德乐呵呵地答道，“要是使我在辩论中输给你，这点酒还远远不够哩。嘿，我已经把我的底亮出来了，现在告诉我们你的宗教信仰是什么。”

威克斯歪着脑袋，就像是只歇在树枝上的麻雀。

“多年来，我一直在寻求这个答案。我以为我是个一神教①的教徒。”

“可那是反对国教的教徒呀。”菲利普说。

他们俩顿时咯咯大笑起来，海沃德在捧腹大笑，威克斯则是滑稽地哈哈一笑，菲利普感到莫名其妙。

“这么说，在英国信奉非国教的人都不是有教养的人了吗？”威克斯问。

“嗯，如果要我直说的话，我认为他们不是的。”菲利普颇为恼怒地回答说。

他不愿意让人讥笑，可是他们又笑起来了。

“那么你能告诉我什么是有教养的人吗？”威克斯问。

“噢，我说不上来，可是每个人都知道啊。”

“你是有教养的人吗？”

对这一点，菲利普心里从不质疑，但是他明白，这种话最好还是别自己说。

“如果有人对你说他自己是个有教养的人的话，你可以确信他不是的。”菲利普也不甘示弱。

“你说我是个有教养的人吗？”

菲利普不善于说谎，所以这个问题实在不好回答，不过他还是很自然地以礼相待，说：

“噢，这对你不适用，你是个美国人嘛。”

“听你这么讲，我想我们可以认为只有英国人才是有教养的人喽。”

---

①一神教：基督教的一派，认为上帝系单一者，反对三位一体说。所谓三位一体，在基督教中指圣父、圣子及圣灵合成一位神之说。

威克斯严肃地说。

菲利普没有去澄清他。

“你能不能说得再稍微详细点儿？”

菲利普脸涨得通红，他越来越生气了，也顾不上考虑他会不会使自己丢脸出丑。

“我可以给你举出很多的例子，”这时他记起他伯父讲过“要有三代的时间才能培养出一个有教养的人”这样一句对贫寒之家和豪门贵族都适用的格言，所以又说，“首先他必须是有教养人家的孩子，而且他得上过公学，上过牛津或剑桥大学。”

“我想，在爱丁堡就不行吧？”威克斯问。

“而且他讲起英语也要像是个有教养的人一样，他要穿戴得规规矩矩。如果他是个有教养的人，他就能告诉你旁边的人是不是有教养。”菲利普继续说着，他讲的理由颇不充分，可是这正是他所要表达的意思，而且他过去所认识的人们也都是这样认为的。

“很显然，我算不上有教养的人。”威克斯说，“我真弄不明白，为什么听说我是个非国教者你就这样大惊小怪。”

“我不太清楚一神教是什么。”菲利普说。

威克斯又一次奇怪地把头歪到一边，你几乎认为他又要像只麻雀那样叽叽喳喳地叫起来。

“一个一神教者真的不相信任何其他人相信的一切，只热烈地信仰他所不知道的东西。”

“我不知道你为什么要跟我开玩笑，”菲利普说，“我真心真意想知道什么是一神教。”

“亲爱的朋友，我并不是开玩笑。我现在得出的这个定义是经过多年的巨大痛苦，历尽忧患，绞尽脑汁才研究出来的。”

当菲利普和海沃德起身回去的时候，威克斯把一本包着包皮的小书送给菲利普。

“恐怕你的法语现在一定很不错了吧，不知道这本书你是不是喜欢。”

菲利普谢过他之后，接过书来，看了看书名，这是雷南[1]的《耶稣传》。

28

无论是海沃德还是威克斯，不过是借这种谈话悠闲地排遣掉夜晚的时光罢了。但事后这种谈话在菲利普活跃的头脑中久久地翻腾着。菲利普以前从来没想到过宗教也能当个讨论的问题。对他来说，只有英国国教才算得上是宗教，不信奉国教的宗教信条在现世或来世都必定会受到惩罚。他有些怀疑，那些不相信国教教义的人会不会受到上帝的惩戒。很可能，对那些穆罕默德的信徒、佛教徒，以及其他的异教徒来说，存在着地狱之火，但慈悲的审判可能宽免那些罗马天主教徒和非国教徒（虽然他们要认识到自己的过失要付出多少羞辱作为代价啊）。也有可能，上帝对那些过去没机会聆听到真理的人们会加以怜悯——这很合乎情理，虽然这样的事是牧师会的工作，但是这种宽恕和怜悯不可能很多——如果他们有机会得到怜悯和宽恕，他们却置之于不顾（在这类中尤以罗马天主教徒和非国教的人最为明显），惩罚是必然而应得的。异教徒的处境显然是可怕的。也许菲利普过去没受到过如此连篇累牍的教诲，但是他过去必然得到了这种印象，即只有国教教徒才有真正的希望得到永恒的幸福。

他过去听到的说法之一就是一句十分肯定的话，即没有信仰的人是邪恶而堕落的人。可是威克斯，尽管菲利普所信仰的他一点都不信，却过着一种圣洁的基督徒生活。菲利普在生活中没有得到过多少关心和慈爱，这个美国人帮助他的那副热心肠深深地感动了他。有一次，他患了感冒，一连三天卧床不起，威克斯就像母亲一样来护理他。在威克斯身上，既没有堕落也没有邪恶，只有真诚与慈爱。有美德而没有信仰显然

①约瑟夫·厄内斯特·雷南（Joseph Ernest Renan，1823-1892），法国历史学家、语言学家、文艺批评家。曾针对基督教的起源及演变写过几本重要著作。《耶稣传》出版于1863年，为其代表作之一。

是可能的。

菲利普由此得到了启示，一个人信奉其他信仰只是出于执拗或个人利益罢了。他们心里知道他们是错的，他们却处心积虑去欺骗别人。现在，为了学习德语，他渐渐习惯于在星期日早晨去参加路德教的礼拜。但是海沃德来时他又开始和他一起去做弥撒。新教[①]教堂几乎总是空荡荡的，而全体教徒也都是懒洋洋的没精打采；另一方面，耶稣会的礼拜堂里却是摩肩接踵，人头攒动，信徒们看上去都在诚心地做祈祷。做祈祷时他们也没有那种假惺惺的虚伪样子。这样的对照使他感到惊诧不已，因为他当然知道，路德教教徒们的信仰比较接近英国国教。由于这个原因，他们也就比天主教徒更接近真理。绝大多数天主教徒——大部分是会众中的男性教徒——是德国南部人，他不禁自言自语地说：他如果出生在德国南部地方，也准会是个天主教徒。他可能像出生在英国一样，恰好出生在一个天主教国家。在英国，出生在一个信仰威斯理宗[②]、浸信会[③]或卫理公会[④]家庭的人，跟出生于一个属于国教的家庭没有什么不一样的。菲利普这时跟一个小个子的中国人交情挺好，他每天总有两次机会和他同坐一张桌。他姓宋，脸上总是笑眯眯，和善有礼。仅仅因为他是个中国人，他就注定要受到地狱之火的煎熬，这事好像不可思议。但是，假如无论一个人的信仰是什么，他的灵魂都可以得救，那么信奉英国国教似乎也就没有什么特殊的优越性。

菲利普揣摩着威克斯的思想，对他这个人感到有生以来从未有过的迷惑不解。因为菲利普对别人的奚落和讥笑非常敏感，所以他不得不小心谨慎，而且这个美国人对待英国国教的那种辛辣的幽默，常常使菲利普狼狈不堪。威克斯愈发使他困惑不解的是：威克斯让菲利普承认，他在耶稣会教堂看到的那些德国南部的人，对罗马天主教的坚信与他对国教的信仰是完全一样的，并且他由此出发，使菲利普继而承认伊斯兰教

---

①新教，即路德教，在中国称信义会（宗）。

②威斯理宗、浸信会或卫理公会均为基督教教派，不属于英国国教。

③同上。

④同上。

徒和佛教徒也是坚定不移地相信他们所崇拜的宗教真理。看起来好像那种认为只有自己是正确的想法是无意义的。所有的人也都认为他们是正确的。威克斯并非有意在暗地里破坏这个男孩子的信仰，他只是对宗教有浓厚的兴趣，觉得宗教是引人入胜的话题。当威克斯说到他实在无法相信别人所信仰的一切时，他就准确地阐述了自己的观点。有一次，菲利普问他一个问题，这个问题是他在牧师家的一次谈话中，听他伯父说到的，他们谈到了某些温和的唯理主义的著作，当时这类著作引起了报纸上的激烈争论。

"为什么就你对，而那些喜欢圣·安塞姆[①]和圣·奥古斯丁的家伙却是错的呢？"

"你的意思是说，他们都是十分聪明和学识渊博的人，而你怀疑我是不是也像他们那样聪明、有学问？"威克斯问。

"是这个意思。"菲利普不肯定地回答，因为威克斯提问题的方式似乎不太礼貌。

"圣·奥古斯丁相信地球是扁平的，而且太阳是在绕着地球转。"

"我不明白这说明什么。"

"有什么不明白的，这说明了你以你这一代人的信仰为信仰。你的那些圣人使徒是生活在一个宗教信仰的时代。在当时，实际上不可能让他们不相信对我们今天来说是绝对不可信的事情。"

"那么，你怎么会知道我们现在就掌握着真理呢？"

"我不知道。"

菲利普思索片刻，然后说：

"过去，他们所相信的是错误的，我不明白为什么我们今天坚信不移的就不会和过去一样是错误的呢？"

"我也不明白。"

"那么你怎么能相信任何事情呢？"

"我不知道。"

---

①圣·安塞姆（St.Anselm，1033–1109），英国坎特伯雷大主教，神学家、哲学家。

菲利普问威克斯，对海沃德的宗教信仰怎么看。

“人们总是按他们自己的臆想造神。”威克斯说，“他信仰的是漂亮气派。”

停顿了片刻，菲利普接着说：

“我真不明白一个人究竟为什么要信上帝。”

这话刚一出口，他马上就意识到了不能再说下去了。从自己嘴里说出这种话来真使他大吃一惊，就像掉到了冷水里一样。他惊惶失措地看看威克斯。突然，他感到害怕了。他尽快地离开了威克斯。他想独自一人去想一想。这是他从来未曾有过的最令他震惊的经历。他试着把这一切想法理出个头绪来，这件事令他很兴奋，因为它关系他整个一生（他认为在这个问题上作出决定一定会对他的生活道路产生深远的影响），而且一个错误可能导致永远堕入地狱。但是他越思考就越是确信他是正确的，并且他还认为，虽然在这以后的几个星期中，为了有助于克服怀疑主义，他怀着热切的兴趣读了很多书，但这只是使那些本能地感觉到的更不可动摇了。事实上，不是由于这样或那样的原因，而是他没有宗教气质，他已经不信仰什么了。宗教信仰是从外面强加于他的。这是一个受环境和榜样影响的问题。一个新的环境和新的榜样给了他认识自己的机会，他轻而易举地摆脱了孩提时代的宗教信仰，就像扔掉了一件不再需要的斗篷一样。起初失去了宗教信仰，生活似乎显得既陌生又孤独，尽管他从来没有认识到这一点，但过去它毕竟一直是他的可信赖的依靠。他觉得自己就像一个过去一直依靠拐杖走路的人，突然发现自己不得不丢了拐杖走路一样。仿佛白昼变得更加凄冷，黑夜更加孤独寂寞了。但是他很兴奋，仿佛生活成为了一场更惊心动魄的冒险。不久，他扔掉了手杖，脱掉了斗篷，就像卸下了沉重无比的负担。对他来说，宗教的基本内容只不过就是这么多年来一直强加在他头上的宗教功课罢了。他想起了让他背诵的那些短祷文和使徒传，在大教堂里的冗长的礼拜仪式。在做礼拜的时候，他多么想活动一下啊，可是还得一动不动地坐在那里。他回想起夜晚踏着泥泞小路去布莱克斯塔布尔教区教堂的情形，和那破败的建筑的凄凉景象，他坐在教堂里，脚冻得冰冷，手指都麻木了，到处都是令人恶心的头油气味。啊，他对这一切曾是那样厌烦！看到自己从所有的这些束缚中解脱出来了，他激动得心怦怦地跳。

他能这么轻松愉快地就不信仰什么了，真令他惊异。而且，他不知道他放弃宗教信仰是由于他内心深处的微妙作用，他把这归功于他的聪明机敏。他竟飘飘然地沾沾自喜起来。年轻人对自己以外的人的态度缺乏同情，他非常看不起威克斯和海沃德，因为他们仅仅满足于那种他们称之为上帝的模糊的情感，从不想进一步去探讨。而在他看来，这一步是明摆着的。一天，他独自登上了一座小山，他也说不清楚是为什么，每当他看到这景色风光，心中就总是感到欣喜若狂。眼下正值秋季，晴空万里，阳光灿烂，仿佛大自然有意要把更强烈的感情赋予这剩下不多的金风萧瑟的日子。他俯瞰阳光下闪闪发光的原野，它从脚下一直伸向远方，极目远眺可以看到曼海姆的屋顶和更远的朦胧中的沃尔姆斯。莱茵河上波光粼粼。苍茫辽阔的景色染上了一片瑰丽浓艳的金黄色。菲利普站在那里，欢乐在他心中激荡。这时他想到，大自然的景色真美啊，怨不得当初魔鬼曾和耶稣站在一座高山上，为他指点着地上的尘寰，把美丽景色展现在耶稣面前，以此来勾引他[①]。菲利普沉醉在美丽景色之中，仿佛这景色就是整个世界展现在面前，他渴望能投身其中，纵情享受。他从卑微的恐惧中，从偏见中解脱出来了。他已经能够不再惧怕地狱之火，去走自己的道路了。突然间，他认识到自己也已经不再受责任感的束缚了。这责任感使他生活中的一举一动都受到制约。他能够在轻松愉快的空气中更加自由地呼吸。他只对自己所做的事负责。自由！他终于是自己的主人了。出于旧日习惯，他不知不觉地感谢起上帝来，感谢那个他再也不相信的上帝。

菲利普醉心于对他的真知灼见的骄傲和自己的大无畏的精神之中，他审慎地开始了一种崭新的生活。但是失去了宗教信仰并没有像他所期望的那样，使自己的行为与过去有什么不同，虽然他已经抛弃了基督教的教条，可是却根本没有想去批判它的伦理道德，他接受基督教宣扬的

①圣经故事，魔鬼曾三次诱惑耶稣，用美丽景色诱惑他是其中一次。

道德，实际上他只是为道德而道德，而绝没有考虑到因果报应。在教授夫人家里，表现他英雄主义的机会实在不多。但是他比以前更加真诚了一些。那些愚钝的、年长一些的女士们邀他参加她们的谈话和聊天时，他尽力使自己表现得异乎寻常的殷勤。文雅的发誓和强烈的形容词是英国语言的典型特征。过去菲利普曾经把这些当作一种男子汉气概的象征而加以培养，而现在他却小心翼翼地加以回避。

整个的问题都满意地解决后，他力求把它忘掉。但说来容易做来难，他既无法使自己不懊悔，又不能消除自己的忧虑，这种懊悔和忧虑又时时折磨着他。他这样年轻，而且朋友又这么少，永生不朽对他没有特别的吸引力了。他轻而易举地就放弃了对永恒的信仰，但是，有一件事总是使他感到十分不幸：自从母亲去世后，每当他想到再也不能见到美丽的母亲，就禁不住热泪盈眶，他对母亲的爱变得越来越珍贵了。他对自己说这是不理智的，他试图用嘲笑自己来摆脱这种悲痛，但是无济于事。有的时候，好像有数不清的敬畏上帝和虔诚的祖先在对他起潜移默化的作用，他感到了一种难言的恐惧。也许在头顶上那蓝色的苍穹后面，真的存在着一个要求对他必须绝对忠实和崇敬的上帝，他要用永远燃烧的火焰来惩罚那些无神论者。在这种时候，他的理智也不能给他任何帮助了。他想象着自己的肉体在受着无休止的痛苦的折磨，他因为害怕而感到非常虚弱，猛地冒出了一身冷汗。最后，他总是绝望地对自己说：

"毕竟这不是我的过错，我不能强迫自己去信仰。如果真的有上帝的话，而且他又因为我诚实地不相信他而要惩罚我，我也没有什么办法了。"

29

冬天到了，威克斯到柏林听保尔森[①]的演讲去了，海沃德考虑要去南方。地方剧院开始上演了。菲利普和海沃德为了提高德语水平，每星期要去两三次剧院，菲利普发现，想掌握地道的外语，这种方法要比去

①弗雷德里克·保尔森（Friedrich Paulsen，1846–1908），德国哲学家。

教堂听讲道有趣味得多，他们发觉自己正处在戏剧复兴时期。当时易卜生的几个剧目正在冬季上演。那时苏德曼[①]的《荣誉》还是一出新戏。这出戏的上演在这个平静的大学城掀起了轩然大波，既有热烈的赞誉，也有猛烈的攻击。其他的戏剧家也纷纷写作并演出这类受现代影响的剧本。菲利普把这些剧目都看了，人类的卑鄙无耻在剧中一一表现在他面前。在此之前，他还从来没有看过戏剧。蹩脚的巡回剧团有时也来布莱克斯塔布尔，在议会厅演出，但是牧师是从来不去看的，一方面是由于他的职业的缘故，同时也由于他认为这种戏一定粗俗不堪。舞台上的情感紧紧地吸引着他，当他走进那狭小破旧的、光线昏暗的剧场时，顿时感到了一阵激动。没有多久他就了解了这个小剧团的特色，只要一看，马上就能知道剧中那些演员的特点。但是对他来说这是无关紧要的。他认为这才是真正的生活。这是一种他很陌生的生活，充满了黑暗和痛苦，剧中的男男女女把心上的邪恶暴露在观众残酷无情的眼光下，漂亮的面孔掩盖着堕落的灵魂，有德行的人把秘密的邪恶隐藏在他们的假面具后面，表面上健壮有力的人们，由于骨子里的软弱而昏厥；诚实是堕落，而贞洁是淫荡。就好像住在一间房里，在这之前曾有人在这房里狂饮喧闹过，而窗户在早晨也没有打开过，那空气污浊至极，屋里到处是剩下的啤酒气味和沉闷难闻的烟草味，燃着的煤气灯的油烟味。剧场里没人大声哄笑。你最多对剧中的伪善和愚蠢的行为窃笑几声。剧中的角色用残酷的语言来表达自己，仿佛是羞辱和痛苦从心底逼出来的声音。

菲利普被剧中的那些令人感到压抑的对话深深感动了。他好像在重新看另一种形式的世界，这个世界也正是他渴望了解的。看完了戏，菲利普和海沃德一起到一家酒馆去，拣一处明亮而暖和的地方坐下来，吃块三明治，喝上一杯啤酒。周围到处都是三五成群的学生，他们说着笑着，还有全家出来吃饭的，有父亲、母亲、两个男孩儿和一个女儿，有时那个女孩说了句什么精彩的话，父亲就仰靠在椅背上哈哈笑起来，发自肺腑地笑着，笑得既亲切又淳朴。这个场面充满了愉快的家庭气氛，

①赫尔曼·苏德曼（Hermann Sudermann，1857–1928），德国剧作家及小说家。

但是菲利普却视而不见，他的思想还停留在刚刚看过的戏上。

“你说那才叫生活哩，是吧？”他兴致勃勃地说，“你知道，我不会在这里久待了。我打算到伦敦去，这样才能真正开始生活。我希望有一番阅历。我讨厌老是做生活的准备，我要现在就开始生活。”

有的时候，海沃德让菲利普自己回家去。他不能准确地回答菲利普提出的那些热切的问题，可是，他却乐呵呵地傻笑着，含蓄地讲些有关男女之间的罗曼蒂克的故事，他给他吟诵过几行罗塞蒂①的诗句。有一次，他还给菲利普看了一首十四行诗，诗中热情和华丽、悲观和凄苦混合在一起，讲一位名叫特露德的少女的故事。海沃德通过诗的光辉来美化他的卑鄙庸俗的微不足道的奇遇，并且因为他用hetaira②这个词，而不用其他更直截了当的、更贴切的英语词汇来称呼他的女主人公，就认为自己跟伯利克里③和菲迪亚斯④并驾齐驱了。菲利普曾在白天，在好奇心的驱使下到那条离一座古老的桥不远的小街去过，街旁是整洁的白色房子和绿色的百叶窗，据海沃德说特露德小姐就住在那里，但是那些满脸凶相，脸蛋上搽着脂粉的女人从她们住处跑出来，对着他喊叫，叫他害怕得要命，他惊恐地推开那些想拉住他的粗糙的手，撒腿跑掉了。他最渴望的就是能去见见世面，因为在他这个年纪竟还没有享受过小说中所说的所有那些生活中最重要的事，他也为此而嘲笑自己。但是他具有看透事物本来面目的不幸天赋，他遇到的真实生活与他梦想中的生活存在着可怕的区别。

他还不懂得，一个人要一辈子长途跋涉，含辛茹苦，才能达到理想的现实。说年轻就是快乐，这是一种幻想，那些失去了青春的人的幻想。但年轻人哪里知道他们自己是多么不幸，他们满脑子都是一点一滴灌输给他们的不切实际的理想，只要他们一接触现实，他们就注定要被

①克里斯汀娜·乔治亚娜·罗塞蒂（Christina Georgina Rossetti，1830–1894），英国女诗人。

②希腊文，意指妃子，以美貌跻身上流社会的艺妓。

③伯利克里（Pericles，约公元前495–前429），古代雅典政治家、演说家、军事家。

④菲迪亚斯（Phidias或Pheidias，约公元前480–430年），古代希腊雕刻家。

打得鼻青脸肿，心灵受到伤害，仿佛是一个合谋的骗局的牺牲品。因为他们阅读的那些书，经过选择的理想，以及长辈们的教诲——他们只是透过玫瑰般的雾霭回顾往昔——这一切都为他们准备了一个不真实的生活。他们必须亲自去发现，他们所读过的、所听到过的统统是谎言！谎言！谎言！在人生的十字架上，每一次发现都是在他身上再钉上个钉子，奇怪的是，每个经历过痛苦的幻灭的人都不自觉地在一种自身克服不了的力量的推动之下，更增加了幻灭的痛苦。对菲利普说来，海沃德的友谊可能是最坏事的了。他是那种通过文学气氛，而不是通过自己去认识事物的人。他是个危险的人，因为他自己欺骗自己，以为自己是个诚实的人。他认真地把自己的放荡行为误认为是浪漫的感情，把自己的优柔寡断误认为是艺术气质，把自己的懒散误认为是哲学家的恬静。他的思想很庸俗，却要附庸风雅，看事物也总要比本来的面目夸张，模模糊糊地罩着一层多情善感的金光闪闪的雾气。他说谎然而根本不知道他在说谎，当有人揭穿他的谎言时，他就说谎言是美丽的。他是个纯理想主义者。

30

菲利普开始对自己的生活不安和不满起来了。海沃德诗歌般的暗示害得他胡思乱想了，他从心眼儿里渴望有一番浪漫的际遇。至少在他心里是这么萌动着的。

在埃林太太家里发生了一件意外的事件，这件事促使菲利普对女性产生了浓厚的兴趣。有两三次他在小山坡那儿散步时，遇到过赛西莉小姐，她正在那儿一个人闲逛。他从她身边经过时，冲她客气地点点头，再往前走不多远就看到那个中国人也在这里。他对这事并没有在意，但是，一天晚上在他回家的路上，这时天已经黑了，他走过去时，看到有两个人正紧紧依偎着慢慢走过。听到他的脚步声他们就赶紧分开了。虽然在黑暗中看不太清楚，可是他可以肯定这两人是赛西莉和宋先生。他们这样迅速地分开说明他们刚才在挽着胳膊散步。菲利普又惊讶又纳闷。过去他没有怎么注意过赛西莉小姐。她是一个很平常的姑娘，长着一个方脸盘，相貌呆板。她的岁数不超过十六岁，因为她还把金色的长发梳成辫子哩。那天晚上，吃饭时他好奇地看着她，尽管近来一些日子她在吃饭时很少说话，但她还是问他：

“凯利先生，今天晚上你上哪儿散步去了？”

“噢，我到‘国王宝座’那边去走了走。”

“今天我没有出去散步，”她主动地说，“因为头疼。”

那个中国人正坐在她旁边，他侧过身来对她说：

“真是的，多遗憾，我想你现在已经好些了吧。”

显然赛西莉小姐很不自在，她又对菲利普说：

“你在路上遇到过许多人吧？”

菲利普撒了个最明显不过的谎，话一出口他的脸就红了。

“没有，连个人影儿也没有碰见。”

然而，没过多久这两人之间的那点事就人尽皆知了。在教授夫人家里的人都看见过他们俩躲在黑影里偷偷摸摸地在干些什么。坐在桌子上首的那几位老女人开始议论眼下的丑闻了。教授夫人既生气又烦恼。她竭力对这些装聋作哑，假装什么也没看见。冬天快要到了，在这个季节要使她的房子客满可没有夏天那么容易。宋先生是个有油水的主顾，他在一楼包了两个房间，并且他每顿饭都喝一瓶莫泽尔[1]葡萄酒。教授夫人一瓶要他三个马克，光这一项就有不小的赚头。其他客人都是滴酒不沾，甚至其中有些人连啤酒也不喝。她也不想失掉赛西莉小姐这个房客，她的双亲在南美经商，他们为教授夫人对女儿母亲般的照料付的酬金也很可观。她知道，要是她把这事写信告诉这女孩在柏林的叔叔，他就会立刻把她带走的。虽说教授夫人不敢冒犯那个中国人，但她对赛西莉却能做得不太礼貌，以此得到某些弥补。但是她在饭桌上还是对他们俩正颜相待。她为自己这样做感到很满意。但是那三位妇女却不怎么满意她。其中有两个人是寡妇，另一位是个荷兰女人，是个举止做派带男

---

①莫泽尔（Moselle）河流经法国、德国和卢森堡，该河流域盛产白葡萄酒。

子气概的老处女，她们交的膳宿费很少，而她们的事儿却很多，只是因为她们是长期的房客所以才不得不对她们忍着点。她们来找教授夫人，说一定要采取行动，这太丢人了，人家会耻笑这家人。教授夫人试图不为她们所动，又是发脾气又是流眼泪，可三位老妇女打败了她，教授夫人装出一副对这种不道德的行为义愤填膺的样子告诉她们，她不能让他们再继续胡闹下去了。

午饭后，她把赛西莉叫到她的卧室去，跟她非常严肃地谈话，但让教授夫人吃惊的是，这女孩采取了一种厚脸皮的态度，她说她爱去哪儿就去哪儿，还说就算她选择了和那个中国人一起去散步，她也看不出这跟别人有什么关系，这是她自己的事。教授夫人威胁说要给她叔叔写信。

“如果这样，赫恩里奇叔叔会为我在柏林找一个人家过冬的，这对我来说是再好不过了。而且宋先生也要去柏林哩。”

听她这么一说，教授夫人哭了起来。眼泪顺着她那粗糙、红艳、肥胖的脸滚了下来，赛西莉见她这副模样就笑起来了。

“这也就是说，在整个冬天要有三间房空着了。”她说。

接着教授夫人试着采用她的另一套办法。她想唤醒赛西莉小姐善良的禀性。教授夫人表现得既温顺柔和又通情达理，待人厚道，她不再像对孩子那样，而是像对一个成年女人那样对待她。她说：谈恋爱本身并没有什么了不起，可是他是个中国人哪，黄皮肤，塌鼻子，还有他那双小猪眼睛！这样一丑化就把这件事变得很可怕了：一想到这好像就让人厌恶极了。

“住口，住口。”赛西莉急促地吸了口气说，“我不愿意听人说他的坏话。”

“但是，问题不严重吗？”埃林太太喘着气说。

“我爱他，我爱他，我爱他。”

“我的天啊！”①

①原文为德文（直译为“上帝在上”）。

教授夫人惊骇地盯着她。过去她一直认为这不过是一种孩子的淘气，不过是一种天真的愚蠢，可是她现在说话的热情很能说明一切了。赛西莉用她那咄咄逼人的眼睛看了她一会儿，然后轻蔑地耸耸肩走出去了。

关于这次谈话的情况埃林太太没有讲出去，过了一两天，她调换了一下吃饭时的座位。她问宋先生是不是能到她这头来坐。他一如既往，很有礼貌地欣然接受了。赛西莉也满不在乎地接受了这个变动。可是好像他们之间那种关系的秘密公之于众后，他们更加没羞没臊了。现在他们一起去散步，也不遮遮掩掩了。每天下午他们相当公开地出去到小山坡那儿蹓跶。很明显，人们说些什么他们根本不在乎。到最后，就连埃林教授也沉不住气了，他非要他老婆去找那个中国人谈一谈不可。她又把这个中国人拉到一边，对他进行一番规劝，说他现在是在毁坏这个女孩子的名誉，是在损害这个“大家庭”，他必须明白他的行为是多么地错误和不道德，但是她得到的却是笑眯眯地否认。宋先生说他不明白她说的是些什么，他根本没有注意赛西莉小姐，他也根本没有跟她一起散步，关于他们之间的说法全是瞎说，没有一句话是真的。

“唉哟，宋先生呀，你怎么能这么说啊？人家看见你们在一起又不是一次两次了呀。”

他看着她，始终在微笑着，他笑的时候，露出整齐的小白牙。他镇静极了。他把所有的事都一口否认。他和颜悦色地厚着脸皮把一切都赖掉了。教授夫人终于忍不住了，告诉他说这个女孩子已经供认了她爱他。他仍不为所动，还是微笑着。

“胡扯！胡扯！全是瞎说。”

她从他那儿什么也没问出来。天气变得越来越坏了，下雪，上冻，接着就是漫长的凄凉阴郁的解冻的日子。在这样的天气散步是一种乏味的消遣。一天晚上，菲利普刚和教授先生上完他的德语课，正站在客厅里跟埃林夫人聊天，一会儿，安娜就快步走了进来。

“妈，赛西莉在哪儿？”她说。

“我想她在她自己房间里吧。”

“她的屋里没有亮灯。”

教授夫人叫了一声，惊慌地看着女儿。安娜脑子里的念头也从她的脑子里闪过。

“叫埃米尔来。”她嘶哑地说。

埃米尔是个傻乎乎的粗人，他除了在餐桌前伺候，绝大部分的家务活儿也归他干。他走了进来。

“埃米尔，下楼到宋先生的房间去看一看，进屋时不要敲门，有人在的话，你就说是来看看炉子。”

埃米尔迟钝的脸上看不出一点儿惊讶的神情。

他慢吞吞地下楼去了。教授夫人和安娜没有去关门，听着动静。一会儿，他们听见埃米尔又上楼来了，就叫他来。

“屋里有人吗？”教授夫人问道。

“有人，宋先生在那儿。”

“就他自己吗？”

他瘪着嘴狡猾地笑了笑。

“不，赛西莉小姐在那儿。”

“哟，真丢人。”教授夫人叫了起来。

这时埃米尔放肆地笑着说：

“赛西莉小姐每天晚上都在那儿的。她每次去那儿一待就是几个钟头。”

教授夫人开始绞着她的手。

“看吧，有多可恶！你干吗不来告诉我？”

“这又不关我的事。”他回答说，又慢条斯理地耸了耸肩。

“依我看他们一定给了你什么好处。滚开，滚！”

他笨拙地跌跌撞撞地出去了。

“妈，必须叫他们搬走。”安娜说。

“那叫谁来付房钱呢？税单就要到期了。你说得倒好，他们都得搬走。如果他们搬走了，我可付不起账单。”她转过脸冲着菲利普，眼泪止不住顺着脸淌下来。“唉，凯利先生，你可别把听到的这些话说出去。如果让弗尔斯特小姐，”——弗尔斯特小姐是位荷兰老处女——

“如果让弗尔斯特小姐知道了，她会马上离开这儿的。如果他们都走了，我们这个公寓就得关门了。我就没钱开这个公寓了。”

“当然，我什么也不会说出去。”

“如果她待在这儿，我就不理她。”安娜说。

那天晚上，吃饭的时候赛西莉小姐准时坐在她的座位上，脸色比往常红一些，带着一副倔强的样子，可是宋先生却没有出现，有那么一阵子，菲利普竟认为他这是打算逃避这场苦难。最后他终于来了，喜气洋洋的，他的小眼睛为他晚到了而抱歉地眨着。像往常一样，他坚持把他的莫泽尔葡萄酒给教授夫人斟上一杯，并且给弗尔斯特小姐也倒了一杯。因为炉子整天烧着，而窗户又很少开的缘故，屋子里非常热。埃米尔磕磕绊绊地来回跑着。但是不知怎么弄的，他还是顺利地把饭菜依次送到每个人面前。那三个老女人默默地坐在那里，看得出来她们不高兴。教授夫人还是红肿着眼睛，她丈夫一声不响，使人感到他心情沉重。饭桌上的谈话无精打采的。在菲利普看来，在这批同桌吃饭的人的聚会中有着什么可怕的东西，在那高悬的两盏灯下，人们的模样跟以往全然不同了，他模模糊糊地感到有些不自在。有一次他的目光和赛西莉小姐的目光相遇，他觉得她是用一种仇恨和轻蔑的眼光在看他。屋子里的气氛沉闷得令人窒息。仿佛那对恋人的淫猥的感情在折磨着他们所有的人。这里有着一种东方的邪恶的感情，一种模糊的中国神龛前的香火气味，一种掩盖淫乱行为的神秘气氛。所有这些使得人们的呼吸都变得沉重了。菲利普都能够感觉得到前额的血管突突直跳，他弄不明白是什么奇怪的感情搅得他这样心烦意乱。他似乎感到某种巨大的诱惑力，但是他还是厌恶和恐惧。

几天来事态仍在继续发展着。人人都感到周围的那种反常的感情，这种感情使这里的气氛恶化，而且小公寓里房客的神经好像都受到了折磨。只有宋先生一个人还是那么泰然自若，他还像以前那样，甚至比以前更爱笑，更和蔼可亲，更彬彬有礼。很难说他这样做是一种文明的胜利呢，还是东方人为战胜西方人而做出的一种轻蔑的表示。赛西莉则表现出得意洋洋，玩世不恭。最后，教授夫人对这种情况再也忍受不下去了。突然她感到十分恐惧，因为埃林教授粗野而直率地指出了那种私通可能带来的后果（他们的私通现在对每一个人都已经不是什么秘密了），而教授夫人也看到她在海德尔贝格的好名声和她们这个公寓的声誉已毁于这件丑事，要掩盖这个丑事是不可能的了。由于某些原因，也许是出于切身利益的考虑，她没有想到有这个可能性，而现在，她的才智被巨大的恐惧弄得紊乱不堪。她恨不得当时就把这个女孩子从这栋房子里撵出去。还是安娜头脑清楚，她建议给赛西莉在柏林的叔叔写封措辞谨慎的信，建议把赛西莉带走。下了决心失掉两个房客后，教授夫人就再也忍不住控制已久的坏脾气了，只有无拘无束地发泄出来她才能消气。现在她可以随便对赛西莉想说什么就说什么了。

"我已经给你叔叔写信了，赛西莉，叫他把你带走。我不能让你再在我这里住下去了。"

她注意到这个女孩子的脸一下子变得煞白，她的小圆眼睛熠熠闪光。

"你不要脸，真不要脸。"教授夫人接着说，她还用难听的字眼骂她。

"教授夫人，你跟我叔叔赫恩里奇说了些什么？"女孩问道，她那喜气洋洋、自行其是的态度突然无影无踪了。

"噢，他自己会告诉你的。我想明天就会收到他的信。"第二天，为了当着更多的人羞辱她，吃晚饭时，她在饭桌上就申斥起赛西莉来。

"赛西莉，我已经收到了你叔叔的信。你今天晚上就收拾行李，明天早晨我们送你上火车。你叔叔在柏林的中央火车站接你。"

"真是太好了，教授夫人。"

宋先生还是冲教授夫人笑了，而且，尽管她一个劲儿拒绝，他还是硬给她倒了一杯酒。教授夫人津津有味地吃完了这顿晚饭。但是，这只是个愚蠢的胜利。就在她刚要上床去睡的时候，她招呼佣人道：

"埃米尔，要是赛西莉小姐的箱子收拾好了，你最好在今天晚上就把它搬到楼下去。搬运夫明天早上要来取的。"

佣人去了，可没多大工夫他就又回来了。

"赛西莉小姐不在她的房间里，她的提包也不见了。"

教授夫人尖叫着，匆匆奔到赛西莉的房间：箱子已经捆好了，并加了锁放在地板上，但是提包、斗篷和帽子却都不见了。梳妆台也空了。

教授夫人喘着粗气跑下楼来，来到那个中国人的房间，二十年来她还从来没有行动得这么快哩，埃米尔追在后面喊叫着，提醒她别跌倒了。她也不费事敲门了，破门而入。房间里空无一人，行李不见了，通往花园的门还敞开着，这说明了他们是怎么离开的。桌上的一个信封里放着付当月食宿费的钞票和外加的一笔小费。她呻吟着，给这阵忙乱折腾苦了，沉重地瘫在沙发上，像一堆肉，再没有什么疑问了。这两人已经一道远走高飞了。埃米尔还在呆头呆脑地一动不动地站在那里。

31

海沃德说了他第二天就去南方之后，由于想到收拾行装的烦人和旅途的单调，他总是下不了决心。他说要走说了有一个月了，但拖了一个星期又一个星期也没能动身。就在圣诞节前夕，人们正忙着准备过节的时候，他终于受不了这种喧闹，动身走了。他一想到条顿人的狂饮乱闹就受不了。一想到社交季节里的像要打架似的喧闹喊叫，他就浑身起鸡皮疙瘩。为了避免喧闹，他决定在圣诞节前夜出去旅行。

菲利普去给他送行时，心里没有一点儿惜别之情，他是一个坦率的人，什么人对他的思想不了解都会使他很恼火。虽然海沃德对他的影响很大，可是他不认为海沃德的优柔寡断是他这个人值得欣赏的微妙所在，海沃德带点轻蔑的眼光看待他的坦率，这一点使菲利普有些怨恨。他们彼此通信。海沃德是个写起信来一丝不苟的人，他知道自己的笔杆子功夫，所以写信就更是冥思苦想，字斟句酌了。

他的气质使他在接触到各种美的事物时善于受到感染。他能够用他从罗马寄来的那些信捎来意大利那种淡雅的馨香。他认为古代罗马人的城市有点俗气，只有在帝国衰落时期才能看出特色来。但是教皇们的罗马引起了他的共鸣。在他那些经过推敲的词句中，一种相当优雅的文字，使罗马教皇的宫廷显示出一种洛可可[①]的美。他写到古老的教堂音乐和阿尔巴诺山[②]，写到那里的香烟袅袅给人带来的昏昏欲睡的感觉，和夜晚街道上的迷人景象，在雨水中，发光的人行道和街灯的灯影显得那么神秘。也许，他给许多朋友都写过这些令人叹为观止的信。他并不知道他的这些信给菲利普带来了什么样的苦恼，海沃德信中的描述使得菲利普的生活似乎变得枯燥无味了。随着春天的来临，海沃德变得越来越狂热了。他建议菲利普应该到意大利去。说他在海德尔贝格是在浪费光阴。还说德国人粗野，生活在那里很平庸，在那种呆板的景物中，人的精神怎么能舒畅呢？春天的托斯卡纳[③]遍地开满了鲜花，而且菲利普十九岁了，海沃德叫他快点到意大利来，他们可以一起在安布里亚[④]的山城漫步。那些城市的名字深深地刻在菲利普的心上。赛西莉和她的情人也一起到意大利去了。一想到他们俩，菲利普就感到六神无主，为什么这样，连他自己也无法解释。他诅咒自己的命运，因为他没有钱去旅行，而且他知道伯父不会给他寄更多的钱来，他们早已商定，每月只给他十五镑。他没有很好地筹算过怎样花这些钱。付了膳宿费和上课费用，他的钱也就所剩无几了。他原来也知道跟海沃德一起出去玩是个很费钱的事。那时海沃德不是提出去游山玩水，就是去看戏，或者是去喝一瓶酒，而菲利普一个月还没到钱就已经罄尽了。由于他这个年纪所特有的愚蠢念头作怪，过去他一直不愿意向他坦白地讲，这样大手大脚地花钱他可受不了。

幸运的是海沃德不常常来信，在海沃德去南方旅行的这段时间里，菲利普重新踏踏实实地过起他的那种节俭的学习生活来。他被准许了去大学听一门课程的讲座。那时候正是库诺·费舍[⑤]红极一时的时候。在冬天里他一直在出色地做关于叔本华的讲演。听费舍的讲座使菲利普第

①洛可可，欧洲十八世纪的一种纤巧、浮华、繁琐的建筑和艺术风格。

②阿尔巴诺山（Alban Hills），罗马东南方的山峦，属亚平宁山脉的一部分。

③托斯卡纳（Tuscany），意大利中部大区。

④安布里亚（Umbria），意大利中部的一个区名。

⑤库诺·费舍（Kuno Fischer，1824–1907），德国哲学史学家、文艺批评家。

一次接触到哲学。他是个注重实际的人，一进入抽象思维的领域，简直寸步难行，但是，他发现听那些形而上学的专题讲演是一种意想不到的享受，听讲时他紧张得连大气也不敢出，有点儿像在观看一位走钢丝的演员做惊险的表演，身下是无底的深渊，但这种表演还是很刺激人。讲演中的那些悲观主义紧紧地抓住了他那颗年轻的心。他相信他将要进入的世界是一个冷酷的、痛苦的和黑暗的世界。即使这样，他还是渴望投身于这个世界，也正在这时候，牧师太太向他转达了他的监护人来信的意见，认为现在是他该回英国的时候了，他兴高采烈地同意了。他必须现在就拿定主意，自己到底要干什么。如果他在七月底离开海德尔贝格的话，八月间他们就能商量一下那些事情了，安排以后的事情这也正是时候。

他离开海德尔贝格的日期已经定下来了，这时牧师太太又来了一封信。她向他提起了威尔金森小姐，也正是她的热心帮助，菲利普才到海德尔贝格的埃林夫人家来的。她说威尔金森小姐已经安排好了要来布莱克斯塔布尔他们家住几个星期。她要在某月某日从弗卢辛乘船来，假如他也在同一个时间回去的话，他就可以在路上照顾她，陪她一起到布莱克斯塔布尔来。菲利普的腼腆驱使他连忙给凯利太太写了回信，说他要在威尔金森小姐之后的一两天才能走。他想象着自己在照料威尔金森小姐，他想得出当自己走上前去问她，是不是他要找的人时那副窘态（而且他也极可能找错了人而遭到对方的白眼），再说，在火车里他是应该去跟她聊天呢，还是可以不理她而埋头看自己的书呢，他也拿不准。

他终于离开了海德尔贝格。三个月来，他除了想到今后，其他什么他都没有想过，他没有一点遗憾地离开了。他在那里从来没有快乐过。安娜小姐送给他一本《赛金根的号手》[①]。作为回报，他也赠给她一本威廉·莫里斯[②]的著作。真是妙极了，他们俩谁都没有读过对方送的书。

①《赛金根的号手》（Der Trompeter von Säckingen），作者为德国作家约瑟夫·维克托·冯·席菲勒（Joseph Victor von Scheffel，1826–1886），此书为叙事诗，是19世纪德国畅销书之一。

②威廉·莫里斯（William Morris，1834–1896）：英国诗人、小说家、艺术家。

32

见到他的伯父和伯母时，菲利普大吃一惊。他以前从来没注意到他们竟是这样老态龙钟。牧师像平常一样地接待他，不怎么难以接近，也不怎么冷淡。他比起以前结实一些了，有些秃顶了，也有些苍老了。菲利普看到他是多么不显眼啊。他的脸上带着软弱和自我放纵的神色。露易莎伯母把菲利普搂在怀里，吻着他，喜悦的泪水从她的脸上滚下来。这使菲利普又感动又不好意思，他还从来不知道她是这样强烈地爱着他呢。

“菲利普，从你走了以后，时间显得那么长。”她抽泣着说。

她抚摸着他的手，快活地望着他的脸。

“你长大了，都成了男子汉啦。”

他的上唇留起了很短的小胡子。他买了把剃胡刀，不时地非常小心地刮刮他那光光的下巴。

“你不在时我们可寂寞了，”她声音都变得有些嘶哑了，接着她羞怯地问，“你回家来很高兴吧？”

“嗯，非常高兴。”

她是那样瘦弱，单薄得几乎就像是张纸，她那搂着他脖子的胳膊只是细细的骨头，使你想到鸡骨头。她那憔悴的脸上，啊，布满了皱纹，灰色的卷发仍旧梳成她年轻时的时兴样儿，看上去使人既不舒服又感伤，还有她那干瘪的小身子，就像是一片秋天的树叶，让你觉得第一阵凛冽的寒风就会把它吹落似的。菲利普感觉到了他们已经和生活隔绝了，这两个安安静静的小人物，他们属于那个过去的时代，他们在那里耐心地，麻木不仁地等待着死亡，而他，年轻，精力旺盛，盼望着刺激和冒险，看到生命的衰亡消逝，他感到震惊。他们过去什么也没有做，一旦他们不在了，就会像是他们从来就没有存在过似的。他非常可怜露易莎伯母，因为她爱他，突然之间他觉得自己也很爱她。

威尔金森小姐见牧师夫妇在欢迎他们的侄儿，就一直没有来打搅他们，这时她走进来。

“这位是威尔金森小姐，菲利普。”牧师太太说。

“现在浪子回头了，”她说着伸出手来，“我给浪子带来了一朵玫瑰花。”

她愉快地笑着，把刚从花园里摘下来的那朵玫瑰花别在菲利普的外衣上。他的脸刷地红了，觉得自己是一副傻相。他知道，威尔金森小姐是伯父的前任教区长的女儿。他过去广泛地结识过许多牧师的女儿。她们穿着裁剪得不像样的衣服和笨重的靴子。她们身上总是穿着黑色的衣服，生活在菲利普早年所在的布莱克斯塔布尔的乡巴佬们都没有到过东英格兰，这里牧师的女儿们都不喜欢穿花衣服。她们的头发梳得乱七八糟的，身上的亚麻布衣服散发出强烈的浆过的气味。她们认为女人打扮是不合适的，她们无论老少看上去都是一个模样。她们因她们所信仰的宗教而妄自尊大。她们同教会的密切关系，使她们对其他人采取一种有些高人一等的气势。

和她们相比，威尔金森小姐却很不一样。她穿着一件白色的细布长裙袍，上面带着一团团小小的鲜艳花簇，穿着尖尖的高跟鞋和那带网眼的长袜。对于没有什么阅历的菲利普来说，她似乎打扮得很美了。他看不出来她的上衣不值几个钱，而且也太花哨了。她的头发梳得很精心，在前额正中留着一个整齐的发卷，她的头发乌黑发亮，而且硬挺，看上去好像根本就弄不乱似的。她的眼睛又大又黑，鼻子微微有点鹰钩；她从侧面看上去多少像只食肉的猛禽。但是从脸的正面来说，她还是惹人喜欢的。她总是爱笑个不停，可是嘴巴大了些，笑的时候她总是设法不让她那大黄牙露出来。但最让菲利普困惑不解的要算是她擦着很厚的粉这件事了，他对女性的行为抱很严肃的态度，他向来认为一个有身份的姑娘不该擦粉，当然啦，威尔金森小姐是有身份的姑娘，因为她是个牧师的女儿，而牧师当然是最有身份的啦。

菲利普下决心不去理睬她。她说起话来带着点法国腔，他不明白她怎么会这样，因为她是在英国内地出生和长大的呀。他认为她的笑是装出来的，看到她那忸怩作态的样子就叫他反感。他有两三天的工夫对她沉默，抱有敌意，可是威尔金森小姐显然没有注意到这些。她这个人倒是很和蔼可亲的，她有什么话几乎只对菲利普讲。她来请他公正地评判什么事时，也都有些谄媚和讨好的劲儿。她也逗他发笑，只要有人逗他，他就怎么也忍不住要笑出来。菲利普有一种不时说些机智的话的才能，找到一个欣赏他的这个能力的人实在叫他高兴。无论是牧师也好，是太太也好，他们都没有幽默感，不管他说什么，他们都绝对笑不起来。当他和威尔金森小姐渐渐地厮混熟了，他对她也就不再感到腼腆了。他开始比较喜欢起她来了，他发现她的那种法国腔很生动。有一次在医生举行的花园会上，她打扮得比其他的人都漂亮得多。她穿了一件蓝色带大白点儿的又薄又软的绸子衣服，她的这副体态也引起了菲利普的好感。

“我敢说，他们准是认为你再漂亮不过了。”他笑着对她说。

“我梦寐以求的也就是让人家把我当成个轻浮放荡的女人。”她回答说。一天，威尔金森小姐正待在她自己的房间里，菲利普问露易莎伯母，威尔金森小姐有多大岁数了。

“哎，亲爱的，你实在不该问一个小姐的年纪。不过可以肯定，你要是想结婚的话，她的年纪可太大了。”

牧师那肥胖的脸上慢慢地露出了笑容。

“她可不是什么小丫头了，露易莎。”他说，“当年咱们在林肯郡的时候她差不多就是个大姑娘了，那是二十年前的事啦，那时她背后还梳着条辫子哩。”

“那时候她也许还不到十岁吧？”菲利普说。

“可比那大多了，”露易莎伯母说。

“我估计她那时差不多有二十岁吧。”牧师说。

“哪里，威廉，看上去那时她也就是十六七岁。”

“就算是这样，她也有三十多岁了。”菲利普说。

话刚说到这里，威尔金森小姐就蹦蹦跳跳地下楼来了，嘴里还哼着支本杰明·戈达德[1]的歌曲。她已经戴好了帽子，正准备和菲利普出去散步，她伸出手来，让他为她扣上手套的纽扣，他笨手笨脚地给她扣

[1]本杰明·戈达德（Benjamin Godard，1849–1895），法国小提琴家、作曲家。

好。他没觉得很难为情，但有骑士风度。现在他们谈起话来没有什么拘束了，他们一边蹓跶着，一边天南海北地聊着。她给菲利普讲有关柏林的事情，菲利普给她讲在海德尔贝格的生活。他讲的那些事，在过去曾显得那么无足轻重，而现在讲起来却获得了新的意义。他描述着埃林夫人家里的那些人，这时候连海沃德和威克斯之间的唇枪舌战好像也变得意味深长了。他把他们的对话稍稍做了点歪曲，为的是好使他们显得荒唐可笑些。威尔金森小姐咯咯的笑声使他洋洋得意。

“你可真叫我害怕。”她说，“你可真能挖苦人。”

接着，她又开玩笑似的问他在海德尔贝格是不是有过什么风流韵事。他连想也没想就老老实实地回答说他没有过，可是她说什么也不相信。

“你的嘴巴可真严哪！”她说，“在你这个年纪能是这样吗？”

他的脸一下子红了，笑了起来。

“你想知道的太多了。”他说。

“啊，我也这么认为。”她胜利地笑了，“看，你的脸红啦。”

他很高兴，她竟认为他曾经是个寻花问柳的人。他把话岔开了，这样好使她相信他隐瞒了各式各样浪漫的经历。他为自己没有过那样的事儿生自己的气。只怪他过去没有这样的机会。

威尔金森小姐很不满意自己的命运。她为自己得挣钱生活大发牢骚，还给菲利普讲了许多关于她母亲的一个叔叔的事情。她曾满心指望他能给她留下一笔财产，可是他娶了他的厨娘就修改了他的遗嘱。她向他暗示，当初她家是何等豪华气派，她把自己在林肯郡时高车驷马的生活，同她眼下被人看不起的自食其力的状况做了对比。菲利普感到有点摸不着头脑。后来他跟露易莎伯母提起了她说的这些事，她告诉他说，她认识威尔金森夫妇时，他们除了一匹矮种马和一辆单匹马拉的车，根本就没有别的东西了。露易莎伯母倒是听说过她有个有钱的叔叔，然而在埃米莉出生之前他就结婚了，而且还有孩子，她根本不可能指望从他那儿继承什么遗产。说到柏林，威尔金森小姐没有一句好话，她现在还在那儿当家庭教师。她抱怨德国生活的无聊乏味，还刻薄地将那里的生活和巴黎豪华富丽的生活做了一番比较。她曾经在那儿住过若干年（她也没说究竟是住过几年）。她曾在一位时髦的肖像画家的家里当过女家庭教师。这位画家娶了个有钱的犹太妻子。在他们家里，她见过许多赫赫有名的人物。她说的那些名字使菲利普眼花缭乱。法兰西喜剧院的演员三天两头来做客：科克兰[①]吃饭时就坐在她旁边，他还对她说过，他从来没遇见过一个外国人的法语讲得像她这样地道，阿尔方斯·都德[②]也曾来过，他送给她一本《萨芙》，他还答应为她在书上签名，可是她后来忘记提醒他了，她依然珍藏着这本书，她愿意以后把它借给菲利普看。再就是，莫泊桑[③]也来过。威尔金森小姐发出一串笑声，装模作样地看着菲利普，说他是位多么了不起的人啊！多么了不起的作家！海沃德曾经谈起过莫泊桑，不过菲利普那时还不晓得他有那么大的名气。

“他跟你谈恋爱了吗？”他冒冒失失地问。

这些话好像奇怪地堵在喉咙里，但是他还是这样问出声来了。他现在非常喜欢威尔金森小姐，她的话使他激动不已，但是他想象不出来能有什么人跟她求爱。

“问得多么好啊！”她叫起来，“可怜的居伊[④]，他跟遇到的所有的女人谈恋爱。这个毛病他就是改不了。”

她轻轻地叹了口气，仿佛在情意绵绵地回忆往事。

“他是个有魅力的男人。”她喃喃地说。

从她的这些话中，一个比菲利普更有经验的人猜测得出她讲的那些经历的可能性，通常是：名作家应邀到家里来吃中饭，家庭女教师和她教的两个高个女孩子恬静地走了进来，然后是介绍：

---

①伯努瓦-康斯坦·科克兰（Benoît-Constant Coquelin，1841-1909），法兰西喜剧院著名男演员。

②阿尔方斯·都德（Alphonse Daudet，1840-1897），法国著名小说家，《萨芙》（Sapho）是他的长篇小说。

③居伊·德·莫泊桑（Guy de Maupassant，1850-1893），法国十九世纪著名小说家，以短篇小说闻名于世。

④“居伊”即是莫泊桑，称居伊而不称莫泊桑，表示说话人和他的亲密关系，而在读者看来，却十分可笑。

“这是我们的英国小姐。[①]”

“小姐。[②]”

进餐的时候，那位名作家和男女主人交谈着，而英国小姐默不作声地坐在一旁。

但是她的话却唤起菲利普更加浪漫的遐想。

“把所有关于他的事都给我讲讲吧。”他兴奋地说。

“没什么好讲的，”她老实地说，但是她说这话的样子好像在表示：“那些艳事就是三大本书也写不完，你不必这么好奇嘛。”

她开始谈起巴黎来了。她喜欢巴黎的林荫大道和树林，所有的街道都优美极了，爱丽舍田园大街上的树闻名遐迩，是别处的树木无法比拟的。这时，他俩坐在大道边的石凳上，威尔金森小姐鄙夷不屑地望着他们前面高大的榆树，谈着巴黎的剧院。辉煌绚丽的戏剧，无与伦比的表演，说芙瓦约夫人（她教的那两个女孩子的母亲）每次去试新的时装时，她总是陪着去的。

“哎，没有钱多么可悲啊！”她叫喊着，“那些时装该有多漂亮啊，只有巴黎人才知道怎么打扮，可惜我买不起呀！可怜的芙瓦约太太，她又没有好身材。有时，做女服的裁缝偷偷对我说：‘喂，小姐[③]，要是她能有你这身段就好啦。’”

菲利普这才注意到威尔金森小姐那为之夸耀的健美的苗条身材。

“英国的男人愚蠢透顶。他们只注意脸蛋。法国人就知道身材多么重要，他们是懂得爱情的民族。”

以前，菲利普从来没有想到过这些事，但是，他此刻观察到威尔金森小姐的脚脖子粗粗的不怎么雅观。他马上又把眼光收了回来。

“你应该到法国去啊，你为什么不去巴黎待一年呀。你可以去学法语，法语可以使你变得déniaiser[④]起来。”

---

①法语。

②法语。

③原为法文。

④法文“成熟”，懂得男女之事。

“这是什么意思？”菲利普问。

她狡猾地笑着说：

“你去查查字典嘛。英国人不懂得如何对待女人。他们太腼腆。男人的腼腆是荒谬的。他们不懂得怎样跟女人谈恋爱。当他们对一位女士说她很迷人时，怎么也不能不带出一副傻相。”

菲利普觉得自己就很可笑。显然威尔金森小姐希望他能做得与现在迥然不同，他要是能向她讲叙起一些向女人献殷勤和有趣的艳事就心满意足了。他过去从来没想到过这种事，而一旦想到，他又怕说出来叫人笑话。

“啊，我爱巴黎，”威尔金森小姐叹了一口气说，“但是我不得不到柏林去。我跟着芙瓦约夫妇，直到她的女儿们结婚了。我没能找到工作，后来有个机会在柏林找到现在这个工作。他们是芙瓦约夫人的亲戚，我就应承下来了。在布雷达街的公寓里我有一间小房间，在五层楼[①]，它一点儿都不体面。你知道布雷达街吧？那些女人[②]，你知道的。”

菲利普点点头，一点儿也不知道她说的是什么意思，但模模糊糊地感觉得有些蹊跷，而且又怕说他不知道，她会认为他太无知。

“但是我不在乎。我自由了，不是吗？[③]”她非常喜欢讲法语，的确也说得很好，“在那儿，我曾经有过一次奇遇。”

她停了下来，菲利普催她说下去。

“你又不愿意给我讲你在海德尔贝格的那些事。”她说。

“那些事一点儿意思也没有。”他解释说。

“真不知道，牧师夫人要是知道了咱们在一起说这种事，她会说什么。”

“你用不着担心我会告诉她。”

“你能保证吗？”

见他做了保证，她就告诉他，有个搞艺术的学生，他有个房间在她

---

①原为法文。

②原为法文。

③原为法文。

楼上。但是她又打断自己的话。

“你为什么不去搞艺术？你画得蛮不错嘛。”

“不像你说的那样。”

“这得别人评价。据我的经验[①]，我相信你是个伟大艺术家的材料。”

“如果突然告诉威廉伯父说我想去巴黎学艺术，你难道看不出来他会跟我翻脸吗？”

“你自己不是做得了主了吗？”

“哈哈，你是在想法转移目标。还是接着讲你的故事吧。”

威尔金森小姐微笑着，接着讲下去。那个学艺术的学生曾在楼梯上多次从她身边经过，并没有引起她特别的注意。她看到他的眼睛很漂亮，而且见到她就非常有礼貌地摘下帽子。一天，她发现有一封信从门底下塞进来。这信是他写来的。他说，他爱慕她已经有好几个月了，他总是在楼梯那儿等着她经过。啊！一封令人神魂颠倒的信！当然啦，她没回信，但是，女人受到追求又能有什么办法呢？

第二天又来了一封信！写得美妙多情，动人心弦。当她再在楼梯上遇到他时，她的眼睛都不知道朝哪儿看了。他每天都写信来，这回他恳求跟她见面。他说他要在那天晚上来，九点钟左右[②]，她都不知道该怎么办才好。当然，这不可能，而他会一遍又一遍地按门铃，但她绝对不会去给他开门。然而当她等着门铃响的时候，神经都绷紧了，突然间，他出现在她面前。她进屋时忘记插门了。

“真是在劫难逃呀！”[③]

“然后又怎么啦？”菲利普问。

“没有了，故事到此为止。”她轻快地笑着回答。

菲利普沉默了一阵子。他的心急剧地跳着，心中涌出许多陌生奇怪的情感来。他看到黑黢黢的楼梯和偶然的相遇，他佩服那送信人的勇敢

①原为法文。

②原为法文。

③原为法文。

大胆（啊，他是绝对不敢这么干的），还有那悄寂无声，几乎是充满了神秘气氛的楼道入口。在他看来，这已经是真正的罗曼蒂克了。

“他长得怎么样？”

“噢，长得挺帅。美男子[①]。”

“你现在还和他来往吗？”

菲利普这么问的时候，感到自己有点不那么自如。

“他是那么卑鄙地对待我，男人都这样，都是无情的家伙，你们所有的男人。”

“这个我不明白。”菲利普不无窘态地说。

“咱们回家吧。”威尔金森小姐说。

33

威尔金森小姐讲的故事盘踞在菲利普的脑子里，怎么也摆脱不掉。她的故事即使有所删减，她的意思也是再清楚不过了，他感到有些震惊。这种事对一个结了婚的女人来说是美妙的。他读过那么多法国小说，足以使他知道，这在法国是司空见惯的。可威尔金森小姐是英国人呀，而且又没结婚，她的父亲还是位牧师。他又突然产生了一种想法：这个学艺术的学生也许既不是她第一个情人，也不是最后一个，这可真叫他瞠目结舌。他以前从没有把威尔金森小姐当成是这样的人。谁能跟她谈恋爱呢？真有些令人难以置信。在他单纯的头脑中，他怀疑她讲的故事的真实性，就像他怀疑在小说中读到过的事情一样。同时他又很懊恼，自己怎么就没遇上这么美妙的艳事。如果威尔金森小姐让他讲讲在海德尔贝格的艳遇，他可能就什么也说不出来了，多么丢脸啊。他有某种编造故事的能力倒是真的，可是他不知道能否使她相信他沉湎于放荡的生活，她从小说中读到过，女人是富于直觉的，她会轻而易举地识破他在瞎编。想到她会偷偷地笑话他，菲利普羞得满脸通红了。

---

①原为法文。

威尔金森小姐一边弹钢琴，一边没精打采地唱着。可是她唱的那些马斯内①、本杰明·戈达德、和奥古斯塔·霍姆兹②的歌曲，在菲利普听来都是新的。他们一起在钢琴旁一待就是好几个小时。一天，她想知道他的嗓子怎么样，非得让他唱一唱。她说他有副甜润的男中音的嗓子，她要教他唱。开始时，他像往常那样羞怯地拒绝了，但是她坚持要他唱，于是，在每天早晨早饭后，她就选个合适的时间给他上一小时的课。她具有教师的天赋，她显然是位优秀的女家庭教师。她教学有方而且又严厉。在她上课的时候，她那浓重的法国腔调依然如故，可是她身上所有的甜美的举止风度都一扫而光了。她教起课来毫无废话，她的声音变得有些专断，只要她上课时遇到对方漫不经心或敷衍塞责，就本能地加以制止和纠正，她让菲利普唱音阶和练声。

只要一上完课，她就不费力地而又诱人地笑起来了，她的声音也变得温柔迷人。她能够轻而易举地忘掉自己这个卖弄学问的教师身份。可是菲利普就不能像她那样轻易地忘掉自己是个学生，这种印象和她的那些故事在他心中唤起的感觉发生了冲突，他更加仔细地端详了一下。他喜欢晚上的她更甚于早晨的她。在早晨，她脸上的皱纹相当多，脖子的皮肤也有些粗糙。他希望她把脖子藏起来就好了。但那时天气正好很热，她穿着件领口开得很低的罩衫。她特别喜欢穿白色的衣服。这种颜色的衣服她早晨穿起来不太适合。在夜晚，她的样子总是非常动人，她穿着一条长裙，几乎就是半正式的女餐服，脖子上戴着条石榴红的项链，胸前和胳膊肘处缀的花边使她更加妩媚动人，她身上带的那股香水味使人心慌意乱，有着一种异域情调（在布莱克斯塔布尔，除了科隆香水外没人抹别的东西，而且也只是在礼拜天或头痛脑热时才用一用）。真的，这时她的样子显得非常年轻。

她的岁数可让菲利普伤透了脑筋。他把二十岁和十七岁加在一起，怎么也得不出令他满意的两数之和的数字。他不止一次地问过露易莎伯

---

①儒勒·马斯内（Jules Massenet，1842–1912），法国作曲家，巴黎音乐学院教授。

②奥古斯塔·霍姆兹（Augusta Holmès，1847–1903），法国作曲家，父母为爱尔兰人。

母。她凭什么认为威尔金森小姐有三十七岁，看上去她不超过三十岁呀。每个人都知道，外国女人要比英国女人老得快些，威尔金森小姐在国外住过那么长时间，她简直可以算得上是个外国人了。从他个人的角度说，他怎么也不愿意认为她的岁数比二十六岁大。

“她的岁数比这大得多。”露易莎伯母说。

菲利普不相信伯父母这个判断的准确性。可他们清楚地记得，他们在林肯郡最后一次看见威尔金森小姐时。她的头发虽然还没盘起来，但当时她可能就已经十二岁了。时间过了这么久（牧师的话有时总是那么靠不住），他们说那是二十年前的事情了。不过人们总是习惯说整数的呀，很可能是十八年前，或者十七年前。十七加十二正好是二十九岁，这并不算老哇！安东尼为了克莉奥帕特拉而舍弃整个世界的时候，这位埃及女王都四十八岁了哩。

那个夏天天气好极了。炎热、晴朗的日子一天接着一天，由于这里濒临大海，灼热的气温得到调节，空气中飘荡着一股令人心旷神怡的气息，使人忘记了八月的炎炎赤日，精神振奋。花园里有一个养鱼池，池中的喷泉在喷涌，水中生长着睡莲，金鱼浮上水面来晒太阳。菲利普和威尔金森小姐常常在午饭后拿着毯子和垫子来到这里，躺卧在高高的玫瑰花篱笆下阴凉的草地上。每天下午他们都在聊天和看书。他们在那儿抽烟卷，牧师不准他们在屋里抽烟。他认为抽烟是个令人讨厌的嗜好，他经常说，无论什么人，一旦成了嗜好的奴隶就要不得了。他忘了他自己就是下午一杯茶的奴隶。

一天威尔金森小姐给了菲利普一本书，名叫《波希米亚人的生活》，这书是她在牧师书房里的书堆中乱翻时偶然发现的，是牧师先生不知道什么时候和别的书一起整捆买回来的，十年来一直扔在那里没有动过。

菲利普开始读起米尔热[①]这本惊心动魄的、文笔低劣而又荒诞不经

①亨利·米尔热（Henri Murger，1822–1861），法国作家，最著名的作品即《波希米亚人的生活》（*La Vie de Bohème*），描写在巴黎的波希米亚人的生活，波希米亚人一般指流浪的吉普赛人。

的杰作来，他马上就被那引人入胜的故事吸引住了。他的心灵喜悦地随着书中的描绘跳跃起来了。在书里，饥馑被形容得那么心平气和，贫困被描写得那么动人，肮脏的爱情被表现得那么浪漫，陈腐平庸被写得娓娓动听。鲁道夫、咪咪、米塞特和肖纳德，他们在拉丁区灰色的大街流浪，今天住在这个顶楼，明天又住在另一个顶楼。他们都穿着路易·菲利普[①]的奇怪服装，又哭又笑，既逍遥自在又胡作非为。有谁能不受他们的吸引呢？只有当你以一种公正的批评态度回过头来看待这本书时，你才会发现他们的情趣多么粗俗，他们的思想多么平庸。作为艺术家和人，你会觉得这些放荡不羁的各色人物毫无可取之处。菲利普却被弄得神魂颠倒。

“这会儿你希望去巴黎而不想去伦敦了吧？”威尔金森小姐嘲笑他那热情奔放的劲头。

“现在即使我这么想也太晚了。”他回答说。

他从德国回来后的两星期中，已经和伯父为了他的前途问题讨论很多次了。他一口咬定不去牛津，既然他没有机会获得奖学金。他伯父最后得出结论，他供不起菲利普上这个学校。他的全部财产只有两千镑，虽然这笔钱以百分之五的利息投资出去了，可是他也不能够靠这利息生活呀。现在利率又有所降低。一年就花掉二百镑，这个数是维持大学生活的最起码要求。在牛津学上三年，也还谈不上就能自谋生活哩！他急于要直接到伦敦去。牧师太太认为，只有四种职业是上等人干的：陆军、海军、法律和教会。她又加上了医生这个行业，因为她的小叔子是干这一行的。但是别忘了，在她年轻的时候还没有人把医生当做是上等人哩。头两种职业是根本做不到了，而菲利普又坚决拒绝去担任神职，剩下来只有法律这一行了。那位本地的医生曾指出过，现在有许多有教养的人都去从事工程技术，但是牧师太太马上站起来反对这个主意。

“我可不愿意菲利普去做生意。”她说。

---

①路易·菲利普（Louis Philippe，1773–1850），法国奥尔良公爵，曾参加雅各宾党，号称“平民国王”。

“话不能这么说，他必须有个职业呀。”牧师回答说。

“那为什么不让他像他父亲那样去当个医生呢？”

“我会讨厌当医生的。”菲利普说。

牧师太太并没有为此而感到遗憾。他不能上牛津，当律师看来也谈不上了，因为牧师夫妇总是认为，要在这个职业上获得成功，学位还是少不了的。最后，他们建议他去给律师当学徒。他们给他们的家庭律师艾伯特·尼克松写了封信，他和布莱克斯塔布尔的牧师是已故的亨利·凯利遗产的共同执行人，问他愿意不愿意收菲利普做学徒。他一两天就回信了，答复说他没有这个空缺，而且还极力反对整个计划，说这个职业大大人浮于事，如果没有资产和社会关系，一个人能当上个办事员就算不错了。然而，他却建议菲利普应该去当一名会计师。无论是牧师还是他老婆却一点也不知道会计师是什么行当，菲利普也从来没有听说过谁是个领了证书的会计师。但是，律师的另一封来信对此作了解释。现代商业的发展和商号的增多，已经使得众多的会计事务所出现了，检查账目，把委托人的金融方面的业务处理得井井有条，在这方面旧时的管理方法已经被淘汰了。几年前，这个行业已经获得了皇家特许证书，这个职业正逐年变得越来越受尊敬，越来越有利可图，而且也越来越重要了。在艾伯特已经雇用了三十年的几个持照会计师中，碰巧有个空缺，他们要招收一名订合同的学徒。菲利普要交三百镑的费用，其中的一半将在五年学徒期间陆续以薪金的形式归还。这个前途并不乐观，但是菲利普觉得，他必须做出抉择，希望在伦敦生活的思想远远超过了他感到的那点畏缩。布莱克斯塔布尔的牧师写信问尼克松先生，一个有身份的人从事这种职业是否合适。尼克松先生回信说：因为有执照的缘故，那些打算从事这个职业的人都是上过公学的和上过某所大学的，再说，如果菲利普不喜欢这工作，一年后想要离开的话，赫伯特·卡特——这是那个会计的名字——可以退还他所交的学徒费的一半。事情就这样决定下来了，约定好菲利普九月十五日开始工作。

“我还有整整一个月的时间。”菲利普说。

“那你就自由了，而我却去受罪。”威尔金森小姐顶了他一句。

她有六个星期的假，正好比菲利普早一两天离开布莱克斯塔布尔。

“不知道咱们是不是还会再见面。”她说。

“我不明白为什么不会。”

“嗬，别这么四平八稳地说话嘛。我真没见过哪个人这么没感情的。”

菲利普的脸红了起来。他怕威尔金森小姐把他看成个胆小鬼。不管怎么说她总是个有时也还相当不错的年轻女人啊，而且他也快要二十岁了，荒唐的是他们除了文学艺术外什么别的都不谈。他应该跟她谈恋爱才是。他们讲过那么多关于爱情的故事，有那个在布列达街的学艺术的学生，还有那个巴黎的画家，她曾经在他家里住过那么长的时间：他曾请她给他当过模特儿，而且还曾那么粗鲁地向她表达爱情，为了这，她以后只好迫不得已找些托辞，不再给他当模特儿了。再清楚不过了，威尔金森小姐早已司空见惯那种殷勤了。这会儿她戴着一顶大草帽，看上去十分漂亮。这天下午天气很热，那是他们曾度过的最热的一天，她的嘴唇上方渗出了一串串汗珠儿。这时他又想起了赛西莉小姐和宋先生。他还从来没有这样一往情深地想起过赛西莉哩，她极为平常，而现在回想起来，那事情却显得十分浪漫。如今他也有个罗曼蒂克的机会呀，威尔金森小姐实际上是个法国人，这给那可能会到来的艳遇平添了一番韵味。当他晚上躺在床上，或是当他独自坐在花园里看书的时候，他一想到这点，就激动得不能自已，但是，当他一见到威尔金森小姐，诗情画意便顿时逊色许多。

她给他讲过她的那些事儿，在这之后，如果他向她求爱的话，她无论如何不会大惊失色的。他感到，她见他在这方面没有什么表示，一定会觉得他挺古怪的，这也许只是他的幻想而已。可是，最近一两天里，他有一两次感到在她的眼睛里有一点儿轻蔑的神情。

“呆呆地在想什么呢？”威尔金森小姐含笑地瞅着他说。

“我不告诉你。”他回答说。

他在想他应该现在就在这里吻她。他想知道她是不是希望他这样做，可是他知道，一点儿底子也没打好，怎么能贸然呢？她准会以为他是疯了，或者可能扇他一记耳光，也许她会去告诉伯父。他不知道宋先生和赛西莉小姐他们这一步是怎么过来的。假如她告诉了伯父那就糟了：他知道伯父是什么样的人，他会去把这件事告诉给医生和约西亚·格雷夫斯的，人们会把他看成是个十足的傻瓜。露易莎伯母不断说，威尔金森小姐至少有三十七岁了，想到他会受到的冷嘲热讽，他就浑身发抖，他们会说她都大得足可以当他的母亲了。

“你又呆呆地在想些什么哪？”威尔金森小姐微笑着。

“我在想你哩。”他壮起胆回答说。

谢天谢地，这话并没有捅娄子。

“想我什么？”

“唉，你想知道的也太多了。”

“淘气的孩子！”威尔金森小姐说。

她又这么说话！不论在什么时候，只要他兴致勃勃的时候，她就准说些使他想起她是个家庭女教师的话。当他不肯唱练习曲让她不满意的时候，她就开玩笑似的管他叫“淘气的孩子”。这次他真的绷起脸来了。

“希望你最好不要这样对待我，好像我是个小孩子似的。”

“你生气啦？”

“很生气。”

“我是说着玩哩。”

她伸出手来，他握着她的手。最近，当他们在晚上握手的时候，他有一两次感觉到了她在轻轻地攥他的手，他怀疑这是自己的错觉，但这次没有什么可怀疑的了。

他一点儿都不知道接下去应该说些什么话。冒险的机会终于来到了，如果他不抓住这个机会可太傻了，可是这实在是有点儿不够劲儿，他原先所期望的要比这迷人得多。他读过大量的对爱情的描写，他觉得自己身上没有小说里描写的那种激烈的感情冲动，既没有汹涌起伏的感情使他欣喜若狂，威尔金森小姐也不够理想。过去，他常常给自己描绘的某个美丽的姑娘，有着一双大大的紫罗兰色的眼睛，她的皮肤像石膏一般雪白，他想到过自己把脸埋在她那宛如波浪的浓密的褐发中的情景。他简直不能想象自己把脸埋在威尔金森小姐的头发里，她的头发有点儿发黏，总是令他吃惊。可是有个私通的机会还是令人满意的，想到能受用一下自己的俘获物，他就骄傲起来，并且激动得浑身颤抖。他认为他自己有责任勾引她，他下决心要吻她一下，但不是这会儿，而是在晚上，在黑影里吻她容易些。只要他吻过了她，其他的一切也就迎刃而解了。就在这个晚上，一定要吻她一下。他发誓不达目的不罢休。

他拟好了行动计划。晚饭后，他提议说他们应该到花园里去走一走。威尔金森小姐同意了，随后，他们肩并着肩慢慢地蹓跶着。菲利普非常紧张。他也不知道这是为什么，可是他们的谈话老是上不了正轨，他决定了，第一件要做的事就是用胳膊搂住她的腰，但是这时她正说着下星期要举行的划船比赛，他没能冷不防地伸出胳膊去搂她的腰。接着他很巧妙地领她来到花园里最黑的地方，可是到了那儿，他忽然失去了勇气。他们在一条长凳上坐下来，这回他真的下定了决心，这机会不可错过。这时威尔金森小姐说，这儿肯定有人偷听，而且一定要起身去走一走。他们再次围着花园散步，菲利普对自己说，等他们再一次走到那条长凳之前，他一定动手。但是当他们经过房子前面的时候，看见牧师太太正站在门口。

“我说你们年轻人还不准备进屋来吗？夜晚的空气对你们没有好处。”

“我们还是进屋去吧，”菲利普说，“我希望你可别着了凉。”

他说这话时如释重负地松了一口气。他那天晚上不可能更多地指望什么事了。可是事后，当他一个人回到他的房间里的时候，他对自己大发雷霆。他真是个大笨蛋。他肯定威尔金森小姐是希望他吻她的，否则她就不会到花园去了。她总是说，只有法国人才知道该怎样对待女人。菲利普是读过法国小说的。如果他是个法国人的话，他就会一把将她搂在怀里了，然后热情奔放地对她说，他爱她，他就会把自己的嘴唇紧紧地贴在她的脖子上。他弄不明白法国人为什么总是亲姑娘们的脖子。他一点儿都没看出来姑娘的后脖梗怎么就那么有吸引力。当然喽，这样做对法国人来说要更容易些，法国语言对做这些事简直是一种莫大的帮助。菲利普不禁觉得，用英语去说那些温柔缠绵的情话，听起来总是有那么点不伦不类的。他现在多么希望他从来就没有向威尔金森小姐的贞洁发起过进攻啊。他回来后的头半个月曾是多么愉快，而现在他是那么沮丧。但是他决心不屈服，如果他屈服退缩了，他就再也看不起自己了。他义无反顾地下了决心！第二天晚上他一定要吻她，决不能退缩。

第二天他起床的时候看见外面正在下雨，他首先想到的就是这天晚上他们不能到花园里去了。早饭时他兴致勃勃的。威尔金森小姐差玛丽来告诉他说，她有点头疼，不起来了。直到下午吃茶的时候她才下楼来，这时她穿着件与她很相称的晨衣，脸色苍白，但吃了晚饭之后她就完全好了，这顿饭吃得很愉快。做完祷告，她说她得直接去睡了，吻了一下牧师太太，然后又朝菲利普转过身来。

"天啊！"她叫起来，"我差点儿也要亲你啦！"

"为什么不亲一下呢？"他问。

她笑着伸出手来。她很明显地紧握了握他的手。

第二天，天上连一丝云也看不见，雨后的花园里清新美丽。菲利普走到长凳那儿坐下晒晒太阳，然后回家吃了一顿丰盛的午餐。那天下午，他们在牧师家的院场举行了一次网球比赛，菲利普不由得注意到，威尔金森小姐的样子与身边的副牧师的妻子和医生的那个已经结了婚的女儿比起来显得多么高雅呀。她的裙带上别着两朵玫瑰花，她坐在草坪边的一把椅子上，头上打着把红色的阳伞，脸上的光线非常柔和。菲利普很喜欢网球，他发球发得很好，他笨拙地跑着，打球时离球网很近。尽管他有只跛脚，可是他跑动起来仍然很快，要赢他一个球还真不太容易。因为他一局也没有输，他非常高兴。吃茶时他在威尔金森小姐的脚边躺下来，热得呼哧直喘。

"你穿法兰绒的运动衣挺合适，"她说，"今天下午，你那样子挺棒的哩。"

他高兴得脸都红了。

"谢谢你的恭维，我也得说：你的样子实在太迷人了。"

她笑着，那双黑黑的眼睛目不转睛地凝视着他。

吃完晚饭，他拉她出去走走。

"你不是已经整整打了一天球吗？"

“今天晚上花园里一定会很美的。所有的星星都出来了。”

他兴致勃勃的。

“为了你，太太一直在训我，你知道吗？”威尔金森小姐说，这时他们正漫步穿过菜园，“她告诉我不许跟你调情。”

“你跟我调情了吗？我可没有注意到过。”

“她不过是开玩笑。”

“你太不好了，昨天晚上不肯吻我。”

“你也不看看，当我说到我要干什么的时候，你伯父脸上那副难看的样子！”

“就因为这个你才没有吻我吗？”

“我不愿意亲吻的时候有人看见。”

“现在这里没有人。”

菲利普伸出胳膊搂住她的腰，然后吻了一下她的嘴唇。她只是笑了笑，并没有要挣开他的意思。亲她这一步已经很自然地做到了。菲利普沾沾自喜起来。他说得到就做得到。这简直是世界上最容易的事情了。他真希望他以前就这样做过。他又去吻她。

“喂，不要这样。”她说。

“为什么？”

“因为我喜欢呀。”她笑了起来。

34

第二天吃完午饭，他们带着毯子、坐垫，还有书来到喷泉那儿，但是他们没有看书。威尔金森小姐自己舒服地坐下，又撑开她那把红色的遮阳伞。现在菲利普一点也不害怕了，可起初她不肯让他亲她。

“昨天晚上我那样太不应该了，”她说，“我都睡不着觉了，我觉得自己做得太不应该了。”

“这是什么话！”他喊了起来，“我敢说你一定睡得香极了。”

“你说，要是这事儿让你伯父知道了，他会说什么？”

“他怎么能知道哇？”

他靠在她的身上，心在扑扑地跳。

“你为什么要吻我呢？”

他知道他应该回答：“因为我爱你呀。”可是他偏没有这么说。

“你说呢？”他反而问道。

她用那双含笑的眼睛瞧着他，用手指尖轻轻地摸着他的脸。

“你的脸多光滑啊。”她轻声说。

“我非常需要刮脸。”他说。

可惊的是，他好不容易才憋出一句浪漫情话。他发现，默不作声对他倒更有利。这样他可以用眼睛来表达那些用语言难以表达的意思。威尔金森小姐叹了口气。

“你的确喜欢我吗？”

“嗯，喜欢得要死。”

当他再次要去吻她的时候，她没有抗拒。

他表里不一地装出一副多情的样子，在他眼里，自己成功地扮演了一个看起来很不错的角色。

“开始有点害怕你了。”威尔金森小姐说。

“你晚饭后出来吧，好吗？”他央求她。

“那你得答应放规矩点儿。”

“什么事我都答应。”

他激动得像心里点燃着一团火。喝茶的时候，他快活得一个劲儿地说个不停。威尔金森小姐忐忑不安地看着他。

“你不要那么两眼发光地看我，”后来威尔金森小姐对他说，“让你露易莎伯母看见了会怎么想？”

“她怎么想我可不在乎。”

威尔金森小姐快活地微笑着。他们一吃完了晚饭，他就对她说：

“我要出去抽支烟，你跟我一起去吗？”

“你怎么就不让威尔金森小姐歇一会儿？”牧师太太说，“别忘了她可没有你那么年轻。”

“噢，我也很想出去走走哩，太太。”她相当尖刻地说。

“午饭后走一会儿，晚饭后歇一会儿。”牧师说。

“你伯母真好，可就是有时候叫我心神不安的。”当他刚一关上边门，威尔金森小姐就这么说道。

菲利普扔掉了刚刚点燃的烟卷，一下子搂住了她。她拼命地推开他。

“你答应过要老老实实的呀，菲利普。”

“你想到我会准备遵守那样的诺言吗？”

“离房子这么近，菲利普，”她说，“要是有人突然出来可怎么办？”

他领着她来到菜园，那儿不可能来人，这时威尔金森小姐认为不会有人听得见了。他热烈地吻着她。他也说不上来这究竟是怎么一回事。他在早晨的时候一点儿也不喜欢她，这种感觉在下午稍好一些，可是他在晚上只要一摸着她的手就激动得直发抖。他口若悬河地说着，连他自己也没想到他竟有这样的口才。这些话他在大庭广众之下肯定说不出来，他惊诧和惬意地听着自己说的话。

“你表达爱情的方式可真美啊！”她说。

他自己也是这样看的。

“噢，但愿我能够把那些在我心中燃烧的感情都说出来。”他热情地悄声说。

多美妙啊。这是他玩过的游戏中最激动人心的。之所以妙，就妙在几乎他所说的一切他都感觉到了。只不过稍微有几分夸张罢了。他看得出他的话在她身上产生了影响，对此他感到饶有兴味而又激动万分。终于，她说要进屋去了，看得出来她这是在克制着自己。

“喂，再待会儿嘛。”他大声说。

“我得走了，”她低声说，“我害怕了。”

突然，他凭直觉感到了这时他应该怎么做。

“我现在还不打算回去。我再待会儿，想想事儿。我的脸直发烧。我需要夜晚的空气，晚安。”

他严肃地伸出手来，她默默地握了握。他想她在压抑着啜泣。啊，这太动人了！

等她走了以后，他为了不让她笑话自己，就又在黑黢黢的花园里心烦意乱地待了一会儿才回到房里，这时他发现威尔金森小姐已经去睡了。

经过这些事情，他俩之间的关系就完全不同于以前了。第二天和第三天，菲利普都表现得像个热烈的情人。看到威尔金森小姐已经爱上他了，这使他感到飘飘然了。她用英语对他说一阵，又用法语对他说一阵。她一个劲儿地恭维他。以前还从来没人对他说过他有一双迷人的眼睛，也没有人说过他有着一个性感的嘴唧。过去他从来没有留心过自己的相貌，而现在，只要有机会他就要满意地照照镜子。当他吻着她的时候，他尝到的那种感情简直太妙了，那种激情好像使他的心灵都颤抖了。他没完没了地吻她，他发现这样做要比絮絮叨叨地说些什么来得容易，而他本能地感到这些话正是她所期望听到的。而且还得对她说他多么崇拜她，这样会使他觉得自己是在犯傻。这会儿他希望能找到什么人，好向他吹嘘一下，好跟他推心置腹地议论一下他的所作所为。有的时候，她说的话让人摸不着头脑，他都被弄糊涂了。他多希望海沃德能在这儿啊，要是他在这儿的话，就能问问他，她说的是什么意思，就能问问他下一步该怎么做了。他是应该加紧进攻呢，还是从容不迫地一步步来，他还拿不定主意。但他只有三个星期多点儿的时间了。

“一想到我们只有三个星期了，我就受不了，”她说，“我的心都要碎了。而且以后也许我们再也见不着了。”

“假如你的确爱我，你对我就不会这么无情了。”他贴在她的耳边说。

“哎，我们继续保持这样的关系有什么不好？男的总是这样。他们从来不知足。”

当他步步紧逼地要她答应的时候，她说：

“可是你难道没看出来这不可能的吗，在这里怎么成呢？”

他又提出了各种各样的方案，可是对他所提出的一切办法她都不接受。

“我可不敢冒这个险。万一让你伯母发现就太可怕了。”

一两天之后，他又想出了一个似乎很不错的主意。

“你听我说，如果在星期天晚上你假装头疼，提出留下来看家，那样露易莎伯母就会去做礼拜了。”

在星期天晚上为了让玛丽·安去做礼拜，牧师太太通常总是留在家里的，但是她巴不得能有个机会去做晚祷哩。

菲利普对基督的看法在德国时发生了变化，但他认为没有必要把这些告诉他的亲戚，也不可能指望他们理解他。而安安静静地去做礼拜会少些麻烦。但他只是去做早祷。他认为他这样做是对社会偏见的一个合适的让步，而他拒绝第二次去教堂是对他的自由思想的令人满意的维护。

当他提出了这个建议的时候，威尔金森小姐好一会儿没有说话，然后她摇了摇头。

“不行，我不干。”她说。

但是星期天吃茶点的时候，她却叫菲利普大吃一惊。

“我想今天晚上不去做礼拜了。”她突然说，“我头疼得厉害。”

牧师太太十分关心，非要给她一些她自己吃惯了的“药丸”不可，威尔金森小姐婉言谢绝了，刚吃完了茶点她就说要回房里去睡了。

“你真的不需要什么吗？”太太焦急地问。

“什么都不需要，谢谢你。”

“因为，如果那样的话，我就想去做礼拜了。我晚上很少有机会去哩。”

“好的，你只管去吧。”

“我在家，”菲利普说，“如果威尔金森小姐需要什么，她随时可以叫我。”

“你最好敞着客厅的门，菲利普，这样，威尔金森小姐要是按铃叫你，你就听得见。”

“当然可以。”菲利普说。

这样，六点钟以后，家里只剩下菲利普和威尔金森小姐了。他因为心中的恐惧而感到懊悔了。他从心里希望自己没有提出过这个计划，可是现在太晚了，他必须抓住他造成的这个机会。如果他现在不干了，威尔金森小姐会怎么想！他走进前厅听了听，一点儿声音也没有。他不知道威尔金森小姐是不是真的头疼。也许她已经把他的那个建议忘了吧。他的心急剧地跳着。他蹑手蹑脚地走上楼来，尽量不发出一点声响，楼梯一发出吱嘎的响声他就吓得停下来。他站在威尔金森小姐房间的门外听了听，把手放在门的球形把手上，他停了下来。在他看来，他好像足足用了五分钟在竭力使自己下决心，他的手都发抖了。他希望门已经插上。但是，如果真的那样，他又担心自己会后悔的，而且他知道自己肯定会后悔的。这好比走上游泳池最高的跳板，从下面看并不觉得怎样，可是一旦你上去了，瞥一眼下面的水，你的心一下子就凉了，唯一迫使你跳下去的力量就是，你从你曾经爬上来的梯阶上又一次怯懦地走下去的羞耻。菲利普鼓足了勇气，轻轻地拧动门把，走了进去。他觉得自己像一片树叶似的直发抖。

威尔金森小姐正背对着门站在梳妆台前，她一听到门开了，就迅速地转过身来。

“噢，是你呀。你来干什么？”

这时她已经脱掉了裙子和罩衫，只穿着件衬裙。这衬裙很短，只能勉强遮住她的膝盖，衬裙的上半截是黑的，是用某种发光的布料做的，镶着一条红色的荷叶边儿。上身穿着件短袖的白洋布衬衣。她那样子看上去怪可笑的。

菲利普盯着她，这时他的心一下子凉了，她似乎还从来没有这么缺乏吸引力哩，但是现在已经太晚了。他关上了身后的门，然后又把它插上了。

35

第二天早晨，菲利普早早地就醒了。这一夜他睡得很不踏实，但当他伸了伸腿，看着从百叶窗射进来的阳光在地板上映出斑驳陆离的图案，他心满意足地舒了一口气。他对自己感到高兴。他开始想到威尔金森小姐。

她曾让他管她叫爱米丽，但是，他不知道为什么，他不能这样叫她，他总是想到她是威尔金森小姐。由于她责怪他称呼她威尔金森小姐，于是他就避免直呼她的名字。在他小的时候，他经常听他们提到露易莎伯母的一个姐姐，她是个海军军官的遗孀，他们称她为爱米丽婶婶。用这个名字来称呼威尔金森小姐他觉得挺别扭的，也想不出有什么名字更适合她了。既然一开始人们就称她为威尔金森小姐，这名字和他对她的印象似乎也就分不开了。他有些不称心地皱着眉头。不知道为什么，现在她在他眼里糟糕透了，他忘不了她转过身来时，他看到她穿着内衣和短裙时自己的那种沮丧心情。他想起了她稍微有些粗糙的皮肤，想起了她脖子旁边的那些长长的显眼的皱纹。他得到的只是昙花一现的好感。他又一次估算了一下她的年龄，他怎么也看不出来她会小于四十岁。她的岁数使这件事变得荒唐可笑。她长得不标致而且岁数又大。他敏捷的想象力使他看到了她是那样苍老、憔悴、做作，就她的地位而言她穿的衣服太花哨了，就她的实际年龄而言她打扮得也过分年轻了。他不由得感到一阵战栗，他突然感到自己说什么也不想再见到她了。一想到吻她，他就受不了，他对自己厌恶得直发抖，难道这也算是爱情吗？

为了推迟见到她的时刻，他尽可能磨磨蹭蹭地穿着衣服，当他终于走进饭厅的时候，他的心情沉重极了。做完了祷告，他们坐下来吃早饭。

“懒骨头。”威尔金森小姐快活地叫起来。

他看着她，如释重负地吐了口气。她背对着窗户坐着。

说真的，她相当漂亮，他弄不清刚才自己为什么对她会那么想。他又重新感到沾沾自喜了。

她的变化使他吃惊。早饭后，她立刻用一种颤抖的声音充满感情地告诉他：她爱他。过了一会，他们来到客厅上他的音乐课，这时她坐在琴凳上，把脸贴在琴盘的中间对他说。

“抱抱我呀。[①]”

---

①原文为法语。

他俯下身去，这时她猛地用胳膊搂住了他的脖子。她这样坐着搂他，使他感到有点儿不舒服，他感到要喘不过气来了。

“哦，我真快乐。真快乐。真快乐。[①]”她用她的法语腔放肆地尖叫着。

菲利普希望她最好说英语。

“我说，我真不明白你有没有想到，那个花匠随时都会打窗前经过的呀。”

“我不在乎，一点也不在乎。一百个不在乎。[②]”

菲利普认为她这话太像法国小说里的话了，他也不知道这话为什么使他感到有些愠怒。

他终于说：

“好啦，我想到海滩那儿去走走——洗个海水浴哩。”

“喂，你不是准备今天上午不离开我吗，整个上午都不离开我的吗？”

菲利普一点儿也看不出他为什么不能离开她，但这没有什么关系。

“你喜欢叫我待在这儿吗？”他笑着说。

“哦，你真可爱！不用啦，去吧。去吧。我要想一想你驾驭咸涩的海浪，在广阔的大海中洗你的四肢。”

他拿起帽子悠闲地去了。

但是，他愉快、幸福，还很洋洋自得。很明显，他把她迷得神魂颠倒了。当他沿着布莱克斯塔布尔的大街一瘸一拐地走着的时候，他以一种目空一切的目光打量着从身边走过的人们，他向许多他认识的人点头，当他对他们报以熟人般的一笑时，他心里暗自想，但愿他们知道了他的事儿！他非常希望有人知道这些事。他想应该给海沃德写封信，他在脑子里构思着这封信。他要跟他谈谈花园和玫瑰，那个小个子的法国家庭女教师，她就像是花丛中一朵有着异国情调的花朵，芬芳扑鼻而又与众不同。他要说她是个法国人，因为——是啊，她在法国生活了那么

①原文为法语。

②原文为法语。

长时间，几乎就是个法国人，而且你也知道，把全部事情过于确切地和盘托出，也会太有失身份。他要告诉海沃德他第一次是怎么看见她的。当时，她穿着漂亮的薄细布衣裳，还有那朵给他的鲜花。他把这封信写成了一首优美的田园诗：阳光和大海赋予它热情与魅力，繁星增添了它的诗情和画意，古老的教区牧师住宅的花园，环境优美宜人。有些是梅瑞狄斯笔下所描述过的：它的男女主人公既不是露茜·菲弗拉尔①，也不是克拉拉·米德尔顿②，但是，它有着无以名状的迷人之处。菲利普的心剧烈地跳着。他对自己的幻想感到那么喜悦，他用自由式游回来，还滴着水，浑身冷冰冰的，钻进海滨浴场的更衣车，这时他马上又开始想起这些事来了。他想着自己所爱的对象。她长着可爱至极的小鼻子和一双褐色的大眼睛——他要把她向海沃德形容一番——她有着浓密柔软的褐色头发，把你的脸埋在这样的头发里真是妙不可言；她的皮肤就像象牙和阳光一般；她的面颊就像一朵红红的玫瑰。她的芳龄多大？也许是十八岁吧，他管她叫"小风笛"。她的笑声宛如汩汩的小溪。她说起话来声音是那么柔和，那么轻缓，这是他所听到过的最最甜美悦耳的音乐。

"你在想什么呢？"

菲利普蓦地站住了。这时他正慢吞吞地往家走。

"你离我还有几百米我就朝你招手来着，你却胡思乱想，没看见。"

威尔金森小姐站在他的面前，笑他那副吃惊的样子。

"我想我应该来迎迎你。"

"你可太好了。"他说。

"我吓着你了吗？"

"有点。"他承认了。

他果然给海沃德写了信。这封信足足写了八页纸。

剩下的那两星期过得飞快，虽然每天晚上当他们在晚饭后来到花

---

①露茜·菲弗拉尔（Lucy Feverel），梅瑞狄斯《理查·弗浮莱尔的苦难》中的女主人公。

②克拉拉·米德尔顿（Clara Middleton），梅瑞狄斯《利己主义者》中的女主人公。

园的时候，威尔金森小姐总要说："又是一天过去了。"可是菲利普却非常快乐，根本不让这种想法来困扰他。一天夜晚，威尔金森小姐提到了，如果能把她的工作从柏林换到伦敦来，那该有多好呀。这样的话他们就能经常见面了。菲利普也说，这样真是再好不过了，可是这个前景并没有唤起他的热情，他正盼望着在伦敦过一种美妙的生活，而且他不愿意有她这么个累赘。他有点非常随便地说起了他打算做什么，好让威尔金森小姐明白他已经渴望离开这儿了。

"要是你爱我就不会这么说了。"她哭了。

他吃了一惊，沉默着没有说话。

"我过去多傻呀。"她啜泣着说。

看到她在哭，他愣住了，他有一副软心肠，见不得人家伤心落泪。

"哦，真太对不起了。我都做了些什么呀？别哭啦。"

"噢，菲利普，不要离开我。你不知道，你对我意味着什么啊。我的生活有多么不幸。是你使得我这样幸福的。"

他默默地吻着她。从她的声音里可以听得出来她真的非常痛苦，他吓坏了。他还从来没有想到过她说的话是非常认真的哩。

"真的太对不起了。你知道我是非常非常喜欢你的。我希望你能到伦敦来。"

"你知道我来不了。在那儿几乎不可能找到工作，并且我也不喜欢英国生活。"

菲利普被她的悲伤感动了，几乎没有意识到他在扮演一个角色，把她搂得越来越紧了。看她泪眼汪汪的样子使他隐隐约约地得意起来，他更加热情地吻着她。但是一两天之后，她可真的大闹了一场。在教区牧师家举行了一场网球赛，当时来了两位姑娘，她们是印度军团的一位退休少校的女儿。这位少校是最近才刚刚来到布莱克斯塔布尔定居的。这两个姑娘都长得很漂亮，一个和菲利普岁数一般大，另一个要小一两岁。由于她们和年轻男子厮混惯了（她们在印度的山中避暑地的传奇轶事数不胜数，那时候，这类故事在鲁迪亚德·吉卜林[1]的笔下被描绘得淋漓尽致）。她们一见面就快乐地跟菲利普嬉笑逗闹起来，他喜欢新奇的事情——布莱克斯塔布尔的年轻小姐们总是以某种严肃的态度对待牧师的侄子。现在他玩得又开心又高兴。他像有什么“魔鬼”附了体似的和她们俩肆无忌惮地调情，由于他是那儿唯一的年轻男子，所以她们俩也都相当乐意去迎合他。事也碰巧，她们俩的网球都打得很不错，而菲利普又不愿意和威尔金森小姐打（她是来到布莱克斯塔布尔以后才学会打网球的），这样，在吃了茶点之后安排球局的时候，他建议威尔金森小姐去和助理牧师的妻子较量，让她和副牧师做搭档，他要在他们打完了之后再和两位新来的人打。他在岁数大一些的奥康纳小姐身边坐下来，并压低了嗓子对她说：

“先让那几个不中用的家伙折腾累了，然后我们再痛痛快快地打它一局。”

显然，这话被威尔金森小姐偷听到了，她啪地扔掉了球拍，说她有些头痛，就走开了。明摆着她这是生气了。菲利普对她竟这样在众目睽睽之下翻脸耍性子感到难堪。这一局没有安排她，但不一会牧师太太就招呼他。

“菲利普，你伤了爱米丽的感情。她回到房里去了，正在哭哩。”

“为什么呀？”

“哎，为了什么笨蛋打一局的事呗。还不去看看，跟她说你这不是故意的，好孩子，去吧。”

“好的。”

他敲了敲威尔金森小姐房间的门，但没等屋里回答他就推门走了进去。他发现她正趴在床上伤心地哭哩，他捅了捅她的肩膀：

“我说，你到底是怎么啦？”

“别理我。我再也不愿意跟你说话了。”

“我哪儿做错了？如果是我伤了你的心，真太对不起了。我不是有

---

①鲁迪亚德·吉卜林（Rudyard Kipling，1865–1936），英国作家，1907年诺贝尔文学奖获得者。

意的。喂，起来吧。”

“啊，我多么不幸呀。你怎么能这样狠心地对待我？我讨厌这种愚蠢的游戏，这你是知道的。我只是想和你一起打才玩的。”

她爬了起来，朝梳妆台走过去，但是她冲镜子里很快地瞅了一眼，就一屁股坐在椅子上。她把手绢揉成团轻轻地擦着眼睛。

“我已经把一个女人所能给予男人的最宝贵的东西都给了你，唉，我真傻！而你却一点也不感激。你真是太无情无义了。你这么残忍，竟和那些野娘们儿调情来折磨我。咱们才好了一星期啊。你怎么能就这样对待我？”

菲利普满脸不高兴地看着她。他认为她的举动是耍孩子气。她当着生人发脾气，这使他大为恼火。

“可你知道我对奥康纳姐妹俩都一点儿也没有放在心上呀，你究竟为什么要认为我在跟她们调情呢？”

威尔金森小姐把手绢扔在一边儿，泪水在她擦了粉的脸上留下了一道道泪痕，她的头发也有些蓬乱。这会儿她穿在身上的白色的衣服也不顺眼了。她那双哀求而又充满感情的眼睛在望着菲利普。

“因为你二十岁，她也是二十岁，”她嘶哑地说，“而我的岁数大。”

菲利普的脸一下子红了，眼睛看着别处，她那声音中的痛苦使他感到一种奇怪的不舒服的感觉。他多么希望他和威尔金森小姐从来就没有过什么关系。

“我可没想惹你难过呀，”他局促不安地说，“还是下楼去看你的那些朋友吧。他们该猜想你是上哪儿去了。”

“好吧。”

他很高兴能离开她。

他们很快就言归于好了，但是菲利普一连几天仍旧觉得别扭。除了谈谈未来他什么也不愿意谈，但是只要谈到未来，威尔金森小姐就必哭无疑。开始时她的眼泪还能打动他，他也觉得自己太冷酷了，就一再向她表示自己的永恒的情感，但是这会儿，他被她不断的哭哭啼啼激恼了：如果她是个小女孩子，这样还说得过去，但是一个老大不小了的女人总是这样哭个不停，可真是太无聊了。她没完没了地提醒他：他欠着她的恩情，而且这个恩情是他根本无法偿还的。从她第一次这么说，菲利普就满心欢喜承认这一点了，但是他真的不明白，为什么他要对她感激涕零，而她却不欠他的情。她期望他以一种相当令他厌烦的方式来表现他的感恩之情。独往独来的生活他早就已经习以为常了，有时这对他是十分必要的，可是威尔金森小姐认为要是他不总跟在她屁股后面殷勤着就是冷淡她了。两位奥康纳小姐请他们俩一起去喝茶，菲利普倒是愿意去，可威尔金森小姐却说她只有五天的时间了，她要他在这几天完全陪着她一个人。这倒是讨人喜欢，可是却叫他腻烦。威尔金森小姐给他讲了不少法国男人谦恭和顺、温文尔雅的风流韵事，他们和那些名媛淑女的关系就跟他和威尔金森小姐之间的关系一模一样。她称赞他们的谦恭有礼，欣赏他们勇于自我牺牲的情感，以及他们无懈可击的机智。威尔金森小姐要求得到的似乎很多。

菲利普听着她如数家珍地讲着作为一个堪称楷模的情人所必须具备的品质，他心中不禁暗自庆幸她住在柏林。

“你会给我写信的，是吧？每天都给我写信。你做的每一件事我都想知道。你对我不该有任何隐瞒。”

“我将会非常非常忙的，”他回答说，“我尽量经常给你写信就是了。”

她猛地用胳膊忘情地搂住了他的脖子。有时，他被她的那种感情的表达弄得窘迫不堪。他倒宁愿她能更被动一些。但她竟如此明显地采取主动。她的举动跟他以前所想的女性端庄羞怯的性情相去甚远，遂使菲利普小小地吃了一惊。

这一天，威尔金森小姐启程的日子终于到了，她下楼来吃早饭，脸色苍白，带着一副郁悒的神色，身穿一套黑白方格的旅行便装。看上去她是一位十分称职的家庭女教师。菲利普也没有说话，他真不知道在这种情况下该说些什么好。他胆战心惊，生怕说出什么失礼的话，那样威尔金森小姐就会当着他伯父的面发作起来，而闹出一场风波。昨天晚上，他们在花园里已经相互最后一次说了再会，菲利普感到松了口气，因为现在他们没有单独在一起的机会了。早饭后，他留在餐厅里，怕的是万一威尔金森小姐非要在楼梯那儿亲他，让玛丽·安抓住。他不愿意做出这种有失体面的事。玛丽·安已近中年，是个说话刻薄的长舌妇。玛丽·安不喜欢威尔金森小姐，管她叫“老猫”。今天露易莎伯母身体不大舒服，不能去车站，就由牧师和菲利普去送行。火车正要开动的时候，她从车厢里探身出来吻了吻牧师先生。

“我也该吻吻你呀，菲利普。”她说。

“可以。”他红着脸说。

他站到台阶上，她很快地吻了他一下。火车开动了，威尔金森小姐坐进车厢的角落里，郁郁不乐地流着眼泪。

菲利普回到牧师家，明显地感到如释重负。

“喂，你们把她平安送走了吗？”他们进屋时露易莎伯母问道。

“送走了，她好像哭得很厉害哩。她非要吻我和菲利普不可。”

“噢，哎，她这个年纪这算不上什么了。”牧师太太指着餐具柜说，“菲利普，那里有你一封信。是随着第二班邮件送来的。”

这信是海沃德寄来的信，内容如下：

亲爱的伙计：

我马上就给你回信啦。对不起，我把你的来信给我的一位挚友念了，她是个迷人的女人，对我来说，她的帮助与同情是那样珍贵，而且，她还是一位对文学和艺术有着真正鉴赏力的女人，我们一致认为你的信写得很动人。它发自你的心灵。你不知道吧，在你的信中字里行间都洋溢着快乐的天真烂漫。因为你像诗人那样把心中的爱情倾诉出来。啊，亲爱的伙计，说真的，我感觉到了你那年轻人的情感的闪光，你的美妙的文字是由衷地发自你灼热的激情的乐曲。你一定非常幸福吧！你们像达芙妮和克洛埃[①]手挽着手漫步在花丛叶影之中，我多么希望这时我能够偷偷地躲在那令人陶醉的花园里看到你，我

①达芙妮（Daphnis）是希腊神话中化作月桂树的女神，克洛埃（Chloe）是他的情夫。

的克洛埃，青春的爱情在你的眼睛中闪耀，那么温柔、迷醉、炽热；你怀中的达芙妮，她是那样年轻、娇媚、鲜艳，她在对你发誓她绝不答应——但是答应了。玫瑰花、紫罗兰、忍冬，花团锦簇。啊，我的朋友，我多羡慕你啊。想到你的初恋竟像诗那样纯真，这太好了。珍惜这宝贵的时候吧，不朽的神灵馈赠了你最最宝贵的礼物，待到你们青春年华逝去，它将成为你们甜蜜而又悲婉的回忆。你将再也享受不到那无忧无虑的狂喜了。初恋是最美好的恋情，你风华正茂，她妩媚妖娆，整个的世界都是你们的。当你带着那令人敬佩的坦率告诉我，你把你的面庞埋在她那长长的秀发之中的时候，我的脉搏跳得更快了。我相信，她的头发一定是高雅美丽的栗色，仿佛是刚刚染上金黄灿烂的光辉。我愿你们肩并肩地坐在那浓郁的绿叶下，一起读《罗密欧与朱丽叶》。我愿你能跪下来，替我吻一吻她新踩下的脚印，然后告诉她，这是一位诗人对她那光彩夺目的青春和你们的爱情的致敬。

你永远的朋友

G·埃思里奇·海沃德

“真他妈的扯淡！”菲利普看完了信说。

真够奇怪的，威尔金森小姐曾建议过他们应该在一块儿读一读《罗密欧与朱丽叶》，可是菲利普坚决地拒绝了。然后，他把信揣在口袋里。这时他感到了一阵奇怪的失望的痛苦，因为现实与理想看来是如此迥然不同。

36

几天之后菲利普动身来到了伦敦，副牧师给他介绍了几间在巴恩斯的房间，菲利普事先去信以每周十四先令的租金订下了这些房间。晚上他到了那里，女房东是个风趣的小老太太，干瘪的身体，脸上布满了深深的皱纹。她已经为菲利普准备了午茶。一个餐具柜和一张方桌就把起居室挤得满满的了，一张沙发靠在墙边，沙发上盖着马鬃布，在壁炉旁摆着一把扶手椅同那张沙发相配，扶手椅的靠背上罩着白色的椅套，因为椅面的弹簧已经断了，上面放着一个硬邦邦的椅垫。

吃完茶点，他打开了他的那几捆书，把书摆好，然后坐下来打算读一会儿书，但是他感到很抑郁。街道上万籁俱寂，使他觉得有些不舒服，他感到自己是那么寂寞孤独。

第二天他起得很早。他穿上燕尾服，戴上那顶上中学时戴的礼帽。可是礼帽太寒酸了，他决心在去事务所的路上，在商店那儿停一下，买一顶新的。买完了帽子，他发现自己的时间还很充裕，于是就沿着滨河大街慢慢走着。赫伯特·卡特公司的事务所坐落在离大法官厅街不远的一条小街上，他不得不问了两三次路。他觉得人们都盯着他看个不停。有一次他还把帽子摘下来看看是不是有个商标留在上面没取下来。到了那里，敲了敲门，可是没人答应。他看了看手表，发现这会儿刚刚九点半，他估摸自己来得太早了。他走开了，十分钟后他回来时发现一个勤杂员在开门。他长着长鼻子，脸上满是粉刺，一口苏格兰口音。菲利普告诉他说找赫伯特·卡特先生，对方回说他还没有来。

“他什么时候在这儿？”

“十点到十点半吧。”

“我等等他吧。”菲利普说。

“你有什么事吗？”那个勤杂员问道。

菲利普有点儿紧张，但他装出一副开玩笑的样子竭力掩饰自己的紧张。

“喏，如果您不反对的话，我打算在这儿工作。”

“噢，你就是新来的学徒办事员吧？你进来吧。古德沃西先生一会儿就到。”

菲利普走进去，当他走进屋子的时候他看到那个勤杂员在看他的脚，他的年纪和菲利普差不多，自称是个小办事员。他的脸一下子红了，他坐下来，把那只脚藏在另一只脚的后面。他四下打量了一下这房间。房间里昏暗而且非常脏乱。屋里的光亮是从一个天窗透进来的。屋里摆着三排办公桌，桌子旁边放着高脚凳。在壁炉架的上方挂着一幅肮脏的职业拳击赛的版画。不一会儿一个办事员走了进来，接着又进来一个，他们瞟了菲利普一眼，然后压低了嗓子问那个勤杂员他是什么人（菲利普这才知道那勤杂员的名字叫麦克多加尔）。随着一声口哨，麦克多加尔站了起来。

“古德沃西先生来啦。他是主任办事员。我去告诉他你来了好吗？”

“好的，请吧。”菲利普说。

勤杂员出去了，一眨眼的工夫他就又回来了。

“跟我来好吗？”

菲利普跟着他穿过走廊，在他的指点下走进了一间狭小而且又几乎没什么家具的房间，房间里一个瘦小的男人正背对壁炉站着。他的身材比中等个头矮得多，可是他那硕大的脑袋松松垮垮地长在身子上，使他显得古怪而不雅观。他的体形宽而扁，长着一对突出的灰蒙蒙的眼睛，稀稀拉拉的头发是沙褐色的。他蓄着络腮胡，乱七八糟长得满脸都是，而那些你认为头发该长得密一些的地方却连一根头发也没有。他的肤色青而蜡黄。他向菲利普伸出手来，笑的时候露出难看的龋齿。他说起话来带着一副保护人的神气，同时有一种腼腆劲儿，好像是他想要装出一副大人物的样子，而自己又没感觉到似的。他说他希望菲利普能喜欢这个工作。虽然这里做的是大量的枯燥的工作，可是一旦习惯了，这工作还是挺有意思的，而且这个工作能赚钱，难道这不是个首要的问题吗？他带着一种优越感和羞涩掺合在一起的奇怪神情笑了起来。

“卡特先生这就到。”他说，“每逢星期一早晨他有时要晚来一会儿。他来了我会叫你的。现在我得找些事情给你干。你懂点儿簿记或会计知识吗？”

“恐怕不懂。”菲利普说。

“我料你也不懂。那些做生意非常有用的东西，恐怕他们没有教给你吧？”他考虑了片刻说，“我想我能给你找一点事做做。”

他进了隔壁的房间，过了一会儿拿着一只大卡片盒走了出来。盒子里乱七八糟地盛满了信件，他让菲利普把这些信分拣出来，然后再照寄信人姓名的字母顺序把这些信排好。

“我带你到那间屋里去，学徒办事员常在那里办公。那儿有个非常好的伙伴，他叫沃森，是沃森·克拉格·汤普森公司老板沃森的儿子，你知道，他是酿酒商。他在我们这儿学一年的业务。”

古德沃西先生领着菲利普穿过那间肮脏、昏暗的办公室——在那儿有六个或八个办事员正在工作着——走进里面一间狭窄的房间。这是一间玻璃隔板隔成的套间，在这儿，他们看到沃森向后仰着坐在一把椅子上在看《运动员》杂志。他是个大块头的青年人，穿着很讲究。古德沃西先生进去时，他抬头看了一眼。为了表示他的身份，他管主任办事员叫古德沃西。主任办事员对他这样随便地直呼其名很是反感，便直率地称他沃森先生，但是沃森却把这个头衔当做是对他绅士派头的恭维而接受下来，而看不出来这是一种指责。

“我看他们已经让里戈莱托退出比赛了。”屋子里一剩下他们俩，他就对菲利普说。

“是吗？”菲利普说，他对赛马一窍不通。

他怀着敬畏的心情看着沃森那身漂亮的衣服。他穿的燕尾服真是再合身不过了，宽大的领带中间很有艺术性地别着一根贵重的领针。壁炉上放着他的礼帽，那帽子是圆顶的，既时髦又精神。菲利普觉得自己这副样子太寒酸了。沃森又开始谈起打猎和猎场来了——一个人不得不把时间浪费在该死的办公室里，真是件痛苦的事。他只能在星期六去打猎。他收到全郡绝妙的请柬，可是，他不得不缺席，真是倒霉透了。但是他不想长此忍受下去，他只在这倒霉的鬼地方待一年，然后他打算去做生意，到那时他可以一个星期打四天猎，而且要走遍这里所有的猎场。

“你签了五年的约吗？”他朝这间小屋四周挥动着胳膊。

“我想是的。”菲利普说。

“我想，我将看到你有点成就。你知道，卡特先生负责咱们的账目。”

菲利普被这位年轻绅士的那副屈尊的派头征服了。在布莱克斯塔布尔，人们总是以有礼貌的态度轻视酿酒业，牧师就常拿酿酒商当笑料。

菲利普发现沃森竟是这样一个重要的地位显赫的伙伴，这可真是个了不起的经验。他曾上过温彻斯特公学和牛津大学，他的言谈话语之中常常提到这一点。当他得知菲利普受过的教育详情后，他的态度就变得越发盛气凌人了。

“当然啰，一个人要是没上过公学真是一件美中不足的事，对吗？”

菲利普问起了办公室里其他的人。

“噢，我根本不操心他们，就这样。”沃森说，“卡特这个人倒还不坏，我们时常请他吃饭。其余的都是些极粗野的人。”

这时沃森开始干起他手头的工作，菲利普也着手分起信函来了。过了一会儿，古德沃西先生进来说卡特先生已经到了。他把菲利普带到隔壁的一间大屋子里。屋子里有一张大办公桌，一对大扶手椅，地板上铺着一块土耳其地毯，墙壁上装饰着体育图片。卡特先生坐在办公桌前，他起身和菲利普握了握手。他穿着一件长礼服外衣，看上去像是个军人；他的唇髭涂蜡，灰色的头发短而整洁，他正襟危坐，腰板笔直，说起话来柔声细语的。他住在恩菲尔德。他极好打猎，关心本郡的福利。他是哈福德郡义勇骑兵队的一名军官，还是保守党协会主席。当他听说有个地方上的权贵人物曾经说过，没人会把他当成一个商业家时，就觉得自己没有虚度此生。他以一种轻松愉快而又随便的方式和菲利普聊起来：古德沃西先生会照顾他的，沃森这个小伙子很不错，一个地地道道的绅士，还是个挺好的运动员哩——他还问菲利普，你打猎吗？真遗憾，这是绅士们干的运动。现在他可没有工夫打猎喽，不得不让给他的儿子啦，他的儿子在剑桥上学，他曾送儿子去过拉格比，拉格比是所顶呱呱的好学校，在那儿学生们受到良好的教育，两年的工夫他的儿子就签约当学徒了，当学徒对菲利普是件好事，他会喜欢他的儿子的，他儿子是个十足的运动员，他希望菲利普能过得满意并且喜欢这项工作，千万不可错过听讲座，他们正在提高这个职业的质量，他们希望有教养的人来从事这种职业。好啦，好啦，古德沃西先生在那儿，如果菲利普想了解什么，古德沃西先生会告诉他的。最后又问了问他，你的字写得怎么样？噢，好的，古德沃西先生会注意到的。

菲利普被他的那种洋洋洒洒的绅士派头弄得目瞪口呆：在东英格兰，人们知道谁是绅士，谁不是绅士，但是那些绅士都是绝口不谈这些事的。

37

这种工作开始时挺新奇，菲利普还挺感兴趣。卡特向他口授信件，他还必须制作出工整漂亮的账目结算单。

卡特先生比较喜欢以绅士的方式来主持事务所的工作，他既用不着打字也不赞成速记。那个勤杂员懂得速记，但是只有古德沃西先生对他的技能加以利用。菲利普不时跟一个比较有经验的办事员出去审核某些商号的账目；他逐渐知道了哪些顾客必须待之以礼，又有哪些顾客手头拮据。不时有些长长的数字表格让他合计。他为了应付第一次考试而去听讲座。古德沃西先生反复对他说，这个工作一开始很无聊，但是他慢慢地会习惯的。菲利普每天在六点钟离开办公室，步行过河到滑铁卢去。回到他寄宿的住所时，晚饭已经准备好了，饭后他整晚上都看书。每星期六下午，他就到国家美术馆去。海沃德给他推荐过一本从拉斯金的著作中摘编的指南，他手里捧着这本书孜孜不倦地徘徊在一间又一间的展室里：他逐字逐句读着那本书上提到过的关于某幅画的评论，然后坚决地让自己从这幅画中领略出同样的东西来。每个星期日都很不容易打发过去。他在伦敦举目无亲，谁也不认识，只得孑然一身度过假日。尼克松先生是个律师，他请菲利普到汉普斯特德过了一个星期日，在那里菲利普和一伙朝气蓬勃的陌生人一起度过了愉快的一天。他吃得酒足饭饱，还在石楠丛生的荒地上散步。临走的时候，他们还随便地邀请他在愿意的时候随时来玩，可是他病态地害怕妨碍别人，所以他等待着正式邀请。不消说，这个正式邀请绝不会来的，因为尼克松有那么多朋友，他们根本没有想到这个孤独沉默的孩子，其实这个孩子对他们的要求是如此之少。这样，每到星期日他都起床很晚，然后沿着河边的纤路散步。在巴恩斯，河水是那么浑浊而肮脏，而且定时涨落。它既没有水闸上游泰晤士河的那种优美迷人的景致，也没有伦敦桥下湍流激水的浪漫气氛。星期日的下午，他在公共草场上闲逛，这里也是那么阴沉而肮脏，这里不是乡村也不是城市，那些金雀花长得又矮又小，到处都是文明的垃圾。他每个星期六的晚上都去看戏，在剧场的顶层楼座席的门口愉快地站上一个小时或更长一点时间。在博物馆闭馆之后，在去一家普通咖啡馆吃饭之前，有一段空闲时间，这段时间不值得再回到巴恩斯去，但他又百无聊赖无法排遣。他在邦德大街或是伯灵顿拱道闲蹓跶，走得累了，他就到公园里坐下歇歇。如果遇到下雨天，就到圣马丁大街的公共图书馆里去坐坐。他看着身边过往的行人，心里十分羡慕他们，因为他们都有朋友。时而他的羡慕变成了憎恨，因为他们是幸福的，而他却是这么不幸。过去他从来没有想到在一座大都市竟会这样孤独。当他站在顶层楼座席门口看戏的时候，他身边的人总想凑过来和他攀谈一番；可是菲利普有着乡下孩子对生人的那种疑心，他回答起来的那种方式拒人于千里之外。剧一散场，他不得不把对那节目的全部意见都闷在心里，急匆匆过桥回滑铁卢去了。他回到了自己的房间，那里为了省钱而没有生火，他的心情一下子变得沮丧了。多么可怕的凄凉啊。他开始讨厌他住的这个地方，讨厌他度过的那些漫长而寂寞的夜晚。有时他感到孤独得连书也读不下去了，他就坐在那里，在辛酸和凄苦中一个钟头又一个钟头地望着炉火。

这时他在伦敦已经过了三个月了，除了那个在汉普斯特德度过的星期日，除了事务所的那些同事，他没跟任何人说过话。一天晚上，沃森拉他去一家餐馆吃饭，然后他们又一块儿去音乐厅，可是他却感到羞怯和不自在。所有的时间里都是沃森一个人在说话，而这些是菲利普所不关心的，一方面他把沃森看作是一个缺乏教养、趣味庸俗的人，另一方面，却又不由自主地钦佩着他。他很气愤，因为沃森明目张胆瞧不起他的修养。由于他对自己的估计是依赖于别人怎样看待他的，在这以前他一直认为他的才学并非无足轻重，而现在他开始藐视自己的才学了。他第一次感到贫穷所带来的屈辱。他伯父每个月给他寄来十四镑。他不得不买相当多的衣服。一套晚礼服就花去了他五个畿尼[①]，他没敢告诉沃森这衣服是在河滨大街买的。沃森说在伦敦只有一家像样儿的裁缝。

“我想你不跳舞吧。”一天，沃森瞥了一眼菲利普的跛脚说道。

“不跳。”菲利普说。

“真遗憾。人家请我带几个男舞伴去参加一个舞会。要不然的话我就可以把你介绍给那些好极了的姑娘们了。”

有一两次，菲利普实在不愿意回到巴恩斯去，就盘桓在城里，已经很晚了他还在西区[②]游来荡去。走着走着他发现一些房子里正举行舞会。他挤在门房跟班身后的一小群衣衫褴褛的人中间，看着宾客们纷至沓来，悦耳的乐曲从窗户里飘扬出来。尽管天气很冷，有时还有成双成对的男女出现在阳台上，稍站片刻呼吸新鲜空气。菲利普想象着他们正在热恋着，他怀着沉重的心情转身一跛一拐地沿着街道离去了。阳台上的那个男人的地位是他怎么也不能得到的。他觉得没有什么女人能认真地对他正眼相看而不讨厌他的畸形。

这又使他想起了威尔金森小姐。他一想到她心里就不痛快。分手时他们约定，在她得到他的地址前她把信寄到查林·克罗斯邮局留交，他去那里时发现了三封她的来信。她的信用紫色墨水写在蓝色信笺上，用的是法文，菲利普琢磨不透，她为什么不能像个通情达理的女人那样用英语写信。她十分热烈的语言使他想起了法国小说，这一切使他感到并不舒服。她责备他没有回信，他回信辩解说，之前他一直忙得不可开交。这样的信他简直不知道该怎样开头。他实在不能用“最最亲爱的”或者“我亲爱的”这种字眼，而且他不愿意用“爱米丽”来称呼她，最后他用了“亲爱的”这个词作为信的开头。这个词看上去那么可笑，孤零零地写在那儿，而且有点傻气，但是他还是用了它。这封信是他的第一封情书，他自知这信写得无精打采。他知道他应该说出种种热烈的话，说他每时每刻都在想念她，渴望吻她那美丽的小手，一想到她鲜红

①从前英国金币名，当时1畿尼等于21先令。

②伦教西区，富翁住宅区，也是高级商店所在地。

的嘴唇他的心就颤抖……可是某种难言的羞怯使他没有这么写，倒是跟她谈了他的新房间和事务所。她的回信马上来了，又是愤怒，又是伤心，又是谴责：他怎么能如此冷漠？难道他不知道她一直是望眼欲穿盼他的信吗？她已经把一个女人所能给予的一切都给他了，难道她所得到的报答只是这个？他对她是不是已经厌倦？然后，因为他一连几天没有回信，威尔金森小姐又连珠炮似的写来了许多信。她受不了这样的无情无义，她盼望邮差到来，但是他根本没有给她来信，她一夜又一夜哭泣着进入梦乡，她满面愁容的样子所有的人都能看出。要是他不爱她，为什么他不直说呢？她又说，没有他她就活不下去，唯一的办法就是自杀了。她说他冷酷、自私，忘恩负义。她的信都是用法文写的，菲利普知道她用法文写信是为了炫耀自己，尽管这样，他还是感到苦恼，他并不想使她不愉快。没过多久她又来信说，她再也忍受不了这种离别的痛苦了，她准备到伦敦来过圣诞节。菲利普回信说，他很高兴她能来，只是他已经和朋友们约好了去乡下过圣诞节，而且他找不到什么借口不履行诺言。她回信说她并不愿强人所难，明摆着他不想见她，她受到很深的伤害，她绝没想到他竟会如此以怨报德。她的信是感人的，而且菲利普相信他在信纸上看到了她的泪痕。他一时冲动写了封回信说他万分抱歉，恳求她到伦敦来，但是令他感到宽慰的是收到她的回信，信中说她发现自己根本离不开。现在只要她的信一来，他心情就特别沉重：他迟迟不愿把信拆开，因为他知道信中都会写些什么，无非是愤怒的责难和悲哀的哭诉罢了。这些信要使他感到他是个可恶的人，但是他看不出自己有什么可以谴责的。要是他一天天地拖着不回信，她就会再来信说她病了，孤独，不幸。

“我的天哪，我要是从来没有和她发生过什么关系该多好啊！”他说。

他佩服沃森，因为他处理这种事情是那么易如反掌。这位年轻人过去曾和一个巡回剧团的女演员私通，他对这件事的叙述使菲利普感到又新奇又羡慕。可是过了不久，沃森另觅新欢了，一天他给菲利普讲他们是怎么断绝关系的。

“我认为在这种事上，任何拖泥带水的办法都没什么好处，所以，我只对她说我对她已经厌倦了。”他说。

“她大吵大闹了吗？”菲利普问。

“这是司空见惯的事儿，你知道，可是我跟她说，跟我玩这套不顶用。”

“她哭了吗？”

“开始她哭了，可是我受不了女人哭哭啼啼，于是我告诉她最好走开。”

随着年龄的增长，菲利普的幽默感也愈加强烈了。

“她走开了吗？”他笑着问道。

“哼，不走她还有什么办法？”

这时圣诞节即将来临。十一月整整一个月牧师太太一直病着，而且医生建议她和牧师在圣诞节前后应该去康沃尔住两星期，以便使她恢复一下。这样一来菲利普就没地方可去了，只得在他寄宿的地方过圣诞节。在海沃德的影响下，他告诫自己随着这个季节而来的庆祝活动是庸俗的和原始的。他打定主意对这个节日不予理睬，但是等节日到来了，周围的快乐气氛又奇怪地感染了他。女房东和她的丈夫同他们已婚的女儿一起过节，为了不给他们添麻烦，菲利普宣布他要在外面吃饭。快到中午的时候，他来到伦敦城，在加蒂饭馆吃了一份火鸡肉和一些圣诞节布丁。在这之后，他因为没事儿可做，就去威斯敏斯特大教堂做下午的礼拜。街上几乎是空荡荡的，走过的行人一个个都是心事重重的样子，他们没有闲逛的，而是为了某些非办不可的事而匆匆走过。在街上很难看到有什么单独的人。对菲利普来说人们好像都很幸福。他感到自己从来没有像今天这样孤单过。他原打算那天在街上随便消磨时光，然后再到一家饭馆吃顿饭，可是他看不下去人们欢天喜地地说呀，笑呀，寻欢作乐，因此他又回到了滑铁卢。路上经过威斯敏斯特桥街，他买了些火腿和两块碎肉馅饼，然后回到了巴恩斯。在他那形影相吊的狭小的房间里吃着买来的食物，一本书伴着他度过了那个夜晚。他沮丧得简直难以忍受。

节后他回到事务所，听沃森讲述了他那短短的假期生活，他的话使菲利普感到钻心的疼痛。有几个愉快的姑娘和他们在一起，饭后他们把客厅的桌椅搬开，跳了一阵舞。

“直到晚上三点我才去睡觉，当时我都不知道是怎么上床的，是乔治搀着我的，我都醉了。”

菲利普终于憋不住了，他绝望地问道：

“在伦敦怎样能结识人呢？”

沃森吃惊而又幸灾乐祸地望着他。

“这个嘛，我也说不清楚，就那么认识呗。如果你去跳舞，你很快就能认识很多很多的人，要多少有多少。”

菲利普恨沃森，可他要是能跟他调换位置，要他怎样都行。过去他在学校里曾有过的感情又重新回到了他的心上，他竭力想要把自己的灵魂塞到别人的躯体里去，他想象着如果他就是沃森，生活该会是什么样子。

38

在年终的时候，事务所里忙得不可开交。菲利普跟着一个名叫汤普森的办事员一起到各个地方去，整天单调乏味地高声唱着支出项目，由另一个人来核查。有的时候，人家给他许多满是数字的长单子让他加起来。他从来就没有数学头脑，只好慢吞吞地干着。因为他算得错误百出，汤普森恼怒了。他的这位同事是个四十多岁的瘦高条儿，面有菜色，长着黑色的头发和参差不齐的小胡子，他的脸两腮塌陷，鼻子两边有深深的皱纹。因为菲利普是个学徒办事员，所以汤普森不喜欢他。因为菲利普能交纳三百畿尼，保证了他五年内不必担心没有工作，菲利普则有了干一番事业的机会。而汤普森呢？以工作经验和能力而言，当一个职员每周三十五先令薪金，绝不可能比这再多了。他是个脾气很坏的人，因为一大家子的生活全靠他来支撑。他对菲利普趾高气扬的派头恨得要命，这其实是他自己疑神疑鬼。他讥笑菲利普，因为菲利普受到过的教育比他自己好，而且他还嘲笑菲利普的发音，因为菲利普没有那种伦敦人的腔调。每当他跟菲利普说话时，都把“h”这个音挖苦似的发得很过分。起初，他对菲利普的态度还仅仅是粗暴和讨人嫌，可是当他发现了菲利普没有会计的天分时，他就不断地以羞辱他来取乐。他的攻击既下流又愚蠢，这些话当然刺痛了菲利普。为了自卫，菲利普装出一副他所不具有的优越感。

“今天早晨洗了澡吧？”当菲利普上班迟到时，汤普森说，因为菲利普已经不像早先那样按时上班了。

“洗了，你呢？”

“没有，我可不是个绅士，只不过是个职员罢了。我在星期六晚上洗一次澡。”

“我说哩，恐怕这就是为什么星期一你的脾气比平常更坏的原因吧？”

“阁下今天要运用简单加法做几笔账吧？让一位懂得拉丁文和希腊文的绅士做这种事有点大材小用了。”

“你的挖苦是不很成功的。”

但是菲利普自己不得不承认，别的办事员虽然收入微薄而且举止粗俗，可他们却比自己有用得多。有一两次，古德沃西先生也对他不耐烦了。

“到现在，你真是应该干得更好些呀，”他说，“你甚至还不如一个勤杂员麻利哩。”

菲利普绷着脸听着，他不高兴受到责备。古德沃西先生不满意他已经算好抄得工工整整的账目，又把它们交给别的职员去做，这简直是对他的羞辱。起初这工作由于好玩还能干得下去，可是现在却越来越烦人了。当他发现自己不是干这种工作的材料时，他就开始讨厌这工作了。通常，他本应去做那些交代给他的工作，可是他却在事务所的信笺上画画，浪费了时间。他给沃森画他想得出来的各种姿势的素描，沃森被他的绘画天才感动了。他灵机一动把画带回家去了，第二天他带回了他们全家的称赞。

“我真纳闷你怎么没去当个画家，”沃森说，“不过当然了，干那行赚不了钱呐。”

两三天后，沃森夫妇偶然和卡特先生一起进餐，他们把这些素描拿出来给卡特先生看了。第二天早晨卡特先生派人把菲利普叫来。菲利普难得见到他，对他怀着一种敬畏的心情。

“听着，小伙子，你上班以外的时间干些什么我管不着，可是我看到了你的那些素描，而且是用公文纸画的。古德沃西先生告诉我，你工作马马虎虎的。作为一个皇家特许的会计师，到时候你不会干得好的，除非你现在就振作起来，否则你就干不好一个皇家特许会计师的工作。这是个很好的职业，我们是需要一批出类拔萃的人来干的。但是你干这行必须……”他想找一句话来结束他的谈话，但是他找不到他需要的确切的词儿，因此就相当平淡乏味地收了场，“干这行你必须得振作起来。”

要不是合同上说好了如果他不喜欢这个工作可以在一年之后离开，并且可以取回他所付的学徒费的一半，也许菲利普也就只有安下心来了。他觉得自己适合干一些比加加减减算账更强的事情。让他做这些在他看来是无聊的事儿，而且他还干得很不好，这真是莫大的耻辱。和汤普森在一起时的那种粗俗的场面也使他烦躁不安。三月份，沃森结束了他在事务所一年的雇佣期，菲利普虽然对他并无好感，还是怀着遗憾的心情送走了他。实际上，其他的办事员对他们俩都同样不欢迎，因为他俩都属于一个比他们地位稍高一点的阶层，这一事实成为这两人结合的基础。菲利普一想到他还得和这帮枯燥无味的家伙再打四年多交道时，他的心一下子就凉了。他本来指望在伦敦能过得美妙快乐，但他却什么也没有得到。现在他讨厌起伦敦来了。在这儿他一个人也不认识，而且他也不知道该怎样去结识人。他自己什么地方都懒得去。他开始感到再也忍受不了这样的生活了。夜晚他总是躺在床上想着他再也看不到那肮脏的办公室，再也看不见事务所里的任何一个人，离开这单调的寄宿的地方，想到这里他就觉得开心一些。春天，他遇到了一件使他大失所望的事。海沃德曾经说过他打算在春季到伦敦来，菲利普望眼欲穿地盼着和他再度相见。最近菲利普读了很多也想了很多，心里有很多想法要跟海沃德讨论。他也知道除了他不会有人会对他的那些抽象问题感兴趣。一想到他能对什么人侃侃而谈，他就十分激动。海沃德来信说意大利的春天比他所知道的更加可爱，他简直不忍心离开。看到这，菲利普感到沮丧极了。海沃德接着问菲利普为什么不到意大利去，世界是这么美丽，而这时菲利普却在办公室里浪费青春，图的是什么呢？这封信接着说：

“我真纳闷你居然能忍受现在的生活。现在，一想到舰队街和林肯旅馆我就厌恶得不屑一顾。在世界上只有两件事使人值得活下去，那就是爱情与艺术。我想象不出你坐在办公室里埋头算账的样子，你是不是戴着礼帽，拄着伞，夹着一个小黑皮包呢？我觉得一个人应该把人生看成是一场冒险，一个人的心中应该燃起熊熊的宝石般的火焰，一个人应该去闯荡一番。一个人应该去面对艰险危难。你为什么不到巴黎去学艺术呢？我一向认为你是有艺术天才的。”

这个建议符合菲利普的心思，他以前也曾模糊地琢磨过去巴黎的可能性。最初，这个建议使他吃了一惊，可又忍不住要想它，经过不断的冥思苦想，他找到了逃脱目前这个倒霉境遇的唯一办法。他们都认为他有绘画天才，在海德尔贝格，人们对他的水彩画赞叹不已，威尔金森小姐也曾三番五次对他说过他那些画儿很迷人，甚至就连像沃森这样的陌生人也曾被他的素描所打动。《波希米亚人的生活》一书曾经给他留下深刻印象。他把这本书带到伦敦来了，每当他心情沮丧到了无以复加的地步时，他只得看上几页书，把自己的注意力转移到那些令人神往的阁楼上去，在那里鲁道夫和其他的人在跳舞、恋爱、唱歌。他就像当初曾经向往过伦敦那样开始向往起巴黎来了。可是他没有担心第二次幻灭。他向往着浪漫、美丽和爱情，而且巴黎似乎能给予他这一切。他有绘画的热情，他为什么不能画得跟别人一样好呢？他给威尔金森小姐写了封信，问她认为他在巴黎生活得要多少钱。她告诉他，他在巴黎一年有八十镑就能轻轻松松地对付了，而且她热情地赞成他的计划。她对他说，他很有才能，不应把时间浪费在办公室里。她戏剧性地问道：如果一个人可能成为一个伟大的艺术家的话，谁愿意去当个办事员呢？并且恳求菲利普要相信自己，这可是个重要的事情。但是，菲利普生性谨小慎微。海沃德说一个人应该去闯荡，这话对他倒是很有针对性。可海沃德在金边证券上一年稳拿三百镑，而菲利普的全部财产满打满算也超不过一千八百镑，他又有些犹豫起来。

事也凑巧，一天，古德沃西先生突然问菲利普愿不愿意去趟巴黎。事务所要为一家在圣奥诺雷郊区的旅馆结算账目。这旅馆归一家英国公司所有。古德沃西先生和一个职员每年要去两次。那位过去常去的职员碰巧生病了，别的人又忙得都抽不开身。古德沃西先生想到了菲利普，因为把他抽出来最合适，而且他的学徒契约规定了他有权挑选事务所业务中他所感兴趣的工作。菲利普欣然答应下来。

"你可得整天工作啊，"古德沃西先生说，"不过晚上的时间归我们自己支配，巴黎总归是巴黎嘛。"他故意地笑了笑。"旅馆为我们把一切都安排好了，我们一日三餐都归他们管，这样到那儿用不着花一个钱。我就愿意用这样的方式去巴黎，由别人花钱。"

他们到达加来港，菲利普看到成群的打着手势的搬运工时，他的心都快跳出来了。

"真是名不虚传啊。"他自言自语地说。

列车飞奔过乡野，他睁大眼睛注意地向外望着，他特别喜欢那些沙丘。在他眼里那些沙丘的色彩比他见到过的东西都更可爱，一条条的运河和一排排挺拔的白杨使他心驰神往。他们出了巴黎北站，喧闹的出租马车摇晃着驶过铺着鹅卵石的街巷，他觉得这儿的空气呼吸起来令他如痴如醉，几乎要抑制不住大声高喊起来才好。他们在旅馆门前见到了经理，这是一个身体矮胖，满面春风的男人。他的英语讲得还过得去，古德沃西是他的老朋友了，所以经理热情地迎接了他们。他们在他的私人房间里与他的妻子一起进餐，对菲利普而言他好像从来没有吃过摆在面前的土豆牛排这样美味可口的菜，从来没喝过面前这种醇香的廉价葡萄酒。

对古德沃西先生，这个可尊敬的有着道德准则的房主说来，法国的首都乃是一个纵情享乐的淫猥的乐园。第二天早晨，他问经理巴黎有什么可看的“热闹”。他以往来巴黎都尽情地享乐过一番，还说这样使人不致于落后于时代潮流。晚上，他们做完了工作，吃过了饭，古德沃西先生就带着菲利普去了“红磨坊舞厅”和“神女游乐厅剧院”。当他发现了什么色情的所在，那对小眼睛就放出光来，脸上带着狡黠的充满色欲的笑容。那些专门为外国游人准备的地方他都进去鬼混一通。事后他又说，允许有这类事的国家可好不了。在看一出低级的歌舞剧时，舞台上出现一个实际上是赤身裸体的女人，他就用胳膊肘轻轻捅捅菲利普，还把那些在大厅周围闲逛着的身躯壮实的高等妓女指给菲利普看。他给菲利普展示出来的是个下流粗俗的巴黎，但是菲利普却被这光怪陆离的世界弄得眼花缭乱。一大早他总是冲出旅馆来到爱丽舍田园大街上，站在协和广场前面。时值六月，在清晨美好的空气中，巴黎一片清新明亮。菲利普觉得他很羡慕那些在巴黎生活的人们。只有这里才是浪漫的。

在那里他们住了不到一星期，星期日就离开了。菲利普深夜时分回到了他那在巴恩斯的肮脏的房间，这时他决心已定，要解除他的学徒契约到巴黎去学艺术。他决定在事务所待完一年，这样人们就不会认为他不合情理了。他打算在八月后半个月去休假，等临走时他就去告诉赫伯特·卡特说他不打算回来了。可是，尽管菲利普能够强迫自己每天到事务所去，但是怎么也装不出对他的工作感兴趣的样子。他一心盘算着将来。七月中旬以后，事务所里没有多少事情可做，他借口为了他的第一次考试不得不去听讲座，这样三天两头连他的人影也见不到了。他从事务所溜出来后的时间都是在国家美术馆里度过的。他阅读有关巴黎和有关绘画的书籍。他埋头读了许多拉斯金的著作，还读了瓦萨里①大量的画家传记，他喜欢那个科勒乔②的故事，幻想着自己正站在某幅伟大的杰作前面高声喊道：我也是大师啊！现在，他已经不再踌躇犹疑了，他

①乔治·瓦萨里（Giorgio Vasari，1511－1574），意大利画家，被公认为近代艺术史创始人，著有一系列意大利画家传记。

②安东尼奥·德·科勒乔（Antonio da Correggio，1489－1534），意大利伦巴底派的伟大画家。

确信在他身上具有成为一位伟大画家的素质。

“毕竟我只能先试试看，”他对自己说，“生活中伟大的事情是要冒风险的。”

八月中旬终于来到了。那个月卡特先生正在苏格兰，事务所就由主任办事员负责了。古德沃西先生自从去了一趟巴黎后，对菲利普似乎有了好感。现在，菲利普知道自己马上就要自由了，所以他也能宽容地对待这个可笑的小个子了。

“你明天要去度假吗，凯利？”晚上古德沃西先生对他说。

这天菲利普整天都在对自己说，这是他最后一次坐在这可恨的办公室里了。

“是的，我一年期满了。”

“我想你工作做得可不够好呀。卡特先生对你非常不满意。”

“我对卡特先生还更不满意哩。”菲利普笑嘻嘻地回答说。

“凯利，你不该这么说话。”

“我不准备回来啦。我准备好了，如果我不喜欢会计工作，卡特先生就将归还一半我交的学徒费用，而且一年期满之后我就可以不干了。”

“你不应该这样草率地做出决定。”

“十个月来，我已经讨厌透了这一切，我讨厌这个工作，讨厌这个事务所，我也讨厌伦敦。我宁愿去扫大街也不在这儿了。”

“好吧，我得说，我认为你非常不适于干会计这一行。”

“再见吧，”菲利普伸出手来，“我对你的好心表示感谢。如果我给你添了什么麻烦的话，我表示抱歉。我差不多从一开始就知道我是干不好的。”

“好吧，既然你真的决意要走了，咱们就再见了。我真不明白你这是打算干什么，如果你住在附近的话，什么时候都可以来看看我们。”

菲利普微微一笑。

“恐怕说出来不太好听，我打心眼儿里希望再也不想看到你们中间的任何人了。”

39

布莱克斯塔布尔的牧师一点也不同意菲利普向他提出的这个计划。他有一个了不起的想法：一个人无论怎样，只要已经开了头，就应该毫不动摇地干下去。他像所有意志薄弱的人一样，强调一个人的主意是不能变来变去的。

“是你自己自愿做一个会计师的嘛。”他说。

“我是看到只有这样才能进城，才接受这个差事的。我现在讨厌伦敦，讨厌这个工作，说什么我也不回到那儿去了。”

牧师先生和太太都不加掩饰地表示，他们对菲利普要当个画家的想法感到震惊。他们说，菲利普不要忘了他的父母都是上流人，而画画儿可不是正经的职业，那行当不规矩，名声坏，不道德。而且还是在巴黎！

“如果还要问我对这个问题的意见的话，我就是不允许你到巴黎去。”牧师坚决地说。

那里是罪恶的渊薮。在那儿，妓女和巴比伦的荡妇们那么招摇过市，令人作呕。地上所有的城市都不像巴黎那么邪恶。

“我已经把你培养成为一个有教养的人，一个基督徒，如果我听凭你自己去接触这种诱惑，我就对不起你死去的父母对我的信任。”

“啊，我知道自己不是个基督徒，而且现在我也开始怀疑我是不是个有教养的人。”菲利普说。

他们争论得越来越激烈。菲利普要拿到他那笔小小的遗产还得再过一年。牧师先生说，在这段时间要是他还留在事务所的话。就能给他一笔生活费。菲利普很明白，如果他不愿意继续当会计他就得放弃这笔生活费。不过他倒是可以取回订学徒契约时交纳了的钱的半数。牧师不肯听菲利普的话。菲利普失去了自制力，说出了许多又伤人又恼人的话。

“你没有权利浪费我的钱了，”他最后说，“不管怎么说，那是我的钱吧？我又不是小孩子。如果我下了决心，你就挡不住我去巴黎。你不能强迫我回伦敦去。”

"一句话，就是不给你钱，除非你去做我认为合适的工作。"

"好吧，我不在乎，我已经下了决心去巴黎。我要卖掉衣服，书本，还有我爸爸的珠宝。"

露易莎伯母一声不响地坐在那儿又着急又难过。她看到菲利普已经失去理智。在这当儿不管她说什么都只能是火上加油。最后牧师说，他不想再听这件事了，然后威严地离开了房间。其后的三天，菲利普和牧师都彼此视若路人。菲利普写信给海沃德问他关于巴黎的情况，并且下了决心一接到回信就马上启程。太太一直在反复地想着这件事，她觉得菲利普讨厌她丈夫，连带也讨厌她了。这个想法使她坐卧不安。她是全心全意地爱菲利普的。她好不容易才找他谈心；她仔细倾听菲利普倾诉他在伦敦的幻灭，以及对未来的热切的雄心大志。

"我也许失败，但至少得让我去试试呀。我不会比在那个可恶的事务所失败得更惨。而且我觉得我能画，我知道现在我已经爱上绘画了。"

她并不像她丈夫那样确信阻挠一个这样强烈的爱好是对的。她在书本上看到过伟大画家的父母反对他们学习绘画的愿望，结果证明了这些父母的目光多么短浅。总而言之，一个画家也能像一位领取皇家证书的会计师一样可以为上帝的光荣过一种规规矩矩的生活。

"我真不放心你到巴黎去，"她悲惨地说，"如果你是在伦敦上学，事情也不会那么糟的。"

"一旦我爱上了绘画，我就一定要学成功，只有在巴黎才能学到真本事。"

根据他的提议，牧师太太写信给律师说菲利普对他伦敦的工作感到不称心，并问他对他的这个变化有什么意见。

尼克松先生的回信如下：

亲爱的太太：

我已见过了赫伯特·卡特先生，我必须告诉您的是菲利普并不像所期望的干得那么好。如果他非常讨厌那个工作的话，他趁此机会现在就解除契约也许比较好。我自然感到十分失望，但是如您所知，我们不能马不饮水强按头。

您的忠诚的

阿伯特·尼克松

这封信拿给牧师看了，但这只是使他更固执了。他很希望菲利普选择其他别的什么职业。他提议菲利普去干他父亲的那个行当——去学医，如果菲利普去巴黎的话，说什么也别想叫他给他出生活费。

“这不过是放纵自己和耽于声色的借口罢了。”他说。

“我很高兴听到你指责别人放纵。”菲利普尖刻地反唇相讥。

就在这时海沃德的回信来了，他给菲利普写了一家旅馆的名字，在那儿菲利普能租到一间三十法郎一个月的房间，还随信寄来了一封给某个学校的介绍信，菲利普把信给太太念了，还告诉她他打算在九月一日动身。

“可是你还一个钱也没得到哩！”她说。

“我今天下午就到德坎布里去把那些珠宝卖掉。”

他从父亲那里继承了一只金表和表链，两三个戒指，还有几个金链扣和两枚饰针。其中一枚饰针是珍珠的，也许可以卖很可观的一笔钱。

“一件东西的价值同它能卖多少钱差得可远哩。”露易莎伯母说。

菲利普笑了笑，因为这话是他伯父的口头语。

“这我知道，我想，最不济这些东西加在一起也能得到一百镑吧，这就够我维持到二十一岁了。”

凯利太太没有回答，可是她上楼去了，然后又戴上她那黑色的无边小软帽到银行去。不到一个小时她就回来了。她来到菲利普面前，这时他正在客厅里看书，她递给他一个信封。

“这是什么？”他问。。

“一件送给你的小礼物。”她羞怯地笑着说。

他打开信封，发现里面装着十一张五镑的钞票和一只鼓鼓囊囊装着金镑的小纸包。

“我舍不得让你把你父亲的珠宝卖掉。这是我存在银行里的钱，差不多有一百镑。”

菲利普一下子脸红了，而且，也不知道为什么，突然热泪盈眶了。

“哦，好伯母，我不能拿这钱，”他说，“你真是太好了，可是我怎么忍心拿呢？”

牧师太太结婚时有三百镑，这钱她小心地收藏着，曾用于意外的开销，紧迫的慈善布施，或者用来给她丈夫和菲利普买圣诞节礼物和生日礼物。这么多年来，这些钱可悲地大大减少了，但是它仍然是牧师打趣的笑料。他说他的妻子是阔女人，而且还经常说起这份“留窝蛋”。

“啊，就拿着吧，菲利普。真抱歉，我一直大手大脚的，就剩下这么一点儿钱了。可是，你收下这笔钱会使我很高兴。”

“可是这钱你还用得着的。”菲利普说。

“哪里，我想我用不着这钱。我留着它是怕万一你伯父死在我前头。过去我想有什么小东西想买的话，立刻就能拿出钱来，这钱还是挺顶用哩。可是现在，我认为我不会活得太久了。”

“噢，好伯母，快别这么说啦。哎，你当然将永远活着。我怎么舍得失去你呢？”

“哦，我没什么可难过的。”她遮着眼睛声音嘶哑地说，可是不一会儿，她擦干眼泪勇敢地笑了笑。“起初，我总是祷告上帝，求他不要让我先死，因为我不愿让你伯父孤零零的一个人留在世上，我不愿把所有的痛苦都让他一个人承担。但是现在我明白了，这件事对你伯父来说并不像对我那样重要。他希望比我活得长，我绝不是他想娶的老婆，而且我敢说，要是我有个三长两短的话，他准会再结婚的。因此我乐意先走一步。你不会认为我太自私了吧，菲利普？但是他如果去了，我怎么受得了啊？”

菲利普吻着她布满皱纹的瘦小的脸。不知道为什么，当他看到这种压倒一切的爱时，他竟感到莫名其妙地羞愧起来了。简直不可理解，她那样爱着这个人，这个人是那么冷漠、自私，那么放纵自己。菲利普凭直觉隐约体察出她明白他对她的冷漠，知道他自私，尽管她明白这一切，但还是谦卑地爱着他。

“你能收下这钱吗，菲利普？”她温柔地抚摸着他的手说，“我知道你没有这钱也没关系，但是你收下来会使我感到非常快乐。我总是希望为你做些什么。你知道，我从来没有过自己的孩子，我爱你，你就像我的儿子一样。你还是小孩子的时候，虽然我知道这么想不好，我总是希望你能生病，这样，我就能白天黑夜守护着你了。可是你只生过一次病，那还是你在学校里读书的时候。我十分高兴能帮助你。这可能是我帮助你的唯一的机会了。也许有一天，你成了一个伟大的艺术家，那时你不会忘记我的，你会记得是我给你机会开始你的事业的。”

“您真是太好了，”菲利普说，“我非常感谢您。”

她疲倦的眼睛里露出了笑意，那是一种纯洁、幸福的笑。

“啊，我是多么幸福啊！”

40

几天之后，牧师太太到火车站给菲利普送行。她站在车厢门口，忍着不让眼泪流出来。菲利普不安而焦急，他巴望着开车。

“再吻吻我吧。”她说。

他从窗户里探出身子吻了吻她。火车开动了，她站在小车站的木头月台上挥动她的手帕，直到火车从视线中消失。她心情沉重极了，离家只有几百码[①]远的路好像很长，很长。他急着要走这是很自然的，她想，他是个孩子嘛，未来在召唤他。她紧咬着嘴唇不让自己哭出来。她心中默默地祷告上帝保佑他，保佑他不受诱惑，赐给他幸福、好运道。

可是菲利普在他的车厢里坐下来不一会儿就不再去想她了。他想到的只是未来。他已经给奥特尔太太写了信，海沃德曾为他给这位学校的司库写了一封介绍信，菲利普口袋里装着她请他第二天去喝茶的请帖。他一到巴黎就把行李放上了一辆出租马车，缓缓地离开了车站，穿过热

①码，英美制长度单位，通常换算1码=0.9144米。

闹的街道，过了桥，沿着拉丁区狭窄的街巷驶去。他在德斯埃科勒旅馆租下了一个房间，这家旅馆就在一条鄙陋的街上，离蒙特帕纳斯大街不远。从这儿到他要上的阿米特拉诺学校十分方便。一个侍者提着他的箱子上了五段楼梯，把菲利普领进了一个狭小的房间。屋里的窗户紧闭着，散发着一股霉味。一张撑着红棱纹平布幔帐的大木床占去了屋子的一大半，窗户上挂着质地同样低劣的厚窗帘，五斗橱既是柜橱又是脸盆架，还有一个式样使人联想到好国王路易·菲利普的笨重的衣柜。糊墙纸日久天长褪了色，变成了深灰色，上面那些褐色叶子的花环还依稀可辨。菲利普觉得这房间既典雅又迷人。

虽然已经很晚了，可他却兴奋得不能入睡，他走出旅馆，在街上信步朝着灯火辉煌的方向走去。他沿着这条街来到了火车站。车站的前面是一个广场，弧光路灯明晃晃地放着异彩，黄色的电车隆隆地喧响着，仿佛是从四面八方通过这里，他高兴得放声大笑。周围到处都是咖啡馆，偶然间，既是因为渴了也是因为很想靠近些去看看那些人，他就在凡尔赛咖啡馆外面的一张小桌旁坐了下来。别的桌子也都坐满了人，因为这天晚上天气非常好。菲利普好奇地打量着那些人们，这边是一家人，那边是一伙头戴奇形怪状的帽子蓄着胡子的男人，他们在指手画脚地高声聊着。在菲利普旁边坐着两个看上去是画家的男子和一个女人，他相信那女的不是他们的合法妻子。他听到背后的那几个美国人在大声争论艺术问题，他的灵魂都激动得颤抖。他一直坐到很晚，已经十分疲倦，可还是高兴得不肯离去。最后回住处去睡时居然连一点困意也没有。他倾听着外面传来的各种声响。

第二天，他在大约喝茶的时候出门去利翁·德·贝尔福，离拉斯佩伊大街很远，他在一条新的街上找到了奥特尔太太的家。她是位三十岁的相貌平平的女人，身上带着种外省人的气质和一种优雅的贵妇人的风度。她向她母亲介绍了菲利普。不久他了解到她在巴黎学绘画已经三年了，后来又知道她离开了她的丈夫。小小的客厅里挂着一两幅她画的肖像，在没有见过世面的菲利普看来，这些画画得有才气极了。

“不知道将来我是不是也能画得这样好。”他对她说。

"噢，我想能够。"她回答说，带点沾沾自喜的神气。

"当然啦，你不能指望一口吃成个胖子。"

她这个人心眼很好。她告诉他一个商店的地址，在那儿可以买到画夹、画纸和炭笔。

"明天我大概九点去阿米特拉诺，如果那时候你在那儿，我会设法给你找个好地方，把所有的事情安排好。"

她问他打算做什么，菲利普觉得可别让她看出来自己什么都不懂。

"噢，我想先学学素描。"他说。

"听你这么说我真高兴。人们做什么事总是那么着急心切。我也是到这儿两年以后才碰油彩的，看看这画的效果吧。"

她扫了一眼悬挂在钢琴上方的那幅她母亲的肖像画，这是一幅油彩未干的油画。

"我要是你的话，我就会对我结识的人非常警惕，我不会让自己跟外国人混在一起。我自己非常小心。"

菲利普对她的这番忠告表示感谢，但是他觉得这个建议挺奇怪。他看不出他为什么需要特别小心。

"我们生活得就像我们过去生活在英国一样。"奥特尔太太的母亲说，直到这会儿她才开口说了几句话。

"我们来的时候把我们自己的全部家具都带来了。"

菲利普四下打量着这间屋子。屋里被一套笨重的家具塞得满满当当的，窗户上挂着和露易莎伯母夏天在教区住宅里挂的一样的带花边的窗帘。那架钢琴上覆盖着自由牌丝绸，壁炉台上也铺着这种东西。菲利普正四处张望，这时候奥特尔太太又说：

"每天晚上，当我们一关上百叶窗就真正地感到自己又在英国了。"

"而且我们吃饭也和在国内吃的一样，"她母亲补充说，"早上有肉，正餐是在中午吃。"

菲利普离开了奥特尔太太家，去买了绘画的材料。第二天早晨。时钟刚敲过九点，他显出十分自信的样子自己来到了学校。奥特尔太太已经在那里了，她友好地微笑着走上前来。他对于作为一名新生会受到什么样的接待感到很焦虑，因为他过去读到过，在一些画室一个新来的人总要遭到很多很多粗野不堪的作弄。可是奥特尔太太再次使他安下心来了。

“噢，这里一点儿也没有那样的事儿，”她说，“要知道，我们这里大约有一半是女学生，她们使这地方保持着很好的风气。”

这画室很大，空荡荡的，灰色的墙壁上钉着得了奖的习作。一个模特儿坐在一把扶手椅上，身上披着件宽大的罩衫，约摸有十几个男男女女正站在边上，有的在聊天，有的还在继续画他们的素描。这会儿是模特儿第一次休息时间。

“刚开始时你最好别拣那些太难的做，”奥特尔太太说，“把你的画架支在这儿吧。你会发现这是最轻松的位置了。”

菲利普把画架立在她指点的地方，奥特尔太太接着把他介绍给一位坐在他身旁的年轻女子。

“凯利先生——普赖斯小姐，凯利先生以前从来没学过画，开始时你稍微帮帮他好吗？”然后她转过身对那个模特儿说，“摆姿势吧。[①]”模特儿把她正看着的报纸《小共和报》扔在一边，绷着脸脱掉身上的罩衣站到台子上。她两脚分开站在那里，两手交叉着放在脑后。

“这姿势可真蠢笨，”普赖斯小姐说，“我真想不出他们是怎么选中这种姿势的。”

菲利普走进来时，画室里的那些人都好奇地看着他，那个模特儿也漫不经心地看了他一眼，但是现在他们都不再注意他了。菲利普把那张漂亮的画纸在面前放好，尴尬地盯着那个模特儿。他不知道该怎样下手。以前他从来没有看到过裸体女人。她已经不年轻了，而且她的乳房干瘪，她那没有什么颜色的、漂亮的头发散乱地垂落在额头上，她的脸上长着大雀斑。他瞅了一眼普赖斯小姐的画儿。这画她已经画了两天了，看样子她似乎画得不怎么顺手，由于不停地擦来擦去，她的画纸弄得一团糟，在菲利普眼里，她画的人体看上去奇怪地变了形。

---

①原文为法语。

“我应当认为我能画得跟她一样好哩。”他自言自语地说。

他开始画起头部来，他认为可以一步步地从上往下画，可是他弄不明白是为什么，他发现照模特儿的样子去画一个人的头像比按自己的想象去画个人的头像要费劲儿得多。他画不下去了，瞟了一眼普赖斯小姐。她正热情地、认真地画着。她急切得紧皱着眉头，眼睛里流露出焦急的神情。画室里很热，她的额头渗出了汗珠。她是个二十六岁的姑娘，暗晦的金发又多又厚。这头发很漂亮，但是梳得很不经心，从前额梳到脑后，然后马马虎虎挽成个结。她的大脸又宽又扁，长着一对小眼睛。她的面色发青，给人一种特别不健康的感觉，两颊连点儿血色也没有。她的样子像没有洗过脸，让你禁不住猜想她是不是穿着衣服睡觉的。她很严肃、沉默。休息时间又到了，这时她后退了几步看着她的画。

“我不知道为什么我的画有这么多别扭的地方，”她说，“但是我要把它改好。”她转过身来对菲利普说：“你画得怎么样啊？”

“一点儿也没画出来。”他回答，并悲哀地笑了笑。

她看看他画的东西。

“照这样你什么也甭想画出来。你得量比例啊。你得在纸上打出格来。”

她利索地做给他看应如何做。菲利普被她的热心感动了，可是对她的缺少魅力感到不悦。菲利普对她所做的提示道了谢，又开始画起来。就在这时候，另外一些人进来了，他们大多是男的，因为女的总是先来，画室在一年中的这个时间总是人满为患（现在时间还早）。这时，一个年轻男子走了进来，他的黑头发稀稀落落，长着一只巨大的鼻子，他的脸那么长，使你想到马脸。他在菲利普旁边坐下来，然后他又隔着菲利普向普赖斯小姐点点头。

“你来得太晚了，“她说，“你这是刚刚起来吧？”

“天气这么好，我想我该躺在床上想想外面的天气有多么美好。”

菲利普笑了，可是普赖斯小姐却严肃地说：

“这样做好像是太可笑了吧，我倒认为这时候最好还是爬起来到外面享受一下这美好的天气。”

“这位幽默家说起话来可真冲啊。”那年轻的男子一本正经地说。

他似乎没有要动手画画的意思。他看看他的画布，他的画正要着色，在前一天他已经画完了那个正在摆姿势的模特儿的素描稿。他转身对菲利普说：

“你是刚刚从英国来的吗？”

“是的。”

“你怎么到阿米特拉诺这儿来了呢？”

“我只知道这所学校。”

“我希望你到这儿来，不要认为在这儿会学到什么对你稍微有点儿用的东西。”

“这儿是巴黎最好的学校了，”普赖斯小姐说，“这儿是巴黎唯一的严肃地搞艺术的地方。”

“艺术竟然得严肃地去搞吗？”这个年轻人问。看到普赖斯小姐只是用轻蔑地耸耸肩膀作为回答，他就又加上一句：“但是，关键在于所有的学校都是那么不可救药。那些学校显然都是学院式的。这个学校之所以并不比绝大多数学校更有害，就在于这儿的教育比别的学校更拙劣。因为你什么也学不到……”

“可是那么你为什么又到这儿来呢？”菲利普打断了他的话。

“我看到更好的道儿，却不去走。普赖斯小姐是有文化的，她会记起那句话的拉丁文。”

“我希望您说话时别扯上我，克拉顿先生。”普赖斯小姐粗暴地说。

“学绘画的唯一途径，”他泰然自若地接着说，“就是弄个画室，雇个模特儿，而且为你自己奋斗到底。”

“这事似乎并不难呀。”菲利普说。

“只要有钱。”克拉顿回答。

他开始画了起来，菲利普斜着眼打量着他。他高高的个儿，瘦骨嶙峋，简直就是皮包骨。他的胳膊肘那么锋利，看上去像从他寒酸外套的袖子的破洞里伸出来似的。他裤子的屁股上已经磨破了，他的两只靴子都打上了难看的补丁。普顿斯小姐起身走到菲利普的画架前。

“克拉顿先生要是闭上一会儿嘴，我才能帮你点儿忙。”她说。

“普赖斯小姐不喜欢我，是因为我有幽默感。”克拉顿若有所思地看着他的画布说，“她还憎恶我，因为我有才华。”

他一本正经地说着，他那丑陋的大鼻子使他说的话显得非常古怪。菲利普憋不住大笑起来，可是普赖斯小姐的脸却气得发紫了。

“你是唯一说你有才华的人。”

“我也是唯一的一个自己的评价对自己没什么价值的人。”

普赖斯小姐开始批评起菲利普画的画儿来了。她滔滔不绝地谈着人体解剖和结构，面与线条，还有许多其他菲利普不懂的东西。她来这画室已经很长时间了，知道那些教师们强调学生做到的要点，可是，尽管她能指出菲利普画的有哪些错误，但是她无法告诉他如何画得正确。

“你真是太好了，我给你添了这么多麻烦。”菲利普说。

“噢，这算不了什么，”她狼狈地回答，“开始时人家也这样帮助我的，我对任何人都是如此。”

“普赖斯小姐要表示，她把自己的知识传授给你，是出于一种责任感而不是因为你这个人有什么魅力。”克拉顿说。

普赖斯小姐愤怒地瞪了他一眼，然后回去画自己的画去了。钟敲过十二点，那个模特儿随着完事大吉的尖叫跳下了台子。

普赖斯小姐收拾起东西。

“我们有些人是到格拉维埃饭馆去吃中饭，”她瞅了克拉顿一眼后对菲利普说，“我自己总是回家去吃。”

“你要是愿意，我就带你去格拉维埃。”克拉顿说。

菲利普说了句谢谢就准备跟他去吃午饭。出门时奥特尔太太问他情况怎么样。

“范妮·普赖斯帮你了吗？”她问，“我把你安置在那儿，就是因为我知道，如果她乐意的话她就能帮你的忙。她这个姑娘不讨人喜欢，脾气又坏，她自己根本画不好，但是她懂得章法，如果她不怕麻烦的话，对新来的人来说她倒是个有用的人。”

他们上了街，在半路上克拉顿对他说：

“你给范妮·普赖斯的印象不错嘛。你最好注意着点儿。”

菲利普笑了起来。他还从来没有遇到过任何一个他不想留下一点好印象的人哩。他们进了那家便宜的小饭馆，那儿已经有几个学生在吃饭，克拉顿找了一张桌子坐下来，这儿已经坐着三四个人了。他们花一法郎买了鸡蛋、肉、乳酪，还有一小瓶葡萄酒，还掏钱要了咖啡。他们的座位临街，黄颜色的电车响着不间断的铃声在林荫道上穿梭般地驶过。

“对啦，我还不知道你叫什么名字哩。”他们坐下时克拉顿说。

“凯利。”

“请允许我向你们介绍一位可信赖的老朋友，他叫凯利。”克拉顿向一些朋友庄重地说，“弗兰纳根先生，劳森先生。”

他们笑了，然后又继续谈起来。他们海阔天空无所不谈，七嘴八舌互不相让，一个个都只顾谈自己的，没有谁稍微注意一下别人在说什么。他们谈他们夏天去过的地方，谈画室，谈各种各样的流派。他们提到了许多菲利普很生疏的名字，莫奈[①]、马奈[②]、雷诺阿[③]、毕沙罗[④]、德加[⑤]。菲利普竖起耳朵听着，尽管他听得有点摸不着头脑，可是他的心却狂喜得一个劲儿直跳。时间过得真快，克拉顿站起身说：

“如果你愿意来，我希望你今天晚上到这儿来找我。你将会发现这是本区最好的饭馆——只消几个钱就可以吃得消化不良。”

---

①克劳德·莫奈（Claude Monet，1840–1926），法国画家，印象派代表人物与创始人之一。

②爱德华·马奈（Édouard Manet，1832–1883），19世纪印象主义奠基人之一。

③皮埃尔·奥古斯特·雷诺阿（Pierre–Auguste Renoir，1841–1919），法国印象派画家、雕刻家。

④卡米耶·毕沙罗（Camille Pissarro，1830–1903），法国印象派画家。

⑤埃德加·德加（Edgar Degas，1834–1917），法国印象派画家。

41

菲利普在蒙特帕纳斯大街蹓跶着。这儿一点儿也不像他在春天来给圣乔治旅馆结账后蹓跶时见到的那个巴黎——他一想到他的那段生活就不寒而栗——可是这使他想起了他认为一个外省城市准该是什么样子。这里到处都弥漫着轻松愉快的气氛，阳光灿烂，天空辽阔，激发人们无穷的幻想。树木修剪得整整齐齐，房屋粉刷得雪白雪白，错落有致，地方宽阔——这一切都是那样令人赏心悦目。他感到自己已经怡然自得了。他漫无目标地走着，打量着过往行人，大多数人穿着打扮得似乎都很高雅，工人们扎着宽宽的红腰带，穿着肥大的裤子，个子矮小的士兵们穿着弄脏了的漂亮的军服。不一会儿他来到了观象台大街，面对堂皇而又优美的街边林荫树，他愉快地感叹了一声。他走进卢森堡公园：孩子们正在嬉戏玩耍，飘着长发带的保姆三三两两地在慢慢散步，忙碌的男人们腋下夹着皮包匆匆走过，年轻人们穿着奇装异服。风景整齐雅致，一派井然有序的景象，而且这是那么精巧，使得那种未曾修整的自然风景似乎有些原始气味。菲利普陶醉了。他站在这个他在书中多次读到过的地方，这个地方对他说来是具有古典风味的，他的心情和某大学导师第一次看到明媚的斯巴达平原时一样，感到既敬畏又愉快。

正在他闲逛时，偶然看到了普赖斯小姐和另一个人坐在一条长凳上。他犹豫了一下，因为他不想在这时候遇到任何人，而且她那粗鲁的说话方式似乎与他沉浸在其中的愉快气氛不相宜。但是他又直觉地感到她的敏感会使她认为不主动打招呼会是一种侮辱，因为她已经看见他了，要想不去跟她说几句话似乎也太没礼貌了。

“你到这儿干什么来了？”当他走过去时，她说。

“自寻欢乐呗，你呢？”

“噢，我每天四点到五点的时候都到这儿来。我认为，一个人只是一个劲儿地埋头工作是没有什么好处的。”

“我可以坐一会儿吗？”

“请便。”

“这话听起来可真不怎么诚恳。”他笑。

“我可不是那种专拣好听话说的人。”

菲利普感到有些狼狈，不作声地点燃了一支烟。

“克拉顿对我的画儿说了什么吗？”她突然问道。。

“没有，我想他没有吧？”菲利普说。

“告诉你，他这个人没出息。他自认为是个天才，可是他不是。比方说吧，他这个人太懒了。天才应该能吃苦耐劳，想成功只有埋头苦干。一个人只要下定决心要干某件事，他就不能不干这件事。”

她说得慷慨激昂，那狂热劲儿真叫人吃惊。她戴着一顶扁平的硬边黑草帽，穿着一件不怎么干净的白罩衫，一条褐色的裙子。她没有戴手套，那双手真该洗一洗了。她一点吸引力也没有，菲利普都后悔来跟她聊天了。他看不出她是希望他留下呢还是希望他走开。

“我愿意尽我的全部能力来帮助你，”她突然说，说得跟前面谈的一点关系也没有，“我知道这有多难。”

“非常感谢，”菲利普说，过了一会儿又说，“和我到什么地方去喝点茶好吗？”

她迅速地看了他一眼，脸一下子红了。当她脸红的时候，她那发青的脸上呈现出一种非常奇怪的斑驳的颜色，好像草莓和变质的奶油掺合在一起。

“不啦，谢谢你。你想，我要喝茶干什么呢？我刚刚吃完了午饭。”

“我认为这样可以消磨时间，”菲利普说，“告诉你，你要是觉得在这儿时间太长的话，你不必为我操心。我不在乎自己一个人待在这儿的。”

这时，有两个穿着肥大的褐色平绒裤子，头戴着巴斯克帽子的男子走了过去，他们的岁数不大，可是都蓄着大胡子。

“我说，他们是艺术院校的学生吗？”菲利普说，“八成他们是从《波希米亚人的生活》里出来的。”

“他们是美国人，”普赖斯小姐轻蔑地说，“法国人已经有三十年不穿这样的衣服了，可是从大西洋彼岸来的美国人都去买这样的衣服，而且在到巴黎的第二天就穿着它去照相。这样做大概就是他们经验中的接近艺术吧。但是这在他们算不了什么，他们有的是钱。”

菲利普喜欢这些美国人装束的那种粗犷的美，他认为这种粗犷的美表现出了浪漫精神。普赖斯小姐问他几点了。

“我得去画室了，”她说，“你准备去上素描课吗？”

菲利普对此一无所知，她告诉他，每天晚上从五点到六点都有个模特儿在那里，谁要想画只须交五十生丁[①]就可以去。每天的模特儿都不一样，这是很好的实践机会。

“我想你现在还画不了模特儿写生，你最好过一阵子再说。”

“我不明白我怎么不能去试试，我现在又没别的事。”

他们站起身来向画室走去。菲利普从她的态度上看不出普赖斯小姐到底是希望他和她一起去呢，还是想独自走。他由于十分困惑而留在那儿，真不知道怎么才能离开她，但她就是不说，只是粗鲁地回答他提的一些问题。

一个男人端着只大盘子站在画室门口，凡是进去的人都往盘里扔半个法郎。这时画室里的人比上午要挤得多，英国人和美国人在数量上也不再占优势了，女子的比例也不那么大了。菲利普觉得这种聚会更符合他原来的期望。天气很热，屋里的空气很快就变得混浊不堪了。这次是个有一大把灰胡子的老头儿当模特儿，菲利普竭力想运用一下上午他学到的那点技巧，但是他画得一塌糊涂。这回他明白了他远不能画得像他想的那么好。他羡慕地看了看他附近的那个男人画的一两幅写生，他真不知道自己以后是否也能那样精熟地运用炭笔作画。时间飞快地过去，由于自己不希望依赖普赖斯小姐，他坐在离她有一段距离的地方。画完后，他经过她身边走出去，这时候，她唐突地问他画得怎么样了。

“不怎么样。”他笑着说。

“要是你屈尊过来挨着我坐，我就能指点你了。我看你自以为了不起。”

“哪儿的话，不是这么回事。我是怕你嫌我碍事儿。”

“我嫌你碍事的时候我会直说的。”

菲利普体会到了她的方式粗鲁却是真心愿意帮助他。

---

①1法郎为100生丁。

“好吧，那明天我可就靠你啦。”

“没什么。”她回答说。

菲利普走出来，想不出自己在晚饭之前这段时间该做什么，他急于想做些有点儿特点的事情。艾酒！对了，需要喝艾酒，于是他悠闲地朝车站走去。他在一家咖啡馆外找了一个座位坐下，然后要了酒。他厌恶地同时又是满意地喝着。他发现虽说那酒的味道令人作呕，但它对精神的作用却很大，他觉得自己是个地地道道的艺术学生了。因为是空着肚子喝酒，不一会儿他就精神十足了。他观看着那些人群，觉得所有的人都是他的兄弟，他高兴极了。他来到格拉维埃饭馆，这时克拉顿坐的那张桌旁已经坐满了人。但一看见他一跛一跛地走过来，克拉顿就对他大声打招呼，他们给他腾出了个地方。这顿晚饭是节俭的：一盘汤、一碟肉、水果、乳酪，还有半瓶葡萄酒，可是菲利普没去注意他吃的是什么。他注意到桌旁的那些男人。晚饭弗兰纳根又在这儿：他是个美国人，是个长着短短的塌鼻子的年轻人，一张快乐的脸和总是笑眯眯的嘴。他穿着件样式粗笨的夹克，脖子系着蓝色的硬领带，戴着一顶奇形怪状的花呢帽子。在那个时期，印象派在拉丁区占统治地位，印象派战胜那些比较古老的流派还是最近的事。埃米尔·杜兰德[①]、布格罗[②]一流人，他们像马奈、莫奈和德加一样，作为楷模被树立起来，欣赏这些作品仍然是一种高雅的象征。惠斯勒[③]对英国人和他的同胞们有很深的影响，而且他的洞察力糅合了日本版画的精华，那些旧时代的大师们受到了新的鉴赏标准的挑战。那些多少个世纪以来对拉斐尔[④]的崇高评价成

---

①查尔斯·奥古斯特·埃米尔·杜兰德（Charles Auguste Émile Carolus Duran，1837-1917），法国画家。

②威廉·阿道夫·布格罗（William-Adolphe Bouguereau，1825-1905），法国学院派画家。

③詹姆斯·阿伯特·麦克尼尔·惠斯勒（James Abbott McNeill Whistler，1834-1903），美国油画家及版画家，侨居英国，画风受西班牙及法国现实主义影响，并受日本画影响。

④拉斐尔（Raphael，1483-1520），意大利著名画家。

了聪明的年轻人嘲笑的内容，他们提出：在国家美术馆里，拉斐尔的所有作品都应让位给委拉斯凯兹[1]的那幅《菲利普四世》的人头肖像。菲利普看到一场艺术上的争论是多么疯狂。劳森——也就是他在吃午餐时遇到的那个人，他坐在菲利普对面。他是个满脸雀斑红头发的瘦瘦的青年人。他有一双炯炯发亮的绿眼睛。当菲利普坐下来时，他就用那双眼睛盯着他，而后又突然议论道：

"拉斐尔只有在他画别人的画时才让人容忍得了。他为佩鲁吉诺一家或者品都克雪奇奥[2]一家画像时倒是蛮不错，当他画拉斐尔一家画像时他是——"他轻蔑地耸了耸肩，"拉斐尔。"

劳森说得如此咄咄逼人，使菲利普大吃一惊，但因为弗兰纳根不耐烦地插话他才没能回答他。

"啊，让艺术见鬼去吧，"他大声喊道，"让咱们喝杜松子酒去吧。"

"你昨天晚上就喝得酩酊大醉了，弗兰纳根。"劳森说。

"这对我今晚怎么样毫不相干，"他回答说，"想想看，生活在巴黎，却没完没了的总是艺术啊、艺术，就不能说点别的？"他操着西部的腔调说："上帝，热热闹闹的不是挺好吗？"他打起精神，然后在桌上砰地捶了一拳，"我说，让艺术见鬼去吧！"

"你就会这么说，还讨人厌地老重复这话。"克拉顿板起脸孔说。

那张桌子上还有另外一个美国人。他的穿着打扮就像菲利普那天下午在卢森堡公园见到的那几个可爱的家伙一模一样。他的脸很标致，瘦瘦的像个苦行者，长着一双黑眼睛，那身古怪的打扮雄赳赳的像个海盗。他那浓密的黑头发总是掉下来遮在眼睛上，他的习惯性动作就是为了不让那缕长头发遮住眼睛而戏剧性地向后甩头。他开始谈论起马奈的《奥林匹亚》来，那时候这幅画正挂在卢森堡宫展出。

"今天我在这幅画跟前站了一小时，跟你说，那不是一幅好画儿。"

---

①委拉斯凯兹（Velázquez，1599–1660），西班牙画家，创作了大量肖像画、风俗画和历史画。

②品都克雪奇奥（Pinturicchio，1454–1513），意大利画家。

劳森放下手里的刀叉。他的绿眼睛里冒出火来，愤怒得直喘粗气，但是可以看得出他是在克制着不让自己发火。

“听听没有教养的野蛮人的见解倒是很有意思，”他说，“你能不能告诉我们为什么它不是幅好画？”

这个美国人还没来得及回答，就又有人激烈地插话。

“你的意思是说，你能够看着那幅人体画而说它不好吗？”

“我没那么说，我认为那幅画儿上人体右边的乳房倒是画得挺好的。”

“嗨，让右边的那只乳房见鬼去吧，”劳森喊起来，“但整个作品可算是神奇绝妙的呀。”

他开始详细地描述起那幅画的美来了，但是在格拉维埃饭馆，在这张桌子上的那些人们都只顾长篇大论地为他们自己受到的艺术熏陶大肆发挥，没有一个人在听他说。

那个美国人气愤地打断他的话。

“你的意思是说你认为那个脑袋画得不太好？”

此刻劳森激动得脸都白了，他又开始为那个脑袋来渲染一番了。克拉顿一直面带一种愉快的轻蔑神气一声不响地坐着，这时他插话说：

“给他那个脑袋。我们不需要那个脑袋。没有它也影响不了那幅画。”

“好，我把那个脑袋给你啦，”劳森大声喊道，“拿走那个脑袋吧，该死的。”

“那黑线条是怎么回事呢？”那个美国人尖叫起来，而且得意洋洋地把一缕快要掉进汤里的头发撩到脑后，“你没有看到那画上的自然景色中物体周围有条黑线吧？”

“啊，上帝，让你的雷电劈在亵渎神明的家伙的头上吧，”劳森说，“自然景色和黑线条有什么关系？没有一个人知道在自然景色中究竟有什么而又没有什么！世人是通过艺术家的眼睛去看自然的。呃，多少个世纪以来，人们观察到马跳越篱笆时它的四条腿都是伸开的，我敢发誓，先生，它们的腿都是伸开的。人们一直把暗影看成是黑的，直到莫奈才发现暗影是有色彩的，我敢发誓，先生，暗影是黑的。如果我们选择用条黑线来勾物体的轮廓，那么世人也就看到那条黑线，并且就会有条黑线存在。如果我们把青草画成红的，而把奶牛画成蓝的，人们也就把它们看成是红色的和蓝色的，而且，我敢发誓，它们就是红色的和蓝色的。”

“让艺术见鬼去吧，”弗兰纳根含糊不清地说，“我需要的是酒。”

劳森根本没去理他的插话。

“现在请注意，《奥林匹亚》在当代画家作品展览会上展出的时候。左拉——针对庸人市侩的冷嘲热讽，针对那些墨守成规的人们，那些学士院士们以及公众的起哄攻击——说：‘我期待着有那么一天，在卢浮宫[①]里，马奈的画将挂在安格尔[②]的《土耳其女奴》的对面。通过比较，佼佼者肯定不会是《土耳其女奴》。马奈的画一定会挂在那里的。我看这日子已经不远了。《奥林匹亚》十年之内必将挂在卢浮宫里。”

“绝对不会，”那个美国人高声喊叫，接着用双手猛地把他的头发撩过去，“十年之内那幅画肯定会被人们遗忘。它只不过是一时的风尚而已。一幅画没有某种远远一望就能看出的东西是无法存在下去的，而这幅画缺少的也正是这个。”

“那么这是什么呢？”

“离开道德因素，伟大艺术是不可能存在的。”

“啊上帝！”劳森狂怒地叫嚷，“我明白这是什么意思了。他要的是道德感。”他合拢双手，高高举起来向上天祈祷道：“啊，克里斯多佛·哥伦布，克里斯多佛·哥伦布啊，你发现美洲的时候干了些什么啊？”

“拉斯金说……”

可是没等他说出下文，克拉顿就专横地用餐刀把儿敲起桌子来。

“诸位先生，”他语调严峻地说，激动得他那巨大的鼻子都明显地皱起来了，“刚才提到的这个名字我永远不想再在体面的上流社会听到了。言论自由固然挺好，但是，我们必须遵守起码的礼节。如果你愿意

①旧译罗浮宫或卢夫宫，法国著名艺术博物馆。

②让·奥古斯都·多米尼克·安格尔（Jean Auguste Dominique Ingres，1780–1867），法国画家。

的话，不妨谈谈布格罗；尽管令人发笑的声音中也有令人作呕的成分，但是还是不要让J.拉斯金、G.F.瓦兹或是E.B.琼斯这些名字玷污了我们纯洁的嘴唇吧。”

“说了半天，拉斯金是谁呀？”弗兰纳根问。

“他是维多利亚时代的大文豪。他是一个具有英国风格的大师。”

“拉斯金的风格是一种支离破碎而又华而不实的东西，”劳森说，“再说，我诅咒维多利亚时代的大文豪们。无论什么时候，只要我打开报纸看到一个维多利亚时代的大文豪的讣告，我就谢天谢地，他们那些人中又少了一个。他们唯一的天才是活得长，不应该允许一个艺术家超过四十岁。一个人到了这个岁数，他的最优秀的作品都已经完成了。他在四十岁以后所做的不过都是重复而已。难道你不认为济慈、雪莱、波宁顿[①]和拜伦的早夭对他们来说是世界上最大的幸运吗？如果斯温伯恩[②]在他的第一部诗集《诗和歌谣》出版时就死去的话，我们一定会认为他是何等的天才啊！”

这种提法真叫人开心，因为在座的没有一个人是超过二十四岁的，他们兴致勃勃地表示赞成，只有这次，他们的意见如此一致，他们绞尽脑汁想办法。有人提议把四十岁的院士们的著作都集中起来，烧一堆大火，把那些维多利亚时代的文豪们在他们四十岁生日的时候丢进火里。大家欢呼赞成这个主意。卡莱尔[③]和拉斯金、丁尼生、白朗宁、G.F.瓦兹、E.B.琼斯、狄更斯、萨克雷[④]，应该赶快把他们的作品扔进火里去。还有格莱斯顿先生、约翰·布莱特[⑤]以及科布顿[⑥]。讨论乔治·梅瑞狄斯

①理查德·帕克斯·波宁顿（Richard Parkes Bonington，1802–1828），英国画家。
②阿尔杰农·查尔斯·斯温伯恩（Algernon Charles Swinburne，1837–1909），英国诗人及批评家。
③托马斯·卡莱尔（Thomas Carlyle，1795–1881），苏格兰作家、历史学及哲学家。
④威廉·梅克比斯·萨克雷（William Makepeace Thackeray，1811–1863），英国小说家。
⑤约翰·布莱特（John Bright，1811–1889），英国演说家及政治家。
⑥理查德·科布顿（RiChard Cobden，1804–1865），英国政治学家和经济学家。

占了一会儿时间，但是马修·阿诺德和爱默生被大家愉快地绕过了。最后说到了沃尔特·佩特。

“沃尔特·佩特就算了吧，”菲利普小声嘟囔了一句。

劳森用他那双绿眼睛注视了他片刻，然后点了点头。

“你说得很对，沃尔特·佩特是唯一为《蒙娜丽莎》辩护的人，你认识克朗肖吗？他过去很了解佩特。”

“克朗肖是什么人呀？”菲利普问。

“克朗肖是位诗人。他就住在这儿。咱们到‘丁香花园’去吧。”

“丁香花园”是一家咖啡馆，他们经常在晚上吃过晚饭后到那里去。从晚上九点到凌晨两点之间，总能万无一失地在那里找到克朗肖。可是弗兰纳根觉得这种文绉绉的谈话已经听了一晚了，所以当劳森转身对菲利普提出去“丁香花园”时，他却说：

“喂，小子，咱们到有姑娘的地方去吧。去‘蒙帕纳斯快乐宫’，咱们去玩它个痛快。”

“我倒是很想头脑清醒地去看看克朗肖。”菲利普笑着说。

42

匆匆的一阵忙乱后，弗兰纳根同两三个人到音乐厅去了，而菲利普和克拉顿、劳森一起慢慢悠悠地朝“丁香花园”走去。

“你一定得去一趟‘蒙帕纳斯快乐宫’，”劳森对他说，“那是巴黎最可爱的地方了。我准备有一天把它画出来。”

由于受了海沃德的影响，菲利普用不屑一顾的态度看待音乐厅。可是，在他到达巴黎时却正是音乐在艺术上刚刚崭露头角的时候。舞台灯光的奇特效果，一团团脏乱的红色和晦暗的金色，沉重的暗影，以及那些装饰性的线条，这些都给人们提供了一个新的主题。在拉丁区有一半的画室里都收藏着当地某个小剧院的素描。作家们步画家的后尘，突然不约而同到剧院寻找艺术的价值：那些红鼻头的喜剧演员因为他们扮演的人物而被捧上了天。人们发现那些已经扯着嗓子含糊不清地喊了二十年的肥胖的女歌手们有着无法模仿的滑稽。还有那么一些人，他们在狗的表演中发现了美的享受。而其他的人则竭尽滥美之词吹捧魔术师和杂技演员的功勋。那些观众也变成了同情和关心的对象。和海沃德一起，菲利普过去一直藐视大众的人性，采取的是独来独往和愤世嫉俗的态度。而克拉顿和劳森则不然，他们对芸芸众生津津乐道。他们向他描述了巴黎五花八门的博览会，那里人山人海，人头攒动。在电石气灯的耀眼光辉下千万张面孔若明若暗，喇叭声、口哨声、嗡嗡的人声，响成一片。对菲利普来说，他们所说的一切都是那么新鲜和有趣。他们还给他讲到克朗肖。

“你读过他的作品吗？”

“没有。”菲利普说。

“他的作品在《黄皮季刊》[①]中发表。”

画家总是这样对待作家的，因为克朗肖在绘画上是个门外汉，他们就以轻蔑的态度看待他，但因为他从事的也是一种艺术，他们又宽容谅解他。他使用的是让他们感到不熟练的艺术媒介，所以他们对他又很敬畏。

“他是个非同凡响的家伙。一开始你会觉得他有些令人失望，他只有在喝醉的时候才表现出他的最佳状态。”

“讨厌的是，”克拉顿补充说，“他要喝上很久才能喝醉。”

他们到了咖啡馆，这时劳森对菲利普说他们还是进去的好。秋天的空气丝毫不冷，可是克朗肖却病态地害怕招风，即使在最热的天气里他也要坐在室内。

“他认识一切值得结识的人，”劳森解释说，“他认识佩特和奥斯卡·王尔德[②]，他还认识马拉梅[③]和所有那帮家伙。”

他们寻找的对象坐在咖啡馆最隐蔽的角落里，他穿着外套，领子竖

---

①《黄皮季刊》：英国著名的带插图的文学季刊（1894—1897年），这在三年多里，当时知名的文学家和艺术家都在这部刊物上发表过作品。

②奥斯卡·王尔德（Oscar Wilde，1854–1900），英国戏剧家、诗人、小说家及批评家。

⑤斯特凡·马拉梅（Stéphane Mallarmé，1842–1898），法国象征派诗人。

起来。为了不着凉，他把帽子压得很低扣在前额上。他身材高大，粗壮而不臃肿，有一张圆圆的脸。嘴唇上留着一撇小胡子，一对非常迟钝的小眼睛。与他的身材相比，他的那颗脑袋似乎小了点，看起来就像是一粒豌豆不稳当地安在一枚鸡蛋上。这时他正在和一个法国人玩多米诺骨牌，只是对几个新来的人无声地笑了笑表示欢迎。他没有说话，只把桌子上的那一小堆盘碟推开，仿佛是在给他们腾出个地方。从那些盘碟上就可以看出他已经喝了多少酒了。当他被介绍给菲利普时，他冲菲利普点了点头，然后又继续玩起来。菲利普对法语知道得不多，但是他能断定虽然克朗肖在巴黎生活好几年了，但是他的法语却说得太不带劲了。

他最后带着胜利的微笑向后靠去。

“您输啦，”他用蹩脚的腔调说，“伙计[①]！”

他喊了一声侍者，然后转过脸来对菲利普说：“刚从英国来的吗？看过板球吗？”

这突如其来的问题使菲利普有些惶惑。

“克朗肖知道近二十年来每一年第一流的板球手的得分平均数[②]哩。”劳森笑着说。

那个法国人离开他们到别的桌上找他的朋友去了。克朗肖拖着他特有的那种懒洋洋的声音，开始论说肯特队和兰卡郡队之间的得失。他告诉他们，他看了上次的板球赛，这是对总成绩有影响的最后一场比赛，他把比赛过程描述了一遍。

“这是我在巴黎怀念的唯一一件事，”他说，这时他喝完侍者送来的黑啤酒，“你在这儿连一场球也看不上。”

菲利普感到失望了，劳森也越来越不耐烦，急着想向菲利普炫耀一下这位拉丁区里的名人，这倒是不足为怪。尽管克朗肖身边的杯盏盘碟足以说明他真的准备喝个一醉方休，可是他却一直很清醒。克拉顿饶有

①原文为法语。

②“平均数”还包括运动员的平均年龄、平均身高，以及平均得分数等等，故此处用了复数。

兴味地看着这个场面，他猜想克朗肖的那点儿微不足道的板球知识，多少有些装腔作势。克拉顿专爱故意说些显然有些讨人嫌的话来撩拨人，这时他插进来提了个问题：

“您最近见到过马拉梅吗？”

克朗肖慢条斯理地看了看他，仿佛是在思索着这个问题似的。他没有回答，拿起一只餐盘“当当”地敲打起大理石的桌面来。

“把我的威士忌酒瓶拿来，”他大声喊道，再次转过脸对菲利普说，“我有自己的威士忌酒瓶。每买那么一丁点儿酒就要五十生丁，我可付不起呀。”

侍者把那瓶酒拿来了，克朗肖对着光亮把它举起来看一看。

“他们喝了我的酒。招待员，是谁连个招呼也不打就喝了我的威士忌？”

“您这是哪儿的话呢。克朗肖先生？[①]”

“昨天晚上我在这瓶子上做了记号，看看吧。”

“先生倒是做了记号，可是在那之后您还是一个劲儿地喝呀。照这样的话，先生就不必浪费时间去做记号了。”

这侍者是个快活的小伙子，而且他和克朗肖很熟。克朗肖紧紧地盯着他。

“如果你像个贵族和绅士那样用名誉担保除我之外没有人喝过我的酒，我会相信你的话的。”

这句话被僵硬地直译成粗鲁的法语说了出来，听起来十分好笑，那个在柜台里的姑娘更是忍不住笑出了声。

“他可真逗死人了。[②]”她悄悄地说。

克朗肖听见了她的话，转过身去冲她抛了个媚眼——她胖胖的，中等年纪，像位持重的主妇——接着他又一本正经地向她送了个飞吻。她耸了耸肩膀。

“不用害怕，夫人，”他一板一眼地说，“我已经上了年纪，对四十五岁的半老女人不感兴趣了，非常感谢。”

---

①原文为法语。

②原文为法语。

他给自己倒了点儿威士忌和水，慢慢地呷着。他用手背抹了抹嘴。

“他说得可真好啊。”

劳森和克拉顿知道克朗肖刚才的这句话是回答关于马拉梅的那个问题。克朗肖经常在星期二晚上参加聚会。在会上，诗人接待作家们和画家们，并用巧妙的雄辩来论述对他提出的任何题目。显然克朗肖最近去过那里。

“他讲得可真好啊，可是他的话都是胡说八道。他谈论艺术，仿佛艺术是世界上最重要的事情似的。”

“如果不是的话，那么我们到这儿来干吗呢？”菲利普问。

“我不知道你们到这儿来干什么。这不关我的事。但是艺术是一种奢侈品。人类只是把自我生存和繁衍种族放在第一位。只有在这些本能得到了满足之后，他们才允许自己去进行作家们、画家们和诗人们为他们提供的那些消遣。”

克朗肖停下来，喝了口酒。到底是因为酒精使得他夸夸其谈才贪恋这杯中之物呢，还是因为夸夸其谈使得他口干舌燥需要喝酒，润湿一下舌头呢？这个问题他已经琢磨二十多年了。

然后他又说：“昨天我写了一首诗。”

没等别人请求，他就开始当众朗诵起这首诗来了。他朗诵得很慢，伸出食指有节奏地击出诗的韵律。这可能是一首极好的诗，可是一位年轻女人就在这时走了进来。她的嘴唇涂得鲜红，一眼就可以看出来，她脸蛋上的那种漂亮的颜色绝不是她那本来俗不可耐的脸蛋所能有的。她的睫毛和眉毛都描得黑黑的，而且还涂着浓重的蓝眼圈，一直到眼角，涂成了一个三角形。真是又古怪又好笑。她那黑黑的头发梳成一种盘盖在耳朵上方的样式，这种样式最初因为克莱奥·德梅罗德小姐梳了而流行起来。菲利普上下打量着她，而克朗肖这时已经背诵完他的诗，笑着，溺爱地望着菲利普。

“你没有听啊！”他说。

“噢，不，我听着哩。”

“我不责备你，因为你现在已经为我刚才所说的话做出了贴切的说明。和爱情比起来艺术又算得了什么呢？当你注视着这位妖艳迷人的年轻女人的时候，再美好的诗句也引不起你的兴趣了，对此我表示敬意，并且举双手赞成。”

她打他们坐的那张桌子旁走过，克朗肖拉住她的胳膊说：

“来坐在我身边吧，宝贝儿，让咱们演一出爱情的神圣喜剧吧。”

“少啰唆。[①]”她把他推开，又继续闲逛她的去了。

“艺术，”他挥了一下手，继续说道，“不过是聪明人发明出来的避难所罢了。当他们一有了食物和女人，就到艺术中去逃避生活的枯燥乏味。”

克朗肖再一次给自己斟满了一杯酒，又开始滔滔不绝地谈起来。他演讲起来声音圆润，字斟句酌。他的那种将妙语箴言和荒诞不经糅合在一起的谈话方式听了真叫人瞠目结舌。一会儿他还在严肃地嘲笑他的听众，一转脸的工夫他又嘻嘻哈哈地忠告起他们来。他谈论艺术、文学和人生。他时而虔诚，时而淫秽，时而欢天喜地，时而凄然泪下。

显然他渐渐地喝醉了，于是他开始朗诵起诗来，念他自己的和弥尔顿[②]的，他自己的和雪莱的，他自己的和基特·马洛[③]的诗。

终于，劳森精疲力竭了，站起身要回家。

“我也该走啦。”菲利普说。

克拉顿留了下来，他是所有人中最沉默寡言的一个，他嘴角上挂着冷笑，继续听克朗肖胡言乱语。劳森陪菲利普回到了旅馆，然后对他说了晚安。可是菲利普上床后却怎么也睡不着，这一切在他面前出现过的新思想在他头脑里开了锅似的翻腾开了。他兴奋极了，感到自己身上有着巨大的力量，他还从来没有这么自信过哩。

“我知道我会成为一个伟大的艺术家的，”他自言自语地说，“我觉得我自己能行。”

---

①原文为法语。

②约翰·弥尔顿（John Milton，1608–1674），英国诗人、政治家、民主斗士。

③疑为克里斯多弗·马洛（Christopher Marlowe，1564–1593），英国诗人，莎士比亚之前英国最杰出的悲剧作家。

当另一个念头涌上心头时，他不由得浑身一阵战栗，但即使是对他自己，他也不愿意把它说出来。

"保佑我吧，我相信我是天才。"

实际上他已经酩酊大醉了，可是他最多也就喝了一杯啤酒，这只能归咎于一种比酒精更加危险的麻醉剂了。

43

每星期二和星期五上午，教师们都到阿米特拉诺画室来评论学生们的作品。在法国，画家赚的钱少得可怜，除非是画肖像画，并得到有钱的美国人资助。有名的画家乐于每个星期到那些数不清的画室中的一个画室去教两三小时艺术，借此增加他们的收入。星期二是米歇尔·罗兰到阿米特拉诺教课的日子。他是个上了年纪的老头，蓄着雪白的胡子，红扑扑的脸气色颇佳，他曾经为政府画过很多装饰画，可是这些画反倒成了他的学生们的笑料。他是安格尔最保守的弟子，接受不了艺术上的进步，又对那帮"激进的美术界"[①]怒不可遏，这帮人指的就是马奈、德加、莫奈和西斯利[②]。然而罗兰是一位出色的教师，他循循善诱、彬彬有礼，善于鼓励学生。福瓦内则截然相反，他每星期五光顾这个画室，是个极难相处的人。他瘦小干瘪，满口难看的牙齿，肝火很旺，蓄着蓬乱的灰胡子，还长着一双凶光四射的眼睛；他说起话来尖声尖气，尽是些尖酸刻薄的嘲讽话。过去卢森堡宫曾买过他的几幅画，他曾在二十五岁时指望着有一个远大前程。可是他表现出来的才华与其说是由于他的个性不如说是由于年轻，而且，他二十年来一事无成，只是一味重复着那些他早年获得了成功的风景画。当有人指责他画得太单调时，他就回答说：

---

①原文为法语。

②阿尔佛雷德·西斯利（Alfred Sisley，1839–1899），法国印象派领袖，风景画家。

“科罗[1]就是只画一种东西的。为什么我就不能呢？”

看到任何人的成功他都妒火中烧，对于那些印象派艺术家，他有特殊的、个人的厌恶。这是因为他把自己的时乖命蹇归咎于那种疯狂的时尚，这帮“该死的畜生”[2]，这种时尚吸引了广大群众专门去注意他们的作品。温顺和气的米歇尔·罗兰轻蔑地称他们“骗子”，他却报之以不堪入耳的谩骂。“流氓”、“恶棍”，这类字眼算是他最客气的哩！他以攻击他们的私生活为乐，用讽刺性的幽默、侮辱性的语言和猥亵的细节描述来攻击他们。攻击他们是私生子，攻击他们婚姻关系混乱；他用东方式的比喻和东方式的强调语气口出秽言来突出对他们的轻蔑。他负责检查学生们的作品时也并不隐瞒自己对他们的轻蔑。学生们对他敢怒不敢言。那些女人们常常被他粗暴的挖苦弄得哭哭啼啼，而这又招来了他的奚落。尽管那些深受他辱骂的人提出了抗议，他仍然留在画室里，因为毋庸置疑，他是巴黎优秀的大师之一。有时候那位在学校看门的老模特儿壮着胆子去规劝他，可是他的规劝在这位画家粗暴蛮横的态度面前很快就变成了点头哈腰，赔礼道歉。

菲利普首先接触到的就是福瓦内。菲利普来的时候他早已在这个画室了。他一个画架一个画架来回转悠，奥特尔太太——画室司库，跟在他身旁，为那些不懂法语的学生翻译他的话。范妮·普赖斯坐在菲利普旁边，正在热心地画着。她面带菜色的脸上显得很紧张，她的手由于焦急一个劲地出汗，时不时地停下来在罩衫上擦干。突然间，她带着一副焦虑不安的神色冲菲利普扭过脸来，她竭力想装出一副愁眉不展的样子来掩饰这种焦虑。

“你觉得还好吗？”她冲她的画点了点头问道。

菲利普站起身来看看她画的画。他惊呆了，他觉得她简直没长眼睛，她不可救药地画走了样。

---

①让-巴蒂斯特-卡米耶·科罗（Jean-Baptiste-Camille Corot，1796-1875），法国画家。

②原文为法语。

“但愿我画得能有你的一半儿好。”他答道。

“这你别指望，你才来不久嘛。你现在就想画得像我这样好是有点儿期望过大了。我在这儿已经两年了。”

菲利普对范妮·普赖斯感到迷惑不解。她自负得叫人吃惊。菲利普已经发现了画室的每一个人都讨厌她，这也没有什么可奇怪的，因为她好像变着法儿地找碴儿伤害别人。

“我向奥特尔夫人埋怨过福瓦内，”她说，“他有两星期没有看我的画儿了。他跟奥特尔太太一泡就是一个半小时，因为她是画室司库嘛。不管怎么说，我付的钱和别人付的一样多，我想我的钱也跟他们的钱一样好用吧。我就不明白我为什么不能也跟别人一样得到同样的关心。”

她又拿起炭笔，可是马上又不满地哼一声把笔撂下了。

“现在我一点儿也画不下去了。我的神经紧张得不行。”

她看看福瓦内，他正和奥特尔太太一起朝他们这边走来。奥特尔太太温顺柔和、平庸、自满，带着一副很了不起的神情。福瓦内在一个名叫露丝·查莉丝的邋遢的小个子英国女人的画架旁边坐了下来。她长着一双漂亮的黑眼睛，这双眼睛倦怠又热情，消瘦的脸像是一位苦行者但又富于性感，皮肤像老化了的象牙，由于受了伯恩-琼斯的影响，在那个时代，伦敦切尔西区[①]的年轻小姐们都追求这种肤色。福瓦内今天的情绪似乎颇好，他没有跟她多说什么，而是用她的炭笔迅速果断地画了几笔来指出她的错误。当他站起身时，查莉丝小姐高兴地抿嘴一笑。他又来到克拉顿跟前，这时候菲利普也紧张起来了，但是奥特尔太太答应过到时她会让他放心的。福瓦内在克拉顿的画前站了一会儿，默不作声地啃着他的大拇指，然后心不在焉地把啃下来的一小块皮“噗”地吐在画布上。

“这个线条画得很好，”他终于说，用拇指指着他感到满意的地方，“你的画开始上路子了。”

---

①切尔西（Chelsea），伦敦市泰晤士河沿岸区名。

克拉顿没回答，用他一贯的那种对世人意见不屑一顾的讽刺神气看着这位教师。

“我现在认为你起码是有些才华的。”

奥特尔太太撇了撇嘴，她不喜欢克拉顿。从他的作品中她看不出有什么独到之处。福瓦内坐下来，仔细地讲起绘画技巧来。奥特尔太太渐渐站累了。克拉顿一句话也不讲，只是不时地点点头。福瓦内满意地感到克拉顿在用心听他讲，并且都听懂了，而听他的课的大多数学生显然根本没有听懂。然后，福瓦内站起来朝菲利普走过来。

“他是两三天前才来的，”奥特尔太太赶紧解释说，“他是个初学的，他以前从来没有学过画画。”

“看得出来，[①]”教师说，“看得出来。”

他走过去了，奥特尔太太跟在后面低声告诉她：

“呶，这位就是我跟你说的那位年轻小姐。”

他瞅瞅那位小姐，仿佛她是个什么令人反感的动物一样，他的声音变得愈发刺耳了。

“好像你认为我对你不够重视。你对司库抱怨过了。好吧，就把那件你希望我给予重视的作品拿给我看看吧。”

范妮·普赖斯刷地脸红了。血在她那病态的肤色下好像成了一种奇怪的紫色。她没有回答，指了指画，她自打这星期一就一直在画的这幅画。福瓦内坐下来。

“哎呀，你要我对你说什么好呢？你希望我对你说这幅画挺好吗？它并不好。你希望我说这幅画有什么优点吗？它没有。你希望我指出这幅画有些什么错误吗？错得一塌糊涂。你希望我告诉你拿这画怎么办吗？撕掉算啦。现在你该满意了吧？”

普赖斯小姐的脸变得惨白。她火冒三丈，因为他的这番话是当着奥特尔太太面说的。尽管普赖斯小姐在法国待了这么长时间，而且能很好地听懂法语，可是她几乎连一句法语也讲不好。

---

①原文为法语。

"他没有权力这样对待我。我交的钱跟别人交的一样好使。我付钱是让他教我的。他这根本不是在教我。"

"她说什么？说什么？"福瓦内问。

奥特尔太太犹豫着没敢翻译，于是普赖斯小姐就用蹩脚的法语重复了一遍。

"我是付了钱来学的。[①]"

他的眼睛恼怒得能冒出火来，他提高嗓门，晃着他的拳头。

"可是，以上帝的名义起誓[②]，我教不了你，教一只骆驼也比教你更容易点儿。"他扭脸对奥特尔太太说，"问问她，她来学画是为了好玩儿呢，还是想用这个来挣钱？"

"我打算当一个艺术家挣钱糊口。"普赖斯小姐回答说。

"那么我有责任告诉你，你这是白耽误工夫。你有没有天分不打紧，如今有天分的人不是随随便便就能找到的，而你却连起码的聪明也没有。你在这儿有多久了？一个五岁的孩子只消学上两节课就能画得比你强。我要对你说的只有一句话，放弃这毫无希望的努力吧。去当个收拾屋子的女仆吧，这比你当个画家赚钱谋生更合适。看——"

他抓起一支炭笔，在他往纸上画时笔折断了。他咒骂着，用那根折断了的炭笔画着十分有力的线条。他一边迅速地画一边说，吐出恶毒的字眼。

"看，那两只胳膊不一样长。那个膝盖，奇形怪状的。我告诉你这个五岁的儿童吧，你看，她不是用腿站着。看那只脚！"

他每说一个字，就怒气冲冲地用炭笔在画上敲出一个点来，没多大一会儿，范妮·普赖斯费了那么多时间和苦心所画出来的画就已经面目全非，成了一片乱糟糟的线条和污点。最后，他扔下炭笔站起来。

"接受我的劝告吧，我的小姐[③]，去试试做女裁缝吧。"他看了看

---

①原文为法语。

②原文为法语。

③原文为法语。

表，“十二点了，诸位，下礼拜见[①]。”

普赖斯小姐慢慢地收拾她的东西。菲利普等到其他的人对她说了许多安慰的话后，却想不出该说些什么好，只说了一句：

“哎，太可鄙了。这个人多么粗野啊！”

她愤怒地转过身来。

“你等在这儿就为了说这些吗？我需要你同情的时候我会告诉你的。请闪开，别挡住我的路。”

她从他身边走过去，出了画室，菲利普耸了耸肩，一跛一跛地到格拉维埃吃午饭去了。

“她活该。”菲利普把刚才发生的事情告诉了劳森，劳森说，“坏脾气的邋遢女人。”

劳森对批评十分敏感，为了避免这点，福瓦内来的时候，他就干脆不去那儿。

“我不愿意别人对我的作品品头论足，”他说，“我画得是好是坏自己知道。”

“你不过是不愿意别人对你的作品说不好的意见罢了。”克拉顿冷冷地说。

那天下午，菲利普想到他应该到卢森堡宫去看看画，当他穿过公园的时候，一眼瞥见了范妮·普赖斯正坐在她坐惯了的椅子上。那一回，他好心好意地想对她说些使她高兴的话，而她却蛮横粗暴地对待他，这使菲利普大为恼火。

他从旁走过去，仿佛没看见她。可是她马上站起来迎着他走来。

“你是想假装没看见我吗？”她说。

“不是，当然不是。我想你也许不希望别人跟你说话。”

“你上哪儿去？”

“我想去看看马奈的画，我老是听别人提到那幅画。”

“我和你一起去好吗？我对卢森堡宫了如指掌。我可以指给你看一

①原文为法语。

两件好作品。”

他知道她提出这个要求是为了表示悔过，她做不到直截了当地向他道歉。

“你真是太好了，我当然非常愿意。”

“如果你愿意自己一个人去的话，你就不必这么说。”她疑惑地说。

“哪儿的话呀？”

他们朝美术馆走去。最近凯博特美术馆的收藏品已经公开展出了。学生们第一次有机会随心所欲地仔细观看印象派的作品。在此之前，只有在拉菲特大街的杜兰德·吕埃尔商店才可能看到这些作品（这个零售商和他英国的同行不一样，不是对画家采取一种优越的态度，而总是乐于把画拿给寒酸的穷学生看，随便他们想看什么都可以）。或者到他的私人住宅去，每星期二得到一张参观券到那儿去也并不困难，你在那里可以看到世界名画。普赖斯小姐领着菲利普径直来到马奈的《奥林匹亚》跟前。他惊奇得一声不响地看着这幅画。

“你喜欢吗？”普赖斯小姐问。

“说不上来。”他无可奈何地回答说。

“我可以告诉你，除了惠斯勒画的他母亲的肖像画，也许这幅画在这个美术馆里是最好的了。”

她给他一定的时间让他在这幅名画前沉思，然后又带他到一幅描绘火车站的画前。

“看吧，这是莫奈画的，”她说，“是圣拉托尔火车站。”

“可是这铁路线不平行呀。”菲利普说。

“那又有什么关系？”她傲慢地反问。

菲利普很为自己害臊。范妮·普赖斯滔滔不绝地打开了话匣子，油腔滑调地讲起了各幅画，她渊博的知识轻而易举就给菲利普留下了深刻印象。她开始给他解释这些画，目空一切却又不乏真知灼见，她给菲利普展示出画家们的匠心所在以及他应当从中探求的东西。她一边讲一边翘着大拇指比划着，她所讲的一切对他来说都是那么新鲜，菲利普怀着浓厚的兴趣而又迷惑不解地听着。在这以前他崇拜的是瓦兹和伯恩-琼斯。前者的鲜明绚烂的色彩，后者的画中深刻的感情充分满足了他的美感。他们那种朦胧的理想主义，他们给他们的画取的题名包含的一点哲学思想，这些都非常符合菲利普勤奋阅读拉斯金的著作而认识到的艺术的功能，但是这里的某些东西却完全不同：这里没有道德感染力；对于他们的作品的沉思不能把人引向一种更纯洁、更高尚的生活。菲利普感到困惑不解。

他终于说："你看，我简直是个大笨蛋。我认为我无法更多地吸收什么有益的东西了。咱们还是到长椅那儿去坐坐吧。"

"看艺术品最好一次别看得太多。"普赖斯小姐回答道。

他们出了美术馆，他因为自己给她添了麻烦而热情地表示感谢。

"噢，没关系，"她有点儿不礼貌地说，"我这么做是因为我乐意。如果你愿意，咱们明天去卢浮宫，然后我带你去杜兰德·吕埃尔的店里看看。"

"你对我真是太好了。"

"你不像他们许多人那样认为我是个无法忍受的人吗？"

"我不。"他笑着说。

"他们以为他们会把我从这个画室赶出去的，但是他们办不到，我愿意在这儿待多久就待多久。今天上午的那一切都是露西·奥特尔干的，我全明白。她总是恨我。她认为这事之后我就会自己走掉。我敢说，她可希望我走了哩。我知道她那么多事，她怕我。"

普赖斯小姐给他讲了一个很长而且又错综复杂的故事，这个故事说奥特尔太太这个平庸而又受人尊敬的小个子女人有过猥亵的与人私通的事。接着她又谈起露丝·查莉丝，就是那天上午福瓦内曾夸奖过的那个姑娘。

"她跟画室里的每个小伙子都有过关系。她一点儿也不比一个妓女强。而且，她可脏了，一个月也不洗一回澡，我知道这是事实。"

菲利普不是滋味地听着。他已经听说过，关于查莉丝小姐这个人，流传着各种各样的流言蜚语。但是设想这位和母亲生活在一起的奥特尔夫人有什么不检点的地方真是荒谬可笑。在他身边走的这个女人和她那恶毒的谎言真是让他反感至极。

“我不在乎他们说什么。我要照样继续干下去。我晓得自己是有艺术家气质的。我觉得我是个艺术家。我宁可自杀也不放弃艺术。啊，这学校有一些人遭到嘲笑，后来却成为唯一的天才，我就是其中的一个。艺术是我唯一关心的东西，我愿把全部生命都献给艺术。关键是要坚持不懈，锲而不舍。”

她发现每个对她的自我评价不以为然的人都有其不可告人的动机。她顶厌恶克拉顿。她对菲利普说，他的朋友其实并没有什么才华，他只是虚有其表和浅薄无知而已。他豁出命来也创作不出一幅画来。说到劳森：

“一个红头发、长着雀斑的小畜生。他那么害怕福瓦内，都不敢让福瓦内看他的作品。无论如何，我是不怕他看我的画的，是吧？福瓦内对我那么说，我根本不在乎，我相信我是个真正的艺术家。”

他们到了她住的那条街上，离开她时，菲利普如释重负地松了口气。

44

但是尽管如此，当下一个星期天普赖斯小姐提出带他去卢浮宫时，菲利普还是接受了。她领他看《蒙娜丽莎》。他怀着稍微有些失望的心情看着这幅画，不过，他心里记住的那些闪耀着宝石般光彩的词句，都是沃尔特·佩特对这幅世上最著名的画赞颂备至时所使用的语言。

“都是纯文学的东西，”她有些轻蔑地说，“你必须摆脱它才行。”

她又领他看了伦勃朗的作品，还对这些作品讲了许多恰如其分的话。她站在《使徒在埃马乌斯》[1]的前面。

“当你体会到了这幅画的美时，”她说，“你就是对绘画有些了解了。”

她还领他去看安格尔的《土耳其宫女》和《泉》。范妮·普赖斯是个专横的向导，她不让他去看那些他想看的，而且还企图强迫他赞美她所赞美的一切。她对艺术的研究非常严肃认真。他们经过长廊的一扇窗

---

①《使徒在埃马乌斯》（*Disciples at Emmaus*），伦勃朗的名画。

户，从这里望出去可以看到土伊勒利王宫[①]的五彩缤纷、金碧辉煌、优美高雅的景色，宛如一幅拉法埃利的画，这时菲利普大叫起来：

“你看哪，多美啊！咱们就在这儿歇一会儿吧。”

她冷淡地说：“好吧，可以。可是咱们是到这儿看画儿来的。”

秋天的空气愉快而舒畅，使菲利普意气风发。接近中午，他们站在卢浮宫大庭院时，他恨不得像弗兰纳根那样大喊一声：让艺术见鬼去吧。

“喂，咱们到圣米歇尔大街去找一家饭馆吃点儿东西怎么样？”他提议。

普赖斯小姐怀疑地看了他一眼。

“我在家里已经准备好午饭了。”她回答说。

“那有什么关系，你可以明天再吃嘛，我请客。”

“我不明白你为什么要这样。”

“我高兴请客呀。”他笑着说。

他们过了河，在圣米歇尔大街的拐角处有一家饭馆。

“咱们到那儿去吧。”

“不，我不去那儿，看样子那家馆子太贵了。”

她坚持要继续往前走，菲利普只好跟着她。没走多远他们就遇到了一家比较小的饭馆，在便道上的阳篷下有十来个人在吃饭，窗户上写着醒目的白色大字。午餐，一法朗二十五生丁，甜酒在内。

“我们不可能吃得比这更便宜了，这儿看起来很不错。”他俩在一张空桌旁坐下，等着煎蛋饼，这是菜单上第一流的了。菲利普愉快地注视着过往的行人。他的心思都集中在他们身上。他很累了，但是很愉快。

“喂，看那个穿着宽罩衫的男人，他多么漂亮！”

他瞟了一眼普赖斯小姐，看到她正低着头瞅着盘子，没有去注意那人来人往的景象，两滴大泪珠从脸上滚下来，菲利普大吃一惊。

“你这到底是怎么啦？”他喊了起来。

“要是你再跟我说什么，我起来马上就走。”她回答。

他完全被弄懵了。但幸运的是，正在这工夫煎蛋饼来了。他把蛋饼

①土伊勒利王官（Tuileries），巴黎以前的一个王宫。

分成两半，他们开始吃起来。菲利普尽力说些无关痛痒的话，而且普赖斯小姐这一方也好像在尽可能显得愉快。但这顿午饭吃得并不很圆满。菲利普是个神经质的人，普赖斯小姐的那种吃饭方式赶走了他的食欲。她吃起饭来一个劲儿吧唧着嘴，狼吞虎咽，有点儿像一头关在笼子里的野兽。每吃完一道菜她要撕下一小块面包来抹盘子，直到把盘子擦得锃光瓦亮，仿佛她连一滴菜汁也不愿意剩下。他们要了浓味软干酪，看到她把干酪皮和给她的那份干酪全都吃得干干净净，菲利普感到很厌恶。她要不是太饿了，是不会狼吞虎咽地吃下这么多的。

普赖斯小姐真叫人摸不透，这天他跟她友好地分了手，他简直说不出她下一次会不会拉下脸来，恶语伤人。但是他从她那里学到了许多东西：尽管她自己画不好，但所有该教的她盼他都懂，而且她对他不断指点，对他的进步很有帮助。奥特尔太太对他也很有用，查莉丝小姐有时也对他的作品作某些批评。他还从劳森那里学得能言善辩，克拉顿的那副神气他也学上了。可是范妮·普赖斯除她自己外，对他去请教的任何人都耿耿于怀，如果在别人和他交谈过后他再去请她帮忙，她就会粗暴地加以拒绝。其他的小伙子们，劳森、克拉顿、弗兰纳根都拿普赖斯小姐来打趣他。

“你可当心点儿啊，年轻人，”他们说，“她爱上你了。”

“呸，尽是胡说八道，”他笑道。

认为普赖斯小姐能爱上什么人的想法真是荒谬之极。当他一想到她粗陋的模样，脏了的头发和那肮脏的手，以及她总不离身的那件褐色衣服，衣服边儿也已经褪色磨破了，他就不寒而栗。他猜她手头很拮据，他们都手头拮据啊，可她至少可以洗一洗吧，用针线把裙子补得整齐些总能办到吧。

菲利普开始整理一番他接触的那伙人给他的印象。他不像在海德尔贝格时那么单纯了，那些日子似乎已经是很久以前的事了。他开始对人比较感兴趣了，他倾向于对人持审查和批判的态度。他发现了解克拉顿是很困难的，他与克拉顿朝夕相处了三个月之后竟没有比第一天认识他时了解得更深。在画室里，克拉顿给人总的印象是很能干的，人们都说他会干出一番大事业，他自己也持有这种观点。但是他究竟将干些什么，不但别人不知道，连他自己也一点儿不知道。在他到阿米特拉诺画室来之前，他曾在别的几个画室学习过，如朱莉昂画室，美术画室和麦克弗森画室。他在阿米特拉诺画室待的时间比别的地方都长些，因为他发现没有人管他。他不喜欢把自己的作品拿给别人看，不像绝大多数学艺术的年轻人那样，他既不求教于人也不给别人指教。据说，他在田园一街那间工作室兼卧室的小画室里，有一些很不错的画。只要能劝他把那些画拿去展览，他准会一举成名。他请不起模特儿，所以他只画静物。劳森经常提起克拉顿画的一盘子苹果，他断言这幅画是一幅杰作。克拉顿爱挑剔，由于追求某些他还不完全了解的东西，他总是从整体上不满意自己的作品。也许他对某一部分较为得意，也许是人物的一只小臂，或是一条腿和一只脚，也许是一张静物画中的一只玻璃杯或一个茶杯，他把这部分剪下收起来，把画布上其余部分毁掉。这样当人们不请自来要求看他的画时，他就能够诚实地回答，他连一幅可拿出来给他们看的画也没有。在布列塔尼[①]，他曾经遇到过一位默默无闻的画家，这个古怪的家伙当过证券经纪人，他到中年才开始从事绘画。克拉顿受了他的作品的巨大影响。他对那些印象派画家毫不理睬，他艰辛地为自己寻求着一条无论是在画法上还是视觉上都具有自己独特风格的道路。菲利普觉得在克拉顿身上有着某种奇怪的富于独创性的东西。

在他们吃饭的格拉维埃餐馆也好，还是晚上在凡尔赛餐馆或是丁香花园咖啡馆也好，克拉顿总是沉默寡言。他安静地坐在那里，憔悴的脸上带着一种讥讽的表情，他只有在有机会说上一句俏皮话时才开口。他喜欢有个嘲笑的对象，当有什么人可供他讽刺挖苦时，他简直开心极了。除了绘画他闭口不谈任何事情，而且即使谈，他也只跟一两个他认为值得一谈的人聊一聊。菲利普猜不透他身上是否真的有才能：他的沉默寡言，形容憔悴，尖刻的幽默似乎都表明了他有个性，但是在这些假面具之下，也许什么也不是哩。

另一方面，菲利普和劳森很快变得亲密起来。劳森有着广泛的兴

①布列塔尼（Brittany），法国西北部地区之一。

趣，这使他成为令人愉快的同伴。他读过的书比大多数学生都多，虽然他收入不多，可是他酷爱买书，并且乐于把书借给菲利普。菲利普开始熟悉了福楼拜和巴尔扎克，知道了魏尔伦、埃雷迪亚[①]和维利埃·德利尔-亚当[②]。他们有时一起到喜剧歌剧院的顶层楼座去看戏。他们这里离奥德翁剧院很近，菲利普和他的朋友一样，热烈地爱上了路易十四时代的悲剧作家和洪亮的亚历山大体诗歌。在泰布街有"红色音乐会"[③]，花上七十五生丁他们就能在那里欣赏到美妙的音乐，有时还可以讨价还价买到便宜可口的饮料。那儿的座位不舒适，地方也很拥挤，空气中充斥着呛人的劣等烟草的气味，但是青年人的热情使他们对这些毫不在意。有时他们去比利埃尔跳舞厅。在这些场合弗兰纳根总是陪他们一块去。他动不动就兴奋起来，打打闹闹地狂欢滥饮，常常使他们捧腹大笑。弗兰纳根的舞跳得很漂亮，他们进屋不到十分钟，他就得意洋洋地和一个刚刚认识的小女店员转起来了。

他们所有人的希望就是能找到个情人。这是在巴黎艺术学生的生活点缀的一部分。在同伴的眼睛里，有情人的人身价倍增，似乎这是件很值得炫耀的事儿。但是困难的是他们没有足够的钱来维持自己的生活，尽管他们辩解说法国女人很聪明，两个人的开销也并不比一个人的大，但是他们发现很难遇到愿意接受这种看法的年轻女子。在大部分时间里，他们只得以嫉妒和侮骂那些接受画家们保护的姑娘来满足自己，那些画家比他们这些学生的社会地位要稳固得多，受尊重得多。在巴黎找个情人竟如此困难，真是怪事。劳森往往在结识某个年轻丫头，而且和她订了约会后，会二十四小时都坐立不安，对他碰见的每个人都详细描述一番这个迷人精。可是在约好的时间里她却没来。他往往很晚才到格

①何塞·马利亚·埃雷迪亚（José Maria de Heredia，1842–1905），出生于古巴的法国诗人。

②维利耶·德利尔-亚当（Auguste Villiers de L'isle-Adam，1838–1889），法国作家，他的作品对法国十九世纪末象征派文学有很大影响。

③指现代派音乐家在咖啡馆、酒吧或街头举行的音乐会。法语中的"红色"一词含有新颖、不落俗套之意。

拉维埃餐馆，骂骂咧咧地乱喊：

“该死，又是个坑人的东西！我真纳闷她们为什么不喜欢我。我估计这是因为我的法语说得不好，再不就是因为我的红头发。真晦气到家了，在巴黎待了一年连一个也没逮住。”

“你的方法不对。”弗兰纳根说。

他有很多令人羡慕的辉煌战果可以对人讲，尽管他们一哄而散，不相信他说的都是真事，但事实又使他们不得不承认他说的并不都是瞎编的，但是他不谋求长期的安排。他在巴黎只有两年的工夫：他说服家里人让他来学艺术而不是上大学。这段时间一完他就需要到西雅图进他父亲的事务所工作。他已经下了决心要及时行乐。在爱情生活中，他要求的是多变而不是持久。

“我真不知道你是怎么把她们搞到手的。”劳森不无感慨地说。

“这并不难，小老弟。”弗兰纳根回答道，“你只要一个劲儿地追求就行了。难的倒是甩掉她们。这方面需要你有点儿手腕。”

菲利普可是忙得不亦乐乎，他得忙他的功课，读书，看戏，听别人交谈，因此也就不渴望与女性交往了。他想等他能够说一口流利的法语，再去忙这些事也不晚。

从上次他见到威尔金森小姐到现在已经有一年多了，他没离开布莱克斯塔布尔时，她就给他来了封信，菲利普来到巴黎的头一个星期忙得不可开交，所以没能给她回信。当第二封信又来的时候，他知道信里准是满纸的责备话，而且那时他也没心思去看这些，他就把信扔在一边了，打算晚点儿再打开看。谁知他把这事儿忘到脑后去了。过了一个月以后，他翻抽屉找双没有洞的袜子，偶然发现了这封信。他沮丧地看看这封没拆开的信。他担心威尔金森小姐为此心里不定有多痛苦哩。他感到自己太残忍了。但是现在她的痛苦可能已经过去了，无论如何最痛若的时候应该过去了。在他看来，这事本身只不过说明了女人在表达她们的感情时，总是小题大作。同样的话，在男人嘴里就不会有那么严重。他下了狠心，无论什么也不能诱使他再见她的面了。已经有这么长时间没有给她写信了，看来现在也就不值得再写了。他决定不再看这封信。

“也许她也不会再写信了，”他自言自语地说，“这样她就不得不承认这事完结了。毕竟她的岁数都够当我妈了，她早就应该更明白些才是。”

他有一两个钟头感到心里不痛快。他的做法显然是正确的，但是他又对整个事情不能不感到不满。但是，威尔金森小姐不再来信了，也没有像他可笑地担心的那样，突然出现在巴黎，让他在朋友面前出丑。没过多久，他就把她忘得一干二净了。

与此同时，他彻底地抛弃了他过去崇拜的画家们。他看待印象派画家们的作品已由最初的惊诧变成了钦佩。而且他现在自己说起话来也像其他人一样言必称马奈、莫奈和德加的成就。他买了一张安格尔的《土耳其女奴》和一张《奥林匹亚》的照片。它们被并排钉在洗脸盆的上方，这样在他刮脸的时候就可以仔细琢磨它们的美了。他现在十分肯定地认识到了在莫奈以前根本不存在什么风景画。当他站在伦勃朗的《使徒在埃马乌斯》和委拉斯凯兹的《鼻子上有褐斑的少女》前的时候，他就感到了一阵颤栗。那名字并不是她的真名，但是为了强调那幅画的美，她也由于鼻子上的褐斑而在格拉维埃餐馆名声大噪，尽管模特儿本人的相貌多少有那么一点儿叛逆的特征。他把初来巴黎时曾经穿戴过的圆顶礼帽、整洁的带白点儿的蓝领带，连同拉斯金、伯恩－琼斯和瓦兹一起扔到了一边。他现在优哉游哉，戴着一顶软塌塌的宽边帽，系着一条飘动的黑色旧式领带，披着件裁剪得蛮有浪漫意味的斗篷。他走在蒙帕纳斯大街上，好像他生来就很熟悉这条街道似的。经过卓有成效和不屈不挠的锻炼，他已经学会喝艾酒，再也不觉得难以下咽了。他听任头发长长，而他没有胡子这一点，倒不是因为他想让青春永驻，只是老天没让他有胡子。

45

菲利普很快就看出来了，影响他那帮朋友们的精神状态的是克朗肖。劳森的似是而非的反论就是来自他那里，甚至就连竭力追求个人风格的克拉顿用来表达自己观点的词句也是无意识地从这位年龄较大的人那儿学来的。他们在饭桌上争论不休的是克朗肖的思想，而且他们的判断是根据他的权威做出来的。除了对他的尊敬以外，他们也不自觉地嘲笑他的癖好，为他的恶习而感到痛惜。

“谁说不是呢，可怜的老克朗肖绝不会干成任何事的，”他们说，“他毫无希望了。”

他们感到骄傲，因为只有他们才能欣赏克朗肖的天才。然而，他们也有青年人对中年人的愚蠢行为固有的蔑视。和克朗肖在一起，他们认为是对他的屈尊俯就。如果他选择一个聚会时间，到时候只有那么一个杰出的人物到场的话，他们不能不把这看成是件值得夸耀的事情。克朗肖是从来不到格拉维埃餐馆来的。近四年来他和一个女人住在一个肮脏的地方，这个女人只有劳森看到过一次。他们住在大奥古斯丁道的沿河街，一栋破败不堪的公寓六层楼上的一间狭小的房间里。劳森生动地描述那里是如何的肮脏、零乱，不堪入目。

“那臭味都快把人熏死了。”

“吃饭时别说这些，劳森。”其他人制止道。

但是他不愿意放弃惟妙惟肖地形容他闻到的臭味的乐趣。本着他对现实主义的热忱，他手舞足蹈地形容那个为他开门的女人。她又黑又矮，胖乎乎的，相当年轻，一头乌黑的头发看上去好像总是要散下来。她穿件皱巴巴的罩衫，里面没有穿胸衣。她红扑扑的脸蛋儿，那张富于性感的大嘴和那双熠熠发光的淫荡的眼睛，使人想到卢浮宫里弗朗兹·哈尔斯[①]的那幅《吉普赛女郎》。她身上有一股既可笑又可怕的、洋洋自得的粗俗劲儿。一个没有洗脸的、瘦小的孩子在地板上玩着。听人说这个邋遢女人和拉丁区最下贱的地痞流氓一起欺骗克朗肖，那些聪明的青年在咖啡馆的餐桌上吸收着克朗肖头脑里的智慧。对他们来说，热爱美的、才智敏捷的克朗肖竟会同那样一个女人结合在一起，真是不可思议。但是他似乎很欣赏她那满嘴的粗话，而且还经常重复一些散发

---

①弗朗兹·哈尔斯（Frans Hals，1580? -1666），荷兰画家。

出贫民窟臭味的口头语。他戏谑地把她叫作“我的看门人的女儿”[1]。克朗肖穷得叮当响。他靠为一两家英文报纸撰写评议画展的文章维持生活，还做一些翻译工作。过去他曾是巴黎一家英文报纸的职员，后来因为酗酒被解雇。不过，他还给这家报纸干些零活儿，像描写一下德鲁奥旅馆的拍卖啦，或是音乐厅上演的小型讽刺剧等。巴黎生活已经深入了他的骨髓，尽管在其他所有的人眼里，他的这种生活污秽肮脏，枯燥无味，而且又艰苦，可是他却不愿意把它和世界上任何别种生活调换。他终年不离开巴黎，甚至在夏天，他的熟人都离开了巴黎的时候，他只能在离圣米歇尔大街不到一英里远的地方去逛逛。奇怪的是他一直没有把法语说得像样儿一点，而且他始终穿着在“美丽”“金甲虫”商店里买的那身寒酸的衣服，始终保持着一副根深蒂固的英国人的样子。如果他是一个生活在一百五十年前的人，那么他准会发迹，那个时候，谈吐风雅便是进入上流社会的通行证，即使喝得烂醉也无妨。

“我真是该生活在十九世纪，”他自言自语地说，“我多么需要一位艺术保护人啊。把我的诗送给或献给一位贵族，诗集就能出版了。我渴望能同宫廷侍女们谈情说爱，能同主教们谈古论今。”

他引用了一句罗拉的充满了浪漫色彩的诗句：

“纵观那茫茫千古，谁叫我生不逢时。[2]”

他喜欢结识新朋友，他很喜欢菲利普，因为他似乎掌握了谈话的最高超艺术，说话刚够引起话头，说的又不过多，不致成为独白。菲利普也被他迷住了。他并没有认识到克朗肖所说的丝毫没有什么新鲜。在谈话中，他的个性有着一种奇怪的力量。他有着动听而洪亮的嗓音，还有一种对年轻人具有不可抗拒的吸引力的果断。无论他说什么，似乎都很发人深省。在回家的路上，劳森和菲利普经常是不停地从这人的旅馆到那人的旅馆来回地走着，讨论克朗肖偶然提到的某个观点，菲利普像其他年轻人一样，有着一种希望知道结局的迫切心情，可克朗肖的诗却不

①原文为法语。

②原文为法语。

符所望，这使菲利普感到困惑。克朗肖的诗从没有汇集成册出版过，他的诗绝大多数都发表在期刊上。经过软磨硬泡之后，克朗肖才夹来了一捆《黄皮季刊》《星期六评论》[1]和从其他刊物上撕下来的纸，每页上都有一首诗。菲利普发现他的绝大多数诗不是使他想起亨利[2]的诗句，就是使他想起斯温伯恩的诗，这真叫他大吃了一惊。自然把他们的诗变成他自己的也需要克朗肖运用他自己的卓越才华。菲利普把他的失望对劳森讲了，而劳森无意中把这话告诉了别人。等到下次菲利普到丁香花园的时候，这位诗人冲菲利普转过来，油滑地笑着说：

“听说你认为我的诗没什么了不起。”

菲利普感到很尴尬。

“这是从何说起呢？”他回答道，“我很欣赏您的诗。”

“用不着照顾我的面子，”克朗肖摇了摇他那肉乎乎的手反驳道，“对于我的诗，我丝毫不夸张说它有多重要。生活不是写的，而是过的。我的目的是生活给我带来多种经历，汲取生活每时每刻赠给我的激情。我把写诗看做是一种优雅的才能，它不是汲取生活的快乐而是增加生活的快乐。至于说到子孙后代嘛——让他们见鬼去吧。”

菲利普微微一笑，他眼前闪现出这位生活中的艺术家，他创造出来的画不过是极坏的劣品而已。克朗肖若有所思地看看他，然后给自己斟满了一杯酒。他打发侍者拿包香烟来。

“我这样说话你觉得有趣吧，你知道，我分文没有。和一个下流的荡妇一起住在一间顶楼里，她和那些理发师和咖啡馆的伙计[3]串通起来欺骗我。我呀，为英国读者翻译一点拙劣的书籍，给那些甚至连骂都不值得骂的不入流的绘画撰写几篇文章。请问，人生的意义是什么？”

“哎呀，这个问题太难了。能讲讲你的看法吗？”

---

①《星期六评论》：英国著名的周刊，创刊于1855年，有着自由党倾向，许多大作家如哈代、萧伯纳等都在上面发表过作品。

②威廉·厄内斯特·亨利（William Ernest Henley，1849–1903），英国诗人、批评家及剧作家。

③原文为法语。

"算了吧，不是你自己发现的，说也没用。但是你说说看，你活着是为了什么呢？"

菲利普还从来没反躬自问过，他想了一会儿，回答说：

"嗯，我可说不好哇。我想是尽一个人的责任吧，尽最大可能发挥一个人的才能，不去伤害别人。"

"总而言之，就是己所不欲，勿施于人，对吗？"

"我想是吧。"

"基督教精神。"

"不对，这不是的，"菲利普愤慨地说，"这和基督教精神风马牛不相及。这不过是抽象的道德。"

"但是，所谓抽象的道德是根本不存在的。"

"要是那样的话，假如你在醉中离开这儿把钱包丢了，而且又被我捡到，你凭什么想我会把钱包还给你呢？还给你也不是出于害怕警察呀。"

"是因为你怕犯了罪会下地狱，又希望积德行善好上天堂。"

"可是我既不相信有地狱也不相信有天堂。"

"也许是吧。康德提出'绝对命令'[①]时也是不相信有天堂和地狱呀。你是把一个宗教信条抛在一边，可是你却把基于宗教信条的道德准则保留下来了。从实质上看，你还是个基督徒，而且，天上如果真有上帝的话，无疑你会得到报偿的。全能的上帝不可能像教会所编造的那么傻。只要你信守上帝的律法[②]，我想，他是丝毫不会介意你信不信上帝的。"

"可是，如果我丢了钱包，你当然会还给我的。"菲利普说。

"但那不是出于抽象道德的动机，而仅仅是由于担心警察。"

"十拿九稳警察是绝对不会查出来的。"

"我的祖先长期生活在一个文明的国家，他们对警察的恐惧已经深

①"绝对命令"：康德哲学中良心至上的道德律。康德认为人性生来就有某种内在的指挥力，这种力量决定着人们的实际行为并使之具有道德性质。

②指基督教中摩西的律法。

入我的骨髓。我那守门人的女儿当然会毫不迟疑地把钱包据为己有。你说这是因为她属于那个可耻的阶层，但是，大谬不然，她只不过是没有那种庸俗的偏见罢了。”

“可这一来，荣誉、道德、善良、体面等一切也就丧失殆尽了。”菲利普说。

“你犯过什么罪吗？”

“我不知道，我想犯过吧。”菲利普回答说。

“这是从非国教教会牧师的口里说出来的话。我可从来没有犯过罪。”

克朗肖穿着他那件寒酸的大衣，领子竖着，头上扣着帽子，红红的胖脸再配上一对滴溜发亮的小眼睛，那模样看上去真是好笑极了。但是菲利普太认真了，他无法使自己笑出来。

“你从来就没有做过什么让你后悔的事儿吗？”

“事情已经无法挽回时我后悔又有什么用呢？”克朗肖反问。

“但这是宿命论。”

“人们有一种错觉，以为意志是自由的，这种错觉根深蒂固，以致连我都乐意接受了。我就好像是一种自由的力量似的。但是完成一件事，很清楚这是来自无穷无尽的宇宙的一切力量一起促成的，而且我是无能为力去阻止它的。这是不可避免的。如果做得对我不能要求奖赏，如果做得不好我也不能接受谴责。”

“我有点头晕。”菲利普说。

“那就来点儿威士忌吧，”克朗肖把酒瓶子递过来说，“没有比它更能够清醒头脑的东西了。如果你非要喝啤酒的话，你只会头脑迟钝。”

菲利普摇摇头，克朗肖接下去说：

“你是个蛮不错的家伙，就是不肯喝酒哇。清醒妨碍交谈。但是我说到好与坏的时候……”菲利普看出来他这是在理清他说话的头绪，“我都是按照传统讲的，并没有给那些话附加什么意义。我反对给人类的行为按宗教标准分出三六九等，反对把赞誉之词给这些人，而把污名给另一些人。罪恶和美德这种字眼对于我没有什么意义。不论是赞扬或是谴责，我都不计较。我是衡量一切的标准。我是世界的中心。”

“但是世界上总还有一两个旁人吧。”菲利普反对说。

“我讲的只是我自己。只有在别人限制了我的行为时，我才考虑他们。世界也是围绕着他们每个人转的，每个人都是宇宙的中心。我对他们的权力只限于我力量所及的范围。我所能做的就是我可以做的唯一限度。因为，我们是群居的，我们生活在社会中，而社会是依靠强制手段，靠武力（这就是警察）和公众舆论的力量（也就是格伦迪太太[①]）把人们集合在一起的。你一方面是社会一员，而另一方面又是一个人，每一方面都是为自我保存而斗争的有机体。这就是力量与力量的对抗。我势单力薄，不得不依靠社会，这也并非是违心的。因为社会保护我这个弱者免受那些比我更强有力的强者的蹂躏，以此作为对我纳税的回报，但是我之所以服从它的法律，是因为我必须服从。我并不承认它们的正义性。我不知道什么是正义，我只知道强力。我为豢养保护我的警察出了钱，同时他们又得保护我。如果我生活在一个法律上规定实行征兵制的国家，我在军队中服役，同时那个军队又保卫我的房屋和土地不受侵犯，这样我和社会公平交易，谁也没有对不起谁，至于其余的呢？我以我的诡计来对抗它的强力。社会为其本身的生存制定了法律，如果我破坏了这些法律，它就会把我投进监狱或是处死，它有力量去这么做，因为强权即公理。如果我破坏了法律，我就得去接受国家的报复。但是我将不会把这看做是惩罚，也不认为是自己做了坏事。社会用勋章、钱财，以及我的同胞们的夸奖而引诱我为它服务。但是我对他们的夸奖无动于衷，我鄙视勋章，而且没有钱财我也照样能过得很好。”

“可是，要是每个人都像你这样想的话，一切都会立刻瓦解了。”

“我和别人没有一点儿关系，我只关心我自己。人类大多数是为了某些报酬而去做直接或间接对自己有利的事情，我就利用了这一事实。”

“我看，这是极端可怕的自私自利的看法。”菲利普说。

“可是，你说得出人们不是出于自私而去做什么事情的例子吗？”

---

①格伦迪太太（Mrs.Grundy），英国戏剧家托马斯·默顿（Thomas Merton，1915–1968）喜剧中的主人公，意指社会的指责和挑剔。

“当然可以。”

“这不可能。当你逐渐成熟起来你就会发现，要使这世界成为一个可以苟活之地，首先需要认识的就是人类是不可避免地自私的。你要求别人不自私，这种要求荒谬之极，因为这是要求人家应该为你的欲望而牺牲他们自己的欲望。为什么他们就应该牺牲呢？世界上每个人都是为他自己的，当你承认了这一事实时，你也就对你的同伴们无所多求了。他们也就不会使你失望了，而且你就会更加宽厚地看待他们了。人们在生活中追求的只有一件事——他们的享乐。”

“不，不对，不对！”菲利普尖叫起来。

克朗肖咯咯地笑着说：

“你像匹受了惊的马驹那样跳起来，因为我使用了一个你的基督教义认为是贬义的词。你对词有一种模糊不清的等级划分，享乐是这个阶梯中的最低一等，而你在说到责任、情爱和诚实这些词的时候却激动得颤栗起来。你把享乐看作是官能享受。你们所谓的道德建立在可怜的奴隶劳动的基础上。奴隶们没有能力享受也蔑视满足，假如我用的是幸福这个词而不是享乐的话，你就不会这样震惊了。幸福这个词听起来不那么刺激人，而且你的思想也就从伊壁鸠鲁[①]的猪圈踱出来到了他的花园里。但是，我还是要说享乐，因为我看到人们所孜孜以求的正是这个，而且我也不认为他们的目的是幸福。在你们每个人的善举德行中潜伏着的正是享乐。一个人去做这做那，是因为这样做对他也有好处。当这样做对其他的人也有好处的时候，他的行为就被认为是美德了。如果他发现施舍是一种享乐，那么他便是博爱的，如果他发现帮助别人是种享乐，那么他便成了乐善好施，如果他发现为社会工作是种享乐，那么他便是热心公益。啊，所以你为了你个人的享乐而把两便士施舍给一个乞丐，同我为了我个人的享乐再喝一升威士忌和苏打水是没有区别的。我

①伊壁鸠鲁（Epicurus，公元前341–前270），古希腊哲学家。他认为哲学的目的是追求人的幸福。为了获得幸福，就必须摆脱偏见，掌握自然规律的知识。他认为，对于人来说，最合理的不是活动，而是恬静，不动心。

既用不着为我的享乐而自吹自擂，也不要求你的赞美。我没有你那么欺世盗名。”

“但是，你就没有见到过人们做那些他们不愿做的事情，而没有去做那些他们想做的事情吗？”

“没有。你的问题太愚蠢了，你的意思是人们宁可要一时的痛苦而不要求永久的享乐吧。你提出的这个反对理由就像你提出你的反对理由的方式一样愚蠢。这很清楚，人们宁可接受一时的痛苦而不要永久的享乐，这恰恰是因为他们希望在将来能得到更大的享乐。享乐常常是虚幻的，而人们的算计上的错误，并没有抹煞那条规律。你不能理解吧，因为你不能克服那种认为享乐不过是官能享受的偏见。但是，孩子，一个为他的国家捐躯的人，因为他爱这个国家而去死，这完全和一个人因为喜欢而吃腌白菜的人一样，毫无区别。这是一条宇宙万物的法则，假如人们宁可受苦而不愿意享乐，假如这是可能的话，那么人类早就该灭绝了。”

“可是，如果所有这些真是这样的话，”菲利普叫喊道，“那么一切又有什么用呢？要是你摒弃了责任，摒弃了善与美，这样的话，我们为什么被带到这个世界上来呢？”

“看吧，穿着华丽的东方人来提供答案了。”克朗肖笑着说。

他指指那两个刚进来的人，这会儿正推开咖啡馆的门，带进来一股冷气。他们是两个利文特人[①]，是到处叫卖廉价毯子的小贩，每人的胳膊下还都挂着一叠毯子。这会儿正是星期日晚上，咖啡馆里熙熙攘攘挤满了人。那两个小贩穿过桌子之间，他们在沉闷的气氛中，在腾腾的烟草的烟雾和拥挤的人群中，似乎带来了一种神秘气氛。他们穿着破破烂烂的西服，单薄的长外套已经磨得油光发亮，但是每个人头上都戴着一顶土耳其帽，他们的脸被冻得发灰。一个是满脸黑胡子的中年人，另一个是十八岁的青年，长着一脸麻子，而且只有一只眼睛。他们从克朗肖和菲利普身边走过。

“真主伟大，穆罕默德是真主的预言家。”克朗肖引人注目地说。

---

①利文特人（Levantines），来自地中海中部国家及岛屿的人。

那个年纪大些的人带着阿谀的笑脸凑上前来，就像一只挨惯了打的杂种狗。他斜眼朝门口瞟了一眼，然后以一种利索而又鬼鬼祟祟的动作掏出一张春宫画来。

“噢，我的大叔呀，您是亚历山大商人默苏尔·丁吗？要不就是带着您的货物来自遥远的巴格达？那一只眼的年轻人，在他身上，我可是看到了那位希艾赫扎拉德[①]给她的陛下讲的故事中的三位国王中的一位？”

这个小贩的笑脸变得更巴结了，尽管克朗肖说的话他一句也听不懂，他却像个魔术师一般变出了一个檀香木的小匣子来。

“免了吧，还是把价值连城的东方织品拿给我们看看吧，”克朗肖说，“我要讲一个道德上的而且又是很精彩的故事。”

那个列文特人抖开一块台布来，这块台布红黄相间，俗里俗气的，既难看又古怪。

“三十五法朗。”他说。

“哎呀，我的大叔哇，要知道，这块布既不是出自撒马尔罕的编织工之手，这些颜色也绝不是在布哈拉的染缸里染出来的。”

“二十五法朗。”那个小贩谄媚地笑着。

“天下到处都是它出产的地方，甚至就是我的出生地——伯明翰也产这玩意儿。”

“十五法朗。”留胡子的人点头哈腰地说。

“去你的吧，伙计，”克朗肖说，“但愿野驴弄脏了你姥姥的坟。”

那个列文特人不再笑了，沉着地拿着他的货物到别的桌子边去了。克朗肖扭过脸来对菲利普说：“你去过克吕尼[②]的博物馆吗？在那里你将会看到绚丽多彩和样式美观漂亮的波斯地毯，准会使你赏心悦目。从这些地毯上你将会看到神秘的、充满情欲的东方美，将会看到哈菲兹[③]的玫瑰花和奥马尔的酒杯，但是不久你将会看到更多的东西。你刚才正

①希艾赫扎拉德（Scheherazade），《天方夜谭》中讲故事的姑娘。

②克吕尼（Cluny），法国中东都的一个市镇名。

③哈菲兹（Hafiz，1320–1389），十四世纪的波斯诗人。

问人生的意义是什么。去看看那些波斯地毯吧，总有一天你将会找到答案的。”

“你说得太玄乎了。”菲利普说。

“我醉了。”克朗肖回答说。

46

菲利普发现，在巴黎一点儿也不省钱，这与他听来的相去甚远，他带来的钱到二月份就花得所剩无几了。他生性好强，不肯去求保护人，也不愿意让露易莎伯母知道自己的拮据情形。要是让她知道了，她肯定会掏空自己的口袋来帮助他，而她能帮助他的实在微乎其微。再等三个来月，他就达到法定的成年年龄了。到那时，那笔小小的财产就由他支配了。为了应付眼下这几个月，他只好将就着卖掉父亲留给他的不多的几件饰物。

正在这时，劳森提出要在拉戴帕伊大街附近的街上租间空屋作画室。房子很便宜，还另带一小间，可以用来作卧室，每天上午菲利普去学校后，劳森就可以不受打搅地独自使用画室。劳森过去跑了一个学校又一个学校，他得出这样的结论，他只有在没有外来干扰的情况下才能最有效地工作，他还打算请个模特儿，一个星期来三四次。最初，菲利普担心费用太高而犹豫再三，他们又仔细筹算了一番，这样一算，租一间房子好像并不比住在旅馆贵多少（从实际考虑，他们渴望有一间自己的画室）。虽然房租和打扫房间的看门人的费用肯定会贵一点，但却省下了那顿简单早餐的开支，早餐可以由他们自己来做。要是在一两年前，菲利普会拒绝同别的人合住一间屋子，他对自己的畸形足太神经过敏了。不过，现在他已经逐渐地不再近乎病态地看待自己的缺陷了。在巴黎，他的残疾看来没有什么了不起的，尽管他自己从来没有忘掉这回事，但也不再感到别人总是盯住他的脚不放。

他们搬进了新居，买来两张床，几把椅子，还有一只脸盆架，他们第一次拥有了属于自己的财产，激动得都有些发抖。第一天夜里，在那间可以称之为“家”的小屋子里，他们特别兴奋，躺在床上睁着眼睛聊天，一直说到凌晨三点钟。第二天，他们穿着睡衣就点火煮起咖啡来，菲利普只顾兴冲冲地干这干那，以致快到十一点时才赶到阿米特拉诺画室。他兴致好极了，见到范妮·普赖斯，便冲她点点头打招呼。

“你过得好吗？”他快活地问她。

“我好不好和你有什么关系？”她反问。

菲利普不禁笑起来。

“说话别这么损人，我也只是出于礼貌呀。”

“谁稀罕你的礼貌。”

“难道你认为和我吵架值得吗？”菲利普还是和和气气，“事实上，你跟大家的关系都不好。”

“那是我自己的事，管得着吗？”

“当然，当然。”

他开始工作，实在纳闷范妮·普赖斯为什么要使自己这样让人家不高兴。他开始断定自己对她一点儿也不喜欢。所有的人也都不喜欢她。大家对她客客气气，完全出于惧怕她那些刻毒的话而已。当着他们面也好，背着他们也好，她的话从来都没有遮拦。这会儿，菲利普兴致很高，甚至不想让普赖斯小姐对他怀着恶感。他有一套对付她的办法，她以前发脾气时，这套办法能有效地使她心平气和。

“我说，你是不是过来帮我看看这画。我也不知道究竟该怎么办了。”

“感谢极了，可我没那份工夫。”

菲利普惊异地看着她，因为唯一能指望她欣然从命的就是请她给出出主意。她低着嗓子说得飞快，凶狠狠地带着怒气。

“这阵子劳森不在了，你就想凑合着和我一起了。太感谢你了。去找别的人帮忙吧，我可不吃别人的残汤剩饭。”

劳森有当教师的天资。不论什么时候发现有不对的地方，他都能热情地指出来，由于他高高兴兴地指教别人，别人也就能从他那儿得到好处。菲利普从来没想到有什么不妥。他跟劳森形影不离已经习以为常了，他绝没有想到范妮·普赖斯会对此妒火中烧，看到他向别人请教，她火气就越来越大。

“你找不到别人就愿意和我凑合了。”她尖刻地说，“你一和别人交上朋友就把我抛在一边，像扔掉一只破手套。”她很得意这个陈旧的比喻，又重复了一遍：“像扔掉只破手套。哼哼，我才不在乎哩，可也不想再被人耍弄了。”

她说的多少有些切中要害，倒使菲利普怒不可遏了，他不假思索冲口而出：“把你这套收起来吧，我请你出主意，不过想让你高兴高兴。”

她一时语塞，既惊愕又痛苦地看了他一眼，两行泪簌簌地落下来。她的样子又脏又古怪。菲利普实在不明白她的态度是什么意思，只好回去工作了。他感到不自在，良心受到责备；但是即使真是他惹她伤心的，他也不会向她道歉的，他怕这样做会使她有机会冲自己发泄一通。有两三个星期她不同他说话，她的不理睬使菲利普感到十分别扭。可事情过后，他摆脱了这种心情，并且因为摆脱了这种十分为难的友谊多少松了口气，她所表现出来的那种要独占他的劲头使他狼狈。她是一个极不一般的女人。她每天八点钟到画室来，模特儿一摆好姿势，她就开始工作了，她闷着头干起来，也不同别人说话，一个小时又一个小时力不从心地顽强奋斗，一直到十二点才住手。她的画毫无希望。她的画，连一丝一毫的进步也没有，更不用说达到中等水平了，这个水平是绝大多数青年人用不了几个月就可以达到的。她每天都穿着那件松松垮垮的棕色罩衫，磨破了的褶边上还带着在头一两天里粘上的泥污。菲利普第一次见到她时就注意到了这块破损的地方，直到现在还没有补起来。

可是有一天，她走到他跟前，脸色绯红，问他以后可不可以和她说话。

“那自然了，爱说多少都可以，”菲利普笑了，“到十点时我留下来等你。”

这天工作结束后，他来找她。

“和我去走走好吗？”她十分窘迫，将目光避开，看着别处。

“当然可以。”

他们走着，有两三分钟俩人都没有说话。

“你还记得那天你对我说的话吗？”她突然问道。

“噢，咱们不要吵架啦，”菲利普说，“实在不值得。”

她匆促而痛苦地吸了一口气。

“我并不想和你吵架。你是我在巴黎唯一的朋友。我认为你有点喜欢我。我觉着在我们之间存在着某种东西，你身上有种东西吸引我——你知道我是什么意思，我是指你那只跛脚。”

菲利普的脸“唰”一下红了，下意识地尽力走起来不一跛一跛的。他不喜欢人家提到他的缺陷。他明白范妮·普赖斯的意思。她又丑又野，而自己身有残疾，所以他们之间就似乎应该有某种同病相怜之情。他很恼火，但克制着不说出来。

“你说只是为了使我高兴才要我提意见的。难道你认为我的画不好吗？”

“我只看见你在阿米特拉诺画室的那些画，单从这些画，我很难做出判断。”

“我一直在想是不是要你来看看我画的另外一些画。这些画我从来没有给人看过，我愿意给你看看。”

“你真好，我很高兴能看一看。”

“我住的地方离这儿很近，”她用抱歉的口吻说，“只用十分钟就可以走到。”

“好吧。咱们走吧。”

他们沿着大街走了一段路，拐进旁边的一条街道，然后她又领着他拐进一条更破烂的小巷子，两边房子的底层都是小店，最后他们到了。他们爬上一节又一节楼梯。她打开锁着的房门，这是间斜屋顶的小亭子间，有一个小窗户。窗子没有打开，房子里弥漫着一股霉朽的气味。屋子里很冷，却没有生火，也没有生过火的痕迹。床没有收拾，一个既当橱柜又当梳妆台的五斗柜，一只便宜的画架，全部家具就是这些。这地方本来就够寒酸的了，再加上又脏又乱，看了真令人恶心。壁炉台上零乱地扔着颜料和画笔，还有一只杯子、一只脏碟子和一把壶。“你往那边站站好吗？我把画放在椅子上，这样你看得清楚些。”

她拿出二十张小幅油画给他看，这些画幅有十八英寸长十二英寸宽。她把这些画一张挨一张放在椅子上，她盯住他的脸，他看完一张，就点点头。

“怎么样，喜欢吗？”没过一会儿她就按捺不住了。

“等我把画都看完了，”他回答道，“然后再说我的看法。”

他镇定自己。他感到很惊慌，不知说什么好。这些画不光是画得很糟，而且色彩也涂得不伦不类，画这种画只能说她没长眼睛；这些画不讲究明暗关系，透视关系也很古怪。看上去就像是五岁孩子的作品。不过孩子自有他的稚气，至少会努力把眼睛看到的画出来，她连这点也没做到。这些画真是俗不可耐的头脑想出的一些俗不可耐的画面。菲利普记起她曾经热情洋溢地谈起过莫奈和印象派画家，而她所画的却只是皇家学院传统中最糟糕最不可取的那些东西。

“就这些，”她终于开口了，“都在这儿啦。”

菲利普并不比别人更诚实，不过要撒这样一个经过深思熟虑的弥天大谎也太难了，他说的时候脸涨得通红：

“据我看这些画简直太好了。”

她微微一笑，病态的苍白面颊上泛起淡淡红晕。

“你知道，你要是不这么想，就不必这么说。我想听实话。”

“我真是这么想的。”

“就没有什么你认为不好的地方吗？对有些画你肯定不如对另一些画那么喜欢。”

菲利普胡乱地翻看着。他看到一张风景画，一望而知是出自业余爱好者手笔的“小玩意”，上面画着一座古桥，一间爬满蔓藤的农舍小屋和绿茸茸的河岸。

“当然啦，对这幅画我不能硬说就一定懂，”他说，“不过我对这幅画确实拿不准。”

她的脸涨得通红，猛地将画反扣过去。

“我不明白你为什么偏偏挑这幅画来讥笑。我的画里就数这幅最好。我敢肯定这幅画的明暗关系根本没错。恰恰是关于明暗关系，你教训不了别人，不管你懂不懂。”

“据我看这些画简直好极了。”菲利普重复了一遍。

她满意地端详着她的画。

“我认为把这些画拿出去是不会叫我丢脸的。”

菲利普看看自己的表。

“喂，时候不早了。请你吃点午饭怎么样？”

“我已经搞好午饭了。”

菲利普找不到她的午饭在哪儿，说不定等他一走听差就会把饭端来吧。他赶快走掉了，屋子里那股霉味呛得他头都疼了。

47

到了三月，作品要送到“当代画家作品展”[①]去，大家都兴奋起来。唯有克拉顿与众不同，他没有任何现成的作品，他对劳森送去的两幅人像嗤之以鼻。一看就知道是学生画的，不过是简单的模特儿画像，但画得还有点分量。克拉顿刻意追求的是尽善尽美，对那些含含糊糊拖泥带水的作品颇不以为然。他耸耸肩，对劳森说，把粗制滥造的东西拿去展出太轻率了，那种东西绝不许从画室送出去。即使当劳森那两幅人像被画展收下了，他的蔑视也没有因此稍减。弗兰纳根也去碰了碰运气，可是他的画被拒绝了。奥特尔太太送去了一幅无可挑剔的《母亲像》，结果获得成功，被评为二等，挂在一个引人注目的位置上。

海沃德到达巴黎了，他要在这儿住几天，届时要参加劳森和菲利普举办的晚宴，这是他们在画室为祝贺劳森作品入选而举办的。自从菲利普离开海德尔伯格就再也没有见到过他。菲利普一直盼望和他再次会面，他们终于相见时，菲利普却觉得怅然若失。海沃德的相貌有些变化：漂亮的头发稀疏了，原来那么好的头发现在变得干枯了，人也变得苍老了，脸上没有了血色，那双蓝眼睛比过去更没有精神，面貌显得无

①每年一次在卢森堡宫举行。

精打采。从另外一方面说，他在精神方面好像并没有变，菲利普在十八岁时对他的言谈举止有很好的印象，可到二十一岁时却产生了轻蔑之感。他自己与从前比也已经判若两人了，他以不屑一顾的态度对待他过去在艺术、生活和学问方面的全部见解，而且也忍受不了别人持有这些观点。菲利普决非有意要在海沃德面前炫耀自己，但是当他领着海沃德在画展上参观时却口若悬河，对他大谈特谈起只是最近才学来的全部新见解。来到马奈的《奥林匹亚》前，他极富表情地说：

“如果能做到的话，我要用所有大师们的名作来换这幅画。除委拉斯凯兹、伦勃朗和维梅尔[①]的画不换之外。”

“维梅尔？他是什么人？”海沃德问。

“哟，亲爱的伙计，你竟会不知道维梅尔？你可太孤陋寡闻啦。不认识他可还活个什么呢？他是一位大师，他的画简直就是现代的作品。”

他把海沃德拖出卢森堡宫，急忙带他去卢浮宫。

“这里的画就没有可看的了吗？”海沃德问，他像一个旅游者，带着是地方就要转到的那股劲头。

“稍微值得一看的也没有了。可以打开你手里的简介找找看。”

一到了卢浮宫，菲利普就带着他的朋友去长画廊。

“我想看看《姬奥孔达》[②]。”

“哎呀，亲爱的伙计，那只不过是被人捧起来的罢了。”菲利普回答。

最后，他们来到一间小展室，菲利普在弗美尔·万·德尔夫特的《织花边女工》前站住。

“看吧，这幅画是卢浮宫全部收藏中最棒的，简直就是莫奈的作品。”

菲利普令人信服地竖起拇指表达自己的感想，向海沃德阐述这幅作品的迷人之处。他满嘴都是具有强烈效果的画室行话。

---

①约翰内斯·维梅尔（Johannes Vermeer，1632–1675），荷兰著名画家，代表作有《戴珍珠耳环的少女》等。

②《姬奥孔达》（Gioconda）是达芬奇的名画《蒙娜丽莎》的别名。

"我看不出这画上有什么地方像你说的那么神乎其神。"

"那当然了，这是画家的画，"菲利普说，"我敢相信，外行绝看不出画里有什么名堂。"

"谁看不出来？"

"外行。"

海沃德也像大多数培养自己艺术兴趣的人一样，极为渴望表示出自己正确的见解。在那些不敢肯定自己意见的人面前，他说得头头是道，一旦遇到那些锋芒毕露的人，他就变得谦卑了。菲利普的自信给了他很深的印象，他顺从地接受了菲利普的没有直截了当说出来的看法：如果一位画家傲慢地说，只有他才可能评价一幅画，那么，无论说什么都不能说他说错了。

一两天之后，菲利普和劳森举行了他们的晚宴。克朗肖看他们的面子，也破例答应来吃饭，查莉丝小姐主动提出亲自来给他们做菜，她喜欢同异性来往，谢绝了为了她再邀请别的姑娘的建议。参加晚宴的还有克拉顿、弗兰纳根、波特和另外两个人。家具不够用，他们就把模特儿站的台子搬来当桌子，客人们只好屈尊坐在旅行箱上，如果他们不愿意坐在地上就只能如此。晚宴上有查莉丝做的法国式肉菜汤，拐角那边烤着一条羊腿，到处都热气腾腾的，飘着诱人的香味（查莉丝已经做好了土豆，她煎的胡萝卜把画室弄得香喷喷的，煎胡萝卜是她的拿手好菜），接着上来的是白兰地烧梨，这是克朗肖自告奋勇做的。吃到最后，端上来的是一大块布里干酪，摆在靠近窗户的地方，散发着扑鼻的香味，混合的香味充斥着整个房间。克朗肖坐在最显要的位置上，他盘腿坐在一只旅行包上，那样子就像一位土耳其的贵族，喜笑颜开地看着身边这群年轻人。虽然生着火，小屋里非常热，可是他出于习惯，仍然穿着大衣，翻上了大衣领，戴着圆顶礼帽，他瞧着面前摆成一排的大瓶西昂蒂红葡萄酒和夹在正中间的一瓶威士忌，露出了满意的神色。他说，看到这酒摆成的样子，使他联想到一位苗条的希尔加西亚美人①，

①希尔加西亚，属于高加索地区。

有四个肥胖的阉人保卫着她。海沃德为了让大家随便些，只穿了件皱巴巴的衣服，系一条三一学院的领带。他那样子有一种古怪的英国味。大家对他都极为客气，喝汤的时候，他们谈论起天气和政治局势。他们在羊腿端上来之前停了一会儿，查莉丝小姐首先燃上一支香烟。

“拉布泽尔，拉布泽尔，把你头发放下来。”她突然说。

她优雅地解开丝发带，让头发披落在肩头。她摆了摆头。

“我总觉得把头发放下来更舒服些。”

她那双棕色的大眼睛，纤巧的身材，一副禁欲主义者的脸，再配上白皙的皮肤和宽宽的前额，活脱是伯恩-琼斯画里的人物。一双修长美丽的手，手指上有尼古丁留下的痕迹。她穿紫红色和绿色的拖地长裙。在她身上有着肯辛顿的高街上那种浪漫的风度，她风流放荡，不过她为人特别好，十分善良，待人和蔼可亲，她也有那么一点儿做作，但也就那么一点而已。门响了，大家都兴高采烈地叫起来。查莉丝小姐起身去开门。她接过那盘羊腿，双手高高地托过头顶，仿佛那是施洗的约翰的头[①]。她的嘴还叼着那支香烟，迈着宗教仪式般庄严的步伐走过来。

“万岁！希罗底的女儿万岁！”克朗肖欢呼起来。

大家狼吞虎咽地吃起烧羊腿，脸色苍白的少女查莉丝，在吃的时候显得食欲特别旺盛，看起来令人开心。克拉顿和波特分坐在她的两边，大家都看到，她大大方方地坐在那儿；而他们两人却一点也没有察觉。不到六个星期，她就对几乎所有的人都厌烦了，不过她心里十分清楚，知道今后该如何对待那几位对她倾心爱慕的先生。她虽然对他们厌倦了，可并没有什么恶意，尽管她以前确实爱过他们，可现在不同了，她对待他们只是像对待一般的朋友，并没有特殊的关系。她不时忧伤地瞥一眼劳森。白兰地烧梨非常成功，这部分是由于有了白兰地，部分则应归功于查莉丝小姐坚持要把白兰地烧梨与干酪合在一起吃。

---

①圣经故事中，犹大希律王因女儿（本是其兄的女儿，希律王娶了其兄之妻希罗底）在他的生日宴会上的舞蹈，要她提出个要求作为酬劳。因施洗约翰曾指责过希律王与希罗底的婚姻，希罗底怀恨在心，故唆使女儿要盛在盘里的约翰的头。

“我可不知道这样是不是会好吃，也不知道我要是咽不下去会不会吐出来。”她把这两样东西掺在一起之后说。

最后，随着咖啡和科涅克白兰地酒下肚，晚宴圆满结束了。他们各自找地方坐下，舒适地吸着烟：露丝·查莉丝凡事都要摆出艺术家的派头来，她风致嫣然地坐在克朗肖旁边，头优雅地依在他的肩上。她郁郁沉思的眼睛恍惚地凝望着某个深邃的地方，不时又若有所思地瞥劳森一眼，不禁深深地叹了口气。

夏日来临，这些青年人闲不住了。蔚蓝的天空把他们引向大海，愉快的微风拂动街上梧桐树的翠叶，又把他们的心带向了乡村。所有的人都打算离开巴黎，他们讨论究竟带多大尺寸的画布才合适，他们储备了大批作画用的画板，他们还争论起布列塔尼各处的风光。弗兰纳根和波特去孔卡诺。奥特尔太太和她的母亲去蓬塔旺，这决定显而易见是出于一种自然的本性。菲利普和劳森决定去枫丹白露的森林，查莉丝小姐说她知道在莫雷那里有个非常好的旅馆，那儿有很多可画的东西。那里离巴黎虽然不远，不过菲利普和劳森对车费却不能等闲视之。查莉丝小姐也要去那儿，劳森打算在自然光下为她画一张肖像。正在那时，“当代画家作品展”挂满了人物画像，有的是在花园里，有的在阳光下，眼睛都闪耀着光亮，太阳照在树叶上反射出绿色的光映在他们脸上。他们邀请克拉顿一起去，但他更愿意独自过夏天。他刚发现了塞尚[1]，急切地要去普罗旺斯。他向往深蓝色的天，灼热的蓝色天空仿佛在出汗，宽阔的路面上弥漫着白色的尘雾，屋顶被阳光烤褪了颜色，变得灰白，橄榄树也热得发灰了。

临行前一天，上午下课后，菲利普一边归置东西，一边对范妮·普赖斯说话。

“我明天就出门了。”他心情很愉快地说。

“去哪儿？”她马上就说，“你不是不离开吗？”她的脸沉下来。

“我要出去度夏，你呢？”

---

①保罗·塞尚（Paul Cézanne，1839—1906）：法国后期印象派画家。

“不，我打算待在巴黎。我以为你也会留下来的，我一直盼着……”

她停下来，耸耸肩膀。

“可是这里的天气会把人热死的！这么热对你可太不好了。”

“多亏你还能想到我受不了。你要去哪？”

“去莫雷。”

“查莉丝去的也是那儿。你是不是和她一块去？”

“劳森和我去，她也去。我想实际上我们不会一起去的。”

她那张大脸变成酱紫色，低着嗓子用喉音说：

“不要脸！我还以为你是个正经人呢！在这儿，你大概除了她就没有别的人了吧。她跟过克拉顿，跟过波特，还跟过弗兰纳根，甚至还有那个老福瓦内——要不然他怎么为她惹了那么多麻烦——现在又是你们两个，你和劳森。叫人恶心透了。”

“唉呀，扯到哪去了！她为人很正派，谁都是把她当男人对待的。”

“少跟我唠叨这些。”

“这怎么又惹着你了？”菲利普问，“我去哪儿过夏天和你又有什么关系。”

“我多么盼望夏天啊，”她气喘吁吁，几乎在自言自语。“我想你没有钱出去，那样的话，这儿除了我们就没有别的人了，我们本来可以在一起工作，或者出去看看。”接着她的思路又转到露丝·查莉丝身上。“不要脸的畜生！”她咆哮起来说，“根本不值得和她谈话。”

他沮丧地看着她。他这种人是不会想到姑娘在爱着他，他过于重视自己的残疾，在女人面前觉得自己又尴尬又蠢笨；可他不知道她这样大发脾气意味着什么。范妮·普赖斯穿着肮脏的棕色罩衫，头发掉下来遮在眼睛上，显得邋里邋遢，她就这样站在他面前，愤怒的眼泪从她的面颊上滚下来。她只能令人反感。菲利普斜眼瞟瞟门口，他不由得希望这会儿会有人进来，赶快结束这个局面。

“我非常抱歉。”他说。

“你和他们都一样。你要什么就拿什么，连句感谢的话都不说。你知道的一切都是我教的。再没有人会来管你了。福瓦内不是为你操过心吗？我可以明说——即使你在这儿泡上一千年，也绝不会有什么出息。你没那份才气。你连半点创造力都没有。这不光我一个人这么说——大家都这么说。你这辈子也成不了画家。”

“这和你又有什么关系？”菲利普的脸涨得通红。

“噢，你以为我这么说是发脾气。去问问克拉顿，去问问劳森，去问问查莉丝吧。你绝成不了，你没有才气。”

菲利普耸耸肩走出去。她追在后面怒喊：“绝成不了！绝成不了！绝成不了！”

在当时，莫雷还只是一座只有一条街的旧式城镇，在枫丹白露森林的尽头。金盾旅馆有一种古旧衰落的风貌，还保存着法国大革命以前的那种样子。旅馆面对着蜿蜒的卢旺河。查莉丝小姐的房间有一个阳台，可以俯瞰卢旺河，还可以看到古桥和古堡的迷人风景。他们在饭后黄昏时就坐在这儿，一边喝咖啡，抽着烟，一边聊着艺术。不远的地方是一条运河，在白杨树林处注入卢旺河，一天的劳累之后，他们常常沿着堤岸漫步。他们整日都在作画。和大多数同代人一样，他们为大自然的绮丽风光所倾倒，却不为城市里那种明显的富丽堂皇所动，力图从质朴无华中寻找绘画的主题。西斯莱和莫奈都画过运河与白杨。他们希望在笔下表现出法兰西最典型的风光，但是他们又对运河与白杨树那种刻板的美有所厌憎，有意无意地予以规避。查莉丝小姐心灵手巧，就连看不起女性作品的劳森对此也印象深刻。她已经开始动笔了，设法尝试着撇下树梢不画，以避免画面落俗套。劳森的构思也非常出色，他在画面的前景采用了梅尼尔牌巧克力糖蓝色的广告画，以示他对那个巧克力糖盒子的强烈厌恶。①

菲利普现在也开始学画油画。当他开始用愉快的油色画画儿时，不禁兴奋得一阵阵颤栗。清晨他背上小画箱同劳森一道出去，在他的旁边坐下，开始在画板上挥笔作起画来。他得意洋洋，没有意识到自己不

①这是当时流行的一种现代派画法。

过是在临摹；他受到那位朋友很大的影响，他不过是用他朋友的眼睛观察。劳森的画色调很暗，他们俩都把翠绿色的草地处理成深色的天鹅绒，同时，明丽的天空在他们的笔下画成了阴沉沉的佛青色。整个七月，一个晴天接着一个晴天，天气热极了，酷暑把菲利普的劲头耗光了。他觉得浑身慵懒倦怠，他再也画不下去了，而脑子里却激荡着千百种念头。他常常在运河边的白杨树荫下消磨早晨的时光，读几行书，然后幻想半个小时。他间或租一辆吱吱扭扭的脚踏车，沿着尘土飞扬的道路到森林去，然后在林中空地上躺下来。他的脑子里充斥着各种浪漫的幻想。仿佛华托[①]笔下兴高采烈、无忧无虑的淑女，与情侣携手漫步在森林里，低声倾诉着绵绵情话，然而又感到无名恐惧的压抑。

旅馆除了他们，还有一个肥胖的中年法国女人，她是拉伯雷[②]笔下的那种人物，笑起来粗俗而放浪。她整日耐心地在河边垂钓来消磨时间，可是从来没有钓到过一条鱼，有时菲利普过去同她攀谈一会，他这才知道她的职业是怎么一回事了。在我们这一代这个职业最臭名昭著的代表就是华伦夫人[③]，她现在挣取了一份家产，过着资产阶级安逸的生活。她给菲利普讲了许多淫秽的事情。

“你一定要去一趟塞维利亚，”她的英语多少有些蹩脚，“那儿有世界上最漂亮的女人。”

她一边挤眉弄眼，一边不住地点头。她那三叠的下巴和腆起的肚子随着嗡嗡的笑声不住地颤动着。

天气越来越热，热得夜里几乎都不能入睡。酷热好像凝固住了，在森林里徘徊不去。他们喜爱夜晚闪烁的星空，三个人常常坐在露丝·查莉丝房间的阳台上，无声地度过一个又一个小时，他们疲倦极了，懒得

①让-安东尼·华托（Jean-Antoine Watteau，1684-1721），法国18世纪洛可可时期富有影响力的画家。

②弗朗索瓦·拉伯雷（François Rabelais，1494-1553），16世纪法国讽刺作家，他的文风粗野、幽默。

③华伦夫人Mrs.Warren是英国剧作家萧伯纳（George Bernard Shaw，1856-1950）的剧本《华伦夫人的职业》中的女主角，与人合伙开妓院，变成了富人。

说话，尽情地享受着夜晚的宁静。他们倾听着潺潺的流水声。教堂的钟声敲了一下、两下，有时敲了三下，他们才不情愿地回去睡觉。菲利普猛然意识到露丝·查莉丝和劳森是一对情人，姑娘是用那种眼神盯住青年画家的，而青年画家又是那样着迷的样子。他推测大概就是这么回事，菲利普与他们坐在一起时，总觉得有什么东西在身边流来流去，好像有什么奇特的东西使空气都变得滞重了。这一重大发现使他受到了很大震动。他一向把查莉丝小姐看作十分要好的伙伴，愿意同她谈话，不过对他来说，与她根本不可能发展到更进一步的亲密关系。一个星期日，他们带着茶具篮到森林去，当走到一块非常适宜的林中空地时，查莉丝小姐看到这个地方极富田园风味，就一定要脱掉皮鞋和长筒袜。只是由于她的脚稍嫌长了一些，两只脚的第三个脚趾上又有很大的鸡眼，要不然真令人心旌飘荡。菲利普觉得这么一来倒使她的举动有点可笑。可是他现在对她的看法竟完全不一样了，她那双大眼睛和茶青色的皮肤，具有某种女性的温柔。他觉得自己真是愚蠢透顶，以前怎么没有发现她是如此动人呢？他感到她在奚落自己，因为他过去没有意识到她的存在，他又感到劳森暗地里含着几分得意。他羡慕劳森，这倒与劳森本人无关，他只是妒忌劳森的爱情。他真希望能够取代劳森的位置，尝一尝他那种爱情的滋味，他心神不安，唯恐爱情从身边溜走了。他希望一阵热情抓住自己，他希望热情把他冲走，任一股巨大的力量把他冲到什么地方去。他觉得现在查莉丝和劳森对他毕竟不同了，同他们经常在一起总使他六神无主。他对自己很恼火，生活没有使他如愿以偿，他不安地感到他耽误了时光。矮胖的法国女人没有多久就猜到了那两个人的关系。她把这件事告诉了菲利普，话说得很露骨。

“我说你呀，”她带着那种表示不值得大惊小怪的笑容，这种笑容只有靠色欲致富的妓院老板娘才会有的，“有没有女朋友[①]呀？”

“没有。”菲利普脸涨红了。

①原文为法语。

“为什么没有？该找一个了。[1]”

他耸耸肩，手里拿着一本魏尔伦的书走开了。他想读一读，可是他的热情使他不能平静。他想到那次由于弗兰纳根的怂恿，不慎同女人发生了暧昧关系，想到他偷偷摸摸地溜进那条死胡同里的住宅，客厅里覆盖着乌德勒支[2]天鹅绒，他还想到那些只是为了金钱的妖媚女人。他感到毛骨悚然。他仰着倒在草地上，伸开四肢，像一个刚刚睡醒的小动物。流水淙淙，在微风中白杨树簌簌作响，天空湛蓝碧透，这一切都那么美好。他只是为了爱情而爱。他沉浸在幻想中，仿佛有人热烈地吻着他的嘴唇，柔软的臂膀搂在他的脖子上。他想象自己躺在露丝·查莉丝的怀里，他想到了那双乌黑的眼睛，还有那皮肤妙不可言的质感，他太傻了，竟让这样销魂荡魄的艳遇从手指缝中溜走。即使劳森得手了，难道他就不能再有所企图了吗？不过，只是在看不到她的时候，夜晚睡不着觉的时候，或者在运河边悠悠遐想的时候，他才会有这些念头，当他看到她时，心情就迥然两样了。这时他就没有把她搂在怀里的渴望了，也想象不出自己怎么会吻她。这种事真是奇怪极了。只有她不在眼前，他才会觉得她美艳绝伦，只有在回想中，那双眼睛才妩媚动人，那张脸庞才如花似玉。一旦他和她待在一起，却只看到她的胸脯扁平，牙齿也有些龋蛀，他也忘不掉她脚趾上的鸡眼。他自己也弄糊涂了，难道他只有当另一个人不在时才能有爱情吗？为什么当他有机会去爱时，由于视觉的畸形，把对方的缺点夸大了，又使自己不去享受爱情了呢？气候转凉，宣告着漫长的夏天的结束，他们又奔向巴黎。他并没有因此感到不快。

48

菲利普回到了阿米特拉诺，发现范妮·普赖斯已经不在了。她已经交出了衣帽柜的钥匙。他向奥特尔太太打听她的情形，奥特尔太太耸耸

---

①原文为法语。

②乌德勒支（Utrecht），荷兰中部一省的省会。

肩，说她可能回英国了。菲利普感到如释重负。她那糟糕的脾气，他真是受够了。况且她还非要对他的工作指手画脚不可。如果不对她俯首帖耳，就认为是故意怠慢她。还有，他觉得她就是看不出来，他不再像以前那样迁就她了。他很快就把她忘得一干二净了。他现在正在画油画，兴致高极了。他希望能画出像样的东西，好送到下一年的沙龙去。劳森正在给查莉丝画像，她很适合让人画像，那些被她迷住而成为牺牲品的青年人都给她画过像。她生性慵懒，加上热衷于各种生动的姿势，使她成为优秀的画像的对象。而且，她有丰富的绘画知识，能够对画像提出中肯的批评。因为她的艺术热情主要还是热衷于艺术家的生活，所以，能够如此，她也就心满意足了，而对自己的作品倒不在意。她喜欢画室里那种热闹的气氛，也喜欢在画室里可以随心所欲地抽烟。她用低沉悦耳的声音讲到艺术的爱情和爱情的艺术，两者之间究竟有什么区别，其实她自己还没有弄明白。

劳森拼命地画着，一连要干上几天，都快站不起来了，随后又把画好的统统刮掉。除了露丝·查莉丝，大家失去了耐性，不满意他来回折腾，终于他自己也被彻底弄糊涂了。

“看来只好换一块画布从头开始了。”他说，“现在我完全明白该怎么干了，这回用不了很多时间就可以画好。”这时菲利普也正在场，查莉丝小姐就对他说：

“为什么不也来画我呢？可以看看劳森先生怎么画的，会学到不少东西哩。”

查莉丝小姐总是用姓称呼她的情人，这也是她潇洒迷人的地方。

“劳森要是不在意，我倒真愿意试一试。”

“我在乎这干什么。”劳森说。

这是菲利普第一次画人像，开始画时有些忐忑不安，但也有几分得意。他坐在劳森旁边，一边看劳森画，一边自己画。他从劳森的画上学了不少东西，劳森和查莉丝小姐随随便便说出一些意见，使他受益匪浅。劳森终于完成了他的作品，并请克拉顿来给指教指教。克拉顿刚刚回到巴黎。他上次从普罗旺斯乘船去了西班牙，一心要看马德里的委拉斯凯兹，后来又去了托莱多。他在那儿住了三个月，他回来后告诉青年人一个他们不知道的名字：许多有趣的事情都和一个叫埃尔·格列柯[①]的画家有关，他在托莱多似乎是不可企及的典范。

“噢，原来是他呀，我知道。”劳森说，“不错，他是一位大师，他之所以出名，是因为他和现代画家画得一样糟糕。”

克拉顿比以前更不爱讲话了，他什么也没有说，只是嘲讽地看着劳森。

“给我们看看你从西班牙带回来的素材吧？”菲利普说。

“我在西班牙什么也没有画，我太忙了。”

“那你到底干了些什么呢？”

“我反反复复考虑过，决定和印象派分道扬镳。我认为，几年之后，他们就会变得越来越浮泛和肤浅了。我要和以前学的那些玩意儿一刀两断，一切从头开始。这次一回来，我就把从前的画都扯了。现在，我的画室里一无所有，只有画架，颜料，几块干净的画布。”

“那你要干什么呢？”

“我也说不上来，只有一些模模糊糊的想法。”

他说得很慢，一副难以捉摸的样子，仿佛他在竭力去注意某种勉强听到的声音。他的身体里似乎有一种连他自己也无法理解的神秘力量，它在沸腾着，随时都可能迸发出来。他的这种力量在感染着你。劳森害怕当他要别人提出意见时对方给予的批评，他也轻视别人对他的指责，他认为装出一副不在乎克拉顿说什么的样子对自己可能会好些，但是菲利普心里明白，没有什么比克拉顿的称赞更能使劳森高兴的了。克拉顿默默地把画像端详了好一阵子，又瞥了一眼放在画架上那幅菲利普的画。

“那是什么？”他问。

“呃，我也试着画画人像。”

“照猫画虎。”他小声嘟囔了一句。

他又转过脸去看劳森的画。菲利普脸红了，不过什么也没有说。

---

①埃尔·格列柯（El Greco，1541–1614），西班牙画家，其作品的人物形销骨立，多用冷色反映超现实主义气氛，死于托莱多。

“喂，你觉得画得怎么样？”劳森终于忍不住了。

“立体感好极了，”克拉顿说，“画得非常精彩。”

“你看明暗关系对头吗？”

“相当不错。”

劳森眉开眼笑。他像一条落水狗那样抖落着身子。

“我说，你喜欢这幅画，我非常高兴。”

“我不喜欢。这幅画谈不上有什么价值。”

劳森的脸一下子沉下来，愕然地瞪着克拉顿，他不知道克拉顿究竟是什么意思。克拉顿的语言表达能力很差，他费很大劲才把话讲出来。他说的这些话既杂乱无章、吞吞吐吐，又啰哩啰嗦。不过菲利普理解了克拉顿的这些话，这些话正是他混乱的演说中所要表达的本意。克拉顿向来不读书，这些话最初他是从克朗肖那里听到的。尽管对这些话他没有多深的印象，可还是记住了，后来，忽然之间他茅塞顿开，从中获得了一个意外的启示，这可以归结为：一个优秀画家的笔下要抓住两个要点，一个是人，另一个则是这个人的内在心灵。而印象派却着眼于别的问题，他们笔下的人物十分精彩，可却同十八世纪的英国肖像画家一样，几乎很少在人物的内在心灵方面下功夫。

“不过你要打算做到这点，你就成了搞文学的了，”劳森打断他的话，“我只求把人物画得如同莫奈画的那样，人物的内在心灵，让它见鬼去吧。”

“你要是在这一行上胜过莫奈，那当然再好不过了，可是你从任何一点上都不可能接近他。筵席一过，可拾的牙慧也就无多了。你必须从头越。当我看到格列柯的作品时，才懂得了一个画家除了肖像本身之外还能追求更多的东西，这在以前可不知道。”

“那不是回到拉斯金那儿去了吗？”劳森叫起来。

“并不——你知道，他所寻求的是道德，我可不关心他妈的什么道德不道德。说教在这里没有用，无论是伦理学或其他什么学都没用，起作用的唯有激情和感情。最伟大的肖像画家就画出了人和他的内在心灵，伦勃朗和格列柯就是这样，只有那些二流画家才只画人的本身。一朵百合花即使没有香味也很可爱，可要是它香气袭人就更加可爱了。这幅画，”——他指指劳森的画——“不错，画得很对路子，立体感也很好，可恰恰是因袭了旧的传统。这幅画应该画成这个样子，你一望就可以知道这是个风骚的姑娘，正确倒是很好，但是埃尔·格列柯把人画成八尺高，因为他想表现出来的那种东西就非用这个法子不可。”

“让埃尔·格列柯见鬼去吧，”劳森说，“没完没了提他干什么？我们又没有看到过他的作品。”

克拉顿耸耸肩，默默地吸着烟，然后走了。菲利普和劳森面面相觑。

“他说的还是有些道理。”菲利普说。

劳森怒气冲冲地瞪着他的画。

“一个画家除了准确地画出他所看见的以外，谁知道怎么表现内在心灵呢？”

大约在这段时间里，菲利普新结交了一个朋友。那是星期一早晨，模特儿都来到了学校，为的是好从他们中选出一个做这个星期的模特儿。一个青年被选中了，很明显，他不是一个职业模特儿。菲利普被他表现出来的那股劲头吸引住了。他登上台子，稳稳地站住，紧握双拳，头部不驯地昂起，这样的姿势使他的强健体魄更加突出。他并不胖，铁铸一般的肌肉棱角分明。头发剪得很短，很漂亮，蓄着短须，眼睛又大又黑，浓浓的肩毛。他一站就是好几个钟头，毫无倦意。他的神态羞涩而坚定。他那热情奔放的活力大大激发了菲利普的浪漫的想象力，下课时，他看着他穿起衣服，菲利普觉得他好像是一位衣衫褴褛的国王。他不善于和人交往，一两天后奥特尔太太告诉菲利普，那个模特儿是个西班牙人，以前他从来没有当过模特儿。

“我想他是没钱吃饭吧？”菲利普说。

“你注意他的衣服没有？他穿得不是挺干净体面的吗？”

凑巧阿米特拉诺那里一个叫波特的美国人要去意大利两个月，他把自己的画室让给菲利普使用。菲利普很高兴。他渐渐不耐烦劳森的专横武断了，希望自己一个人待着。周末，他去找那个模特儿，借口说他的画还没有画完，问他是否愿意让他画一天。

“我不是模特儿，”西班牙人回答说，“下星期我还有别的事要做哩。”

“现在我们一块去吃午餐吧，这事我们可以再商量嘛，”菲利普说，见那个人还在犹豫，就又笑着说，“和我吃一顿饭不会把你怎么样的。”模特儿耸耸肩同意了。他们出了学校，到了一家牛奶店。西班牙人讲着一口糟糕的法语，虽然很流利，但很难听懂，菲利普千方百计和他亲热起来。他原来是位作家。他到巴黎来是为了写小说，同时，他身无分文，想方设法维持自己的生活。他教课，到处找翻译工作，主要翻译商业事务的文件，最后不得不靠自己优美的体态挣钱。当模特儿收入很高，上个星期他当模特儿的收入已经足够维持两个多星期了。他告诉菲利普，他只需要两个法郎就能过一天。这真使菲利普吃了一惊。但是他感到很羞愧，他为了挣几个钱不得不暴露自己的肉体。他认为当模特儿是堕落行为，只是由于饥肠辘辘，才勉强可以自我原谅。菲利普解释道，他并不要画整个身体，只是画头部，他希望画一张他的肖像，或许能送到下一届画展。

“不过，你为什么非画我不可呢？”西班牙人问。

菲利普告诉他，他对他的头部很感兴趣，他认为可以画出一张很好的肖像。

“我花不起时间。我的每一分钟都很宝贵，否则只好挤写作的时间了。”

“不过可以只在下午进行啊。我上午得到学校去的。不管怎么说，给我摆个姿势总比翻译法律文件要强吧！”

据说在拉丁区，不同国家的学生曾经一度友好相处，可这种情形很久以来就没有了。现在，不同国籍的学生都互不来往，互相之间完全像是住在东方城市那样隔阂。在朱利安学院和美术学院这两处，一个法国学生要是同外国学生太过亲密，就会遭到他的同胞们的白眼。而一个英国学生对他所在城市的居民要想比肤浅的了解更多一点就困难了。确实，有不少学生在巴黎生活了五年之久，可是他们掌握的法语只能应付买东西这样一类日常生活，他们还好像是生活在南肯辛顿的英国人。菲利普热衷于那些带有浪漫色彩的事情，很高兴有机会同西班牙人接触。他极力劝诱，才打消了这个人的疑虑。

“我同意了，”西班牙人终于说道，“我让你画，不过我不要钱，只是出于自愿。”

菲利普不同意这样，可是那个人很坚决，最后他们说定他下星期一下午一点到画室来。他给菲利普留下一张名片，上面印着他的名字：米格尔·阿胡里亚。

米格尔定期来让他画像，虽然他拒不接受佣金，可是他前前后后向菲利普借了五十法朗，这比菲利普按照通常方式付钱稍稍贵了些，不过这样一来倒让西班牙人心安理得了，他没有靠堕落的方式维持生计。他的民族使菲利普把他当做浪漫传奇的代表。他向他问起塞维利亚、格拉纳达[①]、委拉斯凯兹和卡尔德隆[②]。可是米格尔不愿多谈他祖国的伟大之处。他也正像他的许多同胞一样，认为法国是文人学士的唯一国度，巴黎则是世界的中心。

“西班牙糟糕透了，”他叫道，“没有画家，没有艺术，什么也没有。”

他一点一点地讲到了自己的生活历程，用的是西班牙人爱用的华丽辞藻，这样也就暴露出他的野心了，他正在写一部小说，指望这部小说助他功成名就。他受左拉的影响，把小说的场景选在巴黎。后来，他给菲利普叙述了他的小说。在菲利普看来，这个故事显得既粗俗又愚蠢，那直率的淫秽——这就是生活，亲爱的，这就是生活[③]，他喊道——恰恰突出了故事的贫乏和俗套。他已经写了两年，历经了难以置信的艰难困苦，他摒弃了一切娱乐和享受，虽然正是娱乐享受才把他吸引到巴黎来的。就因为艺术，他不得不为填饱肚子而四处奔走，他矢志不渝，无论什么也休想阻止他取得伟大的成功。奋斗是勇敢的。

“可是，你为什么不写西班牙呢？”菲利普叫道，“那会更有意思

---

①格拉纳达（Granada），西班牙地中海摩尔人古国，现亦有同名城市。

②佩德罗·卡尔德隆·德·拉·巴尔卡（Pedro Calderón de la Barca，1600–1681），西班牙剧作家、诗人。

③原文为法文。

的，你熟悉那儿的生活。”

“唯一值得一写的地方是巴黎。巴黎就是生活。”

一天，他带来了部分手稿，是用他那拙劣的法文写的，他一边念着，一边兴奋地翻译过来，菲利普简直听不懂，他一段一段地读着。真是可悲可叹！菲利普目瞪口呆地盯住自己正在画着的画：宽阔额头的后面，思想竟如此浅薄，那炯炯有神的眼睛里除了生活表面的事物外，竟什么也看不到。菲利普对他的人像总不满意，画完了往往又都给刮掉。旨在表现内在的心灵，说的倒真是对极了，可是当一个人表现为一大堆矛盾时，谁又能说清楚他的心灵是什么呢？他喜欢米格尔，不过一想到他的艰苦奋斗结果会是一事无成，就感到怅然若失。他身上有可以成为作家的一切，就缺乏成为一个作家的才气。菲利普又看看他自己的作品，你怎么断定这幅画画出了点什么还是在白白糟蹋时间呢？他很明白，成功的愿望不能帮助一个人，坚强的自信心也无济于事。菲利普想起范妮·普赖斯，她对自己的才能确信极了，而她的意志力量也是非凡的。

“要是我认为我成不了一个真正的好画家，我宁肯不再画下去了，”菲利普说，“当个二流画家我可不干。”

一天清晨他正要外出，看门人喊住他，说有他的一封信。给他写信的，除了露易莎伯母，海沃德也不时来一封信，此外就再没有其他的人了，可是信上的笔迹他不认识。信是这样写的：

望你见信速来。我再也受不了啦。请你亲自来一下。想到有别的人要来碰我，叫我受不了。望你诸事如意。

范·普赖斯

我已三天没东西吃了。

菲利普吓坏了。他赶忙奔到她住的地方。他诧异极了，她居然还在巴黎。他好几个月没有见到她，还以为她早就回英国去了哩。他赶到那里，向看门人打听她在不在家。

“在家，已经有两天没有看到她出来了。”

菲利普跑上楼，敲敲房门，没有人应声。他又喊她的名字。门锁着，他弯腰察看，看到钥匙还插在锁眼里。

“天啊，她千万别干出什么糟糕的事来。”他不禁叫起来。

他跑下楼，告诉看门人她确实还在房间里。他接到了她的一封信，唯恐发生什么可怕的不幸。他建议把门砸开。看门人一直板着面孔不耐烦地听着，这时不禁也大惊失色，可是要砸开门他可担不起责任，他们必须去报告警察局。他们一块去了警察局，回来时又带来了一个锁匠，菲利普得知普赖斯小姐没有付上个季度的房租，新年的时候她没有送给看门人一份礼品，这是约定俗成的老规矩，看门人把这当做自己的一项权利。四个人上了楼，又敲了敲房门，还是没有人答应。锁匠开始撬锁，不大工夫，他们终于把门打开了。菲利普惊叫起来，不由自主地捂住了眼睛。可怜的女人用一条绳索勒住脖子吊在那里，绳子系在天花板的钩子上，钩子是以前的住户挂帐子钉在上面的。她把那张小床挪开，站在一把椅子上，又把椅子踢开，椅子倒在地板上。他们把她解了下来，尸体早就冷了。

49

菲利普把那姑娘的事情粗略地拼凑在一起，这才感到她的生活很可怕。女学生们对范妮·普赖斯不满，其中有一条就是她从来不参加她们在饭馆的热闹聚餐，原因很明显，可怕的贫困压得她喘不过气来。他又想起他初到巴黎时，他们一起去吃午餐，她吃得那么凶，几乎都要呕出来，现在他相信，如果他饿得厉害，吃起东西来也准是这种样子。看门人把普赖斯小姐的膳食告诉了他，每天给她送一瓶牛奶，她自己去买一块面包，中午她从学校回来吃半块面包，喝半瓶牛奶，剩下的留在晚上吃。每天都是如此。菲利普想到她一定受了很多罪，他感到很痛苦。她根本不让人知道她穷得不能再穷了。很显然，她的钱用完了，最后只得离开画室。这间小屋子里几乎没有什么家具，除了那件总穿在身上的棕色罩衫，她再没有其他的东西了。菲利普在她的物品中搜寻着，想找到她的某位朋友的地址，也好通知对方一下。他发现了一张纸片，纸片上反复写着他的名字，写了有几十遍。这对他是突如其来的震动。没想到她真的爱他。他一想到那穿着棕色罩衫的衰弱身体吊在天花板的钉子上，他就浑身发抖。但是，要是她真的爱他，为什么她不让自己来帮助她呢？他会乐意尽自己的力量去帮助她呀。他悔恨交加，怎么竟看不到她对自己的特殊感情呢？现在回想起她信上的那些话，更显得充满无尽的悲哀："想到有别的人要来碰我，叫我受不了。"她是由于饥饿而死的。

菲利普终于找到了一封信，上面的署名是"爱着你的哥哥，艾伯特"。这封信是两三个星期前寄来的：上面有从萨尔顿某大街发信的日期，信的内容是拒绝借给她五英镑。发信人说他自己有妻子儿女要赡养，因此借钱给别人于情理不合，并建议范妮回伦敦找一份职业。菲利普给艾伯特·普赖斯拍了一封电报，时间不长，他就得到了答复：

"哀恸至极，事务缠身深感窘困。后事是否须亲来？普赖斯。"

菲利普又给他回了一封简短而肯定的电文，第二天早晨，一个不认识的人到了画室。

"我是普赖斯。"菲利普开门时，他说。

他的样子普普通通，穿一身黑衣服，圆顶礼帽上有一道饰边，他外表像范妮一样粗笨，蓄着小胡子，说话带伦敦土音。菲利普请他进来。菲利普给他讲了事情的详细情况和后事料理的情况，这时他来回打量着画室。

"我非得看看她不可吗？"艾伯特·普赖斯问，"我的神经很脆弱，见到她我会受不了的。"

他毫无拘束地谈起来。他是个做橡胶买卖的商人，家里有老婆和三个孩子。范妮给人家当家庭教师，他也搞不清楚她为什么要辞掉那个工作到巴黎来。

"我和普赖斯太太都对她说过的，巴黎不是一个女孩子待的地方，再说搞艺术也赚不了钱——谁见过搞艺术能赚钱呀？"

一眼就可以看出，他和妹妹的关系不够亲密，并且对她自寻短见很不满，认为最终还是给他惹事。他不同意她是迫于贫困才自杀的说法，这种说法似乎把她的自杀同他们家庭联系起来。他认为，也许对她的行为还能找到别的体面些的原因。

"我想，她会不会和哪个男人有什么瓜葛呢？你说呢？我的意思说，巴黎什么事都有。也许为了不让自己丢脸，她才这样做的。"

菲利普觉得自己在脸红，他暗暗地骂自己懦弱。普赖斯一双锐利的小眼睛似乎猜着了他的隐私。

"我相信你妹妹完全清白，"他尖酸地回答，"她是由于没钱吃饭才自杀的。"

"咳，这么讲对她的家庭太不好了吧，凯利先生。如果没钱，她会给我写信的。我怎么也不会叫她缺钱花的。"

菲利普看过那封拒绝借钱的信，已经知道这位兄长的为人，他只是耸耸肩膀，责备他又有什么用呢？他恨透了这个小个子的家伙，只想和他尽快地把事情办完。普赖斯也希望赶快把这里的事情料理妥当，早点儿赶回伦敦。他们来到可怜的范妮住过的那间小屋子。艾伯特·普赖斯看着那些画和家具：

"我不懂多少艺术，"他说，"我估计这些画能值几个钱吧，你说呢？"

"什么钱也不值。"菲利普说。

"家具还值不了十先令哩。"

艾伯特·普赖斯不懂法语，所有的事都得靠菲利普去做。让那具可怜的尸体最后入土，似乎有没完没了的手续：在这个地方取一纸文书，再到另一个地方去签字，还得去找上上下下的官员。菲利普从早到晚整整忙了三天，终于，他和艾伯特·普赖斯跟在灵柩后面来到蒙帕纳斯公墓参加葬礼。

"我是想把事情办得体面些的，"艾伯特·普赖斯说，"可是浪费钱又有什么用呢？"

在料峭阴暗的早晨，简短的安葬仪式有说不出的瘆人。参加葬礼的有五六个人，他们都与范妮·普赖斯在画室共过事：有奥特尔太太，因为她是艺术学校的司库，所以她认为自己有责任来参加葬礼。心地善良的露丝·查莉丝也来了，还有劳森、克拉顿和弗兰纳根。他们在她生前都不喜欢她。举行葬礼时，菲利普环视整个墓地，只见四周墓碑林立，有的墓碑简贫，有的庸俗，有的大而无当，也有的丑陋不堪。总之，让人毛骨悚然。他们从墓地走出来后，艾伯特·普赖斯请菲利普同他一起去用餐。菲利普这时很讨厌他，人也累垮了，他几天来一直没有睡好觉，总是梦见范妮·普赖斯穿着破旧的棕色罩衫，吊在天花板的钉子上，可是他找不到什么托辞拒绝他。

“你领我找个地方，咱们正正经经吃一顿像样的午餐。我的神经快受不了啦。”

“拉夫尼埃大概是附近最好的饭馆了。”菲利普回答说。

艾伯特·普赖斯在丝绒椅子上坐下，如释重负地出了一口气。他要了一顿实实在在的午餐，还要了一瓶葡萄酒。

“喂，我很高兴，这事总算完了。”他说。

他拐弯抹角地问了几个问题，菲利普发现他想听听巴黎的画家们的生活。他以为画家的生活一定不成个样子，想象画家们过着狂喝滥饮的酒神节般的日子，不过他急于知道的是细节。他诡谲地眨着眼睛，圆滑地咯咯笑着，表示他非常清楚是怎么回事，菲利普吐露出来的还不够九牛一毛哩，他可是见过世面的人。他问菲利普是否去过蒙马特区①的那些地方，比如说著名的圣堂酒吧间②和皇家证券交易所。他总是一再提到曾经去过“红磨坊”③那档子事。午餐非常好，酒也很出色。普赖斯酒足饭饱，消化过程正在有条不紊地正常进行着。

“咱们再喝杯白兰地吧，”当咖啡送上来时，他说，“花几个钱算什么。”

他搓搓手。

---

①蒙马特区为巴黎一区，多为艺术家居住。

②为18世纪自由主义者集会之处。

③舞厅。

“喂，我已经决定在这儿过一夜，明天再回去。今天晚上我们在一块儿，你觉得怎么样？”

“如果你的意思是想叫我晚上带你去转转蒙马特区，你就死了这份儿心吧。”菲利普说。

“我想这也没有什么吧。”

他说得还挺认真，菲利普忍不住笑出声来。

“况且那里也太堕落了，怕你的神经受不了。”他一本正经地说。

艾伯特·普赖斯最后决定还是搭四点的火车回伦敦去，眼下他得撇下菲利普走了。

“好吧，再见了，老兄，”他说，“我告诉你，不定什么时候我还要到巴黎来，到时候再来找你，那时候我们痛痛快快地大吃一顿吧。”

这天下午，菲利普心烦意乱，工作干不下去，就跳上一辆公共汽车过了河，想到杜朗-吕埃尔画店看看有没有什么画展出。看完了之后，他就沿着林荫大道慢慢地走着。天很冷，刮着寒风，人们急急忙忙赶路，全身紧裹在大衣里，佝偻着身子，抵御着凛冽的寒风，都被冻得愁眉苦脸。蒙帕纳斯墓地林立的白色墓碑中的那些地面全是冰。菲利普感到凄凉孤独和从未有过的思乡之情。他希望有一个人陪他待会儿。在这个时候，克朗肖一定正在工作，而克拉顿从来不欢迎客人，劳森正在给露丝·查莉丝重画一张肖像，也不愿意被打搅，他想还是去找弗兰纳根的好。他发现他正在画画儿，但是他见到菲利普，还是很高兴，抛开画笔和他聊起来。他的画室使人感到很舒适。这位美国人在他们中间差不多算最阔气，画室里也很暖和，弗兰纳根忙着沏茶。菲利普看着两幅人像，这是弗兰纳根打算送到画展去的。

“要送这样的东西太丢人了，”弗兰纳根说，“不管它，我还是要送去。你认为这画是不是太糟糕了？”

“并不像我原来想的那么坏。”菲利普说。

实际上，这两幅画显示出惊人的机智。颜料挥洒得淋漓酣畅，这样就避免了难点，显得很惊人甚至可以说很迷人。弗兰纳根对于绘画既不懂也没有技法，他靠美术练习消磨时日，画起来很随便。

“如果限制一个人看画的时间不超过三十秒钟，你就可以成为一位大师，弗兰纳根。”菲利普笑着说。这些青年人还不习惯于靠过分的吹捧来互相奉承。

“在美国，无论看什么画都从来不超过三十秒钟。”另一个也笑了。

尽管弗兰纳根是世界上最轻率浮躁的人，他却有一颗温良的心，这是出人意外而可爱的。要是有人病了，他就俨然是一个护士去照料他。他那乐天性格本身就是一副灵丹妙药。他同他的很多美国同胞一样，没有英国人的那种令人讨厌的多愁善感的心情，不会总是死死压抑着自己的感情，因为他认为感情的流露是正常的事。他对在困境中的朋友总表现出炽热的同情，这使他的朋友们感激不尽。他看到菲利普经过那些事后意气消沉，就真心实意地拼命想使菲利普高兴起来。他夸张地带着美国腔说话，他知道这样总是使英国人发笑，他的话有如流水一般，滔滔不绝倾泻出来，使人应接不暇，他精神抖擞，快乐非常，越说越来劲儿。时间到了，他们出去吃饭，随后又去蒙帕纳斯游乐园，这是弗兰纳根最喜欢去玩儿的地方。到了夜晚，他处处显出出类拔萃的幽默。他喝了很多酒，不过无论他醉成个什么样，却主要是由于他的活泼快乐，而不是由于酒性作怪。他提议去比里埃舞厅，菲利普累极了，反倒没有了睡意，也就欣然同意了。他们在乐池边上的一张桌子前坐下，这个位置比舞池略高，他们一边看着跳舞，一边喝着黑啤酒。这当儿，弗兰纳根看到一位朋友，他就粗鲁地大叫一声，跃过栏杆，跳进舞池里去了。菲利普坐在桌前观看跳舞的人们。这里不是上流社会的娱乐场所。这是星期四的夜晚，挤满了人。有很多人是各专科学院的学生，但主要还是商店的店员和售货员。他们穿着平时穿的衣服，也就是买的现成的那种花格呢的衣服，或者是那种古怪的燕尾服，他们都戴着帽子，由于他们到什么地方都戴着帽子，跳舞时却找不到地方可放，就只好戴在头上。有些女人看上去像是女佣人，也有一些涂脂抹粉的轻佻女子，但大部分还是店铺里的女招待。她们穿着寒酸，蹩脚地模仿河那边的时髦风气，那些轻佻女郎的穿着打扮与当时声名狼藉的杂耍剧场的技师和舞蹈演员差不多，她们的眼睛上涂着重重的黑眼圈，脸蛋被没有分寸地搽得鲜红。舞厅里照着雪亮的白炽灯，灯很低，人脸上的阴影部分特别突出；在灯光的照耀下，所有的线条看上去都显得生硬突兀，色彩也显得粗俗不堪。这是一个追欢逐乐的场面，菲利普靠着围栏，瞪着眼呆呆地朝下看着，他几乎连音乐声也没有听到。人们疯狂地跳着，慢慢围着大厅转着，没有人说话，他们都沉浸在舞步中，屋子里很热，他们的脸上都冒着汗气。菲利普觉得他们扔掉了感情上的假面具，也不顾常规俗礼的约束，此时才能看到他们的真实面目。在那恣意放纵的一瞬，他们都是些奇怪的动物。有些人像狡诈的狐狸，有些人像暴戾凶残的狼，还有些人长着绵羊那样的愚痴的长脸，不利于健康的生活条件和恶劣低下的食物，把他们的皮肤弄成了灰黄色。由于追逐卑微的利益，他们的表情变得呆傻迟钝，而两只小眼睛却贼溜溜地乱转。他们的举止显得一点儿高雅的修养也没有，这些会使人感到他们的生活就是一连串无聊琐碎的追求和肮脏下作的思想。这里的气氛显得那样沉重而压抑，散发着人的臭味。他们仍然在疯狂地跳着，仿佛身体内有某种异己的力量在支配他们。菲利普觉得有一种对享乐的疯狂欲望驱赶着他们。为了逃避恐怖的世界，他们正在绝望地挣扎。克朗肖所说的寻欢作乐的愿望正是人类行为的动力，这种动力又使他们盲目向前，而寻欢作乐的愿望太过分太暴烈，任何行为都很难再有快乐了，一阵阵狂飙推动他们绝望地不停奔跑，没有目的，也不知道归宿在什么地方。命运似乎高悬于他们的头顶，舞步仿佛能够把永恒的黑暗踩在脚下。他们的沉默无声正是无形的恐慌。生活仿佛吓坏了他们，使他们噤若寒蝉，他们只是在心里呼号悲鸣。他们的眼睛桀骜不驯又冷酷无情，尽管疯狂的兽欲使他们形销骨立，脸上的表情猥亵而又残忍；尽管他们麻痹得病入膏肓，但是，从他们呆呆的眼睛里可以看到这群人的恐怖和可怜。菲利普讨厌他们，但他的心因为无限怜悯而感到阵阵悸痛。

他从存衣处取出大衣，走进寒冷的黑夜之中。

50

菲利普不能忘却那些不愉快的事情。他想得最多的还是范妮在绘画上徒劳无益的努力。没有人比她工作得更刻苦，也没有人比她更诚恳地追求艺术。她绝对相信自己一定能够成功，可是很显然，光有自信心是远远不够的，他的朋友们都不乏自信心。在他们中间，米格尔·阿胡里亚就是一个。西班牙人的努力是值得敬佩的，而他所达到的东西又那么微不足道。把两者比较一下，真使菲利普吃惊不小。菲利普在学校时经历了种种不幸，培养了他的自我分析能力，这种自我分析的积习就像有吸毒瘾的人一样难以捉摸，他竟完全被它主宰了。因此，他现在对自己的感觉的剖析也就异常敏锐。他不得不看到，艺术给他的感受和给别人的不一样。一幅好画一下子就能使劳森冲动得不能自已，他的鉴赏力是出自他的本能。甚至弗兰纳根都感受到了某些东西，菲利普却不得不琢磨再三。他的欣赏力来源于他的智力。他不得不这样想，如果他有艺术家的气质（他不喜欢这个词，可是又找不到更合适的字眼），他就会像他们那样用激情而不是用理智来感受美。他开始怀疑起自己，他除了精确临摹这种雕虫小技，是不是还有更大的绘画才能，只有这种本事算不了什么。他早就懂得轻视技巧的娴熟，而重要的是用颜色的语言去感知。劳森有自己一定的绘画方法，这是由他的天性决定的。一个学生容易接受各种影响，由于他处处模仿，就严重影响了他的个性。三个月之后，现在再看自己画的那幅露丝·查莉丝的肖像，他看出来其实自己是在不折不扣地模仿劳森画的那幅画。他感到自己没有创造力，他这才明白，他是用头脑来画，而凡是有些价值的作品却是用心灵画出来的。

他没有多少钱，仅仅有一千六百镑，他必须缩衣节食处处节俭才能勉强应付。在十年之内，他不可能指望再有其他进项。绘画史上到头来不名分文穷困潦倒的艺术家俯拾皆是。他必须自甘穷困，倘若果真能画出不朽之作，他这样含辛茹苦倒也还值得。但是他非常害怕，说不定自己一生最多不过是个二流画家。为了区区一个二流画家就抛弃了青春年华、生活乐趣和在其他方面干出一番事业的机会，这样做值得吗？他很熟悉旅居巴黎的外籍画家，他们离群索居，过着闭塞的外省人生活。他还知道有些画家为追求名声奋斗了二十年，无奈命蹇时乖，到头来，不是终日纵酒，就是沉沦于贫穷污秽之中。范妮的自杀勾起了他对往事的许多回想。某些人因绝望而自杀的可怕故事，菲利普听说过一些。他想起教师曾经不客气地劝诫过可怜的范妮：如果她早听教师的劝告，放弃她那些毫无希望的努力，就不会落到这般田地了。

菲利普完成了米格尔·阿胡里亚的肖像画，他决定送到沙龙画展去。弗兰纳根也准备送去两幅。菲利普自认为画得不比弗兰纳根差。在这幅画上他下了那么大工夫，不由得认为这画肯定画得不错。可是，一当他看到这幅画时，尽管他说不出来，可总觉得有什么地方不对头，而当他丢开它时，就又精神兴奋起来，觉得没有什么不好的地方。他把画给沙龙画展送去，被人家拒绝了。他没有把这件事太放在心上，因为他已经尽力使自己相信，接受的机会是极少的。几天之后弗兰纳根冲进来告诉劳森和菲利普，他的一幅画被接受了。这时菲利普就难过起来了。菲利普带着惘然的表情向他表示祝贺，这时弗兰纳根正忙不迭地为自己庆幸，没有注意到菲利普的声调里带着讽刺的意味。劳森的感觉敏锐，他发现菲利普的话里带刺，就好奇地看着他。他自己的画也入选了，他是在一两天前知道的，所以他就对菲利普的这种态度暗暗不满。美国人刚一离开，菲利普突然向他提了一个问题，这个问题使他吃了一惊。

"如果你处在我的地位，你会把这一切都抛开吗？"

"你这是什么意思？"

"我不知道当一个二流画家是否值得。换句话说，假如你是个医生，或者是个商人，那么，即使平庸点也没有多大关系。你不过是在谋生罢了。可是只是画出些二流作品究竟有什么好处呢？"

劳森喜欢菲利普，他知道沙龙画展拒绝了他的画，这他很使苦恼，便设法对他说了些安慰的话。沙龙画展也有极不光彩的时候，比如说有些画遭到沙龙画展拒绝，可后来却名声大噪；菲利普还是第一次送自己的作品，他应该想到会碰钉子的；弗兰纳根的成功很好解释，他的画不过是哗众取宠的浅薄之作，而正是这类作品，往往会被评选团看中。菲利普渐渐有些听不下去了，劳森认为他的烦恼是因为遭受了这点挫折，这叫菲利普感到羞辱，他哪里懂得他感到沮丧的是对自己的绘画才能产生了怀疑，这种怀疑由来已久了。

克拉顿近来不常和大家在格拉夫埃餐馆一起吃饭了，他总是自己一个人在干着什么。弗兰纳根说他爱上了一位姑娘。不过克拉顿那严峻的面部表情表明并没有这么回事。菲利普认为他之所以和朋友们分开，更大的可能是为了清理他脑子里的那些新思想。可是有一天晚上，其他人已经离开饭馆看戏去了，菲利普正一个人坐着，这时克拉顿走进来，要了菜。他们俩谈起来，菲利普发现克拉顿比往常要健谈得多，也不像往常那样挖苦人了，菲利普趁他这时情绪不坏就说：

"我说，我希望你能来看看我的画，"他说，"我想听听你的看法。"

"不去，这个我可不干。"

"为什么不呢？"菲利普问，他的脸红起来。

两个人都给对方出了个难题，谁也没有想到对方会拒绝自己。克拉顿耸耸肩。

"人们请你批评，但其实想听的不过是赞扬。况且，就是批评了又有什么用呢？你的画好也罢，坏也罢，这和批评又有什么关系？"

"对我有关系。"

"没有关系。一个人要画画儿，只是因为他不得不画的缘故，画画儿也是一种机能，就像身体的各种机能一样，不过只有比较少数的人才能有。一个人画画儿是为了他自己，不让他画，他就会自杀。不妨想一想，只有上帝知道你费了多长时间摆弄一块画布，你的心血都倾注了进去，结果又怎么样呢？十有八九要被沙龙画展退回来，即使收下了，人们走过时瞥上那么一眼，也不过就是十来秒钟吧。就算你运气好，可能会碰到一个无知的傻瓜把画买下，拿回家挂在墙上，他看这画绝不会比看餐桌更多几眼。批评对于艺术家起不到任何作用。就是批评得很客观，这客观的批评却同艺术家沾不上边。"

为了集中精力把自己的思想更准确地表达出来，克拉顿用手蒙住眼睛。

"艺术家从观察事物中得到特殊的感受，这种感受逼迫着他把它表现出来，不知道为什么，他只能用线条和色彩来表现自己的感情。这和音乐家的情形是一样的；一个音乐家照着乐谱念上一两行，他说不出为什么这些歌词会在心里产生这些音符，他们正是这样。我可以告诉你，还有一个原因可以说明批评为什么毫无意义：一个伟大的画家硬要世人像他那样去看自然，可是过了一代，假定有另一个画家用不同的眼光看世界，此时，社会上不是根据这个画家所画的来判断，而是根据他的前辈画家所形成的概念来判断的。巴比松派[①]教导我们父辈的画家用怎样的方法处理树木。后来出了个莫奈，他用截然不同的方法画树，这时人们就说了：树不是这个样子的呀。他们根本就没有想到，树完全取决于一个画家他自己愿意怎样去看它们。我们是根据内在画外在的——如果我们能把自己的眼光强加给世人，他们就会把我们称为伟大的画家；如果我们不能把自己的眼光强加给他们，他们就会蔑视我们，但是我们还是我们。我们并没有赋予伟大和渺小以任何意义。我们的作品日后遭遇如何，无关紧要。当我们画画儿的时候，我们已经从中得到了我们能够得到的东西，如是而已。"

他不再说话，贪婪地吃着摆在他面前的饭菜。菲利普吸着一支劣等雪茄，仔细地观察他。他的头的线条很粗糙，好像是雕刻家用一块坚硬的岩石勉强雕刻出来的，黑色的头发又粗又硬，大鼻子，粗大的下巴，所有这些都显示出这是一个强有力的人，但是菲利普猜想，在这个面具之下，是不是隐藏着奇怪的虚弱。克拉顿不让别人看他的作品，也许纯粹是出于虚荣心：一想到别人要对他的作品评头论足他就受不了，也不愿意去冒自己的作品被沙龙画展拒绝的风险。他希望自己被公认为一位大师，而又不愿意冒风险去和别人的作品比较，一比较，他就可能会被迫降低他对自己作品的评价。在菲利普和这位克拉顿相处的十八个月里，克拉顿变得越来越粗暴，越来越难处了。尽管他不常露面，也不同他的朋友们争高下，论短长，可是他对有些人轻轻松松得到的成功感到

①19世纪法国风景画派，注重农村风光的题材。

气愤。他容忍不了劳森。菲利普最初认识他们的时候，他们两个人曾经是那样亲密，而现在却远不如以前了。

“劳森是好样的，”他轻蔑地说，“他将回到英国，成为一名时髦的肖像画家，一年赚一万英镑，四十岁之前就能成为皇家美术院的一员，专画贵族和绅士们的肖像！”

菲利普也看到了将来，他看到克拉顿在二十年里会变得凄惨、孤独、野蛮、默默无闻，他还会在巴黎，因为巴黎的生活已经深入他的骨髓。他以粗暴的谩骂统治一个小小的文艺社团，他同自己过不去，同世人争执不休。他越来越追求无法达到的至善至美，以致什么作品也产生不了。到头来，他也许会在酗酒中沉沦。近来，菲利普翻来覆去地考虑一个问题：一个人只有一次生命，所以这一生非获得成功不可。不过也不能用财富和名誉来衡量成功与否。他还不能清楚地认识他所说的成功是什么意思，也许是指丰富的经历和充分发挥自己的才能吧。不言而喻，克拉顿的一生似乎是注定要失败的。只有画出不朽的名作才能证明是成功的。他回忆克朗肖经常谈起的那个波斯地毯的寓言（这个寓言他常常想到），不过克朗肖有弗恩式[①]的幽默，不愿意把他的意思说得更明白。他反复地说，这个寓言并没有什么意义，除非有人自己在其中发现了什么意义。菲利普打心眼里热望此生要在艺术领域里获得成功，正因如此，使得他不知是否要继续这样厮混下去。这时，克拉顿又说开了。

“我曾对你说过，我在布列塔尼见到过一个家伙，你还记得吗？我前几天在这儿见到他了。他刚刚离开，到塔希提[②]去了。他身上一个钱也没有。他原是个企业家，我想你们英语称作‘证券经纪人’，他有妻子，有家庭，有丰厚的收入，为了当个画家，他把这一切都丢弃了。他刚刚出走了，在布列塔尼住下，开始画画儿，他一分钱都没有，就差没饿死。”

“他的妻子和家庭怎么样了？”菲利普问。

“呃，他把他们甩了，他让他们挨饿，让他们自己去想办法。”

---

①弗恩（Faun）为古罗马神话中半人半羊的农牧之神，又代表狂欢和色欲。

②塔希提（Tahiti），南太平洋上的一个小岛。

“这么说，他做得也太卑鄙了。”

“咳，亲爱的伙计，你要是想当一个绅士，就不能当画家。绅士和画家可是两码事。你听说过吧，有一些人专画骗钱的玩意儿，挣来钱养活老母——对了，这说明他们是好儿子，但作品还是糟糕的作品。不能以此为借口，这种人只是商人。一个艺术家会让他的母亲去济贫院。我认识的这里的一位作家告诉我，他的老婆在临产时死了。他爱她，悲恸得都快疯了，但是当他坐在床边看着她死去的时候，他发现自己在心里暗暗记着她什么样子、说些什么，和他自己的感觉。怎么样，有点绅士味儿吧？”

“你的那位朋友画得好不好？”菲利普问。

“不好，还不够好，他画得就和毕沙罗一样。他还没有认识到自己的才能，可是他有颜色感，也有装饰感。问题不在这儿。问题在感觉，而感觉正是他所具有的，他对老婆孩子像个地道的无赖，他的行为一向都像个地地道道的无赖，他对那些曾经帮助过他的人简直是畜生一般不知报恩。他之所以侥幸没有饿死，还不是多亏了那些朋友的接济。可他恰恰是一位伟大的艺术家。”

菲利普沉思着，这种人为了在画布上把生活给予他的热情画出来，心甘情愿地牺牲了舒适、家庭、金钱、爱情、荣誉、责任。这真了不起，不过他没有勇气这样做。

想到克朗肖，他才记起已经有一个星期没有见到他了。克拉顿一走，他就起身到咖啡馆去，在那儿，肯定能碰到那个作家。菲利普刚刚到巴黎的最初几个月里，克朗肖的话对他而言简直是福音书。可是菲利普有一种实用观点，他无法接受那种不见于行动的理论。克朗肖写的为数不多的几首诗似乎不能算是他的悲惨肮脏生活的丰硕成果。菲利普出身中产阶级，他不能背离这个阶级的秉性和本能。为了糊口，克朗肖穷困潦倒，卖文为生，他往来于肮脏的小阁楼与咖啡馆的餐桌之间，这种单调的生活方式和他受到的尊敬多么不协调啊！克朗肖敏锐地察觉出这个青年人对他不以为然，他就挖苦地抨击菲利普的世俗观点，他的讽刺有时候是开玩笑，但却总是很尖刻。

“你是个生意人。”他对菲利普说，“你想为生活投一笔统一公债，这样它将稳稳当当给你带来百分之三的利息。我是花光了老本的败家子。我要在咽气之前花掉最后一个小钱。”

这个比喻激怒了菲利普，因为这个比喻使克朗肖平添了一种浪漫的风度，而使菲利普的论点受到歪曲，菲利普本能地觉得就他的立场还可以多说几句，可在当时却想不起来了。

这天晚上，菲利普一直吞吞吐吐，想说说自己的事。幸而天色已经晚了，克朗肖用过的碟子就堆在桌子上，从碟子的数目上可以看出他喝了很多酒，一般地说，这表示着他已经准备好了发表他那套对一般事物的独到见解。

“我想你能不能告诉我该怎么办。”菲利普突然说。

“你怎么会听我的忠告呢？”

菲利普不耐烦地耸耸肩。

“我认为我当不了一个好画家，也看不出当个二流画家有什么用，我打算丢开不干了。”

“你为什么不丢开？”

菲利普犹豫了一会儿。

“我想我喜欢这种生活。”

克朗肖平静的圆脸一下子变了色。嘴角一下子耷拉下来，眼睛呆滞地陷在眼窝里，他伛偻着身子，好像变得老态龙钟了。

“就因为这个吗？”他叫起来，环顾了一下咖啡馆，声音真的有些发颤。

“假如你能跟艺术一刀两断，趁早断。”

菲利普吃惊地瞪着他，看到别人动了感情他总感到不自在，他垂下眼睛，他知道自己正面临着失败的悲剧。两个人都沉默着。菲利普想，克朗肖也在回顾他自己的生活吧，也许他想到了那种充满光明希望的青年时代，也想到了那把自己的光采风华消磨殆尽的种种失意，那种微不足道的单调的欢乐，前途一片黑暗。菲利普的眼睛一动不动地停留在那一叠碟子上。他知道，克朗肖也在看着这些碟子。

51

两个月过去了。

菲利普一直在苦苦思索这些事情，在他看来，那些真正的画家、作家、音乐家身上，有一股力量驱使他们把全都精力都放在事业上，因此，对于他们来说，不可避免地要让生活服从于艺术。尽管他们根本不知道，但是他们还是被一种力量左右着，即一种主宰他们本能的诱惑力，生活白白地从他们张开的手指缝中漏掉了。他感觉到，人应该是过生活，而不是去描绘生活。他希望去体验各种各样的生活，从每一次经历中汲取生活中的全部热情。他终于决定孤注一掷，马上采取某种行动。很凑巧，第二天上午就是福瓦内教课的日子，他打定主意要直截了当请他说说自已继续学下去是不是值得。他永远忘不了老师对范妮·普赖斯的那个粗暴坦率的劝告。老师的那个劝告被证明是正确的。菲利普无论如何也忘不掉范妮的事。没有了她，画室就显得奇怪了，只要有哪个女的做一个手势，或者说一句话，都会使他吓一跳，使他想起她来。她现在已经死了，可是他还是觉得她就在画室里，这种感觉甚至比她活着的时候还要强烈。他常常在夜里梦到她，常常惊叫着醒来。一想到她咬紧牙关忍受的那些饥饿的磨难，他就感到恐怖。

菲利普知道福瓦内来画室教课时总要到奥得萨大街上的小饭馆用午餐，他匆匆忙忙吃完饭，在外面等着那位画家出来。菲利普在人流拥塞的街上走来走去，终于看到福瓦内先生正低着头向他走来。菲利普的心情非常紧张，但他还是硬着头皮迎上去。

“对不起，先生，我有几句话要和您讲。”

福瓦内迅速扫了他一眼，这才认出他来，不过脸上并没有一丝招呼他的笑容。

“讲吧。”他说。

“我在您的指教下，已经在这儿学习快两年了。我想请您直率地告诉我，您认为我是不是还值得学下去。”

菲利普的声音微微有些发抖。福瓦内没有看他，只管自己走路。菲利普盯住他的脸，但他的脸上没有任何表示。

“你这是什么意思？”

“我很穷，我要是没有这份才气，趁早还是干点儿别的好。”

“难道你不知道自己有没有才气？”

“我的朋友都认为他们自己有才气，可我认为在他们中间有些人的想法是不切实际的。”

福瓦内尖刻的嘴角掠过一丝笑意，他问：

“你住在附近吗？”

菲利普告诉他自己的画室在哪。福瓦内转过身来：

“让我们到你那儿去吧，让我看看你的画。”

“现在吗？”菲利普叫起来。

“现在又怎么样？”

菲利普什么话也没说，他默默地走在老师旁边。他害怕得要命，他绝没有想到福瓦内会立刻要到画室看他的东西，他本来打算请他哪天屈尊来看看，或者他自己把画送到福瓦内的画室去，这样的话，他就可以有时间准备一下。他焦虑得直发抖。他打心眼里希望福瓦内来看他的画，希望他脸上会露出难得的笑容，并握住他的手说：“真是不错，接着画下去吧，小伙子，你有才气，真正的才气。”想着想着，菲利普心潮激荡。这么一来可就让人放心了，多让人高兴啊！这样他就可以信心十足地干下去了。一旦他最后如愿以偿了，那么，艰辛、贫困和失意又算得了什么呢？他一直在顽强地干，要是一切努力都白费了，怎么能让人受得了呢？他想起范妮·普赖斯曾对他说过这话，不由得吓了一跳。他们来到公寓，菲利普害怕得要死。可惜他胆量不足，要不然真会请求福瓦内走开的。他不想知道真相，看门人在他们进去时交给他一封信，他瞥了一眼信封，认出是伯父的笔迹。福瓦内跟着他上楼梯，菲利普不知道说什么是好，而福瓦内连一声也没有响，沉默叫他难受。教授坐下来，菲利普一声不吭地把那幅沙龙画展拒绝的画摆在他面前，福瓦内点点头，不过还是没有说什么。菲利普又给他看了两幅他画的露丝·查莉丝的肖像和两三幅他在莫雷画的风景画，还有一些素描。

“就是这些了。”过了一会儿他说，神经质地笑了笑。

福瓦内先生自己卷了一支烟，点燃了。

“你的个人收入很少，是吗？”他终于开口了。

“非常少，”菲利普回答说，他的心一下子就凉了，“不够维持生活。”

“总为日常生活焦虑，没有什么事比这更糟了。我就是看不惯那些对金钱不屑一顾的人，那些人不是伪君子就是傻瓜。钱好比是人的第六感官，没有钱，你就没法很好地利用那五个感官，没有一笔相当的收入，生活中有一半路就堵死了。所以一定要小心翼翼，千万要量入为出。你听到过吧，有人说，贫穷是优秀艺术家最好的补品。这些人是饱汉不知饿汉饥，站在高枝上说风凉话。贫困会使你永远受人屈辱，会绞断你的翅膀，像癌症一样毁坏你的身心。一个人所追求的并不是财富，但是财富恰恰能够维护一个人的尊严，无所牵挂地去工作，能够使你慷慨大方，胸襟坦荡，自立自强。对那些完全靠技艺维持生活的艺术家们，无论是作家也好，画家也好，我从心里对他们感到莫大的遗憾。”

菲利普悄悄地把那些拿出来给教授看的画放到了一边。

“听你这话的意思，好像你认为我没有什么希望了。”

福瓦内先生略略耸了耸肩。

“你的手在某种程度上还是很巧的，经过刻苦努力，并能坚持下去的话，并非成不了一个审慎的画家，一个说得过去的画家。你会发现有上百个画家，他们画得比你还要差，你还会发现有上百个画家与你不相上下。从你给我看的这些画里，我没有看出什么有才气的东西来，倒可以看出你很刻苦，也很聪明。充其量你也只能当一个平庸的画家。”

菲利普非常镇静，对福瓦内先生的直率表示感激。

“给您找了这么多麻烦我真过意不去。真不知道该怎么谢您才好。”

福瓦内先生站起身来正准备要走，但是又改变了主意，又站住了，把手放在菲利普的肩上。

“假如你要问我的意见，那我就要告诉你：拿出勇气来，在别的方面试试自己的运气吧。这话听起来很不入耳，我可以告诉你：我在像你这个年岁就开始了绘画，如果那时候有人这么劝我，我会把所有的东西都献给他。”

菲利普抬起眼睛惊讶地看他。教师强作笑容，但是他的眼睛里却流露出阴郁和哀伤。

“一个人在某个方面没有才能并不要紧，只有发现得太晚，才是令人痛苦的，耽误了时间对于你是毫无补益的。”

说完最后一句话他笑了两声，然后急步走出了房间。

菲利普机械地拿起伯父的来信。看到伯父的笔迹，他有些惴惴不安，因为平时都是伯母给他写信。近三个月来她病倒了，菲利普写信提出要回英国去看看她，她唯恐耽误他的学习，没有让他回去，她叫他不必为她担心。希望到八月时他能够同来住两三个星期，万一她的病情恶化的话，是会告诉他的，她希望临死前能看到他一眼。这封信是伯父写的，肯定是因为她的病很重了，已经拿不动笔了，菲利普打开信，信上写道：

我亲爱的菲利普：

我不胜悲伤地告诉你，你亲爱的伯母已于今日凌晨辞别人世。她猝然去世，但死时没有一点痛苦，她的病情急剧恶化，我们没有来得及告诉你。她对此早已有所准备，她抱定圣主复活[①]和听从主基督耶稣圣灵的召唤信念。你伯母必定希望你能参加葬礼，我相信你能尽快赶回。自然有很多事情要我去处理，我方寸已乱，相信你将不致使我失望。

你亲爱的伯父

威廉·凯利

①基督教宗教思想，相信在末日审判那天，圣主再度降临人间，所有人都复活，接受上帝审判。

52

第二天菲利普回到了布莱克斯塔布尔。自从母亲去世以来，他的近亲中还没有谁死去，伯母逝世对他震动很大，他感到一种奇怪的恐惧。他第一次感到自己也逃脱不掉死亡的命运。伯母和伯父长期相守，四十年来她爱他，伺候他，一旦失去了她，他不知道伯父的生活会是什么样子。他料想见面时准会看到伯父悲恸得死去活来。他很害怕和伯父的最初见面，他知道自己说不出能安慰他的什么话，只是把一大堆得体的话在心里默诵着。

他从旁门进了牧师住宅，来到餐室，威廉伯父正在看报。

"你的火车晚点了。"他抬起头说。

菲利普正打算尽情地倾泻一下自己的悲痛，可是看到伯父若无其事的样子，倒使他吃了一惊。伯父说话的声音很低，但是很镇静，他把报纸递给他。

"在《布莱克斯塔布尔时报》上有一条关于她的短讯，一条很不错的短讯。"他说。

菲利普机械地读着报纸。

"你想上楼看看她吗？"

菲利普点点头，他们一起来到楼上。露易莎伯母正躺在大床上，她周围摆满了鲜花。

"念一段短祷文好吗？"牧师说。

他跪下来，见此光景，菲利普出于常礼，也学着他的样子跪下来。他看着她萎缩了的小脸。他只是有一种感触：这是一个枯竭的生命。过了一会儿，牧师先生咳了一声，然后站起身来。他指着床腿边的一个花圈说：

"这是斯奎尔送的。"他说话的声音很低，仿佛是在教堂里讲话，但是别人会觉得，作为一个牧师，他也太镇静了。

"我想茶点已经准备好了。"

他们又下楼来到餐室。餐室的百叶窗放下来了，使这里有一种悲怆的气氛。牧师坐在桌子那一端，那是他的妻子从前坐的地方，她总是在那儿非常客气地为他沏茶。本来菲利普以为他们两人谁都会吃不下什么东西的，可是当他看到伯父的胃口没有受到丝毫影响，他也就大口大口地吃起来。一时谁也没有说话，菲利普吃一块精致的蛋糕，他竭力让自己做出一副哀伤的样子来，这样他感到得体些。

“自从我开始任副牧师到现在，风俗变得太多了，”过了一会儿，牧师说，“在我年轻的时候，凡是送葬的人都要给一双黑手套，帽子上还要缀一条黑绸带，可怜的露易莎过去总是用黑绸子做衣服的。她经常这么说，参加十二次葬礼，那绸子就够她做一件新衣裳了。”

接着，他又告诉菲利普都有谁送了花圈，已经收到二十四个花圈了。费恩教区牧师的妻子罗林森太太死时，他收到三十二个花圈，但是第二天可能还会送来更多的花圈。出殡的队伍将在十一点钟从牧师住宅出发，那时候，他们将轻而易举地压倒罗林森太太，露易莎一点儿也不喜欢罗林森太太，等等。

“我要自己主持葬礼仪式。我答应过露易莎，绝不让别人为她下葬的。”

当菲利普又拿起一块蛋糕时，他看到了伯父不满的神色。这么一来，他倒不由得觉得自己太贪得无厌了。

“当然玛丽·安蛋糕做得非常好。恐怕没有谁比她做得更好了。”牧师说。

“她没有走吗？”菲利普惊奇地叫起来。从他记事起，玛丽·安就在牧师家里了，她从没忘掉他的生日，但她总是送给他一块松糕，虽说可笑，但还是令人感动的。他对她的感情是真挚的。

“是啊，”牧师回答，“我想家里用一个单身女人是不太合适。”

“啊，天呀，她不是有四十多岁了吗？”

“是啊，我想她是有四十多岁了。不过，她最近很讨厌，太喜欢自作主张了，我想这次是个辞退她的好机会。”

“这当然是个难得的机会。”菲利普说。

他掏出一支香烟来正要点燃，伯父阻止他。

“葬礼完了再抽吧，菲利普。”他很温和地说。

“好吧。”菲利普说。

“只要你可怜的露易莎伯母还在楼上，在家里抽烟就是非常不恭敬的哩。”

葬礼结束后，那位教会执事兼银行经理约西亚·格莱夫斯回到牧师家用餐。这时百叶窗都打开了，与菲利普的愿望相反，他竟奇怪地有一种如释重负的感觉。尸体停在家里使他心里很不是滋味。那个可怜的女人活着的时候是那么慈善温柔，然而，当她躺在楼上的卧室里，却那样冰凉僵硬，仿佛使活着的人感到一种凄惨和不祥。这样的思想，使菲利普感到非常恐惧。

他发现餐室里在一两分钟内只有他和那位教会执事两个人了。

“我希望你能够留下来陪你伯父一段时间，”他说，“我看不应该让他现在这样孤零零地一个人留在家里。”

“我还没有进一步的打算，”菲利普回答，“如果他愿意的话，我很高兴留下来。”

为了使这位丧妻的丈夫高兴起来，吃饭时教会执事兴致勃勃地谈起了布莱克斯塔布尔最近的一场火灾，这场大火把美以美教会的小教堂烧掉了一大半。

“听说他们没有给教堂上保险。”他说着嘿嘿一笑。

“上不上保险对他们都一样，”牧师说，“他们会有足够的钱重建教堂。他们的教民是乐于捐款的。”

“我看到霍尔顿也送来了一个花圈哩。”

霍尔顿是非国教教派牧师，凯利牧师看在基督是为双方而死的情面上，在街上遇到时只是朝他点点头，并不和他说话。

“我想他送花圈是件好事，”他说，“一共有四十一个花圈。你送的那个真是很漂亮呀。我和菲利普都赞赏不已。”

“没什么，这点儿事不足挂齿。”银行家说。

他面带得意，提到了他送的这个花圈比所有人送的都大，样子也很不错。他们还议论起参加葬礼的那些人。为了葬礼商店没有营业，教区执事自己出钱印了通知，上面写道：鉴于举行凯利牧师太太的葬礼，本教堂一点以后开放。

“这都是我的主意。”他说。

“我也是这么想的，商店和教堂都不开放更合适些，”牧师说，“可怜的露易莎准会感激这么做的。”

菲利普埋头吃着饭。玛丽·安把这一天当做星期日来对待，她做了烧鸡，还给每人做了一份鹅莓馅饼。

“大概你已经想好了墓碑怎么弄吧？”教区执事说。

“不错，我已经想好了，我想就弄一块朴素的石十字架。露易莎一向反对铺张浪费。”

“我认为真是没有什么比十字架更好的了。要是你在斟酌碑文，你看这么写怎么样：‘与基督同在，胜似人间。’”

牧师绷着嘴，完全是俾斯麦独断专行的样子。他不喜欢这段碑铭，这样的碑文对他似乎有中伤之嫌。

“我想我是不会用这句的。我更喜欢这样说：‘上帝所予，归之上帝。’”

“呃，是吗？在我看来这句话有点平常。”

牧师的回答很不中听，在这位鳏夫看来，格莱夫斯说话的腔调在这种场合下未免太喧宾夺主了。要是连自己老婆墓碑上的铭文都不能决定，那也未免太过分了。一阵沉默，然后他们又谈起教区的事务。菲利普来到花园里吸烟斗。他在一条长椅上坐下来，突然忍不住歇斯底里地大笑起来。

几天之后，伯父表示希望他能在布莱克斯塔布尔再住几个星期。

“好吧，我也正想住一段时间哩。”菲利普说。

“我想，你在九月回巴黎去比较合适。”

菲利普没有回答。福瓦内曾经对他说过的那些话，他想过不知多少次，但是正因为他举棋不定，所以这时他不想谈以后的事情。放弃艺术确实不失为明智之举，他相信自己在这方面绝不会出人头地，但不幸的是，放弃艺术只对他来说是明智的。可是在别人看来，放弃艺术就是他自甘失败，而他自己却不愿意承认失败。他是个倔强的家伙，尽管在某一方面他怀疑自己没有什么才能，可是这却使他更乐于去克服环境，恰恰以这个为目标去奋斗。他受不了朋友们的嘲笑。他的这种想法可能妨碍他毅然决然地放弃艺术。不过一旦环境改变了，突然之间，他看事物的眼光也迥然不同了。同许多人一样，他发现只要一渡过英吉利海峡，原来显得那么重要的事情就变得微不足道了。他原来以为，那种使人沉迷的生活自己是舍弃不掉的，而现在看起来，就显得荒唐可笑了。他已经厌倦了咖啡馆，厌倦了饭馆里差劲的饭菜，也厌倦了他们大家过的那种恶劣的生活。朋友们要怎么看他，都随他们去吧。能言善辩的克朗肖，令人尊敬的奥特尔太太，多情妩媚的露丝·查莉丝，爱争吵的劳森和克拉顿，他对这一切人一下子产生了反感。他给劳森写了一封信，请他把他所有的东西都寄回来。一个星期后东西寄到了。他把画取出来，这时他发觉自己已经能够冷静地审查他的作品了。他觉得这种情形很有意思。他的伯父非常想看看他的画。尽管当初他拼命反对菲利普去巴黎，可现在他还是心平气和地接受了这一既成事实。他对学生的生活很感兴趣，不停地向菲利普问这问那。实际上，他颇有点儿为有这个画家侄子而自豪。当有别人在的时候，他总是想方设法把他叫出来。他兴致勃勃地看着菲利普拿给他的模特儿习作。菲利普把米格尔·阿胡里亚的肖像摆在他面前。

“你画他干什么？”牧师先生问。

“噢，他是我找的一个模特儿，他的头部使我很感兴趣。”

“你反正在这儿没有什么事可做，就给我也画一张吧。”

“坐在那儿能把你烦死。”

“我想我很愿意坐在那儿让你画。”

“这事咱们还得商量商量。”

菲利普觉得伯父的虚荣心很有意思。这是明摆着的事，他很想有一幅自己的彩色肖像。有这种不用自己破费的好事，自然不能白白放过。有两三天，他总是旁敲侧击暗示他。他责备菲利普太懒惰，问他什么时候能开始给他画像，到后来他干脆逢人就提菲利普要给他画像。终于碰上了一个雨天，吃完早饭，牧师先生对菲利普说：

“喂，你说咱们今天上午开始画怎么样？”菲利普放下手里的书，身体向后靠在椅子上。

“我已经不画画儿了。”他说。

“为什么？”伯父感到十分诧异。

“我觉得当一个二流画家没有什么意思。现在我得出结论，我不会有什么成就。”

“你真让我吃惊。去巴黎之前，你不是非常相信自己是个天才吗？”

“那会儿我弄错了。”菲利普说。

“我还认为你现在挑选了职业，会很好地干到底的哩。我看你缺少的是毅力。”

菲利普有点不高兴了，伯父怎么就没看出来他做出这个决定是花了多么大的勇气啊！

“滚石不生苔，转业不聚财。”牧师接着说。菲利普对这个谚语讨厌至极，这种话对他毫无意义。从前他离开事务所，他们为此而争吵时，伯父就总是把这句话挂在嘴边。很明显，这句谚语也使这位监护人想起了那档子事情。

“你已经不是个小孩子哩，你要明白，你必须想一想怎样安下心来干事了。最初，你非要当个执照会计师，没多久就腻了，接着又要当画家。现在可好，兴头一来，就又改变了主意。这说明了……”

他犹豫了一下，考虑着这究竟准确暴露了他性格上的什么弱点，菲利普接着他没有说完的话说：

“摇摆不定，不学无术，目光短浅，优柔寡断。”

牧师很快抬眼看看侄子，看他是不是在取笑自己。菲利普的脸色非常严肃，可是他的眼睛却在得意地闪光，这一点可把他惹恼了。这时菲利普真应该严肃一些才是。他觉得把他痛骂一顿是理所当然的。

“现在你的钱和我毫不相干。你自己也自立了，不过我想你还是应该记住，你那点钱是不会一辈子也花不完的，不幸的是，你是个残废，要想挣钱并不太容易。”

菲利普现在明白了，别人只要一生他的气，首先想到的就是要提到他的跛足。几乎没有人能不这样鬼使神差，这一事实决定了菲利普对人类的估价。但是，他已经锻炼得很能在别人笑话他的跛足时不动声色。他喜欢脸红的毛病也克服了，小时候这个毛病常常让他苦恼。

“你说得很对，”他回答，“我的钱和你不相干，我自己也自立了。”

“无论如何，你要对我公平，这一点你得承认：你决意上艺术学校，当时我反对没有错吧？”

“对这事我自己也不太清楚。我认为，自己经过努力，虽然走了点弯路，但比起靠别人指点来走路，更有好处。我一直纵情欢乐惯了，现在也不打算安下心来干什么。”

“那你要干什么？”

菲利普不打算回答这个问题，因为实际上他还没有决定下来，他想到过十几种职业。

“你最好是去干你父亲的那个职业，当医生。”

“可让你说着了，我也是这么想的。”

在各种职业中他曾经想到当医生，主要因为医生这个行当看起来有更多的个人自由，他在事务所的经历使他下了决心，再也不干这样的工作了。他冲着牧师几乎不假思索冲口而出，这是因为他有机敏的天性。今后干什么竟是如此偶然地决定下来，这真使他乐不可支。他马上就打定了主意，这一年秋天就进父亲原来工作的那所医院。

“这么说，你在巴黎就白白待了两年啦？”

“谁知道呢？这两年里我过得非常愉快，也学会了些本事。”

“什么本事？”

菲利普沉思了片刻，他的回答里有一点故意要气气伯父的狡黠，他应声说道：“我学会了观察人的双手，这是我以前绝对看不到的。我学会了在天穹衬托下观看房屋和树木，而不是仅仅看到房屋和树木。并且我还知道了阴影不是黑的，而是有颜色的。”

“大概你自以为很聪明吧。你这样轻率浮躁实在是愚蠢。”

53

牧师先生拿着报纸回书房去了。菲利普换了一把椅子，坐在伯父刚才坐的那把椅子上（房间里只有这把椅子舒服些），看着窗外的滂沱大雨。就是在这样的坏天气里，也仍然可以看到像一直伸向天际的绿色原野这样赏心悦目的景色。这景色是那样亲切迷人，以前竟没有注意。在法国的两年，使他能看出这里的乡村风景的美丽了。

他带着微笑回想伯父的话。他变得轻率浮躁，这未尝不是好事。他这时才认识到，父母去世使他蒙受的损失有多么大。他的生活同别人的不同，这就使得他不能像别人那样去看待事物。父母对孩子的爱是唯一无私的感情。他在生人中间尽其所能地成长起来，可是几乎没有人耐心地或宽容地对待过他。他为自己有自制力感到自豪。这些都是在同学对他的恶作剧中磨练出来的。这么一来，同学们倒说他玩世不恭、冷漠无情。他已经养成了安详的举止，在绝大多数的环境中镇静自若。因此，现在他能够不让自己的感情随便流露出来。有人告诉过他，说他缺少感情，可是他明白自己是受感情支配的。偶然受到些好处，他就会十分感激，有时他甚至连话都不敢说，以免声音中露出激动来。他记得学校生活的痛苦，他受到的屈辱，同学们的玩笑，这种玩笑使他病态地害怕成为讥笑的对象；他记得自从那时他就面对着人生，感到了孤独、幻灭和失望，这是因为他那美好的想象与实际生活中遇到的相差太大了。但是，尽管如此，他还是能够客观地看待自己，并且感到自得其乐。

“感谢上帝！我要不是这样轻率浮躁的话，恐怕早就上吊自杀了。”他快活地想。

他又回想起了当伯父问他在巴黎都学到了些什么时他回答的那些话。他学到的远比说出来的要多得多。他和克朗肖的一次谈话，深深印在他的脑海中，克朗肖的一句平平常常的话，使他的头脑开了窍。

“亲爱的伙计，”克朗肖说，“抽象的道德是没有的。”

当菲利普不再笃信基督教时，他就感到从肩头卸下了沉重的负担。

基督教使他的一举一动都要负责任，因为每一个行动都同灵魂有密切的关系，当他甩开这种责任感，就体尝到了自由的美妙和生气勃勃。不过他现在明白这是错觉。过去他抛弃了哺育他的宗教，可是却完整地保留了其中的主要部分——道德观。由此他下决心独立思考，不受任何偏见的支配。他把美德和犯罪，把法律规定的所谓善和恶，统统置之度外，一心要自己来找到生活的准则。他不知道这些准则是不是必要，反正这是他要发现的事情。他现在之所以这样对待原来认为天经地义的东西，其实再明白不过了，因为他从孩提时代起就被这样的思想熏陶。他读了很多书，可这些书对他的帮助很小，因为都是根据基督教的道德观写出来的。即使那些强调不相信基督教这一事实的作者们，他们也非要依照登山宝训[①]建立一套伦理道德体系才能心满意足。只是为了像别人一模一样去做人的话，实在不值得去读那些大部头的著作。菲利普希望知道应该怎样做人，他认为自己能够不受周围舆论的影响。不过，在他建立一套行为理论之前，他还得生活下去，他给自己制定了一条临时性的规则。

“随心所欲，同时要提防躲在旮旯里的警察。”

他认为他在巴黎最好的收获就是精神上完全自由，他觉得自己终于彻底自由了。他漫无目标地读了大量的哲学著作，随后他又欣喜地盼望着过几个月的悠闲日子。他开始杂乱无章地读书。他每开始研究一种哲学体系，都激动得有点颤栗，希望能在某一种体系中发现能够规范自己行为的东西。当他在这个领域中向前推进时，事业把他迷住了，他觉得自己仿佛是在陌生的国度里旅行，他像有些人看纯文学的作品那样，充满激情地读着这些哲学著作。当他在高尚的语言中发现他模糊感到的东西时，他的心就怦怦直跳。他的思想是具体的，他在抽象的领域里步履艰难；不过，即使他弄不懂某些推理，他反而更兴趣盎然地跟随那些复杂的思想读下去，这些思想拐弯抹角，变化多端，几乎不可理喻。有时

①见《新约·马太福音》第五至七章，指耶稣在山上对其门徒的教导，被视为基督教的基本理论。

候他感到大哲学家们的话似乎对他没有什么意思，但他有时又在这些著作中看到令人很舒服的思想。他像是一个来到中部非洲的探险家，忽然进入了一块广阔的高原，那里树木参天，草原广袤，使人恍然置身于一个英国的公园里。他喜欢托马斯·霍布斯①的健全的常识，斯宾诺莎②使他敬畏得五体投地。像这样宏伟壮丽、无可匹敌的严肃思想，他还是头一次接触，他想起了罗丹③的雕像《青铜时代》，他狂热地崇拜罗丹的这个作品。他敬佩的哲学家还有休谟④，这位哲学家的怀疑论引起了菲利普的共鸣，他被这位大哲学家的简明的文体迷住了，似乎他只需寥寥数句就能够表达出复杂的思想，又富于音乐感，又恰如其分，读起来就像是看小说一样，他读着，嘴角上挂着微笑。可是，他所需要的东西，哪一个哲学家都没讲到。他曾在什么地方读到过：每个人都是个天生的柏拉图主义者、亚里士多德⑤的信奉者、斯多葛派⑥，要不然就是伊壁鸠鲁的信徒。乔治·亨利·刘易斯⑦的历史除了告诉你哲学都是无聊的空话外，还说明了任何哲学家的思想同他那个人是不可分地联系在一起的。明白这一点，你就可以随便把哪个哲学家写的哲学猜出个八九不离十，看上去好像你没有以某种方式行动，这是因为你是以某种方式思维的，或者，毋宁说，因为你天生是如此这般的，也就只能如此这般地去思维。真理与此无关。像真理这类东西是没有的。每个人都是他自己的哲学家，而昔日伟人所苦心经营的哲学体系，只有在作家眼里才是正确的。

①托马斯·霍布斯（Thomas Hobbes，1588–1679），英国哲学家。

②巴鲁赫·斯宾诺莎（Baruch de Spinoza，1632–1677），荷兰哲学家。

③奥古斯特·罗丹（Auguste Rodin，1840–1917），法国雕刻家，19世纪末20世纪初现实主义雕塑艺术的杰出代表。

④大卫·休谟（David Hume，1711–1776），苏格兰哲学家。

⑤亚里士多德（Aristotle，公元前384–前322），古希腊哲学家。

⑥公元前四世纪创立于雅典的哲学派别。

⑦乔治·亨利·刘易斯（George Henry Lewes，1817–1878），英国哲学家及批评家。

只要发现那个人是怎么样一个人，他的哲学体系就会自动地显呈出来。在菲利普看来，要发现的问题有三：人和他所生活于其中的那个世界的关系，人和他所与之生活的那些人的关系，最后是人和自己的关系。他制定了一个详尽周密的学习计划。

在国外生活有在国外生活的好处，你接触到身边那些人的生活方式和习惯风俗，可以从外部来观察这些风俗习惯。你会看到，他们身体力行信以为真的那些，其实没有什么必要。你还会发现这种情形，你认为是不证自明的信条在一个外国人的眼里却是荒谬绝伦的。在德国的那一年，加上后来又长期待在巴黎的岁月，都为他接受怀疑论的学说奠定了基础。现在他对怀疑论感到慰藉。在他眼里一切事情都无所谓好无所谓坏，无非是用来达到某种目的罢了。他读了《物种起源》，这本书似乎解释了使他困惑不解的许多问题。他像个探险家，指出肯定会发现某种自然的地理现象，他沿着大河溯源而上，在这里发现了他预料中的支流，在那里发现了有膏田沃土、人烟稠密的平原，再往前走，就是莽莽高山。后人对一些伟大的发现惊诧不止。这些发现为什么当时没有被承认呢？甚至就是那些承认这些伟大发现的正确性的人也认识不到其影响的重大。《物种起源》的第一批读者根据理智接受了这本书，可是作为基础的感情却没有受到触动。菲利普是《物种起源》出版以后出生的一代人，这部伟大著作在当时惊世骇俗，而此时已经为人们所接受了，因此菲利普能够愉快地接受它。他被宏伟壮观的生存竞争所激动，书中提到的伦理准则与他原来的想法不谋而合。他对自己说，力量就是真理。一方为社会——一个具有自己发展规律和自我保护本能的有机体，另一方为个人。对社会有利的行为就称之为美德，反之则称之为邪恶，除此之外所谓的善与恶毫无意义。罪恶是一种自由人应当清除的偏见。社会有三种同个人作战的手段，这就是法律、舆论和良心：前两种手段用诡计就可以对付，诡计是弱者反对强者的唯一武器；舆论宣称发现了罪恶，这时它的使命也就完成了；而良心则是家里的内奸，它在每个人的心里为社会作战，它使个人缴械投降，成为敌人残酷蹂躏的牺牲品。因此，显而易见，双方——国家与存在着自我意识的个人之间是不可调和的。那一方利用各个人来达到自己的目的，如果哪个人触犯了它的利益，就把他踩在脚下，如果他忠心耿耿地为它服务，就奖给他勋章、养老金、荣誉；而这一方，他的唯一的力量是他自身的独立性，为了方便起见，他要从国家这个关口挤过去，为了一定的利益，他得提供金钱或服务，但他绝没有一点义务感和责任感，他对赏赐奖章并不放在心上，而只求不受干扰。他是一个独立不羁的旅行者，使用的是能够为他消灾免祸的库克[①]车票，可是对于由个人指导的团体，他是不屑一顾的。自由人的行为是没有什么错误可言的，他愿意怎么干就怎么干——只要他能够。他的力量就是他的道德观的唯一尺度。他承认国家的法律，但又能够破坏这些法律而无罪恶感，即使他受到了惩罚，他也毫无怨言。社会是强有力的。

可是，如果对个人而言没有所谓的对与错，那么，在菲利普看来，良心也就失去了它的力量。他带着胜利的欢呼一把抓住良心这个无赖，把它扔了出去。但是他还是没有更明白什么是人生。人来到世上究竟为了什么，还全然是不可解的。谅必一定存在着某些原因。他想到克朗肖所讲的那个关于波斯地毯的寓言，当人问到这个寓言说明了什么，他就神秘地表示这个寓言并没有什么答案，除非你自己发现了其中的奥秘，这真是妙极了。

“我真猜不透他到底是什么意思。”菲利普笑了。

就这样，在九月的最后一天，菲利普迫不及待地要把那些崭新的理论用之于实践，他带着一千六百英镑和一只跛脚，第二次前往伦敦，开始了他在事业上的第三次冲刺。

54

菲利普以前去给会计师当学徒时曾经通过了考试，这资历对于他进入医学院来说是足够的。他所以选中圣卢克医学院，是因为他父亲就在

①托马斯·库克（Thomas cook）是第一个组织团队旅游的人。此处指事先被安排好的旅行。

这儿上的学。他在夏季学期结束前一天到了伦敦，以便有时间去见学院干事。在学院干事提供的房间中，他挑了一个阴暗的房间，从这儿到医院只有两分钟的路。

“你得先安排一个解剖的部位，”干事告诉他，“最好从解剖大腿开始，一般人都是这样的，他们认为这样容易些。”

菲利普了解到第一课是解剖学，在十一点。大约十点半，菲利普一跛一跛穿过大街来到医学院，这时他的神经有些紧张。一进门，就看到那里张贴着许多通知，有课程表，足球比赛时间等等，他无所事事地看看那些通知，极力装出一副轻松的样子。三三两两的青年和学生在架子上找信，聊着天，下楼到地下室去，那儿有学生阅览室。菲利普看到几个人在怯生生地东张西望，看得出他们和自己一样，也是第一次来这儿。他把通知看完了，这时他看到一扇玻璃门，这门显然是通向一个陈列室的，离上课还有二十分钟，他推门走进去。这里是病理标本陈列室。这当儿，一个约有十八岁的学生走过来。

“喂，你是一年级的吗？”他说。

“是啊。”菲利普回答说。

“你知道教室在哪吗？到十一点就要上课了。”

“我们最好去找找看。”

他们出了陈列室，来到一条又长又暗的走廊，两边的墙漆成深浅不同的红色，一些青年走过去，他们指给菲利普他们去教室的路。他们找到写着“解剖示范室”的门。菲利普看到里面已经有很多人了。座位是阶梯式的，菲利普刚刚进门，就有一位工人进来，把一杯水放在教室中间的桌子上，接着又拿来一只骨盒，两根大腿骨，左右腿各一根。进来的人越来越多了，他们进来后找座位坐下，到十一点，教室里已经满满当当的了。大约有六十个学生，大部分学生的年龄比菲利普要小得多，都是些十八岁没长胡须的光溜溜的脸蛋，不过也有几个比他大的：他注意到一个蓄着火红小胡的大高个儿，说不定有三十岁了，另一个是黑头发的矮个儿，比前者只小一两岁，还有一个戴眼镜的，他的胡子完全是灰色的。

讲师卡梅伦先生来了，他是一位风度翩翩的男子，银白色的头发，相貌匀称清秀。他把长长的学生名单挨个点了一遍，然后他讲了几句话，他的声音很悦耳，措词也很讲究。看到学生们规规矩矩地听讲，他感到很高兴。他向学生们提出一两本他们可以去买的书，并建议他们想办法搞到一副骨骼。他热情地讲到解剖学：解剖学是外科学习的基础，解剖学的知识可以增加艺术的鉴赏力。菲利普全神贯注地听，后来听说卡梅伦先生在皇家学院讲课，他在日本住过多年，在东京大学任过教，他自以为有美的鉴赏力。

“你们将必须学习许多乏味的东西，”他结束讲话时说，脸上带着宽和的笑容，“这些东西等你们通过毕业考试后就会忘得一干二净了，你们学会了，再把它忘掉，这总比一点没有学过好得多。”

他拿起放在桌子上的骨盒，开始讲起来。他讲得很好，很清楚。

那个在病理陈列室同菲利普讲话的学生，上课时就坐在他旁边，下课时，他建议去解剖室看看。他们又来到走廊里，一个工人告诉他们解剖室在哪儿。一进解剖室，菲利普一下子明白了他在过道里闻到的怪味是从哪里来的了。他点燃了烟斗。那个工人嘿嘿笑了一下。

“你很快就会习惯这股味的，我就不在乎。”

他问了菲利普的名字，又看看通知上的名单。

“你解剖的是一条腿——四号。”

菲利普看到还有一个名字同他的名字括在一起。

“这是什么意思？”他问。

“现在尸体很缺少，只能安排两个人一块做。”

解剖室很大，也像走廊那样漆成深浅两种红色，上部是鲜艳的橙红色，下部护壁是赤褐色。解剖室的两边每隔一段都有铁槽与墙成直角地摆着，每个铁槽上放着一具尸体。大部分是男的。由于尸体保存在防腐剂里的缘故，颜色非常深，皮肤几乎和皮革一样。尸体一个个都非常干瘦。工人把菲利普带到一只铁槽前。一个青年站在铁槽旁边。

“你叫凯利？”他问。

“是的。”

“那好，我们一起来解剖这条腿吧。是个男的，真够走运的吧？”

“为什么？”菲利普问。

“他们一般都愿意做男性的，”工人说，“女性的脂肪太多。”

菲利普看着尸体，那胳膊和腿部都那么瘦，都看不出原来的样子了。肋骨那么鼓凸，皮肤紧紧地绷在上面。这是一个约四十五岁的男的，稀稀拉拉的灰白胡子，头发稀疏无光，眼睛闭着，下颚骨深陷下去。菲利普想象不出这曾经是个人，站在一具具死尸中间，令人感到毛骨悚然。

“我打算两点开始做。”那个要和菲利普一起做解剖的青年说。

“好吧，我也那时候来。”

前一天他买了要用的器械箱，这时工人又给了他一把锁。他看着同他一起来解剖室的那个学生，发现他的脸色惨白。

“感到不舒服了？”菲利普问他。

“以前我从来没有见过死人。”

他们沿着走廊走，一直走到学校大门口。菲利普又想起了范妮·普赖斯。她是他第一次看到的死人，他还想起了那尸体给他的那么奇怪的感受，活人和死者之间的距离有十万八千里，他们似乎不属于同一个物种。说来让人难以置信，就在不久前，他们还在说话、活动、吃东西和哈哈笑，死人令人感到恐怖，你能够想象出死人会给活人什么样不吉利的影响。

“咱们去吃点东西怎么样？”新朋友问菲利普。

他们走进地下室，那儿有一间阴暗的房间作饭馆，学生们在这儿可以吃到那种在面包店里也能吃到的饭食，吃饭的时候菲利普要了一份烤饼、一小块黄油和一杯巧克力，他知道了他的同伴叫邓斯福特。小伙子气色很好，蓝蓝的眼睛，卷曲的黑头发，说话和动作都慢悠悠的，他刚刚从克里夫顿来。

“你打算上公共课吗？”他问菲利普。

“是的，我想尽快通过考试。”

“我也要上的，不过我以后还要上皇家外科医师学会会员的课程。我要当外科医生。”

大部分学生选了皇家外科医师学会会员和皇家内科医师学会会员公共课程表上的所有课程，更有进取心、更刻苦的学生还要在这方面增加更多的课程，这样可以取得伦敦大学的学位。菲利普进圣卢克医学院时，有些规定刚刚做了些变动，学制改成了五年，而1892年秋天以前入学的学生是四年学制。邓斯福特盘算好了，他告诉菲利普一般的课程情况。公共课的第一次考试包括生物学、解剖学和化学，但可以分开考，入学后三个月大部分人都要考生物学。这门课是最近才编进必修课程的，不过要求学习的份量很少。

菲利普由于忘了买保护衬衣的袖套，所以晚到了几分钟，他看到好多人已经开始工作。他的搭档已经按时开始，正在忙着理出皮下神经。还有两个人也在解剖另一支腿，更多的人在解剖胳膊。

“我先开始了，不介意吧？”

“没关系，干吧。”菲利普说。

他拿起书，翻开腿的解剖图看起来。

“你干这个倒很熟练呀。”菲利普说。

“噢，我以前做过很多解剖，当然啦，都是些动物，是在预科的时候。”

解剖时，有些人在交谈工作，谈足球比赛的前景，还有的人做着示范，边做边讲解。菲利普觉得自己比其他人年龄大好些，那帮学生都很嫩，与其说年龄同时间有关，倒不如说同知识有关。和他一起解剖的纽森，是一个活跃的青年，他轻松自如地做着解剖。他大概觉得卖弄并没有什么不可以，他详细地给菲利普解释他为什么这样做，又为什么要那样做。尽管菲利普憋了一肚子很有见地的话要说，还是恭敬地听着。随后，菲利普拿起解剖刀和镊子，在他的监视下开始干起来。

“鬼知道他怎么这样瘦，”纽森揩着手说，“这个倒霉鬼肯定饿了一个月。”

“我猜不出他是怎么死的。”菲利普咕噜了一句。

“噢，我可不知道，所有的老东西差不多都是饿死的。我估计……喂，注意点，别割断了那根动脉。”

“说得倒是不错，‘别割断了那根动脉’，”一个正在解剖另一条腿的学生说道，“这个老傻瓜腿上的一根动脉错了位。”

“动脉常常要错位的，”纽森说，“实际上正常的位置根本找不到，所以才称之为正常。”

“别说这种话了，”菲利普说，“不然我会割着我自己的手的。”

“你要是割着自己的手，”纽森详尽地告诉他，“就得立刻用抗菌剂洗干净。这事你一定要小心。去年这里就有一个家伙只是自己划了一下，他不当回事，结果得了败血症。”

“后来好了吗？”

“噢，不，没好，不到一个星期就死了。我还去停尸房看过哩。”

吃茶点的时候，菲利普的后背直疼，他午餐吃得太少，此时已经饥肠辘辘了。手闻起来有一股特殊的味儿，这种味儿同早晨他经过走廊时嗅到的一样。他想，甜饼吃起来肯定也是这种味。

“噢，你会习惯的，”纽森说，“等到身上没有解剖室的这股臭味时，你还会觉得怪寂寞的哩。”

“我可不想叫这股味儿败坏我的胃口。”菲利普吃完了甜饼，边说边拿起一块蛋糕。

55

菲利普对医学院生活的看法，像社会上的那些看法一样，是建立在查尔斯·狄更斯在十九世纪中叶所描绘的图画的基础上的。他不久就发现了，就是真有鲍勃·索耶[①]其人，也完全不同于现在的医科学生。

投身于医生这个职业的人五花八门，各色各样，自然也免不了有一些懒虫和不顾一切后果的人。他们以为医学院的生活比较轻松自在，吊儿郎当混个两年，然后，钱花光了，或者生气的父亲不肯再接济他们，他们就离开医学院漂流到别处去。也有人觉得考试对他们来说太苦

①鲍勃·索耶（Bob Sawyer），英国19世纪中叶小说家狄更斯长篇小说《匹克威克外传》（1837）中的主角之一，医科学生，后当开业医生。

了，考试接二连三地不及格，他们的锐气也就挫干净了。只要一走进阴森森的联合课程委员会的大楼，他们就惊慌失措，把本来记得滚瓜烂熟的功课忘得无影无踪了，他们在学校待了一年又一年，从而成为青年学生取笑的对象。有些人则勉勉强强通过了药剂师公会的考试，有些人则成了没有取得文凭的助手，这是个看雇主眼色行事的职业。他们命里注定要吃苦受穷，成为酒鬼，天晓得他们会落个什么样的下场。不过大部分医科学生出身于中产阶级，又勤奋，又年轻，手头宽裕，过惯了那种体面、时髦的生活，不少人是医生的子女，已经沾上了一些医生派头。他们的前途大致规划妥了：一拿到文凭，他们马上提出申请在医院里谋个职位（也许会当一个随船医生去远东旅行）。以后，他们就和父亲在那里行医，这样度过剩下的日子。他们中间也会有一两个出类拔萃：他们将获得五花八门的奖金和每年为当之无愧者设立的奖学金！在医院里得到一个又一个职位，成为医院里的正式医生，或在哈利大街开一间诊所，专攻某一个专业，最后成为一个富有的、著名的、有职称的医生。

唯有医生这种职业不受年龄限制，就是到了一把年纪也能找到谋生的机会。和菲利普同年级的，有三四个人已经过了青年时期：一个曾经当过水兵，据传闻他是因为酗酒而被开除的，他三十来岁，红脸膛，举止粗鲁，讲话的声音很大。还有一个是已经结了婚的人，有两个孩子，由于一位律师不负责任，而把钱丢光了。他总是一副逆来顺受的样子，仿佛世道对他太不公平了。他不声不响地干着工作，显然他发现，像他这样的年纪，要记住什么东西可太困难了。他的脑筋转得很慢，他为了要取得资格所作的奋斗看起来令人难受。

菲利普在自己的小房间里住得舒适而惬意。他把书摆得很整齐，又把自己的图画和素描挂在墙上。在上面会客室的那一层楼，正在他的房间上面，住着一位五年级学生，叫格里菲思。不过菲利普很少看到他，一方面是因为他经常去查病房，一方面是他上过牛津大学。像这类上过大学的学生经常聚在一起，使用各种各样的对青年人来说是很自然的手段，来使那些运气不佳的人觉得自惭形秽。其他学生发现他们的这种奥林匹克式的恬静简直难以忍受。格里菲思是个个头很高的家伙，浓密的红卷发，蓝眼睛，白皮肤，嘴唇鲜红。他是那种人人喜欢的幸运儿：因为他总是精神抖擞，并且老是嘻嘻哈哈，有说有笑，他能胡乱弹点钢琴，还能随兴唱些喜剧歌曲。夜晚，菲利普在寝室里独自读书时，差不多天天都能听到头上格里菲思的朋友们的喊叫声和喧闹声。他想起在巴黎的那些愉快的夜晚，他们总是坐在画室，劳森和他、弗兰纳根、克拉顿，谈谈艺术和道德，谈谈当时的风流韵事，还谈到将来的荣誉。他感到心里一阵阵痛，做出一个英雄的举动并不难，难的是要承受英雄举动的后果。更何况眼下的学习简直太乏味了。他已经对教授没完没了的提问不耐烦了。上课的时候他的思想总是开小差。解剖学是一门可怕的科学，全部内容就是背下数不清的东西。做解剖也使他厌烦。他看不出辛辛苦苦地把神经和血管解剖出来有什么用，其实简直不用费什么事，在书中的图上或病理陈列室的标本上，就可以把它们的位置弄得一清二楚。

他偶然结识几个朋友，由于他好像和他们没有什么值得讲的话，所以也不是什么亲密的朋友。当他努力使自己去关心一下别人时，他就觉得人家看出了自己是在屈尊俯就。他不是一讲起话来不管别人讨厌不讨厌都滔滔不绝的那种人。有一个人听说他曾经在巴黎学过艺术，就自以为碰到了知音，想同他讨论讨论，可是菲利普对于那些不赞成自己意见的观点很不耐烦。他很快就发现那个人的观点都是些因袭来的陈腐观点，渐渐地只是哼哼哈哈地敷衍着。菲利普希望多结交朋友，但又不能做到对人过分亲近。他害怕别人不理睬，反而使自己更加难以去亲近别人。他把他的腼腆隐藏起来，虽然这毛病和以前一样厉害，而表面上他却显得冷若冰霜，沉默寡言。他面临的处境同当初他在学校时面临的一样，好在医科学生的生活要自由得多，这使他可能尽量不和人来往。

无意之间，他和邓斯福特越来越亲热了，这是个面色红润、举止粗笨的小伙子。学期刚一开始两个人就认识了。邓斯福特同菲利普亲近，仅仅由于菲利普是他在圣卢克医学院最先认识的人而已。他在伦敦没有朋友，一到星期六晚上，就同菲利普一起去音乐厅，或者去剧院，买的都是正厅后面最便宜的座位，这已经成了他们的习惯。这个人有点傻乎乎的，但是脾气很好，没见他有过生气的时候。他的话都是大实话，如果菲利普笑话他，他也只是一笑置之。他笑起来总是甜蜜蜜的，尽管菲利普拿他开心取笑，可还是很喜欢他，他很欣赏他的坦率，也喜欢他那随和的脾气。邓斯福特有一种魅力，菲利普强烈地意识到这是他自己所不具备的。

他们经常去国会街的一家店里喝茶，他们之所以常去那个地方，是因为邓斯福特正在追求那儿的一位女招待。菲利普怎么也没有看出她有什么迷人。她又高又瘦，臀部很窄，胸脯像个男孩子。

“要是在巴黎，她这个样子是没人看得上眼的。”菲利普轻蔑地说。

“她的脸蛋很漂亮。”邓斯福特说。

“脸又算得什么？”

她的眉眼小巧端正，蓝眼睛，眉毛宽而低，维多利亚时代的画家们，如莱顿爵士[①]，阿尔玛-塔德玛[②]，还有其他成百个画家，他们当时千方百计地使世人相信，这种又宽又低的眉毛乃是古希腊典型的美。看上去她的头发很多，头发梳得真是煞费苦心，她自称为亚历山大式的刘海垂在额前。她贫血非常厉害，薄薄的嘴唇十分苍白，她的皮肤细腻柔嫩，微带淡淡的绿色，脸上没有一丝血色。她的牙齿很漂亮。她很留意，生怕工作时把手弄脏了。她的那双小手又薄又白。每当她去招呼顾客，总是懒洋洋的一副不耐烦的样子。

邓斯福特对女人十分腼腆，他总想和她说几句话，但一直没有成功。

他央求菲利普帮帮忙。

“只要你给开个头就行了，”他说，“然后就可以瞧我自己的了。”

菲利普不愿扫他的兴，就去同她搭讪，而她只是“嗯嗯”的，连一句整话也没有。她很清楚他们是什么样的人。年龄不大，料想不过是学生罢了。她不喜欢他们。邓斯福特注意到一个有着沙黄色头发、重重

①弗雷德里克·莱顿爵士（Frederic Leighton，1830–1896），英国19世纪唯美主义画派画家。

②劳伦斯·阿尔玛-塔德玛（Lawrence Alma-Tadema，1836–1912），英国维多利亚时期作家，以豪华描绘古代世界而闻名。

唇髭的人，看样子是德国人，他一进店，就博得女招待的青睐。他们只能用要茶点的诡计才能把她叫过来，但是这也不过是两三次而已，以后再也不灵了。她对不认识的顾客冷冰冰的，傲慢极了，赶上她正在和一位朋友聊天时，任凭顾客连连呼叫，她就是不理睬。她有一套对待来店里吃点东西的女顾客的艺术，用傲慢无礼刺激她们，而又能做得恰到好处，不让她们抓住机会向经理告状。一天邓斯福特告诉他，她的名字叫米尔德丽德。他听到店里另一个女招待这样叫她。“这个名字真讨厌。”菲利普说。

“为什么？”邓斯福特问，“我还挺喜欢这个名字哩。”

“这个名字太装腔作势了。”

这天碰巧德国人没来，她端来茶时，菲利普笑着说：

“你的朋友今天没来吧？”

“我不明白你这是什么意思。”她冷冷地说。

“我是指那有一撇沙黄色小胡子的贵人呀，他把你让给别人了吧？”

“有些人最好操心他们自己的事。”她反唇相讥，撇下他们走了，由于没有人来，她就坐下，看一张顾客扔下的晚报。

“你真傻，看她把背冲着咱们了。”邓斯福特说。

“嘿，真是，背脊骨有什么好看的呀。”菲利普说。他真的生气了。他想去迎合一个女人，可她竟恶声相向，这没法不叫他怒上心头。付钱的时候，他又抱着侥幸心理说了一句话，想要逗她开口。

“我们再也不说话了吗？”他笑着说。

“我在这儿只是招待顾客，送茶点。我没有什么话可对他们说的，也不想让他们对我说什么。”

她撂下一张纸，上面记着他们要付的钱，扭头走回到刚才她坐的那张桌子边儿去了。菲利普气得涨红了脸。

“这回她可算认识你了，凯利。”他们出来时，邓斯福特说。

“没礼貌的狗婆，”菲利普说，“我再也不到那儿去了。”他的话对邓斯福特很管用，他们换了另外一处吃茶点，邓斯福特很快又看上一个青年女子，去同她调情。可是在那个女招待那里受到的故意怠慢，让菲利普越想越不是滋味。如果她彬彬有礼地对待他，他本来根本不会注意她的。不过很清楚，她对他不是别的而是讨厌。他的自尊心受了伤害。他拼命要报复她。他也为自己斤斤计较、气量狭小而有些生自己的气。他坚持了三四天没有到店里去，可是他就是没办法忘掉这档子事，他最后想，去看看她也没有多大了不得的。这样一来，他竟再也不能不想她了。一天下午，他借口说有个约会，也丝毫没有为自己的软弱而感到害羞，撇下了邓斯福特直奔他曾经再也不想去的那家小店。一进门，他一眼就看到了那个女招待。他挑了一张归她照管的桌子坐下。他巴望着她问他为什么一个星期没来了这类的话。但是他叫茶时，她过来也没有说什么，他听到她对别的顾客说：

“你以前没有来过吧。”

她脸上的表情好像从来就没有见过他似的。他想看看她是不是真的把他忘了，她端来茶时，他便问道：“今天晚上我的朋友到这儿来了吗？”

“没来，他已经有好几天没来了。”

他想借此机会把话谈下去，可是他莫名其妙地紧张起来，一时不知说什么好。她没容他把话想好扭头就走掉了。直到付账时他才抓住说话的机会。

“天气太糟了，是吧？”他说。

他准备了好一阵子的话竟是这样一句，真是丢人。他也弄不明白，为什么她竟把他弄得如此狼狈。

“天气是好是坏和我有什么关系？不管是什么天气，反正都是在这儿待一整天。”

她的声调那样傲慢，不由得他怒火攻心。一句挖苦的话已经到了嘴边儿，可他还是忍了忍，把话咽了下去。

“我的天啊！我倒希望她说些丢人现眼的话，”他气愤极了，“这样我就能到经理那儿告她一状，叫她卷铺盖滚蛋。那一来也够她好受的了。”

56

他实在没办法不想到她。他气愤地嘲笑自己糊涂透顶：斤斤计较一个贫血的小女招待的话，这不是太无聊了吗？可是他是平白无故遭受屈辱的啊。虽然这件事除了邓斯福特再没有人知道，而且肯定他已经忘了，不过菲利普总觉得若是不报仇雪恨，他的心就无法平静下来。他一直在琢磨着怎么办才好，最后他决定每天都去那家茶点店。不错，他以前给她的印象欠佳，但是他认为自己有办法完全改变她的这种印象，他要小心谨慎，凡是稍微刺激人的话一句也不说，他确实是这么做的，可是这办法没有一点效果。他一进门就对她说“晚上好”，她也同样这么回答一声。可是有一次他故意没说，想看一看她是不是能先对他说，她却一个字也没有说。他心里嘀咕着，尽管一种礼节性的表示对女性总是适用的，但是这一套在上流社会却不大顶用。他还是和颜悦色地要了茶点。他决心今天晚上一句话也不说，离开的时候也不像往常那样虚情假意道声晚安。他每天向自己保证，今后再不来这儿了，可是到了第二天吃茶点的时候，他又心神不安起来。他竭力去想别的事情，可是不能控制自己的思想，他终于绝望地说：

“如果想去却故意不去，这毕竟于情理不合啊。”

他和自己斗争了很久，走进那家茶点店时已经快七点了。

“我还以为你不来了呢。”他坐下来时姑娘对他说。

他的怀里像揣了个小兔子，他感觉到自己的脸红了。“我有事耽搁了，事完了才来。”

“我想是在伤害别人吧？”

“比这强点儿。”

“你是学生吧？”

“是的。”

看来她的好奇心得到了满足，她走开了。在这以后的一个小时光景没有人再到她管的桌子这儿来，她埋头看一本短篇小说。这是一本已经过了时的六便士再版书。有一些穷文人专门写这类廉价的小说，是供没什么教养的人买来消遣的。菲利普自鸣得意起来，她已经主动和他打招呼了，他看出时候就要到了，等他一抓住机会就要把对她的看法明白地告诉她，发泄自己无比的轻蔑，这将是多么大的安慰啊！他看着她，说真的，她的轮廓确实很美。真是令人叫绝，很多这个阶层的英国姑娘都有这样完美的线条，美丽惊人，可是冷若冰霜。她那细嫩的皮肤透着浅淡的绿色，给人一种不健康的印象。女招待们的穿着都差不多，一身朴素的黑色外套，白围裙，白袖口，一顶小帽。菲利普从口袋里取出半张纸来，在她俯身看书时（她一边看书，嘴里一边不出声地念着）给她画了一幅素描，他把画好的素描留在桌子上就走了。这一招可真灵，第二天他刚一进门，她就对他笑起来。

“没想到你还会画画儿。”她说。

“我在巴黎学过两年艺术。”

“我把你昨天晚上扔下的画给经理看了，把她怔住了。那上面画的是我吗？”

“没错。”菲利普说。

她给他端茶去了，这时另一个姑娘走到他跟前。

“你给罗杰斯小姐画的像我看到了。真是像极了。”她说。

那是他头一次听到她的名字，他要付账时，就这样叫了她一声。

“你怎么知道我的名字？”她走过来说。

“你的朋友和我说那幅画时提到的。”

“她想要你也给她画一张。别给她画。要是开了头，就没完了，她们就都想叫你画了，”她连停也没有停一下，便莫名其妙地转了话题，她说，“你的那个伴儿哪去了？他以前不是常和你一起来吗？走了吗？”

“多亏你还记着他哩。”菲利普说。

“那个小伙子长得挺漂亮。”

菲利普觉得心里有一种说不出来的滋味。他也不知道这是什么滋味。邓斯福特有招人喜欢的卷发，有鲜润的脸蛋，笑得也很美。菲利普嫉妒邓斯福特比他强的地方。

“他嘛，他正谈恋爱哩。”他笑了一声。

菲利普一跛一跛地回去的时候，反复咂摸着他们谈话的每一个字。现在她对他已经友好了。再有机会时，他一定提出重新给她画一张更满意的素描，相信她会喜欢的，她的脸很有意思，侧面也很可爱，贫血的肤色也有出奇的动人之处。他试着形容一下这种肤色：他先想到了豌豆汤，又生气地丢开这个想法，接着他又想到黄色玫瑰花蕾的花瓣，还在含苞欲放的时候就被人撕得粉碎。现在他对她没有什么恶感了。

“反正她这丫头长得不坏。”他嘴里喃喃地说。

他为她的话生气可太傻了，这无疑都是他的过错；她并没有跟自己过不去的意思。这会儿，他应该明白自己了吧，他总是凭第一眼就对别人产生一个坏印象。他为自己的那张画儿所取得的成功而沾沾自喜。她知道了他有点小小的才华，对他也更感兴趣了。第二天他一直心神不宁，他想去那家茶点店吃午餐，但是他又想到中午那里的客人一定很多，米尔德丽德准顾不上同他说话的。吃茶点的时候到了，他想办法甩掉了邓斯福特，走进茶点店时正好四点半（他看了十几次表）。

米尔德丽德背对着他。她正坐在那里和那个德国人聊天，半个月以前，菲利普在这里天天看到他，从那以后没有见他来过。她在为那个人说的话咯咯地笑着。菲利普想她有着粗俗的笑声，这个想法使他不寒而栗。他叫她，可是她并没有理会，他又叫了一声！他越来越生气，竟忍不住用手杖嘟嘟地敲起桌子来。她沉着脸走过来。

“你好。”他说。

“你好像急得不得了。”

她傲慢地俯视着他，这种态度他已经领教过多次了。

“喂，你到底是怎么回事？”他问。

“如果你想要什么东西，客气点，我会给你拿。要谈一晚上我可受不了。”

“一份茶，一份烤面包，就这些。”菲利普干脆地回答说。

他对她满腔怒火。当她端来茶时，他煞有介事地读着随身带来的《星》。

“我可以现在就付账，用不着再打搅你了。”他冷冰冰地说。

她开出账单，把它放在桌子上，又回到德国人那里去了。不一会儿她就跟他火热地谈开了。他中等身材，长着德国人特有的那种圆脑瓜，灰黄色的脸，胡子又硬又密，穿着燕尾服和灰裤子，还佩着一条粗大的金表链。菲利普想到另外那几个姑娘正在来回瞟着他和桌子那边的那一对，还意味深长地交换眼色。他肯定地感觉到她们在嘲笑他，他的血沸腾起来。此时他恨透了米尔德丽德。他知道最好的办法就是再也不来这个茶点店了，可是想到他竟在这种事上栽了跟头，实在难咽下这口气。他想出了一个办法，要让她看看他对她根本看不上眼。第二天，他挑了另一张桌子，向另外一个女招待要了茶点。米尔德丽德的德国朋友又在那儿，她正在同他聊天。她没有注意菲利普，他找了个正好能和她打个照面的时候走了出去。从她身边经过时他就像同她根本不认识一样。他这样重复了三四天。他认为不用多久她就会找机会同他说话。他想她准会问他为什么现在老不到她的桌子这儿来了。他已经准备好了，到时候把对她的一切憎恨都发泄出去。他也知道这么折腾没有什么意思，可是他身不由己非要这么做不可。谁知她又一次把他击败了。那个德国人忽然不再露面了，而菲利普还挑别的桌子坐。她并不看他。他这才恍然大悟，对他的这种做法，她根本就不在乎。他可以一直这样做下去，就是到世界末日也不会有丝毫作用。

“这事还不算完。”他自言自语地说。

这天，他又坐在原来的座位上，当她走过来时，他说了声晚上好，好像这一个星期他并没有不理她。他脸色平静，可是他的心忍不住在发疯似的乱跳。在那时候，歌喜剧刚刚在社会上红起来，他相信米尔德丽德当然乐意去看一次。

“喂，”他突然说，“不知你肯不肯哪天晚上同我一起去吃饭，然后咱们一起去看《纽约美女》，我可以买两张前排的票。”

他加上最后这句话是为了逗引她一下。他知道姑娘们去看戏总是坐在后排便宜的座位，即使有男人带他们去，也几乎不买比楼座更贵的票。米尔德丽德苍白的脸上看不出有什么变化。

“我无所谓。”她说。

"你什么时候有空？"

"我星期四下班早些。"

他们商量了一番。米尔德丽德住在赫恩山她婶婶家。节目八点钟开演，所以他们在七点钟就得吃饭。她提出要他在维多利亚火车站的二等候车室等她。她显得兴致不是很高，她接受邀请就好像给了他多大的面子似的。菲利普隐隐有些不快。

57

菲利普来到维多利亚火车站时，比和米尔德丽德约定的时间几乎早了半小时，他在二等候车室坐下。他等着，可是她没有来。他开始变得烦躁起来，踱进站台，看着进站的郊区列车，约定好的时间过去了，可连她的影子也没有见着。菲利普实在忍不住了，他走进另一间候车室，在候车室的人群中找来找去。他的心猛地抖了一下。

"你在这儿啊，我还以为你不来了哩。"

"让我等了这么长时间，亏你还说得出来。我差点就回去了。"

"可是你说的去二等候车室啊。"

"我没这么说过。我能在一等候车室等你的话，根本不可能会在二等候车室等你，你说是吧？"

尽管菲利普肯定自己没搞错，可他没有再说什么，两个人坐上出租马车。

"我们去哪吃饭？"她问。

"我想就去阿德尔菲餐厅吧，你觉得怎么样？"

"在哪儿吃我都无所谓。"

她的话很不客气。她因为等了很长时间而恼怒，菲利普同她讲话，她只是很勉强地"嗯啊"着。她穿一件质地粗劣的深色长斗篷，头上围着一条钩针编织的方披巾。到了饭馆，他们找了一张桌子坐下。她满意地东张西望。桌上摆着罩着红色灯罩的蜡烛，金晃晃的装饰，明亮的大镜子，这些给房间带来一种豪华的气氛。

“我还从来没来过这儿哩。”

她对菲利普报之一笑。她已经把斗篷脱掉了，他看到她穿了一件淡蓝色的衣服，方领口，头发梳理得比以前更加精致。他要了香槟酒，见酒端上来，她的眼睛闪闪发亮。

“是不是太奢侈了？”

“就因为要了香槟酒吗？”他漫不经心地反问，那样子好像他一向只喝香槟酒似的。

“我真奇怪，你怎么会请我看戏呢？”

他们的谈话不太自然，因为她好像没有很多可说的。他不安地意识到他并不能使她高兴。她心不在焉地听他的话，眼睛却看着其他的顾客，并不掩饰对他没有兴趣。他开了几个小小的玩笑，可是这些笑话并没有把她逗笑。只有当他说到店里的其他姑娘时，她才活跃起来，她受不了她的女经理，她一五一十地对他讲了女经理的行为如何不端。

“我无论如何受不了她那一套了，看她那份装腔作势的德性。有时候我很想跟她说说我知道她的事儿，她还当我不知道哩。”

“都是些什么事儿呀？”菲利普追问。

“噢，这是我凑巧知道的。她竟落得常常同一个男人到伊斯特本[①]去度周末。我们那儿一个结了婚的姑娘的姐姐常同她姐夫到那儿去，是她看到的。刚好她们住在同一家旅馆，看到她戴着一只结婚戒指，我个人知道她并没有结婚。”

菲利普给她斟满了酒，希望香槟酒使她更温柔些。他渴望这次小小的夜游能够圆满如意。他注意到，她握餐刀的样子仿佛在拿笔杆，她喝酒的时候老是把小拇指翘起来。他换了好几个话题，可是也没能使她开口，他生气地想到怎么她和那个德国人一起就那么多话，那样笑个不停呢？他们吃完了饭就去看戏。菲利普是个很有文化修养的青年，他认为歌喜剧不登大雅之堂。他认为剧里的笑料庸俗无聊，歌曲也太浅。他认为他们在法国看到的要比这好得多了。可是米尔德丽德却乐不可支，她

①伊斯特本（Eastbourne），英国东南部的城市，濒临英吉利海峡。

把肚子都笑疼了。每当她被逗乐了，就不时地看看菲利普，交换一下愉快的眼色，眉飞色舞把这出剧夸个不停。

“这个戏我已经看了七遍了，”在第一幕结束时她说道，“就是再看七遍我也可以。”

她对周围那些坐在前排的女人们兴趣十足。她指给菲利普看，哪个涂了脂粉，哪个戴了假发。

“住在西区的那些人糟透了，”她说，“我真不知道他们怎么戴上的。”她用手拢拢头发，“我的头发就是我自己的，没有一根是假的。”

她觉得没有什么人值得羡慕，不管她提到谁，都要说几句坏话。这使菲利普很看不惯。他猜到，第二天她准会告诉店里的姑娘们，他带她出去了，她会认为他把她烦透了。他不喜欢她，可不知为什么，他又愿意同她一起。回家的路上，他问：

“我想你玩得很满意吧？”

“那还用说。”

“你愿意哪天晚上再和我一起出来吗？”

“我无所谓。”

除了这些无关痛痒的话，他就得不到别的什么了。她的冷淡激怒了他。

“这听起来好像你根本不在乎出不出去。”

“嗯，如果你不带我出去，也会有别人带我出去的。再说，想带我出去看戏的男人还多着哩。”

菲利普不作声了。他们到了火车站，他朝售票处走去。

“我有季度车票。”她说。

“天太晚了，要是你愿意的话，让我送你回家吧。”

“噢，你要是高兴就送呗，我无所谓。”

他给她买了一张一等车厢的单程车票，给自己买了一张往返车票。

“哟，我说你可真大方啊。”他给她打开车厢门时她说。

因为又进来一些人，已经不能再说些什么了，菲利普也搞不清楚这会儿自己心里是喜是忧。他们在赫恩山下了车，他又陪她走到她住的那条街的拐角处。

“我们在这儿分手吧，”说着她伸出手来，“还是不要送到门口的好，我知道人是怎么回事，我可不想叫人说闲话。”

她说了声晚安就匆匆地走掉了。他能看到黑暗中的那条白披肩。他想她也许会回头望望他的，可是她竟没有。菲利普看到她走进一幢房子，过了一会儿他走近去打量了一阵。这是一幢整洁的、黄砖的小房子，很普通，同街上那些小房子一模一样。他在外面站了几分钟，过了不大一会儿，上层的那个窗子的灯熄灭了。菲利普这才慢慢地踱回车站。这一晚上太叫人扫兴了，他窝了一肚子火，感到烦躁，也感到悲哀。

他躺在床上，仿佛仍旧看到她坐在车厢的角落里，头上戴着编织的白披肩。他不知道如何捱过再看见她以前的这段时间。他朦朦胧胧地想到了她那张瘦削的脸，清秀的眉眼，还有透着青色的苍白皮肤。和她在一起他不愉快，而和她分开他也不愉快，他想坐在她的身边，瞧着她，他想摸摸她，他想……他陷入了遐想。他突然完全清醒……他想吻她那苍白的薄薄的嘴唇。他终于明白了，他爱上了她，这简直难以置信！

过去他常常想到恋爱，一次又一次地想象着这样一个场面：他看到自己走进一家舞厅，看见一伙男人和女人正在谈话，其中一个女人转过头来。她的眼光落到他身上。他感觉到一惊，她也一惊。他一动不动地站在那里。她身材修长，皮肤微黑，眼睛美丽、漆黑，她穿着白色的衣衫，黑发上闪着钻石的光芒。他们互相凝视着，忘记了他们周围的人。他径直朝她走过去，她迎着他缓缓走过来。两个人都觉得他们无需互相介绍。他对她说：

“我一生都在寻找你。”他轻轻启齿。

“你终于来了。”她喃喃低语。

“跟我跳舞好吗？”

她依偎在他伸出的手臂里，他们跳起舞来了（菲利普总是装出没有跛的样子），她跳得神魂飘荡。

“你的舞跳得比任何人都好。”她说。

她放弃了原来的安排，两个人跳了一个通宵。

“遇到了你我感到无比欣慰，”他对她说，“我知道终归会遇见你的。”

舞厅里的人目瞪口呆地望着他们。他们根本不把这些放在心上。他们不想掩饰自己的热情。最后他们走进花园。他把一件轻软的斗篷披到她肩上，然后把她抱进一辆等着的马车里。他们去赶午夜开往巴黎的火车，他们风驰电掣穿过寂静的星空闪耀的黑夜，驶进陌生的世界。

他重温着昔日的梦想，他似乎不可能爱上米尔德丽德·罗杰斯。她的名字古怪。他认为她不怎么漂亮，他不喜欢她那么瘦。就是在那天晚上，他注意到她穿着夜礼服时瘦骨嶙峋的胸膛。他对她的五官逐一做了品评：他不喜欢她的嘴，他对那病态的肤色也隐隐有着反感。她很平庸。她的话少而平淡，而且总是翻来覆去地说，显得她头脑空洞。他又想起了她被歌喜剧里的笑料逗乐时的样子，笑得很俗气，还想起了当她把酒杯凑到唇边时故意翘起小拇指来的样子，她的做派也同她的谈话一样可憎地矫揉造作。他回忆起她那傲慢的态度，有时他真想扇她的耳光，突然之间，不知为什么，也许是因为想要揍她，或者是想到了她那玲珑剔透的小耳朵，他爆发了一股激情。他想念她。他想把她搂住，搂住那瘦小羸弱的身体，亲吻她那苍白的嘴唇，他想伸出手轻轻地抚摸她那发青的脸颊。他需要她。

他曾经想到爱情是那么荡魄销魂，一旦落入情网，整个世界就显得像春光一样明媚。他盼望过那如痴如狂的幸福，但现在的这些并不是幸福，这是灵魂的饥渴，是痛苦的思恋，是使人发疯的苦恼，这是以前从来没有体验过的。他努力记起最初有了这种感觉是在什么时候，他自己也不知道。他只记得，他去过那茶点店两三次之后，后来再去，每次都感到心头隐隐作痛；他记得每当她跟他说话的时候，他就感到喘不过气来。她离开他时，他感到怅然若失；而当她又回来时，他感到的又是绝望。

他像条狗一样四肢伸展躺在床上。他不知道怎样熬过这无休无止的灵魂痛苦。

58

第二天菲利普醒得很早，他首先想到的就是米尔德丽德。他灵机一动，他可以去维多利亚火车站接她呀，然后陪她去店里。他飞快地刮完脸，手忙脚乱地穿上衣服，乘一辆公共汽车去火车站。他在八点差二十分钟时赶到了那里，看着每一列进站的火车。人群从车厢里涌出来，那些上早班的职员和店员拥塞在站台上：他们急匆匆地走过去，有成双成对，不时还有三五成群的姑娘结伴而行，但多数是单独一个人。他们脸色苍白，在清晨，大多数人的面色很难看，而且一个个都是无精打采的样子；年轻一些的走得轻快，仿佛他们很高兴踩在站台的水泥地面上一样，而其余的人像是被机器推着朝前走，他们都是一副愁眉苦脸的样子。

菲利普终于发现了米尔德丽德，他忙不迭来到她面前。

“早晨好，”他说，“我想还是来看看的好，你昨天晚上回家没什么吧？”

她穿一件旧的棕色长外套，头上戴着一顶扁平硬边草帽。她见到他，显然露出不高兴的神色。

“噢，很好，我可不能多耽搁啊。”

“我陪你一起去维多利亚大街好吗？”

“我要晚了。我得赶快走才行。”她说着低头看见了菲利普的跛脚。

他满脸涨得通红。

“对不起。我不耽误你了。”

“随你便。”

她走了，他心情沉重地回家吃早饭。他恨她。他知道自己为她而烦恼是件蠢事，她这种女人是绝不会爱他的，她一定厌恶他的残疾。他决心那天下午不去那儿吃茶点了，但是他一边恨自己，一边又还是去了。他走进去时，她朝他点点头，还笑了笑。

“我想，今天早晨对你有点太生硬了，”她说，“说真的，我没想到你会去车站，这太突然了。”

“噢，没什么关系。”

他突然觉得如释重负，一下子轻松多了。一句好话就使他感激得不知如何是好。

“怎么不坐下呀，”他问，“现在又没有人来。”

“即使有人来我也无所谓。”

他看着她，可是竟想不出说什么才好，他绞尽脑汁想找话说，好不让她离开。他真想告诉她，她对于他有多么的重要。现在他真的爱上了她，但是他这时竟不知道如何表达他的爱情。

“你那位朋友，就是胡子很漂亮的那位，哪儿去了？我怎么最近没有看到他呀？”

“噢，他回伯明翰了。他到这儿来是办事的。他只是空闲时来伦敦一下。”

“他是不是爱上你了？”他急于问她。

“你最好问他自己，”她笑着说，“真不知道他恋爱与否和你有什么关系。”

一句刻薄的话到了嘴边，但是他在努力克制自己。

“我不明白你为什么说这种话。”他好不容易才说出这么一句话来。

她毫不在意地看着他。

“看来你似乎没有把我放在眼里。”他又说。

“为什么我要把你放在眼里？”

“什么也不为。”

他伸手取他的报纸。

“你是个急性子，”她看到他的举动就说，“你动不动就生气。”

他笑了，可怜巴巴地望着她。

“你能答应我一件事情吗？”他问。

“那要看是什么事了。”

“今天晚上让我和你一起去车站吧。”

“我无所谓。”

他吃完茶就回到他住的地方去了，但是到八点商店关门时，他正在门外等候着。

“你真是个怪人，”她从商店里出来时说，“我真不明白你。”

“我不觉得这有什么可怪的。”他痛苦地说。

“那些姑娘看到你在这儿等吗？”

“不知道，我也不在乎。”

“你知道吗，他们都在笑话你哩，她们说你迷上我了。”

“你倒很在意的。”他咕噜了一句。

“你看，又要吵架了。”

在火车站他买了一张票，说是要陪她回家。

“你好像一点也不吝惜你的时间啊。”她说。

“我认为我的时间总可以随我的意消磨吧。”

他们总像是要吵起来似的。其实他恨自己为什么要爱她。她不断地羞辱他，每次遭到冷落他都对她恨得咬牙切齿。可是这天晚上她的态度却很友好，挺爱说话。她告诉他，父母已经故去了，她让他相信，她来工作只是为了消遣，其实她用不着自己挣钱。

“我婶婶不愿意让我出来做事。我在家里要什么好的东西就有什么。我不希望你认为我是迫不得已才工作的。”

菲利普知道这不是实话。她那个阶层都是这样假装高贵，这种风气使她认为自己挣钱是不光彩的事，所以她用那借口来遮丑。

“我们家也有阔亲戚。”她说。

菲利普微微笑了一下，被她看到了。

“你笑什么？”她赶快说，“你不相信我的话都是真的吗？”

“当然相信。”他回答。

她怀疑地看着他，可是不久又忍不住竭力要使他相信她小时候过的豪华生活。

“我父亲总是用一辆双套马车。我们家有三个仆人：一个厨子，一个女仆，一个男仆。我家总是种着美丽的玫瑰花。行人总要在门口停下来，问问房子是谁家的，夸奖这些玫瑰花太漂亮了。当然，和店里那些姑娘搅在一起对我不太好，我不习惯和这种身份的人在一起。为了这个我真想把事辞了。我在乎的不是工作糟糕，而是非要和那伙人混在一起。”

他们在火车上面对面地坐着，菲利普同情地听着她说，心里高兴极了。他很喜欢她的天真，心中不觉动了一下。她的脸色微带红晕。他想着，要是吻吻她的下巴一定很惬意。

“你来小吃店那会儿，你完全像个有身份的人。你父亲是个职业者[①]吧?”

“他是医生。”

“一个职业者你一看就能看出来。他们有那么一种气派，我也说不清是什么，但我一看就知道。”

他们从火车站出来，一路慢慢走着。

“喂，我想请你再同我看场戏。”他说。

“我无所谓。”

“你要去的话，就说你愿意去。”

“为什么？”

“不为什么，定个日子吧，星期六晚上怎么样？”

他们周密地安排了一番，这时他们发现已经走到她住的那条街的拐角处了。她伸手给他，他握住她的手。

“喂，我多么希望能用米尔德丽德称呼你啊。”

“可以，我不在乎。”

“那么你就叫我菲利普吧，好吗？”

“能想起来就这样叫你。不过称你凯利先生似乎更自然些。”

他轻轻地把她拉过来，可是她使劲向后靠。

“你要干什么？”

“你不吻吻我再走吗？”他轻轻地小声说。

---

①英国社会将医生、律师、教师等称为职业者，亦称自由职业者，相当于习惯上所说的知识分子。

“不要脸！”她说。

她挣脱了手，匆匆向她住的方向去了。

菲利普买了星期六晚上的戏票。那天她不能早下班，因此她也就来不及回家换衣服了，但是她想好了，早晨带来一件外套，到时候赶快在店里换上。如果赶上女经理心情愉快，七点钟就会放她走的。菲利普说好七点一刻起在外面等她。他心急火燎地盼望那个时刻，因为从剧院到火车站的这段路上，想必她会答应让他在马车里吻她的。这种交通工具妙不可言，坐在车上男人可以很随便地搂住姑娘的腰肢（这是马车比现代的出租汽车优越的地方），和这种享受相比，晚上娱乐的破费也值得了。

星期六下午又去那儿喝茶时，他本打算和她把各种安排最后再定一下，可是没想到却碰上了那个留着漂亮小胡子的男人正从店里出来。这时他得知他的名字叫米勒。他是个归化了的德国人，名字已经英国化了，在英国住了多年。菲利普听过他说话，他的英语虽然流畅自然，可语调还不是地地道道的英国味。菲利普知道他正在和米尔德丽德调情，他对他妒忌得要死，但她那冷冰冰的性情使他得到安慰。不过另一方面他又为她这种冷冰冰的性情而苦恼，想到她这个人不会对人有热情的，他认为他的情敌的境遇比自己也强不了多少。可是他的心还是沉沉的，他首先想到的是，米勒这次突然的出现，可能会妨碍这些天他盼望的游乐。他惶恐不安地走进去。那位女招待来到他面前，他要了茶点，不一会儿茶点就端上来了。

“非常抱歉，”她的脸上真的带着一种忧伤的表情，“我今天晚上确实去不成了。”

“为什么？”菲利普说。

“别那么大惊小怪的，”她笑起来，“这可不能怪我。我婶婶昨天夜里病了，正赶上今天晚上女仆放假，出门玩去了，只好我来陪她。总不能让她孤零零的一个人，好吧？”

“没关系。那我就去你家看看吧。”

“可是你已经买好了票呀。废了也怪可惜的。”

他从口袋里把票掏出来，郑重其事地把它们撕掉。

"你这是为什么呀？"

"你以为我会愿意自己去看这糟糕的歌喜剧吗？不是为了你，我才不去哩。"

"要上我家去吗？那可不成。"

"你和别人有约会。"

"我不明白你这是什么意思，你和别的男人一样自私。你想到的只是你自己。再说我婶婶病了，也不能怪我呀。"她麻利地写完账单扭头就走了。菲利普对女人了解得太少。即使他真的知道她分明在撒谎，也应该装出信以为真的样子，接受她们的辩解和托词。菲利普决心盯住店门口，看看米尔德丽德究竟是不是同那个德国人出去。不幸的是他生性好追根究底。七点他站在对面的人行道上。他四处张望，看有没有米勒，但没有看到他。十分钟后她走了出来，穿着斗篷，戴着他带她去沙夫茨伯里剧院时戴的那条披肩。显然，她不是要回家。他还没来得及躲开，她已经看到他了，她先是一怔，随后就朝他走过来。

"你在这儿干什么？"她说。

"透透空气。"他回答说。

"你在盯我的梢，真够下作的，我还以为你是个绅士哩。"

"你以为绅士会对你感兴趣吗？"他嘴里嘟哝着。

他就像是让魔鬼附了体，这一下他把事情搞得更糟了。他本想以眼还眼以牙还牙，伤害她一下。

"只要我愿意我就可以改变主意。我又不是非和你出去不可。告诉你，我要回家啦，我可不愿意有人跟着或是盯梢。"

"今天你见到米勒了？"

"这不关你的事，其实我也没有见到他，是你自己疑神疑鬼。"

"今天下午我看到他了。我进来的时候他正好从店里出来。"

"就算是他来了，又怎么样？要是我愿意，难道就不能和他一块出去吗？你为什么要和我说这些？"

"他叫你等的吧？"

"我宁肯我等他，也不愿意你等我。你仔细想想吧。现在你该死心了吧，还是去想想自己今后的事吧。”

他的愤怒一下子变成绝望，说话时声音都颤抖了。

“喂，别对我这么狠心，米尔德丽德。你知道，我特别喜欢你。我是发疯地爱着你的啊。你不愿意改变主意吗？我一直在盼望今天晚上啊。你看，到现在他还没有来，他根本就不爱你，和我吃饭去好吗？我可以再买两张票，只要你愿意，咱们去哪儿都成。”

“告诉你我哪儿也不去。说什么都没用。我已经想好了，我下了决心就不会改变。”

他怔怔地看着她，他的心痛苦得都要碎了。人行道上的行人从他们身边匆匆走过去，马车和公共汽车轰隆隆驶过。他看到米尔德丽德的眼睛在东张西望。她担心错过人群里的米勒。

“我不能再这样下去了，”菲利普呻吟着，“这样太丢人了。只要我走了就再也不来了，除非你今天晚上同我一起去，否则你就别想再看到我了。”

“你好像以为这对我是件多么坏的事。告诉你吧，我还求之不得哩。”

“那好，再见吧。”

他点点头，一跛一跛地走开了。他走得很慢，希望她叫他回去。走到下一个灯柱，他停下来，回头张望。他想她也许会招手叫他回去的——如果真能这样，他甘愿忘掉这一切，无论受到什么样的屈辱他都乐意。可是她已经走开了，显然她已经把他抛在脑后了。他终于相信，她真是愿意甩掉他的。

59

这天晚上菲利普倒霉到家了。他告诉过房东太太他晚上不在，结果什么吃的也没给准备，他只好到“加蒂”去吃了点东西。然后他又回到他的房间，可是楼上格里菲思的房间里在开茶会，听到他们兴高采烈的喧闹，他痛苦得简直受不了。他来到一家音乐厅，但是这天正是星期六，只剩下站席，他站得腿又酸又累，无聊地站了半个小时之后他就回去了。他想看书，可是怎么也看不下去，然而他又非得用功不可。只有半个月的时间就要考生物学了，虽说这门课很容易，可是近来没有去听课，他也知道自己对生物学什么也不懂。生物学仅仅是口头测验，不管怎么样，在半个月把这门课赶到勉强及格还是有把握的。他对自己的学习能力很自负。他把书撇在一边，细想起那件每时每刻都缠在他脑子里的事情来。

他狠狠地责备自己那天的行为。要么她同他一起吃饭，要么就不再见面，他为什么要这样逼她呢？她当然要拒绝了。应当考虑到她的自尊心才是呀。可是他完全把事做绝了。如果他能认为她也在为此而痛苦的话，也许他还不致这么痛苦，可惜他太了解她了，她根本就不把他放在心上。如果他放聪明点，本来可以假装相信她的谎言；他尤其应该尽力掩盖他的失望，控制住自己的脾气才对啊。他也说不出来自己为什么爱她。他从书里读到过并知道了理想化的爱情是怎么发生的，但他所遇到的她恰恰是现实的米尔德丽德，和书里说的完全是两回事。她既无情趣，又不聪明，思想平庸。她那小市民的油滑使他讨厌，她既不高雅，又不温柔。正如她自己说的那样，她正在找个相好。她赞美的事情是对一个老实人施行一种小诡计。她引以为荣的就是一种得心应手的小伎俩，她正是用这种小伎俩卑鄙地欺骗轻信的人。只有把别人“坑”到家了她才会心满意足。一想到她故作风雅的模样和在吃饭时候的臭讲究，他就残忍地狞笑起来。她忍受不了一句粗话，她所知道的词汇很有限，却又总想用这有限的词汇说些委婉之词。她最能美化那些不太体面的话，譬如说，她从来不说“裤子”，要是提到“裤子”时就美其名曰“下装”。她认为擤鼻子是不雅的事，所以擤的时候就表现出歉意来。她的贫血症很厉害，还苦于消化不良，二者关系密切。菲利普也很看不上她那扁平的胸脯和狭窄的臀部，也不喜欢她把头发梳得那样俗里俗气，他为自己爱她而厌恶自己，看不起自己。

实际上他毫无办法，他此时的感觉同当初在学校里被一个力气大的同学控制住的感觉完全一样。他拼命抵抗在各方面都占优势的对手，直到力气消耗殆尽，浑身就像散架一样一点劲儿也没有了。他还记得当时他身上软绵绵的，就像是得了瘫痪病，因此只能听天由命，就像死了一样。他现在感觉到的软弱无力又同当初一样，他爱上了这个女人，这才明白过去那些爱等于没有爱过哩。他并不在乎她本身和性格上的缺点，甚至爱屋及乌地爱她这些缺点，总之他对这些缺点无所谓。他自己好像并不在关心着这件事，只是觉得有一股奇怪的力量在左右着他，迫使自己去做出违背自己的意愿和利益的事。因为他热爱自由，所以他对任何束缚都深恶痛绝。过去他曾经希望体验一下热烈奔放的情感，一想到这，他就嘲笑起自己来。他咒骂自己屈服于热情。他想到了这件事的起源，要不是同邓斯福特到那家茶点店去，那就什么事也没有了。整个事情还是怨自己。都怪自己那荒谬的虚荣心作祟，不然他怎么能被这个有怪僻的荡妇弄得如此难堪呢?

不管怎么样，那天晚上的事情已经把一切都了结了。除非他连一点儿羞耻心都没有，他绝不会再回去的。他强烈地希望摆脱那种使他发疯的爱情，它既低劣又可憎。他一定要让自己不去想她。过一阵子他的痛苦就会越来越轻的。而他又想起了往事。他不知道爱米丽·威尔金森和范妮·普赖斯由于他所受的痛苦，同他现在的痛苦是不是一样。他感到一阵悔恨。

“那时候我并不懂得爱情是怎么回事。”他自言自语地说。

这一夜他没有睡好。第二天是星期日，他着手温习生物学。他坐下来把书翻开，为了不分心，他逐字逐句地念起来，可是他什么都没有记住。他发现他时时刻刻都在想着米尔德丽德，想着他们吵架的每一句话。他得强迫自己把书看下去。他出去散散心，平日里泰晤士河南岸的街上乌烟瘴气的，但却有一种力量，人们熙熙攘攘，摩肩接踵，给街道一种邪恶的活跃气氛。而在星期日，商店都不营业，路上也没有马车过往，既萧条，又没有喧闹声，沉闷得难以言状。那天对菲利普来说简直长极了。可是他因为太疲倦而睡得死死的。到了星期一，他毅然地重新开始了生活。圣诞节临近，大多数学生都已经回到乡村短期休假，等圣诞节后回来再把剩下的冬季学期上完，伯父要他回布莱克斯塔布尔，菲利普推说要准备考试拒绝了，其实是舍不得伦敦和米尔德丽德。他耽误的课程太多了，而他只有半个月的时间，他得在这期间学完三个月的课程。他开始正正经经地学习起来，他发现不去想米尔德丽德倒是一天比一天容易了。他为自己性格的坚强感到高兴。现在他的痛苦不再剧烈了，而是隐隐作痛，好像一个人不小心从马上跌下来，尽管没有伤筋动骨，可也是遍体鳞伤，而且受到了震荡。菲利普发现这时自己已经能仔细地观察他这几个星期的所作所为了。他饶有兴趣地分析了自己的各种感受。他感到自己可笑。给他印象最深刻的就是，一个人在当时那种情形下，他的理智的力量是多么小啊。他个人的那个哲学体系也没有能帮他的忙。想当初他曾为自己设计出这个体系而那么得意。他为此感到迷惑不解。

但有时候在街上看到一个很像米尔德丽德的姑娘，这时他的心都好像一下子停止了跳动。然后，他控制不住自己急忙追上去，发现原来是一个完全陌生的人。人们从乡村回来了。他同邓斯福特到一家咖啡馆吃茶点，看到女招待穿的那种熟悉的制服时，他伤心得连话都说不出来。他想起，说不定她已经到另一家店里干活去了，也可能会突然和她撞个满怀哩。这么一想，他惊慌失措了，唯恐邓斯福特会看出他有什么心事，可他偏偏又找不出什么话好说。他假装在听着邓斯福特的话，这样的谈话使他发疯，他就差对邓斯福特喊叫起来，看上帝的面上，别开口了吧。

考试的日期到了。等轮到菲利普，他信心十足地朝主考人的桌子走去。他回答了三四个问题。在这之后主考人又拿各种标本给他看，他过去没有上几堂课，一问到书本上没有的东西，他就傻眼了。他信口开河，假装知道。主考人没有再问下去。很快十分钟的时间过去了。他觉得自己无疑已经通过了考试，谁知道第二天去考试大楼看贴在门上的结果时，在那些考试及格者的名单里没有找到自己的学号，这真叫他大吃一惊。他愕然地看了三遍名单。邓斯福特站在他旁边。

“喂，你没有及格，真是太遗憾了。”他说。

他刚才已经问了菲利普的学号。菲利普回过头来，看到邓斯福特容光焕发的脸，看得出他已经通过了。

“噢，这没有什么，”菲利普说，“你考得不错，真为你高兴。我到七月准能考好。”

他极力装出满不在乎的神气，他们沿着大街往回走，一路上菲利普一个劲儿地说一些和考试不相干的话。邓斯福特出于好意，想要说说菲利普为什么没有及格。可是菲利普却非要东拉西扯。他感到受了很大的屈辱，在他眼里，邓斯福特是个快乐但同时又相当笨的家伙，连他都及格了，他对自己的落榜就更受不了。他过去一直为自己的聪明得意洋洋，而现在却绝望地问自己，他对自己的估价是不是错了。经过三个月的冬季学期，十月份入校的学生都见出了高低，谁出类拔萃，谁聪明，谁刻苦，谁笨蛋都一目了然。菲利普知道，对自己的这次失败，除了他自己是没有人会感到惊奇的。吃茶的时候到了，他知道这会儿许多人都在医院的地下室吃茶点。那些通过考试的人一定会兴高采烈，而那些讨厌他的人准会用得意的眼光看他，那些没有通过考试的倒霉鬼会对他表示同情，指望也得到他的同情。他本不想去医院，等过一个星期，大家忘了这档事再去，但是正由于他非常不愿意在这时候到那里去，他最后还是去了，他是有意要折磨一下自己哩。他一时忘了他的那条生活准则：随心所欲，同时又要提防躲在旮旯里的警察，或者，如果他真是按照这条准则做的话，那么，他的本性中肯定有某种用自我折磨来残忍自娱的病态。

后来，在经过强迫自己经受痛苦后，他从嘈杂的吸烟室里出来，走进夜色之中，深深地感到了完全的孤独。他觉得自己的这种做法既荒唐又无益。他急需的是一个人的安慰，想见米尔德丽德的念头强烈地诱惑着他。他痛苦地想到，从她那里不会得到安慰，可是即使不和她说话，他也想见到她。不管怎么说，她是个女招待呀，她有义务为他服务。世界上他所挂念的人中间只有她一个了。既然如此，何苦在这一点上骗自己呢？若无其事地又到店里去，当然是一种屈辱，可是现在他已经没有剩下多少自尊心了。尽管他对自己不愿意承认，而实际上他每天都在盼望着她能写信来。只要写医院的地址他就可以收到，这她是知道的，不过她没有写过信，再见到他也好，见不到他也好，显然她是无所谓的。

他心里不停地在喊：

“非要见到她不可。非要见到她不可。”

想见到她的愿望太强烈了，他嫌走路太耽误时间，于是跳上了一辆马车。他很节俭，凡是可以不坐马车的时候他从来都不坐的。他在那店的外边站了一两分钟。或许她已经离开这里了吧，这个念头在他脑子里闪过，他惊恐地赶紧走了进去。他一眼就看到她，他坐下来，她走到跟前。

“一杯茶，一份甜饼。”他点了吃的。

他几乎说不出话来。他真怕自己在这会儿哭起来。

“我还以为你死了哩。”她说。

她笑着。还笑哩！看她那样子，她似乎早就把最后一次见面的情景忘得一干二净了，可菲利普却想过足足有一百遍。

“你要是真的想见我，就会给我写信的嘛。”他回答说。

“我太忙了，没想起写信这回事。”

她好像就说不出一句有礼貌的话来。菲利普诅咒自己的命运，为什么注定要同这样一个女人有缘。她去给他端茶。

“我在这儿坐一会行吗？”她把茶端来时说。

“可以。”

“这阵子你到哪儿去了？”

“我一直在伦敦。”

“我还以为你度假去了哩。那你为什么不来呢？”

菲利普用一双憔悴而炽烈的眼睛盯着她。

“你忘了吧，我不是说过再也不见你了吗？”

“那你现在是干什么呢？”

看来只有让他把这杯屈辱的苦酒都喝干她才肯罢休，不过他对她太了解了，她一张口总是这样有口无心地胡扯，她拼命地伤害他，但从来不是故意的。他没有理她。

“你对我耍的那套把戏太下流了，居然那样盯我的梢。我一向认为，你也是一个十分有身份的人呀。”

“别对我这么厉害，米尔德丽德，我受不了。”

“你这家伙真有意思，我真猜不透你。”

“没什么猜不透的。我是个不中用的傻瓜，谁让我爱你爱得神魂颠倒的，我知道，你没把我放在眼里。”

“如果你是个有教养的人，我想第二天你就会来道歉的。”

她一点也没有怜悯的意思。他盯住她的脖子，真恨不得用那把吃甜饼的餐刀戳进去。他这方面的解剖学知识是足够用的，可以万无一失地戳到颈动脉。而他同时又想吻遍她这张苍白而瘦小的脸。

“但愿我能让你知道我是多么热烈地爱你啊！”

“你还没有向我道歉哩。”

他的脸变得惨白，她觉得在那件事上她并没有什么错。她要他现在就低声下气地赔不是。他很骄傲。有那么一瞬间他真想叫她滚蛋，可是他没这胆量。他的痴情只能使他忍气吞声。只要能见到她，让他做什么都行。

“对不起，米尔德丽德，那就请你原谅我吧。”

他好不容易才把这几个字从牙缝里挤出来。真是把吃奶的劲儿都使出来了。

“既然你现在已经说了，那我也可以告诉你，那天晚上我要同你一块儿出去就好了。我还以为米勒是个绅士哩，现在我已经知道我看错人了。我当时就叫他滚蛋了。”

菲利普微微喘了一口气。

“米尔德丽德，今天晚上和我出去好吗？我们找个地方去吃饭吧。”

“呃，那可不成。我婶婶要我回家哩。”

“你可以给她打个电话，就说店里有事，她一点也不会知道的。哦，看在上帝的面上，你就去吧。这么长时间没有看到你了，我想和你好好谈谈。”

她低头看看她的衣服。

“没关系的。我们可以到随便点儿的地方去，不会有人注意你穿什么衣服的。然后我们去音乐厅。答应我吧。你要是答应了，我该有多高兴呀。”

她迟疑了片刻。他可怜巴巴地望着。

"好吧，要去也无所谓。这么长时间了，我还哪儿也没有去过哩。"

他恨不得当时就在茶点店里抓住她的手吻个够。

60

他们在索霍[①]大街的餐馆吃饭。菲利普快活得不知怎么才好。

这是一家客人不太多的便宜餐馆，有钱的人和困难的人都在这种地方吃饭，据说这里有艺术界的风味，而且保证花不了多少钱。这是家不起眼的餐馆，是从鲁昂来的一个老好人同他的妻子经营的，这地方是菲利普偶然发现的。他过去对这家高卢[②]式的橱窗很感兴趣，橱窗里面总是摆着一盘子生牛排，两边各摆着一盘子蔬菜。餐馆里有一位无精打采的法国侍者，他想学英语，可是他住的地方却只能听到法语。顾客中有几位轻浮的女子，一两对夫妇，总是用给自己专备的餐巾，还有几个可疑的汉子，进来慌张地吃着很简单的饭菜。

在这里，米尔德丽德和菲利普可以独自占一张桌子。菲利普打发侍者去旁边的酒馆买来一瓶勃艮第葡萄酒，他们要了个菜汤，一块橱窗里的牛排加土豆，还要了樱桃酒炒蛋。无论是菜肴还是这地方，都带有一种浪漫色彩。米尔德丽德起初不以为然："对这些外国人开的饭馆我从来就没有好感，你也不知道盘子里乱七八糟堆的都是些什么东西。"慢慢地，她改变了看法。

"我喜欢这个地方，菲利普，"她说，"你觉得都可以把胳膊放在桌子上，你说是吧？"

一个高个子走了进来，鬃毛般的灰发，乱糟糟稀疏的胡子。他披着件破得不像样子的斗篷，戴着一顶阔边呢帽。他朝菲利普点点头，他们以前在这里见过。

"他那样子就像个无政府主义者。"米尔德丽德说。

---

①伦敦的餐馆区，在牛津街南面，其中大多是意、法侨民所开设的小饭店。

②此处是对法国人的谑称。

“他嘛，他是欧洲最危险的人物。他蹲过欧洲大陆所有的监狱，他暗杀过的人比从绞刑架上解下来的还多，他走到哪儿口袋里都揣着一枚炸弹。要是你不同意他的看法，他就故意把炸弹咣地一下放在桌子上，当然啦，再谈下去可就麻烦了。”

她又害怕又惊讶地看着那个人，然后又满腹狐疑地瞥了菲利普一眼。她看到菲利普的眼睛在笑着，她稍稍蹙起眉头。

“你在耍弄我。”

他快活地叫起来。他太高兴了，不过米尔德丽德可不喜欢人家取笑她。

“我看不出编瞎话有什么好玩的。”

“别生气啦。”

他拿起她放在桌子上的手，温存地握着。

“你真可爱，你走过的路我都想吻一吻。”他说。

她那苍白而微绿的皮肤使他心醉神迷，她那没有血色的薄嘴唇有说不出的娇媚。她的贫血使她娇喘吁吁，樱唇半启，脸庞显得更加楚楚动人。

“你一点儿也不喜欢我吗？”

“噢，要是一点儿也不喜欢，我看我也不会到这儿来了，你说是吗？你完全是个有教养的人，我要对你这样说。”

他们吃完了饭，喝着咖啡。菲利普也顾不上节俭了，他吸着一支三便士的雪茄。

“这样和你面对面坐着，看着你，你想象不出我有多么高兴。我多么想你啊，为了见到你我急得什么似的。”

米尔德丽德莞尔一笑，脸上泛起淡淡的红晕。平时一吃完饭她的胃就总是不舒服，这会儿她没有感到有什么不适。她感到菲利普比以前亲切了，眼睛里露出少有的温柔。菲利普真是乐不可支。他的本能告诉他，要是向她把心都掏出来，那准是疯了。他唯一成功的希望就是能对她若即若离，绝不能让她看出在他心里燃烧的热情，她专会利用他的弱点。可是他现在不能做到谨慎小心，他倾诉着在和她没有见面的这段时间里受到的一切痛苦，还讲了他怎样努力克制自己的热情，尽管自以为已经不再爱她了，可是到头来他发觉这种爱情比以前更强烈了。他知道自己根本没有想真正抛弃爱情。他那么爱她，痛苦又算得了什么呢？他把自己的心里话一股脑儿倒了出来。他得意地把自己的所有弱点统统告诉了她。

再没有什么比悠闲地坐在这个舒适而寒酸的小饭馆里更使他高兴的了，可是他知道米尔德丽德要求消遣和娱乐。她不能安静，她无论在哪儿，待了一会儿就想到别处去。他不敢让她感到腻烦。

“我看咱们到音乐厅去怎么样？”他说。

他马上想到，如果她爱他的话，就会说她不想去，宁愿待在这里。

“我也正想要是去的话，我们也该走了。”她回答说。

“那就走吧。”

菲利普不耐烦地盼着演出结束。他已经想好了要怎么干了。他们坐上马车的时候，他假装偶然将胳膊伸过去搂在她的腰上。可是他马上小声叫了一声，把手缩了回来。他被刺了一下。她笑起来。

“活该，谁叫你的胳膊放得不是地方，”她说，“我就知道男人什么时候要搂我的腰。这根别针总放不过他们的。”

“我以后得留点儿神。”

他又把胳膊搂过去。她没有表示反对。

“我太舒服了。”他幸福地感叹道。

“只顾你高兴。”她反唇相讥道。

他们坐车到了圣詹姆斯大街，进了公园，菲利普飞快地吻了她一下。他很怕她，这么干他得拿出全部勇气才行。她没有说什么，她把嘴唇冲他转过来。她既不显得太在意，又不很喜欢。

“你知道我早就想了。”他喃喃着。

他还想吻她，可是她把头偏到一边。

“一次还不够哇。”她说。

他们来到了赫恩山，他期望再吻她一次，在她住的那条街的尽头，他求她：

“让我再吻一下吧？”

她漠然地看着他，然后又向街那边扫了一眼，看不见一个人。

“我无所谓。”

他一把将她抱在怀里，发疯似的吻着，但是她又把他推开了。

“小心我的帽子，傻瓜，你真笨。”她说。

61

从那以后，他天天去看她。他的午饭也打算改在店里吃，可是米尔德丽德不答应，她说过这会让姑娘们说闲话的，于是他只得满足于在店里吃茶，可是他总是等着和她一起去车站。他们一个星期有一两次在一起吃饭。他送给她一些小小的礼品，一只金手镯、手套、手帕，以及诸如此类的一些小东西。他这么花钱并不是他负担得起的，不过他也没有办法，送给她什么东西，她就表现出什么样的热情。任何东西的价格她都知道，她对菲利普的谢意完全和礼物的价值相对应。对此他也不太在乎，当她主动地吻他，以此提醒他用什么方法才能得到她感情的表示，这时他就乐得忘乎所以了。他发现她认为星期日闷在家里太枯燥乏味，因此，他一大早就去赫恩山，在街头与她会面，然后陪她去做礼拜。

“我总喜欢去做一次礼拜，”她说，“这样做看来挺不错的，是吧？”

做完礼拜她回家去吃饭，他就在一家旅馆草草吃一顿。下午，他们到布罗克韦尔公园散步。他们彼此已经没有什么更多的话可说了，菲利普生怕她厌烦了（她非常容易厌烦），就挖空心思找话谈。他很清楚，这种散步对他们俩都不是乐事，可是离开她他又受不了，于是他就一个劲儿地走，直到她走不动了，发了脾气。他知道她并不喜欢他，他努力强迫她爱他。而理智告诉他，这种爱在她的本性中是没有的，她是冷漠的。他对她没有权利提出任何要求，可是他又禁不住要苛求她。由于关系比较亲密了，他倒觉得要克制自己不发脾气并不太容易。他经常动气上火，忍不住说出尖酸刻薄的话。他们经常发生口角，而后她就好一阵子不理他，总是他先屈服下来，百般地讨好巴结她。这样没有骨气，他也很生自己的气。要是在店里看见她和别的男人说话，他就嫉妒得要命，而每当他妒火中烧时，就好像发了疯一样。他会故意侮辱她一番，然后愤愤离去，接着一夜一夜都睡不着，在床上辗转反侧，忽而愤怒，忽而悔恨。第二天他会又到店里去祈求她的宽恕。

“别生我的气，”他说，“我太爱你了，我自己也没有办法。”

“总有一天你会做得过头的。”她回答说。

他急于想去她家，这样就可以使他们的关系更加亲密，比起她在工作时结识的萍水相逢的人来，他就可以居于更有利的地位。可是她不让他去。

“我婶婶会笑话的。”她说。

他猜测她不让他去仅仅是因为不愿让他见到她婶婶，过去米尔德丽德曾经把她的婶婶说成是一位职业者的遗孀（她认为职业者是上等人的标志），她自己也不安地意识到这位善良妇人很难称得上是身份高贵的人。菲利普估摸她实际上不过是小商人的寡妇罢了。他知道米尔德丽德是势利眼，不过他又没有办法使她知道他的态度，不管她婶婶的身份多么一般他都不在乎。

一天晚上，在吃饭时她告诉他有一个男人请她去看戏，当时他们吵了起来。他们还从来没有这么厉害地吵过哩。菲利普的脸一下子变得煞白，一副恶狠狠的样子。

“你不打算去吧？”他说。

“为什么不去？他这个人有教养极了。”

“我可以带你出去，你愿意去哪儿都行。”

“这不是一回事。我不能老跟你一起出去呀，再说他已经让我定好日子了。我只是在不和你出去的那天晚上和他出去，这对你不会有什么影响。”

“如果你还顾点脸面，还念着点我对你的好处，就不会老想同他出去了。”

“我不懂你所说的好处是什么意思。如果你指的是送我的那些东西，你可以拿回去，我不稀罕。”

她的话里带着她时常带有的那种泼妇腔。

“老是和你一起出去真没意思。老是‘你爱我吗？你爱我吗？’，也不嫌烦得慌。”

他也明白，老是不停地这么问她确实很蠢，可是他拿自己也没有办法。

“噢，我很喜欢你。”她总是这么说。

“是吗，我多么爱你啊。”

“我不像你，总把爱挂在嘴边上。”

“你要知道，哪怕你只说一个字也会让我非常高兴。”

“我说过多少遍了：谁和我好谁就得依着我，不高兴也忍着点吧。”

有时当他问到她是不是爱他时，她就更加干脆地表示：

“喂，不要再说这些好不好。”

接着他就绷着脸，不吱声了。他恨她。

这时菲利普说道：

“那么，如果你是这么想的，我怀疑你同我出去是不是违心了。”

“我又没有要你带我出去，你心里完全明白，是你非要我去不可的。”

这下他的自尊心受到了严重伤害，他发了疯似的回答：

“你觉得没有别人请你吃饭上剧院时，只好让我带你去吃饭看戏。当有人请你时，我就可以见鬼去了。谢谢你，对给我的这种方便我已经受够了。”

“我可不想让谁这样说我。我也要告诉你，你那些肮脏的饭菜我毫不在意。”

她站起身，穿上夹克，快步走出饭馆。菲利普还在那儿坐着。他决定不去理她，可是过了十分钟，他就坐上一辆马车去追她。他猜想她准是坐公共汽车去维多利亚火车站了，这样他们就可以同时到那里。他在站台上见到了她，没有让她发现自己，跟她乘同一趟火车到了赫恩山。他打算到她快到家的时候，不可能再躲开他时，再同她说话。当她一拐出灯火通明、车水马龙的大街，他就赶快上去。

“米尔德丽德。”

她照旧往前走，既不看他也不理他。他又叫她。这时她站住了，脸冲着他。

“你要干什么？你在维多利亚车站转悠时我就看到你了。为什么要来纠缠我？”

“实在对不起。你不愿和好吗？”

“不和好。你的脾气和妒忌心我已经受够了。我根本就没有把你放在心上，从来也没有，而且以后也决不会的。我不想同你再有什么来往了。”

她走得很快，他得紧跟着走才能跟上。

“你就不体谅体谅我，”他说，“要是你不去理别人，我们该有多快活，多么亲近啊。要你像我爱你那样来爱我，我也知道做不到。我只是希望你能让我爱你。”

她朝前走着，一句话也不肯说，菲利普看到离她家只有几百码了，他痛苦极了。他贬低自己，语无伦次地倾泻自己的爱情，不住地表示懊悔。

“原谅我这一次吧，我保证以后再也不让你受委屈了。不管你和谁一块儿出去都可以。如果你感到无聊了再找我，那我也会很高兴的。”

她又站住了，已经到平时他们分手的那个街角了。

“你现在走开吧。我不想叫你一直走到我家门口。”

“你说声原谅我，我才走。”

“这一套真烦死人了。”

他犹豫片刻，他本能地感到，他能说出一句使她感动的话来，说这话连他自己也感到难受极了。

“真残酷啊，我得忍受这么多。你怎么能了解一个跛子呢？当然，你不喜欢我，我也死了这份心了。”

“菲利普，我可没有这个意思，”她迅速回答，声音忽然变得可怜了，“你知道，不是这么回事。”

他索性表演开了，沙哑着嗓子，压低声音说：

“哎，我可是这么觉得的。”他说。

她拉着他的手，看着他，她的眼睛里充满泪水。

“我保证，那对我来说没有什么关系。除了一开始那几天，我以后再也没有想到过你说的那个。”

他保持着忧伤悲惨的沉默。他想使她觉得他激动得连话都说不出来。

“你知道我非常喜欢你，菲利普。只是有的时候你太气人了。我们和好吧。”

她把嘴唇凑到他的嘴上，他吻了一下，她轻轻地松了口气。

“现在高兴了吧？”她问。

“高兴得快疯了。”

她跟他说了再见，就匆匆走了。

第二天，他把一只带胸针的小挂表别在她衣服上，两人算是和解了。她一直渴望能有这么一块挂表哩。

过了三四天，米尔德丽德端上茶来对他说：

“你还记得那天晚上你答应过的话吗？还算数不算数？”

“算数啊。”

他知道她指的是什么，就等着她往下说。

“今儿晚上我要和那个绅士出去玩，和你说过的那个。”

“好，希望你玩得高兴。”

“你不乐意吗？”

他现在很能自制了。

“我当然不乐意，”他笑笑，“不过既然没什么办法，我也不打算庸人自扰了。”

她为晚上能出去而兴奋起来，兴致勃勃地说着这件事。菲利普简直怀疑她这么做是故意要让他难受，还是因为她这个人太麻木。他想到她有些愚蠢，所以总是宽恕她的冷酷无情。她的脑子不够用，把他伤害了也看不出来。

“爱上这么一位没有想象力又没有幽默感的姑娘，可真没什么意思。”他一边听她讲一边想。

不过，缺乏想象力和幽默感倒使她得到原谅。他觉得要不是自己认识到这点，说什么也不能原谅她带来的痛苦。

“他买的是蒂沃里剧院的票，”她说，“他任我挑选，我就挑了这家。我们还要到皇家咖啡馆去吃饭。他说那是伦敦最贵的地方了。”

“他是位十足的绅士呀。”菲利普想，但是他紧咬牙关，不叫自己冒出一个字来。

菲利普去了蒂沃里剧院，看到了米尔德丽德和她的伴儿，那个青年的脸很光滑，油光的头发，打扮得漂漂亮亮，像个推销员。他们坐在头等座的第二排座位上。米尔德丽德头戴黑色的阔边帽，上面插着鸵鸟毛，这顶帽子倒挺配她的。她带着菲利普熟悉的那种平静的笑容倾听那位做东请她看戏的人的话。她脸上没有什么热烈的表情，要想把她逗乐，就非得说粗俗的笑话不可。不过菲利普看得出她的兴致很高，十分欢畅。他酸溜溜地想道，她的那个油头粉面嬉皮笑脸的伴儿倒挺对她的胃口的。她慢吞吞的脾气使她很欣赏那种吵吵闹闹的人。菲利普非常喜欢讨论问题，却没有瞎扯穷聊的本事。他很羡慕朋友们擅长的那些轻松愉快的俏皮话，劳森就是其中一个，而他自己的自卑感，使他一说话就又腼腆又狼狈。他觉得有意思的事情可以让米尔德丽德不厌烦。她希望男人们谈足球和赛马，而对这些他却一窍不通。他也不知道流行的时髦话，要引人发笑非用这样的话不可。

凡是印刷出来的东西一向都是菲利普最心爱的对象。这阵儿，为了使自己更招人喜欢，他就刻苦地攻读起《体育时报》来了。

62

菲利普并不情愿沉迷在这样的爱情里，那样的话就只会消耗他的生命。他懂得人生易逝，因而爱情终有一天要完结。他怀着急切的心情盼望着这一天的到来。爱情在他心里像是一种细菌，它在生活的血液中滋生着令人憎恶的东西，它猛烈地吞噬着他的生活，使他丧失对其他一切东西的乐趣。他从前经常去圣詹姆斯公园欣赏那里的美景，坐在那儿，凝视着蓝天衬托下大树的枝影扶疏，宛如一幅日本版画。他发现美丽的泰晤士河上的驳船和码头对他有无穷的魅力，伦敦的变幻无穷的天空也使他在心灵里驰骋着数不清的愉快幻想。但现在美对他毫无意义了。只要米尔德丽德不在身边，他就会心烦意乱，站也不是坐也不是。有时，他觉得看看画会抚平心中的忧伤，但是他像一个游客那样在国家美术馆里浏览着，没有什么画能唤起他感情的反响。他怀疑他是否能够爱他从前爱好过的一切。以前他酷爱书本，而现在他觉得书籍没什么意思。下课后，他就去医院俱乐部的吸烟室消磨时间，漫不经心地翻阅数不清的报刊杂志。这种爱情简直是苦恼，他痛恨爱情对他的奴役，他是一个囚犯，渴望着自由。

有时他清晨醒来，一无所感，他的心灵悸动，以为他自由了，他不再恋爱了，但是过一会儿当他清醒过来时，痛苦还留在心中，方才明白他的伤还没有治愈。尽管他追求米尔德丽德到了发疯的地步，可是他还是看不起她。他暗自想道，世界上最大的折磨莫过于在爱的同时又带着藐视。

菲利普把自己的感觉仔仔细细推敲了一番（这样做已经成了他的习惯），同时又反复琢磨了自己的情况，他终于得出结论：只有让米尔德丽德当自己的情妇，才能摆脱自己的这种不可救药的热情。是性欲的渴求在折磨他，如果他能够在这方面得到满足，他就可以从束缚着他的难以忍受的枷锁中挣脱出来了。他知道米尔德丽德在这方面一点都不喜欢他，他热烈地吻她时，她却出于本能的厌恶往后退。她这个人没有肉欲。有时他想方设法要使她吃醋，就讲起他在巴黎的各种艳遇，可是这些故事引不起她的兴趣。有那么一两次，他在茶点店专找别的桌子坐，还假装同那儿的女招待调情，可是她完全不在乎。他看得出，她这并不是装出来的。

“今天下午我没有坐你的桌子，你不怪我吧？”他陪她去车站时这样问她，“当时你的桌子好像都客满了嘛。”

这并不是事实，但是米尔德丽德并没有反驳他。即使她真的毫不在意他抛弃她，只要她装出很在乎的样子，他也会对她感激不尽的。哪怕她这会儿责备他一句，他的灵魂也就得到了安慰。

“你天天老是坐在一个地方，我也觉得那样怪傻的。你也该轮换着到别的姑娘那儿去坐坐。”

他越是琢磨，就越是确信不疑：只有她的完全屈服才能使他获得自由。他就像是古时候的一个骑士，具有魔力的咒语使他变了形。他到处寻找能使他恢复本来面目的灵丹妙药。菲利普只存有一线希望。米尔德丽德非常想去巴黎看看。她同大部分英国人一样，认为巴黎是享乐和时髦的中心。她听人说起过“卢瓦尔”商店，在那，只消花在伦敦的一半价钱，就可以买到最新式的东西。她的一个女友就是在巴黎度蜜月的，她在卢浮宫盘桓了整整一天。那个女友和她的丈夫在巴黎的那些日子，我的天啊，他们从来没在早晨六点以前睡过觉，他们在“红磨坊”还有其他许多地方的情形就不用提了。只要她屈从菲利普的欲望，那么，为了满足她的这一要求，菲利普是不在乎所花的代价的。他过去就有一个在闹剧里才会有的怪念头——使她醉倒。为了让她兴奋起来，他一个劲儿地劝她喝酒，可是她不喜欢喝酒。虽然她也喜欢他买香槟酒，那只是因为香槟酒看上去有排场，可她从来没有喝过半杯以上，她喜欢用大杯倒满了酒，满得快要溢出来，然后摆在那儿一口不喝。

“这样，招待就知道你是个什么人了。”她说。菲利普总算找到了一个机会，当时她看上去比平时友好得多。他在三月末考完了解剖学。再有一个星期就到复活节了，到那时米尔德丽德有三整天的假期。

“喂，到时候你为什么不去巴黎玩玩呢？”他建议，“我们一定会过得美极了。”

“怎么能去那儿呢？那儿花钱像无底洞一样。”

菲利普也想到了这一点。去的话起码也得花五百二十镑。这可是一大笔钱哩。但是在她身上花掉最后一个便士他也是心甘情愿的。

“那又有什么关系？答应吧，亲爱的。”

“还有，我实在不能和一个我还没有嫁给他的男人一起去。你怎么能出这样的主意？”

“这又有什么关系？”

他为她描述了繁华的和平大街和富丽堂皇的女神游乐厅①，他向

①巴黎剧院音乐厅，为法国名胜之一。

她形容了卢浮宫和邦马歇百货公司[①]。他还告诉她内昂夜总会和大修道院，以及外国人流连忘返的地方。他还把他在巴黎最鄙弃的地方天花乱坠地吹了一通。他央求着她跟他一起去。

“你看，你说的你爱我，要是真的爱我，你就会愿意同我结婚了。可是你从来没有要求我嫁给你。”

“你知道我现在没钱，终究我现在才上一年级，六年之内一个便士我也挣不到呀。”

“得了，我又不是在怨你。就是跪下来求我，我也不会和你结婚的。”

他不止一次地想过结婚，可是这又是他不敢采取的一步。在巴黎时他就接受过一种看法，即结婚是庸人市侩的一种可笑的习惯。他也知道，要是和她永久结合，他就毁了。他有中产阶级的本能，对他来说，同一个女招待结婚是件糟透了的事。有一个平庸的老婆，他就别想干什么体面的职业了。而且，他的钱只够他勉强维持到取得医生执照，即使他们不打算要孩子，他也没法养活一个妻子。他想起克朗肖，他就是被一个俗不可耐的邋遢女人拴住的。想到这他感到沮丧，不寒而栗。他预见得到满脑子假风雅、真庸俗思想的米尔德丽德将来会成个什么样子，让他娶她是不可能的。但是，他这个决定不过是出于理智，他感到，不管怎么样，他必须占有她，如果不用结婚也可以占有她，那他就这样办。车到山前必有路，将来总会有办法的。结局也许是悲惨的，他也不管不顾了。一旦他钻进了牛角尖，就要一条道儿走到底。并且，他还很有办法使自己相信他想做的事是合情合理的。他发觉，他已经推翻了他自己原来主张的反对结婚的明智的理由。他对她的感情一天天地愈加热烈了。他未得到满足的爱情渐渐变成了愤怒和不满。

“说真的，要是同她结婚，一定也让她受一受我遭受过的这些罪。”他自言自语地说。

他终于再也受不了这些折磨了。一个晚上，他们在索霍大街的一家小饭馆里吃完了饭（现在他们经常到这儿来吃饭），他对她说：

---

①世界上第一家百货公司，1852年在巴黎诞生。

"喂，那天你的意思是不是说，即使我向你求婚，你也不会同意？"

"怎么不是？"

"没有你我就活不下去，我要永远和你在一起。我试着和你分开，可是办不到。我死也不愿意离开你。还是和我结婚吧。"

她读了很多小说，当然知道该怎样对付这样的请求。

"我确实非常感谢你，菲利普。你这样说，我感到非常荣幸。"

"哎呀，别废话了，和我结婚吧，行不行？"

"你认为我们结婚会幸福吗？"

"不会的，可是那又有什么关系？"

他很不情愿这样说，但还是不得不把这话说出来。听他这么一讲，真把她闹愣了。

"瞧，你这家伙也太有意思了。既然如此，你为什么还要和我结婚呢？那天你不是说过你没有钱结婚吗？"

"我想我现在差不多还有一千四百镑。两个人节省点花并不比一个人更费钱。这钱可以凑合着到我取得学历，完成医院里的任务，我可以去当一个助理医师。"

"这么说，六年之内你什么收入也没有啦？在那以前，我们一周就只有四镑过日子，是吗？"

"不超过三镑，我还有学杂费要缴。"

"当个助理医师能挣多少钱？"

"一周三镑。"

"听你的意思是说，在学习期间只能靠那一小笔钱，就是学完了也只能一星期挣三镑的薪水，是吧？我可没看出来这能比我现在好多少。"

他一时说不出话来。

"这么说你是不愿意和我结婚了？"他哑着嗓子说，"我这么爱你，难道你觉得这根本算不了什么吗？"

"在这种事情上，谁都不得不为自己考虑呀，难道不是吗？结婚我倒无所谓。不过如果结了婚不比现在富裕点，我就不愿意结婚。"

“要是你喜欢我，你就不会考虑这一切了。”

“也许是不喜欢吧。”

他不再作声了。他感到嗓子眼里堵了什么似的，就咕隆咕隆地喝了一杯葡萄酒。

“你看那个刚才出去的姑娘，”米尔德丽德说，“她身上的那些皮货是在布里克斯顿的旧货摊上买的。上次我去那儿时，还看到在橱窗里摆着哩。”

菲利普冷笑一下。

“你笑什么？”她问，“是真的嘛，当时我对我婶婶说，我才不买这种东西哩，那样的话谁都会知道你是没花几个钱买的。”

“我真不了解你。你把我弄得那么不高兴，一眨眼工夫又说起另外的废话来了，这和我正在说的一点儿不沾边。”

“你存心和我找别扭，”她委屈地说，“我是忍不住打量了一下那件皮货的，因为我对我婶婶说……”

“我他妈的不管你都对你婶婶说了些什么。”他不耐烦地打断她的话。

“菲利普，我希望你跟我说话不要带脏字，你知道我不喜欢。”

菲利普笑了笑，可眼睛露出凶光。他一时没有说话，阴沉着脸看她。他恨她，看不起她，可又爱她。

“如果我还有半点儿理性，就绝不会再和你见面，”他终于开口了，“但愿你知道，就因为我爱上了你，我多么看不起自己。”

“你怎么对我说这么难听的话。”她恼怒起来。

“这算什么难听话，”他笑起来，“我们上展览馆去吧。”

“你怎么这样莫名其妙，人家不高兴的时候你倒笑开了，既然我让你那么不高兴，你为什么还要带我去展览馆？我这就要回家去。”

“只是因为和你在一起比不和你在一起少难过点。”

“我倒想知道你究竟是怎么看我的。”

他哈哈大笑起来。

“我亲爱的，如果你明白了，你就再也不会跟我说话了。”

63

三月底的解剖学考试菲利普没有及格。他和邓斯福特曾经在他们自己身上温习过这部分内容。两个人互相提问，到后来，人身上骨头的每一个关节和骨沟的归属和作用都记住了。可是考试时菲利普一下就懵了，他突然怕说错了，结果回答问题时没有答对。他知道自己考砸了，甚至于第二天不愿费神去大楼看看上面有没有自己的学号。第二次的不及格使他显然属于他那个年级学习能力差和懒散的那类学生了。

他不太把这件事放在心上。他有别的事情要考虑。他自己总认为米尔德丽德肯定也像别人一样是有官能感觉的，问题是怎样启发她。他知道一些关于女人的理论，女人是他心上的创伤，他想只要死死纠缠，哪个女的都有坚持不住的时候，关键是要瞅准机会，不能发脾气，不断用小殷勤来感动她，利用她在身体疲劳的时候表示温存和体贴，而在她工作中烦恼和不如意时，使他自己成为一个避风港。他给她讲了他的那些巴黎朋友们同他们追求的漂亮女友之间的故事，杜撰出米米和鲁道夫，缪塞特和其他朋友的各种风流韵事。他给米尔德丽德大讲特讲什么欢歌笑语的贫穷生活别具诗情画意啦，什么美貌和青春使偷香窃玉更加罗曼蒂克啦，等等。他决不直接攻击她的那些偏见，而只是暗示这些偏见太土气。他不让自己为她不用心听而烦躁，不因她的冷淡而生气。他想她已经让他很厌烦了。经过一番辛苦，他果然使自己能够既和蔼可亲又妙趣横生。他绝不让自己生气，也不向她要求什么，既不抱怨，又不责骂。碰到她订好了约会，而又没有践约，第二天他见到她时还是一团笑脸，当她抱歉时，他就请她不必介意。他受了她的伤害也绝不让她看出来。他知道他的热情和悲伤已经使她厌烦了。他小心翼翼地不流露出任何感情，哪怕会引起很小麻烦的感情也不流露出来。他表现出英雄风格。

虽然她没有提起过他的这些变化，她本来也不曾有意识地加以注意，不过菲利普的变化还是打动了她，她对菲利普更信赖了，她也不老是向他发牢骚了。她总是不满茶点店的女老板，和她一起的某个女招待，或是她的婶婶，这时她的话比以前多多了，尽管她说的并不是什么了不得的事，可菲利普还是听得津津有味。

“你不想向我求爱时我倒喜欢你了。”有一次她对他这样说。

“你这话叫我太高兴了。”他笑起来。

她不知道她的这些话使他多么寒心，她也不会想到，他对这方面回答得如此轻松需要费多大的努力啊。

“噢，你不时吻我一下，我都无所谓。这又不会伤害我，又能使你高兴。”

偶尔地，她竟主动要他带她出去吃饭，这要求是她提出来的，真使他心花怒放。

“对别人我可不会提这种要求，”她带着抱歉的口吻说，“但是我知道可以跟你去吃饭。”

“你这样做，我太高兴了。”他带着笑容。

四月底的一天晚上，她要他带她去吃点东西。

“行，”他说，“吃完后你还想去哪儿呢？”

“哦，哪儿也不去。我们就坐着说说话吧。你不在意吧？”

“当然不。”

他觉得她心里肯定有他了。三个月以前，她只要一想到整个晚上都坐着聊天就准得烦死了。这一天风和日丽，明媚的春光使菲利普兴致更好了。现在只要有一点点好处他就感到满意了。

“喂，等夏天来了，天气就不会这样好了。”他说。当时他们正坐在公共汽车的上层①去索霍大街——是她自己提出来坐马车太浪费了——菲利普又说，“到星期日我们可以去河边玩。可以把午餐带去吃。”

她嫣然一笑。见她这样，他有勇气拿起她的手。她并没有把手抽回去。

“我真的觉得你开始有点喜欢我了。”他微笑着。

“你真傻，你知道我喜欢你，要不然我就不会到这儿来啦，你说呢？”

---

①菲利普和米尔德丽德乘坐的是双层公共汽车。

现在，他们已经是索霍大街那家小饭馆的老主顾了。他们走进去时，老板娘冲他们一笑，那个侍者也对他们点头哈腰。

“今晚让我来点菜吧。”米尔德丽德说。

菲利普觉得今天晚上她比以往更迷人，他把菜单递给她，她拣她爱吃的点了几样。这家菜单上的菜不多，凡是这个饭馆有的，他们都已经吃过不知多少遍了。菲利普很快活。他看着她的眼睛，并把她那苍白的脸上每一点动人之处都细细品味一番。吃完饭，米尔德丽德和往常不一样，拿起了一支烟。她一般很少抽烟。

“我不喜欢看到一个小姐抽烟。”她说。

她迟疑了片刻又说：

“今天晚上我请你带我出来吃点东西，你一定很奇怪。”

“我挺高兴呀。”

“我有话要对你说，菲利普。”

他马上看着她，心忽地一沉，但是他已经能够表现得不露声色了。

“好，那就说吧。”他笑一笑说。

“听我说了你不会犯傻吧？我就要结婚了，这是真的。”

“真的吗？”菲利普说，

他想不出别的话来说。他过去常常考虑这种可能性，还设想过他自己到时候应该做什么，说什么。想到他忍受的绝望，他就十分痛苦，他还想到过自杀，想到过自己将会愤怒发狂，不过，也许他已经把自己会经受的感情事先想得太全面太充分了，因此这时他只是感到筋疲力尽了。他觉得自己像一个生命垂危的病人那样，对自己的最后结果漠不关心，只希望一个人静静地躺着。

“你看，我长大了，”她说，“我都二十四岁了，也该成家了。”

他沉默着。他看着坐在柜台后面的饭馆老板娘，眼睛又落在一个女顾客帽子上插的红羽毛上。米尔德丽德恼了。

“你应该向我道喜才是啊。”她说。

“应该？我应该吗？我简直难以相信这是真的。我常常想象过这件事。你竟然请我带你出来吃饭，我高兴得什么似的，你要和谁结婚哩？”

“米勒。”她的脸因羞愧而有点红。

“米勒？”菲利普惊叫起来，“可是，你已经有好几个月没见到他了呀！”

“上个星期，有一天他到我那儿吃午餐，他就是那次向我求婚的。他挣的钱可多哩，现在他每星期挣七镑，很有前途。”

菲利普又沉默了。他回想起她是一向喜欢米勒的，他能逗她发笑，他的外国血统也让她无意中觉得他有一种异国情调的诱惑力。

“我想这是不可避免的，”他终于说道，“你确实要接受出价最高的人。你什么时候结婚？”

“噢，下星期六，我已经通知诸位好友了。”

菲利普猛地感到心一阵疼痛。

“这么快吗？”

“我们打算在登记处结婚。艾米尔[①]要这样。”

菲利普感到疲惫不堪。他想离开她。他想马上就去睡觉。他叫来侍者把账付了。

“我去给你叫辆马车，送你到维多利亚火车站。我想，这样你用不着太长的时间等火车的。”

“你不跟我一起去吗？”

“你要是不介意，我就不去了吧。”

“随你的便吧，”她轻蔑地回答说，“我想，明天吃茶点的时候你会来吧？”

“不了，我想我们最好还是到此为止吧。我想，没有必要再给我自己找不自在了。我已经付了车费。”

他冲她点点头，勉强地笑了笑，然后跳上一辆公共汽车回家了。睡觉前，虽然他的眼睛已经几乎都睁不开了，可是他还是先吸了一斗烟。他没有什么痛苦，脑袋刚一着枕头，就呼呼地睡着了。

---

①艾米尔，即艾米尔·米勒。

64

但是，凌晨三点左右，菲利普醒来后就再也睡不着了。他开始想起米尔德丽德的事情来。他尽力不去想这件事，可是怎么也不成。他一遍又一遍地反复想着这件事，直想得头昏眼花。她要结婚无可非议。一个姑娘要靠自己挣钱生活，这种日子也实在太苦了。如果她找到了什么人能够给她一个温暖、舒适的家庭而同意与那人结婚，这也怪不得她。菲利普也承认，从她的观点来看，要同他结婚一定是发疯了。本来只有爱情才能忍受贫穷，可是她并不爱他，这倒不是她的过错，像接受其他事情一样，他自己只好接受这一事实。他明白，他自己心底的自尊受到了伤害；他的恋爱把自己的高傲和自负弄得伤痕累累，这就是他现在落得个这样不幸下场的缘故。他蔑视她，同样也看不起自己。接着他又想起将来的打算，他想了一遍又一遍，但每次都被打断了。他不是回想起在她柔嫩而苍白的脸上的亲吻，就是耳边又响起她那带着拖腔的声音。他要做的事情可真不少，从夏季学期开始，他又将开化学课，还有那两次考试没及格的功课。他同医学院里的朋友们已经没有了来往，可是此时他希望能有个人来陪陪他。有一件令人高兴的事：半个月前海沃德来过信，他说将到伦敦来，打算请他吃饭，菲利普当时不愿被人打扰，所以也就拒绝了。海沃德是想来过伦敦初夏的社交季节的。菲利普决定给他写一封信。

八点的时候他起床了，他为自己能这样感到很欣慰。他的脸色苍白而憔悴。但是，当他洗完了澡，穿好衣服，用过早餐之后，他感觉到自己又同生活联系在一起了，他的痛苦也不那么难受了。他没去听早晨的课，而是到陆军商店和海军商店给米尔德丽德买结婚的礼物去了。他挑来挑去，最后总算看中一只化妆手提包。化妆手提包的价格是二十镑，这大大超过了他的支付能力。况且这只手提包既华丽漂亮又俗里俗气，他知道她完全清楚手提包到底值多少钱。他抑郁地买了这一件礼物，不过倒很满意，这件礼物既会使她高兴，同时又含着他对她的蔑视。

菲利普不安地盼望着米尔德丽德结婚的日子，他盼望着一种极度的痛苦。星期六早晨，他接到海沃德的来信，才算把他解脱出来。海沃德在信上说，他就在这天早晨到伦敦，让菲利普帮助他去找房子。他急于有什么事能使他分一分心，他查了火车时刻表，找到了海沃德来时唯一可能乘的那趟车。他到车站接他，旧友重逢使他们高兴异常。他们把行李寄放在火车站，然后高高兴兴地离开了。海沃德特地提出应该先去国家美术馆参观一个小时，他已经有些日子没有看到绘画了。他郑重其事地说，为了使他与伦敦的生活合拍，走马观花地看一看画展也是有必要的。菲利普也已经有好几个月没有人和他谈论过艺术和书籍了。海沃德自从去了巴黎，就和那些蹩脚的法国现代诗人混在一起了。在法国这类诗人可以说比比皆是，他给菲利普讲起了几个新的天才诗人。他们在美术馆里慢慢蹓跶着，互相讲着自己喜爱的绘画，从一个话题谈到另一个话题，他们谈论得兴奋极了，阳光灿烂，天气暖融融的。

“我们到公园里坐坐吧，”海沃德说，“我们吃过午饭再去找房子。”

公园里春意盎然。在这样的日子里，没有人感觉不到春天的美好。在蓝天的衬托下，嫩绿的树枝美丽动人，淡蓝色的天空中飘浮着点点白云。景色宜人的湖水那边，聚集着一群身穿灰色军服的近卫骑士。那整齐的壮观场面宛如十八世纪的绘画那样动人。这样的场面会使人联想到没有什么诗意的让-巴蒂斯特·帕特尔①的作品，而不会使人想到瓦都，他的风景画的田园诗意味太浓了，不过是再现了有如梦境般的林木葱茏的幽谷。菲利普心里感到轻松多了。他懂得了以前从书上读到的那句话：**艺术（即他用来观察自然的方式的那种艺术）能够把一个人的灵魂从痛苦中解救出来**。他们到一家意大利餐馆去吃午饭，他们要了一瓶齐昂提长颈瓶红葡萄酒。他们一边慢慢地吃着饭，一边继续交谈着。他们回忆起在海德尔贝格认识的那些人，谈到菲利普在巴黎的那些朋友们，还谈到了书籍、绘画、道德和生活。猛然间菲利普听到时钟敲响了三点。他想正在此时米尔德丽德结婚了。他感到心中一阵剧烈疼痛，有

①让-巴蒂斯特·帕特尔（Jean-Baptiste Pater，1695-1736），法国田园派画家。

几分钟的时间，他没能听到海沃德都说些什么。他在杯子里斟满了齐昂提酒。他不习惯于喝酒，酒劲儿一下子上到头部了。他没什么可顾忌的了。他那敏捷的头脑有好几个月闲散没用了，这时他畅谈起来痛快极了。他总算有个使他感兴趣的人谈谈天，可以谈谈自己感兴趣的事情。

“依我看，这么好的天气用在找房子上太可惜了，今天晚上就去我那儿住吧。你可以在明天或者是在星期一再去找房子嘛。”

“可以。那我们干什么去呢？”海沃德回答说。

“坐小汽艇去格林威治。”

这个主意正中海沃德下怀，他们乘马车来到威斯敏斯特大桥。他们在汽船刚要开动时上了船，菲利普破颜一笑，他说：

“我记得刚到巴黎的时候，克拉顿，我想是他，发表了一通长篇大论，他说，事物中的美是画家和诗人加进去的，是画家和诗人创造出美来。对于画家们来说，乔托[1]的《钟楼》和工厂的烟囱都一样是美。到后来事物的美才变得丰富了，这些美激起了一代又一代人的热情。因此，过去的事物比现在的更美些。现在《希腊古瓮颂》[2]比当初刚写出来的时候更美，这是因为一百多年来痴男怨女读过它，心中的苦痛在它的诗行里得到了安慰。”

他让海沃德自己去推论，眼前的风景中哪些东西能体现出这些话来，他高兴地看到海沃德得到了和他相同的结论。菲利普长期生活经验积累的结果，使他现在深深地感动了。伦敦上空淡雅的彩虹给砖石的建筑上笼罩了一层轻淡柔和的色彩。在码头和仓库那边，蕴含着一种日本版画的质朴美。他们继续前进，前边是气魄雄伟的隧道，这是伟大帝国的象征，宽阔的隧道中车辆行人川流不息。菲利普想起了使这一切变得如此之美的画家和诗人们，他心中充满了对他们的感激之情。他们来到泰晤士河上，它的恢宏气概又有谁能描述出来呢？这需要想象力怎样地

①乔托·迪·邦多纳（Giotto di Bondone，1266–1337），佛罗伦萨文艺复兴时期的画家、建筑家。

②英国诗人约翰·济慈（John Keats，1795–1821）的作品。

纵横驰骋，只有上苍知道它的洪流哺育出多少英雄豪杰啊！约翰逊博士旁边站着伯斯韦尔[①]，还有老皮佩斯[②]登上一艘军舰。这是英国历史的辉煌壮观的行列，充满了浪漫色彩和高昂的进取精神。菲利普转向海沃德，两眼熠熠闪光。

“亲爱的查尔斯·狄更斯。”他喃喃地说道，一边又不禁对自己的激情微微一笑。

“你抛弃了绘画，是不是非常遗憾？”海沃德问。

“没有。”

“大概你喜欢医生这个职业吧？”

“不，一点也不喜欢，可是又没有别的什么可干的。医院头一两年单调的苦活儿是可怕的，而且不幸的是，我不具备科学家的气质。”

“嗯，你可不能再换职业了。”

“噢，不换了。我打算一直干下去。我想到能给人看病的时候会比较喜欢这个职业的。我认为，在所有的事物中我对人最感兴趣。就我所知，这个职业是唯一有个人自由的职业。这个职业可以把知识装在脑子里，带一只手术箱和一些药，就可以走遍天下。”

“这么说你要开业当医生了？”

“反正不会太远，”菲利普回答，“一旦取得行医执照，我就搭上一条船到东方去——马来群岛、暹罗、中国，到处去旅行——同时可以找些活干。事情总是有的，比如说在印度给人治霍乱，诸如此类的一些事情。我想到各处去转转。我要去见见世面。兜里没钱要想这样做，除了干医生这行没有别的办法。”

这时他们来到了格林威治。那座著名的伊内戈·琼斯[③]的建筑雄视着泰晤士河。

“喂，看那儿，可怜的穷杰克为了几个便士肯定就是从那儿跳到泥

---

①詹姆斯·伯斯韦尔（James Boswell，1740–1795），英国作家，他与约翰逊交谊甚笃，著有《约翰逊传》，为英国传记文学中的名著。

②萨缪尔·皮佩斯（Samuel Pepys，1633–1703），英国日记作家。

③伊内戈·琼斯（Inigo Jones，1573–1652），英国著名建筑家及舞台设计家。

潭里去的。”菲利普说。

他们在公园里漫步。衣衫褴褛的孩子们也在公园里玩要，他们喊叫着，一片喧闹声。不时可以看到上了年纪的水手在晒太阳。那气氛使人恍如置身一百年前。

“你在巴黎白费了两年，好像多少有点遗憾。”海沃德说。

“白费了？看看那些孩子怎样跑，太阳光透过树林照往地上是什么样子，再看看天空吧——啊，我要不是去过巴黎，怎么会看到这样的天空呢？”

海沃德觉得菲利普哽咽了一声，他诧异地看着他。

“你怎么啦？”

“没什么。我很抱歉，自己竟他妈的这么激动，这是因为我这六个月来一点儿美的东西也没有看到。”

“你过去总是讲究实际的。现在听你这么说倒真有意思。”

“滚他妈的吧，我可不想让别人觉得有意思。”菲利普哈哈大笑起来，“让我们饱饱地吃顿茶去吧。”

65

海沃德这次来伦敦对菲利普有很大的好处。他的脑子里每天也不太翻腾米尔德丽德的那些事了。他厌恶地回顾过去的事情。他无法理解自己怎么会缠进这样丢脸的恋爱里边。当他想到米尔德丽德，就带着愤恨的心情，因为她使他对这么大的屈辱忍气吞声。这时在他想象中展现的是她的本身和态度上被夸张的缺点。一想到竟和她有过往来，他颤栗了。

“这正说明了我他妈的真够软弱。”他自言自语道。这次追求米尔德丽德乃是一次大错，就像是一个人在宴会时犯了个无法辩解的可怕错误，唯一的补救办法就是忘掉它。对自己堕落的过去的厌恶帮了他的忙。他像一条正在蜕皮的蛇一样，看到自己的旧躯壳就觉得恶心。他再次为能控制住自己而非常高兴，他认识到由于他沉迷在人们称之为爱情的那种疯狂里，当时他失去的人间的快乐可太多了，对于那种爱情他感到受够了。如果爱情是那样的，他可不想再去爱谁了。菲利普对海沃德讲了一点儿自己的这段经历。

“记得是索福克勒斯[①]，”他问，“祈求有一天他摆脱吞噬他心灵的那只情欲野兽，是不是？”

菲利普好像真的获得了新生。他呼吸着周围的空气，仿佛从来没有呼吸过这种空气似的。他像小孩子似的，对世界上每件事都觉得有趣。他把那疯狂的六个月称为“六个月的苦役”。

海沃德刚在伦敦住几天，菲利普就收到了一张原本寄到布莱克斯塔布尔去的某画廊供私人参观的请帖。他跟海沃德看展出目录的时候，发现里面有劳森的一幅画。

“大概就是他寄的请帖，”菲利普说，“去找找他，他肯定站在自己的画前面。”

这是一幅露丝·查莉丝的侧面画像，被挂在远远的一个角落里，劳森就在这幅画的附近。他戴着他那顶大软帽，穿着宽松的发了白的衣服，站在参观的时髦人群中显得有些不知所措。他热情欢迎菲利普，像以往一样滔滔不绝地讲开了：他已经来伦敦定居了，露丝·查莉丝是个轻佻的女子。他已经租了一间画室，巴黎已经没有了用武之地。他已经接受委托画一幅肖像画，最后说他们最好一起去吃饭，再好好地叙叙旧。菲利普提醒他海沃德是他的旧友，看到劳森有些被海沃德那优雅的穿着和高贵的风度唬住了，他感到有趣。比起当初在劳森和菲利普合用的那间简陋的小画室的时候，他们对海沃德的攻击要好些了。

劳森在吃饭的时候接着讲他的新闻：弗兰纳根已经回美国了，克拉顿不见了。他得出一个结论：一个人只要接触了艺术和艺术家，就没有机会干成任何事情。唯一的办法就是干脆不要同艺术和艺术家沾边。为了使这一步走得更方便，克拉顿和所有在巴黎的朋友都吵了架。他有了一种专揭人家痛处的本事，这倒使那些朋友们毅然听他声明，说他在这座城市已经住够了，他要到盖洛那去住，那是西班牙北部的一个小镇。

---

①索福克勒斯（Sophocles，公元前495–前406），古希腊悲剧家。

他坐火车去巴塞罗纳的途中看到了这个小镇就被它迷住了。他现在一个人住在那儿。

“我怀疑他是否过得好。”菲利普说。人性中有这样一面，即是要把那些在思想上还很模糊的东西努力表现出来。菲利普对于人性的这一面感到很大的兴趣，以致他的性情成了病态的，好争吵的。菲利普模糊地感到他就是这样的。但是，他的全部生活行为使他困惑不解。这是他表现自我的方法，但是他却不明白，他必须用这种方法来表现的是什么。他没有时间顺着这条思想脉络想下去。劳森正在坦率地详谈他和露丝·查莉丝的事。她离开了他，跟了一个刚从英国来的青年学生，她的行为使她声名狼藉。劳森确实认为应该有人插手这件事，把那个青年救出来。她会把他毁了的。菲利普推测劳森的苦恼主要是因为他把那幅肖像画了一半的时候他们就闹崩了。

“女人对艺术没有真正的感受，”他说，“她们只是装模作样罢了。”不过最后他还是非常客观地说：“但是，我画了她四幅肖像，我还不能肯定我正在创作的最后一幅将来究竟能不能成功。”

菲利普很羡慕这位画家处理恋爱问题的简单方式。他快乐地过了十八个月，轻易得到了一位特别出色的模特儿，最后又没有多大痛苦，和她分手了。

“克朗肖怎么样了？”菲利普问。

“咳，他不中用了。”劳森回答说，带着青年人那幸灾乐祸的神色。

“他活不过半年了。去年冬天他得了肺炎。他在一家英国医院住了七个星期，他出院的时候医院告诉他，唯一的希望就是把酒戒掉。”

“可怜的家伙。”生活有节制的菲利普微笑着。

“他戒了一阵子酒，但是他经常喝热牛奶加桔子粉，他阴沉极了。”

“我想你没有把那件事瞒着他吧。”

“唉，他自己知道那事。就在不久前他又喝开了威士忌。他说他太老了，没法再重新开始生活了。他宁愿高高兴兴地喝半年的酒死去，也不愿磨磨蹭蹭活五年。我想他近来手头紧极了。你知道，他病的时候没有一点收入，和他一块过活的那个荡妇就一直没有给他好气受。”

“我记得第一次见到他时我还特别钦佩他，”菲利普说，“我认为他了不起。说来令人恶心，这就是庸俗的、中产阶级的道德所给的惩罚。”

“他当然是个废物，他迟早会在贫民窟里死掉的。”劳森说。

菲利普感到伤心，因为劳森并没有看出这个悲剧的可怜。当然克朗肖的结局是有其因，必有其果，但是，一切的生活悲剧在于因果紧密相随的必然性。

“噢。我忘了，”劳森说，“你走后不久，克朗肖就托我转交给你一件礼物。我以为你就要回来，也就没操心这件事，而且我也觉得那礼物也不值得送。不过那件礼物会随我的行李运来的，如果你愿意，你哪一天到我的画室来把它取走就行。”

“你还没有告诉我那是什么东西哩。”

“咳，只是一小块地毯。我想这块破地毯不值几个子儿。一天我问过他，送这么个脏东西究竟是什么意思。他告诉我，他是在雷恩大街的商店里看到的，用十五个法郎买下了。它看上去像一块波斯地毯。他说你曾经问过他生活的意义，这块地毯就是回答。”

菲利普大笑。

“噢，是这么回事。我接受这个礼物。这是他喜欢说的俏皮话。他说我得自己找出答案，否则答案就没有什么意义了。”

66

菲利普功课学得很好，很顺利；他有很多事情要做。七月里他将有三门第一阶段的公共课要考试，其中有两门是他以前没有及格的。即使这样，他还是感觉到生活得很愉快。他又结识了一个新朋友。劳森当初在物色模特儿的时候，曾看中了一个正在一家剧院里当B角的姑娘，为了诱使她来给他当模特儿，他特地在一个星期日安排了一次小小的午餐会。到时候那姑娘还要带来一个女伴。因为有了她，要凑成两对，所以菲利普也被邀请了。劳森还要求他多多注意那位女伴。菲利普觉得这事情好办，因为这个女伴很爱讲话，声音悦耳。她邀请菲利普去看她。她在文森特广场有间房子，总是在下午五点的时候用茶点。他去了，他对自己受到款待感到很高兴，从此经常登门造访。

内斯比特太太，教名诺拉，不到二十五岁，个子很小，面貌虽丑，但十分开朗。她的眼睛炯炯有神，颧骨高高的，嘴巴很大，她脸上很不协调的颜色使人想起法国一位现代画家的一副肖像画。她的皮肤很白，脸颊红红的，浓重的眉毛和她的头发一样黑。她的这副外貌使人感到古怪，有点不自然，但是还不至于令人不愉快。她和丈夫分居了，自己带着孩子，靠写一些廉价小说来维持生活。有一两个出版商专门搜罗这类廉价小说，所以她拼命写作。稿费很低，一篇三万字的小说，也只能拿到十五镑。可是，她很满足了。

“不管怎么说，读者只须花两个便士就可以买到呀。”她说，“读者喜欢千篇一律的东西。我只需要把名字换一下就行了。我写腻了，就想一想我还得付洗衣费交房租、给孩子买衣服，然后硬着头皮接着往下写。”

除此以外，她还到各种剧院去找个跑龙套的角色。只要有演出，这个工作一个星期也可以挣到十六个先令到一个畿尼不等。这样一天下来，她疲倦不堪，她充分利用这艰苦的机会，敏锐的幽默感使她在窘迫的境遇中也能自得其乐。遇到时运不济，她一文钱也没有了，这时她那点儿微不足道的家当就进了沃克斯霍尔桥大街的当铺。在情况好转之前，她只好光吃面包和黄油。就这样，她还总是乐呵呵的。

菲利普对她的这种捉襟见肘的穷日子很感兴趣，她讲的那些为生活奔忙的离奇可笑的故事常使他捧腹大笑。他问她为什么不去试试写些质量较高的文学作品，她说她知道自己没有天赋，编出来的每篇几千字的蹩脚货，虽然稿费还说得过去，但也是她所能写出来的最好的东西了。她什么也不希望，只求能这样生活下去。她似乎没什么亲戚，而且她的朋友们也和她一样穷得叮当响。

“我不去想以后的事儿。”她说，“只要有能付清三个星期的房租并剩下一两镑钱吃饭，我就不去操那份心。如果我既要为目前操心，又要为以后操心，那还有什么活头。哪怕情况糟得不能再糟了，我也总觉得会绝处逢生的。”

没过多久，菲利普就每天都去她那儿喝茶，这渐渐成了一种习惯。他总要带去一块蛋糕，要不就是一镑黄油或是一些茶叶，这样他的来访就不会使她为难了。他们开始都用教名称呼对方。女性的同情心对他来说还是新鲜的东西，有人愿意听他讲讲自己的苦恼，他感到这是件乐事。几个小时一眨眼就过去了。他并不掩饰自己对她的赞赏，她是一个讨人喜欢的伴侣。他不禁把她与米尔德丽德作一番比较：一个是又犟又蠢，对凡是她不懂的都一概不关心；而另一个则有着敏锐的鉴赏力和敏捷的才智。他一想到他可能一辈子和像米尔德丽德这样的女人拴在一起，就感到沮丧极了。一天晚上，他把自己全部的恋爱史都对诺拉讲了。这个故事不能增加他的自尊心，但是得到这样动人的同情却令他感到十分快慰。

“我想你现在已经摆脱这件事了。”听他讲完了，她说。

她时常很有意思地把头像一只阿伯丁[①]小狗似的歪向一边。她坐在一把高椅子上做着针线活，她一时一刻也闲不住，菲利普舒舒服服地坐在她的脚边。

“我都没法儿告诉你，这一切都结束了，我是多么谢天谢地啊。”他深深地吐了口气。

“怪可怜的，你一定经历了难熬的时光。”她细声细气地说，为了表示她的同情，她把手放在他的肩膀上。

他拉过这只手，吻了一下，可是她却迅速地把手抽了回去。

“你这是干什么？”她红着脸问。

“你不愿意吗？”

她用那双发亮的眼睛看了他一会儿，然后笑了。

“才不哩。”

他跪着直起身来，面对着她。她一动不动地凝视着他的眼睛，她的大嘴颤抖着，挂着一丝微笑。

---

①苏格兰地名，该地所产的猎狗，名阿伯丁狗，颇有名。

“哦？”

“说真的，你是个非常好的人。你对我这么好，我太感激了。我非常喜欢你。”

“别说傻话了。”她说。

菲利普抓住她的胳膊肘，把她拉过来。她没有反抗，反而把身子轻轻地向前倾过来，他吻了吻她那鲜红的嘴唇。

“你这是为什么？”她又问。

“因为这样舒服。”

她没有回答，但是她的眼睛却露出了一种温柔的目光，她用手轻轻地理着他的头发。

“看你，你这样太傻了。我们本来是那么好的朋友。就保持这样不是挺好吗？”

“你要是真的求我规矩点儿，”菲利普回答说，“就最好别招惹我。”

她轻轻地一笑，但是她没有住手。

“我这样很不对，是吗？”她说。

菲利普看着她的眼睛，感到惊讶，又有点儿高兴。他看到这双眼睛变得柔和了，变得水汪汪的，而且有一种使他销魂的表情，他的心突然激动起来，眼睛里充满了泪水。

“诺拉，你不喜欢我，是吗？”他不相信地问。

“你这么个聪明人，怎么问这么个傻问题？”

“啊，亲爱的，我从没有想到你会喜欢我。”

他用胳膊一下子搂住她吻了起来，这时，她笑着，红着脸，又哭着，顺从地让他拥抱。

过了一会儿，他放开了她，向后坐在自己的脚上，好奇地看着她。

“啊，真该死！”他说。

“为什么呢？”

“根本没想到。”

“满意吗？”

“真美呀。”他高兴得直叫，“太棒了！太好了！太高兴了！”

他拉过她的双手，不住地吻着。对于菲利普来说，这是一个既实在又持久的幸福的开始。他们已经成了恋人，但是仍然还是朋友。诺拉身上有一种女性的本能，这种本能在她爱菲利普时得到了满足。她需要有人让她去爱抚，去责骂，去操心劳神。她有一种喜爱家庭生活的嗜好，照料他的身体和衣着，她会感到十分愉快。她怜悯他的残疾，他对自己的残疾很敏感，而她的怜悯本能地是靠对他的温情脉脉表现出来的。她年轻、强壮、健康，对她来说，把她的爱给别人似乎是再自然不过的了。她总是生气勃勃，有说有笑。她喜欢菲利普，这是因为凡是她在生活中所碰到的那些使她发笑有趣的事，他都能和她一起哈哈大笑。然而，最重要的是，她之所以喜欢他，就是因为他就是他。

当她把这话告诉他时，他笑嘻嘻地回答说："得了吧，你喜欢我是因为我不爱说话，而且从来不插嘴。"

菲利普一点儿也不爱她。他只是非常喜欢她，和她一起就使他高兴，和她谈话使他感到有趣。她恢复了他的自信心，她仿佛把软膏敷在他的心灵的创伤上。她这么关心他，使他非常满意。他钦佩她的勇气，她乐观的精神和她对命运无所顾忌的蔑视。她也有一点自己的哲学，天真而且又很实用。

"你知道，我根本不相信教会，也不相信教士，"她说，"可是我相信上帝，但我不相信上帝会管那么多，只要你做好分内的事，有力量就帮助别人。而且我认为人类都是好的，我很可怜那些不好的人。"

"你以后怎么办呢？"菲利普问。

"嗯，哦，我也说不明白，真的，"她笑着说，"不过我希望能有最好的前途。总之，不用再付房租，也不用再写小说了。"

她有女性的那种细致的讨人高兴的才能。她认为菲利普感到自己不能成为一个大艺术家而离开巴黎是个勇敢的行为，当她热情地向他表示钦佩的时候，他都有点飘飘然了。他以前一直不敢肯定他的这种行为是表示了他的勇敢呢，还是表示了他的不坚定。了解到她认为这样做是种英雄行为可真叫他高兴。她居然敢碰一碰那些连菲利普的朋友们都本能地要回避的问题。

“你对自己跛足这么敏感真是太傻了。”她说，看到他的脸涨得通红，可是她还是继续说下去，“你看，人们并不像你那样把它看得那么重要。刚一见到你时，他们会注意到，随后他们就把它忘掉了。”

他不愿回答。

“你不是在生我的气吧？”

“没有。”

她用胳膊搂着他的脖子。

“看你，我爱你才跟你说这个，我不愿意这件事使你不快乐。”

“你要对我说什么都可以。”他笑着回答说，“我多想能做点儿什么事来向你表明我是多么感激你啊。”

她换了一个方式搂住他。她不让他撒野，只要他一发脾气就嘲笑他，她使他更文雅了。

“你想叫我做什么都成。”一次他这样对她说。

“你不会在意吗？”

“不会的，我要做你喜欢的事情。”

他打心眼儿里认识到了自己的幸福。他想，凡是一个妻子能够给予的，她都给他了，而他还保持着自己的自由。她是他一生中有过的最好的朋友了。就拿她的同情心来说，他还从来没有在一个男人身上发现过哩。性关系不过是他们友谊的最强有力的纽带而已。这种事完成了他们的友谊，但并不是主要的。由于菲利普的各种喜好都得到了满足，他的情绪就稳定多了，也更容易相处了。他觉得自己完全能够控制自己了。有时候，他又想起那个冬天，那阵子他被丑恶的爱情弄得神魂颠倒。想到这些，他对米尔德丽德厌恶极了，而且也非常憎恨自己。

考试迫近了，诺拉对考试也像他那样关心。他为她的热心感到得意，同时也为之感动。她要他答应一考试完马上来告诉她结果。这一次，他没碰到什么意外，三门课的考试全都及格了。当他来告诉她时，她竟一下子流出了眼泪。

“啊，我真高兴，我都急坏了。”

“你这个小傻瓜。”他笑起来，然而他也哽咽了。

他不能不为她这样的关心而喜悦。

“现在你打算干什么呢？”她问道。

“我可以问心无愧地过一个假期了。到十月份冬季学期开学以前，我都没有什么功课了。”

“我想，你要回布莱克斯塔布尔去看看你伯父吧？”

“你完全猜错了。我打算留在伦敦和你一起玩。”

“我倒是希望你离开哩。”

“怎么？你对我厌烦了吗？”

她笑了起来，然后把手放在他肩膀上。

“因为你一直这么用功，看你的模样都憔悴得不成样子了。你需要呼吸一下新鲜空气，好好休息一下。还是走吧。”

他好一会儿没有回答，用一双充满爱意的眼睛看着她。

“你知道，我真没想到这话会出自你的口。你一心想的都是为我好。我还真不知道我有什么值得你这样待我的。”

“等咱们分别了一个月，你还会说我的好话吗？”她快活地笑起来。

“我要说的是：你有头脑，心眼儿好，而且又不苛求别人，你从不发愁，不讨人嫌，总是高高兴兴的。”

“都是闲磨牙的话，”她说，“不过，有一点我愿告诉你：在我周围的少数几个人中，我是一个最善于从经验中学习的人。”

67

菲利普焦急地盼着赶快回伦敦去。在布莱克斯塔布尔度过的两个月的时间里，诺拉经常给他来信。每封长信都是用粗大的字体写的。在信中，她用快乐而幽默的口吻描述了身边的日常生活中的琐事。女房东的家庭纠纷，许许多多的笑料；她在排练节目时滑稽可笑的窘态——她正在伦敦一家剧院的重要剧目中跑龙套——还有同小说出版商的一段离奇的经历。这期间，菲利普读了很多的书，洗澡，打网球，坐船出海。十月初，他来到伦敦住下，准备他的第二阶段的公共课考试。他急于要通过考试，只要考试通过，全部枯燥无味的课程便结束了。学生们通过考试后便当一名门诊医士，那时他们就不光和课本打交道，而且还要和男人们、女人们打交道。菲利普每天都去看诺拉。

这个夏天，劳森一直待在普尔，他画了好多码头和海滩风光的写生去展出。他接受了两幅肖像画的委托，打算在伦敦住下去，直到当地光线不好，没法画了的时候再走。这时海沃德也在伦敦，他想到国外过冬，但只是因为拿不定主意才一个星期又一个星期拖着没走。海沃德这两三年来发胖了——菲利普与他在海德尔贝格初次相见到现在已经有五个年头了——他的头顶过早地秃了。他对自己这么早就秃顶十分敏感，所以他把头发留得长长的，盖在不光彩的秃顶上，让别人看不出来。他的唯一安慰就是他的眉毛仍然显得很高贵。他那蓝蓝的眼睛已经褪了色，总是无精打采地低垂着。他的嘴唇失去了青春的丰满，变得松弛而苍白。他还是那样含含糊糊地谈将来的打算，但是可信的话不多。他意识到朋友们已经不再相信他了，他两三杯威士忌一下肚，人就变得哀伤极了。

“我完了。”他低声抱怨着，“我适应不了这么残酷的人生斗争啊。我唯一能做的就是靠边儿站了，让那些庸俗的人们去打去闹，去争名夺利吧。”

他给人一种印象，好像失败比起成功来要更体面，更优雅。他巧妙地暗示，他之所以与世无争，是出于对一切平庸的以及一切等而下之的事情的厌恶。他漂亮地谈论柏拉图。

“我想你现在应该已经把柏拉图琢磨透了吧。”菲利普不耐烦地说。

“你这样想吗？”他问，把眼睛抬起来。

他不愿意去谈论这个问题。近来，他发现沉默最能表现一个人的尊严。

“我真看不出来，总是没完没了地读同一样东西，有什么用。”菲利普说，“这只不过是一种貌似勤劳的懒惰而已。”

“你真的觉得你自己有个了不起的头脑吗？你只需读一遍，就能了解那些最深刻的作家吗？”

“我不要去理解他，我不是个批评家。我并不是为了他而对他感到兴趣，我是为了我自己。”

“既然如此，你为什么要读书呢？”

“一部分原因是为了快乐，读书是我的一种习惯，如果我不读书，就像没有抽烟一样感到不舒服，另一部分原因也是要了解我自己。我在看一本书的时候，似乎只是在用眼睛看，但是有时我经常碰到一段话，或者只是一句话，这一段一句却成了我自己的一部分。我在书本中得到了对我有一点用的东西，如果我再读上十几遍，我也不能多得到一点什么。告诉你，在我看来，人就像一朵没有开放的花蕾，一个人读到的大部分书对他所做的大部分事情一点儿影响也没有。但是书中却有某些东西对一个人有着特殊的意义，这些东西催发出一个花瓣，花瓣一个接一个张开，最后就会开出花朵来。”

菲利普对自己的这个比喻不太满意，可是他又不知道怎么解释那些他感觉到了但还不是很清楚的东西。

“你想干一番事业，想当个什么人物喽。”海沃德耸耸肩说，“真是庸俗透了。”

现在菲利普非常了解海沃德了，他又懦弱又虚荣，他虚荣得叫你总是得小心翼翼不要伤害了他的感情。他把自己的游手好闲同理想主义混为一谈，以至于他都不能将两者区分开来。一天，他在劳森的画室里遇到一位记者，那位记者被他的一席谈话迷住了。过了一个星期，一家报纸的编辑给他来了封信，请他给报纸写些评论文章。海沃德足足有四十八小时坐卧不安，拿不定主意。他过去老是说有机会他要从事这种工作，所以他也就不好意思直截了当地拒绝人家。但想到要他动手去干什么事，他又惊慌失措了。最后，他还是谢绝了这个要求，这才松了一口气。

“不拒绝的话，就会打乱我自己的事情。”他对菲利普说。

“什么事情呀？”菲利普毫不客气地问道。

“我的内心生活呗。”他答道。

然后，他又接着说起了关于日内瓦大学教授米尔的轶事：那位教授没有取得他的才华可以达到的成就，他去世之后，其中的原委马上从他详尽的、绝妙的日记中透露了出来，这笔记是在他的文件中发现的。海沃德高深莫测地微笑着。

然而，海沃德还是很能谈笑风生地谈论书籍的。他的趣味很高雅，辨别力也很出色。他一直对思想有着持久的兴趣，这一点使他成为一个有趣的伙伴。不过其实这些思想对于他并没有什么意义，因为它们对他从来就没有发生过作用。他对待这些思想也如同对待从拍卖行买来的几件瓷器一样，出于对它们的形状和釉彩的喜爱而拿在手里来玩一番，在心里估估它们的价钱，然后又重新放回盒子里去，以后就再也不去想它们了。

但是正是海沃德有个重大的发现。一天晚间，稍稍准备了一下，海沃德就带着菲利普和劳森来到一家坐落在比克街上的酒馆。这家酒馆闻名不仅是由于它本身的历史悠久——它还保留着十八世纪的那些使人产生浪漫遐想的光荣的回忆，而且也是由于它的鼻烟而闻名遐迩。这家酒馆的鼻烟是伦敦最好的，但最重要的还是它的果子酒，这种酒使它享有盛誉。海沃德引他们走进一间又大又长的房间，它昔日的豪华还依稀可辨，墙上挂着几幅巨大的裸体女人油画：这些画是海顿画派[①]的巨幅仿制品。不过烟雾、煤气灯和伦敦的空气倒给这些画儿平添一种浓艳富丽，使它们看上去像是出自大师的手笔。深色的镶板，粗大的、失去了金色光泽的柱子，还有那些桃花心木的餐桌，这一切都使这房间有着一种舒适豪华的气派。沿墙摆着的皮面座位柔软而舒适。一进门，迎面的桌子上摆着一只公羊头，里面盛着久负盛名的鼻烟。他们要了甜果子酒喝起来。这是一种热的甜果子酒。这酒的妙处笔墨难以形容。那些朴素的词汇，那些描写酒的性质的寥寥可数的几个形容词远远不能胜任；而华丽的辞藻，珠光宝气、异国情调的语言也不过使人产生出生动的幻想罢了。这种甜果子酒可以把血温热，使头脑清醒，它可以使人的灵魂充满安宁；它可以启发人的思想，使人的谈吐转瞬之间变得字字珠玑，而且也能够使你对别人的妙语心领神会；它有着音乐般的朦胧，又有着数

①本杰明·罗伯特·海顿（Benjamin Robert Haydon，1786–1846），英国历史画家。

学般的严谨。它只有一个特性可以拿来同其他东西相比，它有着好心肠的温暖，而它的味道、它的气味、它的感觉都是语言无法描绘的。要是查尔斯·兰姆[1]那时做过更大的努力，他是有可能以他超群的艺术把当时生活的动人景象描绘出来的；要是拜伦勋爵在写《唐·璜》[2]的时候，敢于知其不可为而为的话，他是可以取得更崇高的成就的；要是奥斯卡·王尔德在拜占庭的锦缎上多堆一些伊斯法罕[3]的宝石，他完全可以创造出更动人心魄的美来。就这点而论，思想由于梦想埃拉加巴卢斯[4]的盛筵而头晕目眩了。德彪西[5]的精湛巧妙的和声同散发着陈腐气味和芳香气息的英雄传奇的箱子混杂在一起，而那些箱子现在已经被用来贮放旧衣服、古人的轮状皱领、旧时的紧身裤、紧身上衣了。还有那已被遗忘了的一代人的浪漫传奇以及那空谷幽兰的馥郁芳香，硬干酪的令人垂涎欲滴的香味。

海沃德能发现这家可以买到这种妙不可言的饮料的酒馆，是因为他在街上遇见了一个名叫麦卡利斯特的过去在剑桥的同学，是他告诉海沃德有这样一家酒馆的。他是一个证券经纪人兼哲学家，他每个星期总要光顾一次这家酒馆。没多久，菲利普、劳森和海沃德也成了习惯，每星期二晚上都要在这家酒馆聚会。社会风俗的改变使这家酒馆已经不像过去那样门庭若市了，这样一来反倒方便了那些喜欢聊天的人。麦卡利斯特是个大块头，他身体的宽度反使他的个子显得太矮了，一张大胖脸，说起话来声音柔和悦耳。他是康德的学生，而且判断任何事情都是从纯粹理性的观点出发。他总是动不动就搬出他的那一套学说来。菲利普激动地怀着极大的兴趣听着他讲。他早就得出这么一个结论，最使他感到高兴的莫过于形而上学了，但是他不能肯定形而上学对日常生活能有多大用处。菲利普过去在布莱克斯塔布尔经过深思熟虑曾得出个简洁

①查尔斯·兰姆（Charles Lamb，1775–1834），英国散文家、文艺批评家。

②《唐·璜》（*Don Juan*），英国浪漫主义诗人拜伦的一部著名长诗（写于1818–1823）。

③伊斯法罕（Ispahan），古波斯地名，今在伊朗。

④埃拉加巴卢斯（Elagabalus，204? –222），罗马帝国皇帝。

⑤阿希尔-克劳德·德彪西（Achille-Claude Debussy，1862–1918），法国作曲家。

的小哲学体系，在他为米尔德丽德而神魂颠倒的时候，这个体系并没有什么显著的用途。他不能相信理性对处理生活中的事情有很大的帮助。在他看来，生活自己独立存在。他生动地回忆起，那时猛烈的激情在控制着他，他无能为力，仿佛他被绳索紧紧地缚住掼在地上，挣扎不脱。他在书本中曾读到过许多精辟的思想，但是他只能根据自己的经验去判断（他也不知道别人是不是也像他这样）。他从不考虑一个行为的正反两个方面，如果他这样做的话，无疑会获益匪浅的，疏忽大意就可能导致祸害。可是，他的全部身心都受到某种力量不可抗拒的推动。他并不是靠他身体的某一部分来行动，而是作为一个整体来行动的。那股控制他的力量似乎同理性毫无关系，而理性的全部作用只是为他指出一个途径，以达到他全部灵魂追求的目标。

麦卡利斯特的话又使他想起了"绝对命令"：

"行动起来，应该使你的每一个行为成为一切人普遍行为的准则。"

"依我看，这种说法纯粹是无稽之谈。"菲利普说。

"你是个狂妄的家伙，竟敢对伊曼纽尔·康德的思想说这种话。"麦卡利斯特回击他说。

"那又怎么样？把某一个人的话奉若神明是一种愚不可及的行为。在这世界上我看到过的顶礼膜拜可太多了。康德思考问题，不是因为他正确，而只是因为他是康德罢了。"

"那么，你反对'绝对命令'的什么呢？"

（他们谈论着，仿佛各个帝国的命运都到了危险关头。）

"'绝对命令'表明：一个人可以通过意志力去选择他自己的道路。而且它还认为，理性是最可靠的向导。为什么听命于'绝对命令'就一定比听命于感情更好呢？两者不一样，仅此而已。"

"你好像满足于做个你自己感情的奴仆。"

"是奴仆，因为我自己也没办法，但并不满意。"菲利普笑着说。

他说着，想起过去驱使他去追求米尔德丽德的那种炽烈的疯狂。他记起，他曾对这种疯狂感到十分恼怒，也曾感到这种疯狂是很大的堕落。

“谢天谢地，现在我挣脱了这一切。”他想道。

不过即使在他这么说的时候，他也一点儿也不敢肯定自己说的是不是真心话。当他在热情的影响下，他感到自己有一种奇异的活力，而且他的思想也受到了一个不可思议力量的推动。他更加生气勃勃，光是存在就使他激动，有一种心灵的澎湃热情，相形之下，现在的生活显得有点儿黯然失色了。尽管经受了一切苦难，他在那种种急流冲泻、压倒一切的生命的感觉中得到了补偿。

菲利普在讨论到意志自由时，他就理屈词穷乱了章法，而麦卡利斯特以他那出色的记忆把论据一个接着一个地提出来。他具有一个酷好辩证法的头脑，他步步紧逼使菲利普自相矛盾，他把他逼到了山穷水尽的地步，菲利普只有缴械投降才能脱身。他运用逻辑挑他的字眼儿，引经据典地对他实行重炮轰击。

最后菲利普说：

“好吧，对别人我没有什么好说的。我只能说说我自己。在我的头脑中，自由意志的幻想特别强烈，无法摆脱，可是我相信那不过是幻想罢了。然后，这个幻想是我自己行为的最强大的动力。在我做什么事情之前，我认为自己有选择权，而且它会影响我所做的事情。可是后来，事情做完了，我相信这事情又是永远不可避免的。”

“那么，你得出了什么结论呢？”海沃德问。

“噢，也就是后悔无济于事。打翻了牛奶，哭也没用，因为宇宙间的一切力量都在处心积虑地要把牛奶打翻。”

68

一天早晨，菲利普起床时觉得头晕，就又回到床上躺下了。他突然明白自己这是病了。他胳膊和腿疼起来，浑身冷得发抖。房东太太给他送来早餐的时候，他隔着那扇敞开的门喊她，告诉她自己有些不舒服，请她拿一杯茶和一片烤面包来。过了几分钟，有人敲他的房门，格里菲思走了进来。他们已经在同一所公寓里住了一年多了，可是他们的交情仅仅限于在走廊里互相点点头。

“喂，听说你不舒服呀。”格里菲思说，“我想还是来看看你到底是怎么啦。”

菲利普也不明白自己为什么脸红了起来，他没有把自己的病当回事，以为过一两个小时就会好了。

“喂，还是让我给你量量体温吧。”格里菲思说。

“根本用不着。”菲利普烦躁地回答说。

“来吧。”

菲利普把体温表含在嘴里，格里菲思在床边坐了下来，轻松愉快地跟他说了一会儿话，随后拿出体温表看着。

“喏，瞧瞧吧，老兄，你一定得卧床休息，我去叫老迪肯来给你看看病。”

“别胡扯了，没什么大不了的。你不要给我找事儿好不好。”

“这怎么是给你找事呢？你都发烧了，必须卧床休息。你不要起来，行吧？”

他对菲利普的态度有着一种特殊的魅力，严肃和慈爱兼而有之，迷人极了。

“你已经学会了很好的在病房工作的态度了。”菲利普小声嘀咕了一句，笑了一下，闭上了眼睛。

格里菲思给他抖抖枕头，麻利地拉平床单，塞好被子。他到菲利普的起居室里去找苏打药水，没有找到，就回自己的房间去拿了一瓶。他把百叶窗放了下来。

“好，你睡吧，那老头一查完病房，我就把他叫来。”

一直没有人来，菲利普觉得过了好几个小时似的。他的头好像被刀劈开了，四肢撕裂般的疼痛，他真担心自己会哭起来。这时门响了，健壮而又快活的格里菲思走进来。

“迪肯大夫来了。”他说。

医生走上前来，他是个长者，举止和蔼可亲，菲利普过去只是见过他的面而已。他稍微问了几句，简单地检查了一下就做出了诊断。

“你认为是什么病？”他笑着问格里菲思。

“流行性感冒。”

“完全对。”

迪肯大夫四下里打量了一下这间破烂的寄宿公寓的房间。

“你去住院怎么样？他们会把你安置在一个单人病房里的，你在那儿可以得到比在这儿好得多的照顾哇。”

“我看还是待在我自己这儿好。”菲利普说。

他不希望别人打搅他。再说，他到了一个新的环境总是感到非常腼腆。他不愿意护士为他忙这忙那的，而且医院也太干净了。

“我可以来照顾他，先生。”格里菲思马上说。

“哦，那就这样吧。”

他开了药方，又嘱咐了几句就走了。

“你现在得完全听我的。”格里菲思说，“我现在是集白班和夜班护士于一身。”

“你真是太好了，可是我什么也不需要。”菲利普说。

格里菲思把手放在菲利普的额头上，他的手又大又凉又干燥。他觉得这只手摸着额头很舒服。

“我这就把方子拿到药房去拿药，然后我就回来。”不大一会儿他把药取回来，让菲利普吃了一剂。接着他上楼取书去了。

“今天下午我在你房里学习，没关系吧？”他回来时说，“我把门开着，你有什么事就喊我一声。”

天快黑的时候，菲利普从昏昏沉沉中醒来，这时他听到在他的起居室里有人在说话，是格里菲思的一个朋友来看他。

“喂，你今天晚上还是不要来了。”他听格里菲思说道。

那人走了以后，过了有一两分钟，又有另外一个人来了，那人表示在这里找到格里菲思很奇怪。菲利普听见格里菲思在解释：“我现在正在护理一个二年级同学，他就住在这儿。这个可怜的家伙患了流行性感冒躺下了。今天晚上惠斯特牌玩不成了，老兄。”

过了一会儿，只剩下格里菲思一个人了，菲利普就叫他：

"喂，今天晚上你们还是玩你们的吧，嗯？"他要求说。

"这不是为了你。我得做我的外科功课哩。"

"别取消聚会了。我会好的，你不必为我担心。"

"好的，好的。"

菲利普的病情越来越重了。到夜里，他已经有些说胡话了。凌晨他醒来了，他睡得并不踏实。他看到格里菲思从扶手椅上站起来，在炉子前跪下，用手指一块一块往火里添煤。他穿着睡裤和一件晨衣。

"你在这儿干什么呢？"他问。

"我把你弄醒了吧？我打算加点儿煤，没想到弄出声来了。"

"你怎么没有睡？什么时候了？"

"差不多五点吧。我想今天晚上还是来陪你的好。我拿来了一把扶手椅，因为我想，要是我睡在床上会睡得很熟，如果你想要什么东西我就会听不见了。"

"我希望你对我还是不要太费心了。"菲利普无可奈何地说，"你明白我的意思吗？"

"那你以后也照顾我不就得啦，老兄。"格里菲思笑了一下说道。

早晨，格里菲思把百叶窗打开。他看护了一夜之后，脸色显得苍白而疲倦，不过他精神很好。

"来，我给你洗一洗吧。"他笑眯眯地对菲利普说道。

"我自己能洗。"菲利普不好意思了。

"别说废话了。你要是住小病房的话，护士也要给你洗的。干这种事我并不比护士差。"

菲利普太虚弱，太可怜，无力反抗。他让格里菲思洗了手、脚、胸部和背。他的动作温柔，同时说着亲切友好的话语。然后他像他们在医院一样换了床单，抖了抖枕头，整理好了被褥。

"阿瑟护士长来找我就好了，就可以叫她给你看看了。迪肯一大早会来给你看病的。"

"我真不明白你为什么对我这么好。"菲利普说。

"这对我也是很好的实践嘛。有一个病人照料也怪好玩的哩。"

格里菲思给他吃了早餐，出去穿衣服吃东西去了。还差几分钟到十点的时候他回来了，还带来一串葡萄和几枝鲜花。

“你真是太好了。”菲利普说。

他在床上一连躺了五天。

诺拉和格里菲思轮流来看护他。虽然格里菲思与菲利普年龄不相上下，可是他却以一种诙谐的慈母般的态度对待菲利普。他是个思想丰富的人，文雅而又鼓舞人；可是他最可贵的品质还在于他身上有一种活力，不管是什么人只要一接触他，好像他的那种活力就可以使人病痛全除，恢复健康了。菲利普不习惯大多数人从母亲或姐妹那里得到的那种抚爱，这个健壮的青年人女性般的温柔体贴深深地感动了他。菲利普的病渐渐地好了。打这以后，格里菲思没事总到菲利普的房间里来坐坐，讲些风流艳遇一类的故事叫菲利普开心。他是个到处寻花问柳的家伙，而且能够同时进行三四起这种事。为了摆脱纠缠，他不得不玩弄种种手腕，听着真让人拍案叫绝。他有一种无论遇到任何事情都能施展罗曼蒂克的魔力的本领。他债台高筑，狼狈不堪，凡是值点儿钱的东西都拿去典当了，可是他照样是快活乐天，大手大脚地花钱，慷慨大方。他生来就是个冒险家。他喜欢那些形迹可疑和图谋不轨的人。他认识的人中有不少是那些经常出入于伦敦酒吧的流氓无赖。轻浮放荡的女人也向他倾诉她们生活中遇到的烦恼、困难和成功，把他当做亲朋好友；那些牌桌上的骗子也体谅到他没有钱的苦衷，破费请他吃饭，还把五镑五镑的票子借给他。他的考试接二连三不及格，而他却对此满不在乎。他的父亲是一个在利兹的开业医生。格里菲思对父亲的规劝总是装出一副规规矩矩的可爱样子，满口应承，他父亲也就不忍心真的跟他生那份气了。

“在读书上我是个大笨蛋，”他乐呵呵地说，“我就是功课温习不下去。”

他生活得非常快乐。不过有一点是确实无疑的，等他度过了他的青春年华，最后取得了医生资格证，他就会在事业上取得很大的成功。光凭他风度上乐观的魅力就可以包治百病。

菲利普很崇拜他，就像他在学校时崇拜那些个子大、为人正直、精神饱满的同学一样。到他的病完全好了时，他们就成了十分亲密的朋友。格里菲思似乎很喜欢来他那小小的起居室里坐坐，讲些令人发笑的话来帮菲利普消磨时间。他们不停地抽着烟，对此菲利普满意极了。菲利普带他去过几次摄政大街附近的那家酒馆。海沃德认为他蠢头蠢脑的，可是劳森却看到了他的魅力，渴望给他画张像。他的体形美好，有着一双蓝蓝的眼睛，白皙的皮肤，卷曲的头发。他经常听不懂他们讨论的东西，他就静静地坐在那里，俊秀的脸上温和地微笑着，似乎感到，他的在场正是他为这伙人助兴所做的最好贡献。当他知道了麦卡利斯特是个证券经纪人的时候，就马上凑上来急切地向他打听行情；而麦卡利斯特带着严肃的微笑告诉他，倘若他在某个时候买了某种股票，他就能够发一笔大财了。菲利普听得直咽口水，不管他如何节省，他总是入不敷出。如果能用麦卡利斯特建议的那种轻而易举的方法弄到一小笔钱，对他倒是再合适不过了。

“等下次我听到了确实的好消息一定告诉你。”这位证券经纪人说，“机会总会有的，问题是要等待时机。”

菲利普情不自禁地想，要是能赚它五十镑，那将是何等惬意的事啊。这样，他就可以给诺拉买一件她冬天急需的皮大衣了。他到摄政大街商店看过，而且选好了那笔钱能够买到的物品。她什么东西都应该得到，因为她使他的生活很愉快。

69

一天下午，菲利普像平时那样，到诺拉那里喝茶之前先回寓所去，洗一洗，换换衣服，当他拿出钥匙开门时，房东太太给他把门打开了。

“有位小姐正在等着你哩。”她说。

“等我？”菲利普惊叫起来。

他吃了一惊，那只能是诺拉，他不明白她为什么来这儿。

“我本不该让她进来，只是因为她都来了三次了，而且好像有什么急事非要找你，我这才叫她等等你的。”

他撇下正在解释的房东太太，一下子冲进屋里去。他的心马上变得沮丧了：是米尔德丽德。她正坐着，一看他进来，慌忙站了起来。她既没有朝他走过来，也没有说话。他太诧异了，甚至都不知道自己说的是什么。

“你到底要什么？”他问。

她没有回答，哭了起来。她的手没有去擦眼泪，而是垂了下来。她那样子就像是个来找工作的女佣人。她的态度表现出受到了巨大的屈辱。菲利普也说不清自己心里是什么滋味。他一时冲动真想一转身从屋里逃出去。

“我以为再也见不到你了哩。”他终于开口了。

“我但愿死了的好。”她呻吟着说。

菲利普听凭她站在原地。此时此刻他想到的只是镇静自己。他的膝盖一个劲儿地发抖。他望着她，绝望地叹了口气。

“发生了什么事吗？”他问。

“他把我甩了——艾米尔。”

菲利普的心怦怦直跳。他知道这时自己还像过去那样狂热地爱着她。他从来就没有不爱她。她站在他面前显得谦卑，毫无自卫能力。他真想把她搂过来，在她泪水涟涟的脸上吻个遍。哦，他们已经分别了这么长的时间了！他简直不知道自己是怎么熬过来的。

“你还是坐下吧。我给你弄点儿喝的。”

他拖把椅子到炉子旁，她坐在椅子上。他给她配制了威士忌和汽水，她一边抽噎着一边喝。她用那双哀伤的大眼睛望着他，眼睛下有两道粗大的黑晕。她比起他最后见到她时瘦多了，也更苍白了。

“我多么希望上次你提出结婚时我嫁了你呀。”她说。

不知道为什么，这番话好像使他心里感到很得意。过去他克制自己和她保持着一段距离，这时他忍不住走了过去，把手搭在她肩膀上。

“你遇到这样的不幸，我真是难过极了。”

她把头依偎在他的胸前，歇斯底里地号啕大哭。她嫌帽子碍事，把它摘掉了。过去，他做梦也想不到她能哭得这样厉害。他一遍又一遍地吻着她，这似乎使她平静一些。

“你总是对我这么好，菲利普。”她说，“所以我知道可以来找你。”

“告诉我，发生了什么事？”

“噢，我不，我不。”她尖叫起来，从他的怀里挣开。他在她的身边跪下来，把脸贴在她的脸上。

“你难道不知道，你没有什么话不能对我讲吧？不论发生了什么事，我都不会责备你的。”

她把事情的经过一点一点地告诉了他，有时她抽泣得太厉害，他几乎都没有听明白。

“上星期一，他到伯明翰去了，他答应我星期四就回来，可他根本没回来，到星期五他还是没回来，所以我就写信问是怎么回事，可他一直不给我回信。后来我又写信说，要是再接不到他的信我就去伯明翰找他。今天早晨我接到一封他的私人律师寄来的信，信上说我没有权利这样要求他，如果我再缠着他不放，他就要提请法律保护。”

“可是这也太荒唐了。”菲利普叫了起来，“一个男人怎么可以这样对待自己的妻子呢？你们吵架了吗？”

“唉，吵了，星期日我们吵了一架，他说他讨厌我，他以前也这么说过，可是都还回来了。我没想到他真是那个意思。因为我告诉他孩子就要出生了，所以他吓坏了。很长时间我尽量不让他知道这件事。后来，我是不得已才告诉他的。他说这都是我不好，还说我原来应该更懂事一些。你听听，他竟对我说这种话！不过我马上看出来了，他根本就不是个绅士。他一个小钱也没有留给我，他也没有交房租，我没有钱付房租，那个房东太太就对我说那样的话——哼，她说话的那种口气好像我是个贼。”

“以前我还认为你们打算租一套房间哩。”

“他这么说过，可是我们只是在海伯里租了套带家具的房间。他那么小气，他说我花钱大手大脚的，他不给我钱，让我拿什么浪费呀？”

她有个特点，说话不分轻重主次。菲利普都听糊涂了。整个事情简直让他费解。

“没人有这么混账了！”

"你不了解他。哪怕他来找我，就是跪下来求我，我现在也不回他那儿去了。我真傻，竟没有想到他是这种人。再说啦，他也不是像他说的能挣那么多钱。他跟我说的都是瞎话！"

菲利普想了一会儿。他被她的痛苦深深打动了，这样的痛苦简直是他想不到的。

"和我一起去伯明翰好吗？我可以去找他，设法把这事解决好。"

"哎，没有那个可能了。现在他绝不会再回来的，我了解他。"

"但是他必须赡养你啊。他不能连这个都不管。对这类事情我一点儿也不懂，你最好去找一个私人律师。"

"我怎么找啊？我连钱都没有。"

"钱包在我身上了。我给我的私人律师写个条儿，那个爱好运动的人是我父亲的遗嘱执行人。现在你就同我一起去好吗？我想他还会在他的事务所的。"

"不用了，你给他写封信。我拿着信自己去。"

这时她稍稍冷静些了。他坐下来写了一个便条。然后他想起她已经没有钱了。幸好他前一天兑换了一张支票，可以给她五镑钱。

"你对我太好了，菲利普。"她说。

"我很高兴能为你做点事情。"

"你还喜欢我吗？"

"和以前一样喜欢。"

她撅起嘴唇来让他吻了一下。她这么服帖顺从，他以前还从来没有见过哩。这个吻值得他所受到过的一切痛苦。

她走了，他发觉她已经在这儿待了两个小时。他感到非常快乐。

"小可怜，小可怜。"他喃喃地自言自语，他在心里燃烧着比以前还要强烈的爱情。

八点左右来了一封电报，他这才想起诺拉。他没有拆开电报就知道这是她拍来的。

"出了什么事？诺拉。"

他不知道怎么办，也不知道该怎么回答她。她这时正在为一个剧院跑龙套，他可以等剧演完了去接她，像有的时候那样陪她蹓跶着回家去，可是他打心眼里不愿意这天晚上同她会面。他想给她写封信，可是他又无法使自己像往常那样用“最亲爱的诺拉”来称呼她。他决定回复一封电报：

“抱歉，离不开。菲利普。”

他眼前浮现出她的模样。他有些讨厌那张难看的小脸，颧骨那么高，颜色那么难看，她的皮肤是那么粗糙，想起来都叫他起鸡皮疙瘩。他知道电报发出去以后，他还得接着采取某种行动，可是，无论如何，电报把行动推后了。

第二天他又发了一封电报：

“遗憾，不能前往。容再告。”

米尔德丽德曾提出她这天下午四点钟来，而且他也不愿意对她说这个钟点不方便。终究是她先约他的。他像热锅上的蚂蚁似的等待着她。他在窗口看着，见她来了就亲自去开门。

“怎么样？见到尼克森了吗？”

“见到了。”她回答，“他说这事不好办。什么办法也不成。我只能咬着牙忍受了。”

“可是，这是不可能的呀。”菲利普叫起来。

她疲惫不堪地坐下。

“他没有说出什么理由吗？”他问。

她把一封皱皱巴巴的信递给他。

“给你的信，菲利普。我根本没有想到这些。昨天，我没法告诉你，真的没法告诉你，艾米尔没有和我结婚，他不能和我结婚。他已经有妻子，而且还有三个孩子了。”

菲利普感到一阵突如其来的嫉妒和剜心的痛苦。这几乎超出了他能忍受的限度。

“所以我没法回到我婶婶那儿去。除了你这儿，我没地方可去了。”

“又是什么使你跟他走的呢？”菲利普问，他为了镇定些，拼命压低声音问。

“我不知道。起初我不知道他已经结婚了，后来他告诉了我，我就当面骂了他一顿。然后，我好几个月不见他，但他又到茶点店来求我，我不知道我是怎么鬼迷心窍的。我觉得自己好像是没办法拒绝他。我得跟他一块儿走。”

“那时你爱他吗？”

“我说不上来。听他说的那些话我总忍不住要乐。有的是关于他自己的事——他对我说，绝不会让我后悔的，他答应每个星期给我七镑——他说他那时挣十五镑，这全是撒谎，他没挣那么多。那阵子我讨厌每天早晨都要去店里上班，而且又和我婶婶处得很不好，她总想把我当佣人使唤，而不是把我当一个亲戚看待，说我应该打扫自己的房间，要是我不打扫，没有人会给我打扫的。唉，真希望没这事。可是，当他来店里求我的时候，我感到自己也没法子了。”

菲利普从她身边走开了，他在桌子边坐下来，把手蒙在脸上，他觉得受了可怕的屈辱。

“你不是在生我的气吧，菲利普？”她可怜巴巴地问。

“没有。”他回答说，抬起头来，但是没有看她，“我只是伤心极了。”

“为什么？”

“你知道，我是那么爱你。只要你爱我，我什么事都肯干。我以为你不会去爱别人的。可是我万万没想到你竟会为那个下流坏心甘情愿牺牲自己的一切。我不知道你怎么会看上他。”

“我太对不起你了，菲利普。我向你保证，后来我后悔极了。”

他想起了艾米尔·米勒，还有他那惨白的病怏怏的脸色，那对狡猾的蓝眼珠儿，还有他表现出来的那种油头滑脑，他总是穿着件鲜红的丝织背心。菲利普叹了口气。她站起身走了过来，搂住他的脖子。

“你说过娶我的，我永远也不会忘记，菲利普。”

他握住她的手，抬头看着她弯下身来吻他。

“菲利普，要是你还想要我的话，现在你让我干什么都成。我知道，你是个十足的绅士啊。”

他的心仿佛停止了跳动。她的话使他感到厌恶。

“你真是太好了，可是我不能。”

“你不再爱我了吗？”

“爱的，我全心全意地爱你。”

“那么，如今有了机会，我们为什么不能快快活活地在一起呢？你知道，现在已经不碍事了。”

他挣脱了她。

“你不明白。自从见到你以后，我就爱上你了。而现在——有了那个人。不幸，我的想象力很丰富。一想到这些简直就让我恶心。”

“你可真有意思。”她说。

他又拿起她的手来，对她笑了笑。

“你千万不要认为我薄情寡义。我对你的感情永远没有完，不过你知道，那时我也没办法。”

“你是个好朋友，菲利普。”

他们继续谈着，很快他们就又恢复了旧日的那种亲密关系。天渐渐地晚了。菲利普提议一块儿去吃饭，然后再到音乐厅去。菲利普得劝她去，因为她认为她的行动应当和她的处境相一致，她本能地感觉到到娱乐场所去与自己悲惨的情况不合适。最后，菲利普说请她去就算是为了使他高兴，当她能把去娱乐场所看做是一次自我牺牲时，她才答应了。她比以前会体贴人了，这一点菲利普很高兴。

她要他带她去索霍大街上他们以前三天两头去的那家小饭馆。他对她真是感激不尽，她的提议表明幸福的回忆同这家小饭馆联系在一起了。吃饭过程中她变得高兴多了。从街角上那家小酒店买来的勃艮第葡萄酒把她的心温暖了，她也忘了自己应该保持着哀伤的表情。菲利普认为这时可以好好说说她以后的那些事了。

“我想你现在连一个子儿都没有了吧？”他抓住这个大好时机问道。

“只有昨天你给我的那些了，而且还得拿出三镑给房东太太。”

“这样吧，最好你拿着这张十镑的先花着。我再去找我的私人律师，叫他给米勒写信。我相信，我们准能从他那儿挤出点儿东西来的。要是能从他那儿弄出一百镑来，这钱就可以够你维持到孩子生下来了。”

“一个便士我也不拿他的，宁可饿死。”

“可是，他在你危难的时候抛弃不管，也太不像话了呀！”

“我还有自尊心哩。”

这让菲利普可有些为难了。他自己的那笔钱一定得精打细算，才能维持到他取得医生资格证，而且还得有些积蓄准备以后在这所医院或是其他医院当住院内科医生和住院外科医生时做自己的生活费。可是米尔德丽德已经告诉他艾米尔的刻薄吝啬，他也不敢去规劝她，以免她也指责他不够慷慨大方。

“他的一个便士我也不要。我宁肯马上就去讨饭也不要他的钱。我很早就一直在找工作，不过就我目前这种状况来说，工作是不合时宜的。一个人总得考虑自己的身体情况，你说是吧？”

“你用不着为眼下犯愁。”菲利普说，“在你能够再工作之前，我能满足你的一切需要。”

“我说我可以指望你嘛。我跟艾米尔说过，不要以为我没处可去了。我对他说过，你才是个十足的绅士。”

菲利普逐渐了解到他们是怎么离异的了。事情是这样的：那个家伙的妻子发现了他定期到伦敦去原来是有了外遇，就去找了雇用他的那家商号的老板。她威胁着要和他离婚，他们声称，如果她同他离婚的话，他们就要辞退他。他非常疼爱他的孩子。一想到和他们分开他就受不了。当他必须在妻子和情妇之间做出选择的时候，他还是选择了妻子。过去他总是极力希望他们不要有孩子，否则这问题就变得复杂了；后来米尔德丽德见这事再也瞒不住了，就把事实真相告诉了他，他吓得慌了手脚。他找碴儿同她大吵了一通，二话没说就扔下她跑了。

“你估计什么时候分娩呢？”菲利普问。

“三月初吧。”

“还有三个月。”

必须筹划一下。米尔德丽德宣布她打算不住海伯里大街的那套房间了，菲利普认为她应该住得离自己近一些，这样也就方便多了。他答应第二天去找找看。她提出沃克斯霍尔桥大街是附近比较理想的地方。

“而且从以后考虑，这地方也很近嘛。”她说。

“你这是什么意思？”

“听我说，我只能在那里住两个月，或者再多一点时间，然后我就得找地方住。我知道一个非常体面的地方，那里住的大部分是上等人，而且那里一个星期只要四个畿尼，除此之外没有附加的其他费用。当然，请大夫的钱还得另给，但也就是这些了。我有一个朋友就住到那儿去了，那个管房子的太太才是真正的太太哩。我打算告诉她，我丈夫是驻印度的一位官员，我现在是来伦敦生孩子的，因为这样对我的健康好一些。”

听她如此这般地讲，菲利普感到很惊奇。她那纤秀的眉眼和苍白的脸庞使她看上去十分冷静，像是一个未婚的少女。当他想到了在她身上燃烧着的热情的时候，非常出人意料，他的心奇怪地烦躁不安起来。他的呼吸也急促了。

70

菲利普原来以为回到寓所会看到诺拉的信，可什么也没有。第二天早晨他也没有接到她的信。诺拉的沉默可把他惹恼了，同时也使他警觉起来。自从去年六月到现在他一直住在伦敦，这以前他们一直是天天见面的，他竟一晃就是两天没有去看她，也没有解释他不去的原因，这在她看来一定会非常蹊跷。他不晓得是不是他和米尔德丽德在一起时不幸被她偶然看到了。他想到她的伤心和痛苦，心里怪难受的。他决定当天下午到她那儿去。他几乎有点儿想骂她，因为他过去竟允许自己用甜言蜜语对她说话，想到要继续他们的关系，他心里厌恶极了。他在沃克斯霍尔桥大街的一家公寓里给米尔德丽德找了两间三楼的房间。这房间乱糟糟的，但是他知道她喜欢车辆在她窗下轰隆轰隆地驶过。

“我不喜欢半死不活的街道，在那里整天连个人影也见不着。”她说，“给我一点热闹。”

找到房子之后，他硬着头皮到文森特广场去了。当他去拉门铃的时候，由于恐惧心里很不是滋味。他不安地感到，他这样对待诺拉太不好了，他很害怕她的斥责。他知道她性情暴躁，而他很不喜欢大吵大闹。也许最好的办法是：坦率地告诉她米尔德丽德又回来找他了，而且他对她的爱情还像以前那样热烈，他只能说他非常抱歉，但是他再也没有什么话去向诺拉解释了。接着他又想到她的痛苦，因为他是知道她爱他的；以前她的爱使他很得意，而且他也非常地感激她；而现在她的爱情却变得可怕了。她不该受到他给她造成的这种痛苦。他问自己，这会儿她会怎样迎接他呢？当他踏上楼梯时，他的脑子里就倏地闪过了她一切可能的举动。他觉得自己脸色变得煞白，想不出办法来掩饰自己的紧张。

她正在埋头勤奋地刷刷地写东西，可是他一进屋，她就一下子跳了起来。

"我一听脚步声就知道是你来了。"她叫道，"这几天你躲到哪儿去了？你这淘气的孩子。"

她欢蹦乱跳地朝他奔过来，一下搂住了他的脖子。见到他，她高兴极了。他吻她，然后为了使自己镇静，他说口渴想喝茶。她手忙脚乱地开火烧开水。

"真把我忙坏了。"他的谎话根本站不住脚。

她叽叽喳喳同他高兴地聊开了，她告诉他，她接受了一家出版商的委托写一部小说，这是一家以前没有找过她的出版商。这下子她将可以得到十五个畿尼。

"这真是一笔意外之财。我来告诉你要怎么办，我们要出去玩。我们去牛津玩一天，怎么样？我喜欢看看那些学院。"

他盯着她，看看她的眼睛中是否有责备的神色，但是这双眼睛还同以前一样爽朗、快乐。见到他真使她乐得手舞足蹈了。但是他的心情沮丧。他不能把那件残酷的事告诉她。她给他烤了几片面包，又把面包切成小块儿，就好像他是个孩子似的把面包喂给他吃。

"野小子吃饱了吗？"她问。

他点点头，微笑一下，她又给他点燃了一支烟。然后，又像她平时喜欢的那样过来坐在他腿上。她非常轻。她发出一声无比幸福的长叹，向后把身子靠在他的胳膊上。

“给我讲讲有意思的事情吧。”她柔声细气地说道。

“说些什么呢？”

“你可以发挥一下想象力，说你多喜欢我吧。”

“这个你不是都知道了吗？”

那时他没勇气把事情告诉她。无论如何他要让她这一天平平静静地过去，也许他可以写信告诉她。这样做会容易些。想到她会号啕大哭，他真受不了。她要他吻她，当他吻她的时候，他想起了米尔德丽德和她那苍白、薄薄的嘴唇。米尔德丽德的影子一直跟着他，像一个虚无缥缈的形体，但又比一个影子要实在得多，不断分散他的注意力。

“你今天很安静。”诺拉说。

她的饶舌经常是他们之间的笑柄。他回答说：

“你说个不停，叫我都没法插嘴，再说，我已改掉说话的习惯了。”

“可是你没有认真听我说呀，你真坏。”

他的脸上一红，猜想她是不是发现了一点他的秘密。他不自然地把眼睛躲开。这天下午，他很厌烦，她坐在他腿上，可他不愿意她碰他。

“我的脚都麻了。”他说。

“真对不起。”她叫道，跳了下去，“我得让自己瘦下来，否则就得改掉坐在男人腿上的习惯。”

他煞有介事地跺跺脚又来回走着，真像那么回事儿似的，然后，他站在炉子前，这一来她就不能重新坐在他的腿上了。她说话的时候，他想，她比米尔德丽德强十倍，她更能使他高兴，而且跟她谈话也使他快乐，她更聪明，性情要好得多。她是个善良、勇敢、诚实的小妇人，而米尔德丽德呢，他不满地想到，这些形容词她一个也配不上。只要他还有一点儿理智，他就应该坚持同诺拉好下去，她会使他比和米尔德丽德在一起快乐得多。毕竟诺拉爱他，而米尔德丽德只是感激他的帮助而已。但是，说到底，重要的是去爱而不是被爱，而且他整个心灵恋慕着米尔德丽德。他宁肯同她一起待十分钟，也不愿同诺拉泡一个下午，他对在她那冰冷的唇上的一个吻比诺拉能给他的所有吻都更加珍视。

“我没有办法。”他想，“我已经少不了她了。”

即使她冷酷、恶毒而又俗气，愚蠢而又贪婪，他还是爱她。他宁肯同这一个在一起受苦受难，也不愿同那一个在一起幸福美满。

当他起身要走的时候，诺拉漫不经心地说："喂，明天能见到你吧，嗯？"

"能。"

他知道自己不能来，他要去帮米尔德丽德搬家，可是他没有勇气那样说。他决定到时候给她发一封电报。早晨，米尔德丽德看了那两个房间，对房间很满意。吃完午饭后，菲利普和她一起到海伯里大街去了。她有两只箱子，一只装着她的衣服，另一只装着零星什物，垫子、灯罩、照片框子，她打算用这些东西极力把那套房间布置得有一种家庭的气氛。此外，她还有两三只大纸板箱，可就是把这东西都装在一辆四轮马车顶上，地方也足够了。当他们经过维多利亚大街的时候，菲利普尽量靠车子后部坐，生怕诺拉碰巧从这里经过。他没有机会给诺拉发电报，而且也不能在沃克斯霍尔桥大街的邮局拍，这样的话，她就会胡猜乱想他在这么近的地方拍电报是在干什么；如果他到过沃克斯霍尔桥大街的邮局的话，他无法解释清楚为什么不到离得很近的她住的广场那里去。他决定，最好还是到她那儿去坐半个小时。可是这种迫不得已的做法使他极为不快。他生诺拉的气，因为是她迫使自己采取这么下作和卑劣的手段。然而他和米尔德丽德在一起感到很愉快。帮助她解开行李都使他高兴，而且把她安置在他找到的、要由他来付钱的这所公寓房间里，使他体验到了一种充满魅力的占有感。他总是不肯她动手。为她做事情是一种快乐，而且，她也不愿意做那些别人似乎很愿意为她效力的事情。他把她的衣物从箱子里取出来放好。她不打算再出去了，所以他又取出她的拖鞋，为她脱靴子。履行仆人的职责使他心花怒放。

"你可把我宠坏了。"她一边说，一边用手指无限柔情地拢着他的头发，这时他正跪着为她解开靴子的扣袢。

他拿起她的手吻了吻。

"有你在这儿真是太美了。"

他摆好椅垫，然后又把相片框子挂好。她还有几个绿陶瓶。

"赶明儿我给你买几枝花插在里面。"他说。

他得意地四下看看他的劳动成果。

"我再不打算出去了，我想就穿件喝茶时的女袍罢。"她说，"给我解开后面的扣子，好吗？"

她毫不在意地转过身去，好像菲利普是个女人似的。他的性别对她并没有什么关系。可是他的心里却对她要求他时表现出来的亲密充满了感激。他笨手笨脚地把扣子解开。

"我最初到茶点店时，绝没有想到现在还为你干这个。"他说，还勉强一笑。

"有人还求之不得哩。"她回答。

她进了卧室，穿上了一件淡蓝色的宽松女袍，上面装饰着许多廉价花边。然后，菲利普把她安顿在一张沙发上，就去给她准备茶。

"恐怕我不能待在这儿和你喝茶了。"他遗憾地说，"我有一个可恨的约会。不过，半个小时之后我就回来。"

如果她问是什么约会的话，他真不知道该说些什么，可是她丝毫没有好奇的表示。当他租下这房间的时候就已经为他们俩订好了饭，本打算和她消消停停地过一个晚上。他心急火燎地要赶回去，在沃克斯霍尔桥大街，他搭了一辆电车。他想他还是立刻向诺拉和盘托出的好，这样他在她那儿就可以待不了几分钟了。

"喂，我只有和你打个照面的工夫。"他说，"我正忙着呢。"

她的脸一下子拉了下来。

"怎么，什么事？"

她竟逼着他撒谎，这真使他非常恼怒，而且，当他回答说要去医院参加一次手术示范时，他知道自己脸红了。他觉得她好像不相信他，这使他越发恼火了。

"噢，是这样，这没什么。"她说，"明天一天你都能陪着我。"

他茫然若失地望着她。第二天是星期日，他一直盼望着那天和米尔德丽德一起过哩。他对自己说，出于一般的礼节他也得这样做，他不能把她一个人撇在一间陌生的房子里。

“抱歉极了，明天我有事。”

他知道这是一场吵架的前奏，他要是不这么说，这种吵闹他本意是想要避免的。诺拉脸上变得发亮了。

“可是我已经请戈登夫妇来吃午饭了呀。”——戈登是个演员，他和妻子正在各省巡回演出，他们星期日到伦敦——“这事我一个星期前就告诉你了。”

“非常抱歉，我忘了。”他犹豫地说，“恐怕我来不了。你不能找别的人吗？”

“那你明天要干什么？”

“我希望你不要盘问我。”

“你不愿意告诉我？”

“告诉你我倒一点儿也不介意，可是硬逼着人说清楚他的一举一动，这太叫人难受了。”

诺拉的态度一下子就变了。她努力克制着，不让自己发火，走到他跟前拉起他的双手说：“菲利普，明天不要让我失望吧，我一直是那么盼望着能和你一起过一个星期日啊。戈登夫妇也想见见你，我们一定会过得非常愉快的。”

“要是能来我就来了。”

“我这样并没有过分苛求吧？我也没有老是给你找麻烦吧？你就不能取消那个可恨的约会吗——就这一次？”

“抱歉极了，我看做不到。”他绷着脸回答。

“告诉我，是什么事？”她用劝诱的口吻说。

这工夫他已经编好借口了。

“格里菲思的两个妹妹要来度周末，我们准备带她们出去玩。”

“就这些吗？”她高兴地说，“格里菲思可以很容易找到别的人嘛。”

他希望想到一个更紧急重大的借口。这个谎话太拙劣。

“不，我抱歉极了，我已经答应人家了，我要遵守我的诺言。”

“可是你也答应我了呀。我肯定是先说的。”

“我希望你不要再坚持了。”他说。

她勃然大怒："你不必来了，我知道你并不想来，不知道这几天你都干了些什么，你完全变了。"

他看看表。

"恐怕我得走了。"他说。

"你明天不来吗？"

"不来。"

"若是这样的话，你就用不着劳神再来了。"她忍无可忍地喊道。

"你要这样就这样吧。"他回答。

"别让我再耽误你了。"她又讥讽一句。

听到这话，他耸了耸肩，走出去。他感到松了口气，这事情办得还不坏，没有弄到呼天抢地的地步。他一边走一边暗自庆幸，这件事就这样不费吹灰之力地完事大吉了。他来到维多利亚大街，买了几枝花给米尔德丽德。

这顿小小的晚餐十分成功。菲利普知道她非常喜欢吃鱼子酱，给她带来了一小罐。房东太太还给他们端来一些加蔬菜和糖的炸肉排。菲利普还要了他喜欢喝的勃艮第葡萄酒。房间里拉上了窗帘，炉火通明，灯上是米尔德丽德带来的灯罩，房间让人感到舒适。

"真像家一样啊。"菲利普微笑着。

"这样只怕是越来越糟了吧？"她回答说。

他们吃完了饭，菲利普把两张椅子拖到炉前，他们坐了下来。他舒舒服服地吸着烟斗，感到愉快和大方。

"明天你想做什么呢？"他问。

"噢，我要去塔尔斯山。你还记得店里的那个女老板吧，是啊，她现在都结婚了，她请我去她那儿玩两天哩。当然了，她还认为我也结婚了哩。"

菲利普的心一下凉了。

"可是，我拒绝了别人的一个邀请就是为了能和你一起过个星期日啊。"

他想，她如果爱他的话，她就会说：既然这样她就留下和他在一起吧。他很清楚，如果是诺拉的话，她就会毫不犹豫地留下来的。

“哎哟哟，瞧你这么做有多傻呀。三个多星期以前我就答应了要去的呀。”

“可是你一个人怎么去呢？”

“这个呀，我就说艾米尔有事脱不开身。那个女老板的丈夫是做手套生意的，他可是个很有教养的人啊。”

菲利普沉默了，心中掠过一阵酸楚的感觉。她斜眼瞟了他一眼。

“你就连这么一点快乐也不愿给我吗，菲利普？你知道，我这是最后一次去走动了，谁知道得有多长时间才能再出去呢？再说我也已经答应了呀。”

他拉住她的手，笑了笑：“不，亲爱的，我愿你玩得高高兴兴，快快乐乐的。我唯一的希望就是你能快乐。”

一本包着蓝皮的小书翻开来扣在沙发上，菲利普随手拿起来翻着。这是本廉价小说，书的作者是考特尼·佩吉特。这是诺拉用假名写的一本书。

“我可喜欢她的书啦。”米尔德丽德说，“她的书我都读过，写的真是再妙不过了。”

他记起了诺拉曾说起过她自己：“我在女仆厨娘中名气可大了。她们认为我很有大家风度哩。”

71

菲利普为了报答格里菲思对他的信任，也把他自己那些错综复杂的风流韵事一五一十地告诉过他。星期天早晨吃过早餐，他们穿着晨衣坐在炉火前吸烟，这时菲利普把前一天的口角给格里菲思讲了一遍。格里菲思祝贺他轻而易举就摆脱了困境。

“交上一个女人，是世界上再简单不过的事情。”格里菲思精辟地说道，“可是想要把她甩掉，就麻烦多啦。”

菲利普真想把他处理这类事情的手腕自我吹嘘一番。总之，他感到如释重负。他想到了米尔德丽德这会儿在塔尔斯山那儿玩得开心，觉得自己因为她玩得高兴而感到了一种由衷的满足，即使她的快乐是用他自己的失望换来的，他也没有对她的快乐感到不满，从他这方面讲，这是一种自我牺牲的行为，这使他心里充满了欣慰的喜悦。

可是，在星期一的早上，他在桌子上发现了一封诺拉的来信。她写道：

最最亲爱的：

我很抱歉星期六那天对你发脾气，原谅我吧，并请你像过去那样下午来喝茶，我爱你。

你的诺拉

他感到很沮丧，不知该怎么办才好。他拿着这纸条来找格里菲思，让他看了这封信。

“你最好置之不理，不给她回信。”他说。

“唉，那怎么成。”菲利普叫道，“要是想到她在等呀等呀的，我会难受的呀。你不知道盼着邮差敲门是怎么个滋味，我可知道，我可不能叫别人也受那个罪。”

“亲爱的伙计，一个人不可能在没有人痛苦的情况下摆脱这种事情，你得咬着牙干。有一点是明确的，痛苦不会长久。”

菲利普觉得他不应该让诺拉痛苦，而且诺拉将会痛苦成什么样子，格里菲思怎么会知道呢？他还记得，米尔德丽德告诉他她要结婚时，自己是多么痛苦啊。他不想叫别人也遭受他那时受过的那种痛苦。

“倘若你这么不愿意叫她痛苦，那就回到她身边去吧。”格里菲思说。

“这我可不能干。”

他站起身来，在屋子里神经质地走来走去，他生气，因为诺拉不肯就此罢休。想必她已经看出来他不再爱她了。人家都说女人对这类事情是很敏感的。

“还是给我出出主意吧。”他对格里菲思说。

“亲爱的伙计，用不着大惊小怪。告诉你，事在人为嘛。也许她并不像你想象的那么难缠。人总是特别容易夸大自己在别人身上引起的感情的。”

他停了一下，有趣地看看菲利普。

“听着，你只有一个办法可行。给她写信，告诉她说事情就此了结了。话要说得清楚明白，不致引起误解，这样做会伤害她。可是你如果做得狠心点儿，这比你半心半意地敷衍使她受到的伤害倒是会少一些。”

菲利普坐下来写了下面这封信：

亲爱的诺拉：

使你不快我很抱歉，不过我认为，我们星期六那天发生的事情最好让它那样下去吧。既然已经没有什么意思了，我认为这样拖延下去是毫无益处的。当时，你叫我走，我就走了。我也不打算回去了。再见。

菲利普·凯利

他把这封信拿给格里菲思看，问他以为如何。格里菲思读了信，眨巴着眼睛看看他，也没有说出他的感觉来。

“我认为这封信会马到成功。”

菲利普出去把信邮走了。一上午他都过得很不自在，他逼真地想象出诺拉接到那封信会是什么感觉。一想到她的眼泪，他就痛苦不安。可是同时，他又感到松了一口气。想象出来的哀痛比亲眼看到的要使人好受得多，他现在可以全心全意地去爱米尔德丽德而没有什么牵挂。想到下午医学院的事情完了以后就要去看她，他的心怦怦直跳。

当他像往常那样回公寓去拾掇自己的时候，刚刚把前门的钥匙插进锁孔里，就听到后面有人说话了。

“我可以进来吗？我已经等你半个小时了。”

是诺拉。他觉得自己的脸一直红到了耳根。她说得很轻松，她的音调既没有怨恨的迹象，也看不出两人之间已经闹翻了脸。他感到自己已无回旋的余地了。他很尴尬，不过还是尽力笑了笑。

“可以，进来吧。”他说。

他打开门，她在他前边进了屋子。他很紧张，为了使自己定一定神，就递给她一支烟卷，他自己也点燃了一支。

她活泼开朗地望着他。

“你为什么给我写这么一封可恨的信？你这个调皮鬼。要是我把这封信当真了，我就会被它弄得死去活来的了。”

“这封信是真的。”

“别这么傻。那天我是发脾气了，可我写信道歉了嘛。你还不满意，我这不是到这儿来再向你道歉了嘛。总而言之，你自己看着办吧，我没有权利要求你什么。我不想叫你做你不愿意的事。”

她从座椅上站了起来，伸出双手冲动地向他走来。

“让我们和好吧，菲利普。要是我得罪了你，我很抱歉。”

他没办法不让她拉住自己的手，可是他尚能不抬眼看她。

“恐怕太晚了。”他说。

她顺他的身边滑了下去坐在地板上，紧紧地抱住他的腿。

“菲利普，不要傻了。我性子太急了，我知道我伤害了你，但是你也犯不上为这个生气呀。让我们都不愉快有什么好处？我们的友谊一直是很愉快的。”她慢慢地把手伸到他的手里，“我爱你，菲利普。”

他站起来，从她的怀抱里挣开，走到房间的另一头。

“抱歉极了，我没有办法。一切就到此为止吧。”

“你是说你不再爱我了吗？”

“我想是的。”

“你是在找机会把我甩掉，去找那个人？”

他没有回答。她死死地盯住他不放，时间似乎长得无法忍受。她在他挣开她的原地坐着，歪在扶手椅上。她默默地哭了起来，也没有捂着脸，眼泪大滴大滴地从脸上滚落下来。她没有哭出声，看她哭的那副样子真叫人心如刀绞。菲利普把脸转了过去。

“伤了你的心我抱歉极了。如果我不爱你，也不能怪我呀。”

她没有回答。她只是坐在那里，仿佛被压垮了似的，眼泪不住地从脸上流下来。如果她责骂他一顿，倒还好受一些。他原来想，她会忍不住发一顿脾气的，他做好了准备。他的脑子里有一种感觉，觉得真的大吵一顿，互相说出些恶狠狠的话来，就多少可以为他的行为作些辩解了。时间一点点地过去了。最后他渐渐地被她默默流泪的样子吓坏了，他走进卧室去倒了一杯水来，他向她俯下身子。

“不喝点儿水吗？喝口水会好些的。”

她木然地把嘴唇凑到杯子边呷了两三口。然后她有气无力地低声向他要了一块手帕，把泪眼揩干。

“当然，我也知道，你从来没有像我爱你那样爱过我的。”她悲戚地说。

“恐怕这种情形总是不可免的。”他说，“总是一个人去爱人，而一个人被人爱。”

他想到了米尔德丽德，心里掠过一阵辛酸的疼痛。诺拉又是好长时间没有说话。

“我曾经是那么不幸，而且我的生活又是那样让人讨厌。”她终于说话了。

这话她不是对他说的，而是在自言自语。以前，他还从来没有听她哭诉过她和她丈夫过的那些日子，也没听到她抱怨过自己的穷困。他一向敬佩她在人生世事上所表现出来的那种勇敢精神。

“之后你来了，你对我是多么好啊。我敬重你，因为你聪明，能够有一个人可以信赖，这简直好极了。我爱你。我绝没有想到爱情会了结，而且根本不是我的过错。”

她的眼泪又涌出来，不过这时她稍稍能抑制自己了，她用菲利普递给她的那方手帕掩住脸。她竭力控制自己。

“再给我点儿水吧。”她说。

她擦干眼泪。

“我很抱歉，自己做出这种蠢事。我实在是没有一点儿思想准备。”

“真是对不起，诺拉。我想你是知道的，对你为我做的一切，我感激不尽。”

他想不出她是怎么看他的。

“哎，还说这些做什么。”她叹了口气，“要想叫男人们对你好，就得对他们狠些。如果你对他们客客气气的，他们就会叫你受罪。”

她从地板上站起来，说她得走了。她目不转睛地盯着菲利普看了好半天，然后叹了口气。

“真叫人猜不透。这到底是怎么回事啊？”

菲利普猛地下了决心。

“我想还是告诉你吧，我不想叫你把我看得那么坏，你要知道，我也是没有办法呀，米尔德丽德回来了。”

她的脸红了。

“为什么你早不告诉我呢？这痛苦的确是我应得的。”

“我不敢。”

她照照镜子，正了正帽子。

“给我叫辆马车好吗？”她说，“我觉得自己走不动了。”

他走到门口，叫住一辆过路的马车，可是，当他随着她到了街上，看到她的脸色竟那样惨白时，他吃了一惊。她的动作迟缓无力，仿佛一下子老了许多。她的气色太不好了，他不忍心叫她一个人单独回去。

“如果你不在意，我就陪你一块儿坐车回去。”

她没有回答，他上了马车。他们沉默着坐车过了桥，破破烂烂的街道，孩子们在那里尖叫着，玩耍着。马车到了她的门口，她没有立即起身，似乎连迈腿的劲儿都没了。

“我希望你原谅我，诺拉。”他说。

她转过来看着他，那双眼睛里又闪出了泪花，但勉强咧嘴笑了笑。

“可怜人，你这么担心我。用不着为我担心，我不会责怪你的。我会很好地把这件事了结的。”

她很快地在他的脸上轻轻地抚摸了一下，表示她并没有恨他，这个动作差不多只是比划了一下，几乎都没有碰到他的脸；接着，她跳下车，径直进房子里去了。

菲利普付了车钱，步行到米尔德丽德的公寓。他的心情分外沉重。他真想把自己狠狠地痛斥一顿。但是这又为什么呢？他不知道除了这样他还能怎么做。路过一家水果商店时，他想起了米尔德丽德喜欢吃葡萄，他是如此感谢米尔德丽德，以致他能以记得她每个转瞬即逝的怪想法，来表明他对她的爱情。

72

以后的三个月，菲利普天天都去看米尔德丽德。他随身带着他的书本，喝完了茶就温习功课，而这时米尔德丽德则躺在沙发上看小说。有时，他会抬起头来注视她一会儿。一缕幸福的微笑掠过他的唇边。她也总是能感觉到他在看着她。

“别浪费你的工夫看我了，傻劲儿的，继续温习你的功课吧。”她说。

“你这个暴君。”他快活地回答说。

房东太太进来铺台布吃饭，这时他就把书放在一边，他兴致勃勃地和房东太太东拉西扯地开玩笑。她是个矮小的伦敦人，已到中年，幽默有趣，说话不饶人。米尔德丽德已经和她成了极要好的朋友，她曾对房东太太详细但又信口雌黄地讲过使她陷入如今这种困境的过去的情况。这位心地善良的小个子女人非常感动，而且不辞劳苦竭力使米尔德丽德过得舒服。米尔德丽德从面子上考虑，提出菲利普在房东太太面前应该把自己当做她的兄弟来看待。他们在一起吃饭，每当菲利普看到他订的饭菜合了米尔德丽德那刁钻的胃口就非常高兴。看到她坐在自己的对面就喜不自胜，他还时不时得意忘形地拿起她的手来捏一捏。吃完了饭，她坐在炉火边的扶手椅上，他就紧挨着她坐在地板上，头靠着她的膝盖，吸着烟卷。他们常常是一句话也不说，有时菲利普发觉她已经打起盹来了。这时他就一动也不敢动，生怕把她弄醒了，他安静地坐在那里，出神地望着炉火，陶醉在幸福之中。

“盹打得好吧？”见她醒来他笑着说。

“我一直没有睡着呀。”她回答说，“我只不过闭着眼睛罢了。”

她从来也不承认她睡着了。她有一种冷漠的气质，周围的环境对她不会有太大的妨碍的。她对自己的健康忧心忡忡，无论什么人提出的建议她都言听计从。每天早晨她都去进行“保健体育活动”，也就是在天好的时候到外面待一定的时间。若是天气不太凉，她就去圣詹姆斯公园坐一坐。不过在一天中其余的时间里她都是在沙发上非常愉快地度过的，一本接一本地读小说，再不就是同房东太太闲聊天。她爱扯闲话，扯起来也没有累的时候。她还把房东太太住在客厅那一层的房客们和公寓左邻右舍的陈年旧事详细地讲给菲利普听。她时不时地会恐慌起来，对菲利普倾诉着对分娩痛苦的惧怕，特别害怕自己生孩子时会死去。她详细地给他讲述了房东太太和在客厅那层的某位太太分娩时的情况（米尔德丽德并不认识那位太太，“我这个人喜欢深居简出。”她说，“我也不是爱同别人周旋的那种人。”），她描述那个细节时的劲头儿，战战兢兢和兴致勃勃奇怪地混合在一起，不过大部分时候她还是镇定自若地盼望那个时刻的来临。

“甭管怎么着，我也不是第一个生小孩的人，是吧？而且医生也说我不会有什么问题的。你知道我的体质也不坏。”

欧文太太给她推荐了一个医生，这位太太是米尔德丽德准备分娩时去住的一家房东。米尔德丽德一个星期去医生那里检查-次。他的诊费是十五畿尼。

“当然了，我本来也可以找一个便宜点儿的，不过他是欧文太太竭力推荐的，我想，因小失大总归不值当。”

“只要你觉得愉快舒服就行，多破费一点儿我不在乎。”菲利普说。

菲利普为她做的事情她都接受下来，仿佛那是世界上再天经地义不过的了，而他又喜欢把钱花在她身上：每掏出一张五镑的票子给她，菲利普都高兴和骄傲得微微颤抖。由于她不知道节省，他给她的钱可多了。

“我也不知道那钱到哪儿去了。”她自言自语地说，“钱就像水一样从手指缝里漏掉了。”

“没关系。”菲利普说，“能够为你做点什么事我都是高兴的。”

她不会做针线活，这样，就连一些婴儿的必需品也没做。她告诉菲利普说，到头来买要比做便宜得多。前不久，菲利普卖掉了曾把他的钱投在上面的一部分抵押财产；而现在，他在银行里还存有五百镑，等着投资到某种可以更容易变卖的东西上，他觉得自己的日子非常好过。他常常谈到以后的事。菲利普特别希望米尔德丽德自己带孩子，可是她拒绝了：她得去赚钱谋生，如果她不自己看孩子，找事做就要容易多了。她打算回到她以前工作过的那家公司的某个店里去工作，孩子可以放到乡下交给一个体面些的女人去带。

“我可以一个星期七先令六便士就找到一个人照看好他。这样，对孩子对我都好些。”

菲利普觉得这也太无情了，可是当他试图给她讲讲道理的时候，她就故意装作认为他是在计较费用。

“你不用为这个犯愁。”她说，“我不会要你付钱的。”

她从心眼儿里希望孩子会是个死婴。虽然她只不过是暗示了一下，不过菲利普还是看出了她的想法。最初菲利普大吃一惊，随后，他自己也想通了，他不得不承认，所有与此事有关系的人也都是这么希望的。

“这么说那么说都觉得挺好的。”米尔德丽德抱怨说，“可是对于一个靠自己养活自己的姑娘来说事实上可够难的了，要是有了个孩子就更不好办了。”

“幸亏你还有我作为后盾呀。”菲利普笑着把她的手拿起来。

“你一直都对我那么好，菲利普。”

“咳，瞎说！”

“现在，你可不能说我没有答应什么事来报答你为我做的这些事吧。”

“老天爷啊，我可不想要什么报答。若是我为你做了些什么，我那样做是因为我爱你。你什么也不欠我的。除了你爱我，我什么也不需要你做。”

他觉得有些可怕，她竟觉得她的肉体是一种商品，可以作为报答别人为她做事的酬谢而毫不在意地委身于人。

“可是，我想这么做呀，菲利普。你一直都对我这么好。”

“哎哟，等等又何妨呢？等你全好了，我们就去度我们小小的蜜月。”

“你真淘气。”她说完嫣然一笑。

米尔德丽德希望她在三月初临产，只要恢复到能出门了，她就到海边去住半个月，那样可以使菲利普有机会温习功课，不至于妨碍他的考试。等考试完了也就到复活节假期了，他们已经盘算好了一块儿去巴黎。菲利普没完没了地说着他们要干的事情。那时巴黎将多么令人愉快啊。他们要在他认识的一家拉丁区小旅馆里租间房间，还要吃遍各种各样迷人的小饭馆；他们要去看戏，他还要带她去音乐厅。见到他的朋友一定会使她非常愉快的。他曾经给她讲到过克朗肖，这下子她会见到他了。还有劳森，他已经去巴黎有两个月了。他们还要去比里埃舞厅，还要远足，他们要去凡尔赛、夏尔特尔、枫丹白露游玩。

“这要花很多的钱呀。”她说。

“咳，钱，一边去吧。想想我一直是多么盼望着有这么一天啊。你不知道这对我意味着什么吗？除了你，我从来没有爱过任何人。我绝不会爱别人的。”

她眯缝着眼睛笑眯眯地听他倾诉着热情，他认为他在这双眼睛里看到了一种新的柔情，他很感激她。她比过去温柔多了，她身上的那种曾经激怒过他的傲慢也不见了，现在她已经与他厮混熟了，也就不在他面前煞费苦心地矫揉造作了。她也不再像过去那样仔细琢磨着修饰头发的事了，而只是打上一个发结，她把过去总是留着的厚厚的刘海也剪掉了，随便的发式使她看上去很顺眼。她的脸那么瘦，这一来她的眼睛显得非常大；眼睛下面有一些很深的皱纹，苍白的脸色把那双大眼睛的颜色衬托得更加深邃了。她有一种无限动人的沉思的样子。在菲利普眼里，她带有某种圣母玛丽亚的韵味。他希望他们能够永远像这样下去。他的生活中从来没有像现在这么幸福过。

因为她喜欢早睡，他每天晚上总是十点离开她，然后他不得不再温习两个小时的功课，好把晚上损失的时间补回来。临走之前，他总是要为她梳梳头发。和她告别时他总要吻她几遍，这已经成了一种仪式，他先吻她的手心（那手指多尖细啊，指甲又是那么漂亮，她要用很多时间修饰指甲），吻完了手心，再去吻那双阖上的眼睛，先吻右边的，再吻左边的，最后再吻她的嘴唇。他带着一颗激荡着爱情的心回家去了。他巴望着有个机会来满足他自我牺牲的渴望，这种渴望把他吸净榨干。

过了不久，她搬到私人产院的时候到了，她要在那儿分娩。这样一来菲利普只能下午去探视她。米尔德丽德又换了一套说法，她自称是一位士兵的妻子，她丈夫参加印度军团去了，而且还把菲利普作为她的姐夫介绍给医院的那位女主人。

“我自己说话得特别小心谨慎。”她告诉他，“因为这儿有一位丈夫在印度当官的太太。”

“我要是你的话，就不会这样给自己没事儿找事儿的。”菲利普说，“我确信她的丈夫和你的丈夫是搭一条船出去的。”

“什么船呢？”她傻乎乎地问他。

“荷兰飞人号[①]。”

米尔德丽德平安地生下了一个小女孩，当菲利普被准许探视她的时候，婴儿正被放在她的身边躺着。米尔德丽德非常虚弱，不过值得宽慰的是一切都过去了。她给他看了婴儿，她自己也惊奇地看着她。

“这小东西长得挺好玩的，是吧？真不相信她是我的。”

婴儿身上红红的，皱皱巴巴的，而且挺古怪。菲利普一边微笑一边看着这孩子。他简直不知道说什么好，负责这间房的护士正站在他旁边，这使他很尴尬；从她打量他的那副神色看，他觉得她并不相信米尔德丽德编的那套复杂的故事，她认为他就是孩子的父亲。

“你准备给她起什么名字呢？”菲利普问。

“我拿不定主意是叫她马德琳呢，还是叫她塞西莉亚。”

趁护士走开，剩下他们俩人，在这几分钟里，菲利普弯下身在米尔德丽德的嘴唇上吻了一下。

“我真高兴这事顺利地过去了，亲爱的。”

她伸出她那细细的瘦胳膊搂住了他的脖子。

---

①荷兰飞人号，传说中注定要在海上一直漂游到上帝最后审判之日的一条荷兰船，后指在好望角海域游弋的海盗船，另一说荷兰飞人号是一种鬼船，凡在航行中见此船者，必遭海难。此处是说笑话。

“你总是对我这么好，亲爱的菲尔[①]。”

“现在我觉得你终于属于我了，我等了你这么长时间，我亲爱的。”

他们听到护士到了门口，菲利普慌忙站起身来，护士走了进来。她的嘴角上还挂着一丝淡淡的微笑。

73

三个星期之后，米尔德丽德带着小孩去布赖顿，菲利普来给她们送行。她恢复得很快，看上去她的气色比以前任何时候都要好得多。她打算住的那家寄宿旅馆就是她以前曾和艾米尔·米勒一起度过两次周末的地方。她已经给那里写了信，说她的丈夫不得已到德国办事去了，她准备带着她的孩子去那里。杜撰自己的经历已经成了她的一种乐趣，而且在编造细节方面的表现，她是有丰富的创造力的。

米尔德丽德打算在布赖顿找个愿意照管孩子的女人。菲利普看到她这样快、这样冷酷地坚持要打发掉这婴儿，感到大吃一惊。可是她却搬出一般常识来争辩，说什么在还没有同她待熟以前就把她放到别处去，对这个可怜的孩子肯定要更好些。当她生下孩子两三个星期的时候，菲利普曾指望她会感到母性的本能，还指望母性的本能会帮助来说服她抚养孩子，可是这种本能一点儿没有在她身上显出来，米尔德丽德对她的婴儿并不缺乏慈爱，她做了一切必须做的事。有时候，这孩子使她很开心，她也常常谈到这孩子，可是她心里却对孩子很冷淡。她没法把她看成是自己的一部分。她幻想婴儿长得已经像她的父亲了。她老是不停地苦恼着，不知道她长大了自己怎样生活，而且她生自己的气，因为她竟干出了有小孩这样的蠢事。

“早知如此，悔不当初。”她说。

她嘲笑菲利普对婴儿这么操心。

“如果你是她父亲的话，也不会比现在更婆婆妈妈了。”她说，

①菲尔，菲利普的昵称。

“我倒真愿意看到艾米尔为她受罪。”

菲利普的脑子里满是听过的那些育婴堂的故事，以及妖怪死鬼们虐待那些被狠心的父母送给他们照管的可怜的孩子们的故事。

“别这么傻了。”米尔德丽德说，“雇请个女人照看孩子，钱给少了才会这样。要是你一个星期多给人家一些，那她也就会专心一意地来照看他了。”

菲利普坚持要米尔德丽德把孩子放在一家自己没有孩子，而且还要答应不再照管别的孩子的人家里。

“不要计较费用。”他说，“我宁可每星期付半个畿尼也不愿让小家伙冒挨打受饿的危险。”

“你真是个可笑的家伙，菲利普。”她笑了起来。

在他看来，这孩子无依无靠总有些让人于心不忍。孩子那么小，长得像丑八怪似的，而且脾气还挺大。

她是在羞辱和痛苦的盼望中出生的。没有人需要她。这婴儿全靠他这么个毫不相干的人为她提供食物和栖身之所，提供包裹她那赤条条的小身子的衣服。

火车开动了，这时他吻了吻米尔德丽德。要不是怕米尔德丽德会嘲笑他，他也会去吻吻那个孩子的。

“给我写信呀，亲爱的，好吗？我等着你回来啊。真叫人难熬啊。”

“得提醒你通过你的考试哩。”

这些日子他一直在刻苦温习功课准备考试，现在只剩下十天工夫了，他做了最后的努力。他急于通过考试，首先是为了自己节省时间和开支，因为这四个月来，他的钱以难以置信的速度大量地从他的手指缝里溜走了。其次是因为这次考试标志着那繁重枯燥的课堂学习的结束，通过了考试，学生就得去同内科、助产科和外科打交道了。对这些学科，他的兴趣比对那些迄今为止一直跟他形影不离的解剖学和生理学要强烈多了。菲利普兴致勃勃地盼着其余的课程。他不希望到时候不得不去向米尔德丽德坦白他考试没有及格，尽管考试很难，而且大部分考的学生第一次尝试都没有通过，可是他知道，如果自己不能榜上有名，她是不会对自己有好看法的，她会用一种独特的羞辱人的方法来表达她自己的看法。

米尔德丽德给他寄了一张明信片，报告她平安抵达了，而他每天要挤出半个小时的时间来给她写一封长信。他总是怯于用语言来表达自己，不过他发现所有本来说起来使他感到荒谬可笑的那种事情，他可以用手里的笔讲给她听了。得益于这一发现，他把自己的全部心迹都向她倾诉了出来。他以前无法告诉她，他的全身心都是那样爱慕她，以至于他的一举一动，一言一行，每个思想都无一不与她息息相关。他在信中对她说到了将来，说到了他那指日可待的幸福，还说到了他对她的感激。他扪心自问（他以前也经常暗自发问，不过从来也没有说出来过）究竟是她身上的什么东西使他如此欣喜若狂呢？他不知道。他只知道，只有她和他在一起的时候他才感到幸福，只要她离开了他，整个世界就一下子变得寒冷和昏暗了；他只知道，只要他一想到她，他的心脏似乎就膨胀大了，连呼吸都困难了（好像是心脏压迫了他的肺似的），心在悸动着，这么一来，由于她出现在眼前而带来的喜悦差不多就变成痛苦了。他的膝盖在发抖，感到虚弱，就好像没有吃东西而发抖一样。

他望眼欲穿地盼着她的回信。他并不指望她能经常给他写信，他知道写信对她来说有困难；能每去四封信就收到一封写得七扭八歪的简信就心满意足了。她讲到了她租了一个房间的那家寄宿旅馆；还讲到了那里的天气和那个孩子；她告诉他，她和一位在寄宿旅馆里遇到的女友一起在旅馆前散步，而且她已经喜欢上了她的孩子。星期六晚上她打算去剧院，布赖顿大有人满为患之势等等。简信感动了菲利普，因为它是那样实际，讲的都是大实话。那别扭难以辨认的字体，千篇一律的内容，都使他非常想哈哈大笑，把她搂在怀里亲一亲。

他愉快地、信心十足地参加了考试。两张试卷都没有出什么麻烦。他知道自己考得不错，虽然他在第二部分的口试中稍微有些紧张，不过他还是努力把问题回答得比较圆满。考试结果一公布，他就给米尔德丽德发了一封报喜的电报。

当他回到他的房间，看到她来的一封信。信上说，她觉得在布赖顿再待上一个星期会更好一些。她找到了一个女人愿意每周七先令照管孩子，不过她想调查一下这个女人的情况。还有，海边的空气有益于她的身体，她相信再住几天肯定会对身体大有好处。她是不愿意向菲利普要钱的，但是如果愿意，他还是在回信时给她寄一些钱去吧，因为她得给自己买一顶新帽子，总不能让她总是戴着同一顶帽子同女友出门吧，而那位女友的穿着是非常讲究的。菲利普辛酸地失望了好一阵子。这封信把他通过考试的喜悦一扫而光了。

“假若她爱我的程度有我爱她的四分之一，即使在外头没有必要地多待一天她也会受不了的。”

他赶快扔掉了这种想法，这么想纯粹是自私自利。当然喽，她的健康要比其他什么事情都更加重要。可是，这时他已经没有什么事可做了，他满可以到布赖顿去和她度过这个星期，这样他们就可以整天都在一起了。这么一想，他的心就突突跳了起来。他突然出现在米尔德丽德面前，告诉她他已经在那家寄宿旅馆里也租了一个房间，这将会多有趣啊！他去查各班火车的时间，可是他又停住了。他不敢肯定她见到他就一定高兴；她已经在布赖顿有了朋友了；他喜欢安静，而她喜欢喧嚣热闹；他很清楚，她跟别人在一起比跟他在一起更快活些。若是他有一瞬间感到自己妨碍了她，这个念头就会折磨着他。他不敢去冒这个风险。他甚至没有胆量写信提出：因为他在城里没什么事了，他很愿意到每天都能见到她的地方去度过这个星期。她也知道他没有事，如果她希望他去的话，就会叫他去了。万一他提出来，而她又找借口阻止的话，他就会感到痛苦，他可不敢冒这种风险。

第二天，他给她写了封信，给她寄去了一张五镑的钞票，他在信的结尾处说，若是她非常好，想在周末见到他的话，那么他是很高兴赶去的；但是绝不要改变她已经定好的计划。他迫不及待地等着她的回音。在回信中，她说如果事先知道他想来的话，本来是可以安排的，可是她已经答应了别人在星期六晚上去音乐厅了；再说，如果他在那儿的话也会引起旅馆里的人们说闲话的。为什么不可以在星期日早晨去，玩一个白天呢？他们可以在大都会餐馆吃午餐，然后她再带他去看看打算带小宝贝的那位非常像个贵妇的女人。

星期日，他感谢上帝，这天的天气晴朗。当火车驶进布赖顿的时候，阳光从车厢的窗户泻进来。米尔德丽德正在月台上等着他哩。

“你来接我真叫我太高兴了！”他大声叫着抓住了她的双手。

“你想到我会来吗，没想到吧？”

“我希望你来。喂，你的气色可真好哇。”

“这里对我真是太好了，不过我想我还是尽可能在这儿多住一些时候。寄宿旅馆里住的都是些非常体面的人。前几个月什么人也没见到，我真想好好乐一下哩。过去有时候沉闷极了。”

她戴着她的新帽子，看上去很潇洒，那是一顶黑色的大草帽，上面还插了许多廉价的鲜花，脖子上围着条长长的假天鹅绒的围巾。她还是非常瘦，走起路来稍稍有些弓背（她一向都是这样），可是她的眼睛似乎没有那么大了，而且尽管她脸上没有一点儿血色，她的皮肤却没有了过去的那种灰黄的颜色。他们朝大海的方向走去。菲利普想到好几个月没有同她散步了，他突然意识到了他的跛足，为了掩盖这点，他僵硬地走着。

“你见到我高兴吗？”他问，爱情发疯似的撞着他的心扉。

“当然啦，这还用问。”

“噢，对啦，格里菲思问你好哩。”

“还有脸说哩！”

他曾经对她讲起格里菲思很多的事情。他曾跟她讲过他是如何风流，还讲到过格里菲思的某些风流韵事，这事是在他保证严守秘密的条件下格里菲思才透露出来的，她常常听得乐起来。米尔德丽德有时装出厌恶的样子听着，不过一般的时候她总是好奇地听他讲。菲利普讲的时候怀着赞美的心情把这位朋友漂亮的面孔和迷人的魅力夸大了。

“我相信你一定会像我一样喜欢他的。他是那么快活，有意思，而且他为人也非常之好。”

菲利普告诉她，当他和格里菲思还素不相识的时候，他是怎样在他生病的时候护理他的。经他那么一讲，格里菲思的自我牺牲精神简直完美极了。

“你准会喜欢他的。”菲利普说。

“我可不喜欢相貌漂亮的男人。”米尔德丽德说，“在我看来他们太傲了。”

“他想和你认识一下。你的事我跟他讲得可多了。”

“你都说了些什么？”米尔德丽德问。

除了格里菲思，菲利普没有人可以与之谈谈他对米尔德丽德的爱，他一点点地把自己和她的关系的全部经过都对他讲了。他向格里菲思形容她足有五十遍了。他爱慕地把她的样子的每个细节都详细地对他讲过，以致格里菲思完全知道她的那双瘦小的手长得有多好，她的脸有多么白，当菲利普讲到她那没有血色的薄嘴唇多么迷人的时候，他竟嘲笑起他来了：

“唉呀呀，好在我还不至于垂涎三尺。”他说，“要是那样，我这命都是它的啦。”

菲利普笑了。格里菲思不懂得疯狂地堕入情网的喜悦，不懂得这就像肉、酒、人呼吸的空气，以及一切对生存不可缺少的东西一样。格里菲思知道菲利普在这位姑娘生小孩时照顾了她，现在正要去和她一起混去了。

“喂，我得说，你有所施也就该有所受啦。”他说，“为这个你也花了一笔钱了，你运气真好，供得起这个。”

“我供不起。”菲利普说，“但是我什么也不在乎！”

吃午饭的时候还早，菲利普和米尔德丽德在散步的广场上找了个休憩的地方坐下，一边晒太阳一边看过往的行人。布赖顿的男店员们手里挥舞着手杖，三三两两地蹓跶着，布赖顿的女招待们咯咯地笑着，三五成群轻快地走过。他们能够看出谁是从伦敦到这儿来过周末的，清新的空气使他们疲乏的身体振作起来。还有许多犹太人，壮硕的太太们浑身上下珠光宝气，穿着紧扎住身子的绸缎衣服；有些发福了的男人们带着一股装腔作势的派头。住在某个大旅馆里来度周末的中年绅士们，穿着都很考究，过于丰盛的早餐后就一刻不停地散着步，使他们有胃口去吃更加丰盛的午餐。他们和朋友们互相寒暄着，再不就是聊聊这个“布赖顿博士”或者“海滨伦敦”一类的闲话。某一位大名鼎鼎的男演员走过，他故意不去理睬那些被吸引来的目光：有时候他脚蹬别出心裁的皮靴，身穿一件有阿斯特拉罕羔皮领子的外套，手里拿着一根银包头的拐杖，有时候，他打扮得就像是出外打了一天猎回来，身上穿着灯笼裤和哈里斯呢的宽大外套，后脑勺上扣一顶呢子帽，慢慢吞吞地到处蹓跶。太阳把光辉洒在湛蓝的海面上，大海平静而又洁净。吃完午饭，他们到霍夫去看那个照看小孩的女人。她住在后街的一栋小房子里，那房子小而整洁。她叫哈丁太太，是个上了岁数的矮墩墩的人，有着灰白的头发和一张红红的胖脸。她头戴着便帽，看上去很慈祥，菲利普觉得她似乎挺和善。

“你不觉得照看一个婴儿太麻烦吗？”菲利普问她。

她解释说，她的丈夫是位副牧师，年纪比她大得多。因为牧师们总愿意找青年人给他们当助手，所以他要找个固定的工作很困难；只有某位牧师去度假或是生病的时候，他暂时代理一下，赚几个钱，还有就是一个慈善团体给他们的一点儿临时津贴，反正她的生活很寂寞，带个孩子总算有事干，而且一个星期有几先令的进账对她维持生活很有帮助。她满口答应要好好地带养孩子。

“这个太太挺合适吧？”他们离开时米尔德丽德说。

他们回到“大都会”吃茶点。米尔德丽德喜欢熙攘的人群和乐队。菲利普懒得再谈话了，他就看着她的脸，看到她两眼犀利地盯着进来的女人们的衣着装束。在估摸东西的价格方面她特别有眼力，她不时凑过来小声地把她琢磨出来的结果告诉他。

“你看到了那根白鹭羽毛了吧？每根要值七个畿尼哩。”

要不然就是：“菲利普，快看那貂皮。那是兔皮的，那个呀——那不是貂皮的。”她得意洋洋地笑着，“在一里外我就能看出来。”

菲利普愉快地笑着。看到她这么快乐他也很高兴，她言谈话语中的坦率使他觉得又好玩又动人。乐队在演奏着感伤的曲子。

吃完了饭，菲利普挽着她的胳膊到火车站去。他告诉她他们到法国的旅行安排。她应当在这个周末回伦敦，可是她却告诉他到下星期六她才能离开。他已经订好了巴黎一家旅馆里的一个房间。他急切地盼着去订船票。

“坐二等舱你不会在乎吧？我们可不能太大手大脚的了，只要我们到了那儿能不觉得累就可以了。”

拉丁区是怎么回事他已经给她讲过一百遍了。他们要在适意怡情的古老街道上散步，还要在卢森堡宫迷人的花园里闲坐。如果天气好的话，在巴黎玩够了他们也许还可以去枫丹白露。树木一定是刚刚吐出嫩芽。春天的绿树比他所知道的东西都美；那绿色就像是支歌，就像爱情的欢乐和痛苦。米尔德丽德静静地听着。他冲她转过脸来，紧紧地看着她的眼睛，仿佛想要看到她心里去。

“你想不想去啊？”他说。

“当然想。”她微笑着。

“你不知道我多么渴望能去啊。以后这几天我真不知道怎么才能挨过去。我真害怕发生什么事去不成了。我简直无法告诉你，我是多么爱你啊，这都快把我弄得发疯了。最后，最后……”

他突然不说话了。他们到了火车站，但是他们在路上磨蹭的时间太久了，菲利普几乎都来不及同她说声再见。他匆匆地吻了她，然后拼命地朝小门口奔去。她站在他们分手的地方没动。他跑的那个样子真是怪极了。

74

下个星期六，米尔德丽德回来了，那天晚上菲利普始终和她在一起。他买了戏票，而且在吃饭的时候他们还喝了香槟酒。她在伦敦这么长时间了，这还是她第一次这么快乐哩，她对一切都天真地感兴趣。当他们坐马车从剧院回他在皮姆利科旅馆给她订的房间的路上，她紧紧地依偎着菲利普。

“我确实相信你见到我非常高兴。”他说。

她没有回答，只是温存地握着他的手。感情的表示对她说来太罕见了，这可把菲利普弄得神魂颠倒。

“我已经请格里菲思明天来和我们一起吃饭了。”他告诉她。

“噢，你这么做我很高兴，我也想见见他。”

星期日晚上没有什么地方可以带她去玩乐，菲利普担心她整天同他在一起会感到无聊，格里菲思很能逗人开心，他会帮助他们度过这个晚上的。菲利普非常喜欢他们俩，希望他们能互相认识一下，能喜欢对方。临别时他说：

“只有六天了啊。”

他们安排好了星期日在罗曼诺餐厅的走廊吃饭，这不仅因为那里的菜肴非常好，而且也因为在那儿吃饭价廉物美。菲利普和米尔德丽德先到了，他们得坐在那儿等格里菲思来。

“他是个没准点的家伙。”菲利普说，“这会儿他八成正和哪一位情人谈情说爱哩，他的情人数都数不清。”

可是没过一会儿他就露面了。他是个很漂亮的家伙，长得又高又瘦，他的脑袋长在他那个身体上再合适不过了，这赋予了他一种居高临下的迷人风度，他的卷发，那双大胆、友善的蓝眼睛，还有那红润的嘴唇都叫人觉得那么可爱。菲利普看到米尔德丽德带着欣赏的态度打量着格里菲思，他感到了一种奇怪的满足。格里菲思对他们报以微微一笑。

“关于你的事我听到的已经很多了。”当他拿起米尔德丽德的手时对她说。

“还没有我听说的你的事多吧。”她回答说。

“没有说的那么坏吧。”菲利普说。

“他一直往我脸上抹黑来着吧？”

格里菲思哈哈大笑起来，菲利普看到米尔德丽德注意到格里菲思的牙齿那么白，那么整齐，还注意到他的微笑那么令人愉快。

“你们应该觉得已经是老朋友了。”菲利普说，“你们的事我都已经分别给你们讲过很多了。”

格里菲思的心情真是好极了，因为他终于通过了最后的考试，取得了资格证，当了伦敦北区一家医院的一名住院外科医生。五月初他就要开始上班了。同时，他还准备回家去度一次假，现在是他在城里的最后一个星期了，决心要在这个星期尽情地玩个痛快。他开始说起那些插科打诨的笑话来了，菲利普对他真是佩服得五体投地，因为他自己学不上来。他说的话根本没什么内容，但是他那活泼快乐的劲头却使得他的话有了分量。他身上洋溢着的蓬勃的生命力感染着每一个认识他的人，这生命力简直就像是一个人的体温那样敏感。菲利普还从来没有看到米尔德丽德什么时候像这样活泼，他很高兴看到他的这次小小的聚会这么成功。她感到非常的开心，笑得越来越响。她完全忘记要保持那已经成了她的第二天性的装腔作势的矜持了。

过了一会儿，格里菲思说：

“依我看，让我称呼你米勒太太实在是太难了。菲利普就只称呼你米尔德丽德不是吗？”

“我敢说，你如果也这么称呼她，她不会把你的舌头割下来的。”说罢，菲利普哈哈大笑起来。

“那也行，不过她一定得叫我哈利。”

他们叽叽喳喳地东拉西扯，菲利普安静地坐在一旁，他想，看到人们这么高兴多好啊。因为他总是那么一本正经，格里菲思不时地总要略微善意地揶揄他几句。

“我相信他是非常喜欢你的，菲利普。”米尔德丽德笑着说。

“他是个蛮不坏的家伙。”格里菲思回答说，他拿起菲利普的手来快活地摇晃了几下。

格里菲思喜欢菲利普，这一点仿佛增添了格里菲思的魅力。他们都是不怎么喝酒的人，下肚的葡萄酒把他们的脑袋弄得晕晕沉沉的了。格里菲思变得愈发饶舌也愈发吵闹不安了，菲利普也被逗得直乐，他不得不劝格里菲思安静一些。格里菲思有一种讲故事的天赋，他的风流艳事讲起来充满了浪漫情调和欢笑。他在一切的艳史中，扮演了一个有骑士风度、诙谐幽默的角色。米尔德丽德兴奋得两眼熠熠闪光，她一再要他讲下去。他就一件轶事接一件轶事地倾泻出来。直到开始灭灯她才吃了一惊：“唉呀，今天晚上的时间过得真快呀。我以为这会儿还不到九点半哩。”

他们站起身出去，她说完再见时又添了一句：“明天我要到菲利普的房间去喝茶，你如果没事可以顺便来坐一坐。”

“好吧。”他笑着说。

回皮姆利科旅馆的路上，米尔德丽德谈的全是格里菲思。她的思想全被他那英俊的模样、做工精细的服装、他的声音和他的快乐迷住了。

“我真高兴你喜欢他。”菲利普说，“你原来是那样不屑于见他，还记得吗？”

“我觉得他真好，他竟这么喜欢你，菲利普。你有这么样一个好朋友可真不错。”

她仰起脸来让菲利普吻了吻。这种事她很少做。

“今天晚上我过得非常快活，菲利普。太谢谢你啦。”

“别说这些废话了。”他笑了起来，她的感谢使他感动得觉得自己泪眼模糊了。

她打开房门，刚要进去，又向菲利普转过身来。

“告诉哈利，我爱他爱得发疯了。”

“可以。”他笑起来，“晚安。”

第二天，他们正在喝茶的时候格里菲思来了。他懒散地倒在一把扶手椅里。他那缓慢的动作里有着某种奇怪的耽于女色的东西。他们俩聊天的时候，菲利普一直没有作声，不过他还是很快活。他对他们俩是那么敬佩，所以他们俩互相敬慕似乎是很自然的事。他并不在意格里菲思是不是吸引住了米尔德丽德，反正那天晚上她是属于自己的就行了。他很有一种宠爱妻子的丈夫态度，相信妻子的深情，有趣地看着妻子同一个陌生人无伤大雅地调情着。可是到了七点半的时候，他看了看表说：“时候差不多了，米尔德丽德，我们该出去吃饭了。”

一时他俩谁也没有吱声，过了一会儿，格里菲思好像是在考虑着似的说：“是啊，我也得走了。”

他终于说道：“我也不知道都这么晚了。”

“你今天晚上有什么事吗？”米尔德丽德问。

“没有。”

又是一阵沉默。菲利普感到微微的愠怒。

“我这就去洗一洗手。”他说道，然后又对米尔德丽德说，“你不去洗一洗吗？”

她没有回答他。

“为什么你不和我们一块儿去吃饭呢？”她对格里菲思说。

格里菲思看了看菲利普，看到他正阴着个脸在瞪着他。

“昨天晚上我已经和你们吃过了。”他笑笑，“我会妨碍你们的。”

“咳，那有什么关系。”米尔德丽德坚持说，“叫他一起去吧，菲利普。他不会碍事的，是吧？”

“如果他愿意去，他去得啦。”

“那么就这样吧。”格里菲思赶紧说，“我这就上楼去收拾一下。”

他一离开房间，菲利普就冲米尔德丽德发起火来了。

“你干吗非叫上他和我们一起吃饭？”

“我没办法呀。他说了他没有什么事儿，不说什么就会显得太不像话了。”

“咳，都是废话！你干吗非要问他有事没有？”

米尔德丽德微微咬了一下她那苍白的嘴唇。

“有时我想能稍微热闹一会。老是单独和你在一起我都腻烦了。”

他们听到格里菲思嗵嗵地下楼来了，菲利普就到他的卧室里梳洗去了。他们在附近一家意大利餐馆吃饭。菲利普在生气，闷着头一声不吭。不过他马上就意识到了，和格里菲思一对照，他这样做恰恰是在表现自己处在不利的地位，他克制着自己，掩藏起他的烦恼。他喝了大量的葡萄酒，想借此把正在啮噬心灵的痛苦压下来，而且他还迫使自己说话。米尔德丽德使出浑身解数想让他高兴起来，好像她对自己刚才说的话很懊悔似的。她做得又温顺又多情，很快地菲利普就觉得自己竟让嫉妒心支配着，真是太不像话了。吃完饭，他们坐上一辆马车来到音乐厅，这时坐在两个男人中间的米尔德丽德主动地把自己的手伸给菲利普，他的气恼顿时烟消云散了。突然间，不知道是怎么的，他意识到格里菲思这时也正握着她的另一只手哩。痛苦又一次向他猛烈袭来，这是一种真正的肉体上的痛苦。他惊慌失措地问自己，米尔德丽德和格里菲思是不是互相爱上了，也许以前他就这么问过自己。由于怀疑、气愤、惊愕、沮丧像烟雾一样遮住了他的眼睛，他没看到他眼前的表演。可是他还是强迫自己对那个事实视而不见，仿佛无关紧要似的。他一个劲儿地说着，笑着。后来，一种要折磨自己的奇怪念头紧紧地攫住了他，他站起身来，说他要出去喝点儿什么。米尔德丽德和格里菲思还从来没有单独地在一起待过一会儿。他想让他们单独留下来。

“我也去。”格里菲思说，“我也很渴。”

“咳，别瞎说了，你还是陪米尔德丽德说说话吧。”

菲利普不知道自己为什么要这么说。这会儿他要把他们俩丢在一起只是为了使自己遭受的痛苦更难以忍受罢了。他并没有到酒吧去，而是上楼进了楼厅，从这里他可以不被发现地观察到他们。他们的眼睛已经不再看舞台了，而是微笑着互相看着对方的眼睛。格里菲思像平时那样兴高采烈、滔滔不绝地说着，而米尔德丽德则好像听入了迷。菲利普的头剧烈地疼起来。他一动不动地站在那里。他知道，他回去会碍事的。没有他在场，他们玩得很快乐，而他却在那里受苦，受苦。时间过去了，他感到再回到他们中间很是不好意思。他知道他们根本没有想到他，他辛酸地想到，是他给他们付了饭钱，又给他们买了音乐会的票。他们把他愚弄成什么样啊！他羞愧屈辱得浑身发热，他看得出来，他不在那里他们是多么高兴。他本想撇下他们自己回家去，可是他没拿帽子和外套就走了的话，就会少不了没完没了地解释。他还是回去了。当米尔德丽德看到他的时候，他觉得她的眼睛里有一种厌恶的神色，他的心情沮丧极了。

“你可去了好长时间哩。”格里菲思带着欢迎的笑容说道。

“我碰到几个熟人，一直在和他们说话来着，脱不开身呀。我想你们倒也挺熟，在一起会玩得很好的。”

“我真是快活极了。”格里菲思说，“我不知道米尔德丽德怎么样。”

她高兴地，心满意足地轻轻笑了。那咯咯的笑声听起来很鄙俗，这笑声使菲利普感到可怕。他提议他们该走了。

“走吧。”格里菲思说，“我们俩坐车送你回去。”

菲利普怀疑她事先就提出过这种安排，这样她就可以不必单独和他在一起了。在马车里，菲利普没有去拿她的手，而她也没有把手伸过来，可他知道，她自始至终都握着格里菲思的手。他首先想到的是她这么做简直太下作了。在车上，他暗自猜想，他们背着他是怎么商量好会面的。他咒骂自己竟让他们单独在一起，实际上他这么做正好让他们能如愿以偿了。

“我们还是坐马车回去吧。”菲利普说，这时他们到了米尔德丽德寄宿的旅馆。

“我太累了，都走不回去了。”

回去的路上，格里菲思快活地说笑着，似乎对菲利普的那种“嗯”“啊”的回答并不在意。菲利普感到自己得注意发生了什么事。最后菲利普的沉默变得很深沉了，无论怎样他也不开口。格里菲思突然紧张起来，不再说话。菲利普想说点儿什么，可是他感到那么屈辱，简直没办法使自己张开口，然而时间在消失，机会就要丧失了。最好还是把事情搞清楚。他终于勉强开口了。

“你爱上了米尔德丽德了吧？”他突然问。

“我？”格里菲思大笑起来，“今天晚上你这么古怪就因为这个？当然没有。我亲爱的老伙计。”

他企图伸过手去挽住菲利普的胳膊，可是菲利普闪开了。他知道格里菲思在说谎，他没办法让自己去逼着格里菲思告诉自己。刚才他并没有一直握着那个姑娘的手。他突然觉得非常虚弱和绝望了。

“这对你没有什么关系，哈利。”他说，“你有那么多女人——不要把她从我这儿夺走。她是我的命根子啊，我太痛苦了。”

他的声音都嘶哑了，禁不住抽泣起来。他为自己感到非常害臊。

“我亲爱的老伙计，你知道我是绝不会去做任何伤害你的事的。我真的太喜欢你了，不会做出那样的事。我只不过是在开开玩笑罢了。要是我知道你会这么在乎，我就会当心了。”

“你说的是真的吗？”菲利普问。

“我他妈的一点儿也没把她放在心上。我用名誉向你保证。”

菲利普如释重负地叹了口气。马车在他们的门前停了下来。

75

第二天，菲利普情绪很好。他生怕自己去得太频繁了会使米尔德丽德厌烦，所以，他盘算好到吃晚饭的时候再去找她。他去接她的时候，她已经准备好了。他打趣她这么遵守时间真是太罕见了。她穿的是一件他送给她的新衣服。他还评论了一番这件衣服多么时髦漂亮。

“这件衣服还得拿回去翻改。”她说，“裙子都上错了。”

“你要是想带到巴黎去穿的话，得叫裁缝抓紧点儿哩。”

“会弄好的，误不了事儿。”

“可只有三个整天了啊。我们搭十一点的船，好吧？”

“随你的便。”

他就要有近一个月的时间完全和她在一起了。他用爱慕的眼光贪婪地盯着她，他可以拿自己的感情来稍微开一下心了。

“我不明白我到底看上了你的什么。”他微笑着说。

“这话说得倒是好听。”她回答说。

她那么瘦，几乎都能看清她的骨头架子。她的胸脯平得像个男孩子，那张有着窄小而苍白的双唇的嘴也很难看，她的皮肤泛着浅浅的绿色。

“我们走的时候，我要给你一些布劳德药片。”菲利普笑着说，“回来时我要叫你又胖乎又红润。”

“我可不想发胖。”她说。

她没有说起格里菲思，过了一会儿，他们正在吃饭的时候，菲利普觉得要制服她，自己是有这个能耐的，他就不无怨恨地说：

“我觉得你昨天晚上在和哈利一个劲儿调情。”

“我告诉过你我爱他嘛。”她笑起来。

“我高兴地知道他可并不爱你。”

"你怎么知道的？"

"我问过他。"

她犹豫了片刻，看着菲利普，眼睛里闪出奇异的光芒。

"你愿意看一看我今天早上收到的他的一封信吗？"

她递给他一个信封，菲利普认出了这是格里菲思的粗大清晰的字体。这信有整整八页信纸，写得真是好极了，既坦率又动人，这是那种惯于向女人表示爱情的男人写的信。他告诉米尔德丽德，他热烈地爱着她，他一看见她就爱上她了，因为他知道菲利普是多么地喜欢她，不过他自己也没办法。菲利普是这么一个可爱的人，而且他自己也羞愧极了，但这不是他的过错，他只是给迷住了。他讨人喜欢地恭维了她一通。最后，他对她同意第二天同他一起吃午饭表示了谢意，还说他非常非常焦急地盼着见到她。菲利普注意到了，信上的日期是前一天的夜里，这封信肯定是格里菲思在和菲利普分手后写的，而且是颇费了一番苦心，选在菲利普认为他已经上床睡觉的时候，出去邮走的。

他带着一种厌恶的心情读着这封信，但是并没有流露出什么惊奇的神色。他镇静地笑了笑把信还给米尔德丽德。

"你们的午饭吃得满意吗？"

"相当好。"她加重了语气说。

他觉得自己的手在发抖，他就把手放到桌子下面。

"告诉你，你千万可别对格里菲思太认真了。他是只蝴蝶呀！"

她拿起信又看了看。

"我也是没办法呀。"她竭力装出若无其事的声调说，"我也不知道我是怎么回事。"

"对我来说你这样真有点使人难堪，不是吗？"菲利普说。

她迅速扫了他一眼。

"你对待这事倒是相当镇静的了，我得这么说。"

"你希望我怎么做呢？难道你还要我一把一把地把我的头发揪下来吗？"

"我知道你会生我气的。"

"奇怪的是我一点儿也不生气。我应该早就知道会发生这种事的。

把你们拉到一起，我可真蠢。我完全清楚，无论从哪方面说他都比我强；比我快活得多，他长得也很漂亮，他更能讨人喜欢，他能够讲那些你感兴趣的事。”

“我不懂你说这些是什么意思。如果我不聪明我也没办法，可是我也不像你想的那样蠢，绝不像你想的那么蠢，这我可以告诉你。依我看，你也太有点儿盛气凌人了吧，我的年轻朋友。”

“你打算和我吵嘴吗？”他温和地问。

“没有，不过我不明白你为什么要这么对待我，好像我不知道我是个什么人。”

“我很抱歉，我并不想得罪你。我只是想心平气和地把事情谈清楚而已。如果我们能有什么办法的话，我并不希望把事情搞得一团糟。我看出你是被他迷住了，这我觉得倒也十分自然。唯一真正伤害了我的是他怂恿了你。他知道我多么爱你。在他给你写信的五分钟以前，他还说一点儿也没有把你放在心上哩，我认为他也太卑鄙了。”

“要是你认为说了他的坏话就可以使我不那么喜欢他，那你可就错了。”

菲利普沉默了一会儿。他不知道怎么说才能使她明白自己的意思。他想说得冷静些、慎重些，可是他这时处于一种感情的混乱里，简直无法理清楚自己的思想。

“不值得为了迷恋这种人就把一切都牺牲了呀，你知道这关系是没法长久保持下去的。总之，甭管任何人，他也爱不了十天，而你又太冷了，这种事儿对你来说根本算不上什么。”

“那是你的想法。”

她想要让他采取大吵大闹的方式已经不容易了。

“要是你爱上了他，你就没有办法。我倒可以尽最大努力忍受下来。我们，你和我，在一起过得非常好嘛，我待你也并不坏吧？我一向知道你并不爱我，可是你毕竟还是很喜欢我呀。等我们到了巴黎，那时你就会把格里菲思忘掉。一旦你下决心不去想他，你就会发现这么做并不难，你也该为我做点什么事了，我也该得到报偿了。”

她没有回答，他们继续吃着饭。沉默越来越叫人难以忍受，菲利普开始谈起一些无关紧要的事儿来了。他装出一副没有注意到米尔德丽德心不在焉的样子。她敷衍地回答着他，没有一句话是她主动说的。最后她粗暴地打断了他的话。

“菲利普，恐怕星期六我不能离开。医生是这么嘱咐的。”

他知道这不是真话，可是他问道：“那么我们什么时候能去呢？”

她瞥了他一眼，看到他的脸又惨白又严峻，就不安地把目光移开了。在这一刻她有些怕他。

“我不妨对你直说，一了百了，我根本不能同你一起出去。”

“我想这才是你的意思。你现在改变主意已经太晚了。我已经把船票和所有东西都买好了。”

“你说过，如果我不想去的话你就不希望我去，我现在不想去。”

“我现在已经改变主意了。我可不会让人给我玩阴谋诡计了。你必须去。”

“我是很喜欢你的，菲利普，作为一个朋友。不过超过这个限度我可受不了。我不能像那样喜欢你。我不能够，菲利普。”

“一个星期以前你可非常愿意哩。”

“那时候不一样。”

“因为那时候你还没见到格里菲思，是吗？”

“你自己说过，要是我爱上了他，我就没办法了。”

她绷起脸，眼睛一动不动地盯着自己的盘子。菲利普气得脸煞白。他真想用那只攥紧的拳头一下子揍在她脸上，在想象中他看到她被打得鼻青眼肿。他们旁边的一张桌子上有两个十八岁的小伙子正在吃饭，他们不时地瞟着米尔德丽德，他不知道他们是不是在嫉妒他和一位标致的姑娘一起吃饭；大概他们正希望取代他的位置吧。还是米尔德丽德打破了沉默。

“一块儿出去对我们有什么好处呢？我会无时无刻不想着他。就是去了，你也不会觉得有什么意思的。”

“那是我自己的事。”他回答。

她反复琢磨他这句话的言外之意，脸一下子红了。

“可是这话太粗野了。”

“有什么粗野的？”

“我还以为你完全是个绅士哩。”

“那你就错了。”

这话把他自己也逗乐了，话一出口他就哈哈笑了起来。

“看在上帝的面上，可别笑了。”她叫起来，“我不能和你一起出去，菲利普。我非常抱歉。我知道我对你不好，可是谁也不能强迫自己啊。”

“难道你把我在你困难的时候为你做的一切都忘了吗？我掏钱供养你，直到你的孩子生下来，我给你付诊费，给你买一切东西，我出钱让你去布赖顿，而且我现在还出钱养你的孩子，你身上的衣服是我出的钱，你现在身上的每一根线都是我出钱买的。”

“如果你是个绅士，你就不会这样把你为我做过的事都摊在我面前。”

“看在上帝的面上，住嘴吧。你还以为我在乎是不是个绅士吗？我要是个绅士，我就不会把时间都浪费在一个像你这样的无耻的荡妇身上了。我不在乎你喜不喜欢我。我被当个大傻瓜摆弄，真是够了。你要是不高高兴兴和我星期六去巴黎，你就得承担后果。”

她的脸气得通红，回答时她的声音又生硬又粗俗，以前她总是用故作优雅的发音掩盖住这种声音。

“我根本就不喜欢你，从一开始就不喜欢，可是你死皮赖脸缠着我。我讨厌你吻我。我现在就是饿肚子，也不会再让你碰我一下了。”

菲利普试图把他盘子里的东西三口两口地吃下去，可是他喉咙眼的肌肉就是不肯配合。他把什么饮料一饮而尽，然后点燃了一支烟。他全身都在发抖。他没有说话。他等着她走，可是她却默不作声地坐在那里，呆呆地盯着白桌布。如果这里只有他们两个人的话，他就会一下子搂住她热烈地吻她。他想象着当他把嘴唇压在她的嘴上，她向后仰时露出的长长的白皙的脖子。有一个钟头他们都没有说话，最后，菲利普认为侍者开始好奇地盯着他们了。他叫过侍者付了账。

“我们走吧？”付完账他说，他的声音很平静。

她没有回答，不过还是把她的小提包和手套拢在一起，穿上外套。

“什么时候你去见格里菲思？”

“明天。”她漠然地回答。

“你最好跟他商量一下。”

她机械地打开她的小提包，看到里面有一张纸。她把那张纸片拿出来。

“这是这件衣服的账单。”她犹豫地说道。

“那又怎么样？”

“我答应了那女裁缝明天给她钱的。”

“是吗？”

“你的意思是告诉我，可以要这件衣服，可是你不付钱？”

“就是这个意思。”

“那我叫哈利替我付。”她说完脸唰地红了。

“他会很高兴帮你这个忙的。眼下他可欠着我七镑哩，而且他上个星期把他的显微镜都当了，他穷得叮当响。”

“你甭拿这个来吓唬我。我现在完全能够自己挣钱。”

“你最好这样。我一个小钱也不打算再给你了。”

她想到星期六就要付房租了，又想到婴儿的抚养费，不过她什么话也没有说。他们离开了饭馆，来到街上，菲利普问她：

“要我给你叫辆马车吗？我想蹓跶一会儿。”

“我什么钱也没有了。今天下午我不得不付了一张账单。”

“走一走对你不会有什么坏处。明天你想找我的话，我吃茶点的时候在家。”

他摘下帽子，闲逛似的走开了。他又回头看了一眼，只见她还孤零零地站在原地，看着过往的车辆。他走了回来，笑了一声把一枚硬币塞到她手里。

“给你两个先令回家吧。”

没等她说话，他就急忙走开了。

76

第二天下午，菲利普在房间里坐着，也不知道米尔德丽德会不会来。晚上他睡得很不好。上午他在医学院的俱乐部里度过，看了一份又一份的报纸。这时正值假期，在伦敦他没有认识的同学，可是他发现了一两个人可以谈话，他下了一盘棋，就这样把烦人的时间熬过去了。吃完了午饭，他觉得很累，头也疼得厉害，他就回到寄宿公寓一头栽下睡了；梦中，他试着读一本小说，他没有见到格里菲思。前一天晚上菲利普回来时他就不在，格里菲斯回来时他听到了，可是他却没有像往常那样顺便到菲利普的房间看看他是不是睡了。今天早晨菲利普听到他一大早又出去了。他显然在躲着他。突然，有人在轻轻地敲门。菲利普蓦地翻身下地去开门。米尔德丽德站在门口，她没有动。

“进来吧。”菲利普说。

她进来后他把门关上。她坐了下来，犹豫着该怎么开口。

“谢谢你昨天晚上给了我那两个先令。”

“噢，那没什么。”

她对他淡淡地笑了一下。这使菲利普想到一只小狗由于淘气挨了一顿打后，要和主人和好时的那种胆怯而谄媚的样子。

“我和哈利吃午饭去了。”她说。

“是吗？”

“如果你星期六还需要我和你出去的话，菲利普，我就跟你去。”

他心里倏地一下感到一阵胜利的颤抖，不过这种感觉转眼即逝，猜疑随之而来。

“是因为钱吧？”他问。

“不全是。”她坦白地说，“哈利什么办法也没有。他现在欠了这里五个星期的房钱，他还欠你七镑，他的裁缝也在催着向他要钱，他得把所有能当的都当掉，可是现在他所有的东西都当光了。为我那件新衣服，我磨破了嘴皮才把那个女裁缝打发走，而且到星期六还得预订我的房间，可是我也不能在五分钟之内就找到工作啊。一般总要等一阵子才能等到空缺。”

她说这番话时声调平静而又带着抱怨，好像她在一一数落着命运的不公平似的。作为万物的自然规律的一部分，这种不公平也只好忍受着。菲利普没有回答。她对他说的那些话他太熟悉了。

“你说‘不全是’。”他终于说。

“对了，哈利说，你一直都对我们俩很好。你是他的真正的好朋友。而且他还说，你为我做的那些事恐怕是没有人会做得到的。他说我们干事得光明磊落，他还说了你说他的那些话，他说他天生就喜新厌旧，他不像你，还说我为了他而把你甩了是干了件蠢事。他不会长久的，而你却会，他自己这么说的。”

“那你的确愿意和我一起去吗？”菲利普问。

“我无所谓。”

他看着她，他的嘴角耷拉了下来，显出一副痛苦的样子。他的确已经胜利了，他就要随心所欲了。他对自己受到的屈辱嘲弄似的笑了一声。她迅速看了他一眼，但是并没有说话。

“我一直真心实意地盼望和你一块儿出去，我最终还那么认为，经过所有这些倒霉的事之后，我将会幸福……”

他没有把他要说的话说完。就在这时突然间也没有任何先兆，米尔德丽德就泪如雨下。她坐在诺拉哭的时候曾经坐过的那把椅子上，也像诺拉一样把脸埋在椅子的靠背上，面冲着椅子中间凹下去形成的微微隆起的那一侧，而头就靠在中间凹陷的地方。

我和女人没有好运气。菲利普想。

她瘦小的身子随着啜泣晃动着。菲利普还从来没有见过哪个女人这么扯开嗓子地大哭哩。这真是可怕的痛苦，连他的心都被撕裂了。他走到她跟前，张开胳膊把她搂住，他也没有明白自己这是干什么，她没有反抗，而是在痛苦中任凭自己接受他的抚慰。他柔声细语地对她说些安慰的话。他几乎没听懂她在说些什么，他朝她弯下身去不停地吻着她。

“你特别难过吗？”他终于说。

“我真希望死了才好。”她悲戚地说着，“我真希望生孩子的时候死了。”

她的帽子很碍事，菲利普帮她把帽子摘掉。他把她的头在椅子上靠得更舒服些，随后走到桌子前坐下，看着她。

“太可怕了，爱情，难道不是这样吗？”他说，“想想人们还尽都想恋爱哩。”

过了一会儿，她哭泣的势头不那么凶了，她筋疲力竭地坐在椅子上，头向后靠着，胳膊垂在身子的两侧。她那奇怪可笑的样子就像是画家用来悬挂工作服的假人。

“我真的不知道你这么爱他。”菲利普说。

他太理解格里菲思的爱情是怎么一回事了，因为他把自己放在格里菲思的地位上，用他的眼睛去看，用他的手去摸，他能够想出自己在格里菲思的身体里，用他的嘴唇吻她，用他那笑眯眯的蓝眼睛朝她微笑。使他奇怪的却是米尔德丽德的感情。他从来不认为她会有什么激情，而这就是她的激情：不会错的。有时候，他的心里似乎有什么东西要支持不住了；他真的觉得心里有什么东西在撕裂着，他觉得虚弱极了。

“我并没有想叫你难过。如果你不愿意的话，你就不必和我出去。我还会像以前那样给你钱的。”

她摇摇头。

“不，我说过我去，我要去。”

“如果你爱他爱得要命，去的话有什么好处？”

“不错，就是这话。我爱得要死。我知道不会长久的，正像他的为人一样，可是现在……”

她不说了，闭上了眼睛，好像她就要昏厥过去似的。菲利普突然想到了一个怪念头，没等好好想一想就脱口而出：

“你为什么不和他一块儿出去呢？”

“我怎么能呢？你知道我们没有钱啊。”

“我给你们钱。”

“你吗？”

她坐了起来，看着他。她的眼睛开始放出光芒，脸颊上也开始有了血色。

“大概最好是先结束这件事，然后你再回到我这里来。”

这时他为自己提出了这个建议，痛苦得什么似的，而且还有一种奇异的微妙的感觉在折磨着他。她瞪大了眼睛盯着他。

“啊，我们怎么能用你的钱呢？哈利绝不会答应的。”

“唉，他会的，只要你说服他。”

见她不愿用他的钱，他非要坚持，然而他打心眼里又希望她坚决地拒绝。

“我给你一张五镑的钞票，从星期六到星期一你们就可以出去几天了。你们容易办到。星期一他要回家，一直到去伦敦北区医院任职以前，他都在家里。”

“噢，菲利普，你不是在开玩笑吧？”她叫起来，拍着手，“如果你真能让我们去的话——以后我会特别爱你的，我会为你做一切事情。如果你真能那样，我保证我会把这事了结的，你真的给我们钱吗？”

“真的。”他说。

现在她完全变了一个人。她笑了起来。他看得出来她高兴得快要疯了。她站起身来，在菲利普的身边跪下，拉着他的手。

“你是个顶好顶好的人，菲利普。你是我认识的最好的人。以后你还会生我的气吗？”

他摇摇头，微笑着，可是他心里是多么痛苦啊！

“我可以现在就去告诉哈利吗？我可以去告诉他说你并不在意吗？除非你答应说没有关系，否则他是不会同意的。嗨，你不知道我是多么爱他啊！以后凡是你愿意的事情我都肯做。星期一我一定和你一起去巴黎，上哪儿都行。”

她站起来，戴上她的帽子。

“你这是上哪儿去？”

“我去问问他是不是肯带我出去呀。”

“这就去吗？”

“你要我留下吗？只要你愿意我就留下。”

她坐下来，可是菲利普却笑了一声。

“不，没有关系，你还是立刻就去吧。只有一件事：要是让我见到格里菲思我可受不了，那样我受到的伤害就太大了。跟他说，我不恨他，或者诸如此类的话，不过请他离我远点儿。”

“好极了。”她跳起来，戴上手套，“我会让你知道他都说了些什么的。”

“你最好今天晚上还是和我吃饭吧。”

“好吧。”

她仰起脸来让他吻吻，当他把嘴唇压在她的嘴唇上时，她一下子搂住了他的脖子。

“你真是我的小乖乖，菲利普。”

两个小时以后，她叫人送来了一张纸条，说她头疼，不能和他一块儿去吃晚饭了。菲利普几乎已经料到了她要这么做。他知道她是要和格里菲思去吃晚饭。他嫉妒极了，可是他们两人突然爆发的爱情仿佛是从外界来的，仿佛神带着爱情访问过他们似的。他感到自己对此无可奈何。他们相爱似乎是很自然的。他看到了格里菲思一切比他优越的地方，而且他也承认，如果他站在米尔德丽德的位置，他也会像她那样做的。最使他痛苦的是格里菲思的背信弃义，他们原来曾经是那么好的朋友，而且格里菲思也知道他是多么热烈地爱着米尔德丽德，格里菲思本不该插手的。

直到星期五他才再见到米尔德丽德。在这期间他非常渴望看到她。可是她来了的时候，他才算明白了，她已经完全不想他了，由于她一心想着格里菲思，他突然恨起她来了。现在他看出她和格里菲思为什么会相爱了，格里菲思很愚蠢，啊，他是那么愚蠢！他自己始终了解这一点，可是他却视而不见，他的魅力掩盖了他彻头彻尾的自私，为了自己的欲望，他不惜牺牲任何人。他的生活多么空虚乏味啊，无非是在酒吧里游来荡去，在音乐厅里酗酒作乐，和这个女人玩厌了就再换一个！他一本书也不读，凡是不与庸俗、琐碎和下流有关的东西他都睬也不睬，高尚的思想他一点儿也没有：他经常挂在嘴边的词儿就是“带劲儿”！这个词儿是他对男人或女人的最高的褒奖。“带劲儿”！怪不得他能博得米尔德丽德的欢心哩。他们倒是很般配。

菲利普和她讲起同他们俩都没关系的事来。他知道米尔德丽德想跟他说一说格里菲思，可是他不给她这样的机会。他绝口不提前两天晚上她找了个不成借口的借口就把和他一起吃晚饭的事推掉了。他对她漫不经心，努力做得使她认为他突然变得无所谓了，他施展出特殊的手段专拣一些不足道的琐碎事说，他知道这样会刺伤她的，可是这些话是那样含糊不清，那么软中有硬、含而不露，她无法因此而发火翻脸。最后她站了起来。

“我想我现在得走了。”她说。

“我敢说你还有很多事情要做哩。”他回答。

她伸出手来，他握了握，说了声再会，而且给她打开门。他知道她想要说的是什么，他也知道他的冰冷的和讥讽的态度把她吓住了。腼腆害羞常常使他显得很严峻，无意之中反倒使别人对他感到害怕了，发现了这一点，他每逢有必要便采取这个办法。

“你没忘了你答应过的话吧？”当他拉开了门，她终于说。

“什么呀？”

“关于钱的事。”

“你打算要多少？”

他说得冷冰冰而又沉着慎重，这就使他特别富于挑衅和进攻性。米尔德丽德的脸涨得通红。他知道在这一刻她把他恨得咬牙切齿，他感到很惊奇，她竟然克制住自己没有对他破口大骂。他想叫她难受一下。

“这是那件衣服和明天要付的账单。全在这儿了。哈利不去了，所以我们也用不着钱了。”

菲利普的心猛地似乎要跳出嗓子眼，他松开门把手，门自动关上了。

“为什么不去了？”

“他说我们不能去，不能花你的钱。”

一个魔鬼抓住了菲利普，这是一个总是附在他身上使他自我折磨的魔鬼。尽管他打心眼儿里不希望格里菲思和米尔德丽德出去，可是他还是对自己毫无办法，他怂恿自己叫米尔德丽德去说服格里菲思。

“我看不出有什么不行的，只要我愿意。”他说。

“我就是跟他这么说的。”

“我想，该不是他并不真心想去吧，不然他怎么会犹豫了？”

“嗨，不是那样的，他当然想去。要是他有了钱马上就会走的。”

“如果他抹不开面子，我可以把钱给你。”

“我说了，只要他愿意，你就可以借钱给我们的，我们尽快地还钱就是了。”

“跪着去求一个男人带你去度周末，对于你这可是了不起的转变啊。”

“了不起，是吗？”她厚颜无耻地嘿嘿一笑说。

她的这声笑叫菲利普的后脊梁一阵发冷。

“那你们准备怎么样呢？”他问。

“不怎么样，他明天要回家去，他必须回去。”

这将是菲利普的一个转机。没有格里菲思挡道，他就可以把米尔德丽德拉回来了。她在伦敦一个人也不认识，她将不得不只和他交往，而且当只有他们俩人单独在一起时，他就能很快地使她忘掉这个节外生枝的恋爱。如果他不再说什么也就没事了。可是，他有一种强烈的愿望，想要消除他们的顾虑，他希望能知道他们能够用什么样的卑鄙手段来对待他，如果他对他们再稍加撺掇他们就会就范了，一想到他们将蒙耻受辱名誉扫地，他就感到一阵可怕的喜悦。尽管他说的每一个字都在折磨着自己，可是在这折磨中他发现了乐趣。

“看来机会难得啊。”

“我对他也是这么说。”她说。

她话里冲动的声调触动了菲利普。他神经质地咬着指甲。

“你们原来打算到哪儿去呢？”

“噢，去牛津。他在那儿上的大学，这你知道。他说要领我到那些学院去转转哩。”

菲利普记起来了，有一次他曾经建议到牛津去度星期日，而她还一口咬定一想到那地方她就觉得烦人哩。

“看来你们能赶上好天气的。这会儿在那儿该是十分愉快的。”

“我已经尽力劝他去。”

“你为什么不再去劝劝他呢？”

“我能说你希望我们去吗？”

“我认为你千万不要这样半途而废。”菲利普说。

她停了一两分钟看着他。菲利普勉强着自己用一种友好的眼光看着她。他憎恨她，蔑视她，又全心全意地爱她。

“我告诉你我打算怎么办吧，我去看看他是否能这样做。要是他说可以的话，那么我就明天来取钱。你什么时候在呢？”

“吃完午饭我回来等你。”

“就这样说定了。”

“我现在把你的衣服钱和房钱给你。”

他走到书桌边取出钱。衣服是六个畿尼，还有一个星期的房钱、饭钱，除此以外还有婴儿的一个星期托养费。

他给了她八镑十个先令。

“太感谢了。”她说。

她离开他走了。

77

菲利普在医学院的地下室吃完饭就回他的房里去了。这是星期六下午，房东太太在擦洗楼梯。

“格里菲思先生在吗？”他问。

“不在，先生。今天他一大早就出去了，跟着你后脚走的。”

“他不回来吗？”

“我想他不回来了，先生。他拿走了他的行李。”

菲利普想不出他拿走行李干什么。他拿起一本书读了起来。这是伯顿[1]写的《走向圣城》，这本书是他刚从威斯敏斯特公共图书馆借来的。他读着第一页，可是没有读懂上面说的什么，因为他的注意力没有在书上，他总是在听有没有铃响。他不敢希望格里菲思没有带上米尔德丽德就回他在坎伯兰的家去了。米尔德丽德马上就会来取钱的。他咬着牙关继续读下去，他拼命试着集中自己的注意力；他费了九牛二虎之力才在脑子里断断续续地把这些句子记下来，可是由于他正在受着苦恼的困扰，结果这些句子又都理解错了。他多么希望自己不曾提出过给他们钱呀；可是现在泼出去的水收不回来了，这倒不是为米尔德丽德着想，而是为他自己着想。他身上有着一种病态的固执，这种固执迫使他去做那些他已经决定了的事情。他发现，读了三页却连一点儿印象也没有，他就又翻回来从头读。他发现自己总是在翻来覆去地读着一句话，而且这时那句话像是一支梭子拉着他那思想的线来回反复地织着；真可怕，它就像是场梦魇中反复出现的一个程式。他有一件事可以干，那就是躲出去，在外面一直待到半夜再回来，这样他们就走不成了。他在幻想中看见他们每小时都来打听他在不在家。想到他们那副垂头丧气的样子他高兴极了。他对自己机械地重复书中那句话。可是他不能这样做，还是让他们来取钱吧，而且那时他就会看到一个男人堕落到什么地步。这时他再也读不下去了。他简直连书上的字也看不见了。他向后靠在椅子上，合上眼睛，悲痛得都麻木不仁了，就这样等着米尔德丽德。

房东太太走进来。

“先生，米勒太太来了。”

“叫她进来吧。”

菲利普振作起精神接待她，一点儿也不让她看出他的内心活动。他有个冲动要扑通一声给她跪下，抓住她的手求她不要去；可是他知道没有什么办法能打动她；她会把他的一言一行都告诉格里菲思。他感到羞

---

①理查德·弗朗西斯·伯顿（Richard Francis Burton，1821–1890），曾在牛津大学三一学院读书，未毕业，于1842年从军去印度，后去非洲，均写有游记，他是第一批去麦加朝圣的少数人之一，《走向圣城》（Personal Narrative of a Pilgrimage to AI Madinah and Meccah，1855–1856）为他那次游历的纪实。

愧极了。

“喂，出去游玩的事怎么样了？”他乐呵呵地对她说。

“我们这就走。哈利在外面等着哩，我告诉他你不愿意见他，所以他就避开了。不过他想知道能不能进来一会儿跟你告别。”

“不，我不见他。”菲利普说。

他看得出来她并不在乎他是不是见格里菲思。既然她来了，他就希望快点儿把她打发走。

“给你，这是五镑，我希望你现在就走吧。”

她接过钱说了声谢谢，转身离开了房间。

“你什么时候回来？”他问。

“嗯，星期一吧。玩完后哈利得回家去。”

他知道他要说的是些使人感到屈辱的话，可是他被嫉妒和希望打垮了。

“到时候我能见你吗？”

他不由自主地话音里带着恳求的腔调。

“当然啦。我一回来就会告诉你的。”

他和她握了握手。从窗帘缝里他看着她跳上了一辆停在门口的马车。马车轰轰隆隆地走了。随后他一下子扑倒在床上，双手捂着脸。他感到泪水在眼眶里打转，他很生自己的气。他紧攥拳头，扭动着身子硬忍着不让眼泪流出来；可是他做不到，他爆发出摧肝裂胆般的恸哭。

他终于站了起来，筋疲力尽，羞愧万状，他把脸洗了。他给自己配了一杯烈度很大的威士忌和汽水。一杯酒下肚使他稍微好受些了。接着他一眼看见了放在壁炉架上的去巴黎的船票，一把抓起来怒不可遏地扔进了炉子里。他知道，他本来是可以把船票退掉拿回钱来的，可是把船票烧掉使他心头倒是宽慰了许多。随后，他出去了，想找个人在一起。俱乐部里空荡荡的。他感到如果不找什么人说一说他会发疯的，可是劳森到国外去了。他来到了海沃德住的地方，给他开门的女仆告诉他海沃德到布赖顿度周末去了。从海沃德处出来后，菲利普又去了一家画廊，不巧得很，那家画廊刚刚关门。他简直不知道该干什么好。他心烦意乱。他想到了格里菲思和米尔德丽德这会儿正在去牛津的路上，脸对脸坐在车厢里，高高兴兴的。他回到寓所，可是房间使他充满了恐惧，在这房间里他曾经多么悲惨啊！他一再试着去读伯顿的那本书，可是他一拿起书来就一遍又一遍地对自己说他过去多傻呀！是他自己提出来叫他们出去的，他答应出钱，他硬把钱塞到他们手里，他本来应该知道的，把格里菲思介绍给米尔德丽德将会发生什么事情；光是他自己炽热的爱情就足以刺激起别人的欲望。他算计着这时候他们已经到达牛津了。他们将会在约翰大街的一家公寓里住下来。菲利普从来没有去过牛津，不过格里菲思对他讲过很多牛津的情况，他完全知道他们将会到什么地方去。他们将会到克拉伦登去吃晚饭。格里菲思过去总是去那儿吃饭的，每次去都要狂饮胡闹。菲利普在附近的查林-克罗斯[①]那里胡乱吃了些东西，他决定去看戏，后来，他挤进了一家剧院的后座，这家剧院正在上演奥斯卡·王尔德的一个剧本。他猜不出米尔德丽德和格里菲思这一晚上是不是也去看戏了，反正他们总得想个什么法子消磨这个晚上。他们俩都太愚昧了，所以光是聊聊天谈谈话是满足不了他们的。他回想他们头脑的庸俗，也正是这种庸俗使他们一拍即合，臭味相投，这种回想使他得到了一种强烈的快乐。他心不在焉地看着戏，每次换幕的间隙时他都跑去喝威士忌，想借酒浇愁。他喝不惯烈性酒，很快酒精就产生了作用，他喝得酩酊大醉，忽而狂暴不羁，忽而又郁郁不乐。戏散场了，他又去喝了一通。他没办法去睡觉，他也知道自己睡不着，而且他非常害怕他那生动的想象力将会在他眼前展现种种画面。他努力不去想他们。他知道自己喝得太多了。这时，他被一种想去干一些可怕的、肮脏下贱事情的欲望攫住了，他希望让自己滚进路边的污水沟里，他的整个肉体和心灵都渴望着一种淫秽的兽性，他想在地上爬行。

他拖着那只跛脚到皮卡迪利大街[②]来，醉得昏昏沉沉，愤怒和悲哀在抓挠着他的心。一个涂着脂粉的妓女把他拉住，她把一只手搭在他的

---

①查林-克罗斯：伦敦一繁华广场。

②伦敦一著名繁华大街，为大商店、俱乐部、大旅馆会聚之区。

胳膊上；他骂骂咧咧粗暴地推开了她。他没走几步又站住了。她本该会像别的女人一样缠着的，但她并没有。他后悔对她说得那么粗野。他走到她跟前。

“喂。”他说了一声。

“滚开。”她说。

菲利普大笑起来。

“我只不过是想问一问，你肯不肯赏光今天晚上和我一起吃饭？”

她惊愕地看着他，犹豫了一会儿。她看出他喝醉了。

“我无所谓。”

她竟说了一句他经常从米尔德丽德口里听到的话，这使他感到很有趣。他带她来到一家他过去经常和米尔德丽德去吃饭的馆子。他注意到了，当他们一道走的时候她低头看着他的跛脚。

“我有一只脚是跛的。”他说，“你反感吗？”

“你是个怪人。”她笑起来。

他回到自己的房里时全身的骨头都在疼痛，他脑袋里似有一只小榔头在敲打着，几乎使他要尖叫起来。他又喝了一些威士忌加汽水来镇静自己，然后一头栽到床上，马上就呼呼地睡着了，一直睡到了第二天中午，连梦也没有做一个。

78

星期一终于到了，菲利普想，这个旷日持久的折磨可算结束了。菲利普研究着火车时刻表，发现格里菲思回家可能搭乘的那天夜里最晚一趟车是刚过一点以后从牛津发车，他估计米尔德丽德会搭乘在几分钟以后的另外一趟车回伦敦。他很想去接这趟车，可是他又想到米尔德丽德会愿意单独待一天；也许晚上她会写封短信告诉他她回来了，如果没有信，第二天早晨他就去她的公寓找她。他不敢轻举妄动。他把格里菲思恨得咬牙切齿，而对米尔德丽德呢？尽管一切都已经过去了，对她只有伤心的渴望。这时，他很高兴海沃德星期六下午不在伦敦，当时他心烦意乱，一心想找个人安慰他。如果海沃德在伦敦他准会抑制不住把一切都告诉他。而海沃德准会对他的软弱感到诧异的。他会蔑视他，也许海沃德还会因为菲利普竟在米尔德丽德委身于另一个男人之后，还巴望着她可能做自己的情妇而感到惊诧或恶心。难道他还在乎别人的惊诧或恶心吗？只要能够满足自己的情欲，他准备去接受任何一种和解，也准备接受更加堕落的耻辱。

快到傍晚的时候，他的脚步违反他的意志把他带到米尔德丽德住的公寓，他抬头看看她的窗户，窗户里没有灯光，他没有敢冒险去问她是不是回来了。他对她的许诺坚信不移。可是，第二天上午仍没有接到她的信，大约在中午时他又去了一次，那里的女佣人告诉他她还没有回来。他真不明白这是怎么一回事。他知道，格里菲思在前天是不得不回家的，因为他要在一个婚礼上给别人当男傧相，而且米尔德丽德也没有钱了。他的脑子里走马灯似的思考着一切可能发生的事情。下午他又去了一趟，留下一张条子，请她这天晚上同他一起去吃饭。他写得那么冷静，仿佛什么事也没发生过一样。他还提到了他们会面的时间和地点，他抱着一线希望去赴约会：他足足等了一个小时，她还是没有来。星期三早晨，他不好意思再到那公寓去打听了，就叫一个送信的孩子送了一封信去，并且嘱咐要带信回来，可是，没到一个小时那孩子就带着菲利普那封没有启封的信回来了，回话说那位太太还没有从乡下回来。菲利普简直气疯了。这最后的欺骗真叫他受不了。他反反复复对自己说他厌恶米尔德丽德，他还把这一次新的失望推在格里菲思身上，对他恨入骨髓了，以致连凶杀的快意他都体味到了。他一边到处走，一边想着，在一个伸手不见五指的黑夜里把一把刀子戳进他的喉咙，不偏不倚正戳在颈动脉上，让他像一条狗一样在街上死去。这将使他多么高兴啊。菲利普悲痛和愤怒得失去了理智。他并不喜欢喝威士忌，可是为了麻醉自己，他又喝开了。星期二和星期三晚上他都是酩酊大醉地上床去睡的。

星期四早晨，他起得很晚，睡眼惺忪，面色蜡黄，拖着身子到起居室看有没有信来。当他认出格里菲思的笔迹时，他心里感到了一种难以理解的震动。

亲爱的老兄：

我真不知道该怎么给你写信，然而我觉得非写不可。我希望你不要生我的气。我知道我本不该和米莱[①]出去的，可是我简直是无力自拔。她简直使我神魂颠倒了，为了得到她，我什么都愿意干。当她告诉我你给了我们盘缠，我简直抗拒不了。而现在，这事全结束了，我感到万分羞愧，我希望我没干这件蠢事就好了。我希望你来信说你不生我的气，并且请让我去看你。你对米莱说你不愿见我，这使我感到很伤心。千万写几句，看在老朋友的面上，告诉我你原谅我了吧。这样会使我的良心好受一些。我想你不会在意的，不然你就不会给我钱了。不过我也知道我本不该收下这钱。我于星期一回家，米莱想在牛津独自待两天。她将于星期三回伦敦，因此当你接到此信时，你应该已经见到她了。我希望一切事情都将会顺利地过去的。

写信告诉我你原谅我了。请马上回信。

哈利

菲利普发疯似的把信撕得粉碎。他不打算回信。他因为格里菲思的道歉而蔑视他，对他的良心的痛苦讨厌极了：一个人如果喜欢，就可以去做卑鄙的事情，而事后却又表示后悔，这真是令人不齿。他认为这封信写得既怯懦又伪善。他对信中的那种多情善感感到恶心。

“你能够干一件伤天害理的事，干完了说一声对不起就算完事大吉了，这也太轻巧了吧。”他喃喃自语道。

他打心眼儿里希望有朝一日能有个机会对格里菲思狠狠地报复一番。

不过，谢天谢地他总算知道米尔德丽德在城里了。他慌慌张张地穿好衣服，也等不及刮脸，喝了一杯茶，就坐了一辆马车奔向她的公寓去了。那马车慢得像是蜗牛爬。他心急火燎地盼着见到她。他无意识地喊了一声

①米莱：米尔德丽德的昵称。

上帝保佑，他不相信上帝，只不过是想使她接待自己时能和善些。他只是希望忘掉过去的事。他怀着一颗怦怦乱跳的心上前按门铃。他热烈地希望一把把她拥抱在怀里，把他受的一切苦痛都忘到脑后去了。

“米勒太太在家吗？”他快乐地问。

“她已经走了。”女佣人回答。

他茫然地望着她。

“大约一个小时前她回来把她的东西取走了。”

他一时竟不知道对她说什么好。

“你把我的信给她了吗？她说她打算到哪儿去吗？”

随后他明白了，米尔德丽德又一次把他骗了。她就没准备回来找他。他为了使自己下台，就说：

“噢，原来这样，我肯定她会给我写信的。说不定她会写信给另外一个地址的。”

他转身走开，绝望地回到了他的房间。他本来就应该想到她会来这一手的，她从来没有把他放在心上，她从一开始就耍弄他，她没有怜悯，没有仁爱心，也没有慈悲之心。唯一的办法只有自认命里注定。他受到的痛苦真是可怕极了，他恨不得马上就死了也不愿再遭这份罪了。他脑子里猛地冒出了一个念头，让一切都了结了也许会更好些。他可以去跳河，或卧轨，可是还没等他把他的想法说出来，他就反悔了。他的理智告诉他，到时候他会把他的不幸克服的，只要竭尽全力，他是能够忘掉她的，为了一个下流无赖、不要脸的娘儿们就去寻短见会显得太可笑了。他只有一次生命，轻生寻死实在是发疯。他觉得他绝不会把他的感情压下去的，不过他知道关键的问题只不过是时间而已。

他不愿在伦敦待下去了。这里的一切都使他想到了自己的不幸。他给伯父拍了电报说他打算回布莱克斯塔布尔，而且，他急急忙忙打点好行装，搭上了他能搭的最早一趟火车就走了。他希望能离开那间使他遭受了那么多痛苦的污秽的房间。他希望能呼吸一下清新的空气。他很憎恶自己，觉得自己有点儿疯了。

自菲利普长大后，牧师住宅里最好的空房间就一直是他的。那是一间在屋角上的房间，在一扇窗子的前面长着一株挡住了视线的老树，可是从另一扇窗子，你可以看到花园和牧师住宅田地那边的宽阔的草地。菲利普记起了那些他很小的时候就有了的糊墙纸。那墙纸上有几幅稀奇古怪的维多利亚早期的水彩画，那是牧师青年时代的一个朋友画的。这些画带着一种褪了色的迷人的风味，梳妆台的四周围着板硬的平纹细布，有一只旧式的高脚衣柜。菲利普愉快地叹了口气，过去，他从来没有认识到所有这些东西对他能有什么意义。在牧师住宅里，生活还像以往那样：没有一件家具被移动过地方，牧师还是吃着同样的东西，说着同样的话，每天出去做同样的散步，他稍微发胖了些，稍微沉静了些，也更狭隘了些。他已经习惯了没有妻子的生活，也很少想念她。他还是不断地和约西亚·格莱夫斯发生口角。菲利普去看了这位教会执事。他稍微瘦了些，脸色白了些，也更严肃了些，他还是那么独断专行，还是不答应在祭坛上摆蜡烛。店铺里依然弥漫着一种亲切的古雅气氛，菲利普站在那家卖水手用具的商店门前，那里卖雨靴啦，防水帆布啦，滑车索具啦。他回忆起了他童年时在这里感受到的大海的颤抖，和那些惊险的魔术。

每当邮差在门上敲两下的时候，他的心就止不住怦怦跳起来，说不定可能是一封伦敦房东太太转寄来的米尔德丽德的信哩！不过他知道信是不会有的。现在他能够比较冷静地仔细考虑这件事了：他懂得了，他想方设法逼着米尔德丽德爱他，这是一直在追求一件完全不可能的事情。他不知道在男女之间相互传递的究竟是什么，而且这个东西使其中的一个人成为奴隶：把它叫作性本能倒是恰当的；但是如果仅仅是性本能，他怎样也不理解：为什么它能够对某一个人引起如此强烈的诱惑力，而对另外一个人则不能够。这种性本能是不可抗拒的，人的精神是无法与之抗衡的；友谊、感激、兴趣和它比起来都显得没有力量了。因为在性的方面他对米尔德丽德没有吸引力，他所做的一切对米尔德丽德都没有起作用。这个想法引起他的反感。性本能使人的本性变成了兽性，他突然觉得，男人的内心是充满了黑暗的。因为米尔德丽德对他冷淡，他就认为她性欲冷淡，她那贫血的外表，薄薄的嘴唇，有着窄小臀部和扁平胸脯的身体，郁郁寡欢的样子，都使他得出这么个推论，然而她还是能突然爆发出热情的，使她心甘情愿冒险去满足她的情欲。过去他根本不理解她和艾米尔·米勒的风流韵事；那似乎根本不像她所能干出来的，而且那件事她也根本解释不了，但是现在他已经看到了她和格里菲思在一起，他知道现在发生的正是那样的事。一种无法抑止的情欲使她如醉如痴地发狂了。他百思不得其解，这两个男人到底有什么东西能如此奇怪地吸引住她。他们两个都会说些低级庸俗的笑话来迎合她简单的幽默感，都有某种粗俗不堪的本性。但是，把她抓住的也许正是那种露骨的性感，那是他们最显著的特征。她的那种附庸风雅的矫揉造作使她在现实生活面前发抖，她把肉体的官能看成是邪恶的，对普通的东西她有着各种各样委婉的说法，她总是挑选精心推敲的词句，认为那比浅显易懂的词更加贴切。那些男人的残暴就像是一根抽打在她的瘦削而白嫩的肩头的鞭子，她因情欲的痛苦而浑身抽搐着。

有一件事菲利普已经决定下来了。他再也不回到那所他曾遭受过痛苦的公寓里去了。他给房东太太写信通知她退掉房间。他希望自己的身边都是自己的家具。他决定租一间不带家具的房间。那样的房间会使人愉快，而且也会便宜些。这是一个紧急的考虑，过去的一年半时间里，他已经花掉了将近七百镑。现在他必须靠最严格的节俭来补救才行。他时不时恐慌地想到以后的事情。过去他愚蠢地在米尔德丽德身上花了那么多的钱，不过他知道，这种事如果再让他碰上，他还会像以前那样做的。有时他想到，因为他脸上没有生动地表达出自己的感情，而他的动作老是慢吞吞的，这就使他的朋友们竟把他看成是意志坚强、深思熟虑、性情冷漠的人。这么一想他觉得很有意思。他们认为他富于理智，赞赏他的广闻博识。可是他知道，自己平静的表情只不过是个假面具，他不自觉地采用了其误导作用，正像是蝴蝶的保护色一样，自己意志的脆弱使他十分诧异。他觉得每一个微不足道的情感都把自己拨弄得飘来荡去，就好像是狂风中的一片树叶。一旦爱情攫住了他，他就变得毫无力量了。他没有自我控制力。他仅仅是表面上显得有自制力，只是因为他对许多使别人为之动心的事情都无动于衷罢了。

他近乎自我讽刺地考虑他自己建立的那套哲学，因为它在他经历过的那个危难时刻对他没有起多大作用，他不知道思想在人生的任何危机中是否真能有什么助益。在他看来，自己倒是被某种身体内部的，然而又是异己的力量所左右，这种力量驱赶着他，就像地狱的飓风驱赶着保罗和弗朗切斯科不停地奔跑一样[①]。他想到要做什么，但是当应该去行动的时候到了，他却受到各种本能和各种情感的支配，他就软弱无力了，结果是不知道要做什么。他仿佛是一部受到环境和他的个性这两种力量驱动的机器一样行动；他的理智是一个旁观者，看着种种事情，而他却没有力量去加以干预，就像是伊壁鸠鲁的众神们，他们在九天之上看到人们的所作所为，可是对于发生的事情却毫无力量去改变分毫。

79

为了找房子，菲利普在开学的前两天到了伦敦。他在威斯敏斯特桥大街附近大街小巷到处寻觅，但是他很不喜欢这些街道的肮脏污秽。最后，他终于在僻静而又有古风的肯宁顿大街找到一家公寓。这地方有点儿使人想起萨克雷所熟悉的河这一侧的伦敦。想当初纽卡姆家[②]的大型四轮马车回伦敦西区时肯定经过这里。梧桐树吐出新芽。菲利普打量着这条街上的房子，发现都是两层，大部分窗子上都贴有出租的招贴。其中有一家声明出租不带家具的房间的公寓，他上前去敲门，一个严峻而沉默寡言的女人领他看了一套有四间非常小的房间的公寓，其中一间房里还有一套炉具和洗涤槽。房租每周九个先令。菲利普用不了这么多房间，不过房租很低，而且他又希望立刻就能住下来。他问房东太太，是不是能为他打扫房间，并做一顿早饭，可是她却回答说，她的事已经

---

①意大利著名诗人但丁在《神曲》的《地狱篇》中的典故。见《地狱篇》第五章。保罗和弗朗切斯科叔嫂恋爱，弗朗切斯科的丈夫，也即保罗的兄弟发现此事后将二人处死。但丁把他们的阴魂放在地狱第二圈犯情欲罪的灵魂队伍中，永远受到飓风的驱赶、鞭挞和折磨。

②《纽卡姆一家》（*The Newcomes*），英国19世纪小说家萨克雷（Thackeray）作品。

太多，揽不了这些事，因为她明白告诉他，她希望同他的来往仅仅是收他的房租。这一来，他反倒非常高兴。她告诉菲利普，如果他去街角上的那家兼作邮政所的杂货店打听一下，他也许会找到一个愿意为他“做些什么”的女人。

菲利普自己有几件家具，当他着手找房子的时候，他就把这些家具收拾停当了：一把在巴黎买的扶手椅、一张桌子、几幅画，还有一方克朗肖送给他的波斯小地毯。他的伯父给了他一张折叠床，因为他伯父现在不再在夏天出租房子了，这张床也就用不上了。菲利普又花了十镑给自己买了些必需品。他用了十先令把一间屋子用淡黄色的墙纸裱糊一新，预备用它来当会客室。在墙上，他挂了劳森送给他的那幅《大奥古斯丁码头》的素描，还挂了安格尔的《土耳其女奴》和马奈的《奥林匹亚》的照片，他在巴黎的时候一边刮脸一边注视的就是这些画。为了使自己记起他曾经一度从事过的艺术实践，他还把那张西班牙青年米格尔·阿胡利亚的炭笔肖像画也挂了出来。这是他过去画得最好的画儿了。这是一张紧握着双拳的裸体立像，他的双脚以一种奇特的力量牢牢地钉在地上，脸上带着一种坚毅的神情，这种神情曾经给他以很深刻的印象；尽管隔了这么长时间之后，菲利普可以很清楚地看出他的这幅作品的缺点了，但是由这幅画引起的许多联想使他抱着宽容的态度来看待这幅画。他想象不出米格尔发生了什么事。再也没有什么比没有才华的人去追求艺术更可怕了。也许，风吹日晒使米格尔筋疲力尽，饥寒交迫，疾病缠身，已经在某个医院里找到了他自己的归宿？也许在绝望之中他已经跳进污浊的塞纳河寻死去了。不过也有可能，他那南方人的三心二意已经使他自动地放弃了他的奋斗，现在他已经在马德里的某家事务所里当上一名小职员，把他的热情澎湃的辞令转而用到政治和斗牛方面上去了哩。

菲利普邀请了劳森和海沃德来看看他的新居，他们来了，一个人带来了一瓶威士忌，另外一个人带了一罐肥鹅肝酱；当他们赞扬他的鉴赏力时他感到很高兴。他本来也想邀请那位苏格兰证券经纪人，可是他只有三把椅子，因此只能招待有限的客人。劳森知道，菲利普通过他已经和诺拉·内斯比特关系十分密切了，这时就说起前几天他曾偶然遇见了她。

“她还问起你怎么样了哩。”

一提到她的名字他的脸就涨得通红（他一发窘就脸红，他总是不能摆脱这个可恨的毛病）。劳森迷惑不解地看着他。这时劳森一年大部分时间都在伦敦，这段时间里他也已经屈服于环境，把头发留短了，穿一身哔叽衣裤，戴一顶圆顶硬礼帽。

“我猜想你们的一切已经完结了吧。”他说。

“我已经有好几个月没见到她了。”

“看来她很不错。她带着一顶非常时髦的帽子，上面还插着很多白鸵鸟羽毛。她准是过得很好。”

菲利普换了个话题，可是他还在想着她，过了一会儿，三个人正谈着别的事情时，他突然问：

“你估计诺拉生我的气吗？”

“一点儿也不。她谈到你时说的话非常好。”

“我现在不太想去见她。”

“她不会把你吃了的。”

菲利普常常想到诺拉。当米尔德丽德离开他后，他首先想到的就是她。他辛酸地对自己说，她绝不会这么待他的。他一时冲动要找她，指望得到她的怜悯，但是他感到很羞愧；她过去一直对他很好，而自己对她却那么可恶。

“如果我多少有点理智的话，就不会对她变心了。”他自言自语说。后来，在劳森和海沃德走了以后，他抽着睡觉之前的最后一袋烟斗。

他回忆起了在文森特广场的那间舒适的起居室里他们一块儿度过的愉快时光：他们在美术馆参观，一道去看戏，还有在亲密交谈中度过的许多个迷人的黄昏。他还回忆起她对他幸福的关怀，和她对那一切与他有关的事情的关心。她曾用那种善良的和坚贞的爱情爱着他，这爱情中不仅仅是情欲，这种爱情几乎是母性的。他始终懂得，这种爱情是很宝贵的。为此他真应该衷心感谢诸神。他决心去祈求她的宽恕。她一定遭受了极大的痛苦，不过他觉得她心胸豁达，会宽恕他的，她不会记仇的。他是不是该给她写封信呢？不。他要突如其来地出现在她面前，一下子扑倒在她的脚下——他知道，到时候他会感到特别羞惭而演不下去这个富于戏剧性的动作，可是他就爱幻想这个情节——他要告诉她，要是她答应让他回来，她可以永远信赖他。过去他犯过的可恨的毛病全好了，他懂得了她的价值，现在她可以信任他了。他的想象力又一下子跃到了将来。他为自己描绘出他星期日同她在河里荡舟，他要带她到格林威治去，他永远忘不了那次同海沃德一起做的愉快的远足；伦敦港的美景永远珍藏在他记忆中，在暖热的夏天下午，他们要坐在公园里漫谈，当他回忆起了她那快乐的唧唧呱呱的说话时，不觉扑哧一声笑了，那些话就像是一道溪水汩汩地流过小卵石，既逗人喜悦，又轻松俏皮，而且还充满了个性。他遭受的那些痛苦会像一场噩梦一样从他心头消失。

但是，第二天大约在吃茶的时候，他很有把握在这个时间能在家里找到诺拉，当他去敲她的门时，却一下子失去了勇气。她有可能原谅他吗？不问她是否愿意就冒失地去找她，他这种行为太可恶了吧。门开了，那个开门的女佣人是新来的，以前他天天来去的时候这里还没有她，他问内斯比特太太是否在家。

“请你去问她能不能见凯利先生。”他说，“我在这儿等着。”

那女佣人跑上楼去了，不一会儿又嗵嗵地跑下来。

“请您上来吧，先生，在三楼的正面。”

“我知道。”菲利普带着浅浅的一笑说。

他忐忑不安地走上楼去，敲了敲门。

“进来。”一个熟悉的、快活的声音说。

这声音好像是对一种和平幸福的新生活说了声请进。

他一进屋，诺拉就走上前来欢迎他。她和他握了握手，那样子仿佛他们是前一天才分手似的。一个男人站了起来。

“这是凯利先生——这是金斯福德先生。”

菲利普坐下，发现她不是一个人在家，苦涩地感到失望，心里暗自揣测这个陌生人是干什么的。他过去从来没有听她提起过这个名字，不过菲利普觉得，他占据着他的那把椅子，舒适自在得很。他是个四十来岁的男人，脸上刮得光溜溜的，漂亮的长发整齐地贴在头上，有着那种青春已过的美男子所具有的微红的皮肤和慵倦的眼色，他长着一只硕大的鼻子，嘴也很大，脸上的骨骼十分突出，他个头比一般人要高，肩膀也要宽些。

“我一直在纳闷你怎么样了哩。”诺拉说，还是她那种活泼的口吻，“我那天碰到了劳森先生——他跟你说了吗？——那时我让他带话给你，你再次来看我，的确正是时候。”

菲利普在她的脸上看不到一丝尴尬的痕迹，他很佩服她这么轻松地就把这个突如其来的会见应付过去了，而他自己却感到十分尴尬。她给他倒茶。她正要往茶里放糖，他制止了她。

“我多蠢啊！”她叫起来，“我把这个忘了。”

他可不相信她这话。他的茶里从来不放糖，这点她肯定清楚地记得。他从这个差错看出来，她的确是假装的。

他们又捡起了菲利普打断了的话题，过一会儿，菲利普开始感到自己有些碍事了。金斯福德并没有特别注意他。他侃侃而谈，而且说话得体，不无幽默，可是却稍有武断的意味，看来他是个新闻记者，凡是接触到的每一个话题他都说得引人发笑。菲利普很气恼，他发现自己被甩在了谈话的圈外。他决心一直坐到这位客人走了。他不知道他是否爱慕诺拉。在过去的时候，他们曾经常谈论到那些想和她调情的男人，还一起嘲笑他们。菲利普千方百计把谈话引到只有他和诺拉知道的事情上去，可是每一次那位“记者”都插进话来，顺利地把谈话拉回到菲利普只得把嘴闭住的题目上去。菲利普变得有点生诺拉的气了，因为她肯定看出他受到了奚落，不过，也许她是把这种奚落当作对他的惩罚吧，这么一想他的火气又消了。最后，挂钟敲了六点，金斯福德好歹算站起来了。

“我得走了。”他说。

诺拉和他握握手，然后陪他走到楼梯口，出去的时候她随手把门关上了，而且在外面站了两分钟。菲利普不知道他们说的是些什么。

“金斯福德先生是干什么的？”当她回来时，他愉快地问道。

“噢，他是哈姆斯沃思杂志的编辑。近来他采用了我的很多文章哩。”

“我以为他不打算走哩。”

“我很高兴你留下来了，我想和你聊一聊。”她蜷缩在一把大扶手椅里，她蜷得那么小，连脚和整个身体都蜷进去了，她点燃一支烟。当他看到她做出了过去总是使他发笑的姿势时，他笑了起来。

“你这样子真像只猫。”

她那乌黑漂亮的眼睛对他闪动了一下。

“我真应该改掉这个习惯。你跟我一样大，而我表现得还像个孩子，真是荒唐，可是把腿放在身子下边我觉得很舒服。”

“又坐在这个屋子里了，这真叫人快乐极了。”菲利普高兴地说，“你都不知道我是多么想念这个地方啊。”

“那你以前为什么不来呢？”她愉快地问。

“我怕……”他说着脸就红了。

她充满了仁慈地看了他一眼。她的嘴角露出了迷人的微笑。

“现在你用不着害怕了。”

他犹豫了片刻，心急剧地跳着。

“你还记得我们的最后那次见面吗？我对你真是坏透了——我羞愧死了。”

她镇静地盯着他，没有回答。他倒不知所措了。他好像是来办一件事情的，而这件事情他直到这会儿才认识到它的荒谬。她没有帮助他摆脱困难，他只好直截了当地脱口而出：

“你能原谅我吗？”

接着，他迫不及待地告诉她米尔德丽德已经离开了他，他的苦痛太大，甚至差点儿自杀了。他把他们之间发生的事情都告诉了她，还讲了那个孩子的出生，和格里菲思的相会，他的愚蠢，他对她的信任和他本人都受到的巨大的欺骗。他告诉她，他如何经常地想到她的好处和她的爱情，他是多么痛苦地悔恨自己把这些都丢掉了。以前他和她在一起的时候只有欢乐，现在他才知道她的价值是多么大，他的声音激动得嘶哑了。有时，他为自己说的话感到害羞，说的时候眼睛紧紧地盯着地上。他的脸痛苦得都扭歪了，但是把这些话说出来他感到一种说不出的宽慰。他终于把话说完了。

他向后靠在椅子里，筋疲力尽地等待着。他什么也没有隐瞒，甚至作践自己，拼命把自己说得比他实际还要更可鄙。他奇怪她怎么没有说话，最后他抬起头来，她仍然没有看他。她的脸色惨白，好像陷入了沉思。

“你就没有什么对我说的吗？”

她一惊，脸“唰”地红了。

“恐怕你受了很大的苦吧。”她说，“我很为你难过。”

她欲言又止，他再次等着她开口。好不容易，她似乎是在强迫自己把话说出来：

“我和金斯福德先生订婚了。”

“你为什么不马上告诉我？”他叫了起来，“本来你大可不必让我在你面前羞辱自己。”

“真对不起，我没法叫你停下来……我遇到他时，是你刚刚……”——她似乎是在找寻一种不会刺伤他的表达方式——“是你告诉我，你的朋友回来找你后不久。那阵子我相当痛苦，他对我好极了。他知道有什么人曾经使我痛苦过，当然，他不知道那人就是你。我不知道，如果当时没有他，我会做出什么事来。而且，我突然觉得自己不能继续这么写下去了，写啊，写啊，写啊，写个没完；我太累了，我感到自己完全垮了。我把我丈夫的事告诉了他。他提出要是我能尽快地和他结婚，他愿出钱让我去办理离婚手续。他有一个非常好的工作，如果我不想工作的话，就用不着再去干什么了。他很喜欢我，而且也非常希望体贴照顾我。我感动极了。而且现在我也非常非常地喜欢他。”

“那么你现在离婚了吗？”菲利普问。

“我已经得到了离婚判决。到七月，这判决就可以最后生效了，到那时我们准备马上结婚。”

有一阵子菲利普一句话也没有说。

“我多希望自己没有做这样的蠢事啊。”他好不容易才小声说出这么一句来。

他正想着他那篇长长的、羞辱的自供。她不解地看着他。

“你从来就没有真正地爱过我。”她说。

“恋爱不是那么愉快的事。”

不过菲利普总是能够很快地恢复过来，这时他站了起来，伸出手说：

“我愿你将会非常幸福。不管怎样，你能够碰到这样的事真是再好不过了。”

当她接过他的手握住的时候，她有些恋恋不舍地望着他。

“你还会再来看我吗？”她问。

“不，”他摇摇头说，“你们的幸福会使我太嫉妒的。”

他慢慢地离开了她的家。她刚才说他从来没有爱过她，这话毕竟是对的。他很失望，甚至恼怒，不过他的虚荣心所受到的影响要比他内心受到的影响大得多。对此他心里明白。这当儿，他意识到了众神跟他开了个非常漂亮的、实实在在的玩笑，他阴郁地嘲笑自己。具有以自己的荒唐行为取乐的才能，可真不是很舒服的事啊。

80

三个月以来，菲利普学习的都是他以前没有接触过的内容。大约在两年前进入医学院的那帮乌合之众如今剩下的为数不多了：有的是发现要通过的那些考试比他们想象的要困难得多因而离开了医学院；有的则是被对伦敦生活开销估计不足的双亲叫走了；再有就是像浮萍一样漂向了别的职业的。菲利普认识的一个青年发明了一个赚钱的妙计：他先是买一些廉价货，然后再把它们当掉。可是没过多久，他又发现把赊购来的货物典当掉更有利可图。当有人在警察法庭诉讼程序中指出这个人的名字时，学院里顿时起了小小的骚动。这个青年先是被法院押还，然后那位担惊受怕的令尊大人出具保证，最后怕儿子再惹是生非，就让他到海外承担“白人的使命”[①]去了。另一位富于想象力的小伙子，他从来没有在城市生活过，一头扎进音乐厅和酒吧里那种灯红酒绿的花花世

①白人的使命：该语来自英国诗人基卜林的诗名，意指去英国海外殖民地。

界中去了；他的时间都用来和赛马迷、提供赛马情报的人以及驯马师鬼混，现在他已经当了赛马赌博登记处的职员。菲利普在皮卡迪利广场附近的酒吧里见到过他一次，他穿着紧腰外套，头戴宽边的棕色礼帽。第三个是个有着唱歌和模仿才能的人，他在医学院允许吸烟的音乐会上模仿众所周知的某喜剧演员大获成功，后来他放弃了医学院，进了一个音乐喜剧团的合唱队。还有一个，这人之所以引起了菲利普的很大兴趣是因为他举止粗鲁，谈起话来大喊大叫，这表明他不可能有任何深刻的情感，但是他感到在伦敦的楼宇房屋中憋得慌。他待在房间里渐渐变得形容枯槁，他的灵魂就像一只被攥住的麻雀，惊恐地喘着微弱的气息，心脏在噗噗乱跳着，在那只手里拼命挣扎。菲利普也不知道这人是不是真有灵魂：他向往着他那童年时代的广阔天空和一望无际的荒凉的地方。有一天，他也没有对任何人说一声，就在两堂课课间休息时溜掉了。他的朋友们后来听说他抛弃了学医在一个农场里干活。

现在菲利普在听内科和外科的讲座。他每星期有几个上午去门诊给病人包扎，高兴地赚几个钱。人家还教他听诊和使用听诊器。他还学习配药。七月份他还要进行药理学考试，摆弄各种药片，调制配方，滚压药片，以及制作软膏，他觉得很有意思。凡是他能从中汲取一点兴趣的任何事情，他都贪婪地抓住不放。

有一次他远远地看到了格里菲思，但是，为了不使自己受到那种要把对方杀死的痛苦，他躲开了。当他得知格里菲思的朋友们知道了他和格里菲思反目，并且推测他们知道了事情的原委，这时候，菲利普对他们就感到有些不自然了。这些人中有的已经是他的朋友了。其中有个高个子家伙，长着个小脑袋，一副没精打采的样子，名叫拉姆斯登。这个青年是格里菲思最忠诚的崇拜者之一。他的领带和靴子都是效仿格里菲思的，他还模仿他说话的方式和他的手势。这人告诉菲利普，格里菲思非常痛心，因为菲利普没有回复他的那封信。他想同他言归于好。

“是他叫你给我带口信的吗？”菲利普问。

“哦，不是，这只是我自己的意思。”拉姆斯登说，“他对他所做的事情后悔极了，而且他还说你一直对他挺仗义。我知道他很愿意挽回这事。他不来医学院是因为他怕遇到你，他认为你会不理他。”

“我就是不理他。”

“他为这个可难受了，真的。”

“他感到的这点儿别扭，我有足够的毅力来承担。”菲利普说。

“只要能补救，叫他做什么都行。”

“多幼稚！多么歇斯底里！他为什么要在乎这个呢？我是个微不足道的人，不和我来往他照样可以过得很好呀。我对他再也不感兴趣了。”

拉姆斯登认为菲利普又粗暴又冷酷。他停了一会儿，困惑不解地看着菲利普。

“哈利真的希望他没有和那个女人有过关系。”

“真的吗？”菲利普问。

他很满意自己说话时那种无所谓的腔调。但是没有人猜得出他的心跳得多么厉害。他心急火燎地等着拉姆斯登说下去。

“我想，你现在已经完全挺过来了，是吧？”

“我吗？”菲利普说，“完全过来了。”

他逐渐地了解到了过去米尔德丽德和格里菲思关系的始末。他嘴角上挂着微笑听着，装出一副镇定自若的样子，把对方这个迟钝的学生蒙住了。她和格里菲思在牛津过的那个周末与其说是熄灭了她那突然爆发的爱情之火，倒不如说是使之更加炽热强烈了，当格里菲思回家的时候，一种出乎意料的情绪使她决定在牛津独自再待两天，因为她的这个周末太幸福了。她觉得没有什么能诱使她回去找菲利普了。他让她反感。格里菲思对自己引逗起来的激情吃了一惊，因为他感觉到在乡下和她度过的两天有些乏味，而且他不愿意把这段有趣的插曲变成令人生厌的恋爱。她逼着他答应给她写信，而他是一个诚实而又体面的人，而且愿意使所有的人都高兴，所以回家后他就给她写了一封美妙的长信。她在回信中啰啰嗦嗦地说了许多多情而又蹩脚的话，这是她不善于表达的缘故，字迹歪七扭八，语言粗俗；她的信使他腻烦，紧接着第二天又来了一封，再过一天又来了第三封，他开始觉得她的爱情不再讨人喜欢，而是使人惊恐了。他没有回信；她又连珠炮般地发来电报，问他是不是病了，问他有没有收到她的信；她说他的沉默使她万分焦虑。他只好写了回信，但是他尽量把信写得随便而不太无礼唐突：他央求她不要拍电报，因为没法跟他母亲解释这电报是怎么回事，她是一个旧派的女人。她觉得来了电报就是出了什么事，她会吓得战战兢兢。在下班邮递员回程带来的信中，米尔德丽德说非得见他不可，还声称她打算典当些什物（那件菲利普作为结婚礼物送给她的化妆袋可以典当八镑），这样她就能到离他父亲行医的村镇四英里远的集镇上住下来。这封信可把格里菲思吓坏了，他这回利用了电报告诉她千万不可这样做。他答应一到伦敦就告诉她，他回到伦敦就发现她已经去他将要任职的那所医院找过他了。他不愿她到医院去找他。在见到米尔德丽德时他告诉她，以后不要以任何借口再到那儿去了，而这时，一别三个星期后，他发现她下定决心要使他厌烦，他不明白自己过去为什么被她弄得神魂颠倒，决心尽快和她断绝来往。他是个害怕吵架的人，也不希望给别人造成痛苦，可是这时他还有事要办，他打定主意不让米尔德丽德再打搅他了。当他见到米尔德丽德时，他变得笑容可掬，谈笑风生，温柔多情；他为这段时间没有跟她约会编造出了令人信服的种种借口，不过他采取各种手段来躲避她。当她硬逼着他和她约会时，每次到了最后时刻他都给她打去电报赖掉了，当米尔德丽德找上门来的时候，他的房东太太（他任职的头三个月是住在公寓里的）就照他的吩咐说他出去了。她总是在街上堵住他，后来得知她已经在医院外等了两个小时，他总是跟她说上几句亲切动听的话，随后推说有公事在身，撒腿就逃掉了。他的那种从医院溜出来而不被发现的本领变得越来越高明了。有一次，他在半夜三更时回公寓去，远远地看到公寓前的栅栏那儿站着一个女人，他猜到了这个人是谁，就到拉姆斯登的房间去求宿了一夜；第二天，房东太太告诉他米尔德丽德坐在门口的台阶上哭了好几个小时，最后她不得不告诉她，她要是再不走开的话，她可要去叫警察了。

“告诉你吧，哥儿们。”拉姆斯登说，“听到这些你很高兴吧。哈利说过，要是哪怕早半秒钟知道她会惹出这样无穷无尽的麻烦来的话，他若还跟她有任何来往就不是人。”

菲利普想象她在漫长的夜晚坐在门口台阶上的情景，他看到了房东太太叫她走时她那种木然地望着对方的神情。

“真不知道她现在干什么呢？”

“噢，她已在什么地方找到了一份差事，谢天谢地，那工作够她整天忙乎的。”

他又听说了新近发生的一件事，那正是夏季学期即将结束的时候，格里菲思在不断的骚扰下，终于以恼怒粗暴代替了温文尔雅。他告诉米尔德丽德，她这么纠缠很讨嫌，还是走开的好。别再来打搅他。

“他也只得这么做。”拉姆斯登说，“这事儿她做得也有点儿太过分了。”

“那事情就这么完了吗？”菲利普问。

“噢，他已经有十来天没见她了。不瞒你说，哈利甩人可有两下子。这回他遇到最头疼的一个了，但是他到底还是把这事解决了。”

关于她的情况，菲利普没有再听到什么了。她消失在伦敦的茫茫人海中了。

81

冬季学期一开始，菲利普就当上了门诊医生的助手。门诊部由三个助理医生主持，一星期中每人负责两天。菲利普报名跟蒂勒尔大夫。蒂勒尔大夫在学生们中名声很好，要给他当助手还需要经过一番竞争才行。蒂勒尔大夫是个瘦高个儿，三十五岁，脑袋很小，红色的头发剪得很短，凸出的蓝眼睛，红光满面。他说起话来声音悦耳，喜欢开些小玩笑，对人情世事看得很豁达开朗。他是个一帆风顺的人，登门求诊的人络绎不绝，有希望得到爵士封号。由于跟学生、穷人打交道，所以他有着一副保护人的劲头，总是和病人交谈着。他又有一种健康人的快乐的施惠于人的派头，这种派头是某些专家、顾问养成的职业风度。他使那些病人觉得自己是个站在快乐的校长面前的学生，而疾病不过是一件荒唐的淘气事，只让人觉得有趣而不必为之烦恼。

学生每天都得到门诊部去，看病例，尽量学习知识，可是在他执行助手任务的时候，他的责任是比较明确的。那时圣鲁克医院的门诊部有三间互相连通的诊室，还有一间带大石柱和长条凳的阴暗的大候诊室。中午时分，患者们在得到了他们的挂号证件后就在这里候诊，他们排成好几个长队，手里拿着瓶子和药罐子，有些衣衫褴褛满身脏兮兮的，也有穿得很体面的，男女老少个个愁眉不展地坐在那里，给人一种古怪而又恐怖的印象。看到他们就使人想起杜米埃[①]的那些冷若冰霜的画像。门诊部房间都被漆成一模一样的，橙红色的墙壁带着栗色的高高的墙裙；房子里散发着消毒水的气味，随着下午慢慢过去，又散发着人身上的臭味。第一个房间最大，房间中央摆着一张桌子和一把门诊医生坐的椅子，桌子的每一侧各有一张稍微小一些也低一些的桌子，一张小桌是住院医生坐的，另一张是负责登记当天的病历簿的助手的。这病历簿有厚厚的一大本，上面记着患者的姓名、年龄、性别、职业和病情诊断。

住院医生一点半来，他进来后就打铃告诉勤杂工把那些老病号叫进来。这种病人的人数一般总是相当多，在两点钟蒂勒尔医生到来之前，必须尽量把这种病人打发掉。菲利普跟着的住院内科医生是一个干净利落的小个子，过分自命不凡；他对待助手们总是摆出一副居高临下的架子，而那些与他年龄相仿的高年级学生对他没大没小地拉近乎，而没有对他目前的地位表示应有的尊敬，他对这些学生表现出明显的怨恨和不满。他着手看病，一个助手给他帮忙。病人们络绎不绝地进来，男病人先进来，他们患的都是慢性支气管炎，“剧烈的持续咳嗽”是他们的主要病症。住院内科医生和助手每人分别看一个病人，他们手里都拿着病人的挂号证件。如果他们的病有所好转，就在他们的病历上记上“重发14号”等一类的字样，然后他们再拿着瓶子或是药罐到药房取够半个月服用的药。有些老油子一个劲儿地往后磨蹭，以便拖到医生本人给他们看病。不过他们很难如愿，大约只有三四人能留下来，他们的病情看起

①奥诺雷·杜米埃（Honoré Daumier，1808-1879），法国漫画家、肖像画家，笔下人物多表情严肃。

来够得上医生亲自诊视的资格。

蒂勒尔大夫步履轻盈地走进来。他使人多少会想起那个连窜带跳出现在马戏场地中大喊“我们又见面了”的小丑。他那副劲头仿佛是在表示：得病干什么？看我手到病除吧。他落了座，问有没有老病号要他看，然后就迅速地给他们一个一个地进行检查。他用一双锐利的眼睛打量着他们，同时和住院医生一边商讨他们的病症，一边说笑话（所有助手们都听得开怀大笑），虽然那位住院医生笑得也很开心，可是他那种神态似乎是认为助手们的笑太胆大妄为了。蒂勒尔大夫说天气很好，或者天气很热一类的话，然后又打铃叫勤杂工把新病人叫进来。

他们一个跟一个地走进来，走到蒂勒尔医生的桌子前，他们有年老的，年轻的，也有中年的，大部分是劳动阶级的人：码头搬运工啦，运货的马车夫啦，工厂的工人啦，酒吧间的男招待啦；不过也有一些衣冠楚楚显然属于较高等级的人，有的是店员、职员等诸如此类的人。蒂勒尔医生用怀疑的目光打量他们。有时候他们为了装穷故意穿得破破烂烂，不过他有着一双锐利的眼睛，能看穿那些他认为是弄虚作假的把戏。有时候，他干脆拒绝给那些他认为完全付得起医疗费的人看病。女人们是最不可救药的惯犯，她们做起假来比较拙劣。她们穿的外套和裙子总是破破烂烂的，可她们却忘了摘掉手指上的戒指。

“如果你戴得起珠宝首饰，自然也就请得起家庭医生喽。医院只是给穷人看病的慈善机构。”蒂勒尔医生说。

他把证件递还给对方，又叫下一个病人。

“可是我是有证件的呀。”

“我不管你有没有证件；你出去吧。你没有权利来这儿分享那些真正的穷人的机会。”

那个病人拉着脸怒气冲冲地出去了。

“她八成还写信给报纸控告伦敦的医院管理混乱不堪。”蒂勒尔医生微笑着说，他拿过下一份证件，同时向病人敏锐地扫了一眼。

他们大部分人都以为医院是国家机构，他们向国家纳了税，因此也就把受到医疗照顾当做他们的一种权利来要求。他们异想天开地认为给他们看病的医生的酬劳是极其丰厚的。

蒂勒尔大夫给他的每个助手一个病人，让他们去诊察。助手就把患者带进里边一间屋子，这些屋子要小一些，每间房里都有一张长沙发椅，长椅上覆盖着黑色马鬃。助手向患者提出各种问题，给患者检查肺、心脏和肝，在病历上做记录，在心里考虑好自己的诊断意见，然后等着蒂勒尔大夫进来。蒂勒尔医生走进来，身后簇拥着一小伙学生，当他把男病人都看完了以后，助手就把学到的东西说出来。医生向他提出一两个问题，然后再亲自检查一下那个病人。如果听到了什么地方要听一听，学生们的听诊器就派上用场了：你可以看到两三个学生围着一个男病人听胸部，或许有两个在听背部，同时其余的人则不耐烦地等着轮到他们。那病人有点狼狈地站在他们中间，不过他看到自己成了注意的中心，也并没什么特别不高兴的。当蒂勒尔医生滔滔不绝地讲述着病例的时候，病人在一旁听得稀里糊涂。有两三个学生为了辨听出医生所描述的那种心脏杂音和肺部水泡音就又过来听一遍，然后，才叫那人把衣服穿上。

当各种病人都检查完了以后，蒂勒尔医生回到大房间里在自己的桌前坐下。他随便地问一个碰巧站在他身边的学生，应该给他刚才检查过的病人开什么药方。这个学生提出一两种药来。

“就这么开吗？”蒂勒尔医生说，“嘿，不管怎么说，这方子可够有独到性啊。我认为我们还是不要这么愣头青的好。”

这话总要逗得学生们笑起来，医生一边为自己机智的幽默而有趣地眨巴着眼睛，一边开出另外的某种不同于那个学生提出的药来。当有两个病人患的是一模一样的病时，那个学生照医生给前一个病人开的处方治疗时，蒂勒尔大夫就偏要花样翻新用他想出来的别种方案。他知道那些药房里的人为跑来跑去叫苦不迭，他们总愿意拿那些他们已经准备好了的药，拿那些多年经验证明非常有效的本院配好的混合剂，但是医生为了开心起见，却开出个刁钻古怪的药方来。

“我们得给药剂师找点事儿干。如果我们接着再开‘雾剂：白色’，他们的鬼心眼儿就用不上了。”

学生们笑起来，医生来回看了看他们，很是欣赏自己开的玩笑。随后他又揿了下铃，见那勤杂工弯着背探进脑袋来，他吩咐：

“请叫长期女病号。”

他向后靠在椅子上，同住院内科医生闲聊着。在这当儿，勤杂员把长期女病人从四处集拢来。她们排成几队进来了，其中一队是些贫血的姑娘，额前留着很长的刘海，嘴唇没有血色，她们消化不了那些既糟糕而又吃不饱的食物，那些上了年纪的女人有胖的有瘦的，由于生育过多而过早地衰老了，她们一到冬天就咳嗽，女人们往往有这样那样的病。蒂勒尔医生和住院内科医生给她们迅速地检查一遍。时间就这么过去了，小房子里的空气变得越来越令人作呕了。医生看了看表。

“今天有很多新来看病的妇女吗？”他问。

“我想，不少。”住院内科医生说。

“最好叫她们进来。你接着去看那些老病号吧。”

她们进来了。男人们最常见的病是酗酒过度引起的，而女人们最常见的疾病则是由于营养不良。大约六点钟的时候，病人都看完了。菲利普因为始终站着，空气又那么污浊，再加上他全神贯注地观察，所以他累得筋疲力尽了，他和同伴的几个助手漫步着到医学院去喝茶。他发现这是个引人入胜的、有趣的工作。这里的人如同是艺术家手中未经修凿的原材料；他想到他现在正处在艺术家的地位，而那些病人就是他手中的胶泥，这时他感到了一种奇怪的兴奋。他想起了他在巴黎的那些日子，觉得又愉快又有些可笑，着迷于颜色啦，色调啦，明暗啦，还有天知道的一些东西。然而追求创造美的事物，直接和男人们和女人们的接触给他一种他过去从来不知道的力量，这力量使他振奋激动。他发现，看着他们的面孔，听着他们说话，本身就是一种无穷的兴奋力量；他们走进来，每个人都有自己的特点，有的人笨拙地拖着脚，有的人带着轻快的步伐，有的是步履蹒跚，还有的则腼腆羞涩。你经常可以从他们的样子上猜出他们的职业身份。你可以学会怎么提问才能使他们听懂，你会发现在哪些事情上他们几乎都说谎话，而又知道你怎样询问才能逼出真话来。你会看到在同样的事情上人们有着不同的态度。对诊断出危险的病症，有的人会一笑置之，或是开个玩笑，而有的人却会绝望到说不出话来。菲利普发现比起他以前和别人在一起时，自己和这些人在一起比较不拘谨。精确地说，他感到的不是同情心，因为同情心意味着恩赐的态度；可是和他们在一起他感到如鱼得水。他发现，他能够使他们解除紧张和不安，当一份病历交到了他的手中，看看能查出什么的时候，在他看来这也就是患者以一种特殊的信任把自己交在他的手里。

“也许，”他笑着心里想，“也许我天生就是当医生的材料。要是我愿意找个适合我的工作，这一行倒是相当有意思。”

菲利普觉得，在所有助手中只有他一个人看出了下午的戏剧性趣味。对于其他助手来说，男人和女人只不过是病人，如果病例复杂他们就精神抖擞，如果病例平淡无奇，就打不起精神来了。他们听到了杂音，或是发现肝部有什么异常，就大惊小怪，肺部有什么意料不到的声音就会给他们提供某些谈论的材料。而对菲利普来说可远不止此。他发现，观察他们，看他们头和手的形状，眼睛的样子和鼻子的长度，光这些就是有趣的事。在这个房间里，你看到人类的本性受到突袭，那些习惯的假面具常常被粗野地撕下来，把赤裸裸的灵魂展现在你的面前。有时候，你会看到一位自发的而又感人至深的禁欲主义者。一次菲利普给一个粗鲁、没有受过教育的男人看病，菲利普告诉病人已经没什么希望了，菲利普克制着自己，他对人的卓越的本能惊叹不已，这本能迫使这汉子在生人面前表现得很坚强。但是对他来说，当他只是一个人面对自己的灵魂时，他还有可能这样勇敢吗？到那时他会陷入绝望吗？

有时也会发生悲剧。一次，一个年轻女人带着她的妹妹来检查，这姑娘十八岁，长得眉清目秀，一双蓝湛湛的大眼睛，那秀美的头发在一束秋天阳光的轻轻抚摸下，闪出金子般的光辉，她的皮肤也美得令人惊叹。学生们都微笑着把目光集中到她身上。在这几个阴暗的房间里难得看到一位有几分姿色的姑娘。那个年长些的女人讲了她们家庭的历史，她们的父母都死于肺结核，死于肺结核的还有一个兄弟和一个姐妹，一家子只剩下她们两个人了。姑娘近来一直在咳嗽，人也消瘦了。她脱去罩衫，她脖子的皮肤白嫩得像玉脂一般。蒂勒尔医生一声不响，像平时那样麻利地给她做了检查；他叫他的两三名助手把听诊器放在她手指的位置；助手们听完后就让她穿上了衣服。姐姐稍稍站开一点儿，她压低声音跟医生说话，为的是不让那姑娘听到。她害怕得声音直发颤。

“她没得那个病吧，医生，没有吧？”

“我相信无疑是那病了。”

“她是最后一个了，要是她也死了，我就什么人也没有了。”

她哭了起来，这时，医生严峻地看着她，他认为她也有这类的病，也活不了很久了。姑娘转过身看到姐姐在流泪。她明白了这意味着什么。她那可爱的脸蛋儿上立刻失了血色，泪水簌簌地从脸上流了下来。两个人站了一两分钟，默默地啜泣着，然后那个大姐也不顾身边正在注视着她们的那些生人，走到妹妹跟前，把她搂在怀里，像抱着个婴儿似的轻轻地来回摇着。

她们刚一出去，一个学生就问：

“您说她还能活多久，先生？”

蒂勒尔大夫耸了耸肩。

“她哥哥和姐姐发病后没出三个月就死了。她也会这样的。如果她们是有钱人，也许还会有些办法。这样的人你怎么能叫他们去圣莫利兹医院呢？他们已经是无能为力了。”

一次，一个年富力强的男人由于不断受到疼痛的折磨到这里来了，看来互助会的医生也治不好他的病了，对他的判决也是“死亡”，这不是那种令人恐怖然而还可以忍受的必然死亡，因为科学在它面前无可作为。他的这种死亡之所以不可避免是因为这个人在这部复杂的文明大机器上，只不过是一个小小的齿轮，就像一部自动装置一样，没有什么力量能改变他的处境。彻底的休息才是他能活下去的唯一的机会。医生并没有问不可能的问题。

“你应该尽量干一些轻松点儿的工作。”

“我那行里没有轻活。”

“你听着，你要是再这样干下去的话，你就把自己毁了。你病得很厉害。”

“你的意思是不是说我要死了？”

“我不想这么说，不过重活你是一定不能再干了。”

“我要是不干活，谁来养活我的老婆和孩子呢？”

蒂勒尔医生耸了耸肩膀。向他提出这样进退两难的要求已经有上百次了。时间很紧，还有许多病人在等着哩。

“这样吧，我给你开些药，一个星期之后你再来，告诉我你怎么样了。”

那人拿着那张写着毫无用处的药方的证书走了。医生也许是在睁着眼睛瞎说。他自我感觉并没有那么坏，他还继续干活儿。他的工作也蛮不错嘛，扔了这个工作他可受不了。

“我说他还能活一年。”蒂勒尔医生说。

有时这里还有喜剧。有时出现地道的伦敦幽默，时常有一个老妇人饶舌地说一些怪话把他逗得咯咯笑，这个老妇也许是查尔斯·狄更斯笔下描写过的人物。有一次来了一位妇人，她是一家著名音乐厅的芭蕾舞演员。她看上去有五十岁，可她却说自己只有二十八岁。她脸上的脂粉搽得太过分了，而且还用那双黑色的大眼睛不知廉耻地向学生们送着媚眼，她的笑声里带着粗鄙不堪的引诱。她有足够的自信心，而且对待蒂勒尔大夫的那股亲昵劲儿，真是随便极了。说不定这本事她当初曾在某个对她神魂颠倒的爱慕者身上运用过哩。她患有慢性支气管炎，并且告诉他这个病简直使她快没法儿再干这行了。

“我不晓得怎么竟得了这么个病，真的不晓得，谁瞎说谁不是人。我一生里面连一天病也没生过。你只要看看我就会明白的。”

她的眼睛滴溜溜地在那些青年人身上转来转去，她那描过的眼睫毛横扫而过，而且还冲他们龇着黄牙。她说起话来带着伦敦口音，可是再加上一种装腔作势的假斯文劲儿，使她说的每个字都显得滑稽可笑。

“这就是人们所说的冬天的咳嗽病。”蒂勒尔医生严肃地回答说，“很多中年妇女都有这种病。”

“哎哟，我可不是。对一位太太说这话倒是不错。以前，可还没有人说我是个中年人哩。”

她把眼睛睁得老大，昂起头来朝一边歪着，用一种无可言状的调皮相看着他。

“这就是我们职业的缺点。”蒂勒尔医生说，“有时它迫使我们不那么多情。”

她接过处方，又给了他最后一个肉麻的微笑。

“来看我跳舞吗，亲爱的，来吗？”

“我一定去。”

他打铃叫下一个病人。

“我很高兴有你们这些绅士在这儿保护我。”

不过，总的来说，这门诊室给人的印象既不是悲剧的也不是喜剧的。这里是无法描写的。这里给人的印象五花八门，千差万别，有哭也有笑，有快乐也有悲哀。这种印象乏味、有趣、平凡，这种印象如你看见的那样既喧闹又热烈，它庄严肃穆，既悲惨又滑稽，它微不足道，既简单又复杂；既有希望也有绝望；既有母亲对孩子的爱，也有男人对女人的爱；邪恶的欲念拖着沉重的脚步走过这几间屋子，惩罚犯罪的人和无辜的人，惩罚无助的妻子和可怜的孩子；酗酒抓住男人和女人，让他们付出不可逃避的代价，死亡在这些房间里叹息，而生命的先兆也是在这里诊断出来的，它使穷苦的姑娘心里充满了恐惧和羞怯。这里无所谓好也无所谓坏。这里只有事实。这就是人生。

82

将近年终，菲利普就要结束他在门诊部三个月的助手工作了，这时他收到了劳森从巴黎寄来的信。

亲爱的菲利普：

克朗肖现在正在伦敦，他很高兴会见到你。他在索霍区海德大街43号。我不知道这地方在哪儿，不过我相信你会找得到的。发发善心照顾一下他吧。他真是倒霉极了。他会告诉你他现在正在干些什么。我这里一切照旧。自从你在这儿起，一切好像没有什么变化。克拉顿又回来了，不过他更加叫人难以忍受了。他和所有的人都吵翻了。据我所知，他连一分钱也没有了。他就住在植物园那边的一间小画室里，可是他不让任何人看他的作品。他不参加任何展出，所以也就没有人知道他在干什么。也许他是个天才，不过从另一方面说，他也许神经错乱了。顺便提一笔，那天我偶然碰到弗兰纳根。他正带着弗兰纳根太太在拉丁区游逛。他已经把艺术扔了，现在正在做爆玉米花器具的生意。看样子他好像挺有钱。弗兰纳根太太非常漂亮，我正打算给她画一张肖像哩。你要是我的话，会向他们要多少钱呢？我不想把他们吓住，可话又说回来，他们要是十分愿意付三百美元的话，我也不会傻得只要一百五十的。

你忠诚的

弗雷德里克·劳森

菲利普给克朗肖写了信，而且收到了下面的这封回信。这信是在半张普通的便条纸上写的，不结实的信封脏乎乎的，通过邮局投递不应该这样脏。

亲爱的凯利：

我当然很记得你。我有个想法，过去为把你从“沮丧的泥潭”①中解救出来，我也曾尽过自己的微薄力量，而现在我自己却陷入这种绝望的境地了。我将很高兴能见到你。我是陌生城市里的一个陌生人，庸人市侩们把我搞得焦头烂额。谈一谈巴黎将是十分愉快的。我之所以没有邀请你来，是因为舍下寒

①此话为约翰·班扬（John Bunyan，1628-1688）在《天路历程》中用的一词。指意气消沉，沮丧绝望。

敝，不适于款待“比尔贡先生”[①]团体中的一位杰出的成员，不过，随便哪天晚上七点至八点，你都可以在迪恩街的那家人称“乐园”的餐馆里看到我在那里用些简便的饭食。

你忠诚的

J.克朗肖

菲利普接到信的当天就去了，这个只有一间小屋的餐馆是最寒酸的饭馆了，看样子克朗肖是这里唯一的一位顾客。他正坐在一个角落里，远远地避开通风的地方，身上穿着那件菲利普从来没有见他脱下过的破大衣，头上戴着那顶旧圆顶礼帽。

“我在这儿吃饭是为了清静。”他说，“这里的饭做得不怎么样，来这儿的只有几个不规矩的女人和一两个失业的招待，这个饭馆就要关门大吉了，这儿的饭菜真是糟糕透了。不过，他们交了厄运对我倒挺有利。”

克朗肖的面前放着一杯苦艾酒。自从他们相识到如今已经快三年了，他相貌上的变化使菲利普很震惊。他原来是胖墩墩的，可现在却变得面黄肌瘦了。他的脖子上的皮肤松弛、皱巴；衣服空空荡荡地挂在身上像是别人的。硬领足足大了三四号，这就使他显得更加邋遢了。他的手一个劲儿地抖个不停。菲利普想起了那封信上的字迹，歪七扭八、奇形怪状的字母胡乱地涂在半张纸上。显然克朗肖病得很厉害。

“这些日子我吃得很少。”他说，“早上我就非常难受。我刚刚喝了一些汤，权当我的晚饭了，然后我还吃点儿干酪。”

菲利普的目光无意中落到了那杯苦艾酒上，见此情景，克朗肖对他嘲弄地扫了一眼，表示不赞成别人对他提出的合理劝告。

“你对我的病已经做了诊断了，你认为我喝苦艾酒非常不应该吧。”

“很明显，你已经肝硬化了。”菲利普说。

“是的，很明显。”

他以那种奇怪的眼光看着他，这种眼光当初就使菲利普感到是一种

---

①法国莫里哀（Molière，1622–1673）的喜剧《没病找病》（1673）中的医生。

难以置信的偏激。他那副样子似乎显示出：菲利普考虑到的事情是那样令人悲痛而明显的，当你已经毫无疑问地确认了这一明显的事实时，你对此还有什么可说的呢？菲利普改换了话题，“你打算什么时候回巴黎？”

“我不打算回巴黎了，我就要死了。”

这句话他说得那么自然，使得菲利普大吃一惊。菲利普想到了不少要说的话，可是这些对他已经毫无意义了。他知道克朗肖真是个行将就木的人了。

“那么你是打算在伦敦定居喽？”他结结巴巴地问道。

“对于我来说，伦敦有什么呢？我是穷途末路啦。我走在拥挤的街上，被人们挤来挤去，我好像走进了一座死了的城市。我觉得，我不能死在巴黎。我希望死在同胞当中。我不明白是什么隐秘的本能终于把我拉回来了。”

菲利普知道克朗肖曾与之生活的那个女人，还有那两个泥猴似的孩子，可是克朗肖一直没有跟他提起过他们，而且不愿意谈起他们。他不知道他们怎么样了。

“我不明白你干吗要说到死呢？”他说。

“两年前我就得了肺炎，那时他们告诉我，我能活过来简直是个奇迹。看样子我极容易得肺炎，再得一次这病就会要我的命的。”

“得了吧，别胡扯了！你的身体并不像你说的那么糟。你只要多加小心就成了。你为什么不把酒戒掉呢？”

“因为我不愿意。如果一个人准备承担后果的话，他做什么又有什么关系呢？不错，我准备承担后果。你拐弯抹角地提到了戒酒的事，可是我现在就这么一件可干的事了。你想想看，没有这个我的日子会怎么样呢？你认为我戒掉艾酒就能幸福吗？我渴望喝酒，喝的时候，每一滴我都要细细地咂咂滋味，喝了酒我感到自己的灵魂就沉浸在一种难以言状的快乐之中了。你讨厌酒。你是个清教徒，在你的心里，你看不起肉体方面的享乐。肉体上的享乐是最狂暴的，也是最细腻的。我庆幸我是个各种感官都很敏锐的人，我整个灵魂已经沉迷在这些享受之中了。现在我不得不为此偿还孽债，我是义无反顾了。”

菲利普目不转睛地看了他一会儿。

“你不害怕吗？”

克朗肖有好一阵儿没有说话。他似乎在考虑着怎么回答他。

“有过，当我一个人的时候。”他看看菲利普，“你认为这就是谴责我的理由吗？你错了。我并不害怕我的恐惧。恐惧是愚蠢。基督徒说，你活着时总要考虑到你的死。但是生活的唯一方法就是忘记死。死亡是无关紧要的。对死亡的恐惧不应当影响聪明人的任何行为。我知道，我将会挣扎到咽下最后一口气而死去。而且我也知道我将会害怕极了。我知道我将会不得不让自己对如此度过一生感到辛酸的悔恨；但是，我否认这悔恨同我自己有什么关系。我现在，身体虚弱，老态龙钟，贫病交加，行将就木，可是还紧紧地把灵魂抓在自己手里，我没什么可悔恨的。”

“还记得你送给我的那块波斯地毯吗？”

克朗肖为他旧事重提笑了起来，那是昔日的冷漠的笑。

“当时你问我人生的意义是什么，我告诉过你，这块地毯会给你一个答案。怎么样，你找到答案了吗？”

“没有，”菲利普笑了，“不能告诉我吗？”

“不，不，那可不行。如果不是你自己找到的，那个答案就毫无意义。”

83

克朗肖正准备出版他的那些诗歌。这件事他的朋友们已经催了他好几年了，可是他太懒散了，未能采取必要的步骤。过去，他总是对他们说，在英国，对诗歌的热爱已经不存在了，以此作为对朋友们鼓励的答复。你花费了几年心血和劳动才出版了一本书；一批类似著作的评论文章只给你这本书写上两三行，卖掉的不过二三十册，剩下的就被捣碎拿去做纸浆了。对于名声他早就心灰意冷了。名声也像所有其他东西一样不过是过眼烟云罢了。可是，他的一个朋友却自己动手把这件事揽过去了。这人是个文人，名叫伦纳德·厄普约翰，菲利普以前曾在拉丁区的那家咖啡馆看见过一两次他和克朗肖在一起的场景。他作为一位批评家在英国颇负盛名，他还是这个国家现代法国文学方面公认的代表。他在法国住了相当长的时间，他和那批把《法兰西信使报》办成时最活跃的评论刊物的人交往甚密，他简单地把他们的观点用英语表达出来，这就使他在英国以具有独到见解而闻名。菲利普曾经读过一些他的文章。他只不过是亦步亦趋地模仿托马斯·布朗爵士[①]而形成了自己的风格；他的句子精心雕琢，用词讲究对仗，好用废字、华丽的字。这就使得他的文章表面上很有自己的个性。伦纳德·厄普约翰曾劝过克朗肖把所写的全部诗歌都给他，他发现这些诗歌够出一本厚薄适度的集子。他还答应要利用他在出版商中的影响。克朗肖需要钱。由于他的病，他发现不容易像以前那样不停地写作了。现在他赚的钱仅仅够他喝酒的。直到厄普约翰写信说这个出版商和别的人尽管很敬佩这些诗，但是他们却认为不值得出版，克朗肖才开始变得关心这件事。他给厄普约翰写信极力陈说自己的迫切愿望，并催促他再出一把力。现在他已经朝不保夕了，希望能在身后留下一本出版了的著作，而且在他的思想深处他认为他创造出了不朽的伟大诗篇。他希望自己能像一颗新星一样在世界上突然出现。他得意地想到，他把这个美的宝库保留了一生，当他要告别人世，这个美的宝库对他再也没有什么用处时，他才不屑地把它送给世人。他决定回英国的直接原因是因为伦纳德·厄普约翰声称有一家出版商愿意出版这些诗。厄普约翰还奇迹般地说服了这个出版商预付了十镑的版税。

“是预付版税，请注意。”克朗肖对菲利普说，“弥尔顿拿到的也不过十镑啊。”

厄普约翰答应了写一篇署名文章评论这些诗歌，而且他还要请他那些写评论的朋友们也尽力帮忙。克朗肖装出一副对这件事很超然的样子，不过，他那想到马上要一鸣惊人的高兴劲儿可是溢于言表。

一天，菲利普故意到那家惨透了的饭铺去吃饭，克朗肖非要在那儿用饭不可，可是那天克朗肖却没有来。菲利普得知他已经三天没来这儿

①托马斯·布朗爵士（Sir Thomas Browne，1605–1682），英国医生及作家。

了。他独自吃了点儿东西，然后就按照克朗肖第一次给他写信时的那个地址去找他。找到海德街可真不容易啊。这是一条挤满了破旧房子的街巷，许多窗户打破了，用法文报纸裁成的纸条马马虎虎地糊着；那些门也多年没有油漆过了，房子的第一层有一些破破烂烂的小店，不外是洗衣房、修鞋铺和文具店等。衣衫褴褛的孩子们在路上玩耍着，一只老掉牙的手摇风琴奏着粗俗的调子。菲利普敲了敲克朗肖住所的门（这间房子的底层是一家劣质点心店），开门的是一个扎着条肮脏围裙的老法国女人。菲利普问她克朗肖是不是住在这儿。

"噢，不错，这儿是有个英国人住在顶楼的后间。我不知道他是不是在家，要是你找他，就自己上去看看吧。"

楼梯那儿点着一盏煤气灯。屋子里散发着一股令人作呕的气味。当菲利普上楼时，一个女人从二楼的一个房间里出来，怀疑地看着他，不过没说什么。在顶楼的平台处有三扇门。菲利普敲了敲其中的一扇，一会儿又敲了敲，里面没人答应；他试着拧拧门把手，可是门锁着。他又去敲另一扇，没人应声；他又拧另一扇门。门开了，房间里黑洞洞的。

"谁呀？"

他听出了是克朗肖的声音。

"我是凯利。可以进来吗？"

他没有得到回答。他走了进去。窗户关得严严的，房间里臭气熏天。街上的弧光灯照进来少许光亮，他看出这房间很小，里面首尾相接地放着两张床，有一个脸盆架和一把椅子，就这几件东西也已经几乎快让人无法插足了。克朗肖躺在紧靠着窗户的那张床上。他没有动，只是低低地笑了一声。

"你怎么不点上蜡烛？"他说。

菲利普擦着一根火柴，在床边的地板上有一个烛台。他点着了蜡烛，随后放在脸盆架上。克朗肖一动不动地仰面躺在那儿。他穿着睡衣的样子十分古怪。他丝毫不加掩饰的态度叫人很难堪。他面带土色像死人一样。

"喂，老伙计，看样子你病得不轻呀。这儿没人照顾你吗？"

“每天早上乔治上班前给我拿一瓶牛奶来。”

“乔治是什么人？”

“我叫他乔治是因为他的名字叫阿道夫。他和我合住这间宫殿一般的房间。”

菲利普这才注意到了第二张床睡过之后还没有叠。那只枕头让脑袋蹭来蹭去都黑了。

“你不会是说你在和别人合住这间屋子吧？”菲利普叫道。

“怎么不是？在索霍区住公寓是要掏钱的。乔治是个招待。他早晨八点出门，到店里关门的时候才回来，所以他一点不碍我的事。我们俩谁也睡不好觉，就靠他给我讲他的生活经历打发夜晚的时间。他是瑞士人，而且我一向对招待感兴趣。他们是从娱乐的角度来看待人生的。”

“你在床上躺了多久了？”

“三天。”

“这么说你这三天来每天除了一瓶牛奶什么也没吃？你为什么不告诉我一声呀？想到你整天躺在这儿也没个人来照顾真叫我难受。”

克朗肖笑了一声，说：

“看看你的脸色，哎呀，老弟，我真的相信你很难受，你这个好小伙子。”

菲利普脸红了。看到这位穷困潦倒的诗人的这间可怕的房间和悲惨的境地，他一点儿也没察觉到自己脸上流露出来惊愕的神情。克朗肖注视着菲利普，他温柔地笑着继续说道：

“我一直过得非常愉快呀。瞧，这就是我的清样，记住，我对那些苦恼并不放在心上，放在别人身上他们会愁坏的。倘若你的梦想使你成为时间和空间的主宰，那么生活的逆境又算得了什么呢？”

那清样就放在床上，他在黑暗中躺着，却能够把自己的手放在清样上。他拿给菲利普看，他的眼睛里闪着光芒。他翻动着纸页，高兴地看着那清晰的铅印字，他念了一节诗。

“看来还不坏吧？”

菲利普有了个打算。这个想法将要让他破费一些，而他哪怕稍微增加一点点开支也负担不起，可是在另一方面，他不愿意在这种情形下还计较钱财。

“听我说，你住在这种地方我心里过意不去。我现在有一间多余的房间，眼下这房间还空着，向别人借张床也不费什么事。你能来和我住一阵子吗？这样也可以让你省下这里的房钱。”

“嗯，好朋友，你准得让我老是把窗子开着。”

“嗨，要是你愿意，你可以把那儿所有的窗户都封上。”

“明天我就会全好了，本来我今天就可以起来了，只不过我懒得动弹罢了。”

“你换个地方也不费什么事嘛。搬到那儿，你什么时候觉得不舒服，你就可以什么时候去睡觉，而且我会在那儿照顾你。”

“既然你这么愿意，我去就是了。”克朗肖带着他那呆滞但并非不高兴的笑容说。

“那可太好了。”

他们讲定菲利普第二天来接克朗肖，菲利普上午事情很多，他挤出一个小时的时间来办理搬家的事。他发现克朗肖穿戴好了，戴着他那顶帽子，穿着大衣坐在床上，一只已经捆好了的里面装着他的衣物和书籍的破旧的小旅行皮箱放在他脚边的地板上，看他那副样子就好像是在火车站的候车室里等车一样。菲利普见到这光景笑了起来。他们坐上一辆窗子小心地关得严严实实的四轮马车来到了肯宁顿大街，然后菲利普又把他的客人安顿在自己的房间里。这天一大早他就出去给自己买了一副旧床架，一个便宜的五斗柜，还买了一面镜子。克朗肖马上坐下来改他的清样了。他的身体好多了。

菲利普觉得克朗肖除了易怒，倒是个挺随和的客人。上午九点他去上课，这样，他只有在晚上回来才能见到克朗肖。菲利普曾劝过他一两次和他一起吃那份为自己晚上预备的剩饭，可是克朗肖太不安定，他在屋子里待不住，总是喜欢到索霍区这家或那家最便宜的饭馆去吃东西。菲利普要他到蒂勒尔医生那儿去看看病，可是他坚绝不肯去；他知道医生会让他把酒戒掉，而这正是他绝对办不到的。他在早晨总是病得很厉害，可是中午喝了苦艾酒之后就重新使他缓过劲儿来，而且晚上回到家，他说起话来就又能够像第一次和他结识时那样，才华横溢，令菲利普震惊。他的清样已经改完了；那书将要在初春时候出版，到那时，公众也许会从泛滥成灾的圣诞节读物中解放出来了。

84

在新的一年里菲利普当上了外科门诊部的敷裹员。这项工作同他刚刚干过的工作大相径庭，可是同外科打交道比同内科打交道更直接一些；大部分病人患的是因循守旧的社会一本正经地容许广为传播的两种疾病。菲利普给当下手的那个助理外科医生名叫雅各布斯。他是个矮胖的异常快乐的小个子，长着个秃亮的脑袋，一副大嗓门；他说话时带有伦敦的土腔。一般地学生们都把他描绘成一个“叫鸡公”，可是作为外科医生和教师，他的聪明才智却使一些学生忘掉了他的这个缺点。他还特别爱开玩笑，无论是对病人还是对学生他都一样要开开玩笑。他总是以捉弄耍笑他的敷裹员来开心取乐。由于敷裹员既无知又紧张，而且又不能平等地礼尚往来地回敬他，所以要出敷裹员的洋相并不很难。他故意讲些令人尴尬的大实话来使他值班的下午过得开心，对此学生们最多也只能一笑了事。有一天，来的一个病人是个跛足的孩子。孩子的父母想知道有什么办法治好这孩子的脚。雅各布斯先生转过身对菲利普说：

“最好你来处理这个病人，凯利。这是个你应该多少知道些的题目呀。”

菲利普的脸一下子涨红了，更多的是因为外科医生的话里明显地含着一种幽默的意味，而且那些爱捉弄人的敷裹员们谄媚地哈哈大笑起来。实际上，自打进了医学院以来，这正是菲利普特别关心的课题。他在图书馆里把所有论述各种形式跛脚的书籍都看过了。他叫他们把孩子的靴子和长筒袜脱掉。这孩子十四岁，小圆鼻子，蓝蓝的眼睛，脸上长着雀斑。他的父亲解释说如果可能的话，他们希望能给治一治，小家伙的跛脚对他将来谋生妨碍太大了。菲利普好奇地看着他。他是个快活的孩子，一点儿也不害羞，可就是太好说话，而且还涎皮赖脸的，他父亲为此不断地呵斥他。他自己对那双脚颇感兴趣哩。

“这只不过是不太好看罢了，你说是吧。”他对菲利普说，“我倒没有觉得它有什么不方便的。”

“住嘴，埃尔尼。”他父亲说，“你的废话也太多了。”

菲利普检查了那只脚，他的手慢慢地摸着那变了形的部位。他不能理解这孩子为什么没有感到那种总是压迫着他的羞辱感。他不知道为什么自己就不能采取这种达观的漠视态度来对待自己的畸形足。过了一会儿，雅各布斯先生走到他跟前。那孩子正坐在一只长沙发椅的边上，外科医生和菲利普一边一个分别站在他的两边，学生们挤过来围成个半圆形。他用惯常的那种机智的谈吐，生动地讲解着足的畸形；他谈到了畸形足的各种类型，还讲了讲不同足型的不同的解剖学特征。

“你得的是马蹄足吧？”他突然扭过脸对菲利普说。

“是的。”

菲利普感觉到同学们的目光都集中在他的身上了，他暗暗咒骂自己，因为他又禁不住脸红了。他觉得自己的手心渗出了汗。由于长期的习惯，外科医生又滔滔不绝地令人惊叹佩服地夸夸其谈起来。他那如簧之舌使他身价百倍。他对自己的职业有特别的兴趣。可是菲利普并没有去听。他只是盼着快点儿给那个家伙看完。突然他发觉雅各布斯在对他说话。

“把袜子脱掉一会儿没关系吧，凯利？”

菲利普觉得浑身一阵战栗。他忍不住想叫那外科医生见鬼去吧，可是他没有胆量大吵一通。雅各布斯粗暴的嘲笑和挖苦使他望而生畏。他极力装出无所谓的样子。

“一点儿关系也没有。”

他坐下来解靴子。他的手指头在颤抖着，他以为自己会解不开那颗纽扣哩。他回忆起了在学校时，别人如何逼着他把自己的脚露出来的事，那悲哀深深地浸透了他的心灵。

“他把自己的脚弄得真干净啊，不是吗？”雅各布斯用他那刺耳的伦敦土腔说。

在场的学生都咯咯地笑起来。菲利普注意到他们正在检查的那个孩子也低下头在好奇地看着他的脚。雅各布斯把他的脚拿在手里说：

“不错，不出我所料。看得出你做过手术。我想是在小的时候吧？”

他又滔滔不绝地讲解起来。学生们弯下身子看着这只脚。还有两三个学生在雅各布斯把脚放下来时也凑过来查看一下。

“你们什么时候能完呢？”菲利普笑着讽刺地说。

他恨不能把他们都杀死。他想，要是用一把凿子戳进他们的喉咙，那将会使人多高兴啊（他不明白自己怎么会想到了这么一种特殊的工具）！人是多么残忍啊！他希望自己能够真的相信有地狱，想象他们将会受到的可怕折磨，借此聊以自慰。这时，雅各布斯先生的注意力转到给孩子看病上去了。他半是对孩子的父亲，半是对学生们讲着什么。菲利普穿上袜子，系好了靴子。最后，外科医生看完了。不过他好像事后又想到了什么似的转过身来向菲利普说：

“你看怎样，我认为你也许值得做手术。当然，我不能保证让你有一只和正常人一样的脚。可是我认为我还是可以努力一下的。你可以考虑考虑，你要请假时可以到医院来一下。”

菲利普以前曾经常暗自想，是否还有什么办法可想，可是由于他非常不愿意提到这个问题，所以也就没能同医院的任何一个外科医生磋商过。他通过读书知道，要是在他非常小的时候就治的话，无论如何还是有些办法的——当时治疗跛脚的医术还不像我们今天这样高明——而现在要取得很大疗效的机会是很小的。倘若做一个手术能使他穿上一只比较普通的靴子，走路时跛得不那么厉害，那么做这个手术还是值得的。他记得，那时他为那个奇迹曾祈祷得多么狂热呀，他伯父曾经向他担保过，只要他向全能的上帝祈求，这个奇迹就可能出现。他苦笑了一下。

“那时候我简直是个傻瓜。”他想。

快到二月底的时候，克朗肖的身体明显地变得更坏了。他再也起不来床了。他躺在床上，非要把窗子关得严严的不可；不管怎么劝，都拒绝去找医生看病。他一般很少吃什么东西，可是威士忌和纸烟却少不了。菲利普知道他应该戒烟酒，可是克朗肖的论点让人难以驳倒。

“我敢说，我准会死在酒和烟上的。可我不在乎。你警告过我了，你已经做了你该做的事情，我对你的警告置若罔闻。给我点儿喝的，你真该死。”

伦纳德·厄普约翰一个星期要突然来访两三次，他的相貌有某些地方像是片枯树叶，而枯树叶这个字眼又把他出现的方式准确地描述出来了。他是个面目可憎的三十五岁的家伙，长长的灰白头发和苍白的脸，他的样子一看就是个很少在户外活动的人。他戴着一顶很像是非国教牧师戴的帽子。菲利普因他那种居高临下的态度而讨厌他，而且也被他的夸夸其谈弄得不胜其烦。伦纳德·厄普约翰喜欢只管他自己口若悬河地讲。他对听众是否有兴趣却麻木不仁，了解别人的兴趣是一个优秀的谈话者应该具备的先决条件；他根本认识不到他对别人讲的都是些他们已经知道了的事。他用仔细考虑过的字眼告诉菲利普怎样去看待罗丹、阿尔贝·萨曼①和凯萨尔·弗兰克②。菲利普的打杂女工只是早晨来一个小时，再加上菲利普不得不整天待在医院，所以大部分时间里克朗肖都是一个人。厄普约翰对菲利普说，应该有个人留下来看护他，可是他却提不出个可行的办法。

“让这样伟大的诗人孤零零地一个人，这太可怕了。唉呀呀，身边没有个人他是会死的。”

“我想这完全有可能。”菲利普说。

“你怎么能这样冷酷无情呢！”

“那你为什么就不能每天把事拿到这儿来干呢？那样的话，要是他需要什么，你不是就在近旁了吗？”菲利普冷冰冰地说。

“我？我的好朋友，我只能在熟悉的环境里工作呀，再说我老是得外出的。”

因为菲利普提出让克朗肖到厄普约翰的房间去，这一下厄普约翰也有些火了。

---

①阿尔贝·萨曼（Albert Samain，1858-1900），法国诗人。

②凯萨尔·弗兰克（Cesar Franck，1822-1890），法国音乐家。

“我想你本来应该让他留在索霍区。”他挥了一下他那瘦骨嶙峋的细长的手说，“住在那破烂的阁楼里还有点儿浪漫劲儿哩。如果换了瓦平或是肖尔迪奇[③]还凑合，可体面的肯宁顿大街我可受不了！一个诗人竟要死在这种地方！”

克朗肖常常暴跳如雷，每一次菲利普只有想到这种易怒的表现正是他发病的症状，才能控制住自己的脾气。有时候菲利普没有回来，厄普约翰就来了，这时克朗肖总要刻薄地发一通牢骚，厄普约翰心满意足地听着。

“事实是凯利就没有美感。”他微笑着，“他有一种中产阶级的思想。”

他对菲利普挖苦得很厉害，而且菲利普费了很大劲儿才控制住自己。可是一天晚上他再也忍不住了。他已经在医院忙了一整天，筋疲力尽了。当他正在厨房给自己烧一杯茶喝的时候，厄普约翰来告诉他，克朗肖正在因为菲利普非要他找个医生去看看而发牢骚哩。

“难道你就没有认识到你享有着一种异常罕见、一种极其高尚的特权吗？无疑你应该尽你所能去为他做一切事情，来表现出你责任的高尚和伟大。”

“这是我几乎负担不起的罕见的和高尚的特权。”菲利普说。

无论什么时候，只要一涉及到钱的问题，伦纳德·厄普约翰就要摆出一副颇为轻蔑的样子。他那种敏感的性格被菲利普的话激怒了。

“克朗肖的态度里也有某些好的成分，因为你对他纠缠不休，这才把他的好意误解了。你应该体谅他那些你无法感受到的微妙的想象嘛。”

菲利普的脸马上沉了下来。

“咱们找克朗肖去。”他冷冷地说。

诗人正仰面躺在那儿，读着一本书，嘴里还叼着烟斗。屋里的空气陈腐霉臭；尽管菲利普经常整理，可屋子还是显得零乱不堪，不管克朗肖到哪儿，哪儿就会跟着他乱七八糟的。见他们进来，他把眼镜摘掉。菲利普已经是怒不可遏了。

“厄普约翰告诉我，你总是跟他抱怨我催你去找医生看病。”他

---

③伦敦两个旧区名。

说，“我希望你去找个医生，是因为你不定什么时候就会死，要是没有人给你看过病，我就没办法得到一份死亡证明书。到时候一定会来人验尸的，人家会责备我没有给你请医生。”

“这我可没想到，我还以为你要我去找医生是为了我而不是为了你哩。随你便，什么时候我都可以去看病。”

菲利普没有回答，而是几乎看不出来地耸了耸肩。克朗肖注视着他，咯咯地笑了两声。

“别这么生气了，亲爱的。我很清楚，你是希望尽可能地为我做一些事。让我们去找你的那个医生吧，或许他对我还能有什么办法哩。不管怎么说，这样会使你心安理得了。”他把眼睛转向厄普约翰，“我说伦纳德，你真他妈的是个大笨蛋。你干吗要让这孩子不得安生呢？他为我做的已经够多的了。你除了在我死后为我写一篇漂亮的文章之外，什么也做不了。我知道你这个人。”

第二天，菲利普去找了蒂勒尔医生。他认为他是个能被别人的不幸所打动的人。蒂勒尔一忙完了他一天的工作，就随同菲利普到肯宁顿大街来了。他也只能同意菲利普所告诉他的话：这个病人已经治不好了。

“要是你愿意的话，我就让他住到医院里去。”他说，“他可以住一间小病房。”

“说什么他也不会去的。”

“你知道，每一分钟他都可能死的。再不然的话，他可能再得一次肺炎的。”

菲利普点了点头。蒂勒尔医生又叮嘱了几句，而且答应无论菲利普什么时候找他，他都会再来看病人。他留下了自己的地址。当菲利普回去看克朗肖时，看到他正在安安静静地看书。他毫无难色地询问医生都说了些什么。

“这下子你满意了吧，好朋友？”他问。

“不管说什么也没办法叫你照蒂勒尔医生的嘱咐去做的。”

“没办法。”克朗肖微笑着。

85

大约过了半个月，这天傍晚，菲利普在医院干完了一天的工作回到家里，他敲了敲克朗肖的房门。他见没有答应，就推门走了进去。克朗肖正躺在床上，侧着身缩成一团，菲利普走到他床前。他不知道克朗肖是睡着了，还是只是又犯了那种不可控制的暴躁脾气症躺在那儿。当菲利普看到他张着嘴时，大吃了一惊。他碰碰他的肩膀。菲利普惊慌地大叫起来。他把手伸进克朗肖的衬衫下面，摸摸他的心口，他不知怎么办才好；他一筹莫展，把一面镜子放到他的嘴前，因为他过去听说有人就是这么做的。单独和克朗肖在一起使他心惊肉跳。他的帽子和外套都还没有脱，就跑下楼到了街上。他叫住一辆马车直奔蒂勒尔医生住的哈利大街。

“喂，你能不能马上来一趟？我想克朗肖是死了。”

“他要是死了，我去也没什么用处呀。”

“如果你能去，我真是感激不尽啦。我叫了一辆马车在门口，有半个小时就可以到。”

蒂勒尔戴上了帽子。在马车里他问了一两个问题。

“今天早上我离开的时候，他好像没有平时那么糟糕。刚才我回去的时候可真吓了一跳。想到他死时身边没有一个人……你说他知道自己要死吗？”

菲利普想起了克朗肖曾经说过的那些话。他不知道他在最后一刻有没有被死亡的恐惧攫住。菲利普想象自己处在这种悲惨的境地，身边没有一个人……当他感到恐惧的时候，也没有个人对他说句壮胆的话。

“你太激动了。”蒂勒尔医生说。

他用那双明亮的蓝眼睛看看他。这双眼睛并不是冷漠无情的。一看到克朗肖他就说：

“他肯定已经死了几个小时了。我想他是睡着时死去的。有时候人就是这样死的。”

他的尸体看上去萎缩、难看，一点儿也不像人的样子。蒂勒尔医生平心静气地看着尸体。他用一种机械的动作掏出自己的表来。

“哎呀，我得走了。我一会就送证明书来。我想你得去通知他的亲属吧。”

“我想他在这儿没有什么亲属。”菲利普说。

“葬礼怎么办呢？”

“噢，这个我会办的。”

蒂勒尔医生看了菲利普一眼。他不知道该不该为葬礼拿出两个金镑的硬币。他对菲利普的处境一无所知；也许菲利普能够完全负担这笔开支，若是他提出他也出点钱的建议，菲利普也许会认为太无礼的。

“好吧，如果有什么我能做的事就告诉我一声。”他说。

菲利普和他一起出去，在门口分了手，菲利普到电报局给伦纳德·厄普约翰发了封信。然后，他又去了一家他每天去医院的路上都要经过的殡仪馆。以前他也常常被橱窗里的一块黑布上写着的三个银字词语吸引住：经济、迅速、得体。这块黑布再加上两个棺柩模型把橱窗装饰起来。过去这几个词总使他感兴趣。葬仪承办人是一个矮胖的犹太人，卷曲的黑头发长长的、油腻腻的，他的面色黝黑，短粗的手指上戴着一只宝石大戒指。他以一种独特的风度接待了菲利普，这种风度是他喧闹的秉性和那种与他这种职业相适应的屏声敛气的作风掺杂在一起所形成的。他一眼就看出菲利普已经不知所措了，他答应立刻派个女人去操持一切事务。他为葬仪提出的几项建议是非常壮观的，丧葬承办人似乎认为，菲利普不同意这么办只是太吝啬，这使得菲利普感到很羞愧。在这种事情上讨价还价也怪讨人嫌的，菲利普终于同意了一个他几乎负担不起的昂贵的葬礼。

“我非常理解，先生。”丧葬承办人说，“你一点儿不想办得很排场，而且——我得说，我本人也不赞成办得太铺张——你不过是想把这葬事办得体面些而已。你把这事儿交给我办好啦，我会尽敝人之力，办得节俭些的，会办得既像样又得体的。我要说的就这些，您看呢？”

菲利普回家去吃晚饭，正吃着饭那个女人就来准备尸体装棺了。这当儿伦纳德·厄普约翰的电报来了。

极度震惊，深感悲恸。今晚不能前往，甚憾。外出吃饭。明晨找你。最深切的同情。厄普约翰。

过了一会儿，那个女人来敲他起居室的门。

“我已经收拾完了，先生。你来看看是不是行了，好吗？”

菲利普随她进去。克朗肖仰面躺着，闭着眼睛，双手虔诚地合在胸前。

“按理说你应该弄几朵花来才是，先生。”

“我明天去弄一些来。”

她满意地瞥了一眼尸体。她已经干完了工作，这时她放下袖子，把围裙脱掉，然后戴上无边女帽。菲利普问她该给多少钱。

“这个嘛，先生，有的人给我两个先令六便士，也有的人给五个先令。”

菲利普不好意思给她少于那个较大数目的钱。她热情地向他道了谢，但考虑到他可能会感到的悲伤，她谢得恰如其分，然后转身离去了。菲利普回到起居室，把剩下的晚餐收拾走，然后就坐下来读沃尔萨姆的《外科学》。他发现要读下去很困难。他感到异常的紧张。楼梯那儿一有个什么声响，他就吓得跳起来，心怦怦地狂跳不止，隔壁房间里的那个东西把他吓坏了，那原来是个男人，而现在却什么也不是了。那沉寂仿佛是有生命的东西，仿佛有什么神秘的运动在沉寂无声中进行着似的，死亡的降临压迫着这几间屋子，既不可思议又令人可怖。菲利普对曾经是他的朋友的那个东西感到一阵突如其来的恐怖。他打算强迫自己读下去，可是，过了一会儿就绝望地把书推开了。一个生命刚刚结束了，生命的无用使他苦恼。这和克朗肖是活是死并没有什么关系。也许他从来没有活过反倒好了。菲利普想象着年轻的克朗肖，需要有血有肉的想象，才能描绘出一个年轻的克朗肖，朝气蓬勃，充满活力与希望，而菲利普那条既“随心所欲，同时又提防着旮旯里的警察”的生活法则，在这里并没有起什么好作用。这是因为克朗肖过去就是这么做的，以致他在生活中令人痛心地失败了。看来人的本能是不可信赖的。菲利普百思不得其解，他问自己，生活的法则是什么呢？如果那条法则没有用处，那么为什么人们按照某一种而不是另一种方式行动呢？人们是根据自己的感情来行动，可是人们的感情却是可以好也可以坏的呀；看来，把人们引向成功或是灾难似乎只是一种机遇而已。生活仿佛是一场不可解的大混乱。人们奔忙着，被各种他们所不知道的力量驱赶着，而他们却总是与他们追求的目的失之交臂。好像他们只不过是在为奔忙而奔忙似的。

第二天早晨，伦纳德·厄普约翰带着一只月桂树叶的小花圈出现了。他对自己把这个花圈戴在故去的诗人头上这个主意很是欣赏，尽管菲利普沉默着表示不满，他还是企图把这花圈戴在诗人的秃头上，可是戴上花圈显得很不协调，那样子就像是音乐厅的蹩脚喜剧演员戴的帽子的边。

“那我还是把这个花圈放在他的心上吧。”厄普约翰说。

“你已经把花圈放在他的胃上了。”菲利普说。

厄普约翰淡淡地笑了笑。

“只有诗人才知道诗人的心长在哪儿。”他回答说。

他们回到起居室，菲利普告诉他葬礼是怎么安排的。

“我希望你不惜花销。要是灵柩后面能跟上一大长串空马车，所有的马匹都戴上高高的、颤悠悠的羽饰就好了，而且还应该有大批雇来送葬的人，他们的帽子上都戴着长长的飘带。想到那些空马车就让我高兴。”

“这是因为葬礼的费用显然要落在我头上，而且我现在又没有更多的钱，所以我想方设法让花费省一些。”

“可是，亲爱的朋友，因为这个，你为什么不给他办成个乞丐的葬礼呢？葬礼本来会非常富有诗意的。你对平庸有一种准确无误的本能。”

菲利普的脸微微有些红了，不过他没有再说什么。第二天，他和厄普约翰坐在他雇来的一辆四轮马车里，跟在灵柩的后面。劳森送来了一个花圈，他本人来不了。为了使棺材不显得太寒酸，菲利普又买了两个花圈。在回来的路上，马车夫不停地抽打着他的马。菲利普累极了，很快就睡着了。他被厄普约翰吵醒了。

“那些诗没有出版真是太幸运了。我想，我们还是把它们先拿回来一下的好，我得写一篇前言。乘车去墓地的路上我就开始琢磨怎么写了。我相信，我可以写得相当漂亮。我要开始在《星期六评论》上写一篇文章。”

菲利普没有搭腔，他们之间没有什么话好说。最后厄普约翰又说：

“我相信，我可没有那么傻，让他们把我的文章删减了。我想还是先给一家评论刊物写篇文章，等发表了我可以把它作为前言印出来。”

菲利普对那家月刊很留心，几个星期后那篇文章发表了。这篇文章引起了一些轰动，许多报纸转载了这篇文章的摘录。这是一篇非常漂亮的文章，由于没有人详细了解克朗肖早年的经历，这篇文章带有影影绰绰的传记性，写得亲切、细致、生动逼真。伦纳德用他复杂的文体勾勒出一幅幅克朗肖在拉丁区谈诗、写诗的小小画面：克朗肖一下子变成一位栩栩如生的人物了，活脱脱是一位英国的魏尔伦。当伦纳德·厄普约翰描述到诗人的悲惨结局和索霍区的那间寒酸破烂的小屋时，他着力渲染的字里行间带有一种巨大的庄严和哀婉动人的夸张，并且以一种动人而又过分的慷慨大度，而不是谦逊的严谨，努力要把诗人搬到一个开花的果园中的装饰着忍冬草的小屋中。他写道，由于缺少同情心，好意地但又是那么笨拙地，诗人被弄到了高雅而庸俗的肯宁顿大街！伦纳德·厄普约翰描写肯宁顿大街时用一种含而不露的幽默，严格地恪守了那些托马斯·布朗先生所限定的词汇。他以精彩的讽刺笔调叙述了诗人在人世的最后几个星期；讲到了克朗肖忍受那位自封为护理的青年学生好心好意的笨手笨脚时的忍气吞声；还讲到了这位神圣的流浪者在绝望的中产阶级的环境里的可怜遭遇。“美出自灰烬”，他引经据典地引用了以赛亚的话。对那个死在卑俗尊敬的歌颂之中的无家可归的诗人来说，这真是一个讽刺的胜利，这句格言使伦纳德·厄普约翰联想到了在法利赛人[①]中间的基督，他借题发挥地把两者做了类比，趁机又洋洋洒洒地写了一大段。接着，他又谈到了诗人的一位朋友如何把一只月桂树叶的花圈放在故去诗人的心口上——他良好的鉴赏力使他只是巧妙地暗示一下，那位有着

---

①法利赛人：古代犹太教一个派别的成员，基督教《圣经》中称法利赛人是言行不一的伪善者。

如此高雅趣味的朋友是谁。那双美丽的失去了生命的手曾仿佛以一种沉湎声色的激情放在阿波罗的树叶[①]上，那花叶，艺术的芳香使之香馥四溢，比那皮肤黝黑的水手从光怪陆离、神秘莫测的中国带回的翡翠更青翠。这篇文章是以他那中产阶级的，平淡无奇而没有诗意的葬礼作为结尾的，他本应该不是像王公贵族就是像乞丐那样被埋葬的。这是野蛮和愚昧对艺术、对美、对精神方面的事物的致命的打击和最后的胜利。

伦纳德·厄普约翰从来没有写出过稍微像点样儿的东西。这篇文章是魅力、高雅和怜悯的杰作。在这篇文章中，他把所有克朗肖最优秀的诗都引进去了。这么一来，等那本诗集问世的时候，其中的大部分精粹也就不复存在了，可是厄普约翰却大大提高了他自己的地位。这篇文章发表以后，他就被认为是一名批评家了。以前他曾显得有点孤僻冷漠，可是这篇极为引人入胜的文章却充满了一种温暖的人性。

86

春天，菲利普结束了他在门诊部当敷裹员的工作，成了一名住院医生的助手。这项任务持续六个月。助手每天早晨都是陪着住院内科医生在病房里度过的，先是去男病房，然后再去女病房，他要填写病历，做试验，要和护士们一同忙一整天。一个星期有两个下午，值班医生和一小群学生到处转一转，检查病人，四处查看叮嘱。这种工作不像在门诊部那样令人兴奋，没有那样的不断变化，和现实也没有密切的接触，可是菲利普还是学到了大量的知识。他和病人们相处得很好，而且当病人对他的护理表示很满意的时候，他多少有些感到高兴。他对病人的病痛没有感到深切的同情，不过他喜欢他们；由于他不摆架子，所以他比其他的助手们更受病人们欢迎。他愉快，能鼓励人，而且还待人亲切，像所有同医院打过交道的人一样，他发现男病人比女病人更好相处。女人

①阿波罗的树叶，即月桂树叶。据希腊神话，阿波罗追求女神达芙妮，女神化身为月桂树遁去。由此艺术之神阿波罗与月桂树关系密切。

总是爱抱怨和发脾气。她们尖酸刻薄地抱怨那些辛劳的护士们，说她们没有表现出对病人的关心，女病人把这种关心看作是她们的权利；这些病人事儿多，不近人情，还粗鲁无礼。

不久，菲利普幸运地交上了一个朋友。一天早晨，住院内科医生交给他一个新病人，是个男人。菲利普着手在入院证书上填写详细情况，他正坐在床沿上。他注意到，这个病人填的是新闻工作者，他的名字叫索普·阿西尔尼。住院病人中很少有这样的人。他年龄四十八岁，患的是急性黄疸病，由于症状不很明显，需要进行观察，所以就让他住了院。他回答菲利普为履行职责所问的各种问题时声音悦耳，显得有教养。因为他是躺在床上的，所以很难判断他身材的高矮，不过从他的小脑袋和小手上可以看出他比一般人的身材要矮一些。菲利普有一种爱观察人手的习惯，阿西尔尼的手使他很惊讶：这双手小得出奇，手指头又长又细，而且有很漂亮的玫瑰色的指甲。这双手非常光滑，并没有黄疸病会带有的那种异常苍白的颜色。病人把手放在被子外边，一只手微微张开，食指和中指并在一起，当他跟菲利普说话的时候，仿佛是在满意地凝视自己的手指。菲利普眨巴了一下眼睛，向这个男人的脸上瞥了一眼。尽管他的脸色发黄，但是却显得气宇轩昂。他有一双蓝眼睛，带鹰钩的显眼的大鼻子突出而不显得笨拙，小胡子尖尖的呈灰色，他的头秃得很厉害，不过他的头发一眼就可以看出曾经是相当漂亮的，他把头发留得很长，很好看地卷曲着。

“我看你是个记者。”菲利普说，“你给哪个报纸写文章？”

“给所有的报纸。你随便翻开一家报纸都会看到我写的东西。”

在床边上有一份报纸，他拿过来指出了上面的一个广告。一家菲利普熟悉的商号用大号字体印着自家名称：林恩和塞德利公司，伦敦，雷根特大街。在这下面，是用小一点儿的但还是很大的铅字印着的一句很蛮横的话：拖延即浪费时间。接下来是一个非常合理的提问：为什么不今天订货？又用大号字体重复了一遍，就像良心的谴责在敲打杀人犯的心：为什么不？然后又是粗体字：从世界主要市场以巨额购进数千双手套，以耸人听闻的大削价从世界上最可靠的制造商购进数千双长筒袜。

最后又是那个提问，不过现在却像是在决斗场上被抛出来的一只挑战的手套：为什么不今天订货？

“我是林恩和塞德利公司的报界代理人。”他用那只漂亮的手轻轻挥了一下，“将就着干……”

菲利普又继续问一些常规问题，有些只不过是例行公事，而有些则是花言巧语地逗引病人说出菲利普认为他也许会隐瞒的事情。

“你曾在国外住过吗？”菲利普问。

“我在西班牙住过十一年。”

“你在那儿干什么呢？”

“我在托莱多的一家英国自来水公司当秘书。”

菲利普记起了克拉顿也曾在托莱多住过几个月，听了这位新闻记者的回答，他更加感兴趣地打量着他；但是他觉得流露出这样的神情不太合适。医院的病人和医院工作人员之间保持一定的距离是必要的。他做完这位记者的检查后，就到别的床位边去了。

索普·阿西尔尼的病并不严重，尽管脸色还是很黄，可是他很快就觉得好多了。他卧床不起只是因为医生认为他应该继续观察，直到某几项反应恢复了正常为止。一天，菲利普一进病房就注意到阿西尔尼手里拿着铅笔正在读着一本书。见菲利普又走到他的床前，他就把书放下来。

“我可以看看你读的是什么书吗？”菲利普问，他是从来不肯放过每一本他看到的书的。

菲利普拿起书来，发现这是一本西班牙文的诗歌集，克鲁兹的圣胡安①的诗，当他翻开书页时，一张纸片掉了出来。菲利普把它捡起来，看到上面写着一首诗。

“你得承认你是在写诗打发时间吧？这种做法对于住院病人是最不合适的了。”

“我在试着做一些翻译。你懂西班牙语吗？”

“不懂。”

---

①克鲁兹的圣胡安（San Juan de la Cruz，1542-1591），西班牙诗人、学者。

“是这样，那你知道克鲁兹的圣胡安吗，嗯？”

“我的确不知道。”

“他是个西班牙的神秘主义者。他是西班牙最杰出的诗人。我认为他的诗很值得译成英文。”

“我可以看看你翻译的吗？”

“译得很粗糙。”阿西尔尼说，可是他还是欣然把翻译诗递给菲利普，这说明他急于让他读一读。

诗是用铅笔写的，字体很秀丽，可是又非常独特，辨认起来很吃力：那写法正像黑体字一样。

“像这样的写法不是得浪费你很多时间吗？字写得很不错呀。”

“我也不知道为什么我的字就是写不漂亮。”

菲利普读了第一节。

在朦胧的黑夜，
焦急的爱情之火被点着，
啊，多幸福！
没有人看见，我偷偷走掉，
我的房子里现在静悄悄……

菲利普惊奇地看看索普·阿西尔尼，他也说不上来自己是替他感到害臊呢，还是被他吸引住了。他意识到自己有些屈尊俯就的态度，当他猛然想到阿西尔尼也许认为他滑稽可笑，脸一下涨得通红。

“你的姓可真是很少见啊。”他没话找话地说。

“这是约克郡非常古老的姓。有一次，我们家族的首领骑着马拼命地跑了一天想绕着他的领地跑一圈，但是现在家道中落了。败就败在玩女人和赌博上[①]。”

①原文为女人快，马儿慢。意指玩女人，钱好似流水一样很快就花掉了；赌赛马时，马儿又慢，输掉的多。

他是个近视眼，说话的时候死死地盯着你。他把那本诗集拿起来。

“你应该读一读西班牙文。”他说，“这是一种高贵的语言。它没有意大利语那样优美流畅，意大利语是男高音和手摇风琴手的语言。可是西班牙语却富丽堂皇，它不像花园里的小溪那样潺潺汩汩，可是它却像涨潮的大江那样激起震天的轰鸣。”

他夸张的说法把菲利普说得高兴了，不过他对那浮华的词藻还是很敏感的，当阿西尔尼活灵活现、充满真正热情说着的时候，他津津有味地听着，他向他描述读《堂吉诃德》原著的丰富享受，还描述了令人销魂的卡尔德隆的音乐性、浪漫性和平静的、热烈的感情。

“我得干活去了。”过了一会儿，菲利普说。

“哟，对不起，我忘记了。我要告诉妻子给我带一张托莱多的照片来，到时候我给你看看。有工夫来找我聊聊，你不知道聊天会给我多大的快乐呀。”

这以后的几天中，不管什么时候菲利普一有空就来找阿西尔尼，他和这个新闻记者越来越熟了。索普·阿西尔尼是个非常健谈的人。他说的并不是什么堂皇漂亮的事，可是他却讲得很引人入胜，讲起来生动热情，能燃起人的想象之火。菲利普在虚假的人间生活得太久了，他发觉阿西尔尼的幻想充满了许多新鲜的景象。阿西尔尼非常有礼貌。无论是人情世故，还是书本知识，他知道的都比菲利普多得多。他的岁数也大得多。说起话来从容不迫更使阿西尔尼占了一定的优势。可是在医院里他是一名慈善事业的接受者，他得服从严格的规章制度。他用随和和幽默使自己保持在这两种地位之间。有一次，菲利普问到他为什么要到医院来。

“嗨，我的原则就是享用社会提供的一切福利。我得趁机利用我的这个岁数。一有了病，我就让自己凑凑合合地住进医院，我用不着假装害臊，而且我还把我的孩子送到寄宿学校去念书哩。”

“真有这么回事？”菲利普说。

“而且他们受到的也是第一流的教育，比我在温彻斯特公立学校受到的教育强多了。你想我能用别的什么让他们受到教育呢？我有九个孩子。等我出院后你一定得来看看他们，怎么样？”

“没问题。”菲利普说。

87

过了十天，索普·阿西尔尼完全康复出院了。他给菲利普留下了自己的地址，要菲利普答应在下星期六一点钟到他那儿去吃饭。阿西尔尼跟他讲过，他住的那所房子是伊内戈·琼斯建造的。正如他凡事都要捕风捉影地胡吹一顿一样，他也把那古旧的栎木栏杆大肆吹嘘了一番。当他来给菲利普开门的时候，他便逼着他立刻对门楣上精美的雕刻赞颂了一通。这是一所破旧的房子，破旧得已经需要再油漆一遍了，但是依然带着它昔日的威严。这所房子坐落在法院街和霍尔本街之间的一条小街上，它也曾一度时髦过，可是如今已比贫民区的陋宅好不了多少，还有计划要把这房子拆掉，盖起漂亮的办公楼来。同时，这儿的房租很低，这使阿西尔尼能以同他的收入相适应的价格租下两间上层的房间。在这以前菲利普不曾见过他站起来，这时看到他的五短身材很使他惊讶：他身高还不满五英尺五英寸[①]。他古怪可笑地穿着一条在法国只有工人才穿的蓝亚麻布裤子，上身是一件很旧的棕色丝绒外套，腰里扎着一条鲜红的腰带，硬领很低，这是因为打着一个平板的领结，那是在《笨拙》杂志里那个滑稽的法国人打的那种。他热情地迎接菲利普。一见面他就马上讲起这所房子，并爱抚地把手放在栏杆上。

“看看这儿，摸摸，简直就像丝绸一样。称得上是典雅优美的奇迹！再过五年那些拆房子的人就会把它当木柴卖掉喽。”

他硬把菲利普领进二楼的一间屋子，房间里是一个只穿着衬衫的男人和一个穿着宽大罩衫的女人，还有三个小孩，他们正在吃星期日的晚餐。

“我带这位绅士来看一看你们的天花板。你见过这么妙不可言的东西吗？您好，霍奇森太太，这位是凯利先生，我住院的时候就是他照看

①合1.65米。

我的。”

“请进来吧，先生。”那个男人说，“凡是阿西尔尼先生的朋友我们都欢迎。不管是哪位朋友来，阿西尔尼先生都要带他来看这天花板。甭管我们在干什么，是在睡觉还是在洗衣服都不碍事，尽管进来就是了。”

菲利普看得出他们把阿西尔尼看成是有点疯疯癫癫的人。虽然如此，他们还是挺喜欢他。当他口若悬河谈起十七世纪的天花板如何地美时，他们都听得傻了眼。

“要把这天花板拆毁了简直是罪孽，你说呢，霍奇森？你是位有影响的公民，你为什么不给报纸写文章提出抗议呢？”

那个穿着衬衫的男人笑了一声，对菲利普说：

“阿西尔尼总是开玩笑。他们说这些房子不卫生，住在里面不安全。”

“滚他妈的卫生吧，我要的是艺术。”阿西尔尼叫了起来，“我有九个孩子，而且靠那糟糕的排水设备他们也都长得挺壮实。不，不，什么风险我也不想冒。你们别跟我讲什么新奇的概念！我们搬出去的时候，得先弄清楚排水设备确实不行了才能搬东西。”

这时有人在敲门，一个金黄色头发的小女孩把门推开。

“爸爸，妈叫你别聊了，回来吃饭吧。”

“这是我的三女儿。”阿西尔尼戏剧性地用食指指着她说，“她叫玛丽亚·德尔·皮拉尔，可是得叫她珍妮她才痛快地答应。珍妮，你的鼻子该擤擤了。”

“我没有手绢，爸爸。”

“啧，啧，这孩子。”他一边回答，一边掏出一块鲜艳的大花手帕，“你想一想上帝给你手指头是干什么的？”

他们上了楼，菲利普被让进了一间带有深色橡木护墙的房间。房子中间摆着一张放在脚架上的窄桌子，还有两根铁棍支撑着。他们要在这里吃饭，所以设置了两个座位，那是两把大扶手椅，扶手是橡木的，又宽又平，靠背和椅座都是皮面的。这两把椅子庄重、雅致，却很不舒服。此外，屋里唯一的一件家具是只描金装饰的家具，上面精心地装饰着镀金的铁活，放在一个有教会风格的粗犷但又很精美的图案的架子上，有两三只釉盘放在上面，虽说这几只盘子已经残破不全了，但是上面的色彩还是很丰富。墙上挂着一些西班牙画派昔日大师的名画，画框虽然破裂了，本身却很漂亮。尽管这些画的主题令人憎恶，饱经沧桑而且收藏不当，构思也很拙劣，可是这些画却有一种热情的光彩。屋子里没有什么有价值的东西，不过效果却很可爱。房间显得很华贵，然而又很简朴。菲利普觉得这房间呈现出的正是那种古老的西班牙精神。阿西尔尼又向菲利普炫耀小柜子内部的美丽装饰和隐秘的小抽屉。正在这时，一个高个子的女孩进来了，她的两条有光泽的棕色辫子垂在背后。

“妈妈说饭已经好了，等着你们哩，你们一坐下我就把饭端上桌。”

“过来见见凯利先生，萨莉。”他又转向菲利普，“她的个儿大吧？她是我的老大。萨莉，你多大了？”

“爸爸，到六月就十五岁了。”

“她受洗礼时我给她取的教名叫玛丽亚·德尔·索尔[1]，因为她是我的第一个孩子，我就把她献给了卡斯提尔王国[2]光辉的太阳；不过她妈妈叫她萨莉，她弟弟叫她大胖脸。”

女孩不好意思地笑了，露出了整齐洁白的牙齿，她脸红了。她体态很好，就她的年龄而言她长得很高，一双愉快的灰眼睛，宽阔的额头，红润的脸蛋。

“去告诉你妈妈，在凯利先生坐下来前和他见见面。”

“妈妈说她等你们吃完饭再来。她还没有洗澡哩。”

“那我们去看她吧，他没有和她握过手之前不能吃她做的约克郡布丁。”

菲利普随着主人来到厨房。这厨房很小，挤得转不开身。生人一进来，喧嚣吵闹的房间一下子变得鸦雀无声了。厨房的正中有一张大桌子，桌子四周团团围坐着阿西尔尼那些盼望着开饭的孩子们。一个女人

---

①玛丽亚·德尔·索尔，意为“太阳的玛丽亚”。

②卡斯提尔王国，西班牙中部的古王国。

站在炉灶旁边，正一个一个地往外拣烤好的土豆。

“这是凯利先生，贝蒂。”阿西尔尼说。

“赶紧把他带到这儿来呀。人家会怎么想啊？”

她围着一条脏围裙。棉布褂子的袖子挽到胳膊肘上，一根曲形别针插在头发上。阿西尔尼太太是个大块头的女人，足足比她丈夫高三吋，白脸金发，蓝色的眼睛，表情和蔼可亲，她原是个美人儿，可是随着时光逝去和生了很多孩子，她变得又胖又笨；她那双蓝眼睛颜色也变浅淡了，皮肤红红的很粗糙，头发也褪了色。她直起身来，手在围裙上蹭了两把，伸过来。

“欢迎您，先生。”她带着菲利普特别熟悉的那种口音慢吞吞地说，“阿西尔尼说，在医院里你对他非常好。”

“那么我来给你介绍一下小家伙，”阿西尔尼说，“这是索普。”他指着一个圆脸蛋卷发的孩子，“他是我最大的男孩，他继承了这个家族的称号、财产，还有这个家族的责任。这是阿西尔斯坦、阿罗德、爱德华。”他用食指点着三个小一些的男孩说，三个小男孩都是红润的脸蛋，很健康，笑眯眯的，尽管他们知道菲利普微笑的眼睛正看着他们，可他们还是害羞地低头看着自己的盘子。

“我再来挨个儿介绍一下女孩子：玛丽亚·德尔·索尔，……”

“大胖脸。”一个小男孩说。

“你的幽默感还差得远哪，我的孩子。玛丽亚·德洛斯·梅塞德斯、玛丽亚·德尔·皮拉尔，玛丽亚·德·拉孔塞普希翁和玛丽亚·德尔·罗萨里奥。[①]”

“我叫她们萨莉、莫莉、康妮、罗西和珍妮。”阿西尔尼太太说，“喂，阿西尔尼，你们回自己的房间去吧，我这就给你们把饭端去。待会儿孩子们洗完手再叫他们去。”

“亲爱的，要是我给你起名字的话，我就叫你泡沫肥皂水玛丽亚。

---

①几个孩子的名字的西班牙语意思分别为：太阳玛丽亚、恩赐玛丽亚，春米玛丽亚、怀孕玛丽亚、念珠玛丽亚。

你总是用肥皂来折腾这些可怜的小家伙。”

“您先走吧，凯利先生，要不然我就没法子叫他坐下来吃饭。”

阿西尔尼和菲利普在那把好像修道士坐的大椅子上坐下来，萨莉给他们端来了两盘牛肉，还有约克郡布丁、烤土豆和卷心菜。阿西尔尼从口袋里摸出六便士递给她，叫她去买一大壶啤酒。

“我希望你不要因为我把桌子摆在这儿。”菲利普说，“和孩子们一块儿吃饭我准会很高兴的。”

“噢，不，我一向是自己一个人吃饭的。我喜欢这种古老的习俗。我认为，女人不应该同男人坐在一起在桌上吃饭。要是这样就会把谈话全给毁了的，而且我也相信这对女人也非常不好。这会使她们七想八想，一旦女人们七想八想起来，她们就没个自在了。”

主客两位津津有味地吃着。

“你尝过这样的约克郡布丁吗？谁也做不出我妻子做的布丁。这就是不娶一位小姐的好处。你注意到了她不是一位小姐吧？”

这是一个很尴尬的问题，菲利普不知道回答什么好。

“我根本没想过这个。”他结结巴巴地说。

阿西尔尼笑起来。他有一种特有的快活的笑声。

“是的，她不是一位小姐，没有一点儿像小姐的地方。她的父亲是个农民，她这辈子连一个大字也不识。我们一共生过十二个孩子，活了九个。我跟她说是打住的时候了，可是她是个犟女人，现在她生孩子都生出瘾来了，我看呐，她不生二十个是不会满意的。”

这工夫萨莉拿着啤酒进来了，给菲利普倒了一杯，又绕到桌子那边给她父亲倒了一些。他用手搂住她的腰说：

“你见过这么漂亮结实的姑娘吗？才只有十五岁啊，就像是二十岁似的。看看她的脸蛋。长这么大她连一天病也没生过。和她结婚的男人可太有福气了，我说得对吧，萨莉？”

萨莉带着浅浅的，淡淡的微笑听着，并不太窘，她对她父亲的这种疯话已经习惯了，不过她那种平静的羞怯却很迷人。

“别让饭凉了，爸爸。”说着她从他的手臂里抽出身子，“你们要添布丁就叫我，好吗？”

就剩他们俩人了，阿西尔尼抄起那锡镴大酒杯举到嘴边，咕咚咕咚地喝了几大口。

“我说，还有比英国啤酒更好的东西吗？让我们为这些朴素的享受，为烤牛肉，为稻米布丁，为好胃口，为啤酒感谢上帝吧。我也曾跟一位小姐结过一次婚。天啊！你可不要和一位小姐结婚，我的朋友。”

菲利普笑了起来。这位令人发笑的小个子男人穿着古怪的衣服，这间镶板的房间和西班牙式的家具，英国式的饭菜，所有这一切都有着一种不协调的美，这情景使他兴奋起来。

“笑什么，朋友，你不能想象娶一个不如你的女人。你要的是一个和你有同等文化程度的女人。你的脑子里都被什么志同道合之类的念头塞满啦，那都是扯淡的胡说八道，我的朋友！一个男人并不需要去同他老婆谈政治，难道你会认为我在乎贝蒂对微分学有什么看法吗？男人要的只是能给他烧菜做饭、照顾孩子的妻子。这两方面我都试过，很了解，我们还要点布丁吧。”

他拍了几下巴掌，不一会儿萨莉就来了。在她收拾盘子时，菲利普想起身帮她收，可是阿西尔尼却叫住了他。

“让她自己来嘛，我的朋友，她可不需要你跟着瞎忙乎，萨莉，你说呢？而且，她侍候你时你坐着不动，她也不会认为你无礼。她才他妈的不在乎人家向她献殷勤哩，是吧，萨莉？”

“是的，爸爸。”她故意郑重地回答。

“你明白我说的是什么吗，萨莉？”

“不明白，可是你知道，妈妈不喜欢你骂人。”

阿西尔尼哈哈大笑起来。萨莉给他们端来几盘稻米布丁，香喷喷的，上面一层奶油的颜色，香味扑鼻。阿西尔尼啧着嘴，津津有味地大口嚼起来。

“这个家有一条规矩，星期日的食谱永远不变。这是一种仪式。一年五十个星期日，顿顿都是烤牛肉和稻米布丁。在复活节的那个星期日是羊羔和豌豆，米迦勒节[1]是烤鹅和苹果酱。这样，我们就把我们民族的传统保持下来了。等萨莉结婚了，她会把我教给她的许多聪明事儿都忘掉的，可是她永远不会忘，要想过得好，心情愉快，你就一定得在星期日吃烤牛肉和稻米布丁。”

“你要是想吃乳酪就叫我。”萨莉冷冰冰地说。

“你知道那个翠鸟的传说吗？”阿西尔尼说，菲利普慢慢地适应了他从一个话题一下子跳到另一个话题的习惯。“当翠鸟飞过大海的时候，他飞得筋疲力尽了，他的那只配偶就飞到他的身体下面，用她的更强壮的翅膀驮着他一道飞。这就是一个男人为什么需要一个翠鸟一样的妻子。我和第一个老婆一起过了三年。她是位小姐，她一年有一千五百镑的进账。过去我们经常在肯辛顿大街的那幢小红砖房子里举行讲究的小型宴会。她是个楚楚动人的女人，大家都这么说，和我们一起吃饭的是能进入高等法庭的律师和他们的夫人，还有喜欢文学的证券经纪人，也有刚刚崭露头角的政客，嗬，她是个迷人的女人。她强拉着我戴着丝绸帽子，穿着大礼服去做礼拜；她还带我去听古典音乐会，她非常喜欢在星期日下午去听演讲；她每天早晨八点半就坐下来吃早饭了，要是我起晚了，早饭就冷了；她读正派的书，喜欢正派的图画，崇拜正派的音乐。我的天啊，这种女人可真让我烦透了！现在她还是那么可爱，还住在肯辛顿大街那幢小红砖的房子里，墙上糊着莫利斯壁纸，挂着惠斯特勒的蚀刻画，还举行那种蛮不错的小型宴会，宴会上的小牛肉、奶油和冰块还是从冈特餐馆买的，一切都同她二十年前一样。”

菲利普没有问这一对不相配的夫妇是怎样分离的，可是阿西尔尼告诉了他。

“不瞒你说，贝蒂并不是我的妻子，我那位妻子就是不肯同我离婚。这些孩子都是私生的，所有的小家伙都是。是私生子又怎么样，他们一个个不都是挺好的吗？过去，贝蒂是肯辛顿那所小红砖房子的一个女佣人。大约在四五年前，我一贫如洗，那时我已经有了七个孩子，我

①米迦勒节是宗教节日，在9月29日，为英国四大结账日之一。

就去找我的妻子，求她帮我个忙。她说，我只有放弃了贝蒂而且到国外去，她才会原谅我。你看我能抛弃得了贝蒂吗？更不用说我们还挨过一段时间的饿哩。我妻子说我喜欢过穷日子。现在我已经彻底变了，已经潦倒得不像样子了。我给一个亚麻布商当宣传代理人，每个星期挣三镑，可是每天都要感谢上帝，因为我不在肯辛顿大街的那所小红砖房子里了。”

萨莉端来了英国干酪，阿西尔尼继续口若悬河地说着：

“认为一个人需要钱来养活家小，天底下再没有比这更错误的想法了。你要钱是为了使他们成为什么绅士和淑女，但我不需要我的孩子们成为绅士淑女。一年后萨莉要自己挣钱养活自己。她将要去给一个女裁缝当学徒，是不是，萨莉？而男孩子们将要去为国家服兵役。我希望他们都去当海军。当海军是一种快活的并且健康的生活，食物好，收入高，老了以后还有一笔养老金。”

菲利普点燃他的烟斗。阿西尔尼吸着自己用哈瓦那烟草卷的烟卷儿。萨莉把桌子清理干净。菲利普缄默着，听了这么多的私房话使他很困惑。阿西尔尼真是个非常令人惊讶的人物，连同他那从瘦小身体里发出来的有力的声音，他的大话，他那外国人的相貌，以及他的强调语气，无一不令人惊讶。他使菲利普一再想起克朗肖。他表现出具有和克朗肖同样的思想上的独立性，同样的放荡不羁，可是他却有一种非常活泼的性格。他的思想比较粗糙，他对那种使克朗肖的谈话具有强烈感染力的抽象东西不感兴趣。阿西尔尼对于他家曾是那个郡中的名门望族非常自豪，他让菲利普看了一座伊丽莎白女皇时代的宅第照片，并且告诉他说：

“阿西尔尼家族在这儿已经居住七百年了，我的朋友。啊，要是你能看到那儿的壁炉和天花板该有多好！”

护壁板中有一个小橱，他从里面取出一张家谱来。他带着孩子般的得意神情把它展示给菲利普。这张家谱给人很深刻的印象。

“你注意一下家族的名字是怎样重复出现的，索普、阿西尔斯坦、阿罗德、爱德华。我把这些家族成员的名字用在我儿子们身上了，而女孩子们呢，你瞧，我已经给她们起了西班牙名字。”

菲利普突然感到一种不安，很可能整个故事都是精心编造的谎言，这并不是说有什么卑鄙的动机，不过只是由于要哗众取宠，出人意料和故作惊人罢了。阿西尔尼曾经说起过他是在温彻斯特公立学校念的书，可是菲利普却觉得这位主人身上并没有那种在一所名副其实的公立学校受过教育的特征。菲利普对人们的风度、举止上的细微差别很敏锐。当阿西尔尼指出他的祖先结过的那些显赫的姻亲的时候，菲利普却在自得其乐地猜测阿西尔尼是不是某个温彻斯特商人的儿子，或是某个拍卖商人或煤炭商人的儿子，一种单纯名字上的雷同是不是他和他所炫示的那张古代家谱的唯一的联系。

88

有人在门上敲了一声，随后一队孩子走了进来。这时他们已经干干净净整整齐齐了。他们的脸蛋被肥皂洗得亮光光的，头发被梳得顺顺溜溜，他们是在萨莉的看管下准备上主日学校去的。阿西尔尼用他那戏剧般的热情的方式同他们开着玩笑，看得出他是非常喜欢他们的。他为他们健康的身体和漂亮的外貌而感到自豪，这光景看来很感动人。菲利普觉得他们在他的面前有些害臊，当他们的父亲叫他们出去时，他们一个个如释重负，撒开腿从屋子里逃出去了。过了几分钟，阿西尔尼太太出现了，这时她已经把头上的那支曲形别针拿掉了，精心梳了一个刘海。她穿着一件朴素的黑衣服，帽子上插着几朵便宜的花，她正在用劲地戴着黑山羊皮手套，她那双手由于干活太多而变得红红的十分粗糙。

“我要去做礼拜了，阿西尔尼。”她说，“你不要什么了吧？”

“只要你给我祷告，我的贝蒂。”

“我做祷告对你不会有多大用处的，这方面你欠的债太多了。”她笑了起来。然后她转过来对菲利普慢声慢气地说：“我可没法儿叫他去做礼拜。他比无神论者好不到哪去。”

“她像不像鲁本斯[①]的第二个妻子？”阿西尔尼大声说道，“要是给她穿上一身十七世纪的服装，她难道不是绝顶美丽的吗？要娶就娶这样的妻子，老弟，看看她吧。”

“我相信你能把死人都说活了的，阿西尔尼。”她平静地回答说。

她扣好了手套，临走之前她朝菲利普转过来，和蔼又有点不好意思地笑了笑说：“你在这儿喝茶，好吗？阿西尔尼喜欢有人跟他聊聊天，他难得找到一个聪明人聊天。”

“当然啦，他要留下喝茶的。”阿西尔尼说，等他的妻子走了以后他又说：“我一定要孩子们去主日学校，我希望贝蒂去做礼拜。我认为女人应该信教。我自己不信，不过我希望女人和孩子们信。”

菲利普看到他这种随便态度有些吃惊，他在真理问题上一向是一丝不苟的。

“可是，你怎么能看着孩子们去学那些你认为是虚假的东西呢？”

“只要那些东西是美的，我就不太在意它们是不是真的。要求事情不仅要有美感，而且还要理智，这是要求太高了。我很希望看到贝蒂戴上纸花花冠皈依罗马天主教，可是贝蒂是一个不可救药的新教徒。况且，宗教是个气质问题，如果你有宗教气质，你什么东西也会信的，要是没有的话，给你灌输什么信仰全都无用。也许，宗教是最好的道德学校。宗教就像你们绅士用以溶解别的药物的溶剂一样，它本身并没有什么功效，可是却能使别的药物得到吸收。你之所以接受你的道德标准，是因为道德标准是同宗教结合在一起的，你失去了宗教，可是却把道德标准留了下来。一个人，如果他的优良品德是通过爱上帝而不是通过研读赫伯特·斯宾塞[②]的著作学来的，他就更有可能成为一个好人。”

这种观点同菲利普的思想是矛盾的。菲利普仍然把基督教看成是一种无论如何要抛掉的令人类退化的枷锁，在他的思想中，这种想法在

①彼得·保罗·鲁本斯（Peter Paul Rubens，1577–1640），十七世纪弗兰德斯画家。弗兰德斯，中世纪地名，包括现在比利时东、西弗兰德省、法国北部部分地区和荷兰的泽兰省。

②赫伯特·斯宾塞（Herbert Spencer，1820–1903），英国唯心主义哲学家。

潜意识里是同德坎布里大教堂那些可怕的宗教仪式和布莱克斯塔布尔寒冷的教堂里冗长烦人的礼拜仪式联系在一起的；而且，他觉得阿西尔尼所说的那种道德已经抛弃了唯一使其合理化的信仰，这时候，它只不过是那智力不健全的人保留下来的宗教的一部分而已。正当他思忖着怎么回答阿西尔尼的时候，阿西尔尼又长篇大论地热烈地谈起罗马天主教来了。对于阿西尔尼来说，罗马天主教是西班牙不可缺少的部分，而且西班牙对他又是那么意味深长，因为在他婚后的生活中，为了逃避使他烦厌的传统，他就跑到西班牙去了。阿西尔尼用大幅度的手势并以惊人的强调语气，向菲利普描述了西班牙的大教堂和这些大教堂的空旷阴暗的空间，祭坛绘画的沉重的金色，镀金剥落的豪奢的铁制器具，空气中充满着的缭绕的香烟和静悄悄的气氛：菲利普几乎都看见了牧师们身穿白色细麻布短法衣，副牧师们身穿红色法衣，他们从圣器贮藏室走到唱诗班那儿去，他几乎听到了那单调乏味的晚祷赞美诗。阿西尔尼提到了阿维拉、塔拉戈纳、萨拉戈萨塞哥维亚、科尔多瓦，这些地名[①]就像一只只喇叭在他心里吹响。他似乎看到了庞大的花岗岩灰色建筑群坐落在黄褐色的、荒凉的、强风劲吹的景色中的西班牙古老城镇里。

“我一直认为我一定会乐意去塞维利亚的。”菲利普随便说了一句，这时阿西尔尼的手正戏剧性地举了起来，在空中停了一会儿。

“塞维利亚！”阿西尔尼叫起来，“不，不，可不要到那里去。一提到塞维利亚会使人想到在瓜达尔基维尔河畔的花园里，姑娘们合着响板的节拍翩翩起舞，高声歌唱，就会使人想到斗牛、香橙花、黑面纱、马尼拉披巾。塞维利亚是喜歌剧中的和巴黎蒙马特区[②]的西班牙。它那肤浅的魅力只对那些浅薄的头脑才成其为永久的享乐。泰奥菲尔·戈蒂埃[③]写尽了塞维利亚所能提供给他的一切。我们这些戈蒂埃的后来人所

---

①均为西班牙地名。

②巴黎北部靠山之一地区。该地多咖啡馆，为艺术家汇集之地。

③泰奥菲尔·戈蒂埃（Théophile Gautier，1811–1872），法国诗人、小说家和评论家。1840年，戈蒂埃旅行西班牙，出版诗集《西班牙》（1845），写了西班牙自然景色的美妙。

重复的，也只能是他已经感受过的而已。戈蒂埃用他那肥胖的大手把一切明显的东西都写过了，除了这些一目了然的东西就再没有什么了。塞维利亚已经被写了又写，都写烂了。牟利罗[①]就是个塞维利亚画家。”

阿西尔尼离开椅子站起来，走到一个西班牙柜子跟前，把上面带有镀金大铰链和华丽的锁的面板打开，里面露出了一排小抽屉。他从中取出一卷照片来。

“你知道埃尔·格列柯吗？”他问。

“噢，我记得在巴黎时有一个人对他的印象特别深。”

“埃尔·格列柯是托莱多的画家。贝蒂都没能找到我要给你看的这些照片。这幅画是格列柯笔下的那座他热爱的城市，这张照片比所有其他的照片都照得更真实。坐到桌子边来。”

菲利普把椅子拖过去，阿西尔尼把照片放在他面前。他好奇地先看着那张画，一声不响地看了很长时间。他伸手要去看其他照片，阿西尔尼又把那些照片递给了他。以前他从没有看到过这位谜一般大师的作品，而且他第一眼就被那张任性的画困惑住了：那些人物都被离奇地拉长了，那些人的头都非常小，人物的姿势也非常放肆。这不是现实主义。然而，即使是如此，在这些图画中也会使你感到一种令人苦恼的现实。阿西尔尼用生动的语言热情地描绘着，可是菲利普只是朦朦胧胧听着他的话，他困惑了，他奇怪地感动了。这些画似乎给他提供了某种含义，可是他又说不清这个含义是什么。有些是男人的肖像画，他们忧郁的大眼睛仿佛是在叙说一些你不知道的事情。画里有一些穿着圣方济会服装或是多米尼加服装的身材细长的僧侣，他们都是带着那种发狂的面孔，做着你不知道是什么意义的手势。有一张是圣母玛丽亚升天图，在一幅耶稣钉死在十字架上的画上，画家以某种感情的神奇力量表现出来，基督死后的身体不但是人的肉体而且是圣体；还有一幅耶稣升天图，在这幅画中救世主仿佛在如履平地似的扶摇直上九天，使徒们高举

①巴托洛梅·埃斯特万·牟利罗（Bartolomé Esteban Murillo，1617–1682），西班牙画家，是塞维利亚画派的代表。

手臂，飘拂的衣饰、欣喜若狂的神态都给人一种喜悦和神圣的快乐。几乎所有的画的背景都是夜晚的天空，灵魂的晴夜，地狱的怪风翻卷着的滚滚阴云，不安的月光惨淡地照着。

“我在托莱多曾多次看到过这样的天空。”阿西尔尼说，“我想，埃尔·格列柯第一次来到那个城市的时候就是这样一个夜晚，这个夜晚给了他非常强烈的印象，以致他永远都不能忘怀。”

菲利普想起了克拉顿曾受到过这位古怪大师的某些影响，他这是第一次看到大师的作品。他觉得，在巴黎所认识的人当中克拉顿是最有意思的人物了。他那嘲讽的态度和抱有敌意的离群索居的生活使人难以了解他。当回过头来再看的时候，菲利普觉得他身上有一种悲剧的力量，这种悲剧的力量徒然地力图要在绘画中表现自己。他是一个性格奇怪的人，他神秘地追求着，按照时尚来表现神秘，而当时的时尚却没有神秘主义的倾向。他对生活感到不耐烦，因为他发现自己不能说出他内心那种模糊的冲动所暗示的东西。他的智力不适于表现他的精神。无怪乎他对那位希腊人[①]抱有深深的敬意，因为后者发明了一种表达他自己灵魂的渴望的新技巧。菲利普又把这组有满脸皱纹、尖翘着小胡子的西班牙绅士的肖像画看了一遍，他们的脸色衬着他们朴素衣服的黑色和昏暗背景的黑色显得很苍白。埃尔·格列柯是一位灵魂的画家，这些绅士们并不是由于精疲力竭而是由于节欲自制而面无血色，形销骨立。他们在慢慢地走着，仿佛怀着痛苦的思想，没有注意到人间的美好；由于他们的眼睛只是注视着自己的内心，所以他们被看不见的东西的光辉照耀得眼花目眩。还没有哪个画家像他这样无情地表现出这个世界只不过是逆旅，人生在世不过是匆匆过客。他画的那些人物的灵魂，通过他们的眼睛叙说着他们奇怪的渴望：他们的感觉非凡地敏锐，这种敏锐并不是对声音、气味、颜色的敏锐，而是对非常微妙的灵魂的感觉的敏锐。那个贵族怀着一颗僧侣的心在走着，他的眼睛看到了那些在自己密室里的

①此处“希腊人”指埃尔·格列柯。这是他的西班牙文笔名，因他生于希腊之克里特岛，故此处称之为希腊人，实为步其笔名之原意。

圣徒们也看到的事物，那个贵族并没有吃惊。他的嘴唇是没有笑容的嘴唇。

菲利普还是沉默着，信手翻回到那张托莱多风景照片上，他觉得这是所有图画中最引人注目的一张了。他的眼睛简直没法离开这张画。他奇怪地感觉到，他正站在生活中某种新发现的门槛上。他为自己有一种冒险的感觉而瑟瑟发抖。在这一瞬间，他想到了那个使他憔悴不堪的爱情。爱情同现在他心里跳动着的那种兴奋比较起来，似乎是非常微不足道的了。他注视的这幅画是一幅长的画卷，一座小山顶上盖满了房屋。画的一角上，有一个男孩正拿着一张大的城市的地图，另一角上是一个古典式的人物，象征着塔古斯河[①]，天空是被使徒们环绕着的圣母玛丽亚。这是一幅菲利普完全陌生的风景画，因为他是生活在那种崇拜严格的现实主义的社会圈子里的。然而，他自己也很奇怪，在这幅画里他感到了一种比他过去曾努力谦卑地步其后尘的大师们所达到的更加强烈的现实感。他听到阿西尔尼说，这幅艺术作品绘得如此精确，以致来看这幅画的托莱多公民们都能认出他们自己的房子。画家精确地画出了他所看到的事物，不过他是用精神的眼睛看到的。在那苍白的、灰色的城镇里有着某些非尘世的东西。通过一道既是黑夜又是白天的惨淡昏暗光亮，可以看出它是一座灵魂的城镇。它坐落在一个绿色的山岗上，不过那种绿色不是这个世界上所有的，城市被巨大坚实的城墙和堡垒围绕着，人类发明的工具或机器无法摧毁这城墙和堡垒，只有靠祈祷和斋戒，悔悟和叹息，肉体的苦行才能攻克。它是一座上帝的堡垒。那些灰色的房屋是用石匠也不知道的那种石料造成的，房屋的外表有着某些令人恐怖的东西。你不知道什么人住在这些房子里。你可能在那些街道上走过，当你发现这些房屋都已经被放弃，但又不是空荡荡的时候，你也不会感到惊愕，因为你感觉得到存在着一个无形的然而又是每一个内在的感官都感觉得到的精灵。这是一座神秘的城市，在这座城市里，想象力像一个从亮处走进黑暗中去的人一样在蹒跚而行。赤裸裸的灵魂在徘

①一条河流名，流经西班牙、葡萄牙，注入大西洋。

徊，它知道不可知的东西，奇怪地感知到亲切的但又无法表达的绝对的经验。无须惊异，在那碧蓝的天空中，尤其是以一种由灵魂而不是肉眼所感觉得到的真实，你能看到奇异的微风吹动着明亮的流云，像是绝望的灵魂在哀哭，在叹息——你看到在这样的蓝天上穿着红色长衣和蓝色斗篷的圣母玛丽亚，她的周围是一群长着翅膀的天使。菲利普觉得，那个城市的居民们要是看到幻象的出现也不会大惊小怪，一面恭敬地感恩，一边走着自己的路。

阿西尔尼讲到了西班牙神秘主义作家，讲到阿维拉的圣女大德兰[①]，克鲁兹的圣胡安，路易斯·德·莱昂[②]道士，他们这些人身上都有着菲利普在格列柯画中感觉到的那种对灵魂世界的强烈爱好。他们似乎有一种力量能触摸到无形的和看到不可见的东西。他们是他们那个时代的西班牙人，在他们身上震荡着一个伟大民族的丰功伟绩。他们的幻想富于美洲的光辉和加勒比海群岛的茵翠碧绿，在他们的气质中有着在马摩尔人[③]长期战斗中培养起来的力量；他们桀骜不驯，因为他们自命为世界的主人；他们在他们自己的身上感觉得到辽阔的天地，黄褐色的荒原，像雪覆盖着山巅的卡斯提尔山脉，感觉得到灿烂的阳光和蔚蓝色的天空，以及那鲜花盛开的安达卢西亚平原。生活是热烈而又丰富的，因为它提供的如此之多，以致他们益发感到有一种对更多的事物的渴望。因为他们是人，所以他们是不会满足的。他们把他们的这种热烈的精力都投入了对一种无法表达的事物的强烈追求。阿西尔尼颇为高兴找到了一个能倾吐他闲时消遣所作的翻译作品的人。他用他那圆润而激动的嗓音朗诵了赞美诗《灵魂和基督之爱》，这首优美的诗篇是以路易斯·德·莱昂的“在朦胧的夜”和“夜晚静悄悄”[④]这几句诗开头的。他平铺直叙，一点不讲究技巧，把诗翻译了过来。他找到了能暗示出原

①圣女大德兰（St.Teresa of Avila，1515-1582），西班牙著名宗教改革家，第一位基督教女长老。

②路易斯·德·莱昂（Luis de León，1527-1591），西班牙神秘主义者和诗人。

③泛指公元8世纪到13世纪进入并统治西班牙等地的柏柏尔人和阿拉伯人。

④原文为西班牙文。

文的那种粗犷的庄严的词句。埃尔·格列柯的绘画解释了这些诗句，这些诗句又解释了那些画。

菲利普过去已经培养成了对理想主义的一定的轻蔑。他一向具有一种对生活的热爱，在他眼里，他遇到过的理想主义在很大程度上是一种对生活的怯懦的退缩。理想主义者自动地逃避生活，因为他受不了那种人群的竞争推撞。他没有力量去奋斗，所以就把这种奋斗说成是庸俗的。他虚荣，由于他的同伴们没有用他对自己的估价来看待他，他就通过蔑视他的同伙来自我安慰。在菲利普看来，这种理想主义者的典型就是海沃德，他仪表堂堂，慵倦，而且现在又太胖了，有些秃顶，他直到现在还珍惜着他那所剩无几的漂亮容貌，还在精心地盘算在无法确定的将来要做的高雅的事情，在这背后却是威士忌和在粗俗的街巷中寻花问柳。正是出于对海沃德这一典型的反对，菲利普才大声地照生活本来的样子要求生活。肮脏、罪恶、丑恶都没有使菲利普感到不舒服。他宣称，他希望人应该赤身裸体一丝不挂，而且每当遇到一件卑鄙、暴虐、自私或淫欲的事例时，他就高兴得直搓手，因为在他看来这是真实。在巴黎，他懂得了既没有丑也没有美，而只有真实。他认为追求美是多愁善感的表现。为了免除一味追求美丽可爱，他不是曾在一幅风景画上画一块梅尼尔牌巧克力广告吗？

可是在这里，他似乎预感到了某种新的东西。他过去一直在接近这新东西，有个时期他非常犹豫不决，但是只是在现在，他才意识到了这个事实：他感到自己处在一个发现的边缘，他模糊地感到这里有着某种比他过去崇拜的现实主义更好的东西。但是，这种东西必然不是那种虚弱地逃避生活的、苍白的理想主义。它十分强大，它刚劲有力，它接受生活的全部快乐、美与丑、卑鄙与英勇，它仍然是现实主义。在这种更高境界的现实主义之中，事实被更加明亮的光照亮了，改造了。他似乎通过那些死去了的卡斯提尔贵族①们的严峻的眼睛把事物看得更加深刻了。那些圣徒的姿势初看起来似乎是疯狂而被扭曲了的，细看就显得

①指画家中所画西班牙中世纪卡斯提尔王国的贵族。

具有某种神秘的意义。但是他说不出那到底是什么。这好比他收到一个非常重要的信息，可是这个信息却是用一种他所不知道的而且又无法弄懂的语言写的。他一直在寻求生活的意义，他觉得这里倒是提供了一个生活的意义。可是这个意义是晦涩的、模糊不清的。他被深深地困扰住了。他看到了好像真理的东西，如同一个暴风雨的黑夜里，闪电的光亮使你看到一座山脉一样。他似乎认识到：一个人不必让他的生活去碰运气，但是这需要他的意志是十分强有力的；他仿佛认识到：自我克制力也许和屈从于激情一样是热烈和主动的；他仿佛认识到：内心生活也可以像一个征服领土和发现新大陆的人的生活一样，是紧张而丰富多彩、多种多样的。

89

菲利普和阿西尔尼之间的谈话被一阵噼噼啪啪的上楼梯的声音打断了。阿西尔尼为那些从主日学校回来的孩子们打开了门，孩子们笑着喊着进屋来了。他笑着问他们都学了什么。

萨莉来了一会儿，转达她母亲的口信说，让爸爸先和孩子们玩一玩，她这会儿在准备茶点。阿西尔尼开始给孩子们讲汉斯·安徒生的童话。他们都不是认生怕羞的孩子，他们很快就得出了结论，菲利普并不可怕。珍妮过来站在他身边，没一会儿工夫就坐到他的腿上来了。一直过着孤独生活的菲利普置身于一个家庭的圈子里这还是第一次。他一边微笑着，一边注视着那些出神地听着童话的漂亮的孩子们。他这位新朋友的生活乍看起来似乎有些反常，现在却显得有着完全的自然之美。萨莉又一次进来了。

“喂，孩子们，茶好了。”她说。

珍妮从菲利普的腿上溜了下去，他们全都到厨房去了。萨莉动手把桌布铺在那张长形的西班牙式的桌子上。

“妈妈问，要不要她和你们一块儿喝茶？”她问，“我可以去照看弟妹们的。”

“跟你妈妈说，如果她肯赏脸来陪我们，我们将不胜荣幸。”阿西尔尼说。

菲利普觉得阿西尔尼无论说什么事情都非要来一大套华丽的词藻不可。

“既然这样，我就给她摆上。”萨莉说。

一会儿她端着一个托盘回来了，托盘上面放着一块草帽形的面包，一片黄油，还有一罐草莓酱。她把东西往桌上放的时候，她爸爸就跟她打趣。他说她是该出去谈恋爱了，他告诉菲利普说，她骄傲极了，她不理睬那些成双列队站在主日学校门口的追求者们，这些人巴望着能得到护送她回家的荣幸。

“瞧你说的，爸爸。”萨莉带着她那淡淡的温厚的微笑说。

“有一个裁缝的助手参军去了，因为她见面时不跟他打招呼，还有一个电机工程师，一个电机工程师啦，听着点儿，因为在做礼拜时她拒绝了和他合用她的赞美诗，他就喝上酒了。知道这一切后，恐怕你连看她一眼都不敢了。我一想到她长大了将会发生什么事就浑身发抖。”

“妈妈要自己把茶端来。”萨莉说。

“萨莉从来就不注意我。”阿西尔尼笑起来，用溺爱的、自豪的眼光看着她，“她一心埋头她自己的事情，不关心什么战争啦，革命啦，大变动啦，她会给一个靠得住的男人当个多好的妻子啊！”

阿西尔尼太太把茶端来了。她坐下来，动手切着面包和黄油。菲利普看到，她像对待一个孩子似的对待她丈夫，觉得很有意思。她为他抹草莓酱，把面包和黄油切成薄片，让他吃起来方便。这会儿她把帽子摘掉了，穿着她的星期日的衣服，这衣服她穿起来稍稍紧了点儿，她的样子看上去就像个村妇。他还是个孩子的时候经常同他伯父一起到这样的村妇家里去，他这才知道了她的口音听起来为什么这样熟悉。她说起话来正像布莱克斯塔布尔一带的人的口音。

“你是哪个郡的人？”他问她。

“肯特郡的。我老家是费恩。”

“我说的哩。我伯父是布莱克斯塔布尔的牧师。”

“这可真有意思。”她说，“刚才做礼拜的时候我还琢磨着你是不是凯利先生的什么亲戚哩。我见过他好多次哩，我的一个表妹嫁给了布莱克斯塔布尔教堂那边的罗克斯莱农场的巴克尔先生，我还是个姑娘的时候常到那儿去住的。这不是怪有意思的吗？”

她以一种新的兴趣看着他，她那褪了色的眼睛闪着亮光。她问他知道不知道费恩那地方。那是个美丽的村庄，隔着田野离布莱克斯塔布尔有十来哩。费恩的牧师经常来布莱克斯塔布尔参加丰收的感恩祈祷活动。她提到了几个附近的农场主的名字。她很高兴再谈谈年轻时候住过的乡村。回忆那些她那个阶级的人特别牢固地记忆着的景象和人物，这对她来说是一件很愉快的事儿。这也让菲利普产生了一种奇怪的感觉。一股乡村的气息仿佛吹进了这间处在伦敦中心的带镶板的房子里。他仿佛看见了那肥沃的长着挺拔榆树的肯特郡的田野，他的鼻孔因为空气中的香味而张大了，那空气中充满了北海的咸味，这种咸滋滋的味道使空气变得又辛辣又刺鼻。

直到十点菲利普才离开阿西尔尼的家。孩子们八点的时候进来道了晚安，很自然地把他们的脸仰起来叫菲利普吻了吻。他对他们真是喜欢极了。萨莉只是把手伸出来。

“萨莉从来不吻男人，除非是见过两次她才吻他们。”她父亲说。

“那你可一定再请我来呀。”菲利普说。

“你千万别理我爸爸的话。”萨莉笑了一下说。

“她是最有自制力的年轻姑娘了。”她父亲又说。

阿西尔尼太太招呼孩子们睡觉的时候，他们正吃着晚饭的面包、干酪和啤酒，菲利普到厨房向她道别时（她一直坐在那儿，一边休息一边读着《每周电讯》），她真诚地邀请他再来。

“只要阿西尔尼有活干，家里星期日总是有一顿好饭的。”她说，“能来跟他聊聊天，我真不知该怎样谢你啦。”

到了下一个星期六，菲利普收到阿西尔尼寄来的一张明信片，上面说他们希望他第二天去吃饭，可是由于担心他们的收入并不像阿西尔尼先生偏要款待他的那样宽裕，菲利普就写了一封回信，说他只能去喝茶。他买了一大块葡萄干蛋糕，这样，阿西尔尼款待他时就用不着花什么钱了。他发现他们全家人见到他都很高兴，那块蛋糕使他把孩子们全都征服了。他坚持大家都在厨房喝茶，这一顿吃得吵吵嚷嚷，热热闹闹。

菲利普不久养成了习惯，每星期日都到阿西尔尼家去。孩子们特别喜欢他，因为他直率，不装腔作势，也因为显然他喜欢他们。只要他们一听到他在门口拉铃，其中一个孩子就突然从窗子里探出头来，看清楚是他来了，孩子们就都叫嚷着冲下楼梯来给他开门。他们一下子扑到他的怀里。喝茶的时候，他们争着要挨着他坐。不久他们就开始管他叫菲利普叔叔了。

阿西尔尼非常爱说话，他的生活的各个时期菲利普一点儿一点儿地就都了解了。他曾经从事过许多种职业，菲利普想到他准是把每一件他试图去做的事弄得一团糟。他曾经在锡兰的一个茶叶种植园干过；还在美国当过意大利葡萄酒的推销员；他在托莱多的一家自来水公司当秘书，这在他所干的工作中要算干得最长的了；他当过新闻记者，有段时间给一家晚报在违警罪法庭当记者；他在英格兰中部的一家报纸当过副编辑，在里维埃拉[①]一带另外一家报纸当过编辑。他从这一切职业中积累了许多趣闻轶事。他把这些趣闻高兴地讲给客人们听，以此来尽情款待客人。他读过很多书，主要是喜欢读那些一般人不读的书，他把他那些数不清的难懂的知识倾泻出来，他看到他的听众目瞪口呆，他就像孩子那样高兴。三四年前，赤贫的境地逼迫他接受一家大布店的宣传代理人的工作，虽然他认为干这个工作是屈了他的才，他对自己的才能评价很高，但是妻子的坚持和家庭的需要又使他不得不紧抓住这份工作。

90

离开了阿西尔尼的家，菲利普步行到法院路，又沿着斯特朗德街走到国会大街的尽头，搭上了一辆公共汽车。在一个星期日（这时他认识

①地中海北部、法国和意大利南部一条狭长地带，为避寒胜地。

他们已经有六个星期了），他像往常那样回去，可是他发现在肯宁顿大街停下的公共汽车里已经挤满了人。这时正是六月，不过因为白天下了雨，夜间天气阴冷潮湿。为了在车上找到一个座位，他就一直到皮卡迪利广场站去上车，公共汽车要在喷泉边停靠的，当车到那里时车里最多也就只有两三个人。这趟公共汽车每隔一刻钟来一辆，他还得在那里等一段时间。他无所事事地看着过往的人群。那些小酒馆还没开门，旁边围了许多人。他的脑子里不停地转着阿西尔尼凭着他可爱的天赋所给的种种启示。

突然，他的心停止了跳动。他看到了米尔德丽德。他已经有好几个星期没有想到过她了。这时她正打算从沙夫茨伯里林荫道的街角那里过马路，站在一处避雨棚下等着一长串的马车过去。她正在一心等着过马路的机会，而没有注意别的事情。她头上戴着一顶黑色的大草帽，草帽上有一簇羽毛，身上穿着件黑色的丝绸衣服（在当时女人们还很流行穿带裙裾的裙子），路上的车子过完了，米尔德丽德过了马路，裙子拖在地上，沿皮卡迪利大街走去。菲利普在后面尾随着她，他的心激动得怦怦直跳。他并不想同她说话，不过他很纳闷在这个时候她要到什么地方去，他想看一下她的脸。她慢悠悠地走着，拐进了艾尔大街，一直走进了摄政大街。她再次朝皮卡迪利广场走去。这一来把菲利普弄糊涂了。他不明白她这是在做什么。大概她是在等什么人吧，他感到一种强烈的好奇似的心情，想知道那个人是谁。她赶过了一个戴着宽边硬礼帽的矮个子男人，那男人正朝着和她走的同一个方向慢慢地蹓跶着。当她从他身边走过时，她斜眼瞥了他一下。她向前又走了几步路，走到“天鹅-埃德加”商店前，然后她停住了脚步，脸朝着马路等着那人。当那个男人走上来时，她冲他笑了一下。那个人目不转睛地看了她片刻，转过脸去，悠闲地朝前走。这下菲利普明白了。

他感到可怕极了。他好一阵子觉得自己的腿软得几乎要站不住了，接着他快步从后面赶了上去，他碰了一下她的胳膊。

“米尔德丽德。”

她转过脸来，猛地吃了一惊。他猜想她一定脸红了，不过光线暗淡，他看不大清楚。有好一会儿他们就这样一言不发地站着，互相看着对方。她终于说道：

“真想不到会见到你啊！”

他竟不知回答什么好，他震惊极了。那些在他的脑子里闪过的一个又一个的回答似乎都太戏剧性地惊人了。

“这太可怕了。”他喘着气说，几乎是在自言自语。

她没有再说什么，把眼睛从他身上转开，垂下眼睛看着人行道。他觉得她的脸都痛苦得扭曲了。

“我们能找个地方谈一谈吗？”

“我不想谈。”她绷着脸说，“别管我，行不行？”

他突然闪过一个想法，她也许急需钱用，这时候不能走开。

“我身上带了两个英镑金币，要是你手头困难的话。”他脱口说出来。

“我不明白你这是什么意思。我这是回我的公寓去的。我原打算去看一个跟我一块工作的姑娘。”

“看在上帝面上，现在不要撒谎了。”他说。

这时他看到她哭了，他又问了一遍：

“我们能找个地方谈谈吗？能到你住的地方去吗？”

“不，你可不能去。”她抽泣着说，“他们不让我带先生们进去，如果你愿意的话，我可以明天见你。”

他确信她不会遵守约会的。他不打算放她走。

“不行，你现在一定得带我到什么地方去。”

“好吧，我知道有一间屋子，不过他们要收六先令。”

“我不在乎。那屋子在什么地方？”

她把地址告诉了他，他叫住了一辆马车。他们乘车来到不列颠博物馆后面邻近格雷旅馆路的一条凋敝寒酸的街上，她叫车在街拐角处停下。

“他们不愿意让车子一直赶到门口的。”她说。

这是他们从上马车到现在说过的第一句话。他们向前走了几码，然后米尔德丽德在一扇门上狠狠地敲了三下。菲利普注意到在门上的扇形窗上插着一块纸牌，牌子上写着房屋招租的启事。那门悄没声儿地打开了，一个上了岁数的高大女人把他们放了进去。他瞧了菲利普一眼，然后低声和米尔德丽德嘀咕了几句。米尔德丽德带着菲利普穿过一条走廊来到一间朝里的房间。房间里黑乎乎的，她朝他要了盒火柴，把煤气灯点亮。灯上没有球形玻璃灯罩，那煤气灯闪着强烈的光焰。菲利普看出，他是在一间邋遢阴暗的小卧室里，房间里有一套漆了松木花纹的家具，对于这间屋子，这套家具未免太大了。那带花边的窗帘肮脏得要命，一把大纸扇子遮盖着壁炉口。米尔德丽德一屁股坐在一把放在壁炉架旁边的椅子里。菲利普坐在床沿上，内心感到羞愧。此时他看到了米尔德丽德的脸颊上涂抹着重重的胭脂，眉毛也描黑了，可是看上去她消瘦而有病，她脸上的胭脂使她皮肤更加灰绿。她无精打采地凝视着那把纸扇。菲利普想不出说什么好，他的喉咙里像是要哭似的一阵痉挛，他用手捂着眼睛。

“天啊，太可怕了。”他呻吟道。

“我不知道你这是胡诌些什么。我还以为你会很高兴的哩。”

菲利普没有答腔，突然她抽噎起来。

“你不会认为我喜欢才干这个的吧？”

“噢，亲爱的。“他叫道，“我太抱歉了，真是抱歉极了。”

“这话对我一点用处也没有。”

菲利普觉得自己又没话可说了。他生怕自己说出什么话来会被她误认为是责备或是讥笑。

“那小孩在什么地方呢？”他终于问道。

“我已经把她带到伦敦来了，和我在一块。我没有钱把她寄养在布赖顿了，所以我只好自己带她。我在海伯里大街那边租了间房子。我告诉他们我是演戏的。我每天要走很远的路到伦敦西区去，可是要找到一个愿意租房给单身女人的地方可真太难了。”

“他们不愿让你回到茶点店去吗？”

“我哪儿都找不到活干。为了找工作我把腿都跑断了。有一次也找到过一个工作，可是，我因为觉得不舒服就离开了一个星期，等我再回去，他们就说不再需要我了。这也不能怪他们，是吧？那些地方，身体弱的姑娘他们可用不起。”

“你现在看起来不是太好。”菲利普说。

“我不适宜晚上出去了。可是我自己也没有办法，我需要钱啊。我给艾米尔写过信，告诉他我一个钱都没有了，可是连封信也不回。”

“你本来可以给我写信的嘛。”

“我不愿意，既然发生了那件事，我不愿意那样做，我不想让你知道我生活困难。你就是对我说我这是罪有应得，我也不会惊讶的。”

“到现在，你还这样不了解我吗？”

一会儿，他回忆起自己因为她的缘故而遭受过的那些巨大的痛苦，他对自己的痛苦的回忆感到难受极了。但是这不过是回忆罢了。当他看着她的时候，他知道自己已经不再爱她了。他觉得很为她难过，可是他又为自己摆脱了她而感到高兴。他心情沉重地望着她，而这时他心里却在问着自己，为什么他过去如此迷恋着她呢？

“你完全是个绅士。”她说，“你是我所遇到的唯一的绅士。”她停顿了一下，随之脸一下涨红了，“我不愿意求你，菲利普，不过，你能给我点儿吗？”

“真幸运，我身上现在还有些钱，恐怕只有两镑。”

他把那两枚一镑的金币给了她。

“我以后还你，菲利普。”

“嗨，没什么。”他微笑着，“你用不着这样。”

他没有把他想要说的话说出来。他们所说的那些话就好像什么事也没有发生过，看起来仿佛就像她现在就要走了，回到她那可怕的生活中去，而他又只能张眼望着她去。她站起身接过钱，他们俩都在那里木然地站着。

“我是不是耽搁你了？”她问，“我想，你是要回家了吧？”

“不，我不忙。”他回答说。

“那我真高兴有机会再坐一会儿。”

这句话以及它的全部含义刺痛了他的心，看到她那样疲惫不堪地坐回到椅子里的样子真是痛苦极了。沉默持续了很久，菲利普尴尬地点燃了一支香烟。

“你真好，没有对我说一句不好听的话，菲利普。我还以为你会不知怎样地说我一顿哩。”

他看到她又哭了起来。他回想起当初艾米尔·米勒把她抛弃的时候，她是怎样找他来的，又是怎样痛哭流涕的。这会儿他觉得，对她遭受的痛苦和对他自己受过的屈辱的回忆似乎使他的同情心变得愈加不可抗拒了。

“如果能摆脱了那个就好了！”她呜咽着说，“我恨透了那个。我不适于过这种生活。我不是干那种事儿的姑娘。无论如何我也不干那个了。如果可能我愿去当一个女佣人。嗨，我真希望我已经死了啊。”

现在她完全被对自己的哀怜压垮了。她歇斯底里地抽泣着，她瘦弱的身体哭得直颤抖。

“咳，你不知道那个是怎么回事。谁都不知道那个的，除非他们干过。”

看到她哭成这样菲利普真是受不了。她的可怕的境地使他万分痛苦。

“可怜的人儿。”他小声说，“可怜的人儿。”

他深深地感动了。忽然，他想到了一个绝妙的好主意。这主意使他欣喜若狂。

“听着，你要是想摆脱那个的话，我这儿有一个主意。眼下我经济非常紧张，我只能尽量精打细算。在肯宁顿大街我租了一小套房子，现在还有一间多余的房间，你愿意的话，可以和孩子都搬到那儿去住。我花了每星期三先令六便士的工钱请了个女佣人，她给我打扫房间和做点饭。那活儿可以由你来干，你的饭钱不会比要给她的工钱多很多的。两个人吃饭一点也不会比一个人费钱，再说我想那婴儿也吃不了多少。”

她停止了哭泣，望着他。

“你是说，虽然发生过那件事，可你还带我回去吗？”

菲利普对自己说出来的话感到窘迫而微微有些脸红。

“我希望你不要弄错了我的意思。我只是准备给你一间屋子和吃的，这间屋子又一点也破费不了我什么。你应该做的和我雇佣的那个女人做的一模一样，我不对你指望比这个更多。除此之外，我对你一无所求。我相信你会把饭做得很好的。”

她一下跳了起来，准备冲他奔过来。

“你对我太好了，菲利普。”

“别，请你别过来。”他慌忙说，并把手伸出去，仿佛要把她挡开似的。

他不知道自己为什么要这样做，不过一想到她要碰他就让他受不了。

“我只想做你的一个朋友罢了。”

“你对我真好。”她反复地说，“你对我真好。”

“这么说你是同意去了？”

“嗯，是的，我无论如何也得摆脱那个。你绝对不会为你自已做的这件事后悔的，菲利普，绝对不会，我什么时候能去啊，菲利普？”

“最好明天就来吧。”

忽然她的眼泪又涌了出来。。

“现在你还哭什么呢？”他笑着说。

“我多么感激你啊。我真不知道怎样才能报答你。”

“嗨，别说这些了。你现在还是回家去吧。“

他给她写了地址，然后告诉她，要是她五点半来，他就会给她准备好了。时间已经太晚了，他只得走着回家，不过因为他被愉快的心情陶醉了，路就显得不太远了，他走得好像飘飘然的。

91

第二天，他早早地就起来了，为米尔德丽德收拾好了房间。他告诉那个照料他的女人，他不再用得着她了。约摸在六点钟时米尔德丽德来了，这时菲利普正在窗口那里守候着，见她到了，就下楼给她开了门，并帮着她把行李拿上来。她因为出于无奈已经把不是绝对需要的东西都卖掉了，现在她的行李只有三个用牛皮纸裹着的大包。她穿着前一天晚上穿的那件黑色的丝绸衣服，虽然这时她脸上没有搽胭脂，可是眼睛上还留着早晨草草盥洗后没洗净的黑颜色，这使她的脸上显出一副病容。当她抱着孩子从马车上下来时，一副哀婉动人的样子。她似乎有些不好意思，他们发觉除互相说一些平常的话之外就没什么可说的了。

“你现在已经好住到这儿了。”

“以前我还没有在伦敦的这个区住过哩！”

菲利普领她看了那个房间。这是克朗肖死在那里的那间屋子。菲利普一直不喜欢搬回到这间屋子来住，尽管他也知道这个想法太荒唐。自从克朗肖死后，他就一直住在那间小房间里，睡在一张折叠床上。当初他搬到这间小屋子来是为了让他的朋友住得舒服些。那个婴儿正在安静地睡着。

“我想，你都认不出她来了。”米尔德丽德说。

“从我们把她带到布赖顿以后，我就还没有见过她哩。”

“我把她安置在哪儿呢？她这么重，我都抱不了太长时间了。”

“恐怕我这儿没有摇篮。”菲利普说，一面不安地笑了下。

“噢，还是让她跟我一起睡吧，她一向是跟着我睡的。”

米尔德丽德把婴儿放在扶手椅里，然后又四处打量起这个房间来。她认出了这里大部分东西都是她在他原来的寓所里曾经见到过的。只有一件东西是新的，那是前一年夏末劳森给菲利普画的一幅半身像，这幅半身像挂在壁炉台的上方。米尔德丽德吹毛求疵地看着它。

“这张画从某些方面说我喜欢，从某些方面说我又不喜欢。我认为你要比画的好看得多。”

“行情看涨啊。”菲利普笑了，“你从来也没有跟我说过我好看哩。”

“我可不是个为男人长相操心的人。我不喜欢漂亮的男人。以我看，他们太自高自大了。”

她的眼睛在屋子里转来转去，本能地想找一面镜子，可是屋子里没有镜子。她抬起手来理一理她那长长的刘海。

“我住在这儿，公寓里的人会说些什么呢？”她突然问。

“噢，这里只住着一个男人和他的妻子。那个男的整天都在外面，他的妻子只有在星期六收房钱的时候见得到。他们完全不管别人的事。

我自打来了以后连招呼还没有跟他们打过哩。”

米尔德丽德到卧室归置她的东西去了。菲利普试着要读点书，可是他情绪太高，太兴奋了。他向后靠在椅子上，吸着一支烟卷，笑眯眯地看着熟睡的婴儿。他感到非常的高兴。他完全相信，自己现在已经一点儿也不爱米尔德丽德了。他很奇怪旧日的感情在他身上居然彻底消失了，他察觉到自己身上对她有一点生理上的排斥，他觉得他要是碰她的话，一定会起一身鸡皮疙瘩的。他自己也弄不懂是怎么回事。这当儿，门敲了一下，她走进来。

“我说，你不必敲门嘛。”他说，“你还没有参观一下这个大公馆吧？”

“我已经看过了，就是那间厨房太小了。”

“你会发现，这间厨房用来做我们奢侈的美餐已经够大了。”他快活地反驳她。

“我看这儿什么东西也没有。我还是出去买点什么吧。”

“是没什么东西，可是既然我把你留下，我们就必须特别精打细算才行。”

“晚饭我买点什么呢？”

“你还是买点你认为你能做的东西吧。”菲利普哈哈大笑起来。

他给了她一些钱，她出去了。过了半个小时她回来了，把买来的东西撂在桌子上。爬楼梯使她上气不接下气的。

“我说，你这是贫血。”菲利普说，“到时候我得给你点布洛丸[①]。”

“我花了一些工夫找商店来着。我买了一些肝，肝挺香的是吧？你可不能吃得太多了，肝，吃得少，要比吃鲜肉省钱多了。”

厨房里有一只煤气灶，米尔德丽德把肝放到了火上就到起居室去铺桌布。

“你怎么只摆一个人的呢？”菲利普问，“你不想吃点什么吗？”

米尔德丽德脸红了。

---

①法国医生皮埃尔·布洛（Pierre Blaud，1774–1858）发明的一种药片，又名碳酸低铁丸，补血用。

“我想，你也许会不喜欢跟我一块儿吃饭的。”

“为什么不一起吃呢？”

“唉，我只是个佣人，是吧？”

“别傻了。你怎么这么蠢呢？”。

他笑着说，不过她的谦卑使他心里发生了一个意想不到的转折。可怜的人儿！他想到了最初和她认识时她曾经是那么趾高气扬。他犹豫了片刻。

“不要认为我给了你什么恩典。”他说，“这只不过是公事公办。我给你膳宿来交换你的工作。你并不欠我什么，而且这也没有什么可使你低声下气的嘛。”

她没有回答，可是眼泪却啪嗒啪嗒地从她脸上滚落下来。菲利普从在医院和病人接触的经验中知道，她那个阶层的女人总是认为伺候人是很低下的事情。他不由得对她感到有点不耐烦了。可是他又责怪自己，很明显她是又累又有病啦。他站起身来，帮她在桌子上又摆了一份餐具。这时那孩子醒了，米尔德丽德已经给她预备好了一些梅林食品[①]。肝和火腿肉已经做好了，他们坐了下来。为了省钱，菲利普除了喝水外，已经把一切酒类通通戒掉了，不过，他在房间里还存了半瓶威士忌。他认为米尔德丽德喝上一点儿会对她有好处。他尽了最大的努力使这顿晚餐吃得快乐些，可是米尔德丽德却一直郁郁不乐，而且也筋疲力尽了似的。他们吃完了饭，她就把婴儿弄去睡了。

“我想，你自己也早点儿去睡吧。”菲利普说，“看上去你已经累坏了。”

“我想，我洗完了就去睡。”

菲利普点燃了他的烟斗，开始读起书来。听到有人在隔壁的房间里来回走动这真叫人愉快。米尔德丽德进来擦了桌子，后来他又听到她洗盘子时的响声。菲利普想到她竟然会穿着件黑色绸子衣服做这一切，她是多么独特啊，想到这些他笑了起来。可是他还有功课要温习，他就

---

①一种婴儿代乳食品。

把课本在桌子上摊开。他读的是奥斯勒[①]的《内科学》一书，这本书最近深受学生们欢迎，它把多少年来几乎是被当做课本使用的泰勒的著作取代了。过了不一会儿，米尔德丽德走进来，一边把挽起来的袖子放下来。菲利普漫不经心向她扫了一眼，但是他一动也没有动，这种时刻很古怪，他感到有些紧张。他怕米尔德丽德会以为他嫌她碍事，可又实在不知道如何缓缓地消除她的疑虑而又不伤害她。

“噢，对啦，每天九点我得去听课，所以我要在八点一刻吃早饭。你可以把这安排一下吗？”

“噢，可以。当然啦，当初我在国会街的时候，每天早上都是从赫内希尔区去赶八点十二分的火车的。”

“我希望你会感到你的房间很舒服。足足地睡它一夜，你明天就会像变了一个人似的。”

“我想你大概得干到很晚吧。”

“我一般总要干到十一点，或是十一点半的。”

“那么就跟你道晚安了。”

“晚安。”

他们中间隔着张桌子，他没有把手伸过去跟她握手。她一声不响地把门关上了。他听到她在卧室里来回走着，过了一会儿他听到她上床时吱吱嘎嘎的声音。

92

第二天是星期二。菲利普像往常一样，匆匆吃完了早饭，就赶去听九点的课。他只有和米尔德丽德说几句话的工夫。他傍晚回来的时候，看到她正坐在窗前补他的袜子。

“哟，你可真够勤快的呀。”他笑着说，“这一天你都做什么来着？”

---

①威廉·奥斯勒爵士（Sir William Osler，1849–1919），加拿大医生，开创了使医科学生进行临床学习的先河。

“哦，我把这地方好好地清扫了一下，后来抱着婴儿出去转了转。”

这时她身上穿着一件旧的黑衣服，这衣服和她在茶点店工作时她穿的工作服一模一样，衣服已经破旧了，不过她穿着它却比前一天穿那件绸衣服看上去要好看些。那个孩子正坐在地板上。当菲利普在她身旁坐下来抚玩她光着的脚趾时，她抬起头来，用那双又大又神秘的眼睛看着，咯咯地笑了起来。午后的太阳把柔和的光线射进屋里来。

“回来后看到有个人在屋里简直太美了。在一间屋子里有一个女人和一个小孩儿这真是非常好的点缀。”

他到医院药房买了一瓶布洛丸，他把药交给了米尔德丽德，并告诉她每顿饭后一定得吃，这是她过去常吃的一种药，她自十六岁起就断断续续地服用这种药了。

“我相信劳森准会很喜欢你那种发绿的皮肤的。”菲利普说，“他总是说这样的皮肤如何适宜入画，不过我如今非常实际了，只有当你像挤牛奶的女工那样白里透红我才会高兴的。”

“我觉得已经好些了。”

吃过一顿节俭的晚餐之后，菲利普把他的烟荷包装满了烟叶，然后戴上了帽子。他总是在星期二这天到比克街的那家酒菜馆去的，米尔德丽德来了后这一天很快就到了。他很高兴，因为他需要把他和她之间的关系弄得彻底地清白。

“你这是要出去吗？”她说。

“是的，每星期二我都要出去一晚上的。明天就会见到你的，明天见。”

菲利普总是心情愉快地到这家酒菜馆来的。那位有着哲人态度的证券经纪人麦卡利斯特通常总是在那儿，而且，凡是天底下的事他都喜欢拿来争论。要是海沃德在伦敦，他也总是按时来。尽管他和麦卡利斯特彼此之间谁也不喜欢谁，可是他们出于习惯依然不断在一个星期的这天晚上来这里碰头。麦卡利斯特认为海沃德是个可怜的人，总是讥笑他那多愁善感的细腻感情。他挖苦地问起过海沃德有什么文学著作，得到的答复是一种轻蔑的微笑，暗示他将来要写出几部杰作的。他们经常争论得面红耳赤，不过那果子酒很不错，而且他们俩都很喜欢喝。末了，在晚上分手的时候，他们一般总是平息了争吵，言归于好，又彼此把对方看成是好汉。这天晚上，菲利普发现他们两个人都在那里，而且劳森也在。这阵子劳森简直难得来了，他在伦敦开始结识了一些人，而且三天两头频繁地出去吃饭。这光景他们正处在日子好过的时期，因为麦卡利斯特在股票交易所给他们做了一宗好买卖，使海沃德和劳森每人各赚了五十镑。这对劳森可是件大事，他花得多，而挣的钱却很少。他已经达到了肖像画家生涯的这样一个阶段，批评家们也对这位画家给予了大量的关注，而且这位画家也找到了不少让他画像而分文不给的贵族太太小姐们（这样他们双方都扬名了，而且也使高贵的夫人们有了一副艺术家的保护者的气度），不过他也很少抓得住愿意出高价给妻子画张肖像画的那种殷实的庸人。劳森现在正是得意非凡之际。

“我还没有遇到过这么带劲的赚钱的法子哩。”他叫着，“我不必翻口袋找小钱了。

“年轻人，上星期二你没来这儿，结果把一个好机会错过了。”麦卡利斯特对菲利普说。

“我的天啊，你怎么不给我写信呢？”菲利普说，“你知道一百镑对我将会有多大的用处啊。”

“嗨，写信来不及呀，人得当时在场才行。上星期二我听说有一笔好买卖，我问这几个兄弟是不是愿意小小地赌一下。在星期三早晨我给他们买了一千股的股票，下午就看涨了，我马上又把它们卖掉了。我给他们每人赚了五十镑，自己也赚了二百镑。”

菲利普嫉妒得心里很难受。最近他已经把为数不大的最后财产的抵押契据卖掉，现在他只剩下六百镑了。当他想到将来就不时地感到惊慌失措。他在他能够取得医生资格证之前还得自己维持两年。取得了资格证之后，他还打算争取在医院任职，继续深造。这样，他至少有三年时间不能有大的收入。即使把一个钱掰成两半花，到那时他剩下的钱也不会超过一百镑。无论什么时候，万一他有个病痛不能挣钱，或是找不到工作，这一百镑钱作为一种后备，实在太少了。对他来说一次幸运的投机就会使他的经济状况大为改观。

“嗨，关系不大。”麦卡利斯特说，“相信机会不久还会有的。‘南非人’股票说不定哪一天就会突然涨上去哩。到时候我会看看能帮你什么忙的。”

麦卡利斯特在“凯弗”市场干事，他常常给他们讲那些只因在一年或两年之内一次猛涨而一夜暴富的故事。

“喂，下次可别忘了我呀。”

他们坐在那儿一直聊到了将近半夜，菲利普住得最远就首先走了。他如果没赶上最后一趟有轨电车就得走着回家，那样的话，到家就会很晚了。他果然没有搭上电车，直到近十二点半时才到家。他上了楼，非常奇怪地看到米尔德丽德还坐在他那把扶手椅上。

“你怎么没去睡觉啊？”他叫起来。

“我不困。”

“你还是应该去睡嘛。睡觉会使你恢复精神的。”

她没有动。他注意到，她在晚饭后又换上了她那件黑绸子衣服。

“我想还是等着你的好，万一你需要什么呢？”

她看着他，苍白的薄嘴唇上露出一丝笑意。菲利普不敢肯定他是理解了她的意思呢还是没有理解，他感到有些不安，但还是装出一副快活的、讲究实际的样子说：

“你真好，就是太不听话了，赶快睡去吧，不然的话，明天早上该起不来了。”

“我觉得还不想去睡哩。”

“别废话了。”他冷冰冰地说。

她稍微有点愠怒地站起身来，进她的卧室去了，当听见她大声地栓上门时，他笑了笑。

以后的几天平平静静地过去了。米尔德丽德在她的新环境里安顿下来了。当菲利普吃完早饭匆匆忙忙地出去后，她整个上午都在干家务事。他们吃得很简单，不过她喜欢占用很多时间去买那几样他们需要的东西。她不愿意费神做午饭给自己吃，只是弄点可可茶，吃点面包和黄油，吃完了她就把婴儿放在儿童车里出门去。然后她回来懒懒散散地打发下午剩余的那段时间。她已经疲劳不堪了，能少干点活儿也就正好。米尔德丽德通过交房租和菲利普的那位令人生畏的女房东交上了朋友。房钱是菲利普留给米尔德丽德让她去交的，关于左邻右舍的事情，不到一个星期她能告诉他的要比他在一年中知道的还多。

“她是个很好的女人。”米尔德丽德说，“是个地地道道的太太，我告诉她，我们是夫妻。”

“你认为有必要这么说吗？”

“唉哟，我总得跟她说些什么呀。我住在这儿，可又没和你结婚，这看上去太古怪了嘛。我不知道她会对我怎么想。”

“我估计她绝不会相信的。”

“我敢打赌，她信，我告诉她，我们已经结婚两年了——我不得不这么说，你知道，是因为有那个孩子呀——只是对你的朋友们不能这么说，因为你还是个学生啊。（她把“学生”念成了“淆生”。）既然这样，我们以后只好对谁也不说，不过他们现在准是信以为真了，我们又得一夏都和他们住在一起哩。”

“你是荒诞故事里的那个前任女主人哟。”菲利普说。米尔德丽德还是这么热衷于编瞎话，这让他隐隐地感到恼怒。在过去这两年中她一点儿也没有长进，他耸了耸肩。

“说到底。”他沉思着说，“也只怪她没有好的机会。”

这是一个很美的傍晚，天气暖融融的，天空没有一丝云彩，伦敦南区的人们这会儿仿佛都涌到街上来了似的。空气中有着一种不安定的东西，当天气变暖的时候，这种不安常常抓住伦敦佬，招呼他到外面来。米尔德丽德把晚饭的盘叉拾掇完了以后，就走到窗前站下来。喧闹声从街上传来，人们的打招呼声，过往车辆的嘈杂声，还可以听到远处有一只手摇风琴的声音。

“我想你今天晚上一定得温功课吧，菲利普？”她带着一种欲望得不到满足的表情说。

“我本来就该温功课，我不懂为什么说我‘一定得’。嗯，你想要我干别的什么事吗？”

“我想出去一会儿。我们不能找个电车上层[1]去兜兜风吗？”

“你要愿意也可以。”

“我这就去戴帽子。”她快活地说。

这样的晚上把自己关在屋子里几乎不可能，婴儿正酣睡着，把她留在家里不会出什么事的。米尔德丽德说过，她以前要是晚上出去的话，总是把孩子一个人留在家里的，她从来也不醒。她戴好帽子回来时兴致很高，趁戴帽子的机会还赶着搽了一点胭脂。菲利普还以为这是兴奋给她苍白的脸上带来的一层淡淡的颜色哩。他被她那孩子一样的喜悦感动了，责怪自己不该对她那么严厉。一出了门她就欢笑起来。他们遇到的第一辆电车是开往威斯特敏斯特大桥的，他们上了这辆车。菲利普吸着烟斗，他们看着那些拥挤的街道。那些商店还在营业，灯光五彩缤纷，人们正在买他们第二天需要的东西。他们的车子开过一家叫“坎特伯雷”的音乐厅时米尔德丽德叫了起来：

“喂，菲利普，咱们到那儿去吧。我已经有好几个月没有去音乐厅了。”

“你知道，我们买不起前排座位的票啊。”

“嗨，我无所谓。坐在顶层楼座我也会相当高兴的。”

他们下了车，往回走了一百码来到音乐厅门口。他们以每张六便士价格买了楼上的座位，虽然位置很高，但毕竟不是顶层楼座。地方很宽敞，这天晚上过得很好。米尔德丽德的眼睛闪闪放光，她过得简直高兴极了。她身上的那种头脑简单使菲利普很感动。对他来说，她是一个不解之谜。她身上某种东西还是使他高兴的，而且他认为她身上还有很多东西是很好的。她没有受过良好的教育，过的是艰苦的生活，他对她的责怪很多都是她自己无能为力的。如果他曾要求过她要有她力所不能及的贞操美德，那是他自己的过错。她如果生活在完全不同的环境中，她也许会是一个动人的姑娘的。她特别不能适应生活中的斗争。当他这时注视她的侧影时，她的嘴微微张着，脸颊上泛起淡淡的红晕，他认为她竟奇怪地看来像一个处女。他感到对她的巨大同情，从心眼里原谅了她

①英国电车上下两层。

给他造成的那些苦痛。剧场里烟雾腾腾的，把菲利普眼睛熏疼了，可是当他提出回去的时候，她向他转过一张恳求的脸，央求他把戏看完了再走，他笑了笑同意了。在下面的演出中她一直握着他的手。当他们随着那观众的人流涌到人头攒动的大街的时候，她还是不想回家，他们就慢慢地在威斯特敏斯特大桥街蹓跶着，一边看着街上的人群。

“我已经有好几个月没有过得像今天这么开心了。”

菲利普心花怒放，他感谢命运，他尽管出于一时冲动把米尔德丽德和那个婴儿接到自己的寓所，看着她感恩的高兴样子，他真感到十分愉快。她终于走累了，他们就跳上一辆电车回家，这时天已经很晚了。当他们下了车，拐进他们住的那条街时，街上已经看不到一个人了。米尔德丽德偷偷地挽着他的胳膊。

“这就像过去一样啊，菲尔。”她说。

她以前从来没有叫过他菲尔，只有格里菲思才这么叫过他。即使到了现在，这样的称呼听起来也使他感到奇怪的痛苦。他想起了当时他是多么想去死啊，当时他的痛苦如此之大，以致他都相当认真地考虑过自杀。这一切都像是很久以前的事情了。想到过去的自己，他笑了。现在他对米尔德丽德除了无限怜悯之外，其他一切都不存在了。他们到了公寓，刚一进了起居室菲利普就把煤气灯点亮了。

“小宝宝怎么样啦？”他问。

“我这就进去看看。”

她回来后说，自从她离开以后到现在那小东西连身都没有翻一下。这是个乖极了的孩子。菲利普伸出手去。

“好吧，晚安。”

“你想睡觉了吗？”

“都快一点了。这些日子我不习惯睡得太晚。”菲利普说。

她拉过他的手，一边握着一边微笑着看着他的眼睛。“菲尔，那天晚上在那间屋子里你叫我搬这儿来住，当时你说你并不希望我和你有别的什么关系，而只是做饭和做一些杂事罢了，我想你希望我的并不只是这些吧。”

“你这么想来着吗？”菲利普回答说，他把手缩回来，“我却是那个意思。”

“别这么傻了。”她咯咯笑了起来。

他摇了摇头：

“我的意思是十分严肃的。我请你来这儿住本来没有任何其他意思。”

“为什么没有呢？”

“我觉得我不能那样。我也说不清为什么，可是那样反倒会把事情搞糟了。”

她耸耸肩。

“咳，好吧，随你的便吧。我可不是那种对那种事儿死乞白赖和寻机觅缝的人。”

说罢她走了出去，“咣”的一声把门关上了。

93

第二天早晨米尔德丽德阴沉着个脸，一句话也不说。直到该去做饭了的时候她才从自己的房间里出来。她做饭很不在行，而且所能做的也不过是排骨和牛排而已。她也不懂得如何把肠肚下水都利用上，这么一来，菲利普就只得比他的计划要多花一些钱。她把饭端上来之后就在菲利普对面坐了下来，但是一口也不肯吃，他问她为什么不吃，她说头疼得厉害，再说她也不饿。他很高兴这一天有个地方去打发了，阿西尔尼夫妇又快活又友好，他喜出望外得知他们全家都在十分高兴地盼着他前往哩。当他回来的时候米尔德丽德已经上床睡去了，可是第二天她还是一言不发。吃晚饭的时候她脸上带着一种傲慢的神气坐在那儿，微微蹙着眉头。她这副样子使菲利普很不耐烦，可是他告诉自己对她一定要慎重一些，他不得不体谅她一些。

“你可真是一声不响啊。”他带着愉快的微笑说。

“我是被雇来做饭和打扫屋子的，我不知道我还有说话的任务哩。”

他觉得她这话是个不礼貌的答复，不过既然他们还要在一起住着，他就得尽力使一切事情都平和些。

"恐怕你这是在为那天晚上的事生我的气吧？"他说。

说这种事是很尴尬的，不过显然有必要把那件事说清楚。

"我不明白你是什么意思。"她回答说。

"请不要生我的气，如果我不是把我们的关系仅仅看作是朋友关系，我就绝不会请你到这儿来住了。我之所以这么建议，是因为我认为你需要有一个家，而且你也需要找个事情做。"

"噢，别认为我在乎。"

"我一点也没有那么想。"他赶紧说，"你千万不要认为我不知道你的好意。你是为了我才提出来的，这我明白。只是我有一种感觉，这是我做不到的。那样会把事情都弄得很恶心可怕。"

"你真怪。"她奇怪地望着他说，"我真捉摸不透你。"

现在她倒不生他的气了，可是很困惑。她不知道他是个什么意思：她接受了这种状况，她确实模糊地感到，他的做法是一种非常高尚的做法，她应该赞美他，可是她也忍不住要取笑他，而且她还有点看不起他。

"他真是个古怪的人。"她想。

他们的生活过得真是顺当极了。白天菲利普都是在医院里度过的，晚上，除了去阿西尔尼家或是比克街的那家酒菜馆，他都是在家温习功课。菲利普给他当助手的那个内科医生正式请他去吃了一顿饭，还参加了两三次同学们举行的茶会。米尔德丽德接受了自己的单调生活。即使她对菲利普有时候晚上把她一个人撇下耿耿于怀，可是她也绝口不提。偶尔他也带她去一趟音乐厅。他还是按照他的意思行事，即他们之间的唯一关系应该只是她做家庭劳动来作她食宿的回报。她决定这个夏天不再徒劳无益地找工作了，在菲利普的赞同下，她还决定在这儿住到秋天。她认为秋天找事做会容易些。

"就我个人来说，如果方便的话，你就是找到了工作也可以还留在这里。那间屋子你住着就是了，而且可以叫以前给我做事的那个女人来照看那孩子。"

他对米尔德丽德的那个孩子变得越来越喜欢了。他有一种天生的慈爱性格，可是这种性格过去一直没有机会表现出来。米尔德丽德对这个小丫头并不慈爱。她只是把她自己照顾得很好而已。有一次小女孩患了重感冒，她表现出她是一位忠实的保姆，可是这孩子让她烦躁，当孩子闹的时候，她就尖着嗓子朝她大声嚷嚷。她喜欢她，可是却没有那种也许可以使她忘我的那种母爱。米尔德丽德感情不外露，而且她觉得那样的感情流露太可笑。当菲利普把婴儿放在腿上，坐着，又是逗她又是吻她，这时她就笑话他。

“假如你真是她父亲，也不会对她比这更婆婆妈妈的了。”她说，“你跟孩子在一起时真是傻到家了。”

菲利普一下子脸红了，他不愿意受到别人的嘲笑。这么喜欢另外一个男人的孩子是未免荒唐一些，他也因为自己这样过于流露出感情而有些不好意思。不过孩子也觉出了菲利普喜欢她，总是把脸贴在他的脸上，再不就是偎依在他怀里。“这对你可真是好极了。”米尔德丽德说，“她真是没有什么地方不可你的心啊。这小姐就是不睡，你是否愿意半夜起来逗她玩一个小时呢？”

菲利普想起了他自以为早就忘记了的童年时代的种种事情。他掰着婴儿的脚趾念叨着：

“这只小猪去市场，这只小猪留在家。”

当他傍晚回到家走进起居室，总是首先去看一眼在地板上爬的婴儿，一听到孩子见到他时高兴的咿呀叫声，他就感到一种喜悦的微微颤抖。米尔德丽德教她叫他爸爸，当这孩子第一次主动叫他爸爸时，米尔德丽德笑得连腰都直不起来了。

“我不知道是不是因为这孩子是我的你才这么爱她哩。”米尔德丽德问，“还是你对别人的孩子都爱。”

“我根本不认识别人的孩子，所以这个我说不上来。”菲利普说。

做住院医生助手的第二学期快要结束时，菲利普碰到了好运气。那是七月中旬，在一个星期二的晚上他到比克街的那家酒菜馆去了，发现除了麦卡利斯特之外其他人都没来。他们坐在一起，闲谈他们那几位没有来的朋友，过了一会儿麦卡利斯特对他说：

“噢，我差点给忘了，今天我听说了一件相当好的买卖，新克兰方丹的股票，那是罗得西亚的一个金矿，你要是愿意小小地赌它一下，说不定你能发点儿财哩。”

菲利普一直在眼巴巴地盼着这种机会，可是现在机会来了他却又犹豫起来了。他很害怕把钱白扔了。在他身上赌徒的精神很少。

“我很喜欢干一下，可是我不知道我是否敢冒这个险。万一事情出了差错，我会损失多少钱呢？”

“我本来不该跟你说这件事，只是因为你好像对这事很关心我才说的。”麦卡利斯特冷冷地回答说。

菲利普觉得，麦卡利斯特把自己看成是一头十足的蠢驴。

“我可是太想发一点儿小财了。”他哈哈地笑着说。

“如果你不准备在钱上冒点风险，你就发不了财。”

麦卡利斯特又说起别的事情来了，菲利普在和他搭讪的同时，心里一直在想着，万一这次冒险到头来果然很好，下次他们碰头时这位证券经纪人要不拿他大大地取笑一番才怪哩。麦卡利斯特有一张尖刻辛辣的嘴哟。

“我想，要是你觉得合适，我就小小地赌它一次。”他焦急地说。

“好吧，我就给你买下二百五十股，只要看到涨了半个克朗，我就立刻出手。”

菲利普迅速地算出了这笔钱将会有多少，他直咽口水。到那时将会从天上掉下来三十镑，而且他总认为命运欠他点什么。第二天早晨吃早饭的时候他看到米尔德丽德，就把自己干了的事告诉了她。她认为他这事干得太傻。

“我还从来没听说过有谁在股票交易所里发了财哩。”她说，“艾米尔常常这么说，你不要指望在股票交易所发财，他就是这么说的。”

菲利普在回家的路上买了一份晚报，马上翻到行情栏。这类事情他是一窍不通，费了好大劲儿才找到了麦卡利斯特说过的那种股票。他看到这支股票已经涨了四分之一克朗了。他的心激动得突突直跳，接着他为万一麦卡利斯特忘了，或是因为某种原因而没有买进这支股票而担忧起来了。麦卡利斯特说好了给他打电报来的。菲利普都等不及坐电车回家了，他跳上了一辆马车，这真是一种罕见的奢侈哩。

“有我的电报吗？”他刚一冲进屋就问。

“没有。”米尔德丽德说。

他脸一下子就沉了下来，他怀着痛苦辛酸的失望心情一下子重重地跌在椅子里。

“这么说他到头来没有给我买那股票，该死的。”他又暴跳如雷地加了一句，“什么鬼运气，我都盘算一整天了，拿这笔钱去干点什么好。”

“是吗，你打算用它干什么呢？”她问。

“现在想它还有什么用？唉，我多么需要那笔钱啊。”

她扑哧一下笑了出来，然后递给了他一份电报。

“我只不过想跟你开个玩笑，我已经拆开看了。”

他把电报一把从她手里抢过来。麦卡利斯特给他买了二百五十股，又像他说过的那样等涨出半个克朗就立刻脱手了。那代办单据第二天就到。一时他对米尔德丽德的恶作剧大发雷霆，可是接着他又一心想着他的快乐了。

“这下子可为我解决大问题啦。”他叫着，“你愿意的话我就给你买一件衣服吧。”

“我太想要啦。”她回答说。

“让我来告诉你我要干什么吧，我打算在七月底做手术。”

“怎么，你出了什么毛病吗？”她打断了他的话。

她突然想到有一种她所不知道的病，也许这病会解释清那桩曾使她这样困惑不解的事情。他脸红了，因为他不愿意谈到自己的畸形。

“没什么，不过是他们认为他们能为我的脚想些办法罢了。以前我腾不出时间，可是现在一点关系也没有了。我要在十月而不是下个月开始做包扎。我就在医院里住几个星期，然后夏天剩下的日子咱们去海边。这样对我们，对你，对小孩，都有好处。”

“哎，咱们去布赖顿吧，菲利普，我喜欢布赖顿。在那儿你可以遇到许多上等人哩。”

菲利普曾模糊地想到过到康沃尔的某个小渔村去，经她这么一说，他才想到米尔德丽德将会对那地方烦死了的。

“只要到海边去就成，我倒不在乎去哪儿。”

他也不知道是为什么，他突然对大海有了一种无法抗拒的渴望。他想去洗洗海水澡，他愉快地想象着带咸味的海水飞溅的景象。他游泳游得蛮不错，没有什么能像汹涌的大海那样使他欣喜若狂的了。

“啊，那将是多么快活啊！”他叫道。

“准会像度蜜月一样，是吧？”她说，“你能给我多少钱买新衣服呀，菲尔？”

94

菲利普请那位曾经让他当敷裹员的助理外科医生雅各布斯先生给他做手术。雅各布斯先生高兴地答应了，因为这阵子他正好对没及时治疗的跛脚病人很有兴趣，而且他也正在搜集材料写篇论文。他警告菲利普，他没办法把他的这只脚治得像另一只脚那样，不过他认为他可以使它比现在好得多，尽管他还始终得跛着脚走路，但是他将可以穿一只比他一直穿的要顺眼得多的靴子。菲利普想起了他曾经向一个能为有信心的人移动大山的上帝祈祷过，他苦笑了一下。

“我并不盼望发生什么奇迹。”他回答说。

“我认为你让我尽力试一试是明智的。等你开业当了医生，你将会发现治跛足是件相当困难的事。那些外行人满脑子都是些怪念头，他们不愿意让医生在他们身上试一试。”

菲利普住进了一间“优待号”，这是一间在楼梯间的犄角处的小屋子，和别的病房不一样，它是专门给特殊病人预备的。他在那里住了一个月，因为那医生直到他能走路了才让他出院，而且，这次手术做得很好，他过得非常愉快。劳森和阿西尔尼来看过他。一天阿西尔尼太太还带着两个孩子来过，那些他认识的同学也不时地来看他，和他聊聊天，米尔德丽德一个星期来两次。大家都对他非常好，过去菲利普每当什么人给他找麻烦时他就要大惊小怪，这时他很受感动，而且很感激他们。他为有这么多人关怀他而感到宽怀与慰藉，也用不着再为以后担忧，更用不着为他的钱是不是能维持下去而操心，或是为能不能通过毕业考试而犯愁了。他可以尽情地看书了。因为米尔德丽德老是来打扰他，最近有些日子他没有能多读书了。每当他准备集中精力看会儿书时，她总要来漫无边际地胡扯。他要是不回答她，她就会不高兴。不管什么时候只要他一拿本书舒舒服服地坐下来，她准得有什么事找他，准得为拔不出的塞子或者为一把钉钉子的锤子来找他。

他们定好了八月份去布赖顿。菲利普想要租间房间，而米尔德丽德却说那样她就得干家务了，他们只有去住那供食宿的公寓，她认为这样才像是去度假。

“这样我只好每天在家里照料做饭的事了，这套让我腻烦死了，我需要来一个彻底的改变。”

菲利普同意了，碰巧米尔德丽德知道在肯普敦街有一家寄宿公寓，在那里每人每周的费用不超过二十五先令。她和菲利普商定好了写信去订房间，可是当他回到肯宁顿时却发现她还什么事都没有干哩，他很恼火。

“我真没有想到你有这么多别的事要干。”他说。

“哟，我也不能什么事都想得到哇。假如我给忘了这能怪我吗，你说呢？”

菲利普这么着急到海边去，所以他连同那家寄宿公寓的女主人联系都等不及了。

“到时候我们就把行李寄存在车站，然后再去看看那家寄宿公寓有没有房间。如果他们那儿有的话，我们再叫车站外面送行李的搬运工把我们的东西送去就是了。”

“随你的便。”米尔德丽德生硬地说。

她不愿意受到责怪，而且，她生气地做出一副傲慢的样子，一声不吭。当菲利普做着他们动身的准备时，她就无精打采地在一旁坐着。在八月骄阳的蒸烤下，这小小的公寓房间很闷热，从外面街道的路面上卷进来一股股臭气熏人的酷热的气浪。当他躺在那间四壁被胶画颜料涂成红色的小病室病床上的时候，曾渴望着呼吸新鲜的空气，渴望着海水拍打着他的胸脯。他觉得要是逼着他再在伦敦待一个晚上他都会发疯的。当米尔德丽德在想象中看到了布赖顿的街道上挤满了前来度假的人群的时候，才心平气和了，他们驱车去肯普敦街的时候，两个人又是精神抖擞、兴致勃勃的了。菲利普摸着那婴儿的小脸蛋。

"在这儿住过几天之后，这小脸蛋的颜色就会大不一样啦。"他笑着说。

他们来到了那家寄宿公寓，然后把马车打发走了。一个邋遢的女佣人开了门，当菲利普问他们还有没有房间时，她说得去问问。她把她那位女主人领来。一个矮小粗胖的买卖人样子的中年妇女从楼上下来，她用她那个职业所特有的眼光仔细地打量着他们，并且问他们需要什么样的住处。

"两间单人房间，假如你们有的话，在一间房里我们还要一只儿童摇床。"

"恐怕我们已经没有单人房子。现在我这里还有间很好的双人的大房间，还可以给你们一只儿童摇床。"

"我想这不成。"菲利普说。

"下个星期我再给你们一个房间。眼下布赖顿到处都挤满了人，而且人们能找到什么样的房子就得租下来。"

"菲利普，如果就只有几天的话，我想我们也许可以对付着将就一下吧。"米尔德丽德说。

"我想两个房间更方便些，你能给我们推荐其他可以住宿的地方吗？"

"行是行，不过我想其他地方也不会比我这儿的房间更多的。"

"也许你可以把地址告诉我们吧。"

矮粗女人介绍的那家公寓就在毗邻的一条街上，他们朝那条街走去。菲利普的脚可以走得相当好了，尽管他还得拄着一根手杖，而且身体还虚弱。米尔德丽德怀里抱着孩子。他们默不作声地走了一会儿，而且他看到了她正在哭哩，这使他很烦恼。他故意不去理她，可是她却偏要引起他的注意。

“借给我块手帕用一下好吗？抱着孩子，我自己的掏不出来。”她用一种哭泣得哽咽了的声音说，而且还把她的脑袋扭到一边不看他。

他把自己的手帕递给她，但是什么也没说。她擦了眼泪，见他不说话就继续说：

“我也许挺招人讨厌的。“

“别在街上吵架行不。”他说。

“非要那样分开住让人看了多怪呀！别人会怎样看我们呀？”

“如果他们知道实际情况，我想他们会认为我们挺有品行的哩。”菲利普说。

她斜眼看了他一眼。

“你别告诉人说咱们不是夫妻好吗？”

“不行。”

“那你为什么不肯和我就像夫妻那样住在一起呢？”

“亲爱的，我说不清。我并不是要让你丢脸，不过我就是不能够。我相信这是很傻的，而且也不近情理，可是我不能不这么做。我以前是非常爱你，而现在……”他突然又停住不说了，“总之，那种事是没法解释的。”

“你一定不爱我了！”她大声说道。

他们被指点去的那家寄宿公寓的主人是一位吵吵嚷嚷的老姑娘，她有一双精明锐利的眼睛，说起话来滔滔不绝。他们可以得到一间双人房间，一星期每人二十五个先令，婴儿再另加五先令，或者他们可以得到两个单人房间，这样一个星期要多付一镑。

“我不得不多收些钱。”那女人辩解说，“因为，如果我非要那么做，就是单人房间我也可以放两张床的。”

“我敢说这样不会使我们倾家荡产的。你说怎么样，米尔德丽德？”

“哦，我无所谓。怎么样我都觉得挺好。”她回答说。

菲利普对她那气呼呼的回答一笑置之。这时，女房东已经安排人去取他们的行李了，他们坐下来休息一下。菲利普的脚有些疼痛，他高兴把脚跷在一张椅子上。

“我想我和你同在一间屋子里你不在意吧。”她挑衅地说，

“我们别吵架啦，米尔德丽德。”他温和地说。

“我真不知道你手头还这么阔绰哩，居然能够一个星期白扔一个英镑。”

“不要生我的气。我向你保证，只有这样我们才能住在一起。”

“恐怕你看不起我吧，就是这样。”

“我当然不会，怎么能呢？”

“这也太不合人情了。”

“这就不合人情吗？你并不爱我，是吗？”

“我？你说我是什么人呢？”

“你过去好像不是一个很重感情的女人似的，你并不是那样的人。”

“这句话太侮辱人了。”她不高兴地说。

“哟，我要是你的话，就不会为这事大惊小怪的。”

这家寄宿公寓里大约住有十几个人。他们都在一间窄小的阴暗的房间里的一张长桌子上用餐，那位女房东坐在桌子的顶头上，给房客们切面包什么的。伙食很糟糕。女房东把这样的伙食称之为法国式的烹调。她这样说是意指那些食物原材料的低劣质量是被糟糕的调味汁给糟蹋成这个样子的。其实是用鲽鱼来冒充鳎目鱼，用新西兰羊肉冒名顶替小羊羔肉。那厨房又小又不方便，所以所有端上来的食物都是温吞吞的，吃饭的人一个个都是阴沉的和矫揉造作的：老太太们带着他们没有嫁出去的老姑娘们，滑稽古怪的老单身汉们一副装腔作势的样子，脸色苍白的中年职员们带着他们的妻子，他们谈论着他们的出嫁了的女儿们和在殖民地谋到了好差事的儿子。在饭桌上，他们争论科雷里小姐的最近的一部小说，他们有的人喜欢莱顿勋爵胜过喜欢阿尔玛-塔德玛先生，也有些人是喜欢阿尔玛-塔德玛先生而不太喜欢莱顿勋爵。米尔德丽德很快就把她和菲利普的罗曼蒂克的婚姻告诉给了那些太太们，而且他也发现自己成了大家注目的对象，这是因为他的家庭是郡中颇有地位的名门，因为他还是个学生就结婚了而被剥夺了继承权，而米尔德丽德的父亲呢？他

在德文郡那儿有一大片宅第，因为她和菲利普结了婚，就是不肯给他们任何帮助。他们之所以到一家寄宿公寓来住，婴儿之所以没有保姆，原因盖出于此。但是，他们非得住两个房间，这是因为他们两个人都习惯了有大量的家具设备，而且他们也不喜欢住得狭窄拥挤。其他的那些游客们也解释过他们来这里的原因：一位单身的绅士，他一般总是去“大都会”旅馆度假的，而且他也喜欢有一伙快快乐乐的人在一起，不过在一家收费昂贵的旅馆你怎么能得到这样的人呢？那个带着一位已到中年的女儿的老太太在伦敦的那所漂亮房子正在修缮，她对她的女儿说：“格温妮，我亲爱的，今年我们的假日可要过得节省点了啊。”所以她就到这里来了，虽然，这家公寓当然完全不像她们常去的那种地方那么好。米尔德丽德发现这些人的地位都很高，她是不喜欢一大群粗俗的人的。她喜欢绅士们，从各种意义上说都是绅士才好。

“当人们是绅士和太太的时候。”她说，“我就希望他们都是绅士和太太。”

菲利普觉得这番话含义隐晦，可是当他听到她把这话对不同的人说了两三遍，而且发现这话激起了热烈的赞同的时候，他得出了结论：这话只是对他一个人的理解力说来是含糊不清的。菲利普和米尔德丽德两人朝夕相处在一起这还是第一次。在伦敦时他不是整天都看到她，当他回到家里以后，他们谈谈家务事啦，婴儿啦，邻居啦，诸如此类的事情，直到他坐下来温习功课的时候为止。现在，他整天都和她泡在一起。吃完早饭，他们就到海滩去。在海里洗个澡，在滨海人行道上蹓跶，一个早晨就轻松地过去了。晚上，他们把婴儿哄睡了以后就到码头上去散心。晚上还算过得去，因为在码头上可以听听音乐，看看川流不息的人流，菲利普想象着他们是什么人，而且还要给他们编造一些小故事，以此来消遣。他只是一边在嘴上和米尔德丽德哼哼哈哈地应酬着，然而他心里却仍然在想着他自己的，这在他已经成了习惯了，不过下午可是漫长而令人烦闷的。他们坐在海滩上。米尔德丽德说，他们一定得尽量从“布赖顿医生”那儿享受到全部好处，而且他也没法读书，因为米尔德丽德总是滔滔不绝对一些琐碎事发表议论。他要是不注意听的话，她就会有气的哩。

“算了吧，把那些老掉牙的蠢书扔一边去吧。总是看书对你没有什么好处的。你会把脑子读糊涂啦，你要不落那么个下场才怪哩，菲利普。”

“得啦，别胡说八道了！”他回答说。

“再说，老是读书也太闷呀。”

他发现跟她聊天是件困难的事情。她甚至连对自己正在说的话都不能去注意，以至于面前跑过一只狗，或者是走过一个穿着花里胡哨的夹克衫的人，都总要惹出她一番话来，于是话题一转她就把刚才说着的话都忘了。她对人名的记性很差，想不起人们的名字她就很恼火，因此她总是把讲到半截的故事停下来，先绞尽脑汁去想那些名字。有时候她的故事只好作罢，不过事后她又常常突然想起来了，而且不管菲利普这时正在说着什么，她总要把他的话打断。

“科林斯，就是这个名字，我就知道不定什么时候我总会想起来的嘛。科林斯，这个名字我怎么也想不起来。”

她这种做法使他很生气，因为这说明她根本就不在听他说话。然而，他要是不说话了，她又会怪他是在生气。有一种人思想不能够同抽象概念打五分钟的交道，她就属于这一类的人。只要菲利普兴之所至谈起那些一般的概念时，她就流露出不爱听的样子。米尔德丽德晚上多梦，而且她对她做的梦具有一种异常精确的记忆力，每天她都要把做的梦啰啰嗦嗦地叙述一遍。

一天早饭后他收到了索普·阿西尔尼寄来的一封长信，说他正在以一种戏剧般的方式度着他的假期，这种方式中有着许许多多健全的见解，这种见解表示出来他的特性。他这样做已经有十年了。他带领全家老少来到肯特郡的一块蛇麻草①地，这地方离阿西尔尼太太的娘家不太远，他们在那里采了三个星期的蛇麻子。这样，他们既在野外晒了太阳，呼吸了新鲜空气，还挣到了钱，阿西尔尼太太也心满意足，而且这

①蛇麻草，一种啤酒花子，又名忽布子，用于使啤酒具有苦而香的味道，也可作药用，所以人们每年去采集一次，作为副业收入的门路之一。

样还使他们重新接触到了万物之母——土地。阿西尔尼所强调的也正是这一点。在旷野里流连，给了他们一种新的力量，就像一种魔术的仪式一样，它使他们恢复了青春，恢复了腰腿的力量和精神的清新。以前菲利普曾听到过他对这种事说过许多荒诞离奇、天花乱坠的话。现在阿西尔尼竟邀请他也到他那儿去玩一天。他对莎士比亚和奏乐杯有了某些想法，想要找个人谈一谈，而且那些孩子们也在吵吵闹闹地想要见到菲利普叔叔哩。菲利普那天下午和米尔德丽德一起坐在海滩上的时候又把这封信读了一遍。他想到了阿西尔尼太太，这个多子女的快乐的母亲，她的殷勤好客和她的好脾气。他也想到了萨莉，以她的年龄而论，她显得有些严肃，带着可笑的孩子气的母性仪态和一种俨然的权威样子，梳着一条长辫子，还有她那宽宽的前额。他又想到了他家的一群孩子，他们都快乐、喧闹、健康、漂亮。他对他们一往情深。他们身上有着一种他不记得以前在什么人身上看到过的品质，那就是善良。这个品质现在他才想到，吸引着他的显然就是他们这种善良的美。在理论上，他并不相信有善良的美，如果道德不过是一种实用主义的方法的话，那么善良和邪恶就没有什么意义了。他并不喜欢逻辑混乱，不过确实存在一种单纯的善良，它自然而毫不费力，所以他认为这种善良很美。他一边沉思着，一边慢慢地把信撕成碎片。他想不出他怎么去看他们而不带上米尔德丽德，可他又不想带着她去。

天气非常热，天上没有一丝云，他们躲进了一个阴凉的角落里。那婴儿正在沙滩上一本正经地玩着石子，还不时地爬到菲利普跟前在他手里塞一个石子要他攥着，然后又把石子拿去，小心翼翼地放下。她正玩着一种只有她自己才明白的神秘而又复杂的游戏。米尔德丽德睡着了。她躺在地上头向后仰，嘴微微张开，她的腿向外伸开，靴子古怪地从衬裙里露出来。他的眼睛一直朦朦胧胧地停在她身上，他特别注意地观察起她来。他回想起他曾经多么热烈地爱过她呀，他很奇怪为什么他现在对她完全冷淡了。他身上的这个变化使他感到沉痛。他觉得，他所遭受过的全部痛苦已经完全白费了。原来摸一摸她的手都会使他欣喜若狂，过去他渴望过进入她的灵魂中去，这样他就能和她一起分享每一个思想和每一种感情了。他曾经针扎般地痛苦过，因为，每当他们之间沉默无语的时候，只要她一开口说话，就表明他们所想的是如何风马牛不相及，也因为他曾反抗过那堵似乎使每一种个性都互不相通的不可逾越的高墙。他曾那么疯狂地爱她，而现在却一点儿都不爱她了，他发觉其中有着一种不可思议的悲剧性。有时，他很讨厌她。她不善于学习，生活的经历什么也没教会她。她还是像以往那样没有礼貌。听到她用那种傲慢的腔调对待寄宿公寓里累坏了的佣人们，菲利普就觉得反感。

过了一会儿，他考虑起他个人的打算来了。在第四学年结束时，他将能够通过产科的考试了，再过一年就会取得资格证。取得资格证以后他可以安排去西班牙旅行一趟。他想要看一看那些他只是从图片上看到的原画。他深深地感到，埃尔·格列柯对他是一个有特殊重要意义的秘密。他想象着在托莱多他一定会发现这个秘密。去西班牙他并不希望要多排场，有一百镑他就可以在西班牙住上六个月的。如果麦卡利斯特再让他赶上一次好买卖，他去西班牙就更没有什么问题了。一想到那些古老美丽的城市和那黄褐色的卡斯提尔平原，他的心头就热乎乎的。他确信从生活中可以得到的东西会比现在得到的更多，而且他认为，在西班牙他能够非常紧张地生活，在那些古老的城市中的某一个城市里开业也许是可能的，在那里会有许多外国人的，或是过往的或是定居的，他将能够维持生计。不过现在想那些还太早了。他首先必须得到一两个医院的职务。医院的职务将给他资历，他以后找工作就容易些。他希望在一艘大的不定期货船上谋一个随船医生的职位，这种船只装卸从容，一个人要在靠岸的地方走走、看看也就是相当从容的。他希望到东方去，他的幻想中充满了曼谷的、上海的和日本港口的种种画面。他为自己描绘着棕榈树，湛蓝而又炎热的天空，深色皮肤的人，还有佛塔。东方的香气迷醉了他的鼻子。他的心随着对那个美丽而陌生的世界的渴望而跳动着。

米尔德丽德醒了。

“我相信我刚才是睡着了。”她说，“哎呀，你这个淘气的丫头，你这是怎么弄的？菲利普，她这身衣服昨天还是干净的，你看现在都成了什么样子啦。”

95

当他们回到了伦敦以后，菲利普就开始在外科病房干他敷药换药的工作了。他对外科的兴趣不像对内科的兴趣那样浓，内科给想象提供了更广阔的驰骋天地，这是一门更需要以经验为依据的学科。外科比起内科来，工作相应要稍微累一些。九点到十点之间有一堂课，这时他到病房去：给病人们敷药、拆线、换绷带。菲利普对自己的包扎技术有点得意，一句从护士嘴里勒索出的赞扬话就会使他很高兴。一个星期中有几个下午有手术，做手术时他就站在手术示范室的围栏之内，穿着白色的布褂，准备随时给手术大夫递他所需要的器械，或者是用海绵揩去流出来的血，好让医生看到病人患部的情形。当有什么罕见的手术时，示范室里就挤满了人，可是平时到场的学生不超过五六个。手术过程中的那种默契使菲利普很高兴。那时候全世界都大大地爱好得阑尾炎，来到手术示范室的许多病人都是患阑尾炎的，安排菲利普当敷裹员的那个外科医生和一位同事进行友好的竞赛，看谁能够用最短的时间和最小的刀口把一截阑尾取出来。

在一定的时候，菲利普得去值急诊班。这种班由敷裹员们轮流值，每次要值三天，值班时他们住在医院里，在公共休息室里吃饭，在一楼的重伤病室附近他们有一间房间，屋里有一张床，到白天这床就收起来放进一只橱柜里去。值班的敷裹员得守候一天一夜，等着有急救病人送来。你要一直到处走动，而且在夜里不到一两个小时，那只装在你头顶上方的铃总是叮铃叮铃地响起来，使你本能地从床上跳下来。星期六的夜里当然是最忙的时候了，小酒馆一打烊关门，就是医院最忙的时候。那些被警察送来的喝得烂醉的男人，常常必须给他们插胃管，喝醉了的女人们到医院时，往往已被丈夫打得鼻青脸肿，有的女人会指天划地发誓要到法院去告她的男人，有的则会羞愧难当，声称碰到了意外的事故。敷裹员要是能够处理的话就自已处置了，如果情况严重，他就派人去叫住院外科医生。他这样做需要很小心谨慎，因为住院外科医生没事被拖下五层楼梯是不会有好脸色的。从切了手指头的到割了喉咙的，什么样的病人都有。少年被送到这儿来多是因为手被机器轧了，男人们被送来多是由于被马车撞倒了，小孩子们则是在玩耍的时候摔断了胳膊腿。时不时地，警察还会抬来企图寻短见的人。菲利普见过一个面目狰狞的汉子，脖子上从这只耳朵到那只耳朵有一道大伤口，后来他在一位警官的监护下在病房里住了几个星期，因为他没有死，所以他总是一声不吭，气呼呼的，绷着个脸。他直言不讳地说，只要一放他出去他就还要自杀。病房里塞得满满的，当警察送来那些病人时，住院外科医生真是左右为难。如果这些病人被转送到警察所去，而且又在那里死掉的话，报纸上就要说一些不好听的话。而且，有时很难说一个人是快要死了还是喝醉了酒。菲利普不到累得筋疲力尽是不去睡的，因为这样他就不必在一两个小时之内又再爬起来了。没事的时候他就坐在重伤病室里跟值夜班的护士聊聊天。她是个有着一副男子相貌的灰头发的女人，她在重伤病室里当夜班护士已经有二十年了。她喜欢这工作，因为在这里自己说了算，而且没有其他的女护士跟她找麻烦。她干起活来慢条斯理，不过她很有工作能力，而且碰到了紧急情况她从来不会出差错。敷裹员们觉得她是个主心骨，他们往往不是没有经验，就是精神紧张。他们这样的人，她见过不下几千个，他们谁也没有给她留下什么印象，她一概管他们叫布朗先生。当他们劝她不要这么叫，并把他们自己的真名实姓告诉她时，她只是点点头，还是继续叫他们布朗先生。在那间有两个马鬃呢垫子的长沙发椅和一盏忽闪忽闪地燃烧着的煤气灯的空屋子里，和她一块儿坐坐，听她说话，这倒也使菲利普很感兴趣。她早就不把那些被送到医院来的家伙当人看待了：他们都是酒鬼，再不就是摔断了胳膊的，或是割破了喉管的。她把世界的罪恶、痛苦和暴行都当成理所当然的，她觉得人的行为既没有什么可赞扬，也没有什么可谴责的，她只是接受事实。她具有某种冷酷的幽默。

“我记得有一个自杀的人。”她对菲利普说，“他一头扎进了泰晤士河，人们把他水淋淋地捞上来，送到这儿来了，由于灌了一肚子泰晤士河水，他十天之后就得了伤寒。”

“他死了吗？”

“死啦，死得好。我一点儿也吃不准他是不是自杀……他们这帮家伙可真怪，我说的是自杀的人。我记得有一个男的，他什么工作也找不到，而且他老婆也死了，所以他就把自己的衣服当掉，买了把左轮手枪，可是他把事情弄得一塌糊涂，他只不过打瞎了一只眼睛，可人还好好的。后来呢，你说怪不，他少了一只眼睛，掀掉半拉脸出院了。他得出这个结论：不管怎么说，这世界还并不是个坏地方，后来他活得一直挺愉快的哩。我始终注意着这事哩。人就没有为恋爱自杀的，如你所料，那不过是小说家们的一种幻想而已。他们自杀是因为没有钱。我就纳闷这到底是为什么呢？”

“大概钱比爱情更重要吧。”菲利普启发式地说。

钱正是这阵子一直盘踞在菲利普脑子中的问题。他发现在他自己反复说过的“两个人一起可以生活得像一个人那样便宜”那句不切实际的空话中，实在没什么道理，他开始为他的开销担忧了。米尔德丽德不善于管家理财，他们的生活费用贵得就像他们是在饭馆吃饭一样。孩子需要买衣服，米尔德丽德要买靴子、雨伞，还有其他一些七零八碎的小东西，对她来说这些东西是不能没有的。他们从布赖顿回来时，米尔德丽德就宣布过打算去找个工作，可是她并没有采取明确的措施，而且在这节骨眼儿上一场重感冒又使她躺了半个月。她好了以后，就按照广告去找了一两次工作，可是并没有什么结果：不是她去得太晚空缺已满，就是那工作她觉得太重，受不了。有一次她有了个工作机会，可是工资每周只有十四先令，她认为她要比这更值钱一些。

“让自己上当吃亏不是什么好事。”她说，“要是你让自己干事太便宜了，人家就会不尊重你的。”

“我认为十四个先令并不是太坏。”菲利普冷漠地回答说。

他不禁想到这笔钱对这个家庭的开支将是多么顶用啊！而米尔德丽德已经做出暗示她不准备去找工作了，因为她没有一件像样的衣服去会见雇主。他给她买了衣服，她又有了一两桩新打算。可是菲利普想来想去认为这些想法都不是认真的。她并不想去工作。他知道的唯一的赚钱途径就是股票交易了，他非常渴望再来一次夏天的那种幸运，可是德兰士瓦[①]爆发了战争，南非的股票已经无利可图了。麦卡利斯特告诉他，雷德弗斯·布勒[②]一个月之内就会进军比勒陀利亚[③]的，那时一切都会一下子好起来的。唯一的事情就是耐心等待。他们希望的是英国吃个败仗，好让东西多少便宜一点，那时买证券的人也就多一些。菲利普开始勤勉地阅读起他喜欢看的那家报纸的"街谈巷议"栏来了。他又担忧又烦躁。有一两次他对米尔德丽德说话说得很尖刻，而她又不讲策略，也没有耐性，她发脾气顶了他，因此两个人就吵了起来。菲利普一向总是为自己所说过的话赔不是，但米尔德丽德却没有宽恕的天性，她一连两天都要绷着个脸儿，处处事事都使他心烦意乱。她吃饭的那种方式，在他们的起居室里她把衣服之类的东西扔得四处都是的那种邋遢作风，都使他心烦意乱。只有战争使菲利普兴奋起来，他在一早一晚都贪婪地看报纸，而她却对发生的任何事情都不感兴趣。她已经结识了住在这条街上的两三个人，其中有一个人问过她是否愿意让副牧师来访问她。她戴着一只结婚戒指，而且自称凯利太太。菲利普房间的墙壁上挂有两三幅过去他在巴黎时画的画儿，都是裸体的，有两幅是女人，有一幅双脚牢牢地站着、双拳紧紧攥住的米格尔·阿胡利亚的画像。菲利普保留着这些画是因为它们是他画过的最好的画儿了，而且它们能够使他回想起那些令人愉快的日子。米尔德丽德早就对这些玩意儿看不顺眼了。

"我希望你能够把这些画取下来，菲利普。"她终于对他说，"住在十三号的福雷曼太太昨天下午来了，我简直不知道怎么办了。我看到她直愣愣地看着这些画。"

"这些画怎么啦？"

"它不成体统，叫人恶心，我就是这么说，到处挂的都是些光着身

①为南非（阿扎尼亚）于1910年至1994年存在的一个省级行政区。

②雷德弗斯·亨利·布勒（Redvers Henry Buller，1839–1908），英国将军，南非布尔战争英军总司令。

③当时南非（阿扎尼亚）的首府。

子的画。再说对婴儿也没什么好处。现在她在开始注意东西了。”

“你怎么能这么庸俗？”

“庸俗？我说这叫庄重。我一直没有说什么，难道你就认为我愿意一天到晚看着这些光着身子的人吗？”

“米尔德丽德，你就一点幽默感也没有吗？”他冷淡地问。

“我不知道幽默感和这些画有什么关系，我几乎都下决心自己把它取下来了。你想知道我是怎么看它的，我告诉你，它们叫人恶心。”

“我不想知道你是怎么看它的，我不许你去碰它。”

每当米尔德丽德生他的气的时候，她就用小孩儿来惩罚他。这小姑娘像菲利普喜欢她一样喜欢菲利普，而且她每天早晨都要爬到他的房间里来，让他抱到床上，这使她高兴极了（这时她已经快两岁了，已经能走得很好了）。当米尔德丽德不叫她去的时候，这个可怜的孩子总是哭得极惨。听见菲利普劝她让孩子到他那儿去，她就回答说：

“我可不想叫她惯成毛病。”

倘若他再说些什么，她就说：

“这是我和我孩子的事，跟你没关系。听你说话，别人还以为你是她爹哩。我是她妈妈，我总该知道什么是对她好吧？”

菲利普被米尔德丽德的愚蠢的话激怒了。他对她已经太不感兴趣了，所以她老是惹他气恼。他已习惯了自己身边有个她。圣诞节到了，菲利普有两天的假。他带回一些冬青，用它把公寓装扮起来。圣诞节那天他给米尔德丽德和婴儿一些小礼物。只有他们两个人，因此他们就没办法做一只火鸡了。不过米尔德丽德烤了一只小鸡，煮了一个她在本地的食品店买来的圣诞节布丁。他们还给自己买了一瓶葡萄酒。他们吃完了饭，菲利普就坐在炉火边的扶手椅上，吸着他的烟斗。他不常喝的葡萄酒使他一时忘记了他一直挂念着的钱的问题，他觉得很愉快，很舒服。过了一会儿，米尔德丽德进来告诉他，那孩子想要他去吻她，道个晚安，他笑了一下走进了米尔德丽德的卧室。接着，他跟孩子说该睡觉了，便把煤气灯拧小，怕万一她哭了他们听不见而没有把门关上，然后回到起居室来。

“你打算坐在哪儿呢？”他问米尔德丽德。

“你坐在你的椅子上吧。我想坐在地板上。”

当他坐下时，她也在炉火前坐下来，并且倚在他的腿上。他不由得想起了当初在沃克斯霍尔桥大街她的房间里，他们也是这样坐在一起的，不过位置调了个儿。当时他坐在地板上，头靠着她的腿，当时他是多么热烈地看着她啊！这是他感到对她有一种他很长时间不曾有过的柔情，他似乎还感觉到婴儿的柔软的小胳膊搂在他的脖子上。

“你舒服吗？”他问。

她抬头望着他，微微一笑，点了点头，他们梦幻一般地凝视着炉火，谁也没有说话。终于她转过身来奇怪地盯住他。

“自从我来到这儿后你还一次都没有吻过我哩，你知道吗？”她突然问。

“你想吗？”他笑了。

“我想你大概不再愿意对我那样了吧？”

“我是非常喜欢你的。”

“可你更喜欢孩子。”

他没有回答，她把她的脸颊贴在他手上。

“你不再生我的气了吧？”过了一会儿她垂着眼睛问。

“我为什么要对你生气呢？”

“我从来没有像现在这样把你放在心上过。只是因为我经过了那次磨难才学会了爱你的。”

听到她使用那种从她所醉心的廉价小说上读来的词儿，菲利普大为扫兴。再者，他也不知道她所说的话对她自己是不是有什么意义：也许她所知道的用来表达她自己的真情实感的方法，只有《家庭先驱报》的那样不自然的夸张的语言，此外就没有别的方法了。

“我们像这样生活在一起似乎太怪了啊。”

他久久没有回答，两个人再次陷入了沉默。不过他终于开口了，而且仿佛是一口气说下来的一样：

“你千万不要生我的气，这些事谁也没有办法。我记得，因为你做了这样或那样的诸如此类的事情，我曾经认为你又刻毒又残忍，不过我这样想是很傻的。你并不爱我，为这个而责怪你是非常没有道理的。我以为我能够使你爱我，可是现在我知道了那是不可能的。我并不知道是什么东西使某些人爱上你的，不管它是什么，反正它是唯一重要的东西。假如没有，光凭好心眼儿，慷慨大方，或者是凭那一类任何东西也是创造不出这个来的。”

“我本来以为如果你原来真的爱我的话，你现在也还会爱我的。”

“我本来也是这么想的。我记得，我过去总是以为这种想法会永远持续下去，我觉得，没有了你我宁可去死，我过去总是盼着那个时刻，你衰老了，满脸都是皱纹，再没有人爱你了，这时我就能完全得到你了。”

她没有回答。过了一会儿，她站起来说要去睡了。她冲他羞怯地微微笑了一下。

“今天是圣诞节，菲利普，临睡前你不吻我一下吗？”

他一阵大笑，脸有些红，然后吻了她。她进她的卧室去了，他开始读起书来。

96

两三个星期以后事态终于渐渐地达到了顶点。米尔德丽德被菲利普的行径激起了一股无名怒火。在她的内心深处有着许许多多迥然不同的情感，她喜怒哀乐，各种情绪瞬息万变。她独自花费了许多时间来仔细盘算自己所处的地位。她并没有把她的全部感情都说出来，甚至她都不明白这些感情是什么，但是在她的脑子里确实有着某些东西，而且她翻来覆去地想着这些东西。她从来没有理解过菲利普，也没有很喜欢过他，但是她愿意让他围着她转，因为她认为他是位体面的绅士。她一直记得他父亲原是位医生，他的伯父是位牧师。可她也一直有点看不起他，因为她曾经那样愚弄过他，而且在他面前她就绝不会感到舒服似的，可又不忍心就此和他分道扬镳，她觉得他一直在批评她态度不好。

当她最初刚到肯宁顿的这间小房间来住的时候，她累垮了，而且还感到羞愧。她高兴自己一个人待在家里。想到用不着付房租倒真是件很惬意的事情，也不必不管什么天气都出去逛了，要是感到身子不舒服，她可以安安静静地在床上躺着。她憎恶自己原来过的那种生活，不得不强作欢颜卖弄风骚，真是太可怕了。而且即使现在，当那种生活出现在她脑海里，当她想起那些男人们的粗野行为和那些下流的语言的时候，她也会独自一个人悲哀地哭起来。但是那种生活很少在她脑子里出现。她感谢菲利普来搭救她，而且每当她想起了他曾经多么忠实地爱过她，她又是多么恶劣地对待他的时候，她就感到一种悔恨的痛苦。要向他弥补这些过失并不费什么事，这在她几乎算不上什么。当他拒绝了她那个建议的时候她感到诧异，不过她只是耸了耸肩膀。他要是愿意就让他摆架子去呗，这她可不在乎，用不了多一会儿他就会急不可耐的了，到那时候可就该轮到她拒绝了。如果他认为那样会使她丧失什么，他就大错而特错了。她并不怀疑她有制服他的力量。他这个人很特别，不过她已经把他摸透了。他过去经常和她顶嘴吵架，还赌咒发誓再也不见她，可是一转眼工夫他又过来跪下请求她的宽恕。想到他在她面前曾怎样地卑躬屈膝就使她一阵激动，似乎他会愿意躺在地上让她从他的身上踏过去。她看到过他哭泣落泪。她完全知道如何对待他，不去理睬他，只要假装没有看到他生气，干脆不理他，不多一会儿他就会低三下四地求她了。想起了他曾经对她怎样的含垢忍辱摇尾乞怜啊，想到这里她心情平和地对自己笑了一笑。现在她已经尽情放荡过了。她知道男人是什么，她不希望同他们有更多的来往。她很乐意跟菲利普过安稳日子。归根结底，不管怎么说他完全是个绅士，这总是不该嘲笑的吧？无论如何，她不着急，她不准备采取重大步骤。她高兴地看他变得越来越喜欢那个婴儿了，尽管她觉得这样很是可笑，他竟会如此喜爱另外一个男人的孩子，真是滑稽。他真古怪，这是千真万确的。

可是有一两桩事使她奇怪。她已经习惯了他的卑躬屈膝了：在过去，只要能为她做什么事情他就高兴得什么似的，他为她的一句生气的话而垂头丧气，为一句好听的话而欣喜若狂，这在她已经是司空见惯了。现在他同以前相比判若两人。她自言自语地说，在过去的这一年里他没有变得更好。她丝毫没有想到在他的感情上会有任何变化。她认为，他对她的恶劣心情和坏脾气置之不理只不过是在装假做戏罢了。有时候他想要读书，告诉她不要讲话了，对此她不知道是突然大发雷霆好呢，还是拉下脸来好，而且她真是太困惑不解了，以致她既没有发怒，也没有绷脸。后来就发生了那次谈话，他在谈话中告诉她，他打算使他们的关系成为柏拉图式的，而且，她回忆了他们之间过去的一次私情，她想他害怕的是她可能会怀孕。她竭力让他放心。这也没有使他有所改变。她不是那种女人，能够相信一个男人会没有那个她自己所迷恋的性欲。过去，她和男人们的关系只是在那些方面的，而且她不能理解他们怎么会还有其他方面的兴趣。她突然想到，菲利普该不是爱上了别的什么人了吧。她监视他，怀疑医院里的护士或是他在外面遇到的人，但是盘三问四以后又使她得出了这样的结论：阿西尔尼一家没有这样一个危险人物。而且她也不得不承认这个事实，就像大多数学医的学生一样，菲利普并没有意识到他工作中接触到的那些护士的性别。在他的头脑中，她们总是和一种淡淡的碘仿的气味联系在一起的。菲利普没有收到过信件，在他的什物当中也没有姑娘的照片。如果他跟什么人恋爱，他会很精明地把照片藏起来的，而且他回答米尔德丽德的所有问题时都很坦率，并且显然没有怀疑在她的提问中有着什么动机。

“我不相信他爱上了别人。”最后她自言自语道。

这真是一个宽慰，因为在这种情形下他当然还是爱她的喽。可是这又使他的表现非常令人不解，假如他打算那样对待她，为什么他还要请她到公寓来住呢？这太奇怪了。米尔德丽德不是那种女人，能想象到可能会是出于什么怜悯、慷慨或是仁慈之心。她唯一的结论就是菲利普太怪了。她心血来潮地想，有理由认为他的行为是以骑士风度待她，她的想象里充满了廉价小说的荒唐玩意儿，对于他的体贴入微，她想象出各种各样的罗曼蒂克的解释。她的想象随着痛苦的误会，苦难的净化，随着在一个圣诞之夜的酷寒中的白雪的灵魂和死亡翻飞上下，天花乱坠。她决定，当他们到了布赖顿的时候，她将会让他那种荒谬行为到此为止，他们将会生活在一起，别人都会认为他们是夫妻。可是那房子里是有间壁和夹墙的。当她发现了菲利普无论如何也不肯和她住在一间房里时，当他以一种她从前没有听到过的腔调对她说这番话的时候，她才恍然大悟，他并不需要她。她大吃一惊，她记得过去他说过的所有的话，也记得他曾经是多么不顾一切地爱过她。她感到既屈辱又愤怒，好在她有一种天生的傲慢，这种傲慢使她渡过了难关。他不需要去想她是否在爱着他，因为她是并不爱他的。她有的时候还恼他，渴望能使他低下头来，可是她发现自己实在办不到，她看不出有什么方法来制服他。她对他开始有些神经质了。她哭过一两次，还有一两次，她竭力对他百依百顺，可是当他们晚上在公寓前的空地上散步时，她挽着他的胳膊，过了一会儿他就找了个借口脱开胳膊，好像让她碰着他是非常不痛快的。她弄不明白这是怎么回事。她唯一可以威胁他的就是那个小孩儿，好像他越来越喜欢她了。打孩子一巴掌，或是搡她一把，都可以把他气得脸色煞白。他眼睛里露出以前的那种温顺的微笑的唯一机会就是当她抱着孩子站在他身边的时候。当她在海滩上这样站着让一个男人给她照相的时候，她注意到了这一点。为了让菲利普瞧着她，以后她就常常这样站着。

他们一回到伦敦，米尔德丽德就开始找工作，她曾经断言过这事情再容易不过了，这时她希望摆脱菲利普而自立，她还想到她将得意地向他宣布她准备搬到公寓里去，而且还要带走孩子。可是当这种可能性变得越来越接近的时候，她却失去了勇气。她已经不惯于工作那么长的时间，她也不想听房东太太随心所欲地使唤，对之唯命是从。一想到再次穿上一身工作服，她的尊严就受不了。她已经使得她认识的邻居们都相信他们的生活过得称心如意：如果他们听说她不得不出去做工，那可就丢人现眼了。她的懒惰的天性表现得很顽强。她不想离开菲利普，只要他还愿意养活她，她为什么要离开呢？她没有钱去挥霍，可是她有了吃饭和栖身的地方，而且以后他的经济可能会好起来的。他的伯父是个老头了，说不定哪天就会死的，那时他将会继承一小笔财产的。那样的话，要比为了每周挣几个先令而从早到晚地忙强多啦。她的劲头松懈了，她还继续读着日报的广告栏，那只不过是表明一下，假如真有什么事情看起来值得她一干，她是想找些事情做的。可是她又会突然感到惊慌，她害怕菲利普会慢慢地不耐烦养活她了。她现在已经一点也控制不住他了，而且她相信他只是因为喜欢那孩子才允许她留在这里的。她郁闷地想着这一切，她还气愤她想，哪一天她总要让他为这些付出代价的。面对菲利普已经不再把她当回事了这一事实，她不能善罢甘休。她要叫他爱她。她咽不下这口气，而且有时候她还奇怪地想要得到菲利普。现在他这么冷冰，这使她非常气恼。她不停地这样想着他。她认为他对她非常不好，并且她想不出自己做了些什么让他要这样对待她。她总是自言自语地说，他们像这样住在一起实在太不自然了。随后她又想，如果事情不是这个样子，如果她将要生一个孩子，他肯定会娶她的。他很古怪，可是他是个绅士，谁也不能否认这一点。最后这成了她的一种摆脱不了的思想，她下决心采取强硬措施，使他们的关系来一个转变。现在他根本就不吻她。她想让他吻她；她记得，过去他常常多么炽热地压住她的嘴唇啊。一想到这个就使她感到一种奇异的感觉。她常常盯着他的嘴。

二月初的一个晚上，菲利普告诉她，劳森在他的画室里办一个聚会来庆祝自己的生日，他要去吃饭，而且他要回来得很晚。劳森还在比克大街的那家酒菜馆买了两瓶他们喜欢喝的果子酒，他们说好了要痛痛快快玩一晚上。米尔德丽德问他有没有女人要去，可是菲利普却回答她说没有女人，只邀请了男人。他们只不过是到那里去坐坐，去聊聊天和吸口烟罢了。米尔德丽德觉得这听起来也没有什么好玩的，如果她是个画家，她就会找上五六个模特儿在身边。她上床去睡，可是却睡不着，过了一会儿，她突然想到一个主意：她爬起来，把楼梯口平台上的小门上的门扣栓上，这样菲利普就进不来了。大约一点钟左右他回来了。她听到他发现那小门被关死了时的咒骂声。她下了床，把门打开。

“你干什么要把自己锁在屋里呢？对不起打搅你睡觉了。”

“我特意把门开着来着，谁知道它怎么被关上了呀。”

“赶快回去睡吧，不然要着凉的。”

他走进起居室，拧亮了煤气灯。她也跟着进来了，她走到炉火跟前。

“我想烤烤脚，它们冷得跟冰块似的。”他坐下来，开始脱他的靴子。他的眼睛闪闪发亮，脸上也红通通的，她认为他已经快醉了。

“你玩得高兴吗？”她笑了一下问。

“高兴，棒极了。”

菲利普还十分清醒，不过因为他一直在有说有笑，所以现在还很兴奋。这样的夜晚使他回想起了巴黎的往日，他的情绪很高，从口袋里掏出烟斗来装着烟丝。

“你还不睡吗？”她问。

“还不想睡，我一点儿都不困。劳森高兴极了，从我到那儿，一直到我离开他一直在滔滔不绝地说呀，说呀。”

“你们说了些什么呢？”

“天晓得都说了些什么！天南地北，五花八门，所有的事都说到了，你真应该看看我们一个个都扯着嗓子，谁也听不见谁的。”

菲利普回想到高兴之处哈哈大笑起来，米尔德丽德也跟着笑起来。她十拿九稳他喝得过了量。这正是她所希望的。她是了解男人们的。

“我能坐下吗？”她说。

还没等他回答，她就坐在了他的腿上。

“你要是不想睡，最好去把晨衣穿上。”

“噢，我这样挺好。”说着用胳膊搂住了他的脖子，她把她的脸贴在他的脸上说：“你干吗对我这么可怕，菲尔？”

他想站起来，可是她就是不让。

“我真的爱你，菲利普。”

“别他妈的扯淡了。”

“不是扯淡，是真的爱你嘛。没有你我就没法活，我需要你。”

他挣开她的胳膊。

“请起来，你这是在装疯卖傻，你想让我觉得你是个地道的白痴还是怎么的？”

“我爱你，菲利普。我要弥补所有对你的伤害。我不能再这样下去了。这不是人过的日子。”

他从椅子上溜开，把她留在椅子上。

“非常抱歉，可是已经太晚了。”

她令人心酸地啜泣起来。

“可是为什么呢？你怎么能这么狠心？”

“大概是因为我爱你爱得太厉害了。我已经把热情熬光了。只要想到这种事就叫我恐怖。现在只要一看到你，我就不能不想起艾米尔和格里菲思。这些事可真是没有法子。大概这就是神经质吧。”

她抓住他的手，在上面吻着。

“别了。”他叫道。

她一下跌坐在椅子里。

“我不能再这样下去了。如果你不爱我，我宁肯离开这儿。”

“别说傻话了，你没地方去，只要你愿意，你在这里住多久都可以，不过一定得弄明白，我们是朋友，除此之外什么也不是。”

听到这话，她激昂的情绪陡然下落了，又温柔地讨好地笑起来。她蹭到菲利普身边，用胳膊搂住他。她把声音压得很低，哄着他说：

“别这么傻了。我看你是太神经过敏了。你不知道我能有多么好哩。”

她把脸贴在他脸上，用自己的脸颊轻轻蹭着他的脸颊。对菲利普来说，她的微笑是一种令人讨厌的挤眉弄眼，她那双挑动色欲的光亮的眼睛使他充满了恐惧，他本能地把身子向后缩。

“我不能。”

可是她不放他走。她的嘴唇在找着他的嘴。他抓住她的手，粗暴地掰开，然后又把她推开。

“你真让我恶心。”他说。

“我？”

她一只手撑在壁炉台上使自己站稳。她看了他片刻，脸颊上突然泛起两块红斑。她发出了一阵令人毛骨悚然的愤怒的大笑。

“你让我恶心。”

她停了一下，狠狠地抽了几口气。接着，她突然劈头盖脸地破口大骂起来，狂怒地发泄着。她扯着嗓子叫喊着。她用那些能想到的下流称呼骂他。她用的语言是那样的污秽，都使菲利普惊呆了。她总是那样迫切地要装得文雅，听到粗言粗语就义愤填膺，他从来没有想到过她竟会知道她现在使用的这些字眼。她扑了过来，她的脸直逼到他的面前。她的脸愤怒得都扭歪了。她语无伦次激动地说着，嘴角冒着唾沫。

“我根本就没有把你放在心上，一回也没有。我一直在耍弄你，你让我讨厌，让我讨厌透了。我恨你，要不是为了钱，我绝不会让你碰我的，不得不让你吻我的时候，就让我恶心。我们都笑话你，格里菲思和我，我们都嘲笑你，因为你是个大笨蛋，大笨蛋！大笨蛋！”

接着她又爆发出一阵不堪入耳的破口大骂。她数落他的细微琐屑的过失；她说他吝啬小气，说他死气沉沉，说他自负、自私；那些他最为敏感的事情她都要一个不落地刻毒地加以嘲笑。最后，她转身要走了，带着那种歇斯底里的狂暴，她不停地冲着他喊叫着一个辱骂性的污秽的字眼。她抓住门把手一下子将门打开。然后她又转过身来，向他掷来致命的一击，她知道这是唯一的能刺痛他的地方。她用她全部能够有的怨恨和恶毒倾注在这最后的一击上，仿佛它是一只拳头一样，打在菲利普的身上、心上：

“跛子！”

97

第二天早晨，菲利普一下子醒了，他意识到已经迟了，看了看表，发现时间已经是九点钟了。他跳下床，来到厨房为自己弄了些热水刮脸。那里没有米尔德丽德的影子，前一天晚上她吃晚饭的餐具还扔在洗涤槽里没有洗。他敲敲她的房门。

“醒醒啦，米尔德丽德。已经不早了。”

她没有回答，甚至在他又大声地敲了一次之后，他还认为她是在生气哩。他正着急要走，也就没去操心这事。他先放点水在炉子上烧，然后跳到澡盆里去洗澡。他总是在头一晚就把水放进澡盆，让它去掉些冷气[①]。他估计在他穿衣服的时候米尔德丽德就会把早饭给他做好放在起居室的。以前她发脾气的时候就这样干过两三次。可是他没有听到她走动的声音，这才明白了要想吃东西的话，他就只好自己来做了。这一早上他本来就已经睡过了头，她竟然还这么捉弄他，他恼了。他把饭弄好了还是没有见到她的人影，不过他听到了她正在她自己房间里来回走着。显然她正在起床。他给自己煮了点茶，又给自己切了两片面包，抹了黄油，一边吃着一边把靴子穿上。吃完了就冲下楼梯，沿着街拐到大街上去搭电车。他的眼睛在报刊商店的招贴上找出战争的消息看着，一边想着头一天晚上的争吵。现在争吵已经过去，把问题留到了第二天解决，他不禁感到这场争吵太荒唐了，他估计自己当时准是很可笑的，可是他控制不住自己的火气嘛。当时他们都气愤至极。他很生米尔德丽德的气，因为是她把他硬逼到了这种愚蠢的地步的。想到了她那样破口大骂和她使用的那些污秽的语言，他又感到惊异。当他回忆到她最后的那个嘲笑时，他禁不住脸红了，不过他只是轻蔑地耸了耸肩。他早就知道，当他的伙伴们生他的气时，他们绝不肯放过用他的畸形来奚落他的。他曾看见过医院的人模仿他走路的样子，只是不是像他在学校时当着他的面学他，而是在他们以为他没有看见的时候。他现在明白了，他们这样做并不是出于恶意，而是因为人天生是一种爱模仿的动物，而且也是因为模仿是一种很容易逗人发笑的方法。他懂得这一点，可是他却不能对此听任不管。

他很高兴投身到工作里去。当他一走进病房，病房里似乎令人感到愉快而亲切。护士长对他报以一个迅速的事务式的微笑。

"你晚了不少呀，凯利先生。"

"昨天晚上我出去寻欢作乐了。"

"看样子就像。"

"谢谢。"

他一边笑着，一边走到他的第一个病人面前。这个病人是患结核

①自来水很凉，室内温度高一点，先把水放进澡盆，可以去掉些冷气。

性溃疡的男孩，他把他的绷带解开。这个男孩子很高兴看到他，菲利普一边在伤口上敷上新药，一边跟他打趣。菲利普很得病人的欢心。他对待他们很和善，换药的时候他手很轻，不会弄痛他们，有些敷裹员弄起来就有些生硬，大大咧咧的。他和他的朋友们在俱乐部的聚会室里一起吃午饭，吃的是一顿有烤饼、黄油，外带一杯可可的便饭。他们谈起了那场战争。有几个人准备要出国去了，可是当局却很严格，凡是在医院还没有任职的人员不许到那里去。有的人说，假如战争继续下去的话，当局将会愿意接受任何取得了资格证的人的。不过一般的人都认为战争一个月之内就会结束的。既然罗伯茨[①]在那儿，战争转眼工夫就会平息的。麦卡利斯特也是这么看的，他曾经告诉过菲利普，他们必须瞅准机会，就在刚要宣布和平之前把股票买下来，等和平一宣布股票就会暴涨，他们都会发一笔小财的。菲利普已经给麦卡利斯特打了招呼，不论什么时候只要机会一来就给他买下股票。他的胃口已经被夏天赚到的那三十镑刺激起来了，此时他希望赚它个一二百镑。

他结束了一天的工作后，就搭上一辆电车回肯宁顿大街去。他想不出米尔德丽德在这天晚上会有什么举动。他讨厌地想到她也许会乖戾粗暴，拒绝回答他的问话。在一年中的这个时候，这算是一个暖和的傍晚了，甚至在伦敦南区的那些灰色街道上也有了二月令人慵懒的感觉。度过了漫长的冬天，大自然躁动不安了，生长着的万物从沉睡中苏醒了，一种沙沙的声音在泥土中作响，这是春天的前兆，春天重新开始了它永恒的活动。菲利普本来很想再往前坐一段车，回到他那几间房间去真叫他倒胃口，他想呼吸一下新鲜空气。但是渴望看一看孩子的愿望却突然扣住了他的心弦，当他想到她欢快地叫着朝他蹒跚走过来时，他不知不觉地笑了起来。当他走到公寓前机械地抬头看看窗户的时候，发现窗户里没有灯光，他很奇怪。他上了楼，敲了敲门，但是没有人答应。以前米尔德丽德出门时总把门钥匙放在门口的门垫下面，果然他在门垫下面

---

①弗雷德里克·斯莱·罗伯茨（Frederick Sleigh Roberts，1832–1914），英国元帅，继布勒之后任布尔战争中英军总司令。

找到钥匙，他开门进去，走进起居室他划燃了一根火柴。房间里发生了某些事情，他没有立刻明白过来究竟是发生了什么。他把煤气灯开关拧到最大处，然后点上它。房间一下子被照得雪亮，他朝四周看了看，顿时透不过气来了，整个房间都是破破烂烂的。房间里的所有东西都被故意地捣毁了。他气愤得七窍冒烟，一下子冲进了米尔德丽德的房间。屋子里漆黑一团，没有一个人。等他拿来了灯，他看出她已经把她自己所有的东西连同孩子的东西都拿走了（他进来时就已经注意到了那辆平时放在楼梯口平台处的婴儿车不见了，但是他以为米尔德丽德把小孩带出去了），脸盆架上的东西都被砸碎了，用刀子在两把椅子的椅座上纵横割了两个大十字，枕头已经被撕开了，床单和床罩上都有一道道的大口子；那面镜子看来是被一把锤子敲破的。菲利普慌了手脚，他走进自己的房间一看，这里的一切也都是乱七八糟的：水盆和水罐已经被打得粉碎；镜子也变成了一堆碎玻璃片，床单撕成了一条一条的，米尔德丽德还在枕头上弄开了一个足可以把手伸进去的大口子，撒得屋子里到处都是羽毛，她还用刀子把毯子戳破了，梳妆台上放着几张菲利普母亲的照片，镜框已经被砸得粉碎，玻璃也打成了碎片。菲利普又走进小厨房，凡是能够打碎的如玻璃杯、布丁盆、盘子、碟子等等都被打碎了。

这景象使菲利普差点背过气去。米尔德丽德没有留下信，除了这一大片标志着她的愤怒的破烂什么也没有留下。他可以想象得出，她在进行她的破坏工作时那张恶狠狠的面孔是什么样子。他回到起居室，又四处环顾了一番。他很惊讶自己竟不再感到气愤了。他好奇地打量了一下她放在桌子上的那把菜刀和敲煤的斧头。然后他的目光又落到了扔在壁炉里的一把被折断了的大雕刻刀上。要把这把雕刻刀毁坏得这么厉害一定是费了她很多时间的。劳森给他画的画像已被横七竖八地剪破了，难看地裂着口子。他自己画的那些画儿已被撕成了碎片，而那些图片，莫奈的《奥林匹亚》，安格尔的《土耳其女奴》，还有《菲利普四世》的肖像都在那把敲煤的斧头的重击下被捣得粉碎了，桌布、窗帘和两把扶手椅都被割了很深的口子。这些东西都被毁掉了。在菲利普当做书桌的那张桌子上方的那面墙上，挂着克朗肖送给他的那一小块波斯地毯。过去米尔德丽德一向讨厌这地毯。

“如果这是小地毯的话就应该铺在地板上。”她说，“这是一块又脏又臭的破呢子，就是块破呢子嘛。”

由于菲利普告诉她这块地毯包含着一个不平凡的谜语的答案，就惹得她大发雷霆。她认为他这是在拿她开心，她用刀子笔直地划穿了三道口子，这肯定需要费一些力气的，那地毯一条一条地挂在那里。菲利普有两三个蓝色的和白色的盘子，倒不值什么钱，不过那也是他用不多的几个钱一件一件地买来的，因为它们能够引起他的联想，所以他很喜爱它们。这些盘子都被砸得粉碎，乱丢在地板上。他的书的书背上都被砍上了一道道深深的口子，她还不辞辛苦地把没有装订的法文书籍的书页都给扯了下来，放在壁炉架上的小摆设都到了地上，变成了碎片；凡是能被刀子或是锤子破坏的东西统统被破坏了。

菲利普的全部家当本来满打满算也卖不了三十镑，可是这些东西大部分都是他的老朋友的，而且这个人是个喜欢家庭乐趣的人，他之所以喜欢这些杂七杂八的零碎玩意儿，是因为这些东西是他的。他以前很为自己的小家而自豪，只用了那么少的钱就把它布置得既漂亮又有特色。这时他一下子绝望了。他问自己，她怎么能如此心狠手辣呢？一阵突如其来的恐惧再次抓住了他，他走进了过道，那里放着一个柜橱，柜橱里放的是他的衣物。他打开柜门，深深地松了一口气。她显然把这个柜子给忘了，里面的东西连碰也没有碰一下。

他又回到起居室，环视着这个场面，不知道如何是好。他没有心思动手去把东西归置好。再说家里也没有吃的，他已经饥肠辘辘了。他出去买了点东西吃。当他回来时感到身上有些冷，他想到那个孩子时，感到心里有些隐痛。他想象不出她是不是惦记着他，大概最初会的，不过用不了一个星期她就会把他忘得一干二净了。他很高兴摆脱了米尔德丽德。想到她时他并不感到愤慨，而是感到一种不可遏制的厌恶感。

“上帝保佑，我可别再见到她了。”他大声地说。

现在唯一的事情就是离开这所房子，他决定了第二天一大早就去通知退房子。他没有钱去修理和弥补已经造成的破坏，而且他只剩下了那么少的一点儿钱，他必须找一间更便宜的公寓。他很愿意离开这地方。他原来愁的是开支，而现在在这套房间里就总是使他想起米尔德丽德。菲利普是个心里存不住事的人，心里想好了的计划没有付诸实现之前他是绝对平静不下来的。因此，第二天下午他请来了一位做旧家具生意的商人，这位商人把他所有的东西，连损坏了的带没有损坏的都算在一起，总共给了他三镑。两天以后，他搬进了医院对过的一家公寓，最初在他成为一名医学院学生的时候就曾在这家公寓住过。那女房东是一位非常庄重的女人。他在楼的最上层租了一间卧室，这间屋子她一个星期要他六个先令，这房间又小又破旧，而且冲着公寓后面的天井，不过他现在除了他的衣服和一箱子书之外已经一无所有了，住在这么便宜的地方他很高兴。

98

这时偏巧菲利普·凯利走运，那笔除了对他而外，对任何人都无关紧要的钱财，受到了他那个国家正在经历的那些事件的影响。历史正在被推着前进，这个进程的影响如此重大，以至于似乎竟很荒唐地触及到一位默默无闻的医学院学生。战役接着战役，马格斯丰坦、科伦佐、斯皮昂山，一个接一个地在伊顿①的网球场上输掉了，使国家丢尽了脸，并使贵族和绅士们名誉扫地。在此之前他们还没发现过有谁曾认真地反对过那个认定他们拥有天赋的统治才能的断言哩。旧的秩序正在被扫荡，历史确实也正在被推向前进。随后这位巨人使出了自己的力量，而且一错再错，最后取得了徒有其表的胜利，不知就里地铸成了大错。克隆涅②在帕尔德堡投降了，累迪史密斯解了围。三月初，罗伯茨勋爵开

①马格斯丰坦（Magersfontein）、科伦佐（Colenso）、斯皮昂山（Spion Kop）均为南非地名，1900年英军在此被布尔人打败。伊顿（Eton）为英格兰白金汉郡一地名，为著名的伊顿学院所在地。

②皮埃特·阿诺德斯·克隆涅（Pieter Arnoldus Cronjé，1836–1911），布尔战争中布尔人领袖，1900年被围在帕尔德堡（金伯里附近）因弹尽粮绝率1000人投降。

进了布隆方丹[①]。

麦卡利斯特走进比克大街的那家酒菜馆时，已是这个消息传到伦敦的两三天之后了，他兴高采烈地宣布，股票交易所里情况正在好转。和平已经在望，用不了几个星期罗伯茨就会开进比勒陀利亚，股票已经在看涨了。一次暴涨势在必然。

“现在时机到了。”他告诉菲利普，“等到大家都动手时这买卖就吹了。过了这村可没这店啦。”

他有内部情报。南非的一个矿的经理已经给他所在的那家商行的主要合伙人发来了电报，告知他的公司未受损失。他们将尽可能马上开工。这买卖不是什么投机，而是投资。为了表明这位主要合伙人把这买卖看得如何美妙，麦卡利斯特告诉菲利普，他已经为他的两个妹妹各买了五百股。如果不是像放在英格兰银行那样万无一失，他可绝不让她们在任何地方干这种事的。

“我准备把我的全部家当全部押上。”他说。

那股票每股金额二又八分之一镑到二又四分之一镑。他劝菲利普不要贪多，而是有十先令的赚头就可以满足了。他自己打算买三百股，而且建议菲利普也买这么多。他将拿着这些股票，一俟时机合适就卖出去。菲利普对他非常信任，部分是由于他是苏格兰人，因此生性谨慎，部分是由于他以前曾把这种事办得很漂亮。麦卡利斯特的建议使他一下子跳了起来。

“我想，我们准能够在事件报道之前卖出去的。”

在菲利普看来，这仿佛是一条资本的规律一样。你手拿着股票，直到有利可图时再撒手，而且你甚至根本不必为此付钱。他开始以新的兴趣注意报纸上股票交易所的栏目了。第二天所有的股票都稍微涨了一点儿，麦卡利斯特来信说，他已经以每股二又四分之一镑买下了股票。他说，行情很稳定，但是没一两天的工夫就出现了回落。那些来自南非

---

①累迪史密斯（Ladysmith）和布隆方丹（Bloemfontein）为德兰士瓦和奥兰治城市，后者为奥兰治自由邦首府。

的消息不再那么使人放心了，菲利普焦急地看到他的股票已经落到两镑了。不过麦卡利斯特却很乐观，布尔人坚持不了多久了，他愿意用一顶大礼帽打赌，四月中旬以前罗伯茨就会进入约翰内斯堡的。一算账，菲利普得亏损差不多四十镑了。这可使他忧虑坏了，不过他觉得现在唯一的办法就是抓住股票不放。就他的境况，这损失对他大得让他无法忍受。有两三个星期什么事情也没有发生，布尔人就是不明白他们将会被打垮，除了投降以外别无办法。事实上布尔人打了一两次小小的胜仗，而且菲利普的股票又下跌了半克朗。局势变得明显了，战争将不会结束的。抛售股票的非常多。见到菲利普时麦卡利斯特也悲观了。

“我吃不准放弃这些股票是不是上策。现在我亏的已经同我想赚的那个数目差不多了。”

菲利普急得像热锅上的蚂蚁。夜里，他睡不着觉了。他精简了他的早餐，现在早餐减少到只吃点儿茶和奶油面包，为的是走着到俱乐部阅览室去看报纸，有的时候消息很糟，有的时候则一点消息也没有，可是如果把股票脱手的话，股票的价格就要下降。他不知道怎么办才好。如果现在把股票卖掉，他的损失满打满算实实在在的要有三百五十镑了，这样一来他过日子的钱就只剩八十镑了。他多么希望他没干过这种涉足股票交易所的蠢事啊。可是如今唯一的办法只能是抓住股票不撒手，不定哪一天也许会发生什么决定性的事情，股票价格就会上涨哩。现在他可不希望什么赚头了，他只盼着能把他的损失补上就行。

这是他完成在医院的课程的唯一的机会了。夏季学期在五月即将开始，在这个学期结束时他打算参加产科的考试。既然这样，他只需再上一年的时间了。他仔细周密地算了一遍，并且得出结论，学费连同其他一切费用一起，他有一百五十镑就能够对付得过去，不过这个数目是他尽量少算的最小数目了。

四月初，他急于要见到麦卡利斯特，就到比克大街的那家酒菜馆去了。同他一起讨论讨论局势会使他的痛苦减轻些，了解一下除了他之外还有着大批的人也在为丧失了金钱而痛心疾首，会使他的烦恼不致那么难以忍受。可是当菲利普来到那里的时候，除了海沃德一个人别人谁也没有来，菲利普刚一坐下来他就说：

“我准备在星期日坐船到开普敦去了。”

“是吗！”菲利普惊叫起来。

他原以为海沃德是绝不会干出这种事的。现在医院里好些人都正准备出国，政府很愿意任何有医生资格的人去那里。另外一些人是作为骑兵出国的，他们给国内写信说，一旦人家知道了他们是医学院的学生之后，他们就被安排到医院工作去了。一种爱国主义情感的浪潮席卷了全国，来自社会各个阶层的志愿兵正在出现。

“你打算去当什么呢？”菲利普说。

“噢，在多塞特郡义勇骑兵团，我打算当个骑兵。“

菲利普和海沃德认识已经有八个年头了。菲利普曾经热烈崇敬这个能和他谈谈艺术和文学的人，由此而产生的那种青年人的亲密关系如今早已消失了。不过因为成了习惯，当海沃德在伦敦的时候，他们每星期都要见上一两次面，他还是很有鉴赏力地谈论起书籍。但菲利普还是不能忍受他，而且有时候海沃德的谈话使他很恼火。他不再盲目相信世界上除了艺术就没有任何东西是重要的。他很不满意海沃德看不起行动和成功。菲利普搅着果子酒的同时，想到他们早年的友谊，还想到他曾热烈希望海沃德干出一番大事业来。他早就把这些幻想统统抛弃了，而且他现在明白了，海沃德除了夸夸其谈什么事也干不了。他发现，海沃德在已经三十五岁的今天一年靠三百镑生活，这要比在他年轻的时候困难多了。他的衣服虽然还是出自上等裁缝之手，但是已经穿了很长时间了。他已经大腹便便了，而他那漂亮的头发无论怎么巧妙地梳理，已经不能掩盖他的秃顶了。他那双蓝眼睛变得呆滞，颜色也浅淡了。不用费劲儿就可以猜出他的酒喝得太多了。

“到底是什么使你想起去开普敦的？”

“哦，我不知道，我认为应该去。”

菲利普沉默了，他觉得这事相当愚蠢。他懂得，海沃德这是受到灵魂中的一种他解释不了的不安的驱使。他身体内的某种力量使他觉得有必要为他的祖国去打仗。他的这种举动很奇怪，因为海沃德把爱国主义看作是一种偏见，而且，他还颇以自己的世界主义而自诩，并且还曾经把英格兰看作是一个流放地。他的同胞们把他整个的感情给伤害了。菲利普想不出是什么东西使人们做的事情与他们的全部生活原则大相径庭。如果海沃德微笑着站在一旁看那些野蛮人互相杀戮，这才是合情合理的。人们看来仿佛是一种不可知的力量手中的木偶，这种力量牵动着他们做这做那，有时候他们用他们的理智来为他们的行为辩解，一旦他们的辩解行不通，他们就撇开理智去采取行动了。

“人们现在都太反常了。”菲利普说，“我怎么也没有想到你会去当个骑兵。”

海沃德笑了笑，稍微有些发窘，什么也没说。

“昨天我去体检了。”他终于说，“虽然要忍受这个过程[①]，但知道了自己身体完全合格倒是值得的。”

菲利普注意到在本来可以用一个英文词儿的地方他还是以一种做作的方式用了一个法文词儿。可就在这时麦卡利斯特来了。

“我正要找你哩，凯利。”他说，“我那伙人不想再捏着这些股票了，行情这样糟糕，他们要你把股票卖了。”

菲利普的心一下子凉了。他知道这是无法忍受的。这意味着他必须接受这个亏本的事实。他的自尊心使他平静地回答：

“我知道，我认为这事不值得再坚持下去了。你们还是把股票卖了吧。”

“说起来倒好，我不能保证我就卖得出去。市场很不景气，没有买主哇。”

“可是股票降到一又八分之一镑了呀。”

“噢，不错，不过那什么问题也说明不了。照这个价股票可是卖不出去的。”

好一阵子菲利普什么话也没有说。他竭力使自己镇静下来。

“你是不是说它们完全不值钱了？”

①原文为法文。

“哟，我可没那么说，它们当然还值点儿钱，不过你知道，现在是没有人要买这些股票的。”

“这样的话，你能卖多少钱就卖多少钱吧。“

麦卡利斯特仔细打量着菲利普。他不知道他是不是受到了非常严重的打击。

“我抱歉极了，老兄，但是我们都是在一条船上。谁也没有想到战争会像这样拖下来。我把你拖进来了，可是我自己也是一样嘛。”

“这完全没有关系。”菲利普说，“人都得碰运气嘛。”

他又走回到刚才同麦卡利斯特说话的那张桌子那儿，他惊呆了。他的头突然猛烈地疼起来，可是他不想让他们认为他没有男子气概。他在那里坐了一个小时。不管他们说什么，他都兴奋地放声大笑。最后他站起来要走了。

“你对待这件事相当冷静。”麦卡利斯特和他握着手说，“我想，谁也不愿意白白扔掉三四百镑的。”

菲利普一回到他的寒酸的小房间就一下子扑倒在床上，陷入了绝望之中。他为自己的愚蠢行为痛苦地懊悔着。而且尽管他对自己说，已经发生了的是无法避免的，因为它已经发生了，后悔是荒唐可笑的。可是他还是禁不住要懊悔。他悲惨极了，他失眠了，他回想起在过去的几年当中他把钱浪费掉的种种事情，他的头疼得要命。

第二天傍晚，最后一个邮班送来了他的账目清单。他检查了自己的银行存折。他发现，一旦他把所有的账都付清了，自己将只剩下七镑了。七镑！他感到幸运，居然他还能付清账。如果他不得不向麦卡利斯特承认他已经没有钱付账，那就太可怕了。夏季学期里他将要在眼科做敷裹员的工作，他曾从一个要出让检目镜的学生那里买下了一只检目镜。他还没有为这只检目镜付钱，可是他又没有勇气去告诉这个学生，他不想做这笔交易了。他还买了一些书籍，他只剩下大约五镑过日子的钱了。这笔钱维持了他六个星期，随后他就给他的伯父写了封信，在他看来这信写得太事务性了。他说，战争使他蒙受了惨重的损失，如果他伯父不帮助他，他就不能再继续学习下去了。他提出，牧师在以后的十八个月里按月付给他共一百五十镑，他将要为这笔借款支付利息，并答应一开始挣钱他就将逐步还清这笔款子。他最迟还有一年半就可以取得毕业资格证了，到那时他很有把握能当个每周挣三镑的助手。他伯父回信说，他一个钱也不给。现在一切都非常不值钱，在这时候要他出卖东西给他凑这笔钱是说不通的，而且他现在只有一点儿钱，他觉得为了对自己负责，留在他万一生病时用，这钱是少不了的。他用几句令人讨厌的说教结束了这封回信，他说，他曾经再三警告过菲利普，菲利普总是把他的话当耳旁风。他只能坦率地说，他一点也不惊讶，他早就料到了菲利普的挥霍无度和收支不平衡的结局将会如此。菲利普读着这封信，身上一阵热一阵冷。他绝没有想到伯父会拒绝他的，他一下子勃然大怒了。可是他继而又完全茫然了：如果伯父不肯帮助他的话，他在医院就不能继续待下去了。他惊慌失措，也顾不上什么自尊心，他又给布莱克斯塔布尔的牧师写了一封信，更加急切地向他陈述了自己的情况。不过也许是他自己解释得不够完全充分，而且他伯父也没有了解到他陷于怎样的绝境吧，伯父又回信说他不能改变主意。菲利普已经二十五岁了，而且也确实应该自食其力了。他死的时候，菲利普将会得到一小笔财产，不过在死之前他一个便士也不会给他的。在这封信中，菲利普感觉到了一个人的自鸣得意，这个人多少年来对他的种种行为一直不赞成，并且现在又看到了事实证明他自己是正确的。

99

菲利普开始典当他的衣物了。除早饭之外一天他只吃一顿饭，以此来缩减开支。而且这顿只有面包和可可的饭在下午四点才吃，这样好使他能坚持到第二天早晨。九点钟他就饿得不行了，因此不得不上床去睡了。他想去向劳森借钱，可是怕遭到拒绝使他颇为踌躇，最后他还是向他借了五镑。劳森很高兴地把钱借给了他，不过，他在借给他时说：

“一个星期左右还我行吗？我得付画框匠的钱了，而且我现在手头也很紧张。”

菲利普知道这钱他自己将无法归还，想到还不起钱劳森将会怎么想，他羞愧极了，因此过了两天他就把钱原封未动还给了他。当时劳森正准备出去吃饭，就邀菲利普一道去。能有如许美食对他来说正中下怀，可他却难以下咽，所以什么也没吃。星期天在阿西尔尼那儿他想那倒是可以美美地吃上一顿。他很犹豫是否告诉阿西尔尼夫妇他发生了什么事情。他们一直认为他是比较富裕的，而且他担心，怕万一他们知道了他是个穷光蛋他们就会认为他不怎么好了。

尽管过去他一直并不宽裕，可是他从来没有想到会有可能吃不饱肚子。他周围的人还没有发生过这种吃不饱饭的事哩。他羞愧得就像是染上了什么见不得人的病一样。他发现自己的这种处境超出了他的经验范围。他非常惊慌失措，以致看不出他除了继续在医院干下去还有什么别的办法。他模糊地希望会突然发生某些事情，他不能完全相信眼下发生的这些事情是真的，而且他记得在他上中学的第一学期里，他常常想他的生活是一场梦，梦一醒来就发现他还是在家里。但是他很快就预见到一个星期左右他就会一个钱也没有了。他必须立即想办法挣钱。假如他现在已经取得了资格证，哪怕有一只脚是跛的，他也可以出国到开普敦去的，因为那里现在很需要医务人员。若不是因为他的畸脚，他就可以参加一支义勇骑兵团队了，现在这些部队正在陆陆续续地开往国外。他去找医学院的干事，问他是不是可以给他一些辅导功课差的学生的工作，可是那位干事说没有希望给他任何这类工作。菲利普在医药报纸上的广告栏读到了一个启事，他就去找福勒姆路开药房的人，申请没有取得资格证的助手的职位。当他去见他时，他看到那个医生朝他的跛足扫了一眼，他听说菲利普还只是四年级学生，就马上说他的资历不能胜任。菲利普明白这只不过是个借口罢了。那个人希望要的是一个手脚灵便的助手。菲利普又把他的注意力转到其他挣钱的方法上去。他会法语和德语，认为也许会有机会找到一个文书员的工作。这方面也使他很沮丧。不过他还是咬紧了牙关，也再没有别的可干了。虽然他害羞得不能去应一应那些要求面试的广告，但是他却怀着一线希望向那些只要求去函提出申请的广告写了信。可是他没有写陈述声明的经验，也没有人给介绍引荐。他意识到他的德语和法语都不是商业性的，他对商业术语一窍不通，他既不会速记，也不会打字。他不由得认识到自己的事情毫无希望。他想到过写信给那位当过他父亲遗嘱执行人的私人律师，可是他无法让自己这样做，因为当初他卖掉把钱投在上面的那些抵押财产契据的时候，这位私人律师曾明确劝阻过他。现在他又给他写信，不是正好同他的劝告背道而驰吗？他从他伯父那里得知，尼克森先生对他十分不满意。他从菲利普在会计师事务所一年的表现推断他是又懒散又无用的人。

“我快要饿死啦。”菲利普自言自语。

有那么一两次他冒出了自杀的念头：从医院药房弄点儿什么要命的东西是很容易的，而且想到一旦情况坏到不能再坏的地步，他手边有一些没有什么痛苦就结束了自己生命的手段，这样一想倒不失为一种安慰。不过现在还没到他认为的那么严重的地步。当米尔德丽德抛开他又跟格里菲思的时候，他的痛苦曾经也是那样巨大，为了摆脱那个苦痛他曾想到过自杀。他现在感觉到的并不是那样。他记得，那位急救室的护士长曾经告诉过他，人们由于缺少金钱而寻短见的要比因为需要爱情而轻生自杀的更为常见。当他想到他自己是一个例外时，他忍不住笑出声来。他希望的仅仅是能够向什么人倾诉他的忧愁烦恼而已，可是他又无法使自己把这些忧愁都说出来。他很羞愧，他继续找着工作。他有三个星期没有付房租了，他对房东太太解释说，他到月底就会有钱的，她没有说什么，只是撅起嘴，看上去很冷酷。到了月底她就来问，先付一些钱对他是不是方便，当他说做不到时，他觉得难受极了。他告诉她，他要给他伯父写信，肯定下星期六可以把账付清。

“好吧，我希望到时候你能付，凯利先生，因为我也得付我自己的房租，账这么拖下去我可负担不起哇。”她说话的时候并不生气，可是带着一种令人生畏的断然的态度，她顿了一下又说：“如果下星期六你还不付房钱的话，我就得去找医学院的干事控告了。”

“哦，告去吧，那倒好了。“

她看了一下他，四下里打量了一下空荡荡的房间，她又说起来，也没有加强口气，仿佛在说一件再自然不过的事情：

“在楼下我做好了一只很热的大肘子，如果你愿意下来到厨房里来的话，欢迎你来吃点晚饭。”

菲利普觉得自己的脸一直红到耳后根，而且他的喉咙里一阵哽咽。

“非常感谢，希金斯太太，不过我一点儿也不饿。”

“很好，先生。”

她一离开房间菲利普就一下子倒在床上，不叫自己哭出来，他只得紧紧攥住了拳头。

100

星期六到了。这天是他答应房东太太付房钱的日子。整整一个星期他都在盼望着会突然发生什么事情。他没有找到工作。以前他可从来没有陷入过极为窘困的境地哩，他很茫然，不知道如何是好。在他的思想深处有一种感觉，所有这一切都是一场恶作剧。他身上只剩下几枚铜币，凡是他穿不着的衣服都已经卖了。本来他还有一些书和一两件小东西可以换一两个先令，可是他进进出出那房东太太都留神盯着：他担心如果他再从他的房间里拿出去什么东西的话，她将会出面制止他的。唯一的办法就是告诉她，他付不了账，可他没有这个勇气。这会儿是六月中旬。夜晚天气又好又暖和，他决定到外面去。他沿着切尔西大堤慢慢走着，河水悠悠而宁静，直到走累了他才在一条长椅上坐下打起瞌睡来。他不知道自己睡了有多长时间，他猛地惊醒过来，他梦见了一个警察在摇着他，叫他不要待在这里，可是当他睁开眼睛却发现只有自己一个人。他继续走着，他自己也不知道是怎么回事，最后他来到了奇齐克[①]，在那儿他又睡着了。不一会儿硬邦邦的板凳把他碰醒了。这一夜仿佛特别长。他直打哆嗦。他感到自己惨极了，而且他不知道到底应该怎么办。他为自己在大堤上睡觉感到羞愧，这似乎是奇耻大辱。在黑暗

①奇齐克为伦敦一个旧区名。

中他感到自己的脸涨得通红。他回想起了他曾经听说过的那些睡长椅的人的故事，他们有的是军官、牧师、上过大学的人，他不知道自己是否将会成为他们中间的一个，站在领取慈善机关糊羹的行列里，相比之下自杀将会好得多，他不能像这样下去了。劳森要是知道他现在多么窘迫，他会帮助他的。由于自尊心而不去请求别人帮助是荒唐的，他想不通自己怎么栽了这么一个大跟头。过去他总是千方百计地去做他认为是最正确的事情的，可是每一件事情都事与愿违。他曾尽其所能地帮助过别人，他认为，他也并不比别人自私，他竟然落到这个地步，这看来是非常不公平的啊。

可是，想这么些有什么用呢？他继续走下去。现在天亮了，安静的河水很美丽，在黎明的空气里有一种神秘的东西，这将是个非常晴朗的日子，黎明的天空灰色无云。他感到很疲倦、饥肠辘辘，可是他不能坐下，他时刻担心警察来盘问他。他害怕这种屈辱。他感到肮脏，想能洗一洗。最后，他发现到了汉普敦街。他选了一家便宜的食品店，走了进去，里面有着热腾腾的食物的气味，使他有点不好受。他打算吃一点有营养的东西滋补一下，使他撑过这一天余下的时光，可是一见到食物他就直反胃。他喝了一杯茶，吃了一点面包黄油。这时他才想起了今天是星期日，他可以到阿西尔尼家去。他想到了他们经常吃烤牛肉和约克郡布丁。可是他累得要死，而且他也无法面对那个幸福的喧闹的家庭。他觉得自己现在又郁闷又沮丧。他需要独自一个人。他决定到那皇宫的花园里去躺一躺。他浑身的骨关节发疼。或许他能找到一个消防水栓，这样他就可以洗一洗他的手和脸，喝一点儿水了，他非常渴。由于他已经不饿了，就愉快地想到了鲜花、草坪和那树叶繁茂的大树。他觉得，在那里他可以更好地考虑他必须怎么做。他躺在草地的阴凉里，点燃了烟斗。为了节约的缘故，他已经很长时间限制自己一天只吸两烟斗烟了，这时他为自己的烟口袋还是满的而高兴。他不知道别人没钱的时候都是怎么干的。不一会儿他睡着了。当他醒来的时候天已经接近晌午了，他想到，他必须立即动身到伦敦市里去，以便明天一大早到那些有可能会接受他的招聘单位去问一问。他想到了他的伯父，伯父告诉过他死的时候将会留给他一笔小小的财产。菲利普丝毫不知道这笔钱有多少。它肯定不过几百镑，他不知道是否可以根据未来的继承权来先借用一下。但首先要得到那个老头的同意，而他伯父是绝不会那么做的。

“我唯一能做的事儿就是坚持下去，一直到他死。”

菲利普算了一下他的年龄。这位布莱克斯塔布尔的牧师早已过了七十岁。他患有慢性支气管炎，不过许多患有这种病的老人都还无限期地活着。同时他肯定准有什么事突然发生。菲利普不能不认为他的处境完全是反常的，别人处在他这种特殊的地位上是不会饿死的。正是因为他不能使自己相信他的这番经历是真实的，所以他还没彻底绝望。他决定去向劳森借半英镑。他在花园里待了一整天，一感到饿得不行了他就吸烟斗。在他再次动身去伦敦市里之前，他一直没有打算吃什么东西。那条路很远，他必须得维持住体力赶路。当天气渐渐地开始凉下来，他动身了。累了他就在长凳上睡一觉。没有人来找他的麻烦。他在维多利亚火车站洗了一下脸，梳理了一下头发，刮了刮脸，吃了点儿茶和面包黄油，一边吃东西，他一边看那晨报上的广告栏。当他低头看着广告，这时他的目光落在一则启事上：某家很有名的百货商店的“装饰布料部”征求一个男店员。他有点说不出来的丧气，因为带着他那中产阶级的偏见，到一家商店里去干活儿似乎太糟糕了。可是他耸了耸肩，这有什么大不了的呢？他决定去试一试。他有一种古怪的感觉，觉得容忍每一次的屈辱，甚至是主动去找屈辱受，都等于是他在强迫命运向他低头。九点钟，当他万分羞怯地出现在营业部的时候，他发现在他之前那里已经有很多人了，从十六岁的男孩子到四十岁的男人都有。有些人在低声交谈，不过大多数人都沉默着。当他占据了一个位置的时候，周围的那些人都怀着敌意地看他一眼。他听见一个男人说：

“我只盼着要拒绝我就快一点儿，好让我来得及到别的地方去看看。”

站在菲利普旁边的那个人打量了他一眼，然后问道：

“有经验吗？”

“没有。”菲利普说。

他停了一会儿，然后又说了一句："没有预约的话，在午饭后就是小一些的商店也不会接见你的。"

菲利普看看那些营业员。他们有些人正在挂轧光印花布和印花装饰布。身旁的那个人告诉他，其他的那些人正在准备已经邮寄来的乡下的订货。大约在九点一刻，那位进货员来了。他听到一个也是在等候的人对另一个人说，这就是吉本斯先生。他是个中年人，长得又矮又胖，一把黑黑的胡须，深色的油腻的头发。他的动作轻快，一张聪明的脸。他戴着一顶丝绸帽子，穿一件礼服大衣，大衣的翻领上装饰着一朵绿叶环绕的白色天竺葵。他走进了他的办公室，让门敞着，这办公室很小，而且只有在角落里有一张美国式的有活动顶盖的书桌，一只书架和一个橱柜。站在门外的那些人注视着他机械地从大衣上摘下那枝天竺葵，插在盛着水的墨水瓶里。上班时间戴花是违反规定的。

（装饰布料部的人员在工作时间想要讨好这位主管的时候，他们就赞叹这朵花。"我还没有看见过这么好的花哩。"他们说，"不是您自己种的吧？"

"是我种的。"他微笑着，而且在他那双聪慧的眼睛里闪过一道自豪的光亮。）

他摘掉帽子，换了外套，先扫了一眼那些信件，然后又看了一眼那些正在等着见他的人。他用一个手指微微示意，队列中的第一个人就走进了办公室。他们一个接着一个到他那儿，回答他提出的问题。他向他们提出的问题都非常简短，眼睛却一直紧盯着申请人的脸。

"年龄？经历？为什么你要离开原来的工作？"

他毫无表情地听着回答。当轮到菲利普时，他以为吉本斯先生在好奇地注视着他。菲利普的衣服很整洁，裁剪得也还算不错。他的样子看上去同其他人有点不一样。

"经历？"

"恐怕我什么经历也没有。"菲利普说。

"这不太好。"

菲利普走出办公室。这场严峻考验的痛苦比他所预料的要小得多，他没有感到特别失望。他不能指望第一次尝试就得到一个职位。他随身带着报纸，这会儿他又看了看广告：霍尔本大街的一家商店也需要一名男店员，他又到那里去了，可是等他到了那里他发现已经有个什么人被录用了。如果这一天他想要有什么东西可吃的话，他就必须得在劳森出去吃午饭之前赶到他的画室，因此他沿着布朗普顿路走到自由民街。

“喂，到月底之前我穷得一个钱也没有了。”他抓住了一个机会就说，“希望你借给我半个苏[①]，怎么样？”

他发现向人借钱简直太难为情了。他记得，医院的那些人从他那儿榨取一笔笔小款项，而他们就没有还给他的意思，那种随随便便的方式，几乎就像是他们在施惠于人似的。

“太行啦。”劳森说。

可是他在口袋里摸了摸，发现只有八个先令。菲利普丧气了。

“噢，这样，那就借五个先令吧？”他轻轻地说。

“给你吧。”

菲利普到威斯敏斯特大街的那家公共澡堂去了，花了六便士洗了一个澡。然后他又吃些东西。他不知道这天下午自己该去干什么。他不愿意回到医院去，怕万一有什么人问他。再说，现在他在那里也没有什么事情可干。他曾经工作过的那几个部门的人会奇怪他怎么不去了，可是他们爱怎么想就怎么想吧，这也没什么关系。在学生中他又不是第一个不打一声招呼就溜掉的人。他去了一家免费图书馆，先看了看报纸，直到他看得索然无味了，然后掏出了史蒂文森的《新天方夜谭》[②]，可是他发现自己读不下去，他不知道那些词句都说的是什么。他又继续思忖起自己的没着落的困难处境来。他一直想着同样的几件事情，他固定不变地想呀想的，他的脑袋都想痛了。最后，他渴望呼吸一下新鲜空气，就走进格林公园，躺在草地上。他悲惨地想到了自己的残疾，这残疾使

①指旧硬币，一苏即一英镑。

②罗伯特·路易斯·斯蒂文森（Robert Louis Stevenson，1850–1894），英国苏格兰小说家、诗人、散文家。作品有《新天方夜谭》（*New Arabian Nights*）。

他从军的愿望成了泡影。他睡着了，并且梦见自己的脚突然好了，他出国去了开普敦，参加了一个义勇骑兵团队。他曾在有图片的报纸上看到过的那些图片使他的幻想有了素材。他看见自己在南非洲的草原上，身穿卡叽布的军装，夜晚同其他的人一起围坐在篝火旁。当他一觉醒来，发现天色还很早，这时听到国会大厦的塔楼上的大钟敲了七下。他又得有十二个小时无事可做了。他害怕那绵绵无尽期的黑夜。天阴了起来，他担心会下雨，那样他非得到一家寄宿公寓去找个床位不可了。他曾经在兰贝思区那些公寓外面的路灯柱上看到过广告：上等床位，六便士。他从来没有进过一家这样的公寓，而且他害怕那儿难闻的气味和虱子。他决定只要他能做到就在露天过夜。他直到公园关了门才出来，接着就东游西逛起来。他疲惫不堪。他想到出个事故倒会是件幸运事哩，因为这样人们就会把他送到一家医院的，他可以躺在那里，在一张干干净净的床上一连躺上几个星期。到了深夜，他饿坏了，不吃点东西他就连挪动几步也挪不了。因此，他来到海德公园广场的一家咖啡亭吃了两盘土豆，还喝了一杯咖啡。吃完了他又接着走路，他感到烦躁不安，睡不着觉。他非常害怕被警察轰走。他注意到自己开始从一个全新的角度来看待警察了。这是他在外面度过的第三个夜晚了。他不时地在皮卡迪利大街的长椅上坐一坐，快到凌晨时，他蹓跶到了防波堤，他听着国会大厦塔楼的大钟的钟声，这钟每过十五分钟敲一下，他算出还有多长时间这座城市就要醒来了。早晨，他花了几个铜板把自己梳洗整理了一番，买了一份报纸看看上面的广告，又一次出发去找工作了。

他几天都是这样过的。他吃的食物非常少，身体开始感到虚弱和有病了。这样一来，他几乎已经没有足够的力气去继续寻找那些似乎非常渺茫的工作了。现在他渐渐习惯了在一家商店背后长时间地等候将会有被录用的机会，也渐渐习惯了三言两语被打发掉。他按着广告去应征，走遍了伦敦所有的地方，也认识了那些和他一样毫无结果的申请工作的人。其中有一两个人试图和他交个朋友，可是他那样疲倦，又是那样沮丧，所以他不能接受他们的友好表示。他没有再去找劳森，因为还欠着他五个先令哩。他开始头昏眼花了，晕眩得都无法清楚地思考了，而且他也完全不再去为他将会碰到什么事操心了。他哭了好多次，最初他为此对自己很生气，感到很丢人，不过他却发现哭一哭可以解除他的痛苦，而且不知怎地还使他觉得肚子里不那么饿了。在这深更半夜，他身上冷极了。一天夜里他回到他的寓所去换一件内衣，在三点左右他深信所有的人都睡着了的时候溜了进去，五点钟时又溜了出来，他躺在床上，那床的软乎劲儿可真迷人，他全身的骨头都在发疼，他躺在床上，尽情享受着。躺在床上是那样美，他都不想睡着了。他正在逐渐地习惯食物的匮乏，并且也没有感到特别饿，只是身上很虚弱。这时，他思想的深处在不断想着结果掉自己，但是他用尽全力不让这个念头在脑子里停留，因为他害怕自己被死的诱惑抓住而不能自拔。他不停地对自己说，自杀是荒唐的，因为肯定很快会有什么事情发生。他无法摆脱这样的看法，他的处境太荒谬了，却不能认真看待，这就好比是害了一场病，他必须忍受着，他必定会从疾病中恢复过来的。每天夜里他都发誓，明天说什么也不能再忍受了，决定第二天早晨就给他的伯父，或者是给私人律师尼克森先生，再不就是给劳森写信，可是到时候他又不能使自己去受承认彻底失败的屈辱。他不知道劳森会怎样对待这种事。在他们的交往中劳森曾是很轻率的，而且他曾为自己的通达世情感到很自豪。他将不得不把他干的那桩蠢事原原本本地告诉他。他不安地感觉到，帮助了他之后劳森会疏远他的。他的伯父和那位私人律师当然会为他做些事情的，可是他非常害怕受到他们的责备，他不想听任何人的责备。他咬紧牙关，反复说已经发生的事情是不可避免的，之所以不可避免是因为事情已经发生了。悔恨是荒唐的。

这种日子没有个尽头，而且劳森借给他的五先令也不会维持得太久。菲利普盼望星期日的到来，因为这样他就可以去阿西尔尼家了。他不知道是什么在阻止着他不能早点儿到那里去，也许是他非常想独自熬过这艰辛的日子。阿西尔尼是唯一能够为他做点什么事的人了，他也曾同样十分窘迫过。也许吃完了饭，他可以自动地把他的困难处境告诉阿西尔尼。菲利普在心里一遍又一遍重复着他要对他说的话，他特别担心阿西尔尼会用不着边际的空话搪塞他，这太可怕了，所以他想把这场他将受到的考验尽可能往后拖。菲利普已经对他的那伙人全都不相信了。

星期六夜晚又冷又潮。菲利普遭的那份罪真是可怕极了。从星期六的晌午一直到他筋疲力尽一步三晃地拖到阿西尔尼家这段时间里，他什么东西也没吃。星期日早晨，他花掉了他最后的两个便士，在查林·克罗斯广场[①]的盥洗室里梳洗和整理了一番。

101

菲利普一打了铃就有一个脑袋从窗户里探了出来，霎时间他听到楼梯上一片噼噼啪啪的声响，这是孩子们跑下来给他开门。他弯下身去，让他们吻一吻他那张苍白的、焦虑的、瘦削的脸。他们那热烈的感情使他感动极了，为了使自己有时间恢复平静，他找借口故意在楼梯口上磨磨蹭蹭。他正处在一种歇斯底里的状态中，几乎任何一件事都足以使他哭出来。他们问他为什么前一个星期日没有来，他告诉他们他生病了。他们想知道他得了什么病，为了逗一逗他们，菲利普说了一个难以理解的病，那个病名是个双关语，而且还把希腊语和拉丁语土不土洋不洋地拼凑在一起（在医学术语中这种现象比比皆是），他们听了乐得浑身直颤。他们连拖带拽地把菲利普拉进客厅，为了听听他们父亲有何见教，他们又让他把那病名说了一遍。阿西尔尼站起身来，和他握了握手。他瞪大眼睛凝视着菲利普，不过他那双圆圆的肿泡眼总好像是在瞪着。菲利普不知道为什么在这种场合下他那双眼睛竟使他不自在起来。

“上星期日我们总在惦记着你。”他说。

菲利普一撒谎就非得发窘不可。当他解释完没来的原因之后他已经满脸通红了。这时阿西尔尼太太进来了，和他握了握手。

“我希望你身体好些了，凯利先生。”她说。

他不知道她为什么以为他出了什么事，因为当他和孩子们一起上来

---

①查林·克罗斯（Charing Cross）为西敏寺旁的一个地点，一向被认为是伦敦的正中心，现为广场。

的时候厨房门关上了，而且他们一直没离开过他。

“十分钟之内饭还吃不上。”她慢吞吞地拉长声音说，“你在等着的时候，不先吃一杯牛奶冲鸡蛋吗？”

她脸上的那种关注的神色让菲利普很不舒服。他勉强笑了笑，回答说他一点儿也不饿。萨利进来布置桌子，菲利普就和她开起玩笑来。那是一种家庭里的玩笑：说她将来要长得和一个阿西尔尼太太的大婶伊丽莎白大婶一样胖的。可孩子们从来没有看到过这位大婶，只是把这个名字当作是一个异常肥胖的象征。

“喂，从我上一次见到你以后你发生了什么事吗，萨利？”菲利普问。

“我不知道发生了什么事。”

“我相信你胖了。”

“我肯定你没有胖。”她反唇相讥道，“你就剩一副骨头架子了。”

菲利普的脸一下子红了。

“别光说别人，瞅瞅你自己吧[①]，萨利。”她父亲大声说道，“得罚你从头上剪下一根金发来。珍妮，拿一把剪刀来。”

“唉哟，爸爸，他就是瘦了嘛。”萨利分辩着说，“他都瘦得皮包骨了。”

“我说的不是这个，孩子。他完全有自由当一个瘦子，可是你的肥胖可有碍观瞻啊。”

他一边说，一边把胳膊骄傲地搂在她的腰上，用赞美的目光看着她。

“那就让我和桌子一起过日子吧，爸爸。只要我舒服自在，就会有人不嫌我胖的嘛。”

“愣丫头！”阿西尔尼大声说道，他的手戏剧性地挥了一下，“她用那件众所周知的事奚落我，她说的是约瑟夫向她求婚的那件事，他是霍尔本大街珠宝商利维的儿子。”

“你答应他了吗，萨利？”菲利普问。

“难道你认为这次爸爸会更好一点吗？他的话没有一个字是真的。”

---

①原文为拉丁文，相当于英文you also，you too。

“嘿，如果他没有向你求婚的话。”阿西尔尼叫了起来，“以圣乔治和可爱的英格兰发誓，我就要揪着他的鼻子，叫他马上回答他是什么意思了。”

“坐下，爸爸，饭已经好了。喂，听着点，你们这群孩子快滚，都去把你们的手洗一洗，谁都不许偷懒耍滑，在你们吃饭之前，我可要检查你们的手，去吧。”

菲利普在没有吃饭以前，以为他会贪婪地狼吞虎咽，可是刚一吃，他就发现他的胃口对食物直犯恶心，几乎一点儿也吃不下去。他的脑子很疲倦，没有注意到阿西尔尼今儿个一反他平时的习惯，话说得很少。菲利普坐在一个舒适的房子里感到很宽慰，可是他总是禁不住要向窗外瞥一瞥。这天是一个暴风雨的天气。明朗的天气已经变了，天很冷，来了一阵冷风；雨点不时敲打在窗子上。菲利普真不知道这一夜他该怎么办。阿西尔尼一家睡觉很早，十点以后他不能再待在这儿了，一想到要走进风吹雨打的黑夜中去就沮丧极了。这时他和他朋友们在一起，他觉得比他孤零零的一个人在外面更可怕。他不停地对自己说，还有很多人要在户外过夜哩。他拼命想用谈话来转移自己的注意力，可是走的话讲到半截，雨点噼噼啪啪地打在窗户上的声音使他吃了一惊。

“这像三月的天气一样。”阿西尔尼说，“在这种天气里没有人愿意横渡英吉利海峡的。”

过了一阵儿他们吃完了饭，萨利进来收拾桌子。

“你愿意吸支两便士的极低劣的东西吗？”阿西尔尼说着递给他一支雪茄。

菲利普接过雪茄，很中意地把一股烟吸了进去。这口烟使他的心绪奇异地镇静了。当萨利收拾完了，阿西尔尼叫她出去时随手把门关上。

“现在不会有人打搅我们了。”他转过脸对菲利普说，“我已经和贝蒂商量好了，我叫他们不要放孩子们进来。”

菲利普吃惊地看了他一眼，但是他还没弄明白他这话是什么意思，阿西尔尼就习惯地把鼻子上的眼镜稳了稳继续说道：

“上星期日我给你写了封信，想问问你是不是出了什么事，因为你没有回信，我星期三就到你住的地方去了一趟。”

菲利普把头扭到一边，没有回答。他的心猛烈地跳动起来。阿西尔尼没有说话，不一会儿菲利普感觉到这种沉默几乎叫人受不了。他连句要说的话都想不出来。

“你的房东太太告诉我，从星期六晚上你就一直没有回去过，她还说你欠着她上个月的房钱哩。这一个星期你都是在哪儿睡的觉呢？”

回答这话使菲利普很难受，他凝视着窗外。

“哪儿也没有。”

“我设法找过你。”

“为什么？”菲利普问。

“我们那会儿，贝蒂和我也曾破过产，不同的是我们有孩子要抚养。你为什么不到这儿来呢？”

“我不能来。”

菲利普唯恐自己要哭出来。他觉得虚弱极了，他闭上了眼睛，皱起眉头，努力控制着自己。他对阿西尔尼感到一阵突如其来的愤怒，因为他总是不让他一个人自在，可是他已经衰弱得发不起脾气来了。过了一会儿，他半闭着眼睛。为了不使自己的声音发抖，他缓慢地把最近几个星期以来他的经历告诉了他。当他讲着的时候，他觉得自己以前做的事愚蠢透顶，而且蠢得到现在还难以启齿。他觉得阿西尔尼将会认为他是一个彻头彻尾的大傻瓜。

“那么在你找到工作之前就来和我们一起住吧。”等他说完了阿西尔尼说道。

菲利普满脸通红，他也不知道这是为什么。

“啊，你简直是太好了，可是我认为我不能那样做。”

“为什么不能呢？”

菲利普没有回答。由于怕自己会打搅人家，他本能地拒绝了，而且他有一种羞于接受别人恩惠的天性。况且他知道阿西尔尼一家也只是勉强地糊口，没有什么节余，而且这一大家子，既没有地方也没有钱来招待一个外人。

“你一定得到这儿来。”阿西尔尼说，“索普去和他的一个弟弟挤一挤，你可以睡在他的床上。你不要以为多你这么一张嘴对我们有什么影响。”

菲利普没敢吱声，阿西尔尼走到门口招呼他的妻子。

“贝蒂。”她进来后他说，“凯利先生要来和我们一起住啦。”

“哟，那可是太好了。”她说，“我这就去把床收拾收拾。”

她说这话时，那口气既热诚又亲切，认为所有这一切都是理所当然的，菲利普深深地感动了。他没有料到人们会对他那么好，一旦人们真的对他这么好时，他又是诧异，又是感动。现在他再也忍不住了，两大滴眼泪从他的脸上滚落下来。阿西尔尼夫妇商量着各种安排，装着没有注意到他已经软弱到了什么地步。阿西尔尼太太离开他们后，菲利普向后靠在椅子背上，他向窗外看看，轻轻地笑了一声。

“要是今天晚上还在外面可是不太妙，是吧？”

102

阿西尔尼告诉菲利普，他能很容易地给他在他工作的那家亚麻布制品的大商号里找到事干。有几个营业员已经打仗去了，有爱国热情的林恩和塞德利公司已经答应了给他们保留职位。他们把这几位英雄的活儿都摊在了那些没有走的人的身上，由于他们没有增加这些人的工资，因此他们也就能马上既显示出公众精神，又能产生节约的效果。可是战争还在继续，买卖也没有怎么萧条，假日就要到了，到那时有大批的雇员要同时离开半个月，他们非得雇用更多的店员不可。菲利普的经历使他自己很怀疑到那时他们会不会雇用他。可是阿西尔尼却把自己说成了是那个商号里举足轻重的人物，经理任何事情都不会拒绝他的。菲利普在巴黎经过那段训练，将会很有用处的。问题只是稍微等一等，而且他也一定会找到一个设计服装和画招贴画一类的工资优厚的工作。菲利普画了一张夏季大减价的海报，然后阿西尔尼把它拿走了。两天以后他又把画拿了回来，说是经理对这张招贴画赞不绝口，还为眼下那个部门里恰巧没有空缺而由衷地表示歉意。菲利普问，是不是就没有别的他能够干的工作了。

“恐怕是没了。”

“确实没有了吗？”

“这个嘛，他们明天要登广告找一个商店招待员，这是真的。”阿西尔尼说着从眼镜后面游移不定望着他。

“你看我有没有希望得到那工作？”

阿西尔尼有点慌乱了，他已经使菲利普开始期望某些了不起的好工作，另一方面，他也太穷，不能无限期供给他食宿。

“你可以先干着这个差事，同时一边等着更好的工作。要是已经被店里雇用了的话，你会碰上更好的机会的。”

“我不是个自高自大的人，这你知道。”菲利普微笑着。

“你要是决定了，明天早晨差一刻九点你一定得到那里。”

尽管有战争，可是找工作显然还是很困难，因为当菲利普到了那家商号时已经有许多人等候着了。他认出了几个他自己找工作时遇见过的人，其中有一个还是他那天看到下午躺在公园里的人。这情况说明他也和自己一样无家可归，在外面过夜了。这些人形形色色，各式各样，有年老的，也有年轻的，有高个的，也有矮个的，不过所有的人都想在跟经理谈话时表现得潇洒大方。他们仔细地梳理了头发，郑重其事地洗干净了手。他们在一条走廊里等候着，这条走廊菲利普后来才知道是通到饭厅和工作间的。走廊里每隔几码就突然出现一个五六级的台阶。尽管商店里已经有了电灯，可是走廊里却只点着上面装有金属丝保护罩子的煤气灯，煤气灯在嘶嘶啦啦地闪烁着。菲利普是准时到的，可是将近十点钟时才让他进了那间办公室。这间办公室是三角形的屋子，就像是一块在一条边上切了一刀的乳酪。几面墙上都是画着穿着紧身胸衣的女人的画，还有两张招贴画的样张，一张是一个男人穿着绿色和白色宽大条杠的睡衣，另一张是一只鼓满风帆在蔚蓝的大海上乘风破浪的帆船，帆上用大号字母写着“白布大降价”。办公室最宽的那一边是一个商店橱窗的背面，这时橱窗正在装饰。会见的时候一个店员在屋里走来走去。经理正在读一封信。他是个气血红润的男子，黄中带红的头发，留着重重的黄中带红的唇髭。在他的表链的中间挂着一大堆足球奖章。他只穿着一件衬衫坐在一张大办公桌前，桌子上在靠着他的一边摆着一部电话，在他面前放着当天的广告，那是阿西尔尼的作品，还有从报张上剪下来粘在卡片上的广告。他瞥了菲利普一眼，可是并没有跟他说话，一边向打字员口述一封信。那个打字员是个女孩，正坐在角落里的一张小桌子前。口述完了信，他问了菲利普的姓名、年龄，以及他都有过什么经历等等。他操着伦敦土腔，说起话来声音又高又刺耳，仿佛他总是控制不住那种声音似的。菲利普注意到了他的门牙很大，而且还向外凸出着，它们给你这样一种印象，这些牙松得很，只要你猛地一揪，就会把它们拔下来。

“我想，阿西尔尼先生已经跟你谈起我了吧。”菲利普说。

“噢，你就是那个小伙子吗？”

“是的，先生。”

“对我们来说可没有用，你要知道，一点都没有用。”

他从上到下打量着菲利普，他似乎注意到了菲利普身上某些地方与前边的那几个人不大一样。

“你应该穿一件礼服大衣，这你是知道的。大概你没有吧。你这个年轻人似乎还有些身份。我猜想你发现了搞艺术划不来吧。”

菲利普也看不出他是不是打算雇用他。

他以一种不友好的方式把话向他甩过来。

“你的家在哪儿？”

“我还小的时候我的父亲和母亲就都死了。”

“我愿意给小伙子们一个机会。他们很多人的工作都是我给他们机会去干的，而且他们现在都当上了部门的经理了。他们很感激我，我可以替他们那么说。他们也知道我为他们都帮了什么忙。爬梯子从最下面一蹬开始，这也是学习商业的唯一途径，如果你坚持下去的话，你的前途是不可限量的。如果你适于干这行，总有一天你会发现你自己也处在我这样的地位上的。记住这些话吧，小伙子。”

“我非常希望能尽大的力量去做，先生。”菲利普说。

他懂得不管什么时候，只要一有机会他就得叫一声“先生”的，可是这么叫在他听起来怪别扭的，他担心自己做得太过火了。经理喜欢谈话，谈话可以让他产生一种意识到他自己的重要性的幸福感，直到他运用了大量的词儿以后才把他的决定告诉了菲利普。

“就这样，我相信你可以干这个工作。”最后他装模作样地说，“无论如何，不妨让你先试一试。”

“非常感谢，先生。”

“你可以马上就开始干活。我每周给你六先令，还有包食宿。一切都齐全。你知道，这六先令只是零花钱，你愿意怎么花都可以，每月付一次。星期一来上班吧。大概对这些你没什么可抱怨的吧？”

“没有，先生。”

“哈林顿大街，你知道在什么地方吧？在沙夫茨伯里林荫道。那是你睡觉的地方。门牌十号。你愿意的话，星期日晚上就可以到那里去睡。随你的便吧，你的箱子星期一送去也可以。”经理点了点头说，“再会。”

103

阿西尔尼太太借给菲利普钱，让他把房东太太的账付清，好让他把自己的东西取走。他用五个先令和一张当票，从当铺老板那里赎回一件他穿起来非常合身的礼服大衣。他还赎回了其余的衣服。他叫帕特森搬运行把他的箱子送到了哈林顿大街，星期一早晨他就和阿西尔尼一起到商店去了。阿西尔尼把他介绍给时装进货员后就走了。这位进货员是一个愉快的、过分讲究打扮的三十来岁的小个子，名叫桑普森，他和菲利普握了握手，并且，为了显示一下他那非常引以为荣的本事，他问菲利普会不会说法语。当菲利普告诉他会法语时，他很惊讶。

“还会说别的什么语？”

“还会德语。”

“嗬！我偶尔去巴黎。您讲法语吗？去过‘马克辛’商店吗？[①]”

菲利普被指派到服装部的最上一层楼梯，站在那里招待顾客。他的工作是把人们指引到各个营业部去。桑普森先生用嘴给他数叨了一遍那些营业部，似乎营业部多得不得了。忽然他注意到了菲利普在跛着脚走路。

“你的腿怎么了？”他问。

“我是个跛足。“菲利普说，“不过并不妨碍走路，也不妨碍干其他这类事儿。“

进货员疑惑地看了一会他的脚，菲利普推测他是在纳闷经理怎么雇用了他。菲利普知道，经理没有注意到他有什么毛病。

“我并不指望你头一天会把地方都找对了。如果有什么不明白，就去问一问那些年轻小姐们。”

桑普森先生转身走了。菲利普尽力把各个营业部的位置都记住，提心吊胆地密切注意着问路的顾客。一点钟时他上楼去吃饭。饭厅在这座大楼的最高一层，这饭厅又大又长，光线充足。可是为了防止灰尘进来，所有窗户都关严实了，屋子里有一股令人厌恶的烧菜的油烟味儿。长桌上铺着桌布，隔不远就有一只装水的大玻璃瓶，桌子的中间放着盐碟和醋瓶。营业员们吵吵嚷嚷地拥进来，在条凳上坐下，条凳上还留着十二点半用餐的那些人的暖和气。

“没有腌菜。”坐在菲利普旁边的那个人对他说。

他是个瘦高个儿的青年人，鹰钩鼻子，苍白的脸。他的脑袋很长，奇形怪状，就好像那脑瓜骨被敲得坑坑洼洼的，脑门上和脖子上都有鲜红的发着炎的大粉刺。他名叫哈里斯。后来菲利普发现，有时候桌子上会摆上几大盘满满当当的什锦腌菜。这些腌菜很受欢迎。桌上没有刀叉，可是不一会儿一个穿着白上衣的大胖子服务员拿着两大把刀叉进来，当啷扔在桌子中间。每个人都去捡自己需要的餐具。这些刀叉温乎乎，油腻腻的，刚刚在脏水里洗涮过。穿着白色短上衣的服务员们把一

---

①原文为法文。

盘盘飘着肉片的汤依次端给每个人，当他们用一种变戏法的闪电般的动作撂下每只盘子时，汤汁都洒到桌布上了。随后他们又上来大盘的大白菜和土豆，这些菜的样子使菲利普很倒胃口。他注意到大家都拼命地往菜上浇醋。饭厅里的喧嚣声震耳欲聋。他们谈论着，笑着，还喊叫着，还有刀叉的铿锵声，以及咀嚼的怪声。菲利普高兴地回到营业部。他慢慢开始记住了每个营业部都在什么地方，有什么人问路时，他也不太常去问那些营业员了。

"先往右拐，然后靠左，太太。"

不太忙的时候，有一两个姑娘来跟他说说话，其实也只是打打招呼，他觉得她们在打量着自己。到了五点钟，他再次被叫到楼上的饭厅去吃茶点。他高兴地坐下来。茶点有大片的抹着厚厚的一层黄油的面包。许多人有果酱罐子，这些罐子放在"仓库"里，上面都写着他们自己的名字。

六点半下班，这时菲利普已经累得筋疲力尽了。吃饭时曾经坐在他旁边的那个哈里斯提出领他到哈林顿大街去看看他睡觉的地方。他告诉菲利普，他住的房间里还有一张空床，而别的房间里已经住满了，他希望菲利普能到他那儿去睡。哈林顿大街上的那幢房子原来曾是一个制鞋匠的，现在那店铺被用来做卧室了；这房间非常昏暗，窗子有三扇玻璃被用木板条钉住了，窗户又打不开，唯一透气的地方就是远处尽头的那个天窗。屋子里有一股发霉的味，菲利普很庆幸自己不一定非得睡在这个地方。哈里斯带他去了二楼的起居室，起居室里有一架旧钢琴，那键盘看上去就像一排龋齿，桌子上那个没盖的雪茄盒里有一副骨牌，到处扔着许多旧《河滨杂志》和《绘画》。别的屋子也都用来做卧室了。菲利普睡觉的屋子是这幢房子的顶楼。房间里有六张床，每张床边都摆着一个大衣橱：有四个大抽屉，两个小抽屉。因为菲利普是新来的，也拥有了一只抽屉。抽屉上都有一把钥匙，不过因为钥匙都是一样的，所以也就没有更多的作用了。哈里斯建议他把值钱的东西放在他的大衣箱里。壁炉台上有一面镜子。哈里斯领菲利普看了那间盥洗室，这是一间相当大的屋子，八个盥洗盆一溜排开，同房的人都是在这儿洗漱。从盥洗室通到另外一间屋子，里面有两个木制的、变了色的、粘着肥皂沫污迹的浴盆，浴盆里满是一道道高低不同的水渍的黑圈。

当哈里斯和菲利普回到他们寝室时，看见一个大高个的人正在换衣服。还有一个十六岁的男孩边梳着头发，一边拼命地吹着口哨。过了一两分钟，那个高个子的男子连个招呼也不打就出去了。哈里斯冲那个孩子挤了挤眼，那个孩子还在吹着口哨，也朝他眨了眨眼。哈里斯告诉菲利普，那个人叫普赖尔，他当过兵，现在在丝绸部干事儿。他总是独来独往，而且每天晚上都出去，就像刚才那样，连晚安也不说一声就会他的女朋友去了。哈里斯也出去了，屋子里只剩下那个孩子，在菲利普打开他的行李时他在一边好奇地看着。他的名字叫贝尔，他在男子服饰用品部做不拿薪水的活儿。他对菲利普的夜礼服非常感兴趣。他把这间屋子里其他的人的事讲给他听，也问了关于菲利普本人的各种各样的问题。他是个快活的年轻人，在谈话的空隙中，他扯着个半嘶哑的嗓子唱上一两句音乐厅的歌曲。菲利普收拾完东西后，就出去到街上散步，看着来来往往的人群。他偶尔在饭馆的门口停了下来，注视着那些走进饭馆的人们。他觉得有些饿了，就买了一个空心小圆面包圈，一边蹓跶一边吃着。管理员给了他一把大门的钥匙，这个人一到十一点一刻就要把煤气灯熄掉，菲利普担心被关在门外，所以他迅速赶了回去。他已经知道了罚款制度。如果在十一点以后进门就罚一先令，十一点一刻以后罚半个克朗，罚款之后还要向上汇报，如果这种事发生过三次，就会被解雇。

菲利普回到房间时，除了那位当兵的其余的人都在，有两人已经睡下了。菲利普一进屋子就响起了一阵叫喊声。

"嘿，克拉伦斯！淘气包！"

他发现贝尔把他的那件夜礼服穿在长靠枕上。那孩子对他开的玩笑很得意。

"克拉伦斯，你一定要在联欢晚会上穿这身夜礼服。"

"要是他不留神点儿，就会被林恩公司的美人儿瞧上的。"

菲利普已经听说过那联欢晚会，因为联欢晚会所花的钱是从工资里扣除的，所以引起了职员们的抱怨。每月只扣两先令。而且这里面还包括了医疗费和用于一个只有些破破烂烂的小说的图书馆的费用，可是除了这些，每个月还要扣除四先令的盥洗费，菲利普发现，他每周的六个先令总有四分之一永远到不了他手里。

大多数的人正吃着夹着大块肥咸猪肉的面包卷。这些店员们经常当做晚餐吃的三明治，是在隔几个门的一家小店里买来的，每个两便士。这时那位当兵的跌跌撞撞地进来了。他一声不响地三下两下脱掉衣服，然后一头倒在床上。十一点十分时那盏煤气灯猛地跳了一下。过了五分钟灯就灭了。那个当兵的已经睡着了，其他人则穿着宽睡衣或者长睡衣聚集在大窗户那儿，一边用吃剩下的三明治朝下面街道上走过的女人身上打，一边冲她们叫喊着玩笑话。房子的对面是犹太人成衣商的一个六层楼的工场，到十一点才收工。那些房间里灯火通明，窗户上都没有百叶窗。那位吸血鬼的女儿——那个家庭有父亲、母亲、两个小男孩和一个二十岁的姑娘——收工之后，她就在楼里转一圈把灯都关掉，有时她在那里听任某个男裁缝向她表示爱情。某个男人耍了个鬼花招，收工时故意留在后面，把菲利普房间的那一帮营业员们看得乐不可支，他们就打一些小赌，看谁能说对接下来会发生什么事情。到了午夜，在大街那头的那家名叫“哈林顿纹章”的酒店喝酒的人们被赶出来了。过一会儿营业员们就纷纷睡觉去了，贝尔从这张床跳到那张床，他的床紧挨着门，甚至到了自己的床上他还说个不停。末了，除了那位当兵的持续不断的鼾声外，一切都安静下来，菲利普也进入了梦乡。

七点钟，一阵震耳的铃声把他吵醒了。差一刻八点的时候他们都穿好了衣服，穿着袜子忙不迭地跑下楼趿拉上自己的靴子。他们跑到牛津大街的商店里去吃早餐时才把靴子系好。要是一过八点他们就吃不上饭了，而且，只要一进了商店就不让他们出来吃东西了。有时，如果他们知道自己赶不上准时到大楼吃饭，就在住处附近停一下，买上两个小圆面包。不过这样做要花钱，所以大多数人就不吃什么东西一直干到中饭。菲利普吃了些面包，喝了一杯茶，在八点半的时候又开始了一天的工作。

“先往右拐，然后靠左，太太。”

很快他就能开始机械地回答各种问题了。这种工作很单调，而且也很劳累。几天以后，他的脚就疼得几乎站不住了：软的厚地毯使他的双脚火辣辣的，而且晚上脱袜子时两脚很痛。对这样的苦楚大家都牢骚满腹，而且他的“站柜台的”伙计们告诉他，因为总是出汗，袜子和靴子就会沤坏了。他住的这间屋子里的人受的都是同一种罪，他们躺在床上把脚露在被子外边，好减轻一下痛苦。起初，菲利普连路都走不动，好多个晚上，他只得待在哈林顿大街的那间起居室里把双脚浸在一只凉水桶里。每逢这种场合，陪着他的就是贝尔——那位男子服饰用品部的小伙子，他常常留下来整理他收集的那些邮票。他一边用小张的邮票纸包着邮票，一边单调地吹着口哨。

104

联欢晚会在每隔一周的星期一举行。菲利普来的第二个星期的头一天，林恩百货公司举办了联欢晚会。他商定好了和他那个部门的一个女人一块去。

“跟人们凑合着点儿。”她说，“就像我这样。”

说话的是霍奇斯太太，她是个四十五岁的矮小女人，一头染得很糟糕的头发，一张黄脸上布满了细小的网状血管，浅蓝色的眼睛有着黄色的眼白。她喜欢菲利普，他来商店没有一个星期，她就用他的教名来叫他了。

“咱们俩现在都已经知道倒霉是怎么回事了。”她说。

她告诉菲利普，她的真名不叫霍奇斯，可是她总是提到“我的丈夫霍奇斯先生”，说他是个有资格出席高等法庭的律师，他对待她简直令人发指，因此在她决定了自己一个人过日子的时候就离开了他，可是她也明白了自己赶马车是怎么一档子事了。亲爱的——她管所有的人都叫亲爱的——而且他们过去在家里总是很晚才吃饭。过去她总是用一枚硕大无朋的银胸针剔牙齿。胸针是十字形的，由一根马鞭和一根猎鞭交叉构成，中间还有两个踢马刺。菲利普在新环境里很别扭，商店的那些姑娘们都管他叫“溜边儿”。有一个姑娘用“菲尔”称呼他，因为他一点儿也没有想到这是在跟他说话，所以他没有答应。于是她把头一甩，说他是个“势利眼”。而且下次再碰到的时候，她就带着明显的讽刺意味称他凯利先生。有一位叫作朱厄尔小姐的女人，她快要和一位医生结婚了。其他的姑娘们从来没有见过这位医生，可是她们都说，就冲这个人送给她的好礼物，他也一定是位绅士。

“你甭在乎她们说三道四的，亲爱的。”霍奇斯太太说，“我以前跟你现在一样，也受过这些。她们什么见识也没有，可怜的东西。相信我的话吧。你要是能像我现在这样坚持下来，她们准会喜欢你的。”

联欢晚会是在餐馆的地下室举行的。饭桌都摆到了一边，留出地方来跳舞，小一点儿的桌子也摆开做打轮换式惠斯特牌的牌桌。

“头头们一定会早到的。”霍奇斯太太说。

她把菲利普介绍给了贝内特小姐，贝内特小姐是林恩百货商店里的美人。她是“裙子部”的进货员，菲利普一进门就被“男袜部”的那位进货员揪住聊起天来。贝内特小姐是一个高头大马型的女人，一张红润的大脸盘扑厚厚的一层脂粉，胸脯高高隆起，亚麻色的头发梳理得很精致。她打扮得有点儿过分，但还不算太糟糕。她穿着高领的黑衣服，戴了一副单皮黑手套，就连打牌她也戴着这副手套。她的脖子上挂着几条沉重的金项链，两只手腕上都戴着手镯，还戴着圆形绘画垂饰，其中有一个是亚历山德拉皇后[1]的小照，挎着一只黑缎子的小手提包，嘴里嚼着口香糖。

“真是幸会，凯利先生。”她说，“你这是头一次来参加我们的联欢晚会吧？我想你感到有些害羞，可是这儿没有什么不好意思的，我给你担保。”

她极力使别人感到舒适自在。她拍着他们的肩膀，哈哈地笑个不停。

---

①亚历山德拉皇后（Queen Alexandra，1844–1925），英国国王爱德华七世的妻子。她由于美丽、高雅而得到英国人赞赏。

“我是个调皮鬼吧？”她转过脸来对菲利普高声说，“你一定会对我有看法吧？可是我忍不住啊。”

参加联欢晚会的人陆续进来了，大部分都是年轻的雇员，都是些还没有自己的姑娘的小伙子，那些姑娘们也还没有找到什么可以一起散步的人。几个青年绅士穿着普通的西装，打着白色的夜礼服领带，带着红丝绸手帕，他们正准备开始表演节目，带着一种紧张忙乱的、发呆的神色，有的很自信，而有的则很紧张，他们忐忑不安地望着观众。这当儿，一个头发浓密的姑娘在钢琴前坐下，手指划过键盘，发出嘈杂的声音，当听众们坐定了，她向四周看了看，报出她要弹的曲子：

“《俄罗斯之旅》。”

场子里响起了一阵掌声，趁这工夫她熟悉地把几只小铃系在手腕上。她微微一笑，随即弹奏出铿锵有力的旋律。演奏完了，又响起长时间的掌声，在掌声平息之后，应听众的要求又弹了一支模仿大海的曲子。轻轻的颤音表现着起伏的海浪，雷鸣般的和弦伴随着踏动强音踏板，使人联想起暴风雨的来临。这个节目之后，一位绅士演唱了一支歌，歌名叫《和我告别吧》，应听众的要求他又唱了一支《唱得我睡去》。听众以一种细致的鉴赏力来斟酌他们的热情。每个人都受到了“再来一个”的喝彩，因此也就不会由于有人比别人得到了更多的掌声而引起妒忌了。贝内特小姐仪态万方地走到菲利普跟前。

“凯利先生，我相信你一定会弹钢琴，要不然就会唱歌。”她狡黠地说，“从你脸上就看得出来。”

“恐怕我不会。”

“连诗也不朗诵一首吗？“

“我没有什么给人助兴的拿手好戏啊。”

那位“男袜部”的进货员是一位众所周知的朗诵家，他那个营业部的服务员们群起鼓噪要他表演一个。也无须再施加压力他就朗诵了一首富有悲剧色彩的长诗，朗诵的时候，他的眼珠骨碌骨碌来回转，一只手放在胸前，表演得好像他痛苦得不得了。等朗诵到最后一句，他晚饭吃的是黄瓜这一点竟被泄露出来，于是听众报以一阵笑声，不过笑得还有些勉强，因为这首诗大家很熟悉，就是朗诵的声音大了点，诗也长了点。贝内特小姐既没有唱歌、弹钢琴，也没有朗诵。

“噢，她自己有个小节目哩。”霍奇斯太太说。

“喂，少拿我开心啊。看手相和预言将来我还真的懂得不少。”

“唉哟，贝内特小姐，给我看看手相吧。”她那个营业部的姑娘们叫了起来，争先恐后地请她给看一看。

“我不喜欢看手相，我真的不喜欢嘛，我把很可怕的事情告诉了人家，而且这些事都一一应验了，这会使人迷信。”

“得了吧，贝内特小姐，就这一次。”

一伙人把她团团围住，伴随着窘迫的尖叫声，咯咯的笑声，羞红的脸庞，以及沮丧或折服的叫喊，她故弄玄虚地讲什么漂亮的和黝黑的男人，信封里的钱，还谈到旅行，讲得她那搽了粉的脸上冒出了豆大的汗珠。

“看我。”她说，“我都出汗了。”

九点开始晚餐。晚餐有蛋糕、小圆面包、三明治、茶和咖啡，所有这些都不收费。不过要想喝姜汁啤酒的话，可得自己掏钱去买。青年人想对女人献殷勤，常常向女士们提出请喝姜汁啤酒，不过通常的礼节使她们总要加以拒绝。贝内特小姐很喜欢喝姜汁啤酒，整个联欢晚会上，她一般要喝两瓶，有时喝三瓶，不过她都是坚持自己付钱。为此男人们都很喜欢她。

“她是个古怪的老东西。”他们说，“不过请注意，她这人倒不坏，她不像有些人那样。”

晚餐过后，大家玩起了在几张桌子间的轮换式惠斯特牌。玩这种惠斯特牌真是闹声喧天，人们一边从这张桌子转到那张桌子，一边不停地笑着喊着。贝内特小姐觉得越来越热。

“看我。”她说，“我都成了个汗人了。”

到了适当的时候，一个打扮得蛮漂亮的年轻人说，要是想跳舞，最好现在就开始。那位曾经伴奏过的姑娘在钢琴前坐下来，把一只脚果断地踏在强音踏板上。她演奏了一支梦幻般的华尔兹舞曲，用低音打着拍子，同时用右手变换着弹奏八度音。为了弹出点儿花样，她还把手互相交叉着用低音区弹奏曲调。

“她弹得不错吧？”霍奇斯太太对菲利普说，“而且她压根儿就没学过，全凭听来的。”

世上所有的事情，贝内特小姐最喜欢的要算是跳舞和诗歌了。她的舞跳得很好，就是跳得慢得要命，而且她眼睛里还有那么一种仿佛她的思想在很远很远的地方的神情。她气喘吁吁地讲到地板，讲到热，还讲到晚餐。她说，波特曼公寓的地板是全伦敦最好的了，她总是喜欢在那儿跳舞。在那儿的人是经过精挑细选的，和各种各样她一点儿都不知底细的男人跳舞她可受不了。是啊，要知道你也许会招致那些你想不到的嘲笑。差不多所有的人都跳得非常好，他们玩得很高兴。汗水一个劲儿地从他们脸上流下来，那些青年人穿的很高的硬领都软塌下来了。

菲利普看着，感到一种他记得很长时间都没有感觉到的巨大的沮丧。他觉得孤独得难受。他因为怕显得太傲慢才没走，他和姑娘们说着话，哈哈笑着，可是他从心里感到不痛快。贝内特小姐问他有没有女朋友。

“没有。”他笑着说。

“嗨，这好办，这儿的姑娘多得可以随便挑。她们有些是体面的姑娘。希望你过不了多久就找到一个。”

她非常狡黠地看着他。

“跟人们凑合着点儿。”霍奇斯太太说，“我跟他这么说过的。”

将近十一点，晚会结束了。菲利普睡不着觉。他也像别人那样把疼痛的双脚放在被子外面。他拼命努力不去想自己过着的这种日子。那位当兵的平静地打着鼾。

105

每个月由干事发一次薪水。在发薪水的那天，营业员们喝完茶从楼上下来，一个一个地来到走廊里，就像在美术馆门外的观众一样排成长队，依序等候着。人们一个接着一个进了办公室。干事坐在一张办公桌前，前面摆着几只盛钱的木碗。他问到雇员的姓名，在一本簿子里查看，疑惑地瞥了营业员一眼，然后飞快地大声唱出应付的钱数，从碗里取出钱来拿在手里数着。

“谢谢。”他说，“下一个。”

答话也是说一声“谢谢”。

领了钱的店员再到第二个干事那里，交给他四先令的盥洗费，二先令的俱乐部用费，要是被罚过款，还得缴罚金，交完了这些钱才能离开这间屋子。然后带着剩下的那些钱回自己的营业部去，在那儿一直等到下班。菲利普那幢房子里的人大都欠那位卖三明治女人的账，他们一般都是把三明治当做晚餐的。她是个古怪的老家伙，非常胖，一张鲜红的大宽脸，黑发按照绘画中维多利亚女王早年的样式，整整齐齐地贴在额头的两边。她总是戴一顶黑色的无边小帽，腰里系着一条白围裙。她把袖子卷到胳膊肘上，用那双又大又脏、油乎乎的手切三明治，她的大背心、围裙和衬衣都是油乎乎的。她名字叫弗莱特彻尔太太，不过大家都称她为“大妈”。她也真的喜欢商店的这些营业员们，把他们称作她的孩子。到月底她也毫不在乎让他们赊欠，据说有人手头拮据时她还借给他几个先令。她是个善良的女人。年轻人要去度假，或是度假回来时，都要去吻吻她那胖乎乎的鲜红的脸颊。而且被辞退了找不到工作的人，不止一个在她那儿得到吃的，勉强度日而不付分文。这些孩子们了解她的慷慨大方，也用真诚的感情来回敬她。他们总喜欢讲这么个故事，说的是有个青年后来在布雷福德发达起来了，而且有了自己的五个店铺，十五年之后，他又回来看望弗莱特彻尔大妈，还送给她一块金表。

菲利普发现把这个月的各种费用扣除之后，自己还剩下十八先令。这是他一生中第一次挣到钱。拿到这些钱并没有使他感到那种预想过的骄傲，而是使他感到了沮丧。这几个钱使他的绝望处境显得愈加严重。他拿出十五个先令给阿西尔尼太太，还自己欠的钱，可是她只要半个苏（十先令），多一点儿也不肯收。

“你看，照这样的还法，我还得要八个月才能还清你的钱。”

“只要阿西尔尼有事干，你就不必着急还，谁知道呢，也许他们还会给你增加薪水哩。”

阿西尔尼总是说，他要去跟经理提一提菲利普，不把他的本事利用起来未免太荒唐了；可是他什么事也没做，而且菲利普很快就得出结论，这位宣传代理人在经理眼中并不像他自己认为的那样是个了不得的人物。他偶尔也在商店里见到过阿西尔尼。他那夸夸其谈的气焰被压了下去：穿着整洁、普通而寒酸的衣服，全然是个缩头缩脑的谦恭的小个子。他匆匆穿过各个营业部，好像急于避开别人的眼光似的。

“一想到我是怎样地在那儿虚度光阴。”他在家里说，“我就几乎想辞职。那儿不是我这种人的用武之地。在那儿我没有发展，填不饱肚子。”

阿西尔尼太太没有理会他的抱怨，还是安详地做着针线活儿，她微微绷紧了嘴。

“在这时候找工作真是难极了。你那工作有固定的收入，也很牢靠，我希望，只要满意你就还在那里干着吧。”

毫无疑问阿西尔尼会留下来的。看到这个没有受过教育的、和他不是靠法律纽带联结在一起的女人压倒这位才华横溢、反复无常的男人，真是有意思得很。菲利普现在的处境已经不同了，可是阿西尔尼太太还是慈母般地对待他，她渴望让他吃上一顿丰盛的饭，这使他很受感动。每星期日他能够到这个亲切的家庭来做客，这成了他那种生活的慰藉（当他渐渐地习惯了这种生活，这种生活的单调乏味是使他寒心的主要原因），坐在那把威严的西班牙椅子上，同阿西尔尼讨论着各种各样的问题，这简直是一种享受。尽管阿西尔尼的处境看上去如此不妙，可是如果不让菲利普纵情快乐一番，他是绝不放菲利普回到哈林顿大街去的。最初，为了不忘掉从前学过的那些东西，菲利普还想办法继续读一读那些医学书籍，可是他发现这一点用处也没有；筋疲力尽的工作之后，他怎么也不能集中精力来看书了。他不知道多久才能重新回到医院去，就这么干下去似乎一点盼头都没有。他总是梦见他去病房里。一醒来他就感到很痛苦。睡在同屋里的那些人的喧闹吵嚷让他感到有说不出来的心烦，他本来习惯了单身独处，现在老得和别人在一起，而且不能自己单独待一会儿。这些时刻对于他真是可怕极了。他这时才发现，同自己的绝望作斗争是极端困难的。他看到了他往后的生活，“先往右拐，然后靠左，太太。”周而复始，永无穷尽。而且不被打发掉他就谢天谢地了。那些去打仗的人很快就要回国了，公司曾保证过允许他们回来，这当然意味着其他的人要被解雇，到那时他甚至还得振作一番以保住眼下的可怜的职位。

唯一能使他摆脱这种处境的事情，就是他伯父的去世。那样他会得到几百英镑，有了这笔钱他就可以完成他在医学院的课程了。菲利普开始衷心希望那位老人早点去世。他计算着他还能活多久：伯父早已过了古稀之年，菲利普不知道他确切的年龄，不过肯定至少有七十五岁了。他患有慢性支气管炎，而且每到冬天他都咳得很厉害。虽然菲利普心里已经记住了老年慢性支气管炎和咳嗽，可是他还是一遍又一遍地反复阅读课本上这部分的详细内容。只消一个酷寒的冬天就使那个老头子够呛的了。菲利普衷心盼望着寒冷和阴雨的天气。他不断地想着，以至于成了一种偏执狂。中暑也是威廉伯父受不了的，在八月份有三个星期的酷暑天气。菲利普心里幻想，说不定有一天他会收到一封电报，说牧师已经猝然去世。他对自己描绘着他的那种难以形容的宽慰感。他一面站在楼梯口指点顾客们要去的柜台，一面在脑子里不停地盘算他用那笔钱做什么。他不知道那笔钱有多少，也许不会超过五百镑吧，不过即使这些也绰绰有余了。到那时，他要当即离开这家商店，毅然决然辞掉职务，捆好箱子，要对谁都不说一声就走。他要回到医院去，这是首先要办的事情。他忘掉的功课会不会很多了呢？他可以在六个月之内把忘了的功课全部补上来。然后，他要尽快地参加三个考试，先是产科，然后是内科和外科。可是他又感到了一种无名的恐慌，尽管他的伯父做了许诺，但他也许会把他所有的东西都馈赠给教区或是教堂。这种想法使菲利普难受极了。他不能如此狠心吧。不过要是真的到了那步田地，菲利普对该怎么做就很有决心了。他不能这样无限期地继续下去，他的日子所以还能凑合，只是因为他还有某些盼头。一旦没有了希望，他也就没什么可怕的了。到那时，唯一可做的勇敢举动就是自杀。而且，连这个菲利普也考虑过了，他严密地确定了要采用哪一种没有痛苦的药，而且还想好了怎样把药品搞到手。想到这些使他有了勇气。一旦事情变得没法忍受，不管怎么说他也有一条最后的出路，想到这些就使他有了勇气。

“再向右拐，太太，然后下楼梯。左边第一个柜台，一直走。菲利普斯先生，请朝前走。”

一个月里菲利普要值一次班，一次一个星期。他得在早晨七点到营业部去监督清洁工。等他们打扫完了，他还得把遮盖在架子上和模特儿上的布单揭掉。在晚上营业员都走了之后，他得再把布单子盖回到模特儿和货架上去，还得再监督着那些清洁工。这是个灰尘很大，也很脏的差事。不允许看书，写东西，或者吸烟，只能四处走动。时间过得很慢。他九点半一离开营业室就去吃那份给他的晚餐，而且这也是唯一的安慰。因为他是五点钟吃的茶点，此时已是食欲旺盛了，店里供应的面包、乳酪，以及管够喝的可可，对他都是多多益善。

一天，这是菲利普来到林恩百货公司已经有三个月的时候，那位进货员桑普森先生来到营业部，满脸怒气。经理进营业部时，凑巧注意到了那个服装橱窗，他就叫人把这位进货员找来，狠狠地把那橱窗的颜色搭配挖苦了一顿。对上司的挖苦，桑普森先生只能按捺住不置一辞，反过来，桑普森先生却把这一肚子的窝囊气都撒在营业员们身上，他还把这个负责装饰橱窗的可怜虫结结实实地臭骂了一顿。

“要是想把一件事干得像点儿样，你非得亲自去做不可。”桑普森先生咆哮着，“我过去总是这么说，而且以后还得这么说。交给你们这帮家伙干个什么事都干不成。你们还说自己挺聪明哩，说过吧？聪明个屁！”他用这些话狠狠地打在营业员们的身上，仿佛这是最尖刻的痛斥。

“橱窗里要是有铁蓝色就会把别的蓝色压下去的，你们难道就不知道吗？”

他恶狠狠地四下里扫了扫营业部，目光落到了菲利普身上。

“凯利，下星期五由你来布置橱窗。让我们来看看你能把橱窗布置得怎么样。”

他气愤地嘟囔着，走进了他的办公室。菲利普心里颓丧极了，到了星期五早晨，他带着一种令人厌恶的羞愧感钻进了橱窗。他脸上火辣辣的。把自己展览给过路的行人瞧真是可怕，尽管他对自己说屈服于这种感情是愚蠢的，可他还是转过脸来，背冲着大街。在这个钟点不大可能有什么医学院的学生经过牛津大街，而且他在伦敦几乎什么人都不认识。可是，菲利普的喉咙里像堵了个大硬块，他一边干着，一边想象，转过身来的时候，他的目光准会和某个他认识的人的目光碰到一起。他尽可能快地干着。通过大致的观察，他看出所有的红色都放到一起了，他把那些服装分开，间隔比平时要大些，就得到了一种非常好的效果。那位进货员走到街上看了看实际效果，这时他显然满意了。

“我知道安排你来装饰橱窗，准错不了的。说真格的，你我都是绅士。可是你听着，我是不会在营业部里说这种话的，可是你我都是绅士，这一点一向总是起作用的。你跟我说不起作用，这是不好的，因为我知道是起作用的。”

这个工作正式委派给了菲利普，可是他不习惯抛头露面；他特别害怕星期五的早晨，这天早晨要装饰橱窗，由于担惊受怕，他五点钟就醒了，心里难受得躺在床上睡不着。营业部的姑娘们注意到了他羞怯的样子，而且他们很快就发现了他背冲着大街的窍门儿。她们笑话他，管他叫“溜边儿”。

“大概你是害怕你婶婶路过这儿，会把你的名字从继承遗产的遗嘱上划掉吧？”

总的说来，他和那些姑娘处得相当不错。她们认为他有些古怪，不过他的跛脚似乎解释了他为什么和别人不大一样，而且，过了一段时间，她们也发现他的脾气蛮好，帮助人他也绝不在意，而且他文质彬彬，性情平和。

“看得出他是位绅士。”她们说。

“就是太不爱说话了，是吧？”一位年轻的姑娘说，因为菲利普对于她那种去剧院的热情劲儿无动于衷。

她们这些人都有个“伴儿”，那些没有说有“伴儿”的姑娘们，也不过是要人家认为还没有谁看上她们罢了。有一两个姑娘有过表示愿意和菲利普调情的迹象，他怀着很大的乐趣看着她们的鬼花招。他对谈情说爱已经够了，而且他差不多总是感到疲倦和饥饿。

106

菲利普避开了那些他熟识的曾经一度有过快乐的地方。在比克大街那家酒莱馆的那个小小聚会已经散伙了。麦卡利斯特不再到那里去了，因为他让他的朋友大失所望。而海沃德正在开普敦，只剩下劳森一个人。菲利普不愿意见到他，觉得这位画家同自己已经没有共同之处了。可是，在一个星期六的下午，吃过饭，换过衣服，他走到摄政大街，到那家在圣马丁区的免费图书馆去，打算在那里消磨一个下午。突然间，他发现自己和劳森打了照面。他第一个本能的反应就是想一句话不说走过去，可是劳森没容他找到这个机会。

“这阵子你究竟钻到哪儿去了？”他叫道。

“我？”菲利普说。

“我给你写信，请你来画室快乐地吃一顿，可你连回音也没有。”

“我没有收到你的信。”

“是没有，这我知道。我到医院去找过你，看见我那封信还放在信架上。你已经不学医了吗？”

菲利普犹豫了片刻。他不好意思说出真情，不过感到的羞愧激怒了他，他硬着头皮把实情讲出来，他禁不住脸红了。

“不错，我把我的那一点儿钱都花光了。没有钱再继续学下去了。”

“原来是这样，我抱歉极了。你现在在做什么呢？”

“当个顾客招待员。”

这话使菲利普感到堵得慌，可是他决心不隐瞒真情。他两眼紧盯着劳森，看得出他很尴尬。菲利普狂笑了一下。

“要是你来林恩和塞德利百货公司，到礼服成衣部来的话，你将会看到我穿着件礼服大衣，自由自在地到处走，给那些想去买衬裙或长筒袜的太太小姐们指路：‘先往右拐，太太。然后靠左。’”

看着菲利普在用这种事来开玩笑，劳森尴尬地笑起来，他不知该说些什么好。菲利普使人想到的那个情景把他吓坏了，但是他不敢表示自己的同情。

“对你，这可是有点儿变化啊。”他说。

对菲利普说这种话似乎很蠢，劳森马上就后悔不该这么说了。菲利普涨得满脸通红。

“是有点儿。”他说，“噢，顺便说一声，我还欠你五个先令哩。”

他把手伸进口袋，掏出了一些银币。

“噢，没关系。我倒把这件事全忘了哩。”

“别胡说了，拿着吧。”

劳森默默地收下了钱。他们在人行道当中站着，过往行人总碰到他们。菲利普的眼睛里带着一种嘲讽的眼光，这使得这位画家感到十分不安，他没能看出菲利普绝望得心情沉重极了。劳森非常想做点事儿，可又不知道做什么。

“喂，你不来画室聊聊天吗？”

“不啦。”菲利普说。

“为什么不？”

“没有什么可说的。”

他看到劳森的眼睛里露出痛苦的神情，他对此也无能为力，他感到抱歉。可是他不能不为自己着想，想到要讨论自己的处境他实在受不了，他之所以能熬得住，只是由于他毅然决然地决心不去想这些事。他害怕，一旦开始倾诉衷肠，就一切都倒出来，自己会支持不住的。况且，他对自己受过苦痛的地方有着压抑不住的厌恶。他忘不了他过去所受的屈辱：他饿得前胸贴后背，在那间画室里等着劳森施舍一顿饭；还有从劳森手里接过五先令时的最后的场面。他真不想看见劳森，因为一见到劳森，他就会想起那些卑躬屈膝、低三下四的日子。

“那么这样吧，哪天晚上来和我一起吃顿饭吧。你看，哪天晚上都行。”

菲利普被画家的好意感动了。他想，各种各样的人都奇怪地对他好。

“你真是太好了，老伙计。不过我还是不能去。”他伸出手来，“再见吧。”

劳森握了握他的手，这种似乎费解的行为使他很不安。然后，菲利普很快地一跛一跛地走开了。他心情沉重，而且又像平时那样，为他这样做而责骂起自己来了。他不知是什么疯狂的自尊心使他拒绝了别人提出来的友好表示。但是他又听到身后有人追上来，这当儿劳森在喊他的名字，他站住了，突然间，一种充满敌意的感情压倒了他，他对劳森摆出一副冷冰冰的没有表情的面孔。

“什么事？”

“大概你听说了海沃德的事吧？”

“我知道他上开普敦去了。”

“他死了，你知道吧，上了岸不久死的。”

菲利普好一阵儿没有答话，他简直不相信自己的耳朵。

“怎么死的？”他问。

“唉，得了伤寒。真够倒霉的，是吧？我想你也许不知道吧。我听到这消息吓了一跳。”

劳森很快地点了点头，走开了。菲利普觉得心头掠过一阵寒栗，以前他从没失去过与他年龄相仿的朋友。克朗肖比他要大得多，他的死似乎是事物的正常趋势。这个消息使他感到特别震惊。这个消息使他想到了自己也是必然要死的，他完全明白所有的人都会有一死，可是菲利普也像所有其他人一样，在内心深处并不觉得同样的事也一定会落到自己头上。海沃德的死深深地触动了他，尽管他对海沃德早已没有任何热烈的感情了。他倏地回想起他们过去曾有过的一切愉快的谈话，想到他们将永远不会再在一起聊天了，他感到心痛。他回忆起他们初次相会，以及他们在海德尔贝格一起度过的几个月的愉快时光。当回想起那些逝去的岁月，他沮丧极了。菲利普机械地走着，也没有注意他到了什么地方，突然间，做了一个生气的动作，他明白了自己没有拐到干草市场去，而是已经踱到沙夫茨伯里林荫路来了。他很不耐烦再顺着原路回去，再说，听了这个消息，他不想去看书了，只想独自坐一坐，想一想。他决定去不列颠博物馆。现在，孤独是他的唯一的奢侈了。自从进了林恩公司以来，他常常到那里去，在从巴特农神庙[①]移来的群像前坐一坐，而且他也不多费思忖，而是让那些众神们来安抚他那受到惊扰的灵魂。可是这天下午，众神们对他什么话也没有说。焦躁不安地待了几分钟之后，他就从那儿转了出来。这里的人非常多，到处都是面孔蠢钝的乡下人，埋头看旅游指南的外国人：他们的丑陋玷污了这些永恒的杰作，他们的躁动不安搅扰了神的不朽宁静。他走进了另一间屋子，这儿几乎什么人也没有。菲利普疲惫地坐下来，他的神经紧张得都快绷断了，他无法把那些人从脑海里排除掉。在林恩公司有时候他们也是这样侵扰他的。他恐惧地看着他们从他的面前鱼贯而过，他们是那样丑陋不堪，就连脸上也带着卑鄙自私的神情，真令人恐怖。他们的眉眼被琐屑卑微的欲望扭歪了，使你觉得，他们对任何美的概念都一无所知。他们长得贼眉鼠眼，尖嘴猴腮。并不是他们身上有什么邪恶，而仅仅是偏狭、平庸罢了。他们的幽默只不过是一种低下的笑话而已。有时候，他发现自己在观察着他们，想看出他们都像哪些动物（他努力不去这样做，因为很快地他会对这样的观察着了迷），他看出，他们都是些绵羊、马、狐狸或是山羊，人类真叫他感到厌恶、作呕。

但是，过了一会儿，这个地方的影响降临到了他心上。他感到安静了些。他开始漫不经心地看起屋里陈列的墓石来。这些墓石是公元前四世纪和五世纪雅典石匠的作品。它们非常简朴，而且，它们虽然并非出自大师巨匠之手，但却具有雅典人赋予它们的优雅的气派。时间使这些大理石变成了蜜一样柔和的颜色，以至于使人会不知不觉地想到希梅图斯[②]山间的蜜蜂。岁月磨去了它们的棱角。有些墓石上的雕像表现的是一位坐在长凳上的裸体人物，有的表现的是死者与恋人的分别，有的则是死者紧紧地拉着活着的人们的手。在所有的墓石上都是悲怆的惜别，除此之外什么也没有了。它们的质朴十分感人。朋友的生离，母子的死别，那种感情的克制使得幸存者的哀伤更加感人至深。星移斗转，沧海

①巴特农神庙（Parthenon）：在希腊雅典，是祭雅典娜女神的神庙。

②希梅图斯（Hymettus）：雅典城附近的一条山脉，以山上的一座大理石建筑闻名。

桑田，那些不幸过去了，一个又一个世纪。两千年来，那些垂泪之人同他们为之流泪的人一样，都归于泥土了。然而悲哀并没有消失，它充满了菲利普的心，因而他感到心头涌起了一阵怜悯之情，他感叹：

“可怜的人们啊，可怜的人们。”

他又想到了那些气喘吁吁的观光者和那些带着旅游指南的肥胖的异乡客，以及拥塞在商店里的那些普通的人们，他们追逐的是微利末义，关心的是粗俗卑下，可是所有这些人的生命都是短暂的，他们都必然会死。他们也爱，但又必定得离开他们所爱的人，儿子必定离开母亲，妻子也必定得同丈夫分手。也许更可悲的是，他们的生活是那么丑陋污秽，对那些将美带给世间的事物一无所知。有一块石头非常漂亮，上面刻着两个青年握手的浮雕。浮雕线条严谨，风格质朴，使人简直会认为雕刻家在这里是受到了一种纯真感情的触动。对于比世上现存的一切事物更可宝贵的友谊来说，这浮雕是一座精巧优美的纪念碑。菲利普看着浮雕，觉得眼睛湿润了。他想起了海沃德。想起了他们最初相识时自己对他的热烈崇敬，以及这种崇敬是怎样破灭的，而后来又怎样变得冷淡了。除了习惯和往日的回忆以外，就再也没有什么了。在生活中这真是一件怪事：你一连几个月天天都看到一个人，而且跟他又是那么亲密，甚至你都无法想象没有他你怎么活。后来两个人分手了。一切都一如既往，那个曾经似乎是少不了的伙伴却成为不必要的了。你的生活照常进行，你甚至都不怀念他。菲利普想起了早年在海德尔贝格时的那些日子，当时能够成大器的海沃德对未来充满了热情，而后来，逐渐一事无成而自暴自弃，自甘失败。现在他死了。他的死如同他活着一样毫无用处。他湮没无闻，死于一种无聊的疾病，甚至到最后，他也没有做成什么事，又一次归于失败。就和这世界上根本不曾有过他这个人一样。

菲利普绝望地问自己，一个人活着究竟有什么用呢？一切都似乎是空虚。对于克朗肖来说也是如此，他活着，是十分不重要的。他死了，被遗忘了，他的诗歌集则被旧书商廉价出售，他的一生除了给了一个机会，让一位好事的杂志撰稿人在评论刊物上写一篇文章外，似乎再没有什么用处。菲利普在灵魂深处呼喊：

“生命到底有什么用呢？”

努力和它的结果竟是如此地不相称。青年人光辉的希望不得不付出幻灭这样一种惨痛的代价。痛苦、疾病和不幸把天平的一端沉重地压了下去。所有这一切都说明什么呢？他想到了自己的生活，他曾经怀着强烈的希望投身到生活中去，可是他的身体却强加给他种种限制，他的青少年时期既没有朋友又缺少爱情。他想不起他干哪件事情不是朝着最好的方面去干的，可是他栽了多大的跟头啊！有些人并不比他强多少，可是却成功了！还有一些人，比他强得多，可是却失败了。看来这纯粹是运气。雨点落在正直人的身上也同样落在邪恶的人身上，因为这是没有什么是非曲直可言的。

一想到克朗肖，菲利普就回想起他送给自己的那块波斯小地毯，他曾告诉过菲利普，这块小地毯将给他提供关于生活意义的答案。突然间，那个答案出现在他眼前，他暗自窃喜现在找到这个答案了。它就像一个让人苦苦思索的谜语一样，在你知道了答案之后，就会纳闷自己怎么就会想不到呢。答案很明白：生命没有意义。地球是一个星体的卫星，它飞快地穿过空间。在地球上，生物是在构成这个天体历史的一部分的那种环境的作用下产生出来的。既然这个行星上有了生命的发端，那么，在其他条件的作用下，也就会有生命的结束。人不是作为创造物的顶点，而是作为肉身的创造物进入这个环境的，人并不比其他形式的生命更重要。菲利普回想起了一个东方国王的故事：这个国王想知道人类的历史，一位哲人就给他送上五百本著作。由于他忙于政务，他请哲人回去把这套书做一番精简。二十年后那位哲人回来了，这时他的人类史著作已不足五十本了，可是这时国王已经老得读不完这鸿篇巨制了。他又一次请哲人回去把这些著作精简一番。又是二十年过去了，那位老态龙钟的哲人带来了一本书，这本书里的知识都是国王所追求的知识，可是那位国王已经快死了，连这本书也来不及读了。于是这位哲人便用一句话把人类的历史告诉了他，这就是：人生下来，受苦受难，然后死了。人生并没有什么意义，而且人活着没有什么目的。一个人生下来了，或者没有生下来，他是活着还是死了，都无关紧要。活着不足道，死了也不足惜。菲利普欣喜若狂了，正如他在少年时代，对上帝的信仰这一重负从心头落下一样，感到欣喜若狂。他觉得从自己身上卸掉了最后的一点责任感的负担，他第一次感到彻底地自由了。自己的卑微变成了力量，他感到自己一下子同那个似乎一直在折磨着他的残酷命运平起平坐了。因为，如果生活是毫无意义的话，那么人世间也就谈不上什么残酷了。他所做过的事情或是留下没有做的事情都没有什么关系了。失败无须计较，成功也只是一场空。在地球上短暂地据有一角之地的芸芸众生中，他是最微不足道的。而他又是全能者，因为他已经从混沌中领悟出了一切皆空的奥秘。在菲利普热情的幻想中，千般思绪纷沓而至，滚滚而来，他喜悦而满意地长吁了一口气，他真想蹦一蹦、唱一唱才好，他有好几个月都没有这样高兴过了。

"啊，人生。"他心中喊道，"啊，人生，你的痛苦与不幸在哪里呢？"

那种迸发的幻想曾以数学论证的精确性向他显示：生活是没有意义的。就是这种幻想给他带来了另外一个思想——他认为，这就是克朗肖送给他那块波斯小地毯的原因。织工精心编织地毯的图案时，并没有什么目的，只不过是出于他的美感快乐罢了。一个人也可以像这样来过自己的生活，或者说，如果他不得不相信自己的行为并不由他自己选择，一个人也可以这样看待自己的生活，这样看待生活所编织的图案。编织这样的地毯并没有什么必要，因为它没有什么用途，这不过是人们找点事儿干一干以取乐排遣罢了。人们可能从自己的生活、行为、情感、思想的各种各样的事件中，织出一个规则的、精心的、复杂的或者是漂亮的图形来，其中月光和幻象交织在一起。但是这些都无关紧要，它看起来好像是这样，那么对于它来说，它也就是真的了。在生活的巨大的经线中（这是一条长河，既无源头，又滔滔流逝，却不流入海洋），一个人幻想着生活既无意义，又无重要性，就可以随意选择几股纬线来编织成图案，从而得到自我满足。有一种图案最明显，最完美，也最美丽，在这种图案中，一个人生下来，长大成人，然后结婚，生儿育女，为衣食而劳碌，最后死去。不过也有另外一些复杂而惊人的图案，在这些图案中，没有织进去幸福，也没有臻于成功的努力，在这些图案中，也许能发现一种更加搅动人心的优雅。有些人的生活，包括海沃德的生活在内，盲目而冷酷的命运在图案还没有完成时就把它剪断了。到那时，一句安慰的话，说这没关系，就使人舒服了。还有一些人，他们的生活所提供的图案别人是很难仿效的，就像克朗肖的生活一样：在一个人能够领悟这种生活就是它本身合理的证明以前，旧的观念必须转换，旧的标准必须改变。菲利普想，他在放弃对幸福的追求的同时，也就抛弃了他的最后的错觉。如果用生活的幸福来衡量的话，他的生活好像是可怕的，可是现在，当他认识到生活还可以用别的东西来衡量时，他仿佛又获得了力量。幸福和痛苦一样都无足轻重。幸福和痛苦也像他生活中其他全部细节一样，都被编织进那个精心制作的图案之中。在一瞬间，他仿佛超脱于自己生活中种种意外事件之上了；而且，他觉得这些事件再也不会像以前那样影响他了。现在，他无论发生什么事情，都将是一个新的主题，增加了图案的复杂，而且到了生命完结的时候，他将会由于完成了这个图案而感到欣喜。这图案将会是一件艺术品，它的美丽将不会有丝毫逊色，因为只有他一个人知道这图案的存在，而随着他的死去，这图案也就立刻不复存在了。

菲利普高兴起来了。

107

进货员桑普森先生喜欢起菲利普来了。桑普森先生神气十足，营业部里的姑娘们都说，他要是娶了一位阔绰的顾客，她们谁也不会惊奇的。他住在城外，在办公室里常穿着一件夜礼服，这给营业员们很深的印象。有时候，在第二天早晨，那些值班负责清扫的营业员们，会看到他来的时候还穿着件夜礼服，当他进办公室换礼服大衣的当儿，这些营业员就意味深长地互相挤挤眼睛。他溜出去吃完了早餐，搓着手回来，上楼梯的时候，每逢这些场合他总要冲菲利普挤挤眼。

“昨天晚上过得真带劲儿！可真带劲儿！”他说，“好家伙！”

他告诉菲利普，他是那里唯一的一位绅士，而且唯有他和菲利普才知道生活是怎么档子事。这番话一说完，他的态度立刻变了，管菲利普叫凯利先生，而不再称兄道弟了。他摆出一个处在进货员地位的人应有的傲慢态度，把菲利普又摆回到顾客招待员的位置上去了。

林恩和塞德利公司每星期收到一次巴黎寄来的时装报纸，他们按照顾客的需要，把报纸上服装图样进行修改。他们的顾客都有些不一般。其中绝大多数是来自较小的制造业的城市的妇女。她们讲究服装，不愿去买他们本地缝制的成衣，而且她们对伦敦不熟悉，找不到与她们财力相当的、像样的女服裁缝店。除了这些人，和这家店不相称的还有一大批音乐厅的女演员。这是一种桑普森先生亲自逐步建立起来的交情，而且他对此引以为豪。起先，她们曾在林恩公司买舞台服装，他也劝诱她们在这里买其他的衣服，就这样开了头。

“就跟‘帕金’商店的一样好，而且价钱只有一半。”他说。

他具有一种有说服力的、友好的风度，这种风度也正投这种女人所好，她们互相说道：

“能在‘林恩’店里买到一套没人看得出来不是在巴黎买的裙子和上衣，干吗还要把钱扔到别处去呢？”

桑普森先生跟那些穿他做的上衣而走红的女演员挺有交情，他对此颇为得意，而且，当他星期日下午两点钟去塔尔斯山大街那幢漂亮的住宅同维多利亚·弗戈小姐共进午餐之后，第二天他总要大讲特讲每一个使整个营业部都为之动容的细节：“她正穿着咱们给她做的那件深蓝色衣服，我敢打赌，她没有说出这件衣服是从咱们这儿买的，我不得不自己告诉她，这件衣服要不是我亲手设计的，我准会说这衣服一定是从帕金商店买来的啦。”菲利普从来没有对女人的服装过多地注意过，可是在一段时间里，他有点自得其乐地开始对女人的服装产生了一种技术上的兴趣，他对色彩有一种受过较高训练的观察力，这是营业部里没有人能比得上的，而且他在巴黎的那段学习日子里还掌握了某些关于线条的知识。桑普森先生是个没有什么学识的人，他也认识到了自己能力有限，不过他能够狡猾地让自己采纳别人的建议，在进行新的设计中，他经常不断地询问他那个营业部里的营业员们的看法，他很快就看出了菲利普的批评很有价值。不过他嫉妒得不行，就是不肯承认他采纳了任何人的意见。每当他按照菲利普的建议改动了什么图纸，他总是用这句话来结尾："唉，到头来又转回到我原来的主意上去了。"

菲利普来百货公司已经有五个月的一天，那位既庄严又诙谐的著名演员艾丽斯·安东尼亚小姐到店里，要求见桑普森先生。她是个高大的女人，亚麻色的头发，一张妆化得很粗放的脸，嗓音刺耳，带着那种习惯于同那些在地方音乐厅里厮混的小伙子们拉关系、套亲近的喜剧女演员的活泼风度。她有一支新歌曲，希望桑普森先生能给她设计一件衣服。

"我需要扎眼点儿的。"她说，"老的衣服样子我可不要，你知道。我要的是与众不同的。"

桑普森先生和蔼而又亲昵地说没问题，他们能够使她如愿以偿。他给她看了一些草图。

"我知道，我们这儿没有合适的，不过，我希望您能看一看我建议的这个。"

"唉哟，不行，这完全不是我要的那个样子。"她一边不耐烦地扫着那些图样一边说，"我想要的衣服呀，得让他们看了说不出话来，门牙咬得咯嘣咯嘣响才行。"

"是的，这我完全懂得，安东尼亚小姐。"进货员带着温和的笑容说，可是他那双眼睛却变得越发茫然，越发傻了。

"看来，为这事我最后不得不跑一趟巴黎啦。"

"呀，我想我们会让你满意的，安东尼亚小姐。凡是在巴黎能买到的您在我们这儿也照样能买到。"

她大摇大摆地走出了营业部，这时，桑普森先生心里直犯嘀咕，于是和霍奇斯太太琢磨起这件事来。

"她可是个惹不起的人物，别捅出娄子来。"霍奇斯太太说。

"艾丽斯，你在哪儿呢？"进货员说道，他烦躁地想起，他已经在她面前丢了一回脸了。

他的关于音乐厅服装的主意无非是什么短裙啦，波浪式花边啦，闪闪发光的金属片啦。可是安东尼亚小姐在这方面曾经表示过她自己的看法，那话也并非不明确。

“哟，我的妈呀！”她说。

她这一声喊叫表明了对一切平庸都深恶痛绝，即使她没有再说那些金属圆片儿让她腻透了。桑普森先生“想”出来了一两个主意，可是霍奇斯太太直率地告诉他，这主意不行。倒是她向菲利普建议：

“你会画画儿吗，菲尔？你怎么不动手试试，看看你能画得怎么样？”

菲利普买了一盒便宜水彩，晚上，那个吵闹的十六岁的小家伙贝尔吹着口哨，就捣鼓起他的那些邮票。他才吹了三支曲子，菲利普就画出了一两张草图。他回想起在巴黎时曾经见过的一些服装，又从其中采用了一种，再把一种强烈而又突出的色彩结合进去，果然收到了效果。这使他很高兴，而且第二天他就把这图拿给了霍奇斯太太。她看后多少有些惊讶，不过立刻送给进货员。

“真不一般。”进货员说，“不可否认。”

同时，他那双训练有素的眼睛看出了这张图样可以缝出妙极了的衣服来。为了挽回他的面子，他开始提议把这张草图做一些改动，可是霍奇斯太太更有辨别力，劝他就这样拿给安东尼亚小姐看看再说。

“不管三七二十一，拿给她看看再说，没准她会喜欢哩。”

“这可真是孤注一掷了呀。”桑普森看着这张袒胸露肩的衣服的草图说，“他还真能画两下，是吧？没想到他真是有招儿不露啊。”

当通报安东尼亚小姐来了的时候，进货员把那张图样摆在桌子最显眼的地方，好让她一进办公室就能注意到。她一下子扑了过去。

“这是什么啊？”她说，“我怎么不能穿这种衣服呢？”

“这就是我们为您琢磨出来的呀，”桑普森先生漫不经心地说，“喜欢吗？”

“当然喜欢！”她说，“给我半品脱水，里面再掺几滴杜松子酒。”

“啊，您瞧，用不着非得去巴黎了吧。您只须说一声您想要什么，你就可以有什么。”

马上着手裁剪衣服，当菲利普看到服装做好了，他感到一阵满意的颤抖。进货员和霍奇斯太太却把这件衣服的功劳全归了他们自己。可是菲利普并不在乎，当他跟他们一起到蒂沃里音乐厅看安东尼亚小姐首次穿这件衣服时，他真是心花怒放。在回答霍奇斯太太的问话中，他终于把自己过去是怎样学画画的告诉了她——他唯恐周围的人会认为他想摆架子，所以始终小心谨慎，对他过去干过的几种职业只字不提——她又把这个情况转告了桑普森先生。进货员没有对他提起这件事，可是对待他却开始多少恭敬一些了，不久就把两件郡里顾客的活儿交给菲利普来设计。顾客看了很满意。这以后，桑普森先生开始对顾客们提到有一个“聪明的小伙子，巴黎的艺术学生，你们知道吧”在为他干事。菲利普很快就躲到一片帷幕后面，穿着衬衫，从早到晚地画起来了。有时候，他忙得只好在三点钟时同那些也没赶上吃饭的人一块儿吃饭。他喜欢这样，这时候吃饭的人不多，而且大家都累极了，谁都懒得聊天。由于这些菜饭又是从进货员餐桌上剩下来的，所以也要好一些。菲利普由顾客招待员的地位升到了服装设计员，这件事在他那个营业部里引起了很大反响。他知道这下子他成了嫉妒的对象。他在店里第一个认识的、长着个奇形怪状的脑袋的那个营业员哈里斯，曾经挺喜欢菲利普，这时也掩盖不住他的那股刻薄劲儿了。

“有些人就是很走运啊。”他说，“不定哪天你自己也会当上进货员的。我们就都得叫你‘先生’了。”

他告诉菲利普，应该去要求更高的工资，因为尽管他现在干的是困难的活儿，可是他的薪水还是开始时的每周六先令，一分钱也没加。然而要求提薪是件棘手的事。经理会用一套讥讽的办法对付这类要求。

“你觉得自己能挣的还不止这些，是吧？你认为你该挣多少呢，嗯？”

这位营业员心里有什么就说什么，提出他认为自己每周应该再加两先令。

“嗨，好极了，倘若你认为自己该挣这么多钱，你可以提出拿这么多的。”他停顿一下，用坚强的目光看着，又说，“而且你也可以提出辞职嘛。”

到那时，撤回自己的要求可就晚了，你只能开路了。经理认为不知足的营业员是不会老老实实干活的，如若不值得给他们提薪水的话，那最好还是立刻请他们卷铺盖回家。到头来他们结果什么要求也得不到，除非他们本来就准备离开。菲利普感到犹豫。那些和他同房的人告诉他，那位进货员离了他什么也干不了，他对这话有些将信将疑。他们都是正派的伙伴，可是他们不懂得幽默，一旦他们劝说菲利普去要求增加工资，而菲利普反而被解雇了，他们会觉得很有趣。他忘不了自己找工作时遭受过的那些屈辱，所以不愿意让自己再去受这罪。他知道，在别的地方也很少有机会能得到像设计员这样的职位。能够像他画得一样好的人多的是。可是他太需要钱了：他的衣服都已经穿破了，靴子和袜子也被那沉重的地毯磨坏了。他差点儿冒险采取要求加薪的步骤。可是，有一天早晨，他吃完了早餐，从地下室穿过通往经理办公室的走廊时，看到一队正在等着招雇的人，一共有一百来个，而且每一个被雇用了的人都将供给食宿，也有和菲利普所挣的每周六先令那样的工资。他看到有些人向他投来嫉妒的眼光，因为他已经是个有职业的人。这使他不寒而栗，他更不敢去冒丢掉饭碗的风险了。

108

冬天过去了。菲利普不时到医院去，他在天色已晚而又不大可能碰见熟人的时候溜进去，去看一看有没有他的信。复活节的时候，他收到伯父来的一封信。看到伯父来的信他很惊讶，因为他活这么大，布莱克斯塔布尔的牧师给他的信总共不过五六封，而且都是些关于事务方面的。

亲爱的菲利普，

若是你打算不久休假并且愿意到这儿来的话，我将很高兴见到你。这一冬天我的支气管炎犯得很厉害，威格拉姆医生都没想到我会熬过来。我有一个惊人的好体质，感谢上帝，我奇迹般地恢复过来了。

你亲爱的

威廉·凯利

这封信使菲利普很生气。他的伯父怎么会认为他还活着呢？伯父甚至没有问一问他的情况。若是靠这个老头照拂的话，他也许已经都饿死了。但是当菲利普往回走时，有什么东西触动了他，他在一根路灯柱下停下来，把这封信又读了一遍，信上的笔迹已经不再是以往的那种特有的，公事公办的，坚定有力的笔迹了。字体很大，而且哆哆嗦嗦的，恐怕是他的病况比他自己愿意承认的要严重得多。菲利普发现，这封刻板的简信中表达出老头儿渴望见见他在这个世界上的唯一的亲人。菲利普回信说，七月间他可以回布莱克斯塔布尔住半个月。这个邀请来得很是时候，因为他正发愁在这个短暂的假期该干什么。阿西尔尼一家九月都去采蛇麻子，可是到那时他又腾不出时间来，因为这个月份要准备秋季服装。按林恩公司的规矩，不管愿不愿意，所有的人都得休半个月假，如果没地方可去的话，可以在自己的房间里睡大觉，可是不管膳食了。有很多人在伦敦一带没有什么朋友，对于他们来说，这些假日是很狼狈的。在这期间，他们得从自己那点儿微薄的工资中拿出一部分来吃饭，整天无所事事，度日如年，又没有钱可花。自从两年前和米尔德丽德一块儿去过一次布赖顿后，菲利普至今还一直没有离开过伦敦哩，他向往着呼吸一下新鲜的空气和享受一下大海的宁静。在整个五月和六月里，他都是强烈地向往着回布莱克斯塔布尔度假的事，以致动身的日子终于来到时，他已经无精打采不想动了。

最后一天晚上，当他和进货员谈着一两件要交代的活儿，这时桑普森先生突然对他说：

“你这一向拿多少工钱呀？”

“六个先令。”

“我认为这太不够了。你回来后，我将考虑让你的工钱提到十二先令。”

“太谢谢您了。”菲利普微笑着说，“我也正急需几件新衣服哩。”

“你要是能把工作干好，而且不要像那帮人那样净去跟姑娘们瞎混，凯利，我会照顾你的。当心点儿，你以前有了不少教训，可是你很有出息。我会替你说话的，你很有出息，只要你够格，我将会想办法尽快使你每周拿一镑的。”

菲利普不知道他得等多长时间才能这样。两年?

伯父的变化叫他吃了一惊。他上次见到伯父的时候，伯父还是个粗壮的汉子，腰板挺直，脸刮得光溜溜的，有着一张圆圆的肉欲的面孔。可是这时他却已经奇怪地垮下来了，皮肤蜡黄，眼睛下面肿着大眼泡，而且背驼了，人也老了。在他上次得病的时候他就留起了胡子，走起路来非常迟缓。

“今天我身体不是很好。”当菲利普刚一到家，和伯父一块坐在餐室里时，伯父说，“这么热的天气，真叫我心烦意乱。”

菲利普一边问着教区里各种事情，一边打量着他，心里很纳闷，他究竟还能活多久。一个炎热的夏天就会要了他的命的。菲利普注意到了他的手有多么瘦削，这双手在颤抖着，这对菲利普来说可是意义重大。假如他在这个夏天去世的话，冬季学期开学时菲利普就可以回到医院去了。想到再不用回到林恩公司时，他的心激动得怦怦直跳。吃饭的时候，牧师驼着背坐在椅子上，自从他的妻子去世后就一直跟着他的那位女管家说：“让菲利普先生帮你切肉吗，先生?”

过去老人不愿意承认自己身体虚弱，总是要自己来切，现在仿佛是第一次表示放弃了这种尝试。

“你的胃口还很不错。”菲利普说。

“噢，是的，我一向很能吃。不过比起你上次来的时候，我已经瘦多了。我很高兴再瘦一点儿，我可不喜欢太胖了。威格拉姆医生认为，我要是比现在再瘦一点就更好了。”

吃完了饭，女管家给他拿来了一些药。“给菲利普少爷看看药方。”他说，“他也是位医生哩。我想让他给看看这个药方，看他是不是认为完全没问题。我告诉过威格拉姆医生，说你现在正在学习当大夫，他应该少收点儿诊费。以前我付的账太可怕了。一连两个月他天天都来，而且看一次就要五先令。这可是挺大一笔钱哩，是吧?现在他每周还来两次。我得告诉他用不着再来了。要是需要他，我会派人去找他的。”

当菲利普看药方时，老人急切地望着他。这些都是麻醉神经的药。一共有两种药，一种是内服的，牧师解释说，这是在他神经炎疼得受不了时服用的。

“我非常小心。”他说，“我可不想染上鸦片瘾。”

他绝口不提侄子的事儿。菲利普猜想，对钱财支出伯父唠叨个没完，这是在防备他万一张口要钱。他在医生身上已经花了那么多钱了，在药剂师那儿花的就更多了。他病的时候，他们每天都一定得在他的卧室里生火，现在每到星期日，早晨和晚上去做祈祷，他都要坐马车去了。菲利普气愤得直想对他说，用不着担心，他不会向老头借钱的，不过他还是忍住了没有说出来。在他看来，现在留下给这老头儿的一切只不过是两件事情：一是享受吃喝，再就是抓住钱财不放。这真是个可怕的晚年。

下午威格拉姆医生来了，看完病之后，菲利普陪他一起走到花园的大门口。

“你认为他怎么样？”菲利普说。

威格拉姆医生最关心的是不要犯错，而不是把话说对。他要是有办法的话就绝不冒昧说出个肯定的意见来。他在布莱克斯塔布尔行医已经有三十五年了。他博得了一个十分可靠的好名声。他的许多病人都认为，一个医生的可靠要比聪明重要得多。在布莱克斯塔布尔有一个新来的人——他已经在这儿定居了十年，可是他们还是把他看作外来人——据说他非常聪明，可是在上等人中间没有多少人请他看病，因为谁都不真正了解他。

“噢，他的身体就跟大家估计的一样好。”威格拉姆医生说。

“他有什么严重的毛病吗？”

“这个嘛，菲利普，你的伯父已经不是个青年人了。”医生带着一种审慎的微笑说，那样子却像是说，他伯父也毕竟不是太老的一个人。

“他好像认为他的心脏不好。”

“我对他的心脏是不太放心。”医生没有把握地说，“我认为他应该当心点儿，应该非常当心。”

菲利普有个问题已经到了嗓子眼儿上：他还能活多久？他害怕这个问题会使听的人感到震惊。在这类事情上，一般的生活礼仪要求一种婉转含蓄的说法，可是，当他又问起了另外一些问题时，他的脑子里猛然闪过了一个想法，这位医生一定习惯了病人亲属的不耐烦。他对他们同情的表情也看穿了。菲利普对自己的虚伪淡淡一笑，垂下了眼睛。

“我估计，他大概眼下还不会有什么危险吧？”

这是医生很不愿意回答的一种问题。如果你说病人活不了一个月的话，家属就要准备丧事；如果到那时病人还活着，他们就会忿忿不平地来找医护人员，他们觉得这是没有必要地折腾他们。另一方面，如果你说病人还可以活一年，可是他却一个星期之内就死了的话，家属们又会说你是个外行。他们认为要是他们知道病人这么快就结果了的话，他们本来可以把全部感情都慷慨地给予死者。威格拉姆医生搓着手。

“我认为没有什么严重的危险，只要他——像现在这个样子。”他终于冒险地说，“不过，另一方面，我们绝不要忘了，他已不是个青年人喽，而且——喏，机器已经磨损啦。如果他度过了今年这个炎热的天气，我看在冬天来临以前，他还会过得非常舒服的。假如冬天没有给他找太多的麻烦，喏，我看不会出什么事情的。”

菲利普回到餐室，伯父正坐在那里。他头戴一顶便帽，肩披一块披巾，样子很怪。他的眼睛一直看着门口，当菲利普进来以后，那对眼睛便紧盯着菲利普的脸。菲利普看出伯父一直在焦急地等待着他回来。

“喂，关于我，他说了些什么？”

菲利普一下子明白了，这老头是怕死。这使菲利普有些羞愧，他不由自主地把眼睛垂下来，人性的怯懦使他总是很困窘。

“他说，他认为你好多了。”菲利普说。

伯父的眼里露出了一丝喜悦的光芒。

“我有一个好得惊人的体质。”他说，“他还说了些什么？”他又疑心地追问了一句。

菲利普笑了，说：“他还说，如果你自己多加注意的话，没有什么理由活不到一百岁。”

“我知道不能指望自己活这么长，不过我看不出为什么我活不到八十岁。我母亲一直活到了八十四岁哩。”

凯利先生的椅子旁有一张小桌子，桌上放着一本《圣经》，还有一本厚厚的英国国教《祈祷书》，多年来他习惯了对自己的家人读这本《祈祷书》。这时，他伸出颤颤巍巍的手拿起那本《圣经》。

“那些老主教们颐养天年，活到很大的岁数，不是吗？”他说着，怪声怪气地笑了一下，菲利普从这声笑里看到了一种战战兢兢的祈求。

这老人紧紧抓住生命不肯放手。然而他又毫无保留地相信他的宗教所教给他的一切。他丝毫不怀疑灵魂的不朽，而且他觉得自己以前的行为都好极了，根据他的资格，上天堂是非常可能的。在他漫长的生涯中，曾经给多少垂死的人作宗教的安慰啊！也许他正像医生不会自医一样吧。对尘世的这种热切的依恋使菲利普感到既困惑又震动。他不知道在这位老人的思想背后究竟是什么无名的恐惧。他本来很想探究一下他的灵魂，这样也许会看到，他对那种自己有些察觉到的那个不可知之物的赤裸裸的、可怕的沮丧。

半个月很快过去了，菲利普返回了伦敦。他在服装部幕布后面，穿着衬衫画着图样，度过了一个酷热的八月。营业员们都轮流着出去度假了，到了晚上，菲利普总是到海德公园去听军乐队的演出。他渐渐地习惯了自己的工作，而且并不感到很累。他的思想也从长期的麻木呆滞中恢复了过来，寻求着新鲜的活动。现在他的全部愿望都寄托在伯父的去世上。他总是做着同一个梦：一天早晨，他收到一封电报，电报上说，牧师突然去世了，“自由”就在他的掌握之中了。当他醒来，一发现这不过是一场梦，心里充满了郁闷的愤怒。既然这事情看来总归要发生的，他就忙着为以后精密地筹划起来了。在他可能取得资格证之前必须还要度过一年，他对此想了一下就很快不去考虑了，而是一心一意地盘算起自己衷心向往的西班牙旅行来。他阅读了从免费图书馆借来的各种关于这个国家的书籍，从照片上他已经完全弄清楚了每个城市是什么样子。他仿佛看见自己在科尔多瓦，正在横跨瓜达尔基维尔河的大桥上徘徊，漫步穿过托莱多的那些曲曲弯弯的大街小巷，坐在那些教堂里。在那里，他从埃尔·格列柯那里煞费苦心地获得了这个神秘的画家给他提出的秘密。阿西尔尼也和他一起想入非非起来，他们用了几个星期日的下午，精心制定出各种旅行路线，好让菲利普不至于错过每一个值得一看的地方。为了消除自己的急躁情绪，菲利普开始自学起西班牙语来了。在哈林顿大街的那间荒废的起居室里，他每天晚上都花一个小时做西班牙语练习，用一本英译本，自己揣摩着《堂吉诃德》中的辉煌辞句。阿西尔尼每周给他上一次课，菲利普也掌握了几句有助于西班牙之行的用语。阿西尔尼太太笑话他们：

“你们俩就知道你们的西班牙语！”她说，“你们去干点儿有用的事多好？”

萨莉正在成熟起来，而且在圣诞节就把她的头发盘起来了，在她父亲和菲利普用一种她不懂的语言互相交谈时，她有时就站在一边，带着严肃的神情听着。她认为她的父亲是开天辟地最妙不可言的人了，而且她只是通过父亲的赞扬的话来表达自己对菲利普的评价。

“爸爸非常非常想你们的菲利普叔叔。”她对弟妹们这样说。

最大的男孩索普已经长到了去当“阿瑞索萨”①的岁数了，阿西尔尼用华丽的词藻把这个小伙子穿着军装回来度假时将会是什么样儿形容了一番，使全家人皆大欢喜。萨莉一到了十七岁就要去给一个女裁缝当学徒去。阿西尔尼滔滔不绝地谈到这群小鸟，现在他们翅膀长硬了，已经能飞了，他们正在离开老窝，而且他含着泪水告诉他们，若是他们想回来的话，这个窝还在原来的地方，一个为他们遮风避雨的地方总是有的，总会有饭给他们吃，一个父亲绝不会对孩子们的疾苦和困难漠不关心的。

“瞧你说的，阿西尔尼。”他的妻子说，“只要他们稳稳当当的，我不知道他们可能会有什么疾苦和麻烦。只要你诚实，你就用不着担心工作，你永远不会没有活干的，我就是这么想的。而且我还可以告诉你，我要是看到最后一个孩子自己去赚饭吃，我是不会感到难过的。”

生儿育女，繁重的家务，以及没完没了的忧虑烦恼已经使阿西尔尼太太开始显得衰老了，而且她有时候晚上背疼，只好坐下歇一歇。她的

①阿瑞索萨（Arethusa），希腊神话中的水神，此处借喻海军。

幸福的理想就是能有一个女仆来干一些粗活，这样她自己就不必在七点钟以前爬起来了。阿西尔尼挥动着他那漂亮的白手，说：“啊，我的贝蒂，我们理当享受到国家的奖赏了，你我都该享受到。我们抚养起来了九个身强力壮的孩子，男孩们将去为国王陛下服务；女孩子们将要去做饭，缝衣服，也要轮到她们去养育健康的孩子。”为了安慰萨莉，他代之以相反的突降法[①]，他转过脸来对萨莉夸张地补充了一句：“他们还要为这位光站在这里侍候别人的人服务。”

阿西尔尼近来把社会主义加到了另外一些相互矛盾的、他热情信奉的理论上，这时他声明道：

“在一个社会主义国家里，我们就会得到丰厚的养老金了，你和我都会有的，贝蒂。”

“得了吧，少跟我说你那些社会主义者吧，我已经听够了。”她叫道，“社会主义只不过意味着另外一大帮游手好闲的人，要从工人阶级那里得到很多的便宜罢了。我的格言是，让我安静点儿，我不要让谁打扰我。活儿虽苦，我还是要尽力干，让那些磨磨蹭蹭的懒汉见鬼去吧。”

“难道你把生活叫作是桩苦活吗？”阿西尔尼说，“绝不是的！我们的生活好过也坏过，我们也作过许多挣扎，我们始终都很穷，但是这值得。唉，当我看到身边这些孩子时，我说一百个值得。”

“你倒说得好，阿西尔尼。”她看着他说，脸上的表情不是生气而是轻蔑的平静，“你已经享受到了有孩子的幸福，我却生他们、养他们，还得受他们的气。我不是说我不喜欢他们，他们现在都在这儿，但是，要是让我再从头活起的话，我宁愿单身一个人过。咳，我要是单身的话，到现在我也许会有了一爿小店，也许在银行里会有四五百镑存款，会有一个干粗活的女佣人。哦，我不会从头再来一次了，如果什么好处都没有的话。”

①突降法：为修辞学中的一种手法，从严肃重大的题目迅速转为平淡或荒诞的话题的手法。

菲利普想到芸芸众生，他们的生活只不过是无穷无尽的劳作，既谈不上美，也谈不上丑，但是他们这种生活，正像是一个人以同样的精神接受一年四季的变化一样。他感到很暴怒，因为这一切似乎都是没有用的。他不甘心相信人生是没有意义的，然而，他看到的一切，想到的一切，都更使他确信人生是没有意义的了。尽管暴怒攫住了他，这也是一种快乐的暴怒，假若人生是没有意义的话，那么它也就没那么可怕了，他以一种奇怪的力量来面对生活。

109

秋去冬来。菲利普曾给伯父的女管家福斯特太太留下过他的通讯地址，便于女管家和他联系，他每礼拜到医院去一次，希望那里会有自己的信。一天晚上，他看到有一封信上写着自己的名字，是用一种他已经希望永远不再看到的那种笔迹写的。他不禁产生了不舒服的感觉。有一会儿他都没勇气去把信取下来。这信勾起了他一大堆讨厌的回忆。可是最终他还是忍不住撕开了信封。

亲爱的菲尔：

我能否见你，只要一两分钟，越快越好。我遇到了非常麻烦的事，而且不知如何是好。这事儿和钱没关系。

你忠实的米尔德丽德

菲茨罗伊广场威廉街7号

他把这封信撕得粉碎，到街上把它撒在了暗处。

“见她的鬼去吧。”他嘟嘟囔囔地抱怨道。

一想到再看见她，菲利普心里就泛起一种厌恶的感觉。他可不管她是不是遇到了不幸，甭管怎么着，她是罪有应得！他带着敌意地想到她，而且原来对她的爱唤起了对她的恨。回忆使菲利普感到阵阵恶心，当他走过泰晤士河的时候，他拼命克制着自己，本能地不去想她。他上了床，可是怎么也睡不着，纳闷她到底出了什么事，担心她生病、没饭吃的念头缠绕着他，赶也赶不走。如果她不是绝望了，她是不会给他写信的。他为自己的怯懦而生自己的气。但是他明白，如果不见到她，自己是不会平静的。第二天他写了一张明信片，在去商店的路上寄了出去。他尽可能地把话写得很生硬，只是说他对她遇到了困难感到很遗憾，而且他将在那天晚上七点钟到她约的那个地方去。

这是在一条肮脏污秽的街道上的一家破烂的寄宿公寓。一想到要跟她见面就腻味，当他打听米尔德丽德在不在的时候，他本能地希望她已经离开了。这公寓的样子看上去像是那种经常有人搬进搬出的地方。他没想到去注意一下她信上的邮戳，也不知道这封信在信架子上放了多少天了。那个听到铃声出来开门的女人没有回答他的询问，只是默不作声地领着他穿过走廊，在背阴一侧的一扇门上敲了敲。

“米勒太太，有位先生要见你。”她招呼道。

那门开了一道缝，米尔德丽德疑神疑鬼地向外张望了一下。

“噢，原来是你啊。”她说，“进来吧。”

他走了进去，她又把门关上了。这是间很小的卧室，零乱邋遢得就像所有她住过的地方一样。地板上扔着一双没擦油的皮鞋，东一只西一只地扔在那儿，五斗柜上放着一顶帽子，帽子旁边放着假卷发，桌子上扔着一件罩衫。菲利普找个什么地方好放他的帽子。门背后的衣帽钩上挂满了裙子，他注意到那些裙子的褶边上都沾满了泥。

“坐下吧，好吗？”她说。接着她又尴尬地笑了一下，“又收到我的信，你大概很奇怪吧？”

“你声音哑得很厉害呀。”他回答，“你的嗓子疼吗？”

“疼，已经有些时间了。”

他什么话也没说，等着她解释要见他有什么事。这间屋子的情形再清楚不过地告诉他，她已经又回到那种他曾经把她带出来过的生活中去了。他不知道那个孩子发生了什么事，壁炉台上放着一帧那个孩子的照片，不过房间里却没有孩子曾经待过的迹象。米尔德丽德手里攥着手帕，她把手帕揉成一个小球，在两只手中倒来倒去。他看出她非常紧张，她凝视着炉火，他可以打量她而不会和她的目光相遇。她比离开他那阵子瘦多了，蜡黄的干巴巴的皮肤紧紧地绷在颧骨上。她染了发，这时变成了亚麻色，这么一来，她样子大变，看上去更俗气了。

“接到你的信我才放了心，我可以告诉你。”她终于说，“我还以为你也许不在那所医院了哩。”

菲利普没说话。

“我想，你现在已经取得资格证了吧？”

“没有。”

“怎么啦？”

“我已经不在医院了。十八个月以前我迫不得已不干这行了。”

“你可太好变动了。看来你好像什么事也坚持不下来。”

菲利普又沉默了一会儿，他往下说时的态度是冷冰冰的。

“一次倒霉的证券买卖让我把我的那点儿钱都赔光了，而且连继续学医都负担不起了。我只得尽自己最大的努力去挣钱养活自己。”

“那你现在干什么呢？”

“在一家商店干事儿。”

“哦！”

她迅速扫了他一眼，又赶快把眼睛挪开了。他想，她是脸红了。她用那条手帕神经质地拭着手心。

“你还没有把怎么看病全都忘了吧？”她相当古怪地把这句话急促地说出来。

“还没忘干净。”

“我就是为这个要见你的。”她压低了声音，沙哑着嗓子小声说，“我不知道我到底得了什么病。”

“你为什么不去医院看看呢？”

“我不愿意去，也不愿意让所有的学生们都瞪着我，我担心他们会留下我的。”

“你哪儿难受呢？”菲利普用门诊室里的套话冷冰冰地问道。

“嗯，我出了一片疹子，而且它怎么也下不去。”

菲利普感到心里一阵恐惧的痛苦。他的前额上一下子冒出了汗珠。

“让我看看你的嗓子。”

他把她带到窗户前，尽可能地做了检查。突然，他碰到了她的目光。那双眼睛里充满了极度的惊恐。看到这双眼睛真叫人恐惧。她被吓坏了。她本来希望他让自己放心，她恳求地望着他，连主动去寻求安慰的话也不敢，而是战战兢兢地等着听安慰的话：他没有什么可以安慰她的。

“你确实病得不轻啊。”他说。

“你认为这是怎么回事？”

当他告诉她时，她的脸色马上变成了土灰色，甚至连嘴唇都变得蜡黄了。她开始绝望地哭起来，开头没有声息，后来就哽咽地抽泣起来。

“抱歉极了。”他终于说，“可是我一定得告诉你。”

“我得了这个病，也许我还不如自杀了事。”

他没有理会她的威胁。

“你还有点儿钱吗？”他问。

“有六七镑。”

“你绝不能再过这种日子了，你知道。你不觉得你能找到什么工作干吗？恐怕我也帮不了你多大的忙，我每星期也只能赚十二个先令。”

“我现在可怎么办呢？”她不耐烦地尖叫道。

“该死，你必须想办法找点事做做。”

他对她说得非常严肃，他给她讲了她自己的危险，讲到她给别人造成的危险，她阴沉着脸听着。他想办法安慰着她。最后他终于使她绷着脸默认了，答应完全去按照他的劝告做。他开了一张药方，并且说他要去离这里最近的药房去买药给她，他叮嘱她切记吃药必须极为准时。他站起身来要走，并伸出手。

“不要这样垂头丧气的，你的喉咙很快就会恢复的。”

可是当他往外走的时候，她的脸突然扭歪了。她一把抓住他的外套。

“哦，别离开我。”她沙哑地叫道，“我害怕极了，别留下我一个人。菲尔，请别走。在这里我再找不到别的人了，我只有你这么一个朋友啦。”

他感到了她的灵魂的恐惧，这恐惧和他在他伯父怕自己要死时，在伯父眼中看到过的恐惧简直像极了。菲利普垂下了眼睛。这个女人曾经两次进入他的生活，都使他倒了大霉。她没有权利向他要求什么，然而，他也不知道为什么，在他心灵的深处却感到了一种莫名的疼痛。当他接到她的信时，就是这种疼痛使他不得安宁，直到他听从她的召唤。

“大概我永远也不能真正完全摆脱干净。”他自言自语地说。

使菲利普为难的是，他感到有一种奇怪的生理上的厌恶，这种厌恶使他连挨近她都感到不舒服。

“你还要我做什么呢？”他问。

“我们一起出去吃饭吧，我出钱。”

他犹豫了。他觉得，他原本认为她已经永远地从自己的生活中排除出去了，她却正在悄悄地再次钻回到他的生活中。她用那种令人腻味的眼巴巴的神色注视着他。

“唉，我知道以前那样待你真是太坏了，可是现在你别扔下我一个人。你现在已经报复了嘛。要是你现在扔下我，我可怎么办呀？”

“好吧，我无所谓。”他说，“可是我们得去便宜的地方吃，这些日子我可没钱瞎糟蹋。”

她坐下来把皮鞋穿上，然后又换了一条裙子，戴上了帽子。他们一起出去，最后在托特纳姆法庭路上找到了一家饭馆。菲利普已经不习惯在这个钟点吃饭了，而且米尔德丽德嗓子疼得咽不下东西。他们吃了一小块冷火腿，菲利普喝了一杯啤酒。他们就像过去经常那样，脸对脸地坐着。他不知道她是否还记得这些。他们谁都没有什么可说的，要不是菲利普逼着自己说话，他们就会默默地一直坐下去。饭馆里明晃晃的灯光通过屋子里的那几面难看的镜子反射过来，使她看上去苍老而又憔悴。菲利普急于想知道那孩子的情况，可是又没有勇气问。她终于说：

“你知道吗，那孩子去年夏天死了。”

“什么！”他说。

“你也许会说你很伤心吧？”

“不。”他回答说，“我很高兴。”

她扫了他一眼，懂了他是什么意思，就又把眼睛转到一旁。

“有一段时间你不是非常喜欢她吗？我还总认为像你那么喜欢另一个男人的孩子很可笑哩。”

吃完了饭，他们就到药房去取菲利普开的药，回到那间破旧的屋子里，菲利普叫她吃了一剂。然后他们一直坐到菲利普要回哈林顿大街的时候。他心里真是烦透了。

菲利普每天都去看她。她按照菲利普开的方子服药，照他的医嘱养息着，没过多久疗效就很显著，她对菲利普的医术有了极大的信心。随着她的身体好转，她也渐渐地不那么沮丧了。她说起话来也更加无拘束了。

“只要我一找到工作，一切就都没事了。”她说。“现在我已经得到教训了，我是说，要从这教训中学乖点。听你的忠告，再也不过那种放荡的日子了。”

菲利普每一次去看她，都要问她找到了工作没有。她叫他别担心，只要她想找，马上就会找到什么活儿干的，难不住她。她还留着好几招没用哩。在一两个星期之内先什么事都不干更好些。她这么说，他也没法儿否认。可是这一次来看她，菲利普临走时更是坚持要她去找工作。她笑话他，现在她更加快活了，还说菲利普是一个唠唠叨叨的老东西。她把自己去会见几位女老板的情形拉杂地讲给他听，她的意思是打算在某家餐馆里找份工作，她们是怎么问的，她又是怎么答的。任何着边儿的事都没有定下来。不过她担保，等到下星期，事情就会定下来的。着急没有用，勉强去做某些不合适的工作是错误的。

“你这样说太荒唐啦。”他不耐烦地说，“不管是什么工作，只要能找到，你就一定要接下来。我帮不了你，而且你的钱也不会永远花不完的。”

“哦，这个呀，我的钱还没有花完哩，碰碰运气看嘛。”

他机警地看看她。从他头一次来登门到现在已经有三个星期了，当时她的钱不足七镑。他顿生疑窦。他想起了她说过的一些话。他把这些话做了一番推测。他不知道她是不是真的有找工作的意思。也许她一直在欺骗他哩。她的钱竟能用这么长时间，太奇怪了。

"你在这儿房租是多少？"

"噢，这个房东太太人可真好，和那些房东一点儿都不一样，她心甘情愿地等我手头方便的时候再缴。"

他沉默了。他所怀疑的事是这样可怕，他犹豫了起来。问她也没有用，她什么都不会承认的。如果他想弄明白的话，就得自己去把这事弄个水落石出。他一般总在晚上八点钟的时候离开她那里，当钟声一响，他就站起身来。可是他并没有回哈林顿大街去，而是守在菲茨罗伊广场的街角上，这样任何走进威廉大街的人都逃不过他的眼睛。他觉得自己等了很长一段时间，还以为自己原来猜错了，正准备走开，这时七号门打开了，米尔德丽德从里面走了出来。他退到黑影里，注视着她朝自己走过来。她戴着帽子，上面插满了他曾在她的屋里看到过的羽毛，她穿的那件衣服他也认识，在大街上这衣服显得过分招摇，而且也不合时令。他尾随着她来到托特纳姆法庭路，这时她放慢了步子，在牛津大街的拐角处停了下来，四处张望了一下，穿过街道朝对面的音乐厅走去。他走到她跟前，碰了碰她的胳膊。他看到她脸上搽了脂粉，嘴唇上也涂了口红。

"米尔德丽德，你这是到哪儿去？"

听到他的声音她吃了一惊，脸一下子红了，就像往常一样，她的谎话被当场戳破总要脸红的。当她本能地企图以破口大骂来保护自己时，她眼睛里射出一道他很熟悉的愤怒的光芒。不过她没有把那些已经到了嘴边儿上的话说出来。

"噢，我只是想去看看演出。每天晚上都是一个人坐着，怪闷的。"

他没有装出相信她的话的样子。

"你可绝不能这样。天呐，这样做有多危险，我已经告诉过你几十遍了，这种事你必须马上洗手不干。"

"得了，你少说点儿吧。"她粗野地叫道，"那你说我该怎么过呢？"

他抓住她的胳膊，想把她拖走，也没想到自己这是在干什么。

“看在上帝的面上，走吧。让我送你回家去吧。你不知道你这是在干什么吗？这是犯罪。”

“我在乎什么？让他们去碰运气吧。男人们对我可没有那么好过，我犯不上为他们操心。”

她一把将他推开，走到售票处把钱塞了进去。菲利普兜里只有三个便士。他不能再跟着她了。他转身走开，慢慢地走到牛津大街。

“我已经无能为力了。”他自言自语道。

事情就这样结束了，他再也没有见到过她。

110

那一年的圣诞节是星期四，商店要停业四天。菲利普给伯父写了信，问他到牧师住宅去过圣诞节对他是不是合适。他收到了福斯特太太的回信，信上说：凯利先生的身体不太好，已经不能亲自执笔了。不过他希望见一见他的侄子，若是他能来，他将会很高兴的。她在门口见到了菲利普，并且在和菲利普握手的时候说：

“你会发现他和你上次在这里时大不一样了，先生。不过你要装出什么事儿都没看出来的样子，先生，您说是吧？他是那样对自己不放心。”

菲利普点了点头，她引他走进了那间餐室。

“菲利普先生来了，先生。”

布莱克斯塔布尔的牧师已是行将就木的垂死之人了。当你看到那凹陷下去的双颊和佝偻的身体时就会相信这是不会弄错的。他蜷缩着坐在那把扶手椅里，脑袋奇怪地向后仰着，肩膀上搭着一条披巾。现在，他不拄拐杖已经走不动路了，而且他的手也颤抖得厉害，连自己吃饭都很困难了。

“他现在挺不了多久了。”菲利普一边看着一边心里想。

“你觉得我的气色怎么样？”牧师问，“从你上次来这，我已经变了不少吧？”

“我看你的气色比夏天时强多了。”

“那个夏天可真热。那种天气总使我难受得不行。”

近几个月来，凯利先生在他的卧室里只不过住几个星期，却在楼下住好几个星期。他在手边有一个手摇铃，说着话的当儿，他摇起铃来叫福斯特太太，问她他最初离开他的房间是这个月的哪一天。她就坐在隔壁房间里，准备着他一叫他就随时进来伺候他。

“是十一月七号，先生。”

凯利先生看看菲利普，想知道他听了这消息会怎么样。

“但是我还挺能吃的，福斯特太太，是吧？”

“是的，先生，您的胃口可真好得惊人。”

“可是我好像并没有发胖哟。”

现在除了他的健康他什么都不感兴趣。他不屈不挠地一心想着一件事，那就是活着，只是活着，尽管他的生活很单调枯燥，尽管不断的病痛使他只有服用吗啡才能入睡。

“真可怕，医生的诊费我得付那么大一笔钱。”他又叮叮当当地摇起铃来，说：“福斯特太太，给菲利普少爷看一看药房的账单。”

她很有耐性地从壁炉台上取下账单，把它递给了菲利普。

“这才是一个月的。我想知道，如果是你来给我看病的话，你能不能给我开便宜点儿的药。我想过写信到药店里去买这些药，不过这么一来又得付邮费喽。”

虽然他在谈话中明显地对菲利普不怎么感兴趣，就连他现在在做什么都没有劳神问一问，可是看他那样子还是很高兴他到这儿来的。他问菲利普能在这里住多久，当菲利普告诉他星期二早晨就得走时，他表示希望他能多住些日子。他把自己的症状详细地告诉他，还把医生都跟他说了些什么话又学了一遍。他突然住了嘴，晃起他的铃来，等福斯特太太进来时，他说：

“喏，我只是弄不清楚你是不是在那儿。我摇铃只是想看看你是不是在那儿。”当她走了以后他就对菲利普解释说，他要是吃不准福斯特太太是不是在能听到铃声的地方，他心里就不踏实。万一发生了什么事儿，她完全知道该怎么办。菲利普看到她很疲倦，而且因为睡眠不足她的眼睛困得昏昏欲睡，便暗示说他让她干得太重了。

“嗨，废话。”牧师说，“她壮得像一头牛。”并且，在她再次给他拿药进来时，对她说：“菲利普少爷说你干得太多，都干不动了，福斯特太太。你愿意服侍我，是吧？”

“噢，我不在乎，先生。只要我做得到，让我做什么都行。”

工夫不大，药力发挥了作用，凯利先生睡着了。菲利普走进厨房问福斯特太太，这工作她是不是吃得消。他看得出，她已经有好几个月没怎么消停了。

“这个吗，先生，我有什么办法呢？”她回答说，“那个可怜的老绅士怎么少得了我呢？而且，尽管有时候他很麻烦，可是你忍不住要喜欢他的，是吧？现在我来这儿已经有许多年头了，他要是去了，我简直不知道该怎么办。”

菲利普看得出她是真的喜欢那个老人。她给他洗脸、穿衣，给他做饭，而且一晚还要起来五六次，因为她睡在他隔壁，无论什么时候，只要他一醒来摇晃他那只小铃铛，一直摇到她进来才肯住手。他随时都会死，但是他也许还会再活几个月。她竟能这样体贴入微地照料一个外人，可真是让人惊异，而且，在这世上竟只有她一个人关心他，这真是既悲惨又可怜。

在菲利普看来，他伯父这一辈子所宣扬的宗教对于他现在只不过有形式上的价值罢了。每逢星期日，副牧师就来为他进行圣餐礼，而且，他也经常读一读他的那本《圣经》。这点很清楚，他是怀着恐惧看待死亡的。他相信死亡是永生的入口。可是他又不想开始那样的生活。经常在不断的病痛中，终日躺在他那把椅子上，而且到户外去的希望已经破灭了，就像个在一个女人怀抱中的孩子一样，他支付工钱给那个女人，他紧紧抓住他所知道的这个世界不放。

在菲利普的脑子里有一个问题问不出口，因为他意识到了，这个问题除了他伯父给一个传统的回答之外不会给他任何别种回答。他不知道，到了最后一刻，这架机器本身已经令人讨厌地磨损了，牧师是不是还相信不朽。也许在他灵魂的深处，他确信没有上帝，确信此生一了，万事皆休。可是即使是到了垂危时刻，他也不会让自己把这话说出来的。

在节礼日[1]的那天晚上，菲利普陪着他伯父在矮室里坐着。为了第二天九点钟赶到他工作的商店，他还得一大早动身。这时他打算向凯利先生道晚安。布莱克斯塔布尔的牧师正在打盹，菲利普正躺在靠窗口的那张沙发上，他让手里的书落在膝盖上，懒洋洋地四处瞧着这间屋子。他暗自盘算着这些家具能卖多少钱。他已经转遍了整个住宅，把那些从他小时候就熟悉的东西都看过了。有几件瓷器也许能卖好价钱，菲利普拿不准主意这几件瓷器值不值得带到伦敦去。可是这些家具都是维多利亚时代的样式，都是桃花心木，结实，但难看。就是拍卖的话，也卖不了几个钱。还有三四千册书，不过人人都知道这些书的销路多糟糕，卖一百镑怕都不可能。菲利普不知道他伯父会留下多少钱，能够使他完成他在医学院的全部课程，取得学位，也不知道他留在医院任职这一段期间的生活费用等至少需要多少钱。这个账他都算了一百遍了。他看着这个睡得不安宁的老头儿。那张皱皱巴巴的脸上已经没有残留下什么人性。这是一张奇怪的动物的面孔。菲利普想，要结果这个毫无价值的生命将会多么容易啊。以前，每天晚上当福斯特太太为他伯父准备那些使他安安稳稳睡觉的药物时，他都想过这一点。一共有两个药瓶。一只瓶子里装的是一种他按时吃的药，另一只瓶子里是他疼得受不了时才吃的鸦片。这鸦片已经给他倒了出来，就放在他的床边。他一般是在清晨三四点钟时吃这药。要把这药量增加一倍那将是一件很简单的事，半夜里他就会死掉的，谁也不会起什么疑心的。因为威格拉姆医生预料他会在半夜死的。这样完结将不会有什么痛苦。当他想到他是那么需要这笔钱时，他就攥起他的拳头。那种凄惨日子多几个月或少几个月对老头儿都不会有什么关系。不过，多几个月或少几个月对他却关系重大，他的耐性已经快要到极限了。当他想到这天早晨要回去上班，他恐惧得发抖

[1] 节礼日，英国法定假日，在圣诞节的第二天，这一天向邮递员等服务业工作者赠送圣诞节礼物，故称“节礼日”。

了。那个缠绕着他的念头使他的心怦怦直跳，虽然他努力不去想它，可是他怎么也办不到。这将会多么容易啊，简直是易如反掌啊。他对这位老人说不上有什么感情，他从来就没喜欢过他，他一辈子都是自私自利的，他对那个亲敬他的妻子自私，对那个曾经由他来照顾的男孩漠不关心。这位老人倒也不是一个残酷的人，可是却是个愚蠢的、难以相处的人，还有些沉迷于情色。要下手本是很容易的，不费吹灰之力。但菲利普没有这个胆量。他怕自己会悔恨，如果他为自己做过的事悔恨终身的话，即使有了钱也不会有什么好处。尽管他是那么经常地对自己说：后悔是没用的，可是，偶然有些事情一再涌上心头，使他苦恼。他不希望这些事情使他受到良心的责备。

伯父睁开了他的眼睛，菲利普感到很高兴，因为他这样看上去还有点像个人样儿。他起过的那个念头简直使他毛骨悚然，他策划的就是谋杀嘛。他不知道别的人是不是也曾有过这类想法，或者是他反常、堕落了。他估计事到临头他干不出来这样的事，可是这念头有了，而且总是不断浮现出来：如果他没有下手，那也只是由于害怕。这时，他的伯父开腔了。

“菲利普，你不是在盼着我死吧？”

菲利普觉得他的心在咚咚地敲着他的胸腔。

“天呐，没有。”

“好孩子，我可不喜欢你那样。等我去了，你将会得到一小笔钱的。可是你千万不可盼望着它啊。你要是盼望着，对你可不会有什么好处的。”

他说的声音很低，语调里带着一种不可理解的忧虑。这使得菲利普的心一阵悸痛。他猜不透是什么奇怪的洞察力让这个老人猜到了菲利普心里转着的奇怪念头。

“我愿你能再活上二十年。”他说。

“噢，嗯，这个我可不能指望喽，不过，我如果自己当心点儿，我看不出为什么不能再活上它三四年。”

他沉默了一会儿，菲利普找不出什么话可说。这时，仿佛老人已经把问题又想过一遍，他又说话了：

“每一个人都有权利尽可能地活得长一些。”

菲利普想分散一下他的思想。

“噢，顺便说一下，你大概从来没有收到过威尔金森小姐的信吧？”

“收到过，今年什么时候我还接到过她一封信哩。她结婚了，这你知道吧。”

“真的吗？”

“真的，她嫁给了一个鳏夫。我相信他们过得相当不错。”

111

第二天菲利普又开始上班了，那个他预计几个星期之内就会出现的结局并没有到来。几个星期变成了几个月。冬去春来，公园里的树木发出新芽，又长成了树叶。一种可怕的厌倦缠绕着菲利普。可是时间在流逝，尽管它以非常沉重的脚步移动，他想到他的年华正在过去，青春将会很快消逝，他眼看会一事无成。他的工作看来也就是混日子罢了，反正他以后准要撇开这个工作的。现在他设计起服装来愈发得心应手了，尽管他没有什么创造发明的才能，可是他却能很快地把法国时装改头换面，以适合于英国市场。有时候，他对他设计的图样也不怎么喜欢，可是他们真是一顿粗制滥造就弄出去了。有趣的是，当自己的设计没有被很好地体现出来时，他又感到有一些耿耿于怀，所以他不得不谨慎行事。无论什么时候，他只要一提出什么带独创性的东西，桑普森先生都不大采纳，他们的顾客不需要任何出格的东西。这些顾客属于一个非常体面的商业阶层，你有了一批这样的顾客，叫他们轻举妄动地改变什么是犯不着的。有一两次桑普森先生对菲利普说得很尖锐。他认为这个青年人现在有点翘尾巴，因为菲利普的想法总是和他自己的想法不一致。

“你可要特别当心啊，我的好小伙子，否则的话，不定哪天你就会发现你自己又得去流落街头啦。”

菲利普真想照他那个鼻子上揍一拳，不过他克制住自己，不管怎么说，这种日子无论如何不会拖得太久的，到时候他就将永远地和所有这些人没关系了。有时候，他绝望得竟滑稽地喊起来，他伯父肯定是铁打的。那是一个什么样的身体啊！任何一个身体不太好的人在十二个月以前就会被他得的那种病折磨倒的。当他伯父病危的消息终于来到的时候，菲利普一直在考虑着其他事情。听到这个消息，他反倒冷不防地吃了一惊。这时正值七月，再有半个月他就要去休假了。他接到了一封福斯特太太的来信，上面说，医生断定凯利先生没有几天的日子可活了。如果菲利普想再见他一面的话，他一定得立刻赶回来。菲利普去找了进货员，并告诉他说他要离开。桑普森先生是个通情达理的人，当他得知了事情原委之后，也没有难为他。菲利普去同营业部里的人道了别，他离去的原因以一种夸张的方式在他们中间传开了，他们认为他已经继承了一份财产。霍奇斯太太和他握手的时候眼睛里都含着眼泪。

“我想，我们今后不会常见到你了。”她说。

“能从林恩公司逃出去，我很高兴。”他回答说。

说来也奇怪，一旦离开那些他过去讨厌的人们，他竟然还感到很舍不得哩。当他坐车离开哈林顿大街那幢房子的时候，心里并没有感到欣喜若狂。这种场合下他将体会哪些情感，他已经事先想得太多了，此时，他反而没有任何感受了。他就像只是要去度几天假那样无动于衷。

“我的性格变得真够呛了。”他自言自语地说，“这些事情我盼望得那么厉害，一旦盼来了，我却又总是感到失望。”

下午，他早早地到了布莱克斯塔布尔。福斯特太太在门口迎接他，她的脸色告诉他：他伯父还没咽气。

“他今天好点儿了。”她说，“他真有一副好得惊人的体质。”

她领着他走进了卧室，凯利先生正仰着脸躺在那里。他对菲利普微微笑了一下，在这笑容里有着一种满意的狡黠，因为又一次让他的敌人落入圈套。

“我还以为昨天就彻底完蛋了哩。”他用有气无力的声音说，“他们以为我没救了哩，福斯特太太，是吧？”

“不可否认，您有一副好得惊人的体质。”可她私下却说，“这条老狗还没有断气。”

福斯特太太说，牧师可不能再说话了，要不然会累坏的。她慈爱地对待他，就像对待一个孩子一样。这老头儿让他们的期望都落空了，感到孩子般地得意。他猛然想起菲利普是被叫回来的，让这个傻瓜白跑了一趟腿，他觉得很有趣。只要他能避免心脏病再度发作，那么他在一两个星期之内就可以完全复原了。以前他的心脏病犯过几次，像是要死了，可是竟活过来了。他们都谈到了他的体质，可是他们没有一个人真正知道他的身体有多结实。

“你准备待上一两天吗？”他问菲利普，装出一副相信他是来度假的样子。

“我正在考虑哩。”菲利普快活地回答说。正在这时，威格拉姆医生来了，给牧师看完了病，就和菲利普谈起来，他采取了一种恰如其分的态度。

“恐怕这回是无指望了，菲利普。”他说，“对我们所有的人都是一个莫大损失，我和他认识已经有三十五年了。”

“他现在好像还蛮不错嘛。”菲利普说。

“我用药维持着他的生命，可是这也不顶用啦。这两天已经很坏了，我都有五六次以为他要死了哩。”

医生沉默了一两分钟，但是走到大门口时，他又突然对菲利普说：“福斯特太太都对你说了些什么吗？”

“您的意思是？”

“他们非常迷信，他们这些人啊，她一口咬定，他脑子里有什么念头，而且摆脱了这件事儿，他才会死的，他是不会自己把这事儿说出来的。”

菲利普没有回答，那医生又继续说：“当然啦，这很荒唐。他以前过的是一种十分优裕的生活，恪尽职守，他过去是一位很好的教区牧师，我相信，我们将都会想念他的。我很怀疑，下一任牧师是不是能像他一样让我们中意。”

几天过去了，凯利先生还是那样，没什么变化。他的那个曾经那么呱呱叫的食欲没有了，他吃不下什么东西。现在威格拉姆医生毫不犹豫用药止住了折磨着他的神经炎的病痛。由于他痉挛的四肢不停地抽动，他渐渐地筋疲力尽了。他的头脑还很清楚。菲利普和福斯特太太两个轮流护理他。好几个月以来，她一直事无巨细伺候着他，她实在是太累了，菲利普一定要陪夜照护病人，这样好让她在夜里能休息一下。他在一把扶手椅上熬着漫长的时间，坐在扶手椅上他怎么也睡不踏实，便在昏暗的蜡烛光下读《一千零一夜》。他从很小的时候起就不读这本书了，这些故事又把他重新带回到了他的童年时代。有时候，他坐在那里谛听着夜的寂静。当鸦片的效力消失了，这时凯利先生就变得烦躁不安起来，使菲利普跑前跑后地忙个不停。

终于，一个清晨，鸟儿在枝头叽叽喳喳地喧闹着，这时，他听到叫他的名字。他走到他的床边。凯利先生正仰着脸躺着，眼睛望着天花板。他没有把眼睛转过来看他。菲利普看到了他额头上的汗珠，便拿过一条毛巾把汗擦掉。

“是你吗，菲利普？”老人问。

菲利普吃了一惊，因为他声音突然变了，又沙哑又低沉。只有一个人害怕得打哆嗦才会这么说。

“是我，你想要什么呀？”

他好一会儿没有说话，那双什么也看不见的眼睛还在望着天花板。接着，那张面孔抽搐了一下。

“我想我是快死了。”他说。

“得啦，别胡扯了！”菲利普大声喊道，“你还会活好几年哩。”

两滴眼泪从老人的眼睛里挤了出来。这眼泪使菲利普感动极了。他的伯父从来没有对生活中的事情表现过任何特殊的情感，现在看到这两滴眼泪叫人怪可怕的，这眼泪意味着一种不可言状的恐惧。

“叫人去请西蒙兹先生。”他说，“我要接受圣餐式。”

西蒙兹先生是副牧师。

“现在吗？”菲利普问。

“快去，不然就来不及了。”

菲利普去叫福斯特太太起来，他原以为时间还早哩，这时福斯特太太已经起来了。他告诉她打发花匠去送个信儿，然后又回到他伯父的房间来。

“派人去叫西蒙兹先生了吗？”

“去了。”

一阵沉默。菲利普挨着床边坐下，偶尔去擦一擦那汗涔涔的脑门。

“让我握着你的手，菲利普。”老人终于说道。

菲利普把手递给他，为了使他自己临终之时得到安慰，他紧紧地攥着他的手，好像抓住生命一样，为了临死时得到点安慰。也许他从来没有爱过什么人，可是此时他却本能地变成了一个有人性的人。他的手又潮又凉，无力地绝望地攥着菲利普的手。这老人正在与死亡的恐惧搏斗。菲利普想，所有的人都必然得经过这么一场搏斗。啊，这是多么的可怕呀！他们怎么能相信这样一个上帝，这上帝竟会让他所创造的生命蒙受如此残酷的折磨！过去他从来没有关心他的伯父，而且两年来他天天都在盼着他快点死。可是现在，他克制不住他的满腔怜悯。做一个不是畜生的人要付出什么样的代价啊！

他们一直沉默着，只有凯利先生低声的询问才一下打破这个沉默：

“他还没来吗？”

终于，女管家蹑手蹑脚地走了进来，说了声西蒙兹先生到了。西蒙兹夹着一个包进来了，里面是他的白法衣和兜帽。福斯特太太端着圣餐盘。西蒙兹先生默默地和菲利普握了握手，然后带着职业的庄严表情走到病人身边。菲利普和那位女佣人退出房间。

菲利普在花园里来回走着，到处都是早晨的清新空气和露水，鸟儿在快乐地歌唱着，天空湛蓝湛蓝的，充满咸味的空气甜丝丝清凉凉的，玫瑰花在盛开，绿的树木，绿的草坪，绿得那么强烈、鲜明。菲利普走着，他一边走一边想着那卧室里正在进行的圣餐式。这给了他一种特殊的情感。这时福斯特太太出来找到他，说他伯父要见见他。这时那位副牧师正把他的东西放回到那只黑袋子里去。病人稍稍地侧了侧他的脑袋，对他微笑了一下。菲利普很惊异，因为在他的身上发生了一种变化，他和以前判若两人了，他的眼睛里已经没有那种吓破了胆的眼神了，他脸上的痛苦也消失了，看上去他愉快而又安详。

“现在我一切都准备好了。”他说道，他的声音里带着一种完全不同的声调，“在上帝认为该招我去的时候，我准备把我的灵魂交在他的手里。”

菲利普没有说话，他看得出伯父是真挚的。这简直是一个奇迹。他已经获得了救世主的血和肉[①]，它们给了他力量，因此他不再惧怕走进那黑夜的必然之路了。他知道自己就要死了，他顺从了。他又说了一句话：

“我将又要和我亲爱的妻子在一起了。”

这话使菲利普吃了一惊。他记得他的伯父曾以一种何等麻木不仁的自私自利对待她啊，他对他妻子的那种谦卑的、忠实的爱情又是多么的无动于衷。副牧师大受感动，福斯特太太抹着眼泪陪他出了房门。凯利先生轻轻地打起盹来。菲利普在床边坐了下来，等着最后一刻的到来。

上午慢慢地过去了，那位老人的呼吸发出呼噜噜的声音。医生来了，说他快死了。他失去了知觉，无力地咬着被单，他很不安宁，嘴里喊叫着。威格拉姆医生给他皮下注射了一针。

“现在做什么也无济于事了，他随时都会死的。”

医生看看他的表，然后又看了看病人。菲利普看到现在是一点钟。威格拉姆医生正考虑着他的中午饭。

“你去吧，你守着也没有用。”菲利普对医生说。

“我确实已经没什么可做的啦。”医生说。

他走了以后，福斯特太太问菲利普，他是不是应该去找一下那位兼做木匠的殡葬承办人，告诉他派一个女人来拾掇尸体。

“你需要呼吸一下新鲜空气。”她说，“这样对你会有好处的。”

殡葬承办人住的地方有半英里路远。菲利普把消息告诉他时，他说：

“那个可怜的老绅士是几时死的？”

菲利普犹豫了。他这才想到，他的伯父还活着他就带着一个女人去擦洗尸体，这似乎有点太残忍了吧，他真纳闷福斯特太太为什么要叫他来。

---

①指圣餐。

他们会认为他是迫不及待要折腾死那个老头哩。他觉得承办人在古怪地打量着他。他又问了一遍。这下可把菲利普惹火了。这关他什么事?

“牧师是几时去世的?”

起初，菲利普差点儿脱口而出说是刚刚死的，可是他转念一想，万一病人再磨蹭几个小时那可就解释不清了。他脸红了，狼狈地回答道:

“哦，他还没有完全死哩。”

那承办人莫名其妙地看看他，菲利普连忙解释说:

“福斯特太太就她一个人，她希望再有一个女人在那儿，这回你明白了吧?他现在也许死了哩。”

殡葬承办人点了点头。

“噢，是这么回事，我知道了。我这就打发人去。”

菲利普一回到牧师住宅就直奔那间卧室。福斯特太太从床边的那把椅子上起身。

“他和你离开的时候一样。”她说。

她下楼去吃些东西，菲利普好奇地注视着这个死亡的过程。这时，在这个无力挣扎着的没有知觉的生命中已没有人的特征了。有时，从那张松弛的嘴里发出微弱的喊声。炎热的太阳从无云的天空上直照下来，不过花园里的树下却凉爽宜人。这天的天气真好，一只大绿头苍蝇嗡嗡地叫着，撞在玻璃窗上。突然出现一阵声音很大的人临终时喉咙里咯咯的响声，菲利普吓了一跳，那声音恐怖得叫人心惊肉跳。四肢抽动了一下，老人死了。这架机器已经停止了。那只撞在玻璃窗上的绿头大苍蝇烦人地嗡嗡嗡地叫个不停。

112

约西亚·格莱夫斯专横地对葬礼做了得体而又经济的安排。葬礼结束以后，他和菲利普一起回到牧师住宅。遗嘱由他负责，他们刚刚喝完一杯早茶，他就合情合理地把遗嘱念给他听。这遗嘱是写在半张纸上的，凯利先生把他所有东西都留给了他的侄子。有家具、大约八十镑的银行存款、二十股ABC公司的股票、几股奥尔索普啤酒厂的股票、一些牛津的音乐厅的股票，还有几股伦敦一家饭馆的股票。这些股票都是在格莱夫斯先生的指点下买下来的，他得意地告诉菲利普说：

“明白吧，人们得吃饭，他们要喝酒，他们还需要娱乐。你要是把钱投在大家认为少不了的地方，你就总会万无一失。”

他这番话显示出了一种世俗的粗野与上帝选民的高雅趣味之间的很好的区别，尽管他对世俗的粗野痛心疾首，但还是接受下来了。整个投资总共大约有五百镑，这笔钱还得再加上银行的结余和卖掉家具的款项。这是属于菲利普的财富。他并没有感到高兴，只是彻底松了一口气。他们商量好了尽快进行拍卖之后，格莱夫斯先生就撇下他走了。菲利普坐下来仔细地清理起死者的文件来。威廉·凯利牧师从来也不把任何东西毁掉，他曾以此自夸。这里有几堆可以追溯到五十年之前的来往信件，还有一捆又一捆整整齐齐的附加了提要的单据，他不仅保存着写给他的信，而且还保存着他自己所写的信。有一小扎发黄的信，这些信是他在四十年代写给他的父亲的。当时他作为一名牛津大学的学生到德国度长假去了。菲利普懒懒散散地读着这些信。这是一个和他熟悉的那个威廉·凯利完全不同的威廉·凯利，但是在这个男孩子的身上，一个敏锐的观察者可以看出这孩子将来成人时的种种迹象。这些信都写得很规范，而且稍稍有点儿做作。他尽量把所有值得一看的地方都看了，还热情细致地把莱茵河畔的城堡形容了一番。沙夫豪森的瀑布使他“对于这个世界的无所不能的造物主致以虔诚的谢意”，觉得“他的创造又奇妙，又美丽”。而且他还不由自主地认为：“那些居住在看得见这神圣造物主亲手创造的作品的地方的人们，他们肯定是由于感到了神的存在而过一种圣洁的生活。”在一些清单中菲利普发现了威廉·凯利就任神职后不久的一幅小像。呈现在眼前的是一位瘦削的年轻副牧师，披在头上的长发自然地卷曲着；一双黑色的大眼睛，神情恍恍惚惚；一张苍白的苦行者的面孔。菲利普记得过去伯父总是咯咯地笑着告诉他，一些令人尊敬的淑女们为他做过几十双便鞋。

下午其余时间，再加上整个晚上菲利普都在辛苦地读着那数不清的信件。他只是扫一眼信上的地址和落款，然后就把信一撕两半扔到身边的洗衣篮里。突然，他偶然发现了一封落有海伦签名的信。这字体他并不认识。字体瘦长，有棱有角的，一种老式的写法。信的抬头是“亲爱的威廉”，落款是“海伦”[①]。他这才猛然想到这是他妈妈的信啊！在这以前，他还从来没有见到过他妈妈的一个字哩，他对她的字体很生疏。这封信上写的是关于他的事。

亲爱的威廉：

斯蒂芬已经给您写了信，感谢您对我们孩子出生的祝贺，以及您对我的良好祝愿。感谢上帝，我们俩都很好，我深切感谢降临给我们的那巨大的恩典。既然我可以执笔了，我想告诉您和我亲爱的露易莎，您们俩从我结婚到现在对我都很友爱，我对此感到多么真挚的感激啊，我还打算请您给我一个很大的恩惠。斯蒂芬和我都希望由您来做这孩子的教父，我们希望您会同意。我知道，我要求的不是件寻常之事，因为我相信你一定会十分严肃地看待这个教父的责任的。但是我特别渴望您将能承担起这一职责，因为您不仅是孩子的伯父，而且是一位牧师。我非常关心这个孩子的幸福，日夜祈祷上帝让他长成一个善良、诚实并信仰基督教的人。有了您的指引，我希望他能成为一名信仰基督的战士，一辈子敬畏上帝，谦卑、虔诚。

你诚挚的弟妹

海伦

菲利普把这封信推到一边，身子向前倾着，把脸埋在手里，他深深地被感动了，同时也很惊讶。他吃惊的是这封信中的那种宗教语调，他既不觉得这语调是自作多情，也不觉得是多愁善感。他对现在去世已近

①海伦，即菲利普的母亲，凯利太太。

二十年的母亲除了知道她很漂亮之外一无所知。了解到她是这样的淳朴和虔诚，他却感到很奇怪。他从来没有想到过她的这方面。他又读了一遍信中所说的关于他的那些话，她对他的希望，关于他的考虑。如今，他实际上已经变成另外一个人了。他对自己审视了半晌，想到她死了或许倒还更好一些。接着一阵突如其来的冲动使他把这封信撕成了碎片，信中的柔情和淳朴都使这封信显得尤其见不得人。他有一种古怪的感觉，在他读到的那些披露出母亲高尚心灵的那些话中竟有某种鄙俗的东西。他继续翻看起伯父的那些沉闷枯燥的来往信件来。

几天后他去了一趟伦敦，两年来他第一次在大白天走进了圣卢克医院的大厅。他找到了医学院的干事。干事见到他很惊异，并好奇地问他一直在做什么。菲利普的种种经历和遭遇使他有了一定的自信心和与曾经迥然不同的人生观，像这样的问题在以前准会使他难堪的，可是现在他却很镇静地回答说，他有一些私事不得不中断了课程，他故意把话说得含糊其辞。他现在着急的是尽快地取得资格证。他首先能够参加的是产科和妇科考试，因此他报了名，当一名妇科病房的助手。因为那时正好赶上放假，没费什么事他就得到了一个助产士的位置。他商定了在八月后一个星期和九月的前两个星期之间做这项工作。洽谈之后，菲利普从医学院穿过去，由于这时夏季学期的期末考试已经全部结束，学院里多少有些冷清。他在河边的堤岸上漫步着，心里感到高兴。他想，现在他可以开始一种新的生活了，他要把过去的痛苦和不幸统统抛在脑后。那滔滔奔流的河水暗示着一切都在逝去，而且，永远在逝去，一切都没有什么了不起的。未来将在他的面前展示出丰富多彩的前景来。

他回到了布莱克斯塔布尔，忙着清理他伯父的资产。拍卖定在了八月中旬，那时前来度假的游客将会使拍卖可能得到好一点的价钱。图书目录整理完毕，分门别类送给在德坎布里、梅德斯通和阿什福等地的许多旧书商了。

一天下午，菲利普突然心血来潮要到去看一看他的母校。过去，他曾如释重负地带着终于成为了自己的主人的心情离开了这里，从那以后就再也没有回去过。漫步走过那些多年来他很熟悉的德坎布里的小街，这真是件不可思议的事。他看了看那些老店铺，它们还在，卖着和以前一样的东西。那些书店的橱窗里一边摆着课本、宗教书籍和最新出版的小说，在另一边的橱窗里摆着那座大教堂的和这个城市的风光图片，体育用品商店里摆着板球棒、钓鱼用具、网球拍、足球等等，还有那家裁缝铺，他在那里做过他上学时的全部衣服，就连他伯父每次来德坎布里都要在那里买鱼的那家鱼店也还在那里。他沿着那条破烂的街道慢慢走着，在这条街上的一道高墙后面坐落着那幢预备学校的红砖房子。再往前走就到了皇家学校的大门口了。他站在那个四方场地中，四周是各式各样的房子。这时刚好是四点钟，孩子们正匆匆忙忙涌出校门。他看见那些穿着长袍，戴着学士帽的教师们，他一个都不认识。他已经离开十多年了，这里已经发生了许多变化。他看见了那个校长。他正从校舍慢慢地往他自己的屋里走去，一边在同一个年纪大的学生谈着话。菲利普估计这学生是六年级的。他的变化不大，还是菲利普记得的那样，高高的个子，面带灰色，像菲利普记忆中那样带着浪漫的意味，还是那样一双桀骜不驯的眼睛，不过那黑胡子里现在夹杂了灰白的胡须，阴沉的浅黄色的脸上又添了许多深深的皱纹。他冲动地想走上前去和他攀谈，可是又担心他大概已经忘掉他了，想到要去解释他自己是谁，他又不十分愿意了。

学生们一边蹓跶着一边聊着天，不一会儿，有几个匆匆忙忙地换好了衣服的学生出来去打手球。菲利普站在他们中间是一个陌生人，一两个学生还冷淡漠然地朝他瞥了一眼，可是那些被那诺曼式的楼梯吸引来的游客们却对这些并不稀罕，很少注意到他。菲利普好奇地看着他们。他忧郁地想到了他和他们之间的那个距离，他还辛酸地想到了自己所希望做的何其多，而所做成的又何其少。在他看来，那些已往的全部岁月都已经白白荒废，不能再回来了。只是那些充满着青春活力和朝气的学生们正在做着当年他做过的事情，他离开这所学校仿佛连一天都不到似的，在这块地方他曾经至少叫得上每个人的名字，如今他连一个人都不认识了。再过几年，别的人们代替了他们的地位，他们也会像今天他站在这里一样，是一个陌生的人。这个思想并没有给他带来慰藉，只不过使他深深感到人生碌碌，每一代人周而复始地都同样是人生道上的匆匆过客。他不知道他的那些原来的同学们都怎么样了：他们现在都是近三十的人了，他们有的大概已经死了，可是另外一些人已经成了家，有了子女，有些人成了士兵、教士、医生、律师。他们都是老成持重之人了，已经把青春留在后面。他们之中也有过什么人像他那样曾经把生活搞得这样乱七八糟的吗？他想起了那个他曾经很喜欢的孩子，说来也怪，他连名字也想不起来了。他完全记得他的长相和模样，他曾经是他最要好的朋友，但是他的名字却再也想不起来了。他饶有趣味地回想起，因为他的缘故，自己曾有过那些嫉妒的感情。想不起他的名字真叫人恼火。他恨不能再当一回学生，像他所看到的那些学生一样，在那块方场上闲逛。这样，他就能避免那些他犯过的错误了，也许他就可以重新开始，并且从生活中取得更多的东西。他觉得有一种难以忍受的孤独。他几乎后悔，悔恨他这两年来所遭受到的捉襟见肘的贫困生活，因为那些绝望的挣扎不过使他勉强填饱肚子，生活的痛苦使他变得麻木不仁了。“你必得汗流浃背才能糊口”[①]，这并不是对人类的一个诅咒，而是使人安于生活的止痛香膏。

可是菲利普对自己感到不耐烦，他又想起了他那个关于生活的图案的观点来。他所遭受过的不幸不过是精美漂亮的装饰的一部分。他不遗余力地告诉自己，他一定要快快乐乐地去接受一切，无论是凄凉还是热闹，无论是快乐还是痛苦，因为它们都使得那个图案更加丰富多彩。他有意识地寻求美，他回忆起，甚至当他还是个学生的时候，就如何喜欢上那座哥特式大教堂去，只见它巍然矗立在教堂围地里，他注视着这一片在那多云的天空下的灰色的庞大建筑群，那中央的塔楼就像是人们对上帝的赞颂。学生们正在场地上玩着板球，他们敏捷、健壮、活泼。他忍不住要去听一听他们的喊声和笑声。青春的叫喊声使人不得不去注意，他只能用他的眼睛看一看眼前这美好的事物了。

①《圣经·创世纪》中上帝将亚当和夏娃赶出伊甸园时说的话。

113

一到八月最后的一个星期，菲利普就开始了他在这一门诊区的工作。这些工作很艰苦，他每天平均都得照顾三个分娩的病人。那些病人事先已经从医院领了一张“卡片”，她们的时候一到，就让一个送信儿的把这张卡片交给那个门房，这送信儿的一般都是小姑娘，然后门房再打发那个送信儿的拿着大门钥匙过马路到菲利普住的那家公寓去。如果是夜里，门房就亲自过来叫醒菲利普，那时候摸着黑爬起来，走过伦敦南区的那些阒无人迹的街道，还是很神秘的。在黑夜拿卡片来办手续的一般都是那个做丈夫的。如果在添这个孩子之前已经有不少孩子了，那个丈夫对这件事大都就很冷淡，可是倘若是新婚的，丈夫就很紧张，而且他到那节骨眼上有时候就喝得烂醉，借此来减轻一下他的焦急。往往要走一英里或更多的路，一路上菲利普就和那个送信儿的谈一谈那人的劳动情况和生活费用。菲利普了解到了河那边人们从事的五花八门的职业。他受到了他偶尔遇到的那些人们的信任和鼓舞，而且他在一间闷热的屋子里一等就是好几个小时。那个分娩的女人躺在一张占了半间屋子的大床上，在这段时间里，产妇的母亲还有那接生婆就跟他拉着话，随便得就像女人之间的谈话一样。他这两年的生活环境使他了解了关于最穷苦的人们的生活的一些事情。她们发现他居然懂得这些，觉得很有意思，这给她们留下了深深的印象。他和蔼可亲，而且他的手也很轻，又不发脾气。他们很满意，因为他最多也就是喝他们一杯茶。要是天亮时他们还等在那里，他们就给他一片面包，让他抹上烤肉油吃。他也不挑剔，现在他啥都吃得津津有味。他去过几户住在离一条阴暗巷子不远的几个肮脏的院子里的人家。那些房子东倒西歪地挤在一起，既照不进阳光，又不通风，又脏又乱；不过也有另外一些出人意料的人家，房子尽管破败了，地板被虫蛀坏了，房顶也漏水了，可是却有豪华的气势。在这些房屋里可以看到雕镂精美的栎木栏杆，墙壁上还保留着护墙镶板。这些地方一般都住得很拥挤。一家人男女老少都住在一间屋子里。在白天里，院子里打闹的孩子们喧闹叫嚷没有片刻的平息。那些旧壁老墙乃是害虫滋生的地方，那空气污浊得常常让人感到恶心，菲利普不得不点燃他的烟斗。住在这儿的人家都是吃了上顿没下顿的。婴儿是不受欢迎的，他们的出生带来了男人粗暴的愤怒和母亲的绝望：又添了一张嘴吃饭，家里的东西几乎已经不够养活他们了。菲利普常常可以察觉出，他们希望那孩子生下来是个死胎，要不然就快点死掉。他给一个怀双胞胎的女人接生过（对那些滑稽的人来说双胞胎乃是一种幽默的根源），当她被告知生了对双胞胎时，顿时尖叫着，悲痛地号啕大哭起来。她的母亲坦率地说："真不知道将来他们怎么养活这两个。"

"也许上帝认为还是把他们收回去的好。"那接生婆说。

当那个丈夫看着并排躺着的这一对小东西时，菲利普看到了他的脸上带着一种厌恶的愠怒，这神情把他吓了一跳。他感到这个家庭里对这一对可怜的"原子"聚集着一种可怕的怨恨，他们来到了这个不希望他们来到的世界上。而且他怀疑，要不是他话说得坚决就会有一场"事故"发生的。这些"事故"是经常发生的，或是母亲翻身把婴儿给"压"没气啦，或是吃错了东西，这种错误并不总是粗心大意造成的。

"我要天天来看的。"他说，"我得警告你，他们要是有个三长两短，就得验尸。"

那位父亲没有答话，但是他却对菲利普狠狠地瞪了一眼，他骨子里想的是谋杀。

"保佑他们的这些小心肝吧。"那位祖母说，"他们能出什么事啊？"

要让母亲们在床上躺上十天是非常困难的，可是这是医院惯例所要求的最低限度了。操持一个家可没那么轻巧，不付给工钱是没人照看孩子的。又累又饿的丈夫下班回来，会因为一进门他的茶还没有沏好就啧有烦言。

菲利普倒也听说过"穷帮穷"之类的话，可是女人们个个都向他诉苦说，不付工钱就找不到人来打扫房子和照看孩子吃饭，而她们却付不起这些工钱。听到那些女人们的聊天和她们偶然说起的话，菲利普也能从中推测出许多没说出来的话。他知道在这些穷人和他们之上的阶级之间的共通的东西是何等少啊！由于生活相去很远，他们并不羡慕那些较为富裕的人家，他们有一种悠然自得的思想，这种思想使那些中产阶级的生活方式显得拘泥刻板和不自然。正因为那些中产阶级舒适安闲和不用他们的手干活，在一定程度上还为他们所瞧不起哩。那些不肯折腰的人希望人家不要去管他们，可是大多数人还是想从阔佬那儿刮点儿油水。他们都知道说些什么好把慈善事业接过来由他们掌握，他们接受种种救济，把这看作是由于那班官老爷愚蠢，而他们自己精明狡猾，这样，权利才落到他们手里的。他们对副牧师轻蔑地爱理不理，可是区里检察员却激起了他们的刻骨仇恨。她一进来，甚至连句“请原谅”或“劳驾”之类的话也不说，就把你家窗户打开，“我有气管炎，天气可真冷得都要把我冻死了”。她伸着鼻子在犄角旮旯里到处嗅，她即便没有说出这地方很脏，你也可以看出她心里想的是什么了。“她们有佣人敢情是再好没有了。要是她有四个孩子，又得做饭烧菜，又得给孩子缝缝补补，洗洗刷刷，我倒想看看她是怎么收拾她们屋子的。”

菲利普发现，对于这些人，生活的最大的悲剧并不是生离死别，而是丢了工作。生离死别不过是出于自然，是用眼泪就可以平息的悲哀。他看到过一个男人，一天下午他回到家中，正是他老婆分娩后三天，他告诉她说自己被解雇了，他是个建筑工，当时正是萧条时期，工作不好找，他说完这件事就坐下喝茶了。

“啊，吉姆。”她说。

那个男人痴呆呆地吃了几口饭，这饭是怕他回来冷了一直热在平底锅里的，他目不转睛地凝视着他的盘子。他老婆用有些吃惊的目光看了他两三次，然后不出声地哭了起来。这个建筑工是个粗笨的小个子，一张粗糙的风吹日晒的脸，前额上有一条长长的白伤疤，他有一双长满了茧子的大手。过了一阵，他把盘子推到一边，就好像他不能再费力气去强迫自己吃了似的，然后转过脸去，一动不动地凝视着窗外。这间屋子在房子的顶层，又是背阴，除了阴沉沉的云块什么也望不见。由于绝望，那沉默更显得沉重了。菲利普觉得无话可说，只好一走了之。他已经几乎一整夜没睡，当他疲乏地走出来时，他的心中充满了对这个残酷的人世的狂怒。他知道寻找工作是毫无希望的，而忍受凄凉要比忍受饥饿更难熬。他庆幸并不是非得相信上帝不可，因为那样的话，事情到了这样一种地步，可叫人怎么忍受得了啊！一个人之所以还能够苟且偷生，只不过是因为生活是没有意义的罢了。

在菲利普看来，那些把他们的时间花在帮助较穷苦的阶级上的人是错误的，因为他们想方设法除去那些总是在搅扰着他们自己的事情——假如他们本身不得不忍受这些事情的话——他们根本想不到这些事一点儿也没有妨碍那些对它们已经习以为常的人们。穷人并不需要宽敞通风的屋子，因为他们吃的缺乏营养，血液循环又不好，所以他们苦于寒冷，而大房间正让他们觉得清冷，而且他们希望越少烧点儿煤越好。几口人挤在一间屋子里睡并不苦，他们喜欢这样。他们从生下来那一刻起到他们闭上眼为止，没有一刻单独一个人过。孤独使他们受不了，他们喜欢他们的那种不分男女老幼混杂地住在一起的居住条件，而且对周围不停的喧闹声也充耳不闻。他们觉得没必要经常洗澡，菲利普常听到他们愤慨地说，一进医院他们可逃不过必须洗澡了，这既是侮辱，又不舒服呀。他们只求能别这样那样管着他们。只要男人们有个固定的工作，那日子就过得轻松了，而且也不无乐趣：有大量的工夫去聊天。晚上下班以后，喝上一杯啤酒可真是美极了。那些大街小巷是一个取之不尽的娱乐消遣的源泉，如果你想要读点什么，有《雷诺兹报》或是《世界新闻》，女人们说："可是在这里，你也弄不清楚时间都是怎么溜走的，这千真万确，真是这么回事。当你还是个姑娘时，你就是一个非常爱读书的人了，但是，现在不是有这种事就是有那种事，你连看报的时间都没有啊。"

通常的惯例是一位产妇分娩以后还要再去随访三次。一个星期天，菲利普在吃饭的时间去看一位病人，她第一次下床了。

"我在床上可再也待不住啦，真的待不住啦。我可不是能闲着不干事的人，一天到晚啥也不干就这么躺着，把人腻味死了，我跟赫布说，我这就起来给你做点儿饭。"

赫布正坐在桌前。刀子叉子已经在手里攥着了。他是个有着一张开朗的脸和蓝眼睛的青年人。他现在挣的钱很多，正像看到的那样，小两口的日子过得蛮富裕的。他们刚刚结婚几个月，而且他们俩都很喜欢那个躺在床下端的摇篮里的红扑扑的小男孩。房间里飘着一股烧牛排的香味，菲利普的眼睛转到了炉灶那里。

“我这就去把饭端上来。”那女人说。

“吃你们的吧。”菲利普说，“我只是来看看你们的儿子兼继承人，看完我就走。”

丈夫和妻子被菲利普的说法逗笑了。赫布站起身来和菲利普一起走到摇篮跟前。他骄傲地看着他的婴儿。

“看起来他没有什么问题，嗯？”菲利普说。

他拿起自己的帽子，这时赫布的妻子已经把牛排端上来了，还在桌子上放了一盘青豆。

“你们准备好好地吃一顿吧。”菲利普说。

“他只有星期日在家，我喜欢给他做点别致点儿的，好让他在外面做事儿时能惦记着点儿这个家。”

“我看你不会赏光坐下来和我们一块儿吃点什么吧？”赫布说。

“喂，赫布。”他的妻子说，声调里含着震惊。

“你请我吃，我不会不吃的。”菲利普带着迷人的微笑回答说。

“对啦，这才够朋友哩，我知道他不会推辞的，波莉，我说老伴，再拿一个盘子来。”

波莉慌了，她认为赫布是个十足的怪家伙，你绝不知道在他脑子里跟着又会冒出什么念头来。不过她还是拿了一只盘子来，麻利地用围裙擦了擦，然后又从五斗橱里拿出一套新的刀叉，她最好的刀叉餐具是裹在五斗橱里她最好的衣服中间的。在桌子上放着一罐烈性黑啤酒，赫布给菲利普倒了一杯。他想把牛排的最好部分给他，可是菲利普却坚持要大家一起分享。这是一间充满了阳光的屋子，有两扇落地的大窗户，这房间曾经一度是一户即使说不上是上流社会的，至少也是相当有身份的人家的客厅。这所房子在五十年前也许是一位富商或是一位领取半薪的官员居住的。赫布在婚前是个足球运动员，墙上挂着几幅各个球队很神气的照片，一个个的头发梳得服帖光滑，队长抱着一只奖杯大模大样地坐在中央。从其他地方也可以看出这个家庭的发达红火来：几幅赫布的亲戚照片和他妻子穿着节日盛装的照片，壁炉架上放着一件粘着贝壳的一块玲珑小礁石的精致小摆设，两边各有一只有柄的大杯子，杯子上用奇特式字体写着“绍森德赠”字样，还画有一幅码头和在那儿散步的人群的风景画。赫布有些个性，他是个没有加入工会的人，而且他对那种硬拉他参加的做法表示愤慨，工会对他没有好处。他从来没有发现找工作有什么难的，无论什么人，只要是肩膀上长着个脑袋，有工作就卷起袖子去干的人，都会挣到一份好工资。波莉胆小怕事，要是处在他的地位，她就会参加工会。最近发生了一次罢工，他每次出门她都担心一辆急救车会把他送回来。她转身对菲利普说：

“他就是那副犟脾气，拿他没治。”

“得啦，我说过嘛，这是一个自由国家，谁的命令我也不听。”

“说这是个自由的国家也没用。”波莉说，“这并不妨碍他们一有机会就要打破你的头。”

当他们吃完了饭，菲利普掏出他的烟口袋递给赫布，他们点上了烟斗。接着他站起来，因为他怕有个要“请他去”的人在他的房间里等着他哩。他们握了握手，他看出来，和他们一起吃饭使他们很高兴，而且他们也看出来他对这顿饭很满意。

“好啦，再见吧，先生。”赫布说，“希望下一次太太她再露丑时，我们还能遇到一位这么好的大夫。”

“你再胡说，赫布。”她反唇相讥，“你怎么就知道会有下一次？”

114

这项三个月的实习接近尾声了。菲利普已经护理过六十二个病人，他累垮了。最后一天晚上他在十点钟左右回到住处，这时他衷心希望别再被人叫出去了。十多天来他没有睡过一个整晚的觉。他刚刚看过的那个病人真够吓人的。一个五大三粗喝得醉醺醺的男人引着他进了一间在一个臭气熏天的院落里的屋子。这么脏的地方他还从来没见过哩。这是间窄小的顶楼，大部分地面都让一张木床占去了。床上挂着一顶肮脏的红蚊帐，那天花板低得菲利普一踮脚就可以够得着，唯一的那支蜡烛的那点光亮要从它旁边走过去才看得见，爬在蜡烛上的臭虫被烧得嗞嗞直响，那女人是个中等年纪相貌粗犷的人，她已经一连生过好多次死胎了。什么“丈夫到印度当兵去了”这样的假话菲利普听得耳朵都起茧子了。英国公众以假装正经强使国家通过一条法律，使最令人苦恼的疾病能够得到免费治疗。如果得的是一般的病，可就没这个福分了。菲利普打着呵欠脱掉衣服，洗了一个澡，然后提着衣服在水上抖落，观看着那些被抖落下来的小虫子在水里游动着。还没等他钻进被窝，门就响了，医院的门房给他送来了一张卡片。

“真该死。”菲利普说，“今天夜里我根本不想见到你。是谁送来的卡片？”

“我想是她丈夫吧，先生。我是不是告诉他先等着？”

菲利普看看上面的地址，看到那条街道他很熟悉，就告诉那个门房他自己找得到路。他穿起衣服来，不到五分钟他就提着他的黑提包走到了街上。一个男人走上前来，说他就是那女人的丈夫，他刚才在暗处，菲利普没有看见。

“我想还是等着的好，先生。”他说，“邻居们可粗野啦，他们不知道你是什么人。”

菲利普笑了起来。

“你用不着担心，他们都认识大夫的。我以前还去过那些比瓦弗大街野得多的地方哩。”

这一点不假。那只黑提包是通过破街陋巷到那些臭气熏天的院子里去的“通行证”，那种地方就连警察也不敢轻易涉足。有那么一两次，在菲利普走过去的时候，一伙子人好奇地打量着他。他听到那些人在小声嘀咕着什么，然后有一个人说：

“是医院的大夫啊。”

当他从他们身边走过去的时候，有一两个人说："晚安，先生。"

"你要是不在意，我们就赶紧走吧，先生。"这时那个陪着他的男人说，"他们告诉我已经不能再耽搁了。"

"你为什么不早点来？"菲利普一边加快脚步一边问。

当他们走过一盏路灯柱时，他瞥了那个小伙子一眼。

"看样子你岁数不大嘛。"菲利普说。

"我已经到十八岁啦，先生。"

他长得很秀气，脸上没有一根胡须，看样子他还是个孩子，他个子不高，不过长得很壮实。

"你年纪轻轻的就结婚啦？"菲利普说。

"这也是没法子。"

"你挣多少钱？"

"十六先令，先生。"

每周十六先令养活个老婆和孩子是不算多。从两口子住的那间屋子就可以看出他们穷得不能再穷了。房子大小还可以，可是因为屋子里几乎什么家具也没有，所以看上去过于大了。地板上没有地毯，墙上也没有挂什么画片。大多数人家的屋子里总要有些什么相片啦，或是镶在画框里的从带插图报纸的圣诞节专号上剪下来的增刊之类的东西。那病人躺在一张最便宜的铁床上，看到她竟那么年轻把菲利普吓了一跳。

"她怎么说也不过十六岁啊。"他对那位需要他来"看看她怎么样了"的女人说。

卡片上她填的年龄是十八岁。当那些做妻子的岁数太小了的时候，她们就常常会虚报一两岁，而且她也长得很标致，在那些身体被恶劣的饭食、恶劣的空气和有害健康的职业损害了的阶层中，这样标致的女人是很少见的。她眉目清秀，一双蓝色的大眼睛，一头浓密的黑发梳成了叫卖水果的小丫头梳的那种精致的式样。她和她的丈夫都紧张极了。

"你最好在外面等着，如果用得着你，好随时叫你。"菲利普对他说。

他看到他现在镇静了些，菲利普再次对他那副孩子样惊异起来。他觉得，他应该在街上和别的小家伙乱打乱闹，而不应该是这样焦心地等候着一个婴儿诞生。几个小时过去了，还不到半夜两点那个婴儿就生下来了。一切都进行得令人满意。丈夫被叫了进来，看到他亲吻妻子时的那种窘迫而又害羞的样子菲利普心里一动，菲利普把他的东西收敛了起来。临走之前，他又去摸了摸病人的脉搏。

“啊呀！”他说。

他赶快看看她——出了什么事了。万一遇到紧急情况，就得去叫高级产科医士，他是个已经取得了资格证的人，这一个区都归他负责。菲利普潦草地写了一张便条，交给了那个丈夫，告诉他拿着这条子跑步到医院去，他叮嘱他快一点，因为他妻子的情况很危险。那个男人撒腿跑了。菲利普着急地等待着。他知道产妇正在大出血。他担心她会死在那位医士到来之前。他采取了一些力所能及的措施。他希望那位高级产科医士可千万别被叫到别的地方去了。这几分钟真是长极了。他终于来了，他一面检查着病人，一边压低了嗓子问着菲利普各种问题。通过他的脸，菲利普看出来他认为病人的病情十分严重。他的名字叫钱德勒，是个寡言少语的高个子男人，高高的鼻子，一张瘦削的脸上带着他那个年纪不该有的过多的皱纹。他摇摇头说：

“从一开始就没有什么希望。她丈夫在哪？”

“我叫他在楼梯那儿等着哩。”菲利普说。

“还是叫他进来吧。”

菲利普打开门招呼他。这时他正在通向上一层楼的那段楼梯的第一个台阶的暗影里坐着。他来到了床前。

“出了什么事？”他说。

“唉，是内出血，不可能止得住。”那位高级产科医士犹豫了片刻，因为要说的是一件很痛苦的事，他逼着自己的声音变得粗一些，“她快死了。”

那男的一个字也没说，他一动不动地愣在那里，望着他的妻子，她躺在床上，脸色苍白，已经失去了知觉。还是那接生婆开了腔：

“能做的先生们都已经做了，哈里。”她说，“我一开始就看出来要出什么事。”

“别说啦。”钱德勒说。

窗户上都没有窗帘，黑夜好像逐渐地亮起来了，虽还不是黎明，不过黎明就在眼前了。钱德勒正在尽他的力量用一切手段维持这个女人的生命，可是生命正在从她的身上溜走，突然，她死了。那个作为她丈夫的男孩子双手撑着床栏杆，站在那张廉价铁床的床头那儿，他没有说话，可是看上去他的脸色惨白。钱德勒不安地看了他两眼，认为他就要晕过去了，他的嘴唇灰白。那个接生婆大声地抽泣起来，可是他没有去注意她。那丈夫紧紧地盯着他的妻子，眼睛里充满了迷惑不解的神色。他使你想到了一条自己也不晓得是因为做错了什么事而挨打的狗。钱德勒和菲利普把他们的东西拾掇在一起，钱德勒又转过身对那个丈夫说：

“你还是躺一会儿吧，我看你大概也累坏了。”

“这里没有我躺的地方，先生。”他回答说，他的声音里带着那种非常痛苦的谦卑。

“在这公寓里你不认识什么能让你搭个地铺的人吗？”

“没有，先生。”

“他们是上个星期才搬来的。”那个接生婆说，“他们什么人都不认识。”

钱德勒为难地犹豫了一会儿，然后走到那人面前说：“发生了这样的事我非常难过。”

他伸出手去，那人先不自觉地看了一下他自己的手是不是干净，然后握了握他那只手。

“谢谢您，先生。”

菲利普也和他握了下手。钱德勒告诉那个接生婆上午来取死亡证明书。他们离开了这所房子，都默不作声地慢慢走着。

“一开始总会使人有些心烦意乱的，是吧？”钱德勒终于说。。

“是有点儿。”菲利普回答。

“你要是愿意，我就去告诉传达人今天晚上不要再叫你了。”

“不管怎么说到早晨八点我也就不再值班了。”

“你看了多少个病人？”

“六十三个。”

“很好。那你就可以拿到你的证书啦。”

他们到了医院，那位高级产科医士进去看看是不是有什么人找他有事。菲利普继续往前走着。前一天一整天都热极了，甚至到了清晨这会儿，空气中还有一股燥热。街道上非常安静。菲利普没有一丝困意。他的工作已经结束了，他不必着急了。他慢慢地往前蹓跶着，这新鲜的空气和寂静使人很高兴，他想到他应该继续走到大桥那里去看一看河上的曙色。在街角上一位警察向他问了一声早安，他从菲利普的提包看出了他是干什么的。

“今天夜里出去得可够晚呀，先生。”他说。

菲利普点了点头走了过去。他倚在桥边的栏杆上，期待着清晨的来临。在那个时候，这座巨大的城市就像是一座死城。天空上没有云彩，星光在破晓时黯淡无光。河面上笼罩着一层轻纱似的雾气，河北岸的那些高大的建筑物像是一座被施了魔法的岛屿上的宫殿。河的中流停泊着一些驳船，到处都是一片莫名其妙地令人感到骚动和敬畏而又激动的神秘的紫红。可是突然之间一切又都变得浅淡清冷和灰白了。接着太阳升起来，一道金黄色的阳光悄悄地透过天际，整个天空一片五彩缤纷。菲利普的眼前总是闪动着那个躺在床上死了的脸色惨白的姑娘，还有那个站在床头的男孩，像是一头受了伤的野兽。那邋遢贫寒的屋子里空荡荡的样子，使得这头野兽的痛苦更加难以忍受了。正当她刚刚开始生活的时候，麻木不仁的命运竟结束了她的生命，这是多么残酷啊！可是就在他自言自语说这话的时候，菲利普又想道，生活给她准备的就是生儿育女，是对贫困的拼命挣扎，辛劳毁掉了青春，她被剥夺了青春，变成了一个邋里邋遢的中年妇女。可以想见，那张秀美的脸庞就要变得瘦削苍白，头发变得稀疏，漂亮的手被劳作残忍地磨坏，变成像一头衰老动物的爪子一样——然后，当那个男人的青春消逝了，找工作的困难使他不得不为了那点菲薄的工资而出卖劳力，到头来还是那个不可避免的凄惨的赤贫。即使她精力旺盛，节俭、勤奋，也救不了她，末了还是进济贫院，要不然就靠赈济来养活她的孩子。她死了，有谁能够因为她在刚刚开始生活时就死了而觉得她可怜呢？

但是怜悯是愚蠢的。菲利普觉得，这些人需要的并不是怜悯。他们并不觉得他们自己可怜，他们听天由命，这是事物的自然法则。要不然，天呐！要不然他们就会大批大批地涌过河去，到河对岸那些既安全又雄伟的大厦去，他们就会去纵火，抢掠，洗劫……这时柔和而灰蒙蒙的天已经大亮了，河上的雾气稀薄了，一切都沐浴在一种轻柔的光辉里。泰晤士河一片银灰、红艳和嫩绿，灰如珍珠母，绿似黄玫瑰的花蕊。萨里区那边河岸上的码头和货栈簇拥在一起，呈现出一种杂乱无章的美。景色如此优美，菲利普的心热烈地跳动起来。他被这世上的美征服了。和这美相比，一切都显得微不足道了。

115

冬季学期开学之前剩下的那几个星期，菲利普是在门诊部度过的，而且在十月里就安下心来专心有规律地进行学习。他曾经离开医学院那么长时间，他发现他自己和那些新来的人混在一起了。年龄不同的人之间很少有什么交往，而且他的同龄人这时大都已经取得资格证走了。有些人留下来当了助手，或者是在郡里的医院和乡村诊疗所当医生；还有一些人则在圣卢克医院谋到了职位。他想，在这两年中他的脑子闲置没用，这使他的精力恢复过来了，而且也能全力以赴地进行学习了。

阿西尔尼夫妇为他的时来运转感到高兴。他从拍卖他伯父的财物中留下了几件东西，作为礼物送给了他们。他把一串原来是他伯母的金项链送给了萨莉。现在她已经成了大人了。她去给一位女裁缝当了学徒，每天早晨八点动身到摄政大街上的一家铺子去，在那儿整整干一天的活。萨莉有一双诚实的蓝眼睛，宽宽的眉毛，浓密的金光闪闪的头发。她出落得很丰满，宽宽的臀部和高高隆起的胸脯。他的父亲总是喜欢品评她的相貌，警告她可千万不能再胖了。正因为她健康，带着野性，并且还很娇柔，所以很动人。她有许多爱慕者，可是他们谁也不能让她动心。她给人的印象是她把调情看作是胡闹。不难想象，青年人都会觉得她很矜持，萨莉比她实际年龄显得要大些。她总是帮助母亲料理家务和照看孩子，因此也就有了一种爱管闲事的大包大揽作风，这个惹得她母亲总说萨莉也有点太喜欢自作主张了。她的话并不很多，可是随着她年龄的增长，她似乎倒有了一种文静的幽默感，而且有时她也会冒出一句话来，显示出在她那冷淡的外表背后，她对她的同伴是抑制不住浓厚的兴趣的。菲利普发现，他与她相处一点也没有他和阿西尔尼这一大家子其余的人那种充满深情的亲密关系。她那种漠然的态度时常使他有点恼火。在她身上有着某些谜一般的东西。

当菲利普把那条项链送给她的时候，阿西尔尼吵吵嚷嚷地非要她吻一下他，可是萨莉红着脸直往后退。

“不，我不。”她说。

“不懂礼貌的浑丫头！”阿西尔尼叫道，“为什么不呢？”

“我不喜欢让男人吻我呗。”她说。

菲利普看她窘成这样也被逗乐了，就把阿西尔尼的注意力岔到别的事情上去了。那样做根本费不了什么事。不过，很显然她母亲后来又说起过这件事，因为菲利普第二次来他们家时，萨莉趁只有他们俩的工夫，抓住这个只有一两分钟的机会又提起了那件事。

“上个星期我不肯吻你，当时你没有认为我这个人太没意思吧？”

“没有哇。”他笑了。

“那不是因为我不识好歹。”当说出这句事先准备好的客套话时她的脸都有些发红了，“我会永远珍重这条项链的，你把它送给我真是太好了。”

菲利普发现，和她谈话总有那么一点困难。她把她应该做的都非常周周到到地做了，似乎觉得没有谈话的必要了，然而她也并不是不喜欢交际。在一个星期天的下午，阿西尔尼和他的妻子一块儿出去了，菲利普坐在客厅里看书，他已经被当成这个家庭的一个成员了。这时萨莉走了进来，在窗子前坐下缝起衣服来。那些女孩子们的衣服都是在家里做的，再说萨莉也不能游手好闲地把星期天白白混过去呀。菲利普以为她想说说话，就把书放下了。

“看你的书呗。”她说，“我只是想到你就一个人，就来陪你坐坐。”

“你是我遇到过的最不爱说话的人了。”菲利普说。

“在这个家里我们可不缺能说会道的人呀。”她说。

她这话的语调里并没有嘲讽的意味，她只是在说一件事实。但是这话却使菲利普联想到她评论的是她的父亲。哎哟，他已经不是她孩提时代心目中的英雄了，而且在她的脑子里，她父亲那妙趣横生引人入胜的谈话和那种常常给他们的生活带来经济拮据的不知节省是联系在一起的。她把他的夸夸其谈同她母亲的务实的生活知识做了比较。虽然父亲的活泼快乐使她开心，可是有时她对他这样又有些受不了。在她俯身做着活的时候，菲利普看着她：她身体健康，体格健壮，发育正常，要是看到她在那些胸脯扁平、脸色贫血的商店里的姑娘中间，她一定会显得很突出的，米尔德丽德就患着贫血症。

过了不久，果然有人向萨莉求婚来了。她偶尔和在工作室里结交的朋友们出去玩，而且她认识了一位青年人，他是一家生意很好的商号里的电气工程师，是一个最为合适的人选了。一天，她告诉妈妈，说那人已经提出了要娶她。

“你是怎么说的？”她母亲问。

“噢，我告诉他，眼下我还不急着想嫁人。”她像平时谈话时那样习惯地停了一下，“他死乞白赖的，所以我就说，他可以在星期天来喝茶。”

这是阿西尔尼很感兴趣的一个场面了。他整个下午都在演习扮演一位在开导一位青年人的举止庄重的父亲，直到他使孩子们憋不住咯咯笑个不停才作罢。就在客人快要来了的时候，阿西尔尼又翻箱倒柜找出来一顶埃及人戴的土耳其帽，而且非要戴上它不可。

“别胡闹了，阿西尔尼。”他的妻子说，这时她换上了她最好的衣服，是一身黑色天鹅绒的衣服，而且由于她每年都要发胖，所以这衣服紧紧地箍在身上，“你要把丫头的好运气给冲啦。”

她试图去摘掉那顶帽子，可是那位小个子的男人敏捷地跳来跳去让她抓不着。

“放开我吧，你这女人，说什么也别想叫我摘掉它。那位青年人一来就让他瞧瞧他将要进入的这个家庭可是不一般的。”

“妈妈，就让他戴着呗。”萨莉用她那种平静而淡漠的方式说，“要是唐纳德森先生受不了这个的话，就说明他可以走开，还巴不得哩。”

菲利普认为那位青年人将要面临的是一场严峻的考验，因为阿西尔尼对那位电气工程师来说简直是一个令人吃惊的怪物，他穿着他那件棕色丝绒上装，飘垂着黑色领带，头戴一顶红色的土耳其帽。客人到来的时候，受到了他的主人像一位西班牙大公那样的骄矜的礼貌，以及阿西尔尼太太的那种宾至如归落落大方的仪态的欢迎。他们在老式熨衣台旁边几张高靠背的、修道僧坐的椅子上坐下来，阿西尔尼太太用一把光彩夺目的茶壶倒茶，这带着一种英国农村在喜庆日子里的味道。她亲手做了一些小点心，在桌子上还摆上了家里自制的果酱。那是一顿农家的茶点，而且对菲利普来说，在这栋詹姆士一世时期的房子里吃这种茶点真是又典雅又迷人。不知出于什么怪诞的原因，阿西尔尼竟心血来潮讲起拜占庭历史来了。他过去一直攻读《拜占庭衰亡史》的后几卷[①]，他戏剧性地伸着食指，滔滔不绝地讲着关于西奥多拉[②]和艾琳[③]的秘闻艳史，把那位求婚人听得目瞪口呆，他以一种滔滔不绝的吹牛皮的方式直冲他的客人讲着，而那位被弄得哑口无言满面羞红的青年在他议论的间歇中不住地点着头，表示他既有理解力又有雅兴来听。阿西尔尼太太没有去注意索普的谈话，而是不时地把谈话打断，给那位青年人添茶倒水，劝他吃点心和果酱。菲利普注视着萨莉，她垂着眼睑坐在那里，平静、沉默，而又规规矩矩的，她那长长的睫毛在脸颊上投下了一道好看的暗影。

---

①《拜占庭衰亡史》指《罗马帝国兴亡史》（1776–1788），英国作家爱德华·吉本（Edward Gibbon，1737–1794）的著名作品。后几卷内容为东罗马帝国的兴起和灭亡。东罗马帝国又名拜占庭帝国。

②西奥多拉（Theodora，508–548），查士丁尼一世的妻子，拜占庭历史上最有权势的女统治者。

③艾琳（Irene，752–803），拜占庭女王，其夫死后与其子共掌朝政（其子登基时年仅十岁）。另有一位叫艾琳（Irene Doukaina，1066–1133）的女人，是拜占庭皇帝亚历克西乌斯的妻子。

你也说不清她是对这个场面感到有趣呢，还是没有把这个青年人放在心上。她真是猜不透。不过，有一点是可以肯定的：那位电气工程师长得英俊、漂亮，脸上刮得光光的，五官端正很讨人喜欢，而且还有一张诚实的面孔，他个子高，体格魁伟。菲利普不由得想到，对她来说他可真是绝好的配偶，他幻想出来他们幸福的未来，感到了一阵嫉妒的疼痛。

过了一会儿，那位求婚人认为该告辞了。萨莉一言不发站起身来，送他出了门。当她一回来，她父亲就大声叫起来：

“嘿，萨莉，我们都认为你的这位青年人真不错呀。我们准备欢迎他加入到我们这个家庭里来。让我们公布婚事吧，而且我还要谱一支婚礼上唱的歌哩。”

萨莉动手收拾桌子，她没有回答。突然，她朝菲利普很快地扫了一眼。

“菲利普先生，你觉得他怎么样？”

她始终不肯像其他孩子那样叫他菲尔叔叔，也不叫他菲利普。

“我认为你找了一位十分漂亮的对象。”

她又飞快地看了他一眼，然后有些赧颜地继续收拾东西。

“我认为他是一个说话非常有礼貌的小伙子。”阿西尔尼太太说，“而且我认为，他那种人，哪个姑娘跟他都会幸福的。”

萨莉有一两分钟没答话，菲利普好奇地看着她：你也许会认为她这是在思忖着母亲说过的话，另一方面，她也许正在想那个男人想出了神。

“跟你说话哩，萨莉，你怎么不回答呀？”她母亲有些生气地说。

“我觉得他是个傻瓜。”

“那你不准备要他啦？”

“是的，我不要。”

“真不知道你还想要什么样的。”阿西尔尼太太说，不用说这时她被激怒了，“他是个非常体面的小伙子，他也会给你一个非常好的家的。少了你，我们这儿的饭就够吃了。要是你丢掉这么个好机会，那可就太傻了。而且我保管你准能够雇一个女孩干粗活的。”

菲利普以前还从来没有听到过阿西尔尼太太这样直言不讳地提起她

生活中的困难哩。他看出每一个孩子都要她抚养是多么重大的事情啊。

“妈，你再说也没有用。”萨莉用她那种平静的方式说，“我不准备嫁他。”

“你真是个狠心肠的、存心让人痛苦的、自私自利的丫头。”

“如果你想让我去自己挣钱养活自己，妈，我可以去当佣人。”

“别这么傻了，你知道的，你爸爸绝不会让你去干那个的。”

菲利普偶然遇到了萨莉的眼睛，他认为那双眼睛里有一种有趣的亮光。他想不出在那番谈话中有什么东西激起了她的幽默感。她是个奇怪的姑娘。

116

在圣卢克医院的最后一年中，菲利普得努力工作。他对生活感到满意。他发现，心中无牵挂而且又有足够的钱买需要的用品可真是舒服极了。他以前曾听到过人们不屑地谈起金钱，他不知道他们是不是试过身无分文而可以过得去。他知道，没有钱会使一个人偏狭、小气、贪婪，会使他的个性变形，而且使他从一个庸俗的角度去观察世界。你需要有一份相当的财产才能评价金钱。当你不得不锱铢必较的时候，钱就变得奇怪地重要了。他过着一种独居式的生活，除了阿西尔尼一家他谁也不见，可是他并不孤单寂寞。他忙于将来的计划，有时候他也想想过去。他的回忆不时地停留在旧交故友身上，可是又不肯费工夫去看他们。他本来很想知道诺拉·内斯比特现在怎么样了。她现在已经是姓另外一个姓的诺拉了，可是他想不起来她打算嫁给的那个男人的名字了。他很高兴认识过她，她是一个心地善良而且又勇敢的人。一天傍晚大约七点半的光景，他看到了劳森，他正在皮卡迪利大街上走着。他身穿夜礼服，也许是正从一家剧院出来回家去吧。菲利普一阵突如其来的冲动，但他屈服了，赶快拐进了一条小巷。他已经有两年没见到他了，而且觉得现在和他也不能重修旧好了。他和劳森之间已经没什么话好说了。菲利普对艺术不再感兴趣了，对他来说，他已经能够以比他是个孩子的时候更大的力量来享受美了，艺术对他仿佛已经无足轻重。他专心致志要从五光十色的人生中画出一幅图案来。但是他用以工作的材料却非平日的颜料和语言所能代替的。劳森已经尽了他的朋友之谊了，这友谊曾是他精心制作这幅图案时的动力。时下他却对这位画家不感兴趣了，乃至于视之为路人，这不过是他感情用事而已。

有时候菲利普想起了米尔德丽德。他处心积虑绕开那些可能会撞见她的街道。不过，偶尔地也有某种感情，也许是好奇心吧，再不就是某种他不会承认的更深的东西，这种感情使他在那些他认为她也许会去皮卡迪利大街和摄政大街一带的钟点里去那些地方蹓跶。当时他也不知道自己是希望见到她呢，还是害怕见到她。有一次，他见到一个背影，这个背影使他想到她，而且有那么一阵儿他以为这个人确实是她。这个背影在他心里激起了奇异的感情：那是他心中的一种莫名的刺痛，这刺痛里含着畏惧和一种令人厌恶的沮丧，他赶上去，发现自己认错了人，这时候，他也不知道自己感受到的是宽慰呢，还是失望。

八月初，菲利普通过了他的最后一门功课“外科学”的考试，并且得到了毕业文凭。从他进入圣卢克医院迄今已经整整七载了。他也是将近三十岁的人了。他走下皇家医学院的台阶，手里拿着那张卷成一个纸筒的取得了行医资格证的证书，他的心满意地怦怦跳着。

“现在我真正要开始生活啦。”他想到。

第二天他去了干事办公室，在医院里申请一个任职。那位干事是一个快活的留着黑胡子的小矮个，菲利普发现他总是那么和蔼可亲。他先祝贺他通过了考试，然后说：

“我想你是不会愿意去南部沿海先干一个月的临时代理医生吧？每周三个畿尼，外带食宿。”

“我不在乎。”菲利普说。

“在多塞特郡的法恩利。医生是绍斯。请你立刻就去，他的助手得了流行性腮腺炎。我相信那儿一定是个愉快的地方。”

在干事的态度中有某种使菲利普感到困惑的东西。这事有点可疑。

“这里面有什么蹊跷吗？”他问道。

那干事迟疑了片刻，然后又以一种息事宁人的态度笑了笑。

“啊，是这样，就我所知，他可是一个执拗的古怪老家伙。办事处绝不会再给他派什么人去了。他说话很直爽，大家都不喜欢这样。”

“可是，你认为他会满意一个刚刚取得了资格证的人吗？甭管怎么说我没有经验啊。”

“你去他应该高兴的。”那干事圆滑地说。

菲利普想了一会。以后这几个星期里他没什么事可做，而且有机会挣点钱他也很高兴。他可以把钱存下来，留着去西班牙度假。他以前就答应过自己，等他在圣卢克医院找到了任职，或是，如果他们不给他圣卢克医院什么职位的话，他就去别的医院，只要一找到工作他就去西班牙度假。

“好吧，我去。”

“只是你今天下午就得走。你看可以吗？要是没什么问题我这就去拍电报啦。”

菲利普本来很高兴自己有几天时间，可是头一天晚上他已经去看过阿西尔尼一家（他已经马上让他们知道了他的好消息了），而且实际上他也没有不立刻动身的理由，他没有什么行李要收拾的。当天晚上刚过七点钟，他就步出了法恩利车站，然后叫了一辆马车到绍斯医生的诊所去。这是一幢宽阔的矮房子，墙上刷着灰泥，爬满了爬山虎。他被带进了诊室。一位老人正坐在桌子前写东西。当女仆把菲利普领进去的时候，他抬起眼看着他。他没站起来，也没有说话，只是紧盯着菲利普。菲利普吃了一惊。

“我想您这是在盼着我来吧。”他说，“圣卢克医院的干事今天上午给您拍过电报了。”

“我让午饭晚了半个小时。你不想洗一洗吗？”

“我洗一洗。”菲利普说。

绍斯医生的那种古怪态度使他感到有趣。这时老人站了起来，菲利普看出，他中等身材，瘦瘦的，一头白发理得很短，一张嘴巴闭得这样紧，以至于他好像根本没有嘴唇；除了短短的雪白的鬓须外脸上刮得光光的，结实的下巴使他的方脸盘由于这连鬓胡显得愈发方正了。他穿着棕色花呢衣服，戴着一条白色的宽大硬领巾。他的衣服松松垮垮地披在身上，仿佛是给一个块头要大得多的人做的。他那副模样很像一位十九世纪中期的有地位的农场主。他打开了那扇门。

“这儿是餐室。”他说，接着又指着对面的一扇门说，“你的卧室就在上了台阶的第一个门那儿。准备好了就下楼来吧。”

吃饭的时候菲利普知道绍斯医生正在审查他，不过老人倒也没有多问，菲利普觉得他并不太想听他的这位助手谈多少。

“你什么时候取得资格证的？”他突然问。

“昨天。”

“上过大学吗？”

“没有。”

“去年我的助手去休假的时候他们给我派来了一位上过大学的人。我跟他们说别再给我这种人啦，真他妈的太绅士派了。”

又是一阵停顿。这顿饭非常简单，可是也非常好。菲利普保持着一副稳重的外表。可是在他的内心里却兴奋得直翻腾。被雇用当上了一名临时代理医生使他心花怒放。这使他感到他完全成熟了。他有一个疯狂的欲望，要无端地大笑一通。他越是想到他这个职业的尊严，就越是忍不住要咯咯地笑起来。

可是绍斯医生却突然地打断了他的思想。

“你多大了？”

“快到三十岁了。”

“那你怎么才取得资格证？”

“我是在快到二十三岁时才开始学医的，而且上了半截没办法又断了两年。”

“为什么？”

“穷呗。”

绍斯医生古怪地看了他一眼，又陷入了沉默。饭吃完了，他从桌子旁站了起来。

“你知道在这里看病是怎么个情况吗？”

“不知道。”菲利普回答说。

“大部分都是渔民和他们的妻子儿女。我现在有‘联合会’和‘海员医院’两个对手。过去一直我一个人在这里，可是自从他们想把这里改成一处时髦的海滨游览地后，有个人在山崖上建了诊所，阔佬们都到他那儿去了。我的病人不过全是那些没有钱请大夫的人。”

菲利普看出了这场竞争是这位老人的一个痛处。

“您知道，我没有经验啊。”菲利普说。

“你们哪，一窍不通哟。”

他没有再说什么就走出了屋子，剩下菲利普一个人。那个女佣进来收拾桌子的时候告诉菲利普，绍斯医生从六点到七点看病。那天晚上的工作已经完了。菲利普从自己的房间里取来一本书，点燃了烟斗，坐下看起书来。这简直是一大享受，因为这几个月来除了医学书他什么都没有看过。十点的时候，绍斯医生走进来，看了看他。菲利普很喜欢跷着脚，他拖过来一把椅子把脚放在上面。

“看起来你倒挺能给自己找舒服的嘛。”绍斯医生说，那股严厉劲儿本来会使菲利普不安的，多亏了菲利普这会儿情绪高涨，他眨巴着眼睛回答道：

“您有什么看不惯的吗？”

绍斯医生看了他一眼，可是并没有直接回答他。

“你看的是什么书？”

“《柏雷葛伦·辟克尔》，斯摩莱特[①]的。”

“碰巧我也听说过斯摩莱特写的这本《柏雷葛伦·辟克尔》。”

“请原谅，搞医的人对文学没多大兴趣，是吧？”

这时菲利普已经把那本书放在桌子上，绍斯医生把它拿了起来。这原是牧师的书。薄薄的，包着陈旧的摩洛哥羊皮，扉页图是一幅铜版

---

①托比亚斯·斯摩莱特（Tobias Smollett，1721–1771），英国小说家，以写流浪汉小说为主。用讽刺笔调刻画英国社会各阶层人物。

画，由于年深月久，书页带着一股霉味，而且已经霉蚀得斑斑点点了。当绍斯医生把这本书拿在手里时，菲利普无意中向前挪动了一下，眼睛里露出了一丝微笑。那老大夫可真是明察秋毫。

“我让你感到好笑了吧？”他冷冰冰地问。

“我看出您喜欢书。一个人从人们拿书的方式就可以看出他们是什么样的人。”

绍斯医生立刻把手里的小说放了下来。

“早饭在八点半。”他说完就立刻离开了屋子。

“真是个有意思的怪老头！”菲利普想。

他很快就发现为什么绍斯医生的助手总觉得和他难以相处了。首先，他对最近三十年来的所有发现统统地坚决加以反对。有些药品渐渐时兴起来，被人认为极有疗效，可几年后又被废弃了，老医生对这类药品一概不用。他备有各种混合药剂，这些都是他从母校圣卢克医院带来的，而且用了一辈子。他发现这些药和任何早已风行了的药物一样疗效很好。菲利普对绍斯医生对无菌操作所持的怀疑态度非常吃惊；他是迫于舆论的压力才接受这点的。他使用这种方法时谨慎小心，菲利普早就知道这是圣卢克医院一贯坚持的态度，但是老医生的谨慎小心还带着成人跟小孩子玩游戏时那种鄙夷不屑的态度，并非出自真心。

“我见过防腐剂是怎样出现，又是怎样把在它们出现以前的一切一扫而光的，而且后来我也见过无菌操作又是怎样取代防腐剂的。都是骗人的鬼话！”

那些被派到他这儿来的年轻人只懂医院的那套操作，而且他们又是带着他们在医院时沾染上的那种对通看各科的普通医生的露骨蔑视来到这里的，他们见到过的只是那些在病房里才有的复杂病例，他们知道怎样治疗肾上腺体的疑难病症，可是要治伤风感冒倒是一筹莫展。他们的知识都是理论上的，而且他们又自信得没边没涯。绍斯医生紧闭着嘴唇盯着他们，指出他们是何等的无知，他们自负得又是如何没有道理，这使他泄气极了。这是一种惨淡经营的行医业务，来看病的都是渔民，医生还要配制出他自己开的药方。绍斯医生责问他的助手：要是他给一位患有胃痛的渔民开的一副混合药剂里有五六种贵重药品的话，他打算怎样让渔民收支相抵呢？而且他还抱怨那些年轻的医生们没有受过好教育：他们读的不外乎就是《体育时报》和《不列颠医学杂志》。他们的字不仅写得难以辨认，而且拼写还总出错。有两三天的工夫绍斯医生总是紧紧盯着菲利普，准备着如果让他逮着了把柄就劈头盖脸冲他尖酸刻薄地奚落一顿。菲利普心里明白这个，他带着一种好笑的感觉干着他的工作。他很高兴这样换一换工作。他喜欢这种独立感和责任感。到诊室来的什么人都有。他因为自己似乎能把病人的信心鼓舞起来而感到满意。能看到治疗的整个过程是很有趣的，这些在医院则是必须要隔很长时间才能看得到的。出去巡诊使他有机会走进那些有渔具和篷帆的屋顶低矮的茅屋农舍，到处还有一些远洋捕鱼时留下的纪念品：一只日本的漆盒啦，从美拉尼西亚[①]带回来的长矛和船桨啦，或者是来自斯坦布尔[②]集市上的短剑。在那些闷热的小屋里有着一种浪漫传奇的气氛，海盐又给这些小屋带来了一种辛烈的清新气息。菲利普喜欢和那些船员们聊天，他们发现他并不倨傲，也就把他们青年时代周游世界的海外奇谈细细地讲给他听。

有一两次他在诊断中出了差错（以前他从来没有见到过一例麻疹病人，而且当他碰到这种发疹的情况时，他误认为是一种皮肤疑难病症哩），还有一两次他的处置意见与绍斯医生的大相径庭。第一次发生这种事的时候，绍斯医生就用恶言恶语的嘲讽挖苦来攻击他，可是菲利普对此却心平气和，处之泰然。他有某种反击的天赋本领，他只消寥寥数语回敬几句，就使绍斯医生住了嘴，而且还十分稀奇地望着他。菲利普沉着个脸，可是他的眼睛却在眨巴眨巴的。那老先生难免认为菲利普是在拿他开心。他一向是让他的助手们讨厌自己和害怕自己的，这可是破天荒头一遭呀。他差不多要勃然大怒了，而且想趁当次车来时就把他打发走，他以前对他的那些助手就是这样做的。不过他有一种不安的感

①美拉尼西亚（Melanesia），泛指大洋洲中部的岛屿。

②地名，在伊斯坦布尔。

觉，那样做的话，菲利普就会毫不客气地大肆嘲弄他的，忽然之间他又觉得很有趣了。他的嘴违背他的意愿笑了一下，然后他转身走掉了。没多大的工夫他就渐渐意识到，菲利普是在处心积虑拿他开心取乐。起初他吃了一惊，随后就感到有趣了。

“他可真他妈的厚脸皮。”他自言自语地笑道，“真他妈的厚脸皮哩。”

117

菲利普已经给阿西尔尼写了信，告诉他自己正在多塞特郡当临时助理医生，而且及时收到了他的回信。这封回信是用阿西尔尼所爱要弄的那正经八百的方式写的，满是些华丽的词句，就像是一顶缀满了珍珠钻石的波斯王冠，字体写得很漂亮，就像是黑体铅字一样，读起来虽很费力，他却颇以这种字体自豪。他建议菲利普和他同他们全家一起到他们年年都去的那块肯特郡的蛇麻草地去。为了说服他，关于菲利普的灵魂，他说了各式各样漂亮话和费解的话，而且还扯到了蛇麻草的柔蔓卷须。菲利普当即答复他说，等一结束了这儿的事他马上就去。尽管不是在那儿出生的，可是他对塔内特岛却有着一种特殊的感情。当想到他就要如此紧密地和大地在一起，在只需有一片蓝天就可以在具有阿卡狄亚[①]橄榄树丛林那样的田园牧歌般诗情画意的环境中度过半个月，他的热情便炽热地燃烧起来了。

他在法恩利预定的四个星期的工作一眨眼就过去了。在悬崖之上有一座新的城镇正在崛起，红砖别墅四周是高尔夫球场，而且最近还有几家大旅馆为满足避暑游客们的需要已经开始营业了。不过菲利普很少到那里去。在这城镇下方，挨着码头那些上个世纪的小石头屋子错落有致地挤在一起，那些陡斜的狭小街巷有着一种引人遐思的古朴风貌。在海边上是整齐的房舍，房前都有整齐小巧的花园。这里住的是些商船队

---

①阿卡狄亚（Arcadia），古希腊一地名，被誉为风景优美、景色宜人的田园生活的世外桃源。

的退休船长们，还有那些曾经靠大海为生的人的母亲或是他们的遗孀，他们有着一副古怪而又平静的相貌。在那小港口里是来自西班牙和地中海东部诸国的不定期货船，还有小吨位的轮船，有时候还会出现一只传奇的风吹来的帆船，这帆船使菲利普想起了布莱克斯塔布尔的那个泊着运煤船的肮脏的小港湾。他想到了他在那里第一次产生了到东方各国和热带海洋中的阳光明媚的岛屿去的愿望，现在这个愿望日日夜夜缠绕着他。可是，比起站在那仿佛总使人感觉受到包围的北海海岸上，在这里你会感到离浩淼深邃的海洋更近了，在这里，当你极目眺望那平静的浩瀚的海洋时就会不禁深深地吸进一口气。那西风，那亲切柔和的带着咸味的英格兰的风，把你的心振奋起来，同时又把它陶冶得温柔平和了。

到了菲利普和绍斯医生在一起的最后一天晚上，一个孩子来到医生的门口，这时老医生正在和菲利普结算药方。这是一个衣衫褴褛的小女孩，一张肮脏的小脸，打着赤脚。菲利普开了门。

“打搅了，先生，您能马上到艾维街的弗莱彻太太家去一下吗？”

“弗莱彻太太怎么啦？”绍斯医生粗声粗气地喊道。

那孩子没有去理他，还是对菲利普说：

“麻烦您啦，先生，她的小孩出了事，您能马上来吗？”

“去告诉弗莱彻太太我这就来。”绍斯医生大声说。

那小女孩犹豫了片刻，把一只肮脏的指头含在脏嘴里，站在那里望着菲利普。

“怎么啦，小家伙？”菲利普笑着说。

“走吧，先生，弗莱彻太太说，那个新来的医生能不能来一下？”

药房有了声响，接着绍斯医生从里面出来到了走廊里。

“弗莱彻太太对我不满意吗？”他吼叫着，“弗莱彻太太吃奶的时候起我就给她看病了。难道我连给她的臭小子看病都配不上了吗？”

小女孩看了他片刻，好像她就要哭出来似的，然后她竭力忍住了，故意冲着绍斯先生吐了下舌头，并且，还没等他从惊诧中明白过来，就一溜烟地跑掉了。菲利普看出这位老先生被惹恼了。

“看样子你累极了，再说到艾维街去有好远的一段路哩。”菲利普说道，想给他找一个台阶下来。

绍斯医生朝他低声吼了一声：

“与一个只有一条半腿的人相比，这路对一个用两条腿走路的人来说可要近得多了。”

菲利普一下子脸红了，沉默地站了一会儿。

“您是希望让我去呢，还是要自己去？”最后他冷冷地问道。

“我去算什么？他们要的是你。”

菲利普戴上帽子看病人去了。他回来的时候已经差不多是八点钟了。绍斯医生正站在餐室里，背冲着壁炉。

“你去了很长的时间呀。”他说。

“对不起，你怎么还没有吃饭？”

“我想等等再吃。你一直在弗莱彻太太家吗？”

“没有哇，那哪能呢？在回来的半路上我停下来看了看日落，我没有想到时间。”

绍斯医生没有回答，那佣人端上一些烤西鲱鱼。菲利普胃口非常好，津津有味地吃起来。忽然绍斯医生冷不防地向他提出个问题：

“你看日落干什么？”

菲利普嘴里嚼着回答说：

“因为我高兴。”

绍斯医生古怪地看了他一眼。那张衰老而疲倦的脸上掠过了一道隐隐的微笑。这顿饭剩下的时间里两个人都沉默着没有说话。可是当那女佣给他们拿来葡萄酒又走开了以后，那老人向后一靠，用一双锋利的眼睛紧紧地盯着菲利普。

“我说起你的瘸脚时刺伤你了吧，小伙子？”他说。

“人们总是这样的，有的直截了当，有的拐弯抹角，只要他们生我的气就说这个。”

“大概他们都知道那是你的弱点吧。”

菲利普脸冲着他，一动不动地看着他。

“发现这一点你很高兴吧？”

医生没有回答，不过却苦笑了一声。他们互相注视着坐了好一会儿。然后绍斯医生让菲利普大吃一惊。

“你干吗不留在这儿呢？我会把那个得流行性腮腺炎的混账蠢货撵走的。”

“你真是太好了，可是我希望秋天时能在医院里得到个职位哩。这样对我以后找其他工作会很有帮助的。”

“我是想我们一起干。”绍斯医生粗暴地说。

“为什么？”菲利普惊奇地问。

“你到这儿来他们似乎很高兴。”

“我认为这可不是一件你同意就成的事。”菲利普冷冰冰地说。

“难道你认为我行医了四十年还会他妈的在乎人们是喜欢我的助手而不喜欢我吗？不，我的朋友。我和我的病人之间并不存在什么情分。我并没有指望他们感恩戴德，我希望的是他们能付给我酬金。喂，你到底怎么看？”

菲利普没有回答，倒不是他在琢磨这个建议，而是因为他很诧异，有人向一个刚刚取得资格证的人提出合作，这明摆着是很不一般的。而且他惊奇地明白了绍斯医生喜欢上他了，尽管他无论如何也不会这么说出来的。他想到要是他把这事告诉了圣卢克医院的那个干事，他将会感到多么有意思啊。

“在这里开业每年大约挣七百镑。我们可以算出来你该分到多少。而且你也可以分期逐步偿还我的。我要是死了，你就可以接替我了。我想这比在医院里吊儿郎当地混上两三年，然后等到你自己能独立干了的时候才得到一个助手的位置要强多了。”

菲利普知道，这是一个会叫大多数干他这个行当的人喜得跳起来的好机会。这一行已经人满为患了，而且他认识的人中少说也有一半会千恩万谢地接受下像这样有着丰厚收入的工作的。

“抱歉极了，可是我还是不能接受。”他说，“这意味着我得放弃我多年来所追求的一切。我曾经有过这样和那样不平静的生活，但是我的面前总有一个希望：即取得资格证，好去游历一番。而且现在，每当我早晨醒来的时候，我的骨头就痒得想拔脚而去，我并没有个什么特定的地方想去，只要能走就成，到那些我没有去过的地方去。”

现在那个目标似乎近在咫尺了。他要是在明年年中的时候结束圣卢克医院所提供的这一工作，他就打算去西班牙，他也就有钱在那里盘桓几个月了。到那对他来说代表着浪漫的土地上去漫游，然后他要再搭上一条船到东方去。生活在向他招手，在那里逗留多少时间也在所不计。只要愿意，他将可以一连数月在那些人迹罕至、生活奇特的地方，在素不相识的人群中徘徊游荡。他不知道自己追求的是什么，也不知道他的游历将会给他带来些什么，可是他有一种感觉，关于生活他将会学会某些新的东西，将会得到某种线索，去解开一种神秘，而这又只是为了去发现更为神秘的东西。即使他什么也没发现，他也会使那搅扰他心灵的不安得到平抚。可是此时绍斯医生却向他表示出了一个极大的好意，如果没有恰当的理由就拒绝他的建议，显得未免太不近情理了。因此他羞怯地、尽可能实事求是地想讲清楚，想试图解释对于他来说，实现那个他如此热烈珍视的计划是如此重要的原因。

绍斯医生静静地听着，那双精明的朦胧的老眼中露出一种柔和的神色。在菲利普看来，他没有强迫自己接受他的提议又是一种格外的好意了。善行义举常常是非常专断的。他似乎认为菲利普的理由是合情合理的。结束了这个话题，他开始讲起了他自己的青年时代。他曾经在皇家海军中服过役，而且正是由于同海洋的长期联系，他退役以后就被安置到法恩利来了。他告诉了菲利普他在太平洋上的往事和在中国的诸般冒险。他曾经参加过一次讨伐杀人成性的婆罗洲人的远征，他还知道那个当时还是一个独立国家的萨摩亚群岛。他曾在那些珊瑚群岛登过岸。菲利普出神地听他讲着，他一点一滴地把他的身世告诉了菲利普。绍斯医生是个鳏夫，他的老婆在三十年前就死了，他的女儿嫁给了罗得西亚的一个农场主，他已经跟他女婿吵翻了，他女儿也有十年没有回英格兰来了。他非常孤苦伶仃，粗暴生硬只不过是为了掩藏他的完全幻灭的一种保护色罢了。他这样并不是不耐烦而恰恰是厌恶地在等待着死亡的降临，他憎恶自己的风烛残年，又不能使自己听任年老所带来的种种束缚。他觉得，只有一死才是他辛酸生活的唯一解决办法。菲利普看来，这似乎太悲惨了。菲利普和他邂逅相遇，他的那种由于长期和女儿离别而泯灭了的人类天性中的感情，就植生在菲利普身上——在他和女婿的那场争执中，他女儿站在了她丈夫一边，以后他也从未见过她的孩子。最初这使他气愤，他告诫自己这种对菲利普的感情是年老昏聩的一种迹象。菲利普身上可能有着某些吸引着他的地方，而且他自己也不知道为什么竟对他微笑了起来。菲利普没有让他讨厌。有一两次他还把手放在了菲利普的肩膀上：就像在女儿离开英国以前他曾经抚摸她那样。菲利普走的时候到了，绍斯医生陪他一起到车站去，他感到自己有一种不可名状的抑郁。

“我在这儿过得痛快极了。”菲利普说，“你一直对我太好了。”

“看样子你很高兴离开这儿吧？”

“我在这里过得很愉快。”

“可是你不是想出去见见世面吗？唉，你还年轻啊。”他犹豫了片刻又说，“我希望你记住，如果你回心转意了的话，我的提议还是有效的。”

“你可真是太好啦。”

菲利普从车窗里伸出手去和他握了握，火车驶出了车站。菲利普想到他将要在蛇麻子地里度过的那半个月的时光，想到又要和他的老朋友见面了，他很高兴。他精神抖擞，这天的天气真是太好了。而绍斯医生却慢慢地步回他那空荡荡的房子，他感到非常衰老，非常孤独。

118

晚上很晚菲利普才到了费恩。这里是阿西尔尼太太的故乡，而且自打童年时候起她就习惯了在地里采蛇麻子了。到现在她和丈夫以及孩子们每年都还到这里来的。她家也像许许多多肯特郡本地人的家庭一样定期外出，都愿意去挣它几个小钱。他们尤其把这种一年一度的外出看作是最开心的节日，在好几个月之前就翘首以待了。要干的活儿并不重，大家在野外一起干，对孩子们来说更是一次长时间的令人愉快的野游，青年人在这里和少女们相会。干完了活儿后，在漫长的夜晚，他们在小径上漫步，谈情说爱，以致随着采蛇麻子的季节而来的往往就是婚礼。他们带着被褥、枕头、罐子、平底锅、椅子、桌子等，坐上马车出了门。在采蛇麻子的日子到来的时候，整个费恩十室九空了。他们都很排外，而且总是对外来者的入侵义愤填膺（他们所谓的外来者就是指那些从伦敦来的人）。他们看不起那些人，可是又怕那些人，认为那是一帮粗鲁的家伙，那些体面的本地人并不愿意同他们搅在一起。在过去，采蛇麻子的人是睡在草棚里的，不过十年以前在一片草场的旁边盖起了一排临时的小屋。而且阿西尔尼一家也像许多人家一样，每年也有一间同样的小屋。

阿西尔尼从一家小酒店里借了一辆马车到火车站来接菲利普，并且他在这家酒店给菲利普租下了一间房间。从蛇麻草地到小酒店有四分之一英里的路程。他们把他的旅行袋放在那里就步行到那块建有小屋的草地去了。那些小屋只不过是一溜长长的低矮的棚子，被隔成一个个约十二码见方的小屋。每间小屋的前面都是一个烧树枝的火堆，一家人围坐在火边，眼巴巴地望着火上正煮着的晚饭。海风和太阳已经把阿西尔尼孩子们的小脸蛋变成了棕褐色。带着遮阳帽的阿西尔尼太太仿佛变成了另一个人，似乎长年的都市生活对她并没有什么真正的改变，她还是个土生土长的乡下女人。你可以看出她在乡村是多么的怡然自得。她正在一边炸火腿，一边又留神着那几个年岁小一些的孩子，不过她还是热情地和菲利普握了握手，又对他高兴地笑了笑。阿西尔尼对这种田园般的生活带来的乐趣狂热极了。

“我们住的城市太缺乏太阳和光明了，那不是生活，简直是一种长期监禁。让我们把全部家当都卖了，贝蒂，到乡下去经营一个农场吧。”

“我可知道你在乡下又会怎么样。”她带着那种善意的轻蔑回答说。“哼，只要我们在冬天里刚碰到第一个雨天，你就会嚷着回伦敦去的。”她又转过脸来对菲利普说，“每逢我们来到这里，阿西尔尼总是喜欢这样说。农村啊，我多喜欢！得了吧，他就连蔓菁和甜菜也分不清。”

“今天爸爸可懒啦。”珍妮说，她从来就是这样直率，“他连一箱子都没有摘满。”

“我是才开始练习，孩子，明天我就摘满它几箱子给你看看，比你们几个加在一起的都多。”

“来吃饭吧，孩子们。”阿西尔尼太太说，“萨莉到哪儿去啦？”

“我在这儿哩，妈妈。”

她从他们的那间小屋子里走了出来，柴火燃烧着的火苗在跳动着，在她的脸上映上了鲜明的色彩。近来菲利普只见过她穿那种自从她去女裁缝那里以后总是穿着的整洁的工装，这时她穿着件宽大舒适的印花衣服，颇有些动人，袖子挽了起来，露出了她那健壮滚圆的胳膊。她也戴着一顶遮阳帽。

“你这样子可真像是童话里的一个挤奶姑娘啊。”和她握手时菲利普说。

“她可是这片蛇麻草地里的大美人哟。”阿西尔尼说，“我说呀，要是这里的乡绅的儿子看见你的话，转身他就会提出要娶你的。”

“这里的乡绅没有儿子，爸爸。”萨莉说。

她找个地方坐下来，菲利普就腾出个地方让她坐在自己的身边。她的脸在夜色中篝火火光的映照下美得出奇。她有些像乡村女神，而且你会想起老赫里克[①]在优美的诗篇中赞美过的那些生气勃勃而又健壮的姑娘。这顿晚饭很简单，就是面包和黄油、松脆的咸猪肉，孩子们喝的是茶，阿西尔尼先生和太太还有菲利普喝的是啤酒。阿西尔尼狼吞虎咽着，对他吃的每一种东西都大声加以称赞。他大肆嘲讽起卢卡勒斯[②]来，并且对布里亚-萨瓦兰[③]破口大骂了一通。

“真拿你没办法，阿西尔尼。”他的妻子说，“说真的，你还是好

---

①罗伯特·赫里克（Robert Herrick，1591–1674），英国诗人。

②卢卡勒斯（Lucullus，公元前110–前57），罗马执政将军，以豪富见称。

③布里亚-萨瓦兰（Brillat-Savarin，1755–1826），法国政治家，以其一部关于烹调的文艺著作《宫廷心理学》闻名。

好吃你的饭吧！”

“是你亲手做的，我的贝蒂。”他说着，还伸出一根雄辩的食指来。

菲利普也觉得舒服极了。他快活地看着这一排篝火，人们都围坐在篝火的周围，火光映红了夜空。草地的尽头是一排高大的榆树，头顶上是繁星点点的苍穹，孩子们说呀笑呀，阿西尔尼也是孩子群中的一个，他变戏法，讲异想天开的故事把孩子们逗得哈哈大笑。

“别人还以为是一大帮子阿西尔尼到这儿来了哩！”他妻子说，“喂，布里奇斯太太跟我说过，‘这会儿要是没有阿西尔尼先生我真的不知道该怎么办了’。呶，他总是这样劲头十足，他倒像是一个学生，而不太像一个家里的家长。”

萨莉一声不响地坐着，不过她用一种能让菲利普心领神会到的体贴方式给他添着菜。有她在身边很令人愉快，他不时瞥几眼她晒黑了的健康的脸。一次他碰到了她的目光，她文静地笑了笑。吃完了饭，珍妮和一个小弟弟被打发到那条流过草地边上的小溪那里去提水洗脸去了。

“小家伙们，还不带你们的菲利普叔叔去看看我们睡觉的地方，你们一会儿就该去睡觉啦。”

几只小手抓住了菲利普，把他连拖带拽地向小屋拉去。他钻进小屋，划着了一根火柴。小屋里什么家具也没有，除了那一只装衣服的铁皮箱外，剩下的只有床了。有三张床，每张床都靠着一堵墙。阿西尔尼跟着菲利普走进来，并骄傲地给他指点着。

“这是睡觉用的铺板。”他大声说道，“这儿没有你的那些钢丝床和鸭绒被。我还从来没有像在这里睡得这么香过哩。你将要睡在两条被单之间。我的亲爱的伙计，我打心眼里可怜你哟。”

那些床上铺着一层厚厚的蛇麻草蔓，蛇麻草上是一层稻草，稻草上面铺着一条毯子。在野外忙碌了一天之后，幸福的采摘者们在弥漫着蛇麻草香的气息中鼾声大作。到了九点，草地上万籁俱寂，所有的人都去睡了，不过也有一两个还在那家酒馆里闲泡的人不到十点打烊不肯回来。

阿西尔尼要陪菲利普走到那家酒店去。可是没等他们动身，阿西尔尼太太就对他说：“我们在六点差一刻的时候吃早饭。我敢说你不想起得这么早吧。你知道，六点钟我们就得开始干活儿啦。”

“他当然一定得早起喽。”阿西尔尼叫道，“而且他也得跟我们大家一样干活。他不能白吃饭的，不劳动者不得食嘛，小伙子。”

“孩子们早饭前要去洗澡的，在他们回来的路上可以去招呼你一声。反正他们要经过‘快乐水手’酒店的。”

“如果他们去时能叫醒我，我就和他们一块去洗澡。”菲利普说。

珍妮、阿罗德和爱德华为这个许诺高兴得叫了起来。第二天早晨，他们拥进菲利普的房间把他从酣睡中吵醒了。男孩子们蹦到了他的床上，他只得用拖鞋将他们撵下去。他穿上外套和裤子来到室外。这时天刚蒙蒙亮，空气中凉沁沁的。不过天上万里无云，太阳射出金黄色的光芒。萨莉正拉着康妮的手，在半路上站着，她的胳膊上搭着一条毛巾和一件游泳衣。这时他看到，她的宽边遮阳帽是那种淡紫色，她的脸蛋在这淡紫色的映衬下红里透黑，就像一只苹果。她见到他报之以她那种缓慢的甜甜的微笑，他突然注意到了她的牙齿很小，很整齐，而且也很洁白，他纳闷以前自己怎么就没有注意到过。

“我本来想让你睡，”她说，“可是他们要去叫醒你。我说其实你不想来的。”

“哟，哪儿的话啊，我想来。”

他们下了路，就抄近路穿过那块沼泽地。走这条路到海边去不足一英里路。海水看上去冷冰冰，灰蒙蒙的，看到这光景菲利普直打冷战。可是孩子们却脱下衣服连喊带叫着冲进海水里去了。萨莉干什么事儿都有些慢吞吞的，直到那些孩子们围着菲利普朝他泼水的时候她才下水来。

游泳是菲利普唯一擅长的本事，在水里他觉得自由自在。他一会儿装成一条海豚，一会儿又装成一个溺水的人，再不就装成一个怕打湿了头发的肥胖女人，孩子们马上跟着他学起来了。这海水澡洗得闹声喧天，热闹异常，萨莉板起一副十分严肃的面孔才把他们都哄上了岸。

“你和他们一样调皮捣蛋。”她用她那种严肃的母亲般的神气对菲利普说，这话一下子变得又滑稽又动人，“你没来的时候他们可没有这么淘气。”

他们往回走，萨莉手里拿着她的宽边遮阳帽，闪闪发光的头发披落在肩膀上，可是当他们回到小屋时，阿西尔尼太太已经动身到蛇麻草地去了。阿西尔尼穿一条极旧的破裤子，真是再破也没有了。他的夹克衫的纽扣全都扣上了，这表明他里面没有穿衬衫。他还戴一顶宽边软帽，正在把鲑鱼放在柴火上烤。他自得其乐，那副样子完全像个江洋大盗。当他老远看到这伙人回来了，就扯着嗓子对着香喷喷的鲑鱼唱起《麦克白》[①]里那段合唱诗来。

“你们可不能再磨磨蹭蹭吃早饭喽，不然的话妈妈可要生气的。”当他们走到跟前时他说。

没过几分钟的工夫，阿罗德和珍妮手里拿着几片面包，蹓蹓跶跶地穿过了草地来到蛇麻草地。他们是最后离开小屋子的。蛇麻草地是使菲利普回想起他的童年时代的地方之一，而且那些蛇麻草烘干房对他来说也是典型的肯特郡风光。菲利普跟着萨莉等人穿过一长垅一长垅的蛇麻草，他没有一点儿陌生的感觉，就像回到了家里一样。这时太阳耀眼地照射着，给万物投下了一个轮廓分明的阴影。菲利普饱览绿叶的艳丽色彩。蛇麻子正在黄熟，在他眼里，蛇麻草地里具有诗人们在西西里岛的玫瑰色的葡萄中所发现的美和激情。他们向前走着，菲利普觉得自己被这葱茏茂郁的景色征服了。肯特郡肥沃的土地散发出一股甜丝丝的气息，九月阵阵的微风中充满了浓郁的蛇麻草香味。阿西尔斯坦不由得感到兴奋，竟放开喉咙唱了起来，这是十五岁男孩的嘶哑的嗓音，萨莉转过身说：

“你安静点儿吧，阿西尔斯坦，不然我们就会遇上暴风雨了。”

过了一会儿传来嘈杂的声音，又过了一会儿采摘的人们走近了。他们都干得很卖力气，一边摘，还一边说着、笑着。他们坐在椅子上、凳子上，还有的站在箱子上，身边挎着篮子，还有的人干脆就站在收集蛇麻子的大帆布袋旁边，把摘下来的蛇麻子直接扔进大帆布袋里。四周有

---

①《麦克白》为莎士比亚剧中的著名悲剧。

一大帮孩子，还有很多婴儿，有的放在临时凑合的摇篮里，有的就用一块小毯子裹起来搁在松软干燥的棕色土地上。那些孩子摘的少玩的多。那些女人们不住手地干着，她们从小就干这活，而且她们摘得比那些伦敦来的外地人快一倍。她们夸耀着她们在一天的时间里所摘的蛇麻子的蒲式耳数，不过她们抱怨说，现在你已经不能再像以前那样赚钱了：那时候五蒲式耳就能卖到一个先令，可是现在呢，得八蒲式耳甚至九蒲式耳才能卖到这价钱。过去，一个采摘好手干这么一季就能挣出他在一年的吃穿费用来。可是现在已经根本得不到什么了。你得到一个假期。可什么钱也赚不到，差不多所有的人都是如此。希尔太太靠她自己摘蛇麻子卖的钱买了一架钢琴，这是她自己说的。可是她非常吝啬，谁也吝啬不到她那个地步，而且绝大多数人都认为买钢琴的事只不过是她自己那么说罢了；倘若把真相公之于众的话，恐怕将会发现，她为买这玩意儿从储蓄银行取了一小笔存款。

采摘蛇麻子的人都按照装蛇麻子的大帆布袋分成十人一组，孩子们不计算在内，阿西尔尼大声吹嘘说，总有一天他要有一个由他全家组成的组。每一组人都有一个管帆布袋的人，这个人的职责就是把他自己这一组的帆布袋里的蛇麻子穿成串（这袋子是一只木框撑起来的大帆布袋，约有七呎高，一大长排的帆布袋就放在两条蛇麻草垅地的中间）。阿西尔尼梦寐以求的就是自己的家庭成员多到足以组成一个组。同时，他的工作与其说是自己使劲儿干，倒不如说是在给别人鼓劲儿。他蹓跶到阿西尔尼太太跟前，她已经忙了一个半小时，而且都已经往箱子里倒了满满一篮蛇麻子了。他嘴上叼着一支烟卷摘了起来。他声称他今天要摘得比所有的人都多，不过妈妈除外，当然喽，没有谁能摘得像妈妈那样多。这使他想起了阿芙洛狄特给好奇的普赛克[①]带来的那些灾难，他就给孩子们讲起了她追求那位看不见的新郎的故事。他的故事讲得漂亮极了。菲利普听着，嘴角上挂着微笑，他觉得这个古老的传说非常适合眼前的情景。这时天瓦蓝瓦蓝的，他认为即使是在希腊也未必能有这么

①希腊神话故事中以少女形象出现的人类灵魂的化身。

可爱的天空，孩子们一个个都是金黄色的头发，红扑扑的脸蛋，结实、健康，而且活泼可爱。蛇麻子的优美外形，蛇麻草叶的惹人注目的翠绿颜色，就像一只嘟嘟吹响的号角。当你顺着那些戴遮阳帽的采摘人所在的蛇麻草垅望下去，那绿色小巷有着不可思议的魔力，它越来越窄，最后消失在一个点上。也许你在这里比在教授们的著作中或在博物馆中能找到更多的希腊精神。菲利普真是太感谢这英格兰的美丽风景啦。他想到了那弯弯曲曲的白色的道路和树篱，绿色的草地上生长着榆树，小山的优美线条，山顶上覆盖着小灌木丛，沼地的平坦舒旷，还有那北海的忧郁，他为自己能感到其中的美而高兴。没多大一会儿，阿西尔尼就干不下去了，他声称他要去打听一下罗伯特·肯普的母亲摘了多少。蛇麻草地里的每一个人他都认识，并且都是用教名来称呼他们的；他知道他们所有人的家史和身世，就连他们打从一生下来到现在都发生过什么事他也无一不晓。他带着没有恶意的虚荣心在他们中间扮演着一位好绅士的角色，并且在他对人的亲密态度中还有着一点儿施惠于人的意味。菲利普不肯跟他一起去。

“我还要干活挣顿饭吃哩。”他说。

“对极啦，老弟。”阿西尔尼挥了一下手，在他蹓跶着走开的时候回答说，“不劳动者不得食嘛。”

119

菲利普自己没有篮子，老是跟着萨莉转。珍妮认为他竟然去帮她姐姐而不来帮她，这真是可恶，他只好答应她，等帮助萨莉把篮子摘满了就来帮她摘。萨莉摘得差不多和母亲一样快。

“摘蛇麻子不会把你的手弄得干不了针线活吗？”菲利普问。

“嗨，哪儿的话呀，干这种活得有灵活的手。这就是为什么女的比男的摘得好。如果你的手太僵硬，你的手指头由于粗活干得太多变得不灵活的话，你八成摘不好。”

他喜欢看着她那灵巧的动作，而且她也不时地以她那种如此有趣然而又如此动人的母性的神情注视着他。开始的时候他摘起来笨手笨脚的，她就一个劲儿地笑话他。当她俯下身去做给他看怎样最好地对付一整行蛇麻子时，他们的手碰到一起了。他很惊讶地发现她的脸一下子红了。他真难以使自己相信她是个大人了，因为在他眼里她从来都是一个小丫头，他不由自主地还是把她看作是个孩子。然而她的追求者的数目表明她已经不再是个小孩了。尽管他们才来了没几天工夫，萨莉的一位表兄已经找上门来大献殷勤了。为了这个，她不得不忍受许许多多的戏弄。那位表兄名叫彼得·加恩，是阿西尔尼太太的姐姐的儿子，她的姐姐嫁给了费恩附近的一位农场主。所有的人都明白他为什么每天都必须穿过那片蛇麻草地。

到了八点，响起了一支牛角号，招呼人们收工回去吃早饭，尽管阿西尔尼太太告诉他们都不配吃早饭，可是他们还是吃得很香。饭后他们接着又开始工作了，一直干到十二点钟吃中饭时，那支牛角又一次响起来了。隔一段时间那位统计员就挨个把每只大袋子查看一遍。跟在他屁股后面的登记员就把摘的蒲式耳数先记在他自己的簿子上，然后再记在采摘人的本子上。当每个大袋子都装满了的时候，就用篮子一蒲式耳一蒲式耳地量出来，倒进一只叫做囊的大口袋里。量完了之后，统计员就和一个拉杆子的人一起把口袋抬走，装上运货马车。阿西尔尼不时地回来报导一下希斯太太或是琼斯太太摘了多少，他要求他们家的人击败她，他总是在希望能创纪录。有时候他也能满怀热情地咬着牙干上一个小时。他对摘蛇麻子的主要乐趣却是在于显示他那双使他非常引以为豪的优雅的手的美丽。修饰这双手他要花很多时间。他伸出他那尖细的手指，告诉菲利普，西班牙大公们睡觉的时候总是戴着涂了油的手套以保持手指的白皙细嫩。“那只扼住欧洲咽喉的手[①]，”他戏剧般地说道，“就像一只女人的手一样匀称、纤巧。”他一边文质彬彬地摘着蛇麻子，一边孤芳自赏地瞧着自己的手。他干得不耐烦的时候，就给自己卷

①指西班牙国王查理一世，后成为“神圣罗马帝国”皇帝，称查理五世，曾领有欧洲大片土地。

上一支烟卷，跟菲利普谈论起艺术和文学来。下午天气变得酷热，工作干得不那么有生气了，谈话也中断了。上午那种不停的喋喋不休的聊天到这时变为只偶尔听得到的片言只语了。萨莉的上唇挂着细小的汗珠，干活的时候她的嘴唇微微张开着。她就像一朵正在绽开的玫瑰花儿一样。

收工的时间根据蛇麻子烘干房的情况而定。有时烘干房早就装满了，到三四点钟的时候蛇麻子就摘了很多，足够烘一夜的了。这样工作也就停了下来。最后的一次计量一般都是在五点钟才开始，当每个组的帆布袋都计量过了，他们就把东西归置起来，活儿既然都完了就又闲聊起来，蹓蹓跶跶地走出蛇麻草地。女人们回到小屋去洗涮一下准备做饭，这时有不少男人则懒散地蹓跶到路上的那家小酒店去。一天的工作后喝上一杯啤酒倒是蛮惬意的。

阿西尔尼那一组的袋子是最后一个统计的。当统计员来了的时候，阿西尔尼太太这才吁了口气，她站起身来，伸伸她的胳膊，她用一个姿势坐了许多个小时，腰身都僵硬了。

“喂，我们到‘快乐水手’那儿去吧。”阿西尔尼说，“白天这样一套程式进行得一定很乏味，真是再也没有比这更拘礼的了。”

“阿西尔尼，带个罐子去。”他的妻子说，“打一品脱半酒回来吃晚饭。”

她一个铜板一个铜板地把钱数给他。酒店的前厅里已经挤满了人。前厅的地是砂石铺的，周围是一圈条凳，墙上挂着维多利亚时代职业拳击家的发黄了的绘画。那位领有许可证的酒店老板叫得上他的每一个顾客的名字，他正倚在柜台上冲着两个朝那根插在地上的树枝扔套圈的青年人憨厚地微笑着。他们那一组的人拿他们投不中来尽情地耍笑。新到的人一进来就给让出了座儿来。菲利普发现在自己这边坐的是一位上了岁数的老雇工，他穿着件灯芯绒衣服，小腿肚上系着一条绳子；在另一边坐的是一个十六七岁的小伙子，脸蛋亮光光的，鲜红的额头上留着一绺梳理整齐的头发[1]。阿西尔尼一定要去扔一扔套圈试试手气。他下了半品脱啤酒的赌注，结果赢了。他在为那位输家的健康干杯的时候说：

“我与其去赢那场大赛[2]不如先赢了这一场小的再说。”

在那帮乡下佬中，他戴着宽边帽子，蓄着尖尖的胡须，俨然是一个有外国气派的人物，一眼就可以看出他们都认为他这个人怪里怪气的。可是他的情绪是这样地高涨，他的热乎劲儿又是这样地感染人，所以让人不可能不喜欢他。谈话进行得很随便，他们在用塔内特岛那种浓重的慢条斯理的土调去互相戏谑、取乐，那些当地爱说笑的人诙谐的俏皮话引起一阵阵哄堂大笑。一个多么快乐的聚会啊！只有那种冷酷的人才会对自己的伙伴们不感觉到一种满意的喜悦哩。菲利普漫不经心地朝窗外张望，天色明亮，阳光灿烂，窗子上的白色小窗帘像那些农舍窗户上的窗帘一样用红色丝带系着，窗台上摆着种在盆子里的天竺葵。时候一到，贪杯的人们一个接一个站起来，难以成步地回到正在烧着晚饭的草地上去了。

“我估计你是要睡觉了吧，”阿西尔尼太太对菲利普说，“在五点钟就爬起来，而且一整天都待在野地里你还不习惯吧。”

“和我们一起洗澡去吧，菲尔叔叔，好吗？”男孩子们叫道。

“那还用说。”

他累了，却很高兴。晚饭后，他坐在一张没有靠背的椅子上，身子靠在小屋的墙上，一边吸着烟斗，一边望着夜色，萨莉在忙碌着。她进进出出里外忙着，他在一旁颇有闲情逸致地瞧着她按部就班地做着事儿。她那走路的姿势引起了他的注意，那姿势并不特别地优雅，但是却很轻松自如和充满了自信。她扭动着屁股带动大腿，她的脚似乎坚定有力地踩在地上。阿西尔尼找一位邻居闲扯去了，过了一会儿，菲利普听到他的妻子在满世界喊他。

“怎么搞的，茶叶用光了，我想叫阿西尔尼到布莱克太太的店里去

---

①伊丽莎白女王时期和詹姆士一世时期，英国男子将丝带扎在耳边，让头发从前额垂下一绺的发式。

②指采摘蛇麻子的大竞赛。

买点儿。”停了一下，她的声音又响了起来：“萨莉，这就到布莱克太太那儿去买半镑茶叶来，嗯？我一点茶叶都没有了。”

“好吧，妈妈。”

布莱克太太住在大约有半英里路光景的路边的一所房子里，她这所房子既是女邮政局长的办公室又是无所不卖的杂货商店。萨莉一边放下卷起的袖子，一边从草舍里走了出来。

“萨莉，我和你一起去吧？”菲利普问。

“不劳你费神了，我一个人去不怕。”

“我知道你不怕，不过快到睡觉的时间了，我也正想活动活动腿脚哩。”

她没有回答，他们就一同动身了。路白蒙蒙的，没有人，夏日的夜晚没有一丝声响，他们都没说几句话。

“到这会儿天还这么热，是吧？”菲利普说。

“我想这是一年中最好的天气了。”

不过他们的沉默并没有显得别扭。他们发现，就这样肩并肩地走着很愉快，而且也觉得并没有说话的必要。突然，他们在一个灌木篱墙的栅门处，听到有一阵低语声，在黑暗中他们看到了两个人的轮廓。他们互相紧挨着坐在一起，而且当菲利普和萨莉走过去的时候他们动都没有动。

“我真纳闷，那是谁呀？”萨莉说。

“看样子他们真够美的，是吧？”

“我真希望他们以为咱们也是情人。”

他们看到了前面那间茅舍的灯光，又过了一分钟他们走进了那家小店。屋里耀眼的灯光使他们好一会睁不开眼睛。

“你们来晚了。”布莱克太太说，“我正准备关门哩。”

她看了看那只钟说：“都快九点了。”

萨莉向她买了半镑茶叶（阿西尔尼太太买茶叶一次从来不超过半镑），然后他们又出门从那条路往回走。夜晚的野兽不时地发出短促又尖厉的叫声，不过这叫声反倒使那沉寂愈发静了。

“我相信要是你站下来静静地听的话，你一定能够听到大海的声音的。”萨莉说。

他们竖起耳朵，他们的幻想使他们听到了海浪拍打着卵石海滩轻柔的声响。当他们又经过那个栅门的时候，那对情人还在那里，不过这时他们没有说话，他们互相搂在一起，那个男人的嘴唇压在那个姑娘的嘴唇上。

“他们似乎还挺忙的啊。”萨莉说。

他们拐过一个路角，一时间一阵温暖的风迎面吹来，泥土散发出新鲜的气息。在那颤抖的黑夜中仿佛有着某些不可解的也说不出来的东西在等待着你，这沉寂一下子孕育出意义来了。菲利普心中有一种怪异的感觉，这感觉好像很充实，又好像在渐渐消融（这些陈词滥调精确地表达出了这种奇异的感情），他感到愉快、焦急，而且还有着期望。他想起了杰西卡和洛伦[①]竞相媲美地互相倾诉缠绵情话的那些诗句，但是激情迸发出光辉，并照亮了那些使他们感到有趣的奇想。他不知道在空气中使他的感情如此不可思议地细腻微妙的是什么，他觉得他的灵魂仿佛沉浸在芬芳、声音和泥土的香气中。他还从来没有感到过这样一种对于美的细致精妙的感受力哩。他怕萨莉说话会打破这短暂的享受，但是她连一个字也没说，可他又想听到她说话的声音，那低沉而丰厚的嗓音是乡村之夜本来富有的声音。

他们到了那块田地，她要回到那间小屋去就得穿过它。菲利普走进篱笆时为她打开了门。

“好啦，我想现在该说晚安啦。”

“谢谢你这一路陪着我。”

她把手伸给他，他握着她的手时说：“你要是真的非常好的话，就应该像对家里其他人那样和我吻别。”

“我无所谓。”她说。

菲利普这话本来是说着玩的。他仅仅因为高兴，喜欢她，而且也因为这夜晚是这样的可爱，他才想吻吻她。

“那就再见吧。”他轻轻地笑了一声说，一面把她拉了过来。

她把嘴唇凑上去给他吻，那嘴唇又温暖又丰满又柔嫩，他尽情地吻

---

①杰西卡和洛伦是莎士比亚《威尼斯商人》中的一对情侣，杰西卡是夏洛克的女儿。

了好一会儿，而嘴唇就像是一朵鲜花一样。接着，他也不知怎么回事，他并没有想这么做，就伸出胳膊搂住了她。她悄不作声地屈服了。她的身体又结实又健壮。他感到了她的心在冲撞着他的心。随后他失去了自制，他的感情像是一股奔腾汹涌的浪涛一样把他压倒了，他把她拖进篱笆墙那黑得多的阴影里去了。

120

菲利普睡得很死，一下子惊醒过来，这才发现是阿罗德正用一根羽毛搔他的脸。当他睁开了眼睛，外面响起了一片快乐的喊叫声，他还是睡眼惺忪，困意未消。

“来吧，懒骨头。”珍妮说，“萨莉说，你要是不快点她可不等了。”

听她这么一说他才想起了发生过的事情。他感到很沮丧，下了半截床又停住了，他不知道他怎么去见她。一阵突然涌出的自责把他压倒了，他非常追悔他干过的事情。这天早晨她会对他说些什么呢？他害怕见到她，他问自己怎么就会干出这样的蠢事来。可是孩子们并不容他多想。爱德华拿了他的游泳裤和毛巾，阿西尔斯坦把他的睡衣一下子扯了下来，三分钟之后，他们就都噼噼啪啪地来到了路上。萨莉冲他笑了一笑。这微笑像从前一样甜美，一样天真。

“你穿衣服也要用这么长时间。”她说，“我还以为你不来了哩。”

她的态度没有一丝一毫的改变。他原来认为会有某些变化的，或是隐秘的，或是明显的变化。他想象她对待他的方式会是羞涩或者是愤怒，也许是含着更多的亲昵，可是什么都不是。她还和以前一模一样。他们一块儿朝海边走去，一路说着，笑着。萨莉默不作声，她向来就是如此。除了温文尔雅，他从来没有见过她有过别的什么样子，她既没有找他攀谈，又没有规避。菲利普很是惊讶：他原来以为前一天夜里的那件事在她身上一定引起了某些巨大的变化，可是却仿佛什么都没有发生过一样。那件事也许是一场梦吧。他向前走着，一个小女孩拉着他的一只手，一个小男孩拉着他的另一只手，他一边尽可能若无其事地闲聊着，同时一边在寻找一个解释。他猜不透萨莉是不是打算把那件事忘掉。也许她的感情也正像他的感情一样已经隐藏了，把那件发生了的事情当做一件在非常场合下的偶然事件而已，也许她已经决定把这件事抛到脑后去了。这全都归因于她有着一种既不符合她的年龄也不符合她的性格的思想力量和成熟的聪慧。可是他又认识到，他对她一点都不了解。在她身上一直有着一种谜一样的东西。

他们在水里玩着蛤蟆跳的游戏，那海水澡洗得还跟前一天一样闹声喧天。萨莉像母亲似的照看着他们每一个人，留神盯着他们，只要他们跑得太远了就把他们喊回来。当其他的孩子玩得热火朝天的时候，她就来来回回地游着，不时地还仰面朝天浮在水面上。过了一会儿，她上了岸，擦起身上的水来。她还多少有些蛮横地招呼其他孩子们上来，到最后，只剩下菲利普一人还在水里了。他抓住这个机会痛快地游了一通。这是第二个早晨的游泳，他已经比较习惯那冰冷的海水了，并且他很喜欢那咸滋滋清冽冽的海水。自由自在地运用一下他的四肢使他感到很高兴，他长时间地有力地划动着浮在水面上。可是萨莉身上裹着一条毛巾走到水边。

"这阵儿你也该上来啦，菲利普。"她喊道，仿佛他是一个由她照管的小男孩似的。

他被她那权威似的命令口吻逗乐了，他笑着朝她游过来，这时她数落起他来。

"你在水里泡这么长时间，太淘气了。你的嘴唇都冻紫啦，看看你的牙齿吧，你的牙齿都打战了。"

"好嘞，我这就上来。"

她以前跟他说话还从来没有用过这种方式哩。她那样子就好像是发生了的那件事使她对他有了一种权力似的，而且她把他当做一个需要照看的孩子。几分钟后，他们都穿好了衣服，便开始往回走。萨莉注意到了他的手。

"看看吧，你的手都冻紫啦。"

"噢，没事儿。只是血液循环不好罢了。一分钟我就让血流回来。"

"把手给我。"

她把他的手拉过来用手搓着，先搓了搓这一只，然后又搓另一只，直到又恢复了血色才停下来。菲利普看着她既感动又困惑。由于有孩子们在边上，他没能对她说什么，而且他没有去看她的眼睛。可是他敢肯定她那双眼睛并没有故意避开他的眼睛，那两对眼睛只是偶然没有碰到一起而已。在这一天的时间里，她的举止中都没有任何迹象表露出她意识到了他们之间发生过什么事情，只是她的话也许比平时多一些。他们在蛇麻草地里坐着的时候，她告诉她的母亲，菲利普有多淘气，身上都冻紫了还不肯从水里出来。说来也令人难以置信，此外，前一天夜里的那件事的唯一结果似乎是使她身上产生了一种要保护他的感情：她对他有着像对待她的弟妹们的那种本能的慈母般爱抚的愿望。

直到夜幕降临时他才有只有他们俩在一起的机会。这时她正在做着晚饭，而且菲利普也正坐在火边的草地上。阿西尔尼太太到村子里去买东西去了，孩子们四处玩他们自己的各种游戏去了。菲利普犹豫着不敢说话，他非常紧张。萨莉从容不迫地忙着她自己的事情，她平静地接受了那种对他是那样尴尬的沉默。菲利普不知道如何打破这种沉默，萨莉又很少说话，除非是找她说话，或者是有什么非说不可的话她才开口。他终于再也忍受不了这种沉默了。

“萨莉，你不是在生我的气吧？”他猛地脱口问道。

她平静地抬起头，毫不激动地望着他。

“什么？没有。我干吗要生你的气呢？”

他被噎了回来，没有再说话。她掀开锅盖，在锅里搅了搅，然后又把锅盖儿盖上。空气中飘开一股香味。她平静地笑着，又一次望了望他，那微笑连嘴唇几乎都没有张开，只不过是眼睛在笑。

“我一直都喜欢你。”她说。

他的心一下子跳到了嗓子眼，他觉得血涌到了脸上，他强做出一个淡淡的微笑。

“我不知道这是为什么。”

“那只因为你是个大傻瓜呗。”

“我不知道你为什么喜欢我。”

“我自己也不知道。”她往火上又加了一些木柴，“我知道，我是在你来我们家的那天晚上喜欢上你的，当时你要到外面去露宿，而且又一直什么东西也没吃，你记得吗？我，还有妈妈，我们把索普的床铺给你准备好了。”

他的脸又涨得通红了，因为他没想到她会知道那件事。他恐惧而羞愧地暗自回想起那件事。

“这就是我不肯跟别的人来往的原因。你还记得妈妈想叫我要的那个小伙子吗？我叫他来喝茶，是因为他真是烦人得没法说，可是我知道我会说不行的。”

菲利普是那么惊讶，竟不知说什么好了。他心里有一种奇怪的感觉，如果这种感觉不是快乐的话，他也不知道它是什么了。萨莉又一次在锅里搅了搅。

“我希望孩子们快点回来。不知道他们都到哪儿去了。晚饭都已经好了。”

“我去找找他们好吗？”菲利普说。

说一说实际的事情真是一种宽慰。

“行啊，这主意倒不坏，我真得说……妈妈那不是回来了吗？”

然后，当他站起身的工夫，她一点也不窘迫地望着他说：

“今天晚上等我把孩子们安顿睡下了以后和你一起散散步去好吗？”

“行。”

“好，你在篱墙门那儿等我，我收拾完了就来。”

他坐在台阶上，头顶上繁星点点，两边是高高的正在成熟的黑莓树篱。大地散发着夜晚丰富的幽香，夜风柔和宁静。他的心在疯狂地跳着。他不理解他遇到的这一切事情。他是把爱情同哭叫、眼泪和热情连在一起的，这些在萨莉身上都没有。可是除了那种能使她委身于他的爱情之外，他不知道还有什么。但这是对他的爱情吗？如果她爱上了她的那位表兄彼得·加恩的话，他将会毫不奇怪，彼得·加恩又高又瘦，腰板溜直，面色黧黑，而且步伐大而轻快。菲利普不知道她是怎样看他的。他弄不清她对他的爱情是不是像他理解的那种爱情，还会是别的吗？他确信她纯洁无瑕。他隐约地有一种想法，觉得许许多多的事情都遇到一起了，这些事情她虽然并没有意识到，但是她感觉到了，那令人陶醉的空气和那蛇麻草与黑夜，那种自然的女性的健康的本能，一种充溢的柔情，和一种含有母性和姊妹情谊的感情，她给了他那所有她应当给予的一切，因为她的心灵里充满了仁慈。

他听到路上响起了一阵脚步声，一个人影在昏黑中出现了。

“萨莉。”他小声叫着。

她停了一下接着又朝篱门处走过来，她的到来带来了乡间甜甜的、清新的香味。她仿佛带来了她那刚刚收割的干草的香气和熟透了的蛇麻子的香味，还有那青春芳草的新鲜气息。她的嘴唇贴在他的嘴唇上，是那样柔软丰满，在他的怀抱里她那可爱的健壮的身体是那样结实。

“奶和蜂蜜。”他说，“你就像奶和蜂蜜一样。”

他合上她的眼睛，亲吻她的眼皮，吻完了这只，又吻那只。她的臂膀结实强健，而且裸露到胳膊肘。他伸出手去抚摸她的胳膊，赞叹它的美丽，在黑暗中它熠熠泛光，她有着鲁本斯笔下的那种皮肤，惊人的白皙和透明，在胳膊的一侧上长着细小的金色茸毛。这是一位撒克逊女神的胳膊。不过这样优美而质朴的浑然天成是古代诸神所没有的，而且菲利普还想到了一片有着那些在男人们心里盛开着的可爱的鲜花的农舍花园，想到了那蜀葵和那红色的和白色的叫作约克和兰开斯特的玫瑰花，想到了开蓝花花的黑种草、美洲石竹、忍冬草和飞燕草，还有那虎耳草。

“你怎么会看上我的呢？”他说，“我是微不足道的，又瘸又平凡又丑。”

她把他的脸捧起来，吻了一下他的嘴唇。

“你是一个顶傻顶傻的大傻瓜，你就是一个大傻瓜。”她说。

121

在蛇麻子采完了之后，菲利普口袋里揣着被任命为圣卢克医院的住院医生助理的通知，随同阿西尔尼全家回到了伦敦。他在威斯敏斯特大街上租了一套朴素的房间，在十月初开始担任他的职务了。这项工作既有意思又千变万化，他每天都能学到新的东西，以致有些趾高气扬了，所以三天两头地去看萨莉。他发现生活非常愉快。除了在门诊部值班的日子，到六点钟左右他就没事儿了，这时他就到萨莉干活儿的那铺子去等她出来。店铺外面还有几个青年人，他们在那块“营业处”牌子的对面，或者是在稍远一些的第一个拐角来回转悠，那些姑娘们成双成对或是三五成群地结伴出来，当她们认出了他们的时候就互相用胳膊肘轻轻捅捅自己的女伴，并咯咯地笑着。萨莉穿着她那素净的黑衣服，看上去和那个曾经和他肩并肩地一起摘蛇麻子的农村少女迥然不同。她快步地从店里出来，可是当她与菲利普相遇时她就放慢了脚步，并文静地笑一笑同他打招呼，他们一起漫步穿过那热闹的街道。他告诉她他在医院里的工作，她也告诉他这天她在店铺里都做了什么。他渐渐地知道了和她一起干活儿的那些姑娘的名字。他发现，萨莉对那些滑稽可笑的事有一种有节制的但又是敏锐的感觉，她学那些被指派监督她们的姑娘们和男人们的话，他们的那些出人意料的滑稽可笑的故事，菲利普听了觉得都很有意思。她讲叙一件事情的方式很特别，讲得一本正经，仿佛这件事根本没有什么可笑的，然而这件事讲得又是那样机智，使菲利普忍不住高兴得放声大笑起来。这时她总要轻轻地瞥他一眼，那微笑的眼神表示她对她自己的幽默并非没有察觉。他们见面时要握握手，而且在分手时也是郑重其事的。有一次，菲利普请她到他住的寓所来喝茶，可是她拒绝了。

“不，这我可不干，这样看起来不郑重。”

他们互相之间连一个“爱”字也没说过。她好像除了这样在一起散散步以外再没有任何愿望了似的。然而菲利普却相信，她很高兴和他在一起。她还像最初那样使他困惑。他并没有开始理解她的行为；可是当他愈是了解她，他就愈是喜欢她，她能干，能自持，而且在她身上还有一种迷人的诚实。你会觉得，无论遇到什么情况你都可以信赖她。

“你真是一个好极了的大好人。”有一次他没话找话地对她说。

“我希望我只是跟别人一个样。”她回答说。

他知道他并不爱她。他对她感到的只是一种巨大的钟爱，而且他喜欢有她陪着他，她在身边有着一种奇特的镇静作用，他对她有一种感觉，对一个十九岁的女店员抱有希望对他来说似乎是很荒谬可笑的。他尊重她，而且他对她那惊人的健康体格赞叹不已。她是一只很漂亮的小动物，没有一点儿缺陷，而且她生理上的完美一直使他充满了羡慕的敬畏。她使他觉得自己配不上她。

后来，有一天，这天大约是在他们回到伦敦后的第三个星期，当他们在一起散步时，他注意到她一反常态连一句话也不说。那种安详的表情也变了，两道眉宇间出现了一道轻微的皱纹，这是一个皱眉的前奏。

“萨莉，怎么啦？”他问。

她并没有看他，而是照直朝前望着，而且她的脸色也暗了下来。

“我也不知道。”

他立刻明白了她的意思。他的心猛地一阵急促的跳动，而且他觉得自己的脸上没了血色。

“你这是什么意思？是不是你担心……？”

他停住了。他说不下去了。那个可能会发生的事他从来没有想到过。这时，他看到她的嘴唇哆嗦着，她努力忍着不哭出来。

“我也吃不准。也许不会有什么事的。”

他们默默地走着，一直走到法院路的拐角处，他总是在这儿和她分手。她伸出手来，笑了笑说：

“别再为那事儿担心啦。让我们往好处想吧。”

他脑子里乱哄哄地走开了。他干了件多么蠢的事啊！他首先想到的就是这个，一个卑鄙的、可怜的大傻瓜，他以一种怒不可遏的感情对自己把这句话反复说了十几遍。他看不起自己。他怎么竟会把事情弄得这样一团糟呢？可是与此同时，由于在他的脑子里各种念头一个接一个地闪过去，而且这些念头似乎又横七竖八令人绝望地交错在一起，纷乱得就像是在一场梦魇中看到一副七巧板玩具的拼板一样，他问自己他该怎么办。在他面前一切都这样明明白白清清楚楚，所有他梦寐以求了如此长久的一切，最后终于唾手可得了，然而现在他那难以置信的愚蠢却给这个目标设置了新的障碍。菲利普坚定地热望过一种秩序井然的生活，在这个热望中，他承认有一个弱点，他从没有能够克服过，这就是他热衷于未来的生活，他在医院的工作一旦安定了，他马上忙于安排起他的旅行来了。过去他常常设法不让自己把将来的计划考虑得过于周密，这只能使人失去信心，可是现在他的目标已经指日可待了，他也看不出放心地渴望一下会有什么害处，这种渴望是那样地难以抗拒。他打算首先去的是西班牙。那是他心中的地方，而且现在他的身上浸透了它的精神，它的传奇气氛、色彩、历史和它的恢宏气魄。他觉得这个国家对于他有着一种特别启示，这是其他国家所不能给他的。他已经了解了那些优美的古老城市，仿佛是他从孩提时起就在那些城市的弯弯曲曲的街巷中徘徊过似的。这些城市是科尔多瓦、塞维利亚、托莱多、莱昂、塔拉戈纳、布尔戈斯等。那些西班牙的伟大画家们是他灵魂中的画家，当他面对面地伫立在那些作品面前，描绘出令他心醉神迷的事物时，他的脉搏跳得急促起来了。那些作品对于他那受折磨的、不安宁的心灵要比任何其他的作品都更有意义。他曾经读过的那些伟大诗人的诗篇，要比其他国度的诗人们的作品更具有他们民族的特色。因为，他们好像完全不是从世界文学的一般潮流中，而是直接从那些灼热的、芳香的草原和他们那个国家的凄凉的山峦中吸取灵感。现在再有短短的几个月的时间，他就会亲耳听到在他的身边萦绕的那种似乎最适合于表达伟大灵魂和崇高爱情的语言了。他那高雅的鉴赏力给他一种淡淡的感觉，让他觉得安达卢西亚过于柔和、过于偏重感官享受，甚至有点庸俗，难以满足他的热情，他的想象力更愿意留意卡斯提尔风沙的远方，阿拉贡与莱昂的粗犷的宏伟风光。他并不很清楚那些未知的经历将会给他些什么，可是他觉得，他将会从中聚集起一种力量和一种决心，这种力量和决心将会使他更能够昂首面对和领略那些更遥远和更陌生地方的千姿百态、奇妙风光。

这还只不过是刚刚开始。他已经和各种各样要带医生随船出洋的公司建立了一些联系，对它们走什么航线也了如指掌，还从那些曾在那些船上干过的人那里知道了每一条船上的利弊得失。他放弃了“东方”公司和“P.O.”公司的船。要在这些船上得到一个职位可不容易，再说啦，他们的客运业务给医务官的自由并不多。可是也有另外一些航运公司，他们派大型的不定期货船到东方去作从容不迫的航行，在各种码头停泊的时间从一两天到半个月不等，这样你会有很充裕的时间，而且也可以经常到内陆去旅行一番。在这些船上薪水是少了点儿，饭食也只不过是能饱腹而已，这样，船上对你的工作也就没有太多的要求了。一个有伦敦学位的人如果申请的话，十拿九稳是可以得到一个职位的。因为除了一两个偶尔搭乘的旅客外，有时就没有客人，而且又因为是在偏远的港口之间的商业性航行，所以在船上生活是和睦而愉快的。菲利普把这些船靠岸的十几个地点都背了下来，而且每一个地方都在他心中唤起了幻想。热带的灿烂阳光，光怪陆离、变幻无穷的色彩，以及一种丰富多彩的、神秘而又紧张的生活。生活！那是他多么向往的啊。他最终就要同生活紧紧地挨在一起了。而且也许，从东京或上海启航，换上某个其他航线上的船，顺便到南太平洋的那些岛屿登岸看看也是可能的。一个医生在哪儿都用得着。也许会有个机会上岸看一看缅甸的农村，而苏门答腊或婆罗洲茂盛的热带丛林，他不也想去看一看吗？他还年轻，他不必计较时间。在英国他既没有三亲六戚，也没有朋友，他可以周游世界许多年，认识一下世界的美和奇观，还有那形形色色的生活。

可是现在这件事已经来临了。他把萨莉弄错了的可能性排除了，他奇怪地觉得她肯定没有弄错。说来说去，这太可能了。任何人都可以看出，大自然已经把她造就成为孩子的母亲了。他知道他应该做的事情。他不应该让这件小事使他偏离他的航道一丝一毫。他想到了格里菲思。他毫不费力就可以想象出这位青年人听到了这样一件消息将会有什么样的冷漠表情，他将会认为这是件极其棘手的麻烦事，将会像个机灵鬼那样马上就拔腿溜掉，他会扔下那姑娘，让她自己去尽其所能处理她的麻烦。菲利普对自己说，如果这件事发生了，只是因为那是不可避免的嘛。他不能比萨莉受到更多的责备，她是个明白事理和生活方面的基本知识的姑娘呀，她竟睁着眼睛冒了这个风险。让这样一件事故打乱他生活的整个计划，这简直是发疯。少数人敏锐地意识到了生命的短暂。他就是这种人中的一个，而且他知道及时行乐是多么必要。他将为萨莉做他能够做的事情，他可以给他一笔够她花的钱。一个堂堂的男子汉绝不能允许他自己离开他的目的而改弦更张。菲利普自言自语地对自己说的全是这一套，可是他又知道，这是他做不到的。他实在做不出来。他了解自己。

“我真他妈的不中用！”他绝望地嘀咕着。

她一直信任他，对他又那么好。他纵有千般道理，可是他实在干不出那样一件他觉得非常可怕的事情。他知道若是他总是不断地想到她的悲惨处境，他在旅途上也不会安心的。再说，还有她的父亲和母亲哩，他们过去一直对他很好，对他们以怨报德是不可能的。唯一的办法就是尽可能快地和萨莉结婚。他可以给绍斯医生写信，告诉他自己马上就要结婚了，还要说如果他的那个建议依然有效的话，他将愿意接受他的建议。对他来说，在穷人当中行医是唯一可行的。在那里他的残疾算不了一回事，而且他们也不会讥笑他妻子的直率的态度的。把她看作是他的妻子真是稀奇。这样的想法使他感到既古怪又舒服。当他想到那是他的孩子的时候，一阵感情的暖流传遍了全身。他并不怀疑绍斯医生将会高兴他要去，他为自己描绘了他和萨莉将来在那个渔村的生活。他们会有一栋可以望见大海的小房子，而且他将凝视那些要到他永远都不会知道的地方去的巨大船只。也许这是最明智的办法了。克朗肖告诉过他，通过想象力而享有空间和时间两个双重王国，对于这样的人，实际的生活没有什么意义。这是千真万确的。你的爱情长存，她的朱颜永驻！

他送给他妻子的结婚礼物将是他最热烈的希望：自我牺牲！菲利普被这种自我牺牲的美激动了，而且他整整一个晚上都在想着这件事。他是这样的兴奋，以致连书都看不下去了。他好像是被赶出了房间似的来到街上，他在伯尔德凯奇街心花园里来回走着，他的心都快乐得直跳动。他的心焦急得几乎不能忍受了。他希望看到当他向萨莉提出结婚时她那幸福的样子。要不是已经这么晚了，他这会儿就会到她那儿去的。他给自己描绘着将来他和萨莉一起在舒适的起居室里度过一个个漫长的黄昏的图景，百叶窗敞开着，这样他们可以从屋里看到大海，他看着他的书，这时她俯身做着她的活计，那遮掩着的灯光使她那可爱的脸蛋儿变得美了。他们将不厌其烦地谈起那个正在发育着的婴儿，而且当她转过脸去看着他的眼睛时，她那双眼睛里露出爱情的光芒来。曾经是他的病人的渔民们和他们的妻子，将会逐渐对他们怀着深厚的感情，而他们也将会忧那些淳朴的人们之忧，乐他们之乐的。可是他的念头又转到了那个将是他和她的儿子的身上，他已经感到了自己心上有一种对那个小东西的热爱。他想伸过手去摸一摸他那完美的四肢，他知道他将会是很漂亮的，而且他还要把他对一个瑰丽多彩的生活的梦想也转交给他。他反复想着他过去的那个漫长的生活历程，对过去的生活他高高兴兴地接受了。他接受了曾经使得生活如此艰辛的残疾。他知道，它曾经使他的性格变得乖戾。不过现在他也看到了正是由于它，他得到了那种曾经给过他很多快乐的反躬自省的力量。没有这个畸形，他也就绝对不会有他那对于美的敏锐的鉴赏力，也就不会有他对艺术和文学的热爱，以及他对生活的种种蔚为壮观的场面的兴趣了。过去他经常受到的那些讥嘲和轻蔑使他的思想变得内向了，并且催开了那些他觉得永远不会失去芬芳的花朵。接着他又看出了世界上正常的人是极为罕见的。每个人都有某种缺陷，不是身体上有缺陷就是精神上有缺陷。他想到了所有过去他所认识的人（整个世界就像是个病房，在这个病房里既没有诗歌又没有理性），他看到了一个长长的行列。在身体上畸形了的，在精神上变形了的；有些是肉体有病的，心脏有病或是肺部有病；还有些是精神上有病的，意志消沉或者沉溺于杯中之物。在此刻他能够对他们全体感到一种神圣的同情心。他们都是不能自立的盲目的命运的工具。他能够原谅格里菲思的背信弃义，也能宽恕米尔德丽德给他造成的痛苦。他们自己也是没有办法。唯一合乎理智的事情就是念及人们的好意而对他们的过失宽容大度。他想起了主耶稣临终时说的那句话：

原谅他们吧，因为他们不知道他们所做的。

122

他同萨莉商定好了星期六在国家美术馆见面，只要店里一放她走就到那里去。她还答应了和他一起去吃中饭。自从跟她分手后已经过去两天了，他那股狂喜劲头一刻也没有离开过他。正是因为他尽情陶醉在这种感情之中，所以他没有急于要见到她。他已经一字不差地把他要对她说的重复多遍了，并且想好了应该如何把这些话说出来。现在他急切的心情已经使他受不了啦。他已经给绍斯医生写了信，而且在他的口袋里揣着这天早晨收到的他打来的电报："将辞退那个哭丧脸的傻瓜。你何时来？"菲利普沿着国会街向前走着。天气晴朗，明晃晃的闪烁的阳光使街道上一片斑驳灿烂。街上行人熙熙攘攘。远处笼罩着一层薄薄的雾气，使得那些建筑物的线条都变得优美淡雅了。他穿过特拉法加广场。突然他的心被什么扭了一下，他看见自己的前方有一个他以为是米尔德丽德的女人。她有着同样的身材，而且走起路来也酷似她走路的样子，脚稍微有些拖蹭着地。他不假思索快步追上去，只是心在怦怦跳动，直到和那人肩并肩了，这时那女人转过脸来，他看出这是一张他不认识的脸。实际上这张脸要老得多，皱纹密布，脸色蜡黄。他放慢了脚步，大大地松了一口气。可是他感到的不仅仅是松了一口气，同时也有失望。他被他自己的恐怖紧紧地抓住了。难道他永远不能摆脱那个感情吗？在他内心深处，尽管有千奇百怪的事情，可是他却感觉到，对那个下贱女人的奇怪而绝望的渴望将会始终纠缠着他。那个爱情给他造成了极大的痛苦，他知道，他将永远永远不会摆脱它。唯有死亡才能最终平息他的这一希望。

但是他猛力把他心中的痛苦丢掉。他想到了萨莉，和她那双和蔼的蓝眼睛，他的嘴角不知不觉地绽出了一丝微笑。他走上国家美术馆的台阶，来到第一展室里坐了下来，好让她一进来他就可以看见她。置身于绘画之间总是使他得到安慰。他没有特别注意哪一幅画，而是让那些画的色彩和它们优美线条的恢宏气势影响他的心灵。他的想象都是围着萨莉转的。把她从伦敦带走将是令人愉快的。在伦敦她显得是一位与众不同的人物，就像一个花店里在那些兰花和杜鹃花丛中出现一枝矢车菊。在肯特郡的蛇麻草地他就明白了，她并不属于城市。他相信在多寒柔和的天空下，她将会盛开成为一株了不起的美丽的花朵。她来了，他起身迎过去。她穿着一身黑衣服，手腕上戴着白色的护腕，脖子上是一条上等细麻布领子。他们握了握手。

“你已经等了很长时间吧？”

“没有，才到十分钟。你饿吗？”

“不太饿。”

“我们在这里坐一会儿好吗？”

“随你便。”

他们安静地并肩坐着，都没有说话。菲利普很高兴有她在身边。他被她那容光焕发的健康美温暖了。一道生命的光辉仿佛一个光环围绕着她。

“喂，你现在怎么样了？”他终于微笑了一下说道。

“噢，没事。那是一场虚惊。”

“是吗？”

“难道你不高兴吗？”

他充满了一种不可名状的感情。他原来确实觉得萨莉的怀疑是有充分理由的，他连一刻都没有想到过有弄错了的可能性。他的全部计划顷刻之间土崩瓦解了，而且那个如此精心描绘的生活不过是一场永远不会实现的梦幻罢了，他又一次自由了。自由呵！他用不着放弃他的宏伟计划了，而且生活还是归他支配的，对他来说他可以随心所欲地去做了。他并没有感到精神振奋，而只是感到沮丧。

他的心一下子凉了。展现在他面前的将来的生活荒凉而又空虚。好像他曾经在一个茫茫无际的大海上漂流了许多年，历尽千辛万苦，最后他终于抵达了一个阳光明媚的避风港。可是就在他刚要进去的时候，突然刮起了逆风，又把他的船吹了出来，漂进了浩淼的大海。正因为他曾朝思暮想过那陆地上的茵茵草地和令人心旷神怡的树林，那茫茫的沙漠般的大海使他充满了极度的痛苦。他不能再一次面对那种孤独和动荡的生活了。萨莉用她那双清澈的眼睛望着他。

“难道你不高兴吗？”她又问了一声，“我还以为你会像胖彻①那样高兴的哩。”

①英国木偶剧《胖彻与朱蒂》（*Punch and Judy*）。

他垂头丧气地看了一下那凝视着他的眼光。

“我也说不准。”他小声嘟囔着说。

“你可真有意思。大多数男人都会高兴的。”

他知道他这是在自欺欺人。那驱使他考虑结婚的并不是什么自我牺牲，而是希望得到一个妻子，一个家和爱情罢了。这一切看来都好像失之交臂，化为泡影，他绝望了。他对这一切的渴求胜过对世界上的任何东西。西班牙和西班牙的那些城市：科尔多瓦，托莱多，莱昂于他又有何呢？对于他，缅甸的佛塔和南太平洋群岛的珊瑚礁又算什么呢？此时此地就是美洲嘛。在他看来，他全部生活曾经是亦步亦趋地跟在别人的理想后面，那是他们用语言和书本灌输给他的理想，而绝非是他自己心里的愿望。过去左右着他生活道路的那些他认为是应该做的，而不是他全心全意希望去做的事情。现在他不耐烦地把所有这一切都抛弃了。过去他总是生活在“未来”之中，而“现在”却总是从他的眼皮底下溜走。他的理想么？他想到了他的那个愿望，要从纷繁复杂而又没有意义的现实生活中编织一个复杂而又美丽的图案来。他不是也看到过那最简单的图案吗？在那个图案中，一个人出生、工作、结婚、生儿育女，然后死去。这样的图案不同样是最完美的吗？也许对幸福的俯就是自认失败，但是，这种失败比许多次胜利都要强。

他迅速地瞧了瞧萨莉，他不知道她这会儿在想什么，然后又把目光移开了。

“我正打算向你提出和我结婚哩。”他说。

“我知道你也许会提的，可是我不想成为你的累赘。”

“你不会的。”

“那你的那些旅行怎么办呢？西班牙，还有所有那些地方？”

“你怎么会知道我想去旅行的？”

“这个我该多少知道一些的。我听到了你和爸爸说这件事，而且你说得脸色都发青了。”

“他妈的我才不在乎这些哩。”他停了一会儿，然后又沙哑着嗓子低声说道，“我不想离开你！我不能离开你。”

她没有回答。他也说不清她是怎么想的。

“我不知道你是不是能和我结婚，萨莉。”

她一动也没有动，脸上也看不到有感情的变化，不过她做了回答，说话时没有看他。

“如果你愿意。”

“你不愿意吗？”

“噢，我当然愿意有一所我自己的房子，而且我这会儿也该成个家了。”

他笑了一下，现在他很了解她，她的态度并没有使他惊讶。

“可是你愿意和我结婚吗？”她说。

“我是非你不娶的。”

“那这事就一言为定了。妈妈和爸爸会大吃一惊的，是吧？”

“我真是幸福啊。”

“我想去吃午饭了。”她说。

“亲爱的。”

他笑着拉起她的手来紧紧地握着。他们站起身来走出了美术馆。他们去栏杆那里站了一会儿，望着特拉法加广场。马车和公共汽车来来往往穿梭不停，行人川流不息地赶向四面八方，太阳照耀着。

毛姆年表

1874年，生于法国巴黎，父亲罗伯特·奥蒙德·毛姆（1823–1884）是英国大使馆派驻巴黎的律师，母亲伊迪丝·玛丽·斯奈尔（1840–1882）自幼便罹患肺结核。

1882年，母亲死于肺结核。

1884年，父亲死于癌症。毛姆被送回英国由叔叔亨利·麦克唐纳·毛姆（1828–1897）照顾，入坎特伯雷皇家公学就读。

1890年，赴德国海德堡大学研读文学、哲学及德文，于此邂逅大他十一岁的约翰·埃林厄姆·布鲁克斯（1863–1929），两人发展同性恋情。

1892年，于英国伦敦的圣托马斯医学院研读医学。

1897年，获得外科医生资格，但从未执业。发表第一部小说《兰贝斯的莉莎》大获成功，从此弃医从文。

1903年，发表首部剧作《体面的男人》。

1907年，剧作《弗雷德里克夫人》大获成功，此后毛姆创作了包括《杰克·斯特洛》《忠实的妻子》等近三十出剧作，事业如日中天。

1914年，结识美国青年杰拉德·哈克斯顿（1892–1944），两人成为伴侣，相伴三十余年。哈克斯顿同时担任毛姆的秘书，协助处理工作事务。

1915年，出版四大代表作之一的小说《人性的枷锁》。

1917年，与格温多林·慕德·巴纳多（1879–1955）结为夫妻，婚后育有一女伊丽莎白·玛丽·毛姆（1915–1981）。

1919年，出版四大代表作之一的小说《月亮与六便士》。

1929年，与妻子巴纳多离婚。

1930年，出版四大代表作之一的小说《寻欢作乐》。

1934年，《人性的枷锁》首度改编成电影。

1942年，《月亮与六便士》改编成电影，并获奥斯卡奖提名。

1944年，出版四大代表作之一的小说《刀锋》。同年，杰拉德死于肺结核，艾伦·瑟尔（1905–1985），取而代之成为毛姆的秘书兼情人。

1946年，《人性的枷锁》二度改编成电影。《刀锋》首度改编成电影。

1947年，英国成立“毛姆文学奖”，鼓励英国三十五岁以下的小说创作者。

1954年，获女王名誉勋位。

1961年，获母校德国海德堡大学授予名誉理事一职。

1964年，《人性的枷锁》三度改编成电影。

1965年12月16日，毛姆死于法国。